LORA LEIGH

Breeds

Tanners Begehren

Über dieses Buch:
Lange hat Tanner auf diese Gelegenheit gewartet: Um sich an seinem Erzfeind zu rächen, entführt er Scheme Tallant, die Tochter eines Generals, der für zahlreiche Gräueltaten an den Breeds verantwortlich ist. Auch Scheme war an den Machenschaften ihres Vaters beteiligt, davon ist Tanner überzeugt. Schließlich hatte sie die Dokumente unterzeichnet, die den Tod von Breeds anordneten, und entscheidende Informationen vernichtet, um die Spuren der Reinheitsfanatiker des Genetics Councils zu verwischen. Sobald er ihr die Informationen, die er brauchte, entlockt hätte, würde er sie zur Vollstreckung des Breed Law ausliefern. Doch als er der hübschen Scheme gegenübersteht, entfacht diese ein Verlangen in ihm, das er nicht kontrollieren kann – und nie hätte er damit gerechnet, dass er sich in sie verlieben könnte. Nachdem er erfährt, dass General Tallant einen Auftragskiller auf Scheme angesetzt hat, ahnt Tanner, dass er sich in ihr getäuscht haben könnte, und setzt fortan alles daran, sie zu beschützen.

Über die Autorin:
Lora Leigh lebt mit ihrer Familie in Kentucky. Mit ihren erotischen Liebesromanen hat sie sowohl im Bereich der Romantic Fantasy als auch des Romantic Thrill eine große Leserschaft gewonnen. Weitere Informationen unter: www.loraleigh.com

Lora Leigh bei LYX:

Die Romane der Breeds-Reihe:
1. Breeds – Callans Schicksal
2. Breeds – Tabers Versuchung
3. Breeds – Dashs Bestimmung
4. Breeds – Bradens Vergeltung
5. Breeds – Harmonys Spiel
6. Breeds – Kanes Verlangen
7. Breeds – Kiowas Verhängnis
8. Breeds – Tanners Begehren
9. Breeds – Jacobs Sehnsucht (erscheint Januar 2016)

Außerdem exklusiv als E-Book erhältlich:
Lust de LYX – Coopers Sehnsucht
Lust de LYX – Verheißungsvolle Nacht

Weitere Romane der Autorin sind bei LYX in Vorbereitung.

LORA LEIGH

Tanners
BREEDS
Begehren

Roman

Ins Deutsche übertragen
von Silvia Gleißner

LYX
EGMONT

Die Originalausgabe erschien 2007 unter dem Titel
Tanner's Scheme bei Berkley Sensation, The Berkley Publishing Group,
a division of Penguin Group (USA) Inc., New York.

Deutschsprachige Erstausgabe Mai 2015 bei LYX
verlegt durch EGMONT Verlagsgesellschaften mbH,
Gertrudenstr. 30–36, 50667 Köln

This Edition published by arrangement with The Berkley Publishing
Group, a member of Penguin Group (USA) LLC,
a Penguin Random House Company.

1. Auflage
Redaktion: Christiane Wirtz
Umschlaggestaltung: Birgit Gitschier, Augsburg
Umschlagmotiv: © Birgit Gitschier unter Verwendung
mehrerer Motive von Shutterstock (Anetta, AppStock)
Satz: Greiner & Reichel, Köln
Printed in Germany (670421)
ISBN 978-3-8025-9745-9

www.egmont-lyx.de

MIX
Papier
FSC FSC® C083411

Für Scheme.
Danke, dass du meine Freundin bist.

Prolog

General Cyrus Tallant saß in seinem Büro. Nur die Lampe auf seinem Schreibtisch spendete ihm Licht, als er mit Tränen in den Augen das Bild in seinen Händen betrachtete.

Seine Tochter. Seine kleine Intrigantin.

Seine Lippen verzogen sich zu einem traurigen Lächeln, als er an ihren Namen dachte: Scheme – Intrige. Natürlich war es seine Idee gewesen, ihr diesen Namen zu geben. Es hatte gar keine Alternative gegeben: In dem Augenblick, da er ihren winzigen Körper in seinen Armen gehalten hatte, war ihm klar gewesen, dass aus ihr einmal eine kleine Manipulantin werden würde.

Und er war stolz gewesen: auf ihre schokoladenbraunen Augen, ihr dichtes schwarzes Haar, die Art, wie sie zu ihm aufsah, als würde sie sich fragen, wie sie diesen Mann wohl zu ihrem Nutzen einsetzen könnte – selbst damals schon.

Ein tränenersticktes Kichern drang leise durch das Büro. Sie war immer ein helles Köpfchen gewesen, berechnend so wie er – und wie ihre Mutter. Leider Gottes ähnelte sie ihrer Mutter vielleicht ein bisschen zu sehr.

Die liebe Dorothy. Sie hatte ein Komplott gegen ihn geschmiedet und diesen widerwärtigen Breeds zur Flucht verholfen. Und nun quälten ihn Callan Lyons und das kleine Rudel, das er anführte. Dorothy hatte ihnen bei der Flucht und der Zerstörung des Labors in New Mexico geholfen; damals war Scheme kaum zehn Jahre alt gewesen.

Er hätte damals schon wissen müssen, dass Dorothys plötzliche Skrupel sein Kind korrumpiert hatten. Dorothy hatte viel Zeit mit Scheme verbracht und eine Beziehung zu ihr aufgebaut, wie sie nur zwischen Mutter und Tochter möglich war. Er hätte ahnen müssen, dass seine Tochter den Mangel an mentaler Stärke geerbt hatte, die nun einmal notwendig war, um zu tun, was getan werden musste – um die Breeds zum Gehorsam gegenüber ihren Herrn und Meistern zu zwingen.

Und jetzt führte sein heiß geliebtes Kind Dorothys Vermächtnis fort.

Er wischte die Träne fort, die ihm langsam übers Gesicht lief.

Scheme wollte ihn vernichten. Und falls es ihr gelang, tatsächlich Jonas Wyatt zu kontaktieren, *würde* sie ihn vernichten. Das durfte er nicht zulassen. Er durfte nicht zulassen, dass sie sich zu den Kreaturen flüchtete, denen sie offensichtlich jahrelang geholfen hatte.

Dabei war ihm das Glück zu Hilfe gekommen, und es war ihm gelungen, Wyatt aus Washington fortzulocken. Nun musste er sich nur noch um seine Tochter kümmern.

Er musste sie töten.

Er ließ den Blick durch sein Büro schweifen. Er hätte sich darum kümmern sollen, bevor sie zu der Party aufgebrochen war, auf der sie ihn verraten wollte, aber er hatte einfach nicht die Kraft dazu gefunden.

Er konnte sie nicht in ihrem Zuhause töten, wo sie aufgewachsen war, wo er mit ihr gespielt hatte, als sie ein Kind gewesen war, wo er mit ihr gelacht hatte – vor der Zeit, die sie auf der Akademie verbracht hatte.

Er konnte ihr Blut nicht in dem Haus vergießen, in dem sie zur Welt gekommen war. Das wäre nicht richtig gewesen.

Er hob den Kopf und blickte über den Schreibtisch hinweg den Mann an, der dort noch immer auf seine Befehle wartete.

Chazzon St. Marks war ein hervorragender Killer; leise und unsichtbar. Er hinterließ nie Spuren und befolgte immer seine Befehle. Einen besseren Killer konnte man sich nicht wünschen.

Und wegen dieses Mannes hasste seine Tochter ihn abgrundtief. Vielleicht war es ein Fehler gewesen, grübelte er im Stillen, als er Chaz vor Jahren befohlen hatte, ihr Liebhaber zu werden, das Herz seiner Tochter zu erobern und ihre Geheimnisse herauszufinden.

Chaz hatte nicht viel in Erfahrung gebracht, außer dass Scheme Cyrus verdächtigte, ihre Mutter ermordet zu haben, und dass sie bedauerte, ohne den Einfluss dieser Schlampe aufgewachsen zu sein. Und sie hatte Chaz anvertraut, dass sie von einem Leben weit weg von ihrem Vater träumte.

Und dann war sie schwanger geworden.

Chaz war ein guter Killer, aber sein Genmaterial eignete sich nicht für einen Erben. Cyrus hatte nicht zulassen können, dass sein Enkelkind mit diesem Vater zur Welt kam. Ganz besonders kein männlicher Enkel.

In seiner Eigenschaft als Schemes Vater hatte er die Entscheidung getroffen, das Kind abtreiben zu lassen.

Erst jetzt war Cyrus klar geworden, dass sie nie verstanden hatte, dass er sie damit nur hatte schützen wollen. Er hatte nur versucht, sie anzuleiten, zu führen.

»Bereust du das mit dem Kind?«, fragte er Chaz.

Kalte, sehr kalte blaue Augen erwiderten seinen Blick, und harte Lippen verzogen sich spöttisch. »Ich habe sie für Sie betäubt. Wenn ich das Balg gewollt hätte, wäre ich mit ihr abgehauen.«

Ja, das hätte er getan. Chaz gewährte seine Loyalität nur freiwillig, und er hatte keine Bedenken, sich etwas zu nehmen, wenn es ihm in den Kram passte. Cyrus respektierte das.

»Haben wir Beweise?« Sein Kummer wog schwer.

Er hatte seine Tochter über die Jahre viele Male bestraft, in seinem Bemühen, sie zu trainieren, sie zu stärken und sie zu lehren, welchen Wert es hatte, wenn sie ihm ihre Loyalität schenkte. Er war hart mit ihr umgegangen, zugegeben. Einmal hatte er sie sogar getötet, um sie die Bedeutung des Todes zu lehren. Sollte sie ihn je hintergehen, wäre dies ihre Strafe. Damals hatte er keine Beweise gehabt, nur einen Verdacht, und seine Schuldgefühle waren immer drückender geworden, jedes Mal wenn Scheme ihn mit anklagendem Blick ansah.

Ohne einen Beweis konnte er sie nicht endgültig töten, weil diese anklagenden braunen Augen ihn bis in alle Ewigkeit verfolgen würden. Er brauchte absolute Gewissheit.

»Ihre ID war ins Übermittlungssystem eingeloggt. Sie hat sich große Mühe gegeben, ihre Spuren zu verwischen, aber ich habe Beweise gefunden.« Chaz übergab ihm das ID-Protokoll.

Da stand es schwarz auf weiß: ihre Versuche, die Spuren im System zu löschen – und die Nachricht, die früher am Tag an das Büro für Breeds-Angelegenheiten geschickt worden war. In dieser Nachricht ersuchte sie um Asyl bei Jonas Wyatt. Es war reines Glück gewesen, dass sein Spion sich in den Büroräumen in Washington aufgehalten hatte, als die Nachricht eingegangen war. Cyrus unterdrückte sein Seufzen und Bedauern.

»Offensichtlich hatte sie nicht genug Zeit, um den Job gründlich zu erledigen«, murmelte er. Er wusste genau, dass sie es mit ausreichend Zeit geschafft hätte.

»Und ich vermute, dass ihr das klar ist. Sie dachte, sie hätte stattdessen genug vom internen Speicher gelöscht, um genügend Zeit zu haben, Jonas Wyatt zu erreichen. Sie ist der Spion, Cyrus. Es ist an der Zeit, es sich einzugestehen. Die Frage ist, welche Informationen hat sie mitgenommen? Denken Sie, sie weiß von der Entführung des Breed-Kindes?«

Er musste es sich endlich eingestehen. Er hatte es mehrere Male vermutet und sein eigenes Kind gefoltert, um ihr das Geständnis abzuringen, war jedoch jedes Mal gescheitert. Jahrelang hatte er sich selbst gehasst, war von Schuldgefühlen geplagt gewesen, nur um am Ende zu erfahren, dass sie noch hinterhältiger gewesen war, als selbst er es für möglich gehalten hatte.

Er hatte Prügel angeordnet, sie mehrere Male lebendig begraben, und ihr einmal sogar gestattet zu sterben, bevor er sie rasch wiederbelebt hatte. Er hatte sie verdächtigt und unbedingt ihren möglichen Verrat verhindern wollen, um die Notwendigkeit ihres Todes zu vermeiden.

Cyrus hob den Blick zu dem Ölgemälde an der Wand gegenüber. Seine Scheme, strahlend in feuerroter Seide, auf seinem Bürosessel. Ihr langes schwarzes Haar fiel ihr wie ein Wasserfall über die Schulter, und ihre dunklen Wimpern verbargen den Ausdruck ihrer Augen. Er redete sich oft ein, dass sie dahinter ihre Liebe für ihn versteckte. Ihr Verständnis.

»Es spielt keine Rolle, was sie weiß. Unser Agent ist inzwischen so nahe dran, dass die Entführung des Kindes kein Problem sein wird. Sie kennt das genaue Datum nicht, höchstens ein ungefähres. Selbst wenn sie ihnen das verrät, wird das nichts ändern.«

Aber sie wusste noch andere Dinge. Dinge, für die sie vielleicht keine Beweise besaß, die ihn aber dennoch vernichten konnten.

»Sie ist zu einer Belastung geworden, Cyrus. Sie haben die richtige Entscheidung getroffen«, versicherte Chaz.

»Sie ist gerade auf einer Party für diesen Tigerbastard Reynolds. Ich will, dass sie noch vor Sonnenaufgang tot ist.« Die Worte drohten ihn zu ersticken. »Barmherzig, Chaz, ich bitte dich.«

Chaz neigte zustimmend den Kopf. »Ich kümmere mich um sie, Cyrus«, versprach er leise. »Kurz und schmerzlos.«

Ja, das würde Chaz tun. Er empfand Zuneigung für Scheme, das wusste Cyrus. Aber, anders als Scheme, verstand Chaz ihre Zukunftspläne und worauf sie hinarbeiteten.

»Denkst du, es wäre anders gekommen, wenn sie das Kind hätte behalten dürfen?«

Diese Frage verfolgte ihn.

»Ich bezweifle es, Cyrus. Sie hat auf das hier hingearbeitet, seit dem Tag, an dem ihre Mutter starb. Sie hat immer gewusst, dass Sie sie getötet haben, trotz Ihrer Geschichte. Sie hätten später auch noch ein Enkelkind töten müssen.«

Ja. Cyrus nickte zu den Worten des Killers. So wie er seine Frau getötet hatte, war er nun gezwungen, seinem Kind das Leben zu nehmen. Er hätte es nicht ertragen können, das Gleiche einem Enkelkind anzutun, das er mit aufgezogen hatte.

»Also gut.« Er nickte und stellte das Foto zurück an seinen Platz. »Ich vertraue darauf, dass du dich darum kümmerst.«

Chaz stand auf und hielt inne, bevor er sich umdrehte. »Ich hätte mein Kind nicht töten können, Cyrus«, sagte er. »Wäre es geboren worden, hätte ich Sie anstelle des Kindes getötet. Sie haben die richtige Entscheidung getroffen. Dieses Kind hätte uns beide schwächer gemacht.«

Ja, so wäre es gewesen. Das Kind wäre eine noch größere Schwachstelle gewesen, als Scheme es schon war. Cyrus nickte wieder. »Barmherzig, Chaz. Sanft.«

Bedauern flackerte im Blick des Jüngeren auf, bevor er sich umdrehte und zur Tür ging. Chaz würde, wie auch er selbst, den Verlust bedauern, aber er würde es durchziehen.

»Lebe wohl, Prinzessin«, flüsterte er und streckte den Finger aus, um ihr Gesicht auf dem Foto zu streicheln, während ihm eine weitere Träne über die Wange lief. »Es tut mir leid.«

1

Sie war der Inbegriff von Grazie, Mysterium und Schönheit. Tanner Reynolds beobachtete Scheme Tallant, wie sie an den Wänden des Saales entlangflanierte und hier und dort ein wenig plauderte. Ihr kühles Lächeln war eine Herausforderung, die ihn reizte.

Er hätte ihren Tod in dem Augenblick anordnen sollen, als er erfahren hatte, dass sie die Einladung zur Party angenommen hatte. Aber etwas hatte ihn davon abgehalten. Irgendetwas hielt ihn immer davon ab. Nicht zum ersten Mal waren seine Handlungen in Bezug auf sie von Lust geleitet.

Sie war die Tochter von General Cyrus Tallant. Die Saat des Bösen in Person. Cyrus Tallant hatte das Ausbildungsprogramm für die Breeds geleitet, bis zu deren Rettung vor zehn Jahren. Manipulativ und zerstörerisch, wie er war, hatte er es geschafft, nach außen eine saubere Weste zu bewahren und sicherzustellen, dass es keinen echten Beweis für die Position gab, die er innegehabt hatte. Doch Tanner und die Breeds, denen er vor Jahren aus dem Labor in New Mexico gefolgt war, hatten immer von der finsteren Heimtücke dieses Mannes gewusst.

Und von der Boshaftigkeit seiner Tochter. Sie arbeitete mit ihm zusammen, sie arbeitete *für* ihn. Sie hatte die Dokumente unterzeichnet, die den Tod von Breeds anordneten, und sie hatte entscheidende Informationen vernichtet, um die Spuren des Genetics Council zu verwischen.

Es war ihnen gelungen, Dutzende Mitglieder des Councils anzuklagen, aber der Kopf der Bestie war immer noch intakt.

Zur Führung des Councils, die aus zwölf Mitgliedern bestand, mussten sie erst noch durchdringen. Solange diese Leute nicht zur Strecke gebracht waren, würde es keinen Frieden für die Breeds geben.

Wenn sie Cyrus Tallant ausschalten konnten, wäre der Kopf des Councils ernsthaft geschwächt. Scheme Tallant war die Schwachstelle ihres Vaters. Unglücklicherweise war es bisher niemandem gelungen, sie zum Reden zu bringen.

Tanner war überzeugt, dass er es schaffen würde.

Ein Lächeln spielte um seine Lippen, und er war sicher, dass sich Lust und Vorfreude darin spiegelten. Heute Nacht. Heute Nacht würde er sie sich schnappen. Jonas Wyatt, Direktor des Amts für Breeds-Angelegenheiten, war nicht in der Stadt; er konnte also kein Veto gegen die Mission einlegen. Am Ende würde er die Informationen haben, die er brauchte, so schwor sich Tanner. Oder Scheme Tallant wäre tot.

Er hatte es satt, dass Jonas sich zwischen ihn und die Frau stellte. In seiner Eigenschaft als Direktor des Amts für Breeds-Angelegenheiten hatte Jonas Tanner befohlen, abzuwarten, was passierte, um Tallant eine Chance zu geben, Mist zu bauen.

Doch Tallant würde keinen Mist bauen. Er würde keinen Fehler machen. Genauso wenig wie seine Tochter. Und Tanner hatte es satt, zu warten.

Heute Nacht würde er sie sich schnappen. Ihr Vater würde ahnen, wer sie hatte, aber er hätte keinen Beweis dafür. Und Tanner wusste, wo er sie verstecken konnte. An einem Ort, wo kein Mann und kein Breed sie jemals finden würde.

Es war an der Zeit, dass Scheme Tallant für ihre Rolle bei den Mordbefehlen bezahlte, die unzählige Breeds in den Tod geschickt hatten. Es war an der Zeit, die Samthandschuhe abzulegen und die Informationen zu beschaffen, die sie brauchten. Nicht nur über ihren Vater, sondern auch über die

Identität des Spions in Sanctuary und die Standorte der Blutreinheitsfanatiker und Rassistengruppen. Die Gefahr, dass sie die Verteidigung des Breed-Lager durchbrachen, wurde von Tag zu Tag größer.

Es war an der Zeit zurückzuschlagen.

Der Goldjunge der Breed-Gemeinschaft war zugegen, umschmeichelt und geliebt von allen. Tanner Reynolds. Playboy, PR-Genie und möglicherweise ihr Scharfrichter, falls er es tatsächlich schaffte, ihrer in einer dunklen Gasse habhaft zu werden.

Sie war zur Party gekommen, um sich in Sicherheit zu bringen. Hier wollte sie den Breed treffen, mit dem sie die letzten acht Jahre zusammengearbeitet hatte, aber er war nicht da. Er nicht, dafür aber viele andere.

Langsam bewegte Scheme sich durch den Saal, beobachtete die anwesenden Breeds und ordnete die Namen den Akten zu, die sie über die Jahre studiert hatte. Cabal St. Laurens, Tanners genetischer Zwilling, war nicht anwesend, aber das war nichts Ungewöhnliches. Er war kein Partylöwe.

Auch von den verheirateten Paaren unter den Breeds war keines hier, aber Scheme wusste, dass sie eingeladen worden waren. Mehrere Enforcer in schwarzer Uniform waren da. Auf ihren Uniformen war das Abzeichen der speziellen DNA ihres Trägers an der Schulter aufgeprägt. Viele Löwen, ein paar Panther, und sie war sicher, vorhin einen Puma gesehen zu haben – aber keine Tiger.

Der einzige Tiger im Saal war Tanner, und er war kein Enforcer. Zumindest hatte das Amt für Breeds-Angelegenheiten ihn nicht als solchen benannt. Doch Scheme wusste es besser. Sie wusste, welch harte Vergeltungsschläge er austeilen konnte, wenn die Situation es erforderte. Einmal war sie sogar gestorben, nachdem sie den Beweis einer seiner Vergeltungsaktionen vernichtet hatte. Bei dem Gedanken verzogen sich ihre Lippen zu einem spöttischen Lächeln. Als Doppelagentin für die Breeds zu arbeiten konnte gesundheitsschädlich sein. Vor allem dann, wenn der einzige Breed, der über ihren Status Bescheid wusste, anscheinend gerade nicht auffindbar war.

Vorsichtig bewegte sie sich durch den Ballsaal, in dem sich mindestens zwei Dutzend Breeds befanden. Aber der eine, den sie suchte, war nicht gekommen. Jonas Wyatts Abwesenheit war auffallend. So etwas kam nur selten vor. Extrem selten.

Scheme nippte an ihrem Champagner und schlenderte auf die Schiebetüren und den Garten dahinter zu. Sie musste der erdrückenden Atmosphäre der Party mit all den argwöhnischen Blicken unbedingt entfliehen. Noch dringender musste sie jedoch Wyatt finden. Verdammt, er hätte hier sein müssen!

Scheme hob den Rock ihres leuchtend scharlachroten Abendkleides, stieg die Marmorterrasse hinab und folgte dem Steinpfad, der in den spärlich beleuchteten Garten führte. Es war nicht gerade der sicherste Aufenthaltsort für sie – nicht bei den vielen Breeds, die hier herumliefen –, aber sie brauchte die Stille, um ihre Optionen abzuwägen, nun da ihr Zielobjekt nicht erschienen war.

Ihr Erscheinen bei dieser Party war ein riskanter Schachzug – nicht nur weil sich hier jede Menge Breeds befanden, die ihr gerne ein Loch in den Kopf gepustet hätten, sondern auch weil zu viele Augen ihr Vorhaben beobachten konnten. Cyrus Tallant zu hintergehen, war keine gute Idee, schon gar nicht so offen, wie sie es geplant hatte.

Mit der Einführung der Breed-Gesetze vor mehreren Jahren war Scheme mehr oder weniger zu einer Zielscheibe geworden. Als Assistentin ihres Vaters war sie die Schnittstelle zu seiner Kontaktperson im Council gewesen, und als der Mann verhaftet und für seine Verbrechen vor Gericht gestellt wurde, war auch Scheme ins Visier geraten. Und unter Verdacht. Sie war der Schutzschild ihres Vaters gewesen und hatte es nicht einmal gewusst.

Sie wanderte durch den Garten, immer weiter weg von der Party und immer tiefer in den schattigen Frieden, den ihr die üppige Gartenlandschaft bot. Hier gab es nicht so viele Augen, die ihr folgten, mit manchmal verachtenden, aber immer misstrauischen Blicken.

»Im Dunkeln umherzuwandern, könnte gefährlich sein, Miss Tallant. Sie sind nicht gerade beliebt dieser Tage.«

Beim Klang seiner Stimme blieb sie wie angewurzelt stehen. Tief und weich wie alter Whiskey. Tanner Reynolds glitt aus der Dunkelheit und musterte sie aus einer kleinen Grotte heraus, in der das beruhigende Plätschern eines nahen Springbrunnens zu hören war.

Das Ambiente bot pure Romantik: dezente Beleuchtung, im Hintergrund plätscherndes Wasser, Schatten um sie herum. Einen Augenblick lang, nur einen Augenblick, gestattete Scheme sich ein Gefühl von Bedauern. Bedauern, weil die Atmosphäre und die plötzliche Anspannung in ihr nicht einem Liebhaber galten, sondern einem Mann, der in ihr seinen Feind sah.

Er trug einen Smoking. Herr im Himmel, Männern wie Tanner Reynolds sollte es verboten werden, einen Smoking zu tragen! Man sollte es als Verbrechen ahnden. Es war, als würde man einem Tiger eine Fliege umbinden. Die natürliche Gefährlichkeit der Bestie wurde dadurch nur noch unterstrichen.

»Ich wurde eingeladen«, versicherte sie ihm und wunderte sich dabei über den belegten Klang ihrer eigenen Stimme.

»Natürlich wurden Sie eingeladen«, antwortete er sanft. »Dafür habe ich gesorgt.«

Das reichte völlig aus, um die Nerven einer Frau vor Schock

erbeben zu lassen. Ihre Nippel richteten sich interessiert auf. Das war nicht gut, und zwar aus dem einfachen Grund, weil Breeds die Erregung einer Frau fühlen und wittern konnten.

»Sie haben dafür gesorgt?« Sie legte den Kopf schief und ließ ihr Haar über die Schulter nach vorn fallen, sodass es ihr Gesicht abschirmte. »Und warum sollten Sie das tun?«

Vielleicht, um dich umzubringen, erinnerte sie da eine zynische und plötzlich gänzlich unerfreute innere Stimme. Vergessen war die plötzliche Wärme zwischen ihren Beinen und die sinnliche Knospung ihrer Brustwarzen. Dieser Breed würde sie eher töten, als mit ihr zu schlafen.

Sie konnte ihm noch nicht mal einen Vorwurf machen. Er wusste nichts über sie als den Eindruck, den sie während der letzten zehn Jahre zu erwecken versucht hatte: dass sie die Tochter von Cyrus Tallant war, und zwar nicht nur aufgrund ihrer Blutsverwandtschaft, sondern auch im Hinblick auf ihre Gnadenlosigkeit. Sie hatte sich stets als Teil jener Interessengruppen ausgegeben, die entschlossen waren, die Breeds zu vernichten – eine Feindin ebenjener Spezies, für deren Rettung sie unzählige Male ihr Leben riskiert hatte.

Und sie konnte ihm nicht die Wahrheit enthüllen. Nicht jetzt. Erst musste Jonas herausbekommen, wer der Spion in den Reihen der Breeds war. Erst musste sie Jonas finden und dafür sorgen, dass die Informationen, die sie besaß, in die richtigen Hände gelangten.

»Sagen wir, ich hielt es für an der Zeit, dass wir uns begegnen«, erklärte er. »Wir scharwenzeln nun schon seit Jahren umeinander herum und achten darauf, uns aus dem Weg zu gehen. So langsam verliere ich die Geduld bei diesem Spiel.«

»Dann spielen wir also ein Spiel?« Scheme runzelte neugierig die Stirn. »Die Spielregeln müssen wohl in der Post verloren gegangen sein.«

»Ich denke, die Regeln sind Ihnen wohlbekannt.« Er trat aus den Schatten auf den Weg, neben sie, und gleichzeitig schien jeder Sauerstoff aus der Luft zu entschwinden.

»Das glauben Sie vielleicht«, meinte sie leise. »Aber dafür müsste ich zuerst das Spiel verstehen. Was wollen Sie, Mr Reynolds?«

»Sie nennen mich ja gar nicht Breed«, erinnerte er sie tadelnd, und der Klang seiner Stimme strich über ihre empfindsamen Nerven. Ihr lief es doch tatsächlich eiskalt über den Rücken. »War es denn nicht die Ansicht Ihres Vaters, dass uns die Verleihung eines Namens den irrigen Eindruck vermitteln würde, dass unser Leben von irgendwelchem Wert wäre? Dass wir menschliche Wesen sein könnten.«

Warnende Anspannung lag in der Luft. Er drohte ihr. Scheme beschloss, es zu ignorieren. Viel zu lange war sie diesem Zusammentreffen aus dem Weg gegangen, und sie war des Kämpfens müde. Sie hatte genug davon, ihm aus dem Weg zu gehen und Ausreden zu erfinden. Sie hatte genug von der Angst, von Blut und Tod.

»Ich arbeite nur für meinen Vater, Mr Reynolds, ich lebe nicht seine Ansichten«, stellte sie fest.

Sein leises Lachen war tief und gefährlich. In diesem hinteren Bereich des Gartens war es so dunkel, dass sie nur das goldene Glitzern seiner Augen sehen konnte, als sie zu ihm aufblickte. Und auch die waren hypnotisierend.

Erneut lief es ihr kalt über den Rücken, als er die Hand hob und ihr das Haar zurückstrich. Die langen seidigen Strähnen glitten über ihre bloßen Schultern und machten ihr seine Präsenz noch bewusster.

Der tiefe Ausschnitt ihres trägerlosen Kleides bot keinen Schutz vor seinen Fingern, die über ihre nackte Schulter und ihr Schlüsselbein strichen. Warme Haut, leicht rau, berührte sie und löste ihre Anspannung. Die Berührung entspannte sie und entfachte zugleich Hitze in ihr.

Ihr Herz raste, hämmerte in ihrer Brust, voller Angst. Oder Erregung? Angst, mahnte sie sich, denn von etwas so Winzigem wie der kaum spürbaren Berührung seiner Fingerspitzen würde sie sich nicht in Erregung versetzen lassen.

»Ihr Vater sollte Sie besser beschützen«, meinte er leise. »Bei dem Angriff auf Sanctuary letzten Monat wurde Blut vergossen. Wir wissen, dass Sie beide darin verwickelt waren. Wir müssen es nur beweisen.«

»Und Beweise haben Sie keine«, erinnerte sie ihn ebenso leise. »Mich im Dunkeln zu belästigen wird Ihnen auch keine verschaffen.«

Er hielt inne, und seine Nasenflügel weiteten sich, als er sie mit fragendem Blick musterte. Er war gefährlich, noch viel gefährlicher als die anderen Breeds, das wusste sie.

Ihre Erregung konnte sie nicht vor ihm verbergen; sie wusste, dass er sie wittern konnte. Sie sah es in der Anspannung seines Körpers und dem Glitzern der Lust in seinen Augen. Tanner war die Antwort der Breeds auf einen Hollywood-Playboy. Er war der Bad Boy, der sich mit Freuden seiner Sinnlichkeit und seinen erotischen Gelüsten hingab.

»Sagen Sie mir eines, Scheme.« Er beugte sich zu ihr und blockierte damit das Licht, während sie in seine hypnotisierenden Augen sah. »Haben Sie gar keine Angst? Ich könnte Ihnen das Fleisch von den Knochen reißen und Ihre Leiche so verschwinden lassen, dass kein Mann und kein Breed sie jemals finden würden. Ich könnte Ihnen Schmerzen bereiten, die alles in den Schatten stellen, was Sie je erlebt haben.«

»Schmerz ist nicht das, was Sie mir zeigen wollen«, flüsterte sie zurück. »Und im Augenblick verschwenden Sie auch keinen Gedanken an Mord, nicht wahr, Tanner?«

»Führen Sie mich nicht in Versuchung.« Seine dunkle Stimme klang tiefer und hatte nun einen unmissverständlich erotischen Unterton. »Sie wären völlig überfordert mit dem, was ich Ihnen geben könnte.«

Sie zwang ihre Lippen zu einem kleinen Schmollmund. »Aber Tanner, Sie in Versuchung zu führen wäre doch ein solcher Spaß«, meinte sie gedehnt. »Sie wissen doch sicher, dass das mein liebstes Hobby ist? Gute Jungs dazu zu verleiten, böse Jungs zu sein.«

»Ich bin schon ein böser Junge«, grollte er und ragte plötzlich noch näher über ihr auf. »Einer von der übelsten Sorte. Sie wollen nichts von mir; damit könnten Sie nicht umgehen.«

»Oh, eine Herausforderung!« Sie reizte ihn, und der verbale Schlagabtausch machte ihr tatsächlich Spaß. »Wenn mein Terminkalender nicht so voll wäre, würde ich darauf ganz sicher eingehen.«

»Sie würden tatsächlich mit einem Tier schlafen?«, fragte er. »Aber Miss Tallant, Ihren Vater würde der Schlag treffen.«

Schön wär's.

»Alle Männer sind Tiere, egal, als was sie geboren wurden«, behauptete sie und versuchte dabei mit aller Gewalt die Bitterkeit zu unterdrücken. »Keine Sorge, von so etwas lasse ich meine Entscheidungen nicht beeinflussen.«

Er neigte sich zu ihr, und plötzlich lagen seine Lippen an ihrem Ohr. Sie streichelten die empfindsame Muschel, als er flüsterte: »Meine Schöne, du hattest *mich* noch nicht. Ich könnte dir zeigen, wie es wirklich ist mit einem Tier. Ich könnte dich dazu bringen, dass du um mehr flehst.«

Daran hatte sie keinerlei Zweifel. Falls ihr körperlicher Zustand irgendein Hinweis war, würde es nicht lange dauern, bis sie so weit wäre, zu betteln.

»Dazu müssten Sie mich erst mal in ein Bett bekommen.«

Sie drehte den Kopf, bis ihre Lippen auch sein Ohr berührten, ließ ihre Zunge herausgleiten und leckte damit über sein Ohrläppchen. »Und ich habe es mir zur Regel gemacht, niemals mit Männern zu schlafen, die mich hassen. Damit sind Sie aus dem Rennen, Mr Reynolds.«

Er blieb absolut reglos stehen, die Hände an ihren Hüften, ohne sie wirklich zu berühren, sein Körper angespannt, in Bereitschaft, als würde er eine Gefahr wittern.

»Ich habe nie behauptet, dich zu hassen, Scheme«, flüsterte er schließlich und schob mit dem Kinn ihr Haar beiseite. Plötzlich lagen seine Lippen an ihrem Hals, und seine Reißzähne hinterließen eine brennende Spur auf ihrer Halsschlagader. »Aber eines schönen Tages wirst du mit mir schlafen. Es sei denn, ich töte dich vorher.«

Er kniff sie in den Hals, und sie zuckte überrascht zurück, hob die Hand an die brennende Stelle und funkelte ihn zornig an.

»Das war völlig unangebracht.« Ihre Stimme klang hart, sie straffte die Schultern und sah ihn finster an. »Kennst du etwa die Regeln nicht, Tanner? Man beißt nicht beim ersten Date, und schon gar nicht bei einem zufälligen Aufeinandertreffen im Dunkeln. Selbstbeherrschung kennzeichnet einen zivilisierten Mann aus.«

»Wer sagt denn, dass ich zivilisiert bin?« Jetzt lachte er, und bedrohliche Reißzähne blitzten auf, die in der Dunkelheit glitzerten. »Das war nur eine Warnung, meine Schöne. Wenn ich erst einmal meinen Schwanz in dich schiebe, wirst du mich anflehen, dich zu beißen.«

Oh ja, genau das war es, wovor sie Angst hatte. Gefährlich. Sehr gefährlich. Sie spielte gerade mit einem Feuer, das heißer war und noch größeres Potenzial hatte, sie zu vernichten, als das, mit dem sie die letzten zehn Jahre lang gespielt hatte.

»Nur in deinen Träumen.« Ihr Spott enthielt mehr Selbstsicherheit, als sie tatsächlich empfand. »Und wenn du mich jetzt entschuldigen würdest … So unterhaltsam dieses kleine Abenteuer auch ist, ich muss jetzt wirklich gehen. Es wird langsam spät.«

Sie wollte an ihm vorbeigehen, wurde jedoch abrupt von seinem breiten Brustkorb gestoppt, der ihr plötzlich den Weg versperrte.

»Du läufst davon«, meinte er vorwurfsvoll, hob eine große Hand und strich mit dem Finger über ihre Wange. »Glaubst du, ich habe dich mit so viel Aufwand hierhergelockt, damit du jetzt so einfach davonkommst?«

»Ich denke, ich habe genug von deiner charmanten Gesellschaft.« Ihr Körper flehte um mehr, aber zur Hölle noch mal, der besaß ja auch nicht genug Verstand, um sich anständige Liebhaber auszusuchen, warum sollte sie jetzt also auf ihn hören?

»Ich werde dich nehmen, Scheme. Dagegen anzukämpfen, wird dir nichts nützen, es verlängert nur den Kampf.«

»Ich zittere schon wie Espenlaub.« Sie verdrehte die Augen, trat zur Seite und ging – diesmal erfolgreich – an ihm vorbei. »Hast du es denn noch nicht gehört, Tanner? Die Jagd ist das halbe Vergnügen.« Genau genommen hatte sie festgestellt, dass es das einzige Vergnügen war, aber das männliche Ego zu beleidigen war selten ein kluger Schachzug. Schon gar nicht das eines Breeds. »Und nun wirst du mich entschuldigen müssen. Ich habe genug von der Party und deinen geistreichen sexuellen Anspielungen. Es ist Zeit für mich zu gehen.«

»Miss Tallant«, sagte er leise, als sie zurück zur Party ging, »es war mir definitiv ein Vergnügen.«

Tanner sah zu, wie sie den Garten verließ, eine schlanke Gestalt, umgeben von dem Licht, das aus dem Haus drang und ihr scharlachrotes Kleid wie Feuer aufleuchten und zugleich das üppige schwarze Haar noch dunkler erscheinen ließ.

Prüfend fuhr er sich mit der Zunge über die Zähne. Keine geschwollenen Drüsen. Einen Moment lang, nur einen kurzen Augenblick, hatte er ein Aroma in seinem Mund wahrgenommen, so ungewohnt, dass sein Herz ahnungsvoll kurz ausgesetzt hatte. Konnte Scheme Tallant seine Gefährtin sein? Die Frau, die er schon seit Jahren entführen wollte, die er mit fast schon fanatischem Eifer beobachtete, barg eine Faszination für ihn wie keine andere Frau je zuvor.

Die Symptome des Paarungsrausches waren in der Gemeinschaft der Breeds inzwischen allgemein bekannt: die geschwollenen Drüsen und jene ungewöhnliche lustvolle Hitze, die Körper und Verstand erfasste. Verlangen nach ihr durchfuhr ihn, stärker als alles, was er je erlebt hatte. Doch er bemerkte keines der körperlichen Anzeichen für den Paarungsrausch.

»Sie verlässt die Party«, meldete er über sein winziges Ohrmikro. Er wusste, das Team am anderen Ende würde seine Meldung erhalten.

»Haben wir gehört«, antwortete Cabal knurrend.

Tanner grinste leicht. Trotz seiner sexuellen Unbekümmertheit im Privaten fühlte Cabal sich bei öffentlichen Flirtereien nur selten wohl.

»Folgt ihr«, befahl Tanner und begab sich zurück in den Saal. »Ich will wissen, wann sie zu Hause ankommt und ob sie allein ist oder nicht.«

»Bist du sicher, dass das die beste Vorgehensweise ist, Tanner?«, fragte Cabal. »Es ist nie klug, einer Schlange in ihren Bau zu folgen.«

»So denkt ein Löwe«, erklärte Tanner mit einem Lächeln. »Sorgt nur dafür, dass das Haus sauber ist.«

»Wir haben es nach Wanzen durchsucht, bevor wir hergekommen sind«, antwortete Cabal. »Offenbar hat ihr allerliebster Daddy kein Vertrauen zu seiner kleinen Prinzessin. Jedes Zimmer in dem Haus ist verwanzt.«

Tanner verzog das Gesicht. Haltet einen Störsender für mich bereit. Ich will nicht, dass das aufgezeichnet wird.«

»Bereit und in Wartestellung.« Cabal seufzte. »Wird nicht einfach, dir bei dieser Sache den Rücken freizuhalten. Du hast verdammtes Glück, dass Jackal einen perversen Sinn für Humor hat, wenn es um deine Spielchen geht.«

Jackal schnaubte im Hintergrund. Er war einer der wenigen menschlichen Sicherheitsleute in Sanctuary.

»Er hatte nur eine langweilige Woche.« Tanner unterdrückte ein Lachen, als er sich der Terrasse näherte. »Ich bin draußen. Wir sehen uns in der Burg.«

Die Burg. Das Stadthaus der Prinzessin mitten in D. C. war über die letzten paar Tage von oben bis unten durchsucht worden. Sie hatten die Wanzen gefunden, doch nur wenig anderes. Merkwürdigerweise hatte die Prinzessin keinerlei intime Familienfotos – mit Ausnahme eines kleinen gerahmten Bildes ihrer toten Mutter, das neben ihrem Bett stand.

Ihr Zuhause war steril. Kalt.

»Merc fährt die Limo für dich vor«, meldete Cabal in Tanners Ohr, als der wieder den Ballsaal betrat und sich einen Weg durch das Gedränge an politischen und weniger politischen Gästen bahnte.

Tanner verabschiedete sich bei der Gastgeberin, marschierte durch das imposante Foyer des Hauses und ignorierte dabei ausnahmsweise die begehrlichen Blicke der Weiblichkeit, die ihm galten.

Es kam selten vor, dass er eine Party allein verließ. Aber er hatte nicht die Absicht, lange allein zu bleiben. Heute Nacht würde Scheme einem Breed sehr nahe kommen, und das auf eine Weise, die weder Blut noch Tod beinhaltete.

Zuerst würde er mit ihr schlafen, um diese Faszination loszuwerden, die er für sie empfand. Dann würde er sich die Informationen von ihr holen, die er brauchte, und danach würde er sie zur Vollstreckung des Breed Law ausliefern, so kaltblütig, wie sie in der Vergangenheit die Mordbefehle gegen Breeds unterzeichnet hatte.

Er hatte endlich den Beweis gegen sie, den er brauchte. Bilder, unterschriebene Befehle und das Geständnis ihres ehemaligen Liebhabers. Alles, was er jetzt noch brauchte, war ein letztes Geständnis von einem Soldaten oder einem Mitglied des Councils, um sie auszuschalten. Scheme Tallant würde bald zu einer bloßen Erinnerung für die Breeds verblassen.

2

Scheme wollte nicht nach Hause. Sie konnte den Gedanken an die elektronischen Abhörgeräte nicht ertragen, die in ihrem Haus verteilt waren – ebenso wenig wie das Wissen, dass ihr Vater letztendlich doch argwöhnte, dass seine Tochter sein größter Feind war.

Das war die einzige Antwort. Er ließ ihr Haus jede Woche nach Abhörgeräten durchsuchen, und immer hatte er behauptet, es seien keine vorhanden. Doch das kleine Handgerät, das Jonas ihr gegeben hatte, bewies ihr das Gegenteil.

Also checkte sie in ihrem Lieblingshotel ein. Als sie dem Hotelpagen zu ihrer Suite folgte, überkam sie eine Welle der Müdigkeit. Sie hätte nicht auf die Party gehen sollen. Das Sicherste wäre gewesen, sich von Tanner Reynolds fernzuhalten. Unglücklicherweise war gerade dieser spezielle Breed ihre Schwachstelle. So nah wie heute Abend war sie ihm allerdings noch nie zuvor gekommen. Sie hatte ihn aus der Ferne beobachtet, seine Presseerklärungen studiert und jedes Interview und jede Nachrichtensendung mit ihm gesehen. Doch bis heute Abend hatte sie sich nie selbst mit ihm gemessen.

Böse Scheme. Ein Lächeln spielte um ihre Lippen. Wenigstens wusste sie jetzt, dass ihre Libido noch funktionierte. Nach all den Jahren, in denen sie sich ungerührt und desinteressiert gezeigt hatte, hatte Scheme sich schon gewundert.

»Bitte sehr, Miss Tallant.« Der Hotelpage schob die Schlüsselkarte ein, öffnete die Tür und trug ihren kleinen Koffer und den Laptop hinein.

Er ging durch den Raum, machte das Licht an und stellte ihren Laptop auf dem Tisch ab, bevor er mit dem Koffer im Schlafzimmer verschwand.

Sekunden später erschien er wieder mit einem Lächeln auf den Lippen.

»Wir freuen uns sehr, dass Sie heute Nacht unser Gast sind. Darf ich Ihnen etwas beim Zimmerservice bestellen, bevor ich gehe?«

»Im Augenblick nicht, danke.« Sie nahm die Schlüsselkarte mit einem kurzen Lächeln des Dankes und einem kräftigen Trinkgeld entgegen. »Vorerst bin ich zufrieden.«

Allein in der gut beleuchteten Suite sah Scheme sich im Wohnbereich um. Sie fühlte sich unwirklich. Wieso zum Teufel war sie eigentlich hier? Und wo zum Henker steckte Jonas?

Sie fuhr sich mit der Hand durchs Haar, ging zur Tür, ließ das Sicherheitsschloss einrasten und betrat dann das Schlafzimmer. Dort öffnete sie ihren kleinen Koffer und holte einen Schlafanzug aus Samt heraus. Den warf sie aufs Bett, bevor sie den Reißverschluss ihres Kleides aufzog und es abstreifte.

Sie brauchte eine Dusche, und danach musste sie Kontakt zu Jonas aufnehmen. Wenn sie ihn nicht bald erreichte, dann würde alles, wofür sie in den letzten Jahren gearbeitet hatte, zum Teufel gehen.

Wenn das nicht schon längst passiert war.

Sie konnte Tanners plötzlichen Auftritt in der Szenerie nicht ignorieren. Nach jahrelangem raffiniertem Katz-und-Maus-Spiel war er ihr endlich von Angesicht zu Angesicht gegenübergetreten und hatte einen sehr reizvollen Grund angedeutet, weshalb er sie so plötzlich ansprach.

Begehren.

Bei dem Gedanken verzog sie das Gesicht, während sie die Dusche einstellte und unter den harten Wasserstrahl trat.

Begehren ihrerseits, vielleicht. Er hatte schon immer eine gewisse Faszination auf sie ausgeübt, das konnte sie nicht abstreiten. Das wusste er mit Sicherheit. So manipulativ, berechnend und hinterlistig, wie er war, hätte er sich ihr niemals nur aus Begehren genähert. Er war auf mehr aus. Er wusste irgendwas.

Das machte Tanner doppelt gefährlich. Es bedeutete, dass er über Insiderwissen verfügte, das möglicherweise nur der Breed-Spion für Tallants Organisation in Erfahrung hätte bringen können.

Scheme schloss die Augen und ließ das Wasser auf ihr Gesicht prasseln. Das Ganze war auffallend zufällig, und an Zufälle glaubte sie nicht. Genau heute Abend hatte sie sich mit Jonas treffen wollen, und dann war er nicht am vereinbarten Treffpunkt erschienen? Er hätte dieses Zusammentreffen nicht versäumt, wenn es sicher gewesen wäre. Das wiederum könnte bedeuten, dass er vermutet hatte, dass der Spion, der in Sanctuary arbeitete, ebenfalls anwesend sein würde.

Konnte Tanner der Spion sein?

Das wäre ärgerlich. Ärgerlich deshalb, weil es wesentlich einfacher und erfreulicher für sie wäre, wenn er einfach nur der wäre, der er sein sollte: Sanctuarys Playboy. Das loyale PR-Genie, das ganze Nationen dazu brachte, lautstark Unterstützung für die Breeds zu fordern.

Sie musste Jonas heute Nacht kontaktieren und ein weiteres Treffen arrangieren. Es war unmöglich für sie, weiterhin in der Organisation ihres Vaters zu arbeiten, denn er würde bald herausfinden, wer gestern Nacht das Übermittlungssystem lahmgelegt hatte. Ihr Leben hing am seidenen Faden, das war ihr klar.

»Bescheuert«, brummelte sie vor sich hin und beendete eilig ihre Dusche.

Sie hatte nur einen Blick auf die eingegangene Nachricht geworfen und war in Panik geraten.

Alles bereit. Entführung des ersten Kindes innerhalb der nächsten vierzehn Tage. Bereitet Abholung vor.

Scheme hatte auf der Stelle Jonas kontaktiert und um Aufnahme gebeten. Dann hatte sie zwar versucht, die Spuren ihres Zugriffs auf das System zu löschen, aber sie war dabei nicht erfolgreich gewesen. Sie hatte nicht genügend Zeit gehabt. Nachdem ihr Vater die Nachricht von seinem Spion erhalten hatte, ohne zu wissen, dass sie sie zuerst gesehen hatte, war Scheme klar gewesen, dass sie fliehen musste, und zwar schnell. Sobald Jonas die Information erhielt, würde Callans Sohn David von einem Schutzschild umgeben sein, den niemand durchdringen konnte. In dem Moment würde ihr Vater wissen, was sie getan hatte. Denn die Kameras im Büro würden zeigen, dass außer ihr niemand an jenem Tag im Büro gewesen war.

Sollte es ihrem Vater gelingen, den ersten Breed, der auf natürlichem Wege geboren worden war, in die Hände zu bekommen, dann würden die Breeds mit aller Härte zurückschlagen. Sie wusste, dass ihr Vater voller Schadenfreude genau darauf wartete. Es war seine Chance, seinen Ruf innerhalb des Genetics Council wieder aufzubauen. Er konnte in einem Zug einen natürlich gezeugten Breed der ersten Generation zu fassen bekommen und zugleich die Breeds zu einem Angriff provozieren, der die Welt definitiv gegen sie aufbringen würde. Durch die Sabotage des Übermittlungssystems hatte sie sich etwas Zeit erkauft. Man würde – für eine Weile – nicht feststellen können, wann oder von wem der Rechner manipuliert worden war. Die Kameras im Büro würden lediglich zeigen, dass sie mehrere Stunden gewissenhaft am Computer gearbeitet hatte. Sie war so lange sicher, bis sie es schafften, in die Log-in-Protokolle des Systems zu kommen.

Frustriert atmete sie tief durch und spülte sich das Haar aus, bevor sie ein Handtuch fest darumwickelte und sich dann abtrocknete. Eine halbe Stunde später war ihr Haar mehr oder weniger trocken, und ihr Körper war eingecremt, weich und duftete dezent.

Sie warf einen Blick auf die Armbanduhr, die sie auf das Badezimmerregal gelegt hatte, und kalkulierte ihre Chancen, Jonas noch vor Mitternacht zu erreichen. Der Mann hatte schon sehr merkwürdige Sprechzeiten. Er war den ganzen Abend nicht an sein Handy gegangen, und auch auf die verschlüsselten Nachrichten, die sie hinterlassen hatte, hatte er nicht geantwortet, trotz der Nachricht, die sie ihm zuvor an das persönliche System seines Büros geschickt hatte. Irgendwas stimmte da ganz und gar nicht, und die Gefahr für ihr Leben wurde immer größer.

Scheme wickelte das Handtuch enger um ihren Körper, marschierte zielstrebig in den Wohnbereich – und blieb wie angewurzelt stehen. Direkt vor Tanner, der es sich auf dem dick gepolsterten Sofa gemütlich gemacht hatte.

Ohne Jackett, die obersten Knöpfe seines Hemdes offen und mit vor Lust dunklen Augen stand der Tiger mit täuschender Lässigkeit auf und musterte ihren kaum bedeckten Körper.

»Also, du bist ja ganz schön hartnäckig«, hauchte sie und hielt mit der Hand den Knoten des Handtuchs über ihren Brüsten fest.

Sein Blick glitt über die Rundungen ihrer Brüste, und ihre Brustwarzen wurden zu harten Knospen, die gegen den Stoff drückten.

Ihr Körper reagierte unmittelbar auf seine Anwesenheit. Ihre Brustwarzen wurden sofort kieselhart, ihre Klitoris erwachte zum Leben, und feuchte Wärme breitete sich zwischen ihren Beinen aus.

»Du bist nicht zu deinem Haus gefahren«, stellte er sanft und mit erotischer Stimme fest. »Warum ein Hotel?«

Sie zog eine Augenbraue hoch. »Vielleicht erwarte ich ja Gesellschaft.«

»Und warum nicht bei dir zu Hause?«, fragte er noch einmal. »Die meisten Frauen haben lieber Sex im eigenen Bett. Eine Form von Intimität, glaube ich.« Seine Lippen formten sich zu einem gewinnenden männlichen Lächeln.

»Vielleicht ist Intimität nicht das, was ich suche.« Scheme zuckte mit den Schultern und wandte sich wieder in Richtung Schlafzimmer, um in ihren Schlafanzug zu schlüpfen, anstatt die Unterhaltung in einem Handtuch fortzusetzen.

Außerdem fand sie den Gedanken, nackt zu sterben, überhaupt nicht reizvoll. Falls er hier war, um sie zu töten, dann wollte sie dabei lieber bekleidet sein.

Als sie die Jalousietür zwischen den beiden Räumen schließen wollte, hielt eine große Hand sie auf, und Tanner lehnte sich mit seinem harten männlichen Körper in den Türrahmen.

»Ich habe so das Gefühl, dass es gerade eine ganz schlechte Idee wäre, dich aus den Augen zu lassen.« Wieder ließ er den Blick über sie gleiten. »Du musst dich meinetwegen nicht anziehen. Dann musst du die Sachen später nur wieder ausziehen.«

»Ach, wir sind aber sehr selbstsicher, was?« Sie hob spöttisch die Augenbrauen, ging aber trotzdem zum Bett.

Dabei verspürte sie einen Hauch unerhörter Belustigung. Sie ließ das Handtuch fallen und ignorierte ihn, während sie den violetten Seidentanga mit Spitze nahm und über ihre Beine streifte.

Lässig zog sie sich an und redete sich dabei ein, dass es ihr gar nichts ausmachte, in seiner Gegenwart nackt zu sein, auch wenn sie es besser wusste.

Als Nächstes kam das Oberteil aus weichem Samtstoff. Sie zog es sich über den Kopf, erwiderte seinen Blick – und ihr blieb beinahe die Luft weg.

Seine Augen glitzerten inzwischen vor lustvollem Hunger, und sein Blick strich über ihre Brüste, bevor der Stoff sie verhüllte. Scheme hob die weiche Hose auf, stieg erst mit einem Bein hinein, dann mit dem anderen, bevor sie sie hochzog. Dabei spürte sie seinen Blick auf ihrer Haut so deutlich wie eine körperliche Berührung.

»Du weißt, dass ich deine Erregung wittern kann.« Dieses Grollen in seiner Stimme jagte ihr Schauer über den Rücken. »Also, warum machst du dir die Mühe, dich anzuziehen?«

»Hungrig?« Sie ignorierte seine Frage. »Ich hatte vor, mir etwas vom Zimmerservice bringen zu lassen.«

»Oh, ich bin hungrig«, grollte er. »Aber ich denke, Nahrung wird meinen ganz besonderen Appetit nicht stillen.«

Ihre Unterleibsmuskeln zogen sich krampfartig zusammen. Einen Augenblick lang verspürte sie ein so intensives Bedauern, dass es ihr schier den Atem raubte. An einem anderen Ort, zu einer anderen Zeit hätte sie das Intermezzo genießen können, die sinnliche Drohung. Sie war eine Frau, die Gefallen fand an der Verfolgungsjagd und an verbalem Geplänkel, bevor sich das Vorspiel ins Schlafzimmer verlagerte.

Sie hatte es genossen, bis Chaz sie gelehrt hatte, wie überaus irreführend es sein konnte. Bis sie erkannt hatte, wie absolut böse ihr Vater im Herzen war, als er ihr ungeborenes Kind getötet hatte, und wie leichthin Chaz ihm dabei geholfen hatte.

Seitdem sah sie in erotischen Spielereien eine Bedrohung, egal wie amüsant sie waren – und egal wie verlockend.

»Nahrung ist das Einzige, was zur Debatte steht. Im Augenblick«, erklärte sie und gestattete sich die Andeutung eines Lächelns, als sie ihn unter dichten Wimpern hervor ansah. »Vertraust du mir genug, um mich bestellen zu lassen, oder bist du sehr wählerisch?«

Sie bewegte sich auf die Tür zu, um zwischen ihn und den Türrahmen zu treten.

»Warum dieses Spiel?« Er hielt sie am Oberarm zurück. »Du willst genauso sehr mit mir in diesem Bett liegen, wie ich es will.«

Seine Berührung war sanft, leicht, sodass allein Schemes Reaktion auf ihn sie tatsächlich festhielt. Sie blieb abrupt stehen und starrte auf die kräftigen Finger, die sich um ihren Arm schlossen.

»Was ich will und was ich mir selbst gestatte, Mr Reynolds, ist kaum dasselbe«, warnte sie ihn angespannt. »Zurückhaltung bildet den Charakter. Vielleicht solltest du es mal damit versuchen.«

»Zu schade, dass sie nicht auch Ehre und Anstand bildet«, gab er zurück, ließ ihren Arm los und folgte ihr in den Wohnbereich.

»Ich habe tatsächlich gehört, dass sie das tun soll.« Ihre Lippen zuckten belustigt. »Die guten Schwestern auf der *Akademie Unserer Lieben Frau* versicherten mir, es würde ebenjene Qualitäten in mir stärken.«

Während sie ihr mit dem Riemen auf den Rücken schlugen.

»Ach ja, die *Akademie Unserer Lieben Frau*«, meinte er nachdenklich. »Du wurdest dort hinausgeworfen, richtig?«

»Stimmt.« Und es war ihr eine lieb gewonnene Erinnerung. »Die guten Schwestern entschieden, dass ich ein hoffnungsloser Fall wäre, den nicht einmal sie noch retten konnten.«

Ihr Vater war nicht annähernd so verständnisvoll gewesen, wie sie gehofft hatte. Und zu den bereits verheilenden blauen Flecken von den Schlägen der Nonnen waren noch jede Menge hinzugekommen. Sie hatte Wochen gebraucht, um sich davon zu erholen.

»Bist du ein hoffnungsloser Fall, Scheme?«

Sie drehte sich zu ihm um und wunderte sich über den plötzlich ernsten Unterton in seiner Stimme, während sie versuchte, ihn mit dem beinahe wütenden Glitzern in seinen Augen in Einklang zu bringen.

»Absolut«, antwortete sie sofort und aufrichtig. »Also wirklich, Tanner, du siehst enttäuscht aus. Hast du denn etwas anderes erwartet?«

Sie drückte den Knopf für den Zimmerservice und bestellte eine Auswahl an Fleisch, Käse und Brot sowie ihren Lieblingswein. Wenn Tanner hier war, um erst mit ihr zu schlafen und sie danach zu töten, dann wollte sie ihr letztes Mahl genießen.

Sie legte auf und ging zur Balkontür, schob die Vorhänge auf, öffnete die Türen und trat hinaus auf den im Schatten gelegenen Balkon. Sie befanden sich im neunzehnten Stock, und die Aussicht über Washington war atemberaubend. Außerdem hoffte sie, die Schatten hier draußen würden ihr helfen, die immer stärker werdende Nervosität in ihr zu bekämpfen.

»Ich bin nicht oft hier«, sagte sie, als sie spürte, wie er hinter sie trat und sie gegen das Geländer drückte. »Aber ich liebe die Aussicht. Hier oben fühlt man, wie das Leben in der Stadt unten pulsiert.«

»Warum hier und nicht bei dir zu Hause?«, fragte er noch einmal, und sein warmer Atem streichelte ihre Ohrmuschel.

»Du bist hartnäckig.« Sie umklammerte das Geländer noch fester, als sie spürte, wie seine Hände an ihre Hüften glitten. »Es ist friedlich hier. Fast anonym.« Hier gab es keine verborgenen Augen, die sie beobachteten, keine übelwollenden Ohren, die jedes Wort und jede Bewegung von ihr analysierten. Bis zu seiner Ankunft war sie hier sicher gewesen.

Sie drehte sich um, weil sie die Drohung seines kräftigen Körpers hinter sich nicht länger ertragen konnte, ohne ihm ins Gesicht zu sehen. Würde sein Gesichtsausdruck sich verändern? Würde sie eine subtile Anspannung seines Körpers bemerken, wenn er Anstalten machte, sie zu töten?

Er legte den Kopf schief, als sie zu ihm aufsah, und das Dämmerlicht verlieh seinen Augen einen seltsamen Schimmer.

»Du denkst, ich werde dich töten?« Seine sinnlich vollen Lippen verzogen sich zu einem belustigten Grinsen. »Ich werde dich nicht töten, Scheme. Dich nach allen Regeln der Kunst vögeln – ja. Dich zur Vollstreckung des Breed Law ausliefern – auf jeden Fall. Aber ich werde dich nicht töten.«

»Du kannst mich nicht ausliefern, Tanner.« Scheme seufzte und musterte ihn ruhig. »Ich habe nichts getan.«

Sie war eine Doppelagentin für das Amt für Breeds-Angelegenheiten. Jonas mochte ja ein Mistkerl sein, aber er würde nicht zulassen, dass sie gerade für die Verbrechen bezahlte, die sie begangen hatte, um Beweise gegen ihren Vater und das Council zu sammeln.

Wenn sie Tanner nur vertrauen könnte! Wenn sie nur sicher sein könnte, dass nicht ausgerechnet er der Spion ihres Vaters war und dass er ihr glauben würde, dass sie Informationen hatte und Asyl brauchte! Sie war sehr in Versuchung, das Risiko für sich selbst einzugehen und ihm ihre Geheimnisse zu enthüllen – aber sie konnte nicht noch einmal das Leben eines Kindes riskieren. Sie brauchte erst Sicherheit.

»Es gibt Tötungsbefehle mit deiner Unterschrift, meine Schöne«, flüsterte er, beugte sich vor und streifte ihr Ohr mit den Lippen. Scharfe Reißzähne schrammten über ihre empfindsame Ohrmuschel. »Fotos, wie du dich mit mehreren mutmaßlichen Mitgliedern des Councils triffst. Alles, was wir noch brauchen, ist das Geständnis eines Council-Soldaten oder eines anderen Mitglieds, um dich ans Kreuz zu nageln. Hältst du das für möglich?«

Scheme lächelte schief. »Ich denke, Tanner, dass man so ziemlich alles erreichen kann, was man will, wenn man es nur unbedingt genug will.«

Sein Stirnrunzeln verriet einen Hauch von Frustration, und der Griff seiner Hände an ihren Hüften verstärkte sich.

»Du bist dir so sicher, dass du dem Breed Law entkommen kannst«, meinte er leise. »Du solltest es besser wissen. Dein Vater hat den Ausbildungszweig des Councils über Jahrzehnte geleitet, und wir wissen, dass du die letzten zehn Jahre involviert warst. Es ist nicht allzu schwer, eine Tatsache zu beweisen.«

Breed Law. Die Bestimmungen, die vor Jahren Gesetz geworden waren und den Breeds nicht nur das Recht auf Autonomie einräumten, sondern auch das Recht, Vergeltung zu üben – auch wenn das nicht ganz so einfach war. Ein Vergeltungsschlag musste zuerst vom Führungsrat der Breeds genehmigt werden, welcher aus zwölf von den Breeds gewählten Mitgliedern bestand, und danach noch von der Aufsichtskommission in D. C., der acht Menschen und vier Breeds angehörten.

Bisher hatte es nur einige wenige Exekutionen hochrangiger Mitglieder des Councils gegeben, dazu zahlreiche Inhaftierungen. Aber der Druck auf Führungsrat und Aufsichtskommission, jene hinzurichten, die der versuchten Abschlachtung von Breeds für schuldig befunden worden waren, wurde langsam überwältigend.

»Dann beweise es.« Sie zuckte mit den Schultern.

Dazu würde es nie kommen. Niemand würde es wagen, ihren Vater derart zu hintergehen – abgesehen von ihr selbst natürlich. Und für den Fall, dass es doch jemand tun würde, hatte sie immer noch die Vereinbarung mit Jonas, die sie vor Jahren unterzeichnet hatte.

Zu dumm, dass Jonas niemandem in Sanctuary traute. Es war immer wichtig, eine Rückzugsmöglichkeit zu haben. In diesem Fall jedoch gab es kein Sicherheitsnetz, außer dem Ort, an dem sie die Vereinbarung versteckt hatte. Und so lange sie nicht sicher wusste, wer der Spion ihres Vaters war, konnte sie ihre Informationen nur an eine einzige Person weitergeben.

»Du könntest reinen Tisch machen.« Er senkte den Kopf, und seine Zähne kratzten über ihre Schulter, bevor er mit der Zunge darüberleckte.

Scheme zwang sich, normal weiterzuatmen, was ihr aber kaum gelang. Seine Berührung sollte nicht erotisch sein. Sie war so simpel, da durfte sie doch nicht hemmungslos feucht werden.

»Ich habe eben erst geduscht«, flüsterte sie ihm ins Ohr. »Ich verspreche dir, bei mir ist alles sehr rein.«

Er knabberte an ihrer Schulter. Der leichte sinnliche Schmerz entlockte ihr ein Aufkeuchen und ließ ihren Körper vor Schwäche erschaudern.

»Ich wittere dich«, grollte er da. »Du bist feucht. So feucht, dass der Duft deiner Erregung wie eine Droge wirkt.« Scheme wollte sich dazu zwingen, sich zu konzentrieren – sie versuchte es wirklich. Doch ihre Wimpern senkten sich flatternd, als seine Lippen plötzlich auf ihren lagen.

Du lieber Himmel! Sie hasste Küssen. Wirklich. Aber dieser Kuss … Ihre Hände versanken auf der Stelle in seinem Haar und hielten ihn fest, als seine Lippen über ihre glitten und seine Zunge ihren Mund in Besitz nahm. Dieser Kuss, heiß, entschlossen, voll knisternder Erotik und lustvollem Verlangen, berauschte buchstäblich ihre Sinne.

Er schlang die Arme um sie, zog sie weg vom Geländer, nur um sie umzudrehen und gegen die Wand des Balkons zu drücken. Er umfing sie, wärmte sie, erhitzte sie, jagte Blitze sengender Hitze durch ihren Leib, die in ihrer Klitoris explodierten, als sie ihm die Hüften entgegenhob.

Oh Mann, diese Art zu küssen müsste man in Flaschen abfüllen können. Damit würde er ein Vermögen verdienen.

Seine große Hand fuhr in ihr Haar, zog daran und ließ ihre Kopfhaut sinnlich prickeln, als er ihren Kopf nach hinten zog und sich aus dem Kuss löste, bevor seine Lippen ihren Hals versengten.

Scheme öffnete die Augen, ohne viel zu sehen. Ihr Blick war undeutlich und benommen.

Sie hob sich auf die Zehenspitzen und versuchte, ihren schmerzvoll verlangenden Unterleib gegen die harte Erektion in seinen Hosen zu drängen.

Oh, war das gut! Ein leises Stöhnen drang über ihre Lippen, als es ihr endlich gelang, das brennende Zentrum ihres Körpers an ihm zu reiben.

Seine Hüften drückten sich an sie, und er umfasste ihren Po mit einer Hand, um sie hochzuheben.

»Leg die Beine um meine Taille«, flüsterte er schwer atmend in ihr Ohr. Er hatte wieder dieses Grollen in der Stimme, das in ihr den Wunsch weckte, über seine Lippen zu lecken und zu spüren, wie sie an ihrem Mund vibrierten.

Sie schlang die Beine um seine Taille, und dann sah sie nur noch Sterne.

Oje! Das war gefährlich. Sie wimmerte – und sie wimmerte niemals! –, als er sein Glied in voller Länge an ihre Schenkel presste und seine Hüften an ihr rieb.

»Ich warte schon so lange darauf, meinen Schwanz in dich zu schieben.« Ausgesprochen deutlich. Er nahm absolut kein Blatt vor den Mund.

»Oje, du bist ja ein richtiger Romantiker«, keuchte sie. Seine gefährlich erotische Feststellung stieß sie in keiner Weise ab.

»Wolltest du denn Romantik?« Er knabberte an ihrem Kinn. »Hübsche Lügen, um das hier sanfter zu machen?«

Wobei mit *das hier* seine Zähne gemeint waren, die über ihre verzweifelte Brustwarze unter dem Samtstoff schrammten, bevor er die harte Knospe, mitsamt Stoff, in den Mund sog.

Der angespannte gedämpfte Schrei, der über ihre Lippen drang, schockierte sie. Oh Mist! Sie war kurz vor dem Orgasmus. Hier und jetzt, gegen die Wand gedrückt, und das durch nichts weiter als seine Zähne, die ihre harte Brustwarze verwöhnten.

Es war ihr noch nicht einmal peinlich.

Und dann schnurrte er.

3

Sie kam.

Tanner fühlte den Orgasmus durch ihren Körper rasen, fühlte, wie ihr der Atem stockte, und witterte Erregung und Schock aus jeder Pore ihres Körpers dringen.

Ach, du Schande! Sie war ja heißer als Dynamit. Der Duft ihres Verlangens benebelte seine Sinne, und die süße Feuchtigkeit, die sich zwischen ihren Beinen sammelte, machte ihn allein schon mit ihrem Duft beinahe betrunken.

»Du unartige kleine Intrigantin.« Er drückte sein Glied fester zwischen ihre Beine und fühlte ihre Hitze und Nässe.

»Lass dir das nur nicht zu Kopfe steigen«, keuchte sie. »Mein letztes Mal ist schon eine Weile her.«

Das war gelogen. Doch anders als bei anderen Lügnern war der Duft ihrer kleinen Unwahrheit nicht Übelkeit erregend, sondern sanft, mit einem Anflug von Spott und einer leichten Note von Überraschung. Er mochte den Duft ihrer Lügen. Das sollte aber nicht heißen, dass er sie ihr durchgehen lassen würde.

»Lügnerin«, warf er ihr leise vor.

»Das willst du gar nicht wissen.« Ihr Kopf sank gegen die raue Wand hinter ihr, und ihre halb geschlossenen Augen glitzerten.

»Was will ich denn wissen?«, fragte er und bewegte seine Hüften an ihrem erhitzten Unterleib.

»Dass ich mich mindestens drei Meter weit von dir wegwünsche.«

Sie bewegte sich und presste die Knie fester an seine Hüften, als wollte sie ihn festhalten.

»Drei Meter?«, meinte er nachdenklich. »So weit weg wird es aber verdammt schwierig, diesen kleinen Anflug von Erleichterung in einen glühenden Orgasmus zu verwandeln, meine Schöne. Bist du sicher, dass du das willst?«

Er konnte ihr Verlangen nach mehr wittern. Es loderte in ihr, verspottete sie beide mit einem Hunger, dem er kaum widerstehen konnte.

»Es wäre eine sehr gute Idee.« Sie fuhr sich mit der Zunge über die Lippen, und er wollte es ihr gleichtun.

Doch bevor er ihre Lippen wieder erobern konnte, schob sie ihn an den Schultern von sich und ließ die Beine von seinen Hüften zu Boden gleiten. Er war ein Narr, sie loszulassen. Es war keine gute Idee, ihr die Zeit zu geben, ihre Abwehr gegen ihn wieder neu zu errichten. Aber ihn reizte die Herausforderung, sodass er vor Vorfreude lächelte, als er sie freigab.

»Beeindruckend.« Sie strich den weichen Samtstoff ihres Tops glatt, bevor sie zurück in den Wohnbereich ging. »Du kannst jetzt gehen.«

Darauf musste er schmunzeln. »Das denke ich nicht.«

Ihr dichtes Haar schwang wie ein seidener Umhang, der ihr fast bis zu den Hüften reichte, als sie sich zu ihm umdrehte. Ihre Augen blitzten ihn voll Wut und Verlangen an.

»Die Zeit für Spiele ist vorbei, Tiger.«

Er debattierte nicht mit ihr, sondern schloss die Balkontür und zog die Vorhänge zu.

»Die Zeit für Spiele hat gerade erst angefangen.«

Tanner drehte sich zu ihr um und verkniff sich ein Lächeln, als er ihre plötzliche Unsicherheit fühlte. Scheme galt als ein unverwundbarer Mensch ohne Schwachstellen. Doch er hatte es immer besser gewusst. Sein Wissen über sie und seine

Wahrnehmung ihrer Person passten nicht zusammen. Und bis sich das änderte, kam es absolut nicht infrage, dass er sie gehen ließ.

Jahrelang hatte er darauf hingearbeitet, Tallants kleinen Liebling zu entführen. Zu Anfang war der Hauptgrund gewesen, weil er Tallant leiden sehen wollte. Doch inzwischen war ihm vollkommen egal, was der General empfand. Er wollte die Frau. Ihre Geheimnisse. Jetzt wollte er die heißen Küsse und die erschütternden Orgasmen. Bisher hatte Jonas es immer geschafft, seine Pläne zu durchkreuzen, aus dem einen oder anderen Grund. Doch heute Nacht würde er eher sterben, als von ihr zu lassen.

Der Gedanke weckte einen Anflug von Unbehagen in ihm. Nichts sollte ihn derart unter Druck setzen. Er sollte keine Frau derart drängend begehren.

Wieder prüfte er seine Zunge. Nein, keine geschwollenen Drüsen. Es war vielleicht nicht an der Zeit, sich zu paaren, aber es war definitiv an der Zeit, zu spielen. Und Tanner spielte liebend gern.

Sie öffnete leicht die Lippen, und ihre Wimpern senkten sich, als er auf sie zukam und langsam um sie herumging.

»Tanner.«

Er konnte die Warnung in ihrem Tonfall hören, aber zugleich hörte er die Erregung. Und das war gut. Wirklich gut. Denn wenn diese süße Vagina sich das nächste Mal in einem Orgasmus zusammenzog, dann wollte er seinen Schwanz so tief in ihr haben, dass er jedes lustvolle Ziehen unmittelbar spürte.

»Ich wittere dich.« Er knabberte an ihrem Ohr und umfasste ihre Taille fester, als er sie gegen die Wand drückte.

»Ich sagte Nein«, widersprach sie schwer atmend.

»Nein, das hast du nicht.« Er lachte leise an ihrem Hals. »Du bist kein Feigling, kleine Intrigantin. Oder doch?«

Er spreizte die Finger direkt über ihren Brüsten, bevor er langsam abwärtsglitt und sie unter das weiche Bündchen an ihren Hüften schob.

Ihre Finger ballten sich an der Wand, während sie mit einem Aufstöhnen die Stirn gegen die Wand sinken ließ.

»Ich denke, ich hasse dich.«

»Das ist kein Hass, sondern Verlangen. Gib zu, du bist jetzt gerade so heiß auf mich, wie ich hart für dich bin.« Er drückte seine Erektion gegen ihren Po.

Verdammt, er liebte diesen wohlgerundeten Hintern! Ein richtiger Apfelpo hob sich ihm entgegen und rieb sich an seinem Schwanz, als seine Finger an die weiche feuchte Haut zwischen ihren Beinen glitten.

»Bleib so.« Er hielt sie an der Wand fest, obwohl sie sich umdrehen wollte. »Ich will dich nur berühren.«

Wenn sie sich jetzt zu ihm umdrehte, würde er sie auf der Stelle nehmen, so wie sie da stand.

»Das ist völlig verrückt.« Ihre Wange war an die Wand gedrückt, und ihre Wimpern senkten sich auf ihre geröteten Wangen.

»Lass mich dich einfach nur spüren«, bat er leise, drückte ihr einen Kuss auf die Wange und hielt sie fest, während seine Finger über ihre geschwollene Klitoris strichen.

Sie war noch immer empfindsam dort. Der leichte Orgasmus wenige Sekunden zuvor, hatte nur diesen festen kleinen Lustknopf betroffen. Selbst in diesem Moment, als seine Finger über die kleine Öffnung streichelten, konnte er spüren, wie sie sich vor Verlangen zusammenzog.

»Willst du mich?«, flüsterte er an ihren Lippen. »Sag mir, Scheme, willst du meine Finger in dir spüren?«

»Ich will …« Sie biss sich auf die Unterlippe und verzog das Gesicht, als ihr der Atem stockte.

»Was willst du?«

Sie schüttelte den Kopf.

»Sag es mir, meine Schöne.« Er musste die Worte hören. Das Verlangen, sie zu hören, drängte ihn mit einer Vehemenz, wie er es sich nie im Leben hätte vorstellen können.

»Ich will … dass du mich nimmst.«

Er hielt sie fest und schob zwei Finger in ihre seidige Wärme, so eng und so unglaublich, dass er beinahe in seine Hosen abspritzte.

Scheme ging auf die Zehenspitzen, und ihr Kopf fiel nach hinten gegen seine Schulter. Sie riss die Augen auf, und Farben und Hitze flimmerten vor ihren Augen, als er sie ausfüllte.

Und sie streichelte.

Sie versuchte, nicht zu schreien und nicht zu betteln. Ihre Schenkel hielten seine Hand umklammert, hielten sie fest, seine Finger in ihr und seine Handfläche, die ihre Klitoris reizte.

»Na bitte, meine Schöne.« Wieder dieses Grollen in seiner Stimme.

Sie zitterte, als die Lust sie überwältigte, und ein Wimmern drang aus ihrer Kehle.

»Komm für mich«, schnurrte er. »Auf meiner Hand, Scheme. Komm für mich.«

Sündig und sinnlich glitten seine Finger tiefer in sie und fanden dort Nerven, von denen sie gar nicht gewusst hatte, dass sie sie besaß, streichtelten sie, drangen in sie und trieben ihre Sinne zur Raserei.

Sie kam mit einem Aufschrei. Noch nie hatte etwas so Zahmes ihr einen Aufschrei entlockt. Schläge auf den Po ließen sie vor Erregung aufschreien. Die Sinnlichkeit von Analsex ließ sie aufschreien, aber selten, nur ganz selten, ein Orgasmus.

Aber dieser hier erschütterte sie. Der Akt hatte nichts Verbotenes an sich, er reizte ihre niedersten Instinkte nicht im Geringsten. Aber er erschütterte sie durch und durch, bis sie keuchte, wimmerte und die Fingernägel in den Arm krallte, der sie unterhalb ihrer Brüste umschlang.

Und sie wollte mehr.

»Genug.« Sie war überrascht, als er zuließ, dass sie sich von ihm losriss. Langsam glitten seine Finger heraus und strichen noch einmal über ihre Klitoris, bevor er zuließ, dass sie seine Hand aus ihrer Hose zog und von ihm wegstolperte.

»Du musst gehen. Sofort.« Ihre Stimme zitterte. Ihre Nasenflügel weiteten sich, und sie presste die Lippen zusammen, während sie krampfhaft versuchte, ein Verlangen zu verdrängen, das sie nie zuvor gekannt hatte.

Sex war ein Sport. Ein Hobby. Ein Mittel zur Manipulation. Rein körperliches Vergnügen war alles, was sie wollte. Ein guter, intensiver Orgasmus war alles, was sie brauchte. Aber *das hier* konnte sie nicht gebrauchen, dieses verzweifelte Drängen, das sie in sich fühlte und das seine Klauen in sie schlug.

Er hob die noch immer feuchten Finger an seinen Mund, leckte sie ab, und bei diesem Anblick zitterte sie wie Espenlaub. Seine goldenen Augen leuchteten vor blendendem heftigem Verlangen.

»Du schmeckst nach Sonnenschein«, sagte er rau, eindeutig hingerissen von ihrem Aroma. Gott, hatte jemals ein Mann so etwas getan?

»Das ist die Seife«, knurrte sie. Sie musste die Hände an ihren Seiten zu Fäusten ballen, um sie nicht nach ihm auszustrecken. Das durfte sie nicht tun. Sie konnte damit nicht umgehen. Nicht jetzt.

Er lächelte zufrieden. »Nein, das ist deine süße heiße Spalte. Als Nächstes werde ich dich mit dem Mund nehmen, Scheme. Ich will dich lecken, Scheme, so sehr, dass es wehtut.«

Ihre Knie wurden weich.

»Hör auf damit«, zischte sie. Sie hasste den Hunger in seiner Miene, das offenkundig sündige Feuer in seinen Augen. Das war kein Spiel mehr. Zum ersten Mal in ihrem Leben reagierte etwas in ihr, ein Teil ihrer selbst, den sie immer verborgen hielt, sogar vor sich selbst. »Ich will, dass du gehst, Tanner.«

»Das wird nicht passieren, meine Schöne.«

»Dann rufe ich den Sicherheitsdienst.« Ja klar, und der Boulevardpresse lieferte sie damit eine Story auf dem Silbertablett.

»Nein, das tust du nicht.« Er lachte sie ganz offen aus. »Daddy wird vielleicht nicht so erfreut darüber sein, dass du mit Breeds herumspielst, Süße.«

Ach nee. Läge ihr Kopf nicht ohnehin schon auf dem Richtblock, dann wäre es jetzt so weit.

Sie machte den Mund auf, um wenigstens einen Versuch zu wagen, sich da wieder rauszureden, als es laut an der Tür klopfte. Vor Schreck riss sie die Augen auf. Verdammt!

Tanner blinzelte, schnappte sich sein Jackett vom Sofa und deutete zum Badezimmer. Er glitt hinein und ließ die Tür einen kleinen Spalt offen, während er seine Schusswaffe mit Schalldämpfer aus der Innentasche holte.

Er hatte kein gutes Gefühl. Er fühlte etwas Merkwürdiges, konnte es wittern – kalt, doch zugleich mit einem Anflug von Bedauern.

»Chaz.« In ihrer Stimme lag Furcht, kaum wahrnehmbar, abgesehen von dem Duft der Emotion, der plötzlich in der Luft lag.

Scheme blieb nicht in der Eingangstür stehen. Tanner witterte, wie ihr Duft sich ihm näherte, als sie zurück ins Schlafzimmer trat. Sie war plötzlich aus dem Gleichgewicht, unsicher.

»Was zum Henker willst du?«, fragte sie ihren Besucher.

Jetzt mischten sich Zorn und Schmerz in ihre Angst.

Die Schlafzimmertür ging leise zu.

»Chaz, das ist gerade keine gute Idee.«

Wieso hatte er das Gefühl, dass sie damit nicht Sex meinte?

»Du bist ein zu hohes Risiko eingegangen, Scheme.« Chazzon St. Marks, einer ihrer Exliebhaber und ein Auftragskiller ihres Vaters. Tanner kannte seine Stimme und seinen Geruch. Der Anflug von Tod in der Stimme des Mannes ließ ihn erstarren. Oh zur Hölle, nein! Hier ging es ganz und gar nicht um Sex. »War denn die Tracht Prügel letzten Monat nicht genug? Musstest du dein Glück unbedingt noch weiter herausfordern?«

»Wovon redest du?« Kühl und gefasst. Ihre Stimme stand in direktem Gegensatz zu der Angst, die inzwischen von ihr ausstrahlte.

»Du bist aufgeflogen«, antwortete Chaz sanft. Zu sanft. »Hast du wirklich geglaubt, du kommst damit durch?«

Grauen. Inzwischen fürchtete sie sich nicht mehr nur. Sie hatte Todesangst. Tanner konnte es wittern, fast schon schmecken.

»Wie bitte?« Ihr Tonfall war bissig. Oh ja, sie machte ihrem Namen wirklich alle Ehre.

»Er hat nicht einmal angeordnet, dich zum Verhör zu holen«, seufzte Chaz. »Er glaubt nicht, dass du jemals gefügig sein wirst, Scheme. Ich hatte gehofft, dass er sich irrt. Ich hatte gehofft, dass die letzte Tracht Prügel, die er dir verabreicht hat, dich überzeugen würde, den Weg zu verlassen, auf dem du dich offenbar befindest.«

Das Blut in Tanners Adern gefror zu Eis.

»Du hast nichts mehr zu sagen?«, fragte Chaz daraufhin.

Tanner konnte fühlen, dass der Mann sich bereit machte, sie zu töten. Er witterte keine Waffe, und das konnte nur eins bedeuten: Er wollte ihr das Genick brechen. Das war St. Marks' Spezialität.

»Ich weiß nicht einmal, wovon du redest«, stieß sie hervor und wich offenbar vor ihm zurück. »Und ich möchte, dass du jetzt gehst.«

»Du hasst ihn seit acht Jahren«, seufzte Chaz daraufhin. »Er hat doch nur auf dich aufgepasst, Scheme.«

»Halt die Klappe!« Unerträglicher Schmerz schwang nun in ihrer Stimme mit. »Halt einfach den Mund.«

»Du hattest kein Recht, schwanger zu werden. Ich wollte das Balg nicht, und in deiner Position konntest du dir den Luxus, eine ledige Mutter zu sein, nicht leisten. Hättest du wirklich gewollt, dass er uns beide derart in der Hand hat?«

»Darüber diskutiere ich nicht mit dir!« Ihre Stimme war eiskalt. »Wie willst du mich umbringen, Chaz? Ich sehe weder eine Pistole noch ein Messer.«

»Ich werde dir das Genick brechen.« Nun lag tiefes Bedauern in seiner Stimme. »Es wird nicht wehtun, Scheme. Kein Schmerz und kein Blut. Du wirst im Tod ebenso schön sein, wie du es im Leben bist.«

Den Teufel würde er tun! Tanner wollte verdammt sein, wenn er abwartete, ob der Bastard es sich noch anders überlegte.

Er riss die Tür auf und sah den Schrecken in Schemes bleichem Gesicht, als St. Marks sich umdrehte. Er hatte keine Zeit mehr, sich zu verteidigen. Die Kugel traf den Bastard genau zwischen die Augen und warf ihn zu Boden, während Tanner schon die Spritze in der Hand hielt, die er aus seiner Hosentasche gezogen hatte.

»Das tut mir jetzt leid, meine Schöne.« Er packte Scheme, drehte sie um, drückte die Spritze an ihren Hals und injizierte ihr deren Inhalt.

Sie sank in seinen Armen zusammen.

»Mist!« Tanner legte sie aufs Bett, schritt rasch zu dem toten Killer und durchsuchte die Leiche mit schnellen, geübten Handgriffen.

St. Marks hatte nichts bei sich. Keine Waffe, keinen Ausweis. Tanner zog eine Grimasse und holte das Ärmelmikro mit dem Ohrempfänger aus der Hosentasche. Er steckte den Empfänger ins Ohr und hob das Mikro an die Lippen.

»Aufräumen, Jungs. Pronto.«

Das Fluchen von Cabal und Jackal drang an sein Ohr, während die Hintergrundgeräusche ihm verrieten, dass die beiden schon unterwegs waren. Er ließ das Set wieder in die Hosentasche gleiten, bevor er hastig sein Jackett anzog, die Waffe wegsteckte und Scheme hochhob.

Er hatte den Arm um ihren Rücken gelegt und hielt sie an sich gedrückt, sodass ihr Kopf an seiner Brust ruhte. Sollten sie gesehen werden, würde man etwas völlig anderes als die Wahrheit annehmen. Aber er hatte ohnehin nicht die Absicht, gesehen zu werden.

Eilig verließ er die Suite, ging in Richtung Treppe und durch die Tür, als der Aufzug am anderen Ende des Flurs aufglitt. Er wusste, dass Jackal und Cabal nicht lange brauchen würden.

Tanner wartete nicht auf sie. Er wusste selbst nicht, warum es ihm so wichtig war, an den beiden Männern vorbeizuschlüpfen. Aber in dem Augenblick, als er Tallants Mann umgepustet hatte, hatte das Tier in ihm die Kontrolle übernommen.

Später mochte ihn der Schock des Geschehenen treffen, aber als er Scheme in seine Arme hob und die Treppe hinunterlief, ließ er sich davon nicht beirren. Ungezähmt und beschützerisch – die Instinkte des Tieres waren gebieterisch. Ihr Leben war in Gefahr, und es zählte nur noch, sie in Sicherheit zu bringen. In absolute Sicherheit.

Sandy Hook, Kentucky

Niemand bemerkte den schwarzen Geländewagen, der in dieser Nacht leise über die Bergstraßen fuhr. Das Scheinwerferlicht erfasste Häuser, die nun auf ehemals fruchtbarem Farmland standen, glitt über Fenster mit Vorhängen und dann über tadellose Rasenflächen. Wohnwagen, stattliche Anwesen aus rotem Backstein und bescheidene Farmhäuser teilten sich dieselbe Straße, während Tanner Reynolds unbeirrt weiterfuhr, in Richtung der Abzweigung, die ihn nach Hause führen würde.

Das GPS des Wagens war nicht nur deaktiviert, sondern komplett abmontiert und trieb nun irgendwo in einem Fluss. Keine Augen, die ihn sehen, keine Ohren, die ihn hören konnten, auf seinem Weg zu der letzten wahren Zuflucht, die er kannte.

Er allein wusste, wohin er fuhr, und nur er allein wusste auch von seiner Ungeduld, dort anzukommen. Mit wilder Entschlossenheit steuerte er auf die verborgenen Höhlen zu, die er und seine Familie vor Jahren entdeckt hatten und in denen er jetzt untertauchen wollte.

Er blickte prüfend in den Rückspiegel. Keine Lichter hinter ihm oder sonst irgendwo in der Ferne. So spät in der Nacht war dieser Straßenabschnitt dunkel und kaum befahren.

Die Soldaten des Councils, die das kleine Breed-Rudel aufspüren sollten, das Callan während der Jahre in dieser Gegend gegründet hatte, hatten die Höhlen, zu denen er jetzt unterwegs war, nie entdeckt. Sie waren nicht einmal Teil des Höhlennetzes unter dem Haus, das ihr Rudelführer bewohnt hatte, bevor die Welt sie entdeckt hatte.

Es war ein Fehler, dachte Tanner jetzt. Sich der Welt zu erkennen zu geben hatte ihnen nicht die Garantie für Sicherheit eingebracht, die sie sich erhofft hatten. Die noch verbliebenen Mitglieder des Genetics Council würden sie nie in Frieden lassen. Sie würden die Blutreinheitsfanatiker und Rassistengruppen, die infolge der Offenbarung der Breeds entstanden waren, immer weiter antreiben und unterstützen.

Tallant und seine vermutlich verdorbene, innig geliebte Tochter galten als Kopf dieser Organisationen.

Tanner holte hörbar Luft, inhalierte ihren Duft und nahm ihn mit allen Sinnen in sich auf. Und Gott, sie duftete gut! Sie roch nicht wie der Gossenabschaum, für den er sie einst gehalten hatte. Verdammt, sie roch nach Sommer, nach Rosen im Wüstenwind, nach dem gottverdammten Nirwana! Er erging sich immer mehr in Poesie über eine Frau, die trotzdem ein mörderisches Miststück sein konnte. Abgesehen von der Tatsache, dass die tierischen Instinkte, denen er sein Leben lang vertraut hatte, brüllend widersprachen.

Wer zum Teufel war Scheme Tallant? Auf jeden Fall war sie nicht das verwöhnte kleine Miststück, für das er sie gehalten hatte. Nicht nach allem, was er in diesem verdammten Hotelzimmer gehört hatte.

Ihr Vater hatte ihr einen Killer auf den Hals gehetzt.

Und statt besagten Killer einfach nur umzulegen und sie dann zur Vollstreckung des Breed Law auszuliefern, war er jetzt mit ihr auf der Flucht.

Er hatte den Verstand verloren. Das war die bittere Wahrheit. Das Tier in ihm tobte in einem erbitterten Kampf gegen den Mann, und Tanner wusste, dass er den Kampf wahrscheinlich verlieren würde. Irgendetwas, irgendein angeborenes Gespür, dem er nicht entrinnen konnte, wollte nicht zulassen, dass er sie aufgab.

Tanner packte das Lenkrad fester und fletschte die Zähne in einem wilden Knurren. Im Augenblick besaß er bestenfalls eine dürftige Kontrolle über die animalische Seite seines Wesens. Je mehr er in ihren Duft eintauchte, umso weniger kämpfte er dagegen an.

Dieser Gedanke jagte ihm Angst ein. Diese Schwäche konnte er nicht dulden. Jahrelang, länger, als er darüber nachdenken wollte, hatte er dafür gesorgt, dass er keine Schwächen besaß. Keine Liebhaberinnen, die mehr bedeuteten als ein paar gemeinsame schöne Momente. Keine Freunde, außer denen, die er als Familie betrachtete. Keine Mitstreiter, die gegen ihn verwendet werden konnten.

Aber diese Frau schwächte ihn. Sie machte das Tier in ihm stärker.

Mit einem Knurren über seine blöde Idee, ihren hübschen Apfelhintern zu retten, schaltete er die Scheinwerfer des Wagens aus und bog in die Schotterstraße ein, die zu den Klippen hinabführte.

Er musste sie in den Unterschlupf bringen. Auf der Fahrt von D. C. ins östliche Kentucky war sie nur einmal aufgewacht. Das genügte, um ihm zu zeigen, dass das Beruhigungsmittel, das er ihr gespritzt hatte, keine Gefahr für sie darstellte.

Er musste sie unbedingt in die verborgenen Höhlen bringen. Dort hatte er alles, was er brauchte, um sie zu schützen. Dort würde er auch die Antworten bekommen, die er brauchte. Sie würde wissen, wer der Spion in Sanctuary war. Ohne Zweifel war er der Grund, weshalb General Tallant über jede Bewegung in der Basis der Breeds Bescheid wusste. Folglich musste Scheme den Spion ebenfalls kennen.

Verdammt, ihr Vater hatte ihr den passenden Namen gegeben! Wenn man den Berichten glauben konnte, und Tanner begann langsam, an diesen Berichten zu zweifeln, dann war Scheme für mehrere Angriffe gegen Sanctuary persönlich verantwortlich.

Sie heckte Verschwörungen aus, schmiedete Pläne, spann Intrigen. Sie war eine Manipulantin. Allerdings kam ihm so langsam der Verdacht, dass sie nicht unbedingt *für*, sondern genauso gut *gegen* ihren Vater intrigiert haben könnte.

4

Sie war nicht tot. Das war der erste Gedanke, den Scheme mit einiger Sicherheit fassen konnte. Sie atmete. Zumindest im Moment noch.

Sie fühlte sich leicht benommen, aber nicht verwirrt. Sie wusste genau, was passiert war, bis zu dem Augenblick, als Tanners Arm sich um ihren Nacken gelegt und Dunkelheit sie umfangen hatte.

Komisch, sie war sich sicher gewesen, dass er sie töten würde. Sie hatte den Tod in seinen harten, plötzlich brutalen goldenen Augen gesehen und gefühlt, wie er in der Luft pulsierte, als er aus dem Badezimmer gekommen war. Sie hob die Hand an ihren Hals und fühlte eine leicht wunde Stelle; irgendetwas hatte sie gepikt. Sie hatte das Gefühl, dass sie absolut am Arsch war, und zwar auf eine Art, wie sie es so gar nicht wollte. Aber was einen nicht umbrachte, machte einen stärker, nicht wahr?

Blödsinn.

Na ja, wenigstens war sie nicht lebendig begraben. Sie fühlte freien Raum um sich herum, eine Decke lag über ihr, und klare reine Luft füllte ihre Lungen. Knapp werdender Sauerstoff wäre jetzt richtig übel gewesen.

»Du kannst die Augen aufmachen. Ich weiß, dass du wach bist.«

Scheme riss die Augen auf, und es brauchte ihre gesamte Selbstbeherrschung, um Tanners Blick mit einem Mindestmaß an Ruhe zu erwidern.

Oh ja, sie war am Arsch, und zwar in keinem guten Sinn. Noch nicht einmal im Sinne von *respektabel*. Sie war absolut UAA, wie der Stellvertreter ihres Vaters zu sagen pflegte: Unwiderruflich Am Arsch.

Der Mann, der da am Fußende ihres Bettes stand, war nicht der weltmännische, charmante und kultivierte PR-Mann der Breeds. Oh nein. Das hier war das Tier, das das Council geschaffen hatte. Ungezähmt, stark, gefährlich.

Und sie war ihm ausgeliefert.

Sie konnte sich glücklich schätzen.

Beim Anblick der düsteren Wut in seinen Augen schaute sie weg. Sie konnte es nicht ertragen, seinem Blick zu begegnen, die Anklage in seinen Augen zu sehen, die Verurteilung. Allerdings konnte sie auch nichts anderes erwarten. Sie hatte jahrelang hart dafür gearbeitet, sich den absoluten Hass der Breeds zu verdienen, und das mit Erfolg. Es machte ihren Job einfacher und ihr Leben weniger kompliziert. Es war nur schwerer, jetzt die Wahrheit in seinen Augen zu sehen anstelle des verspielten Begehrens.

Ihr Blick glitt über Wände und Fußboden aus Stein. Das Bett, in dem sie lag, war aus schwerem Holz und hatte dicke Himmelbettpfosten. Darüber spannte sich schwerer Stoff, der bis auf den Boden hing. Eine altmodische, beinahe mittelalterliche Einrichtung. Höchst romantisch. Vollkommen unmöglich, dass der Mann, der sie jetzt vom Fußende des Bettes anstarrte, irgendetwas damit zu tun gehabt hatte.

Am anderen Ende des Raumes, bei dem es sich anscheinend um eine große Höhle handelte, befanden sich eine große, dick gepolsterte Couch und mehrere Stühle. Ein altmodischer Gussofen stand unweit der Sitzecke, dazu ein runder Tisch mit vier Stühlen. Entlang der Felswände erstreckten sich Wandschränke. Mehrere Metallröhren verliefen an der Decke, bevor sie in den Felswänden verschwanden; vermutlich irgendwelche Leitungen. Es gab einen Fernseher, eine Stereoanlage und ein kleines Regal mit Büchern, CDs und DVDs. Alle Annehmlichkeiten eines Zuhauses. Umgeben von Fels.

»Wo bin ich?« Irgendwie hatte sie das Gefühl, dass sie die Antwort nicht wirklich hören wollte.

»In Sicherheit. Für den Moment.« Die kräftigen Arme vor der Brust verschränkt, erwiderte er ihren Blick mit kalten Augen.

»Für den Moment?«

Spöttisch hob er eine schwarze Augenbraue.

Scheme widerstand dem Drang, zu schlucken, angesichts der Furcht, die ihr die Kehle zuschnürte. Sie würde das schon schaffen, versicherte sie sich. Er mochte im Moment ein abtrünniger Breed sein, aber irgendwann musste er sich schließlich wieder zurückmelden, nicht wahr?

»Kann ich einen Schluck Wasser haben?« Sie fuhr mit der Zunge über ihre trockenen Lippen und kämpfte gegen Angst und Übelkeit an, wie schon so oft in der Vergangenheit.

»Nicht umsonst.«

»Mir scheint, ich bin im Moment ziemlich pleite.« Scheme seufzte. »Mein Vater hat die Angewohnheit, die Kreditkarten und Bankkonten der Leute, die er umbringen lässt, aufzulösen.«

Er hatte es wirklich getan. Cyrus war tatsächlich des Spiels überdrüssig geworden und hatte beschlossen, sie töten zu lassen. Einmal hatte er ihr erklärt, dass es so war, als würde man den Müll rausbringen. Manchmal musste man den Dreck in der eigenen Organisation einfach loswerden. Anscheinend war sie ebenfalls Dreck geworden. Tanner legte den Kopf schief, und seine Augen, die sogar unter den Breeds einzigartig waren, glitzerten eisig, während ein spöttisches Lächeln auf seinen sinnlich vollen Lippen lag. Kräftige sehnige Muskeln spielten in seinen Armen, als er den Kopf hob und weiter auf sie herabstarrte.

»Welchen Preis hat ein Schluck Wasser?« Dieser Blick ging Hand in Hand mit der Kunst zu verhandeln.

Belustigung leuchtete in seinen Augen auf. Nur in seinen Augen. Ein leichter Schimmer, nicht mehr, bevor er den Blick auf die Decke sinken ließ, die ihren Körper bedeckte.

»Was in aller Welt hat dich geritten, mit einem Auftragskiller zu schlafen?«, fragte er schließlich.

»Der Preis ist eine Frage?« Verhandlungen waren niemals so einfach.

Seine Mundwinkel zuckten. »Wie gesagt, Süße, ich beabsichtige, mir meinen Anteil an diesem straffen Körper zu nehmen. Ich habe mich nur gewundert, wieso dein Männergeschmack so verdammt lausig ist.«

Nur dank vieler Jahre der Selbstbeherrschung gelang es ihr, ein Zusammenzucken zu unterdrücken, das der scharfe Schmerz mit sich brachte.

»So durstig bin ich noch nicht«, antwortete sie ruhig.

»Und ich bin auch noch nicht so scharf, aber das könnte sich sehr schnell ändern«, versicherte er ihr, und sein Lächeln wurde wieder kalt. »Vielleicht bist du durstig, wenn ich so weit bin.«

Ihr Blick glitt nach unten zu seinen Hüften und dann ruckartig wieder hinauf zu seinem Gesicht. Okay, im Augenblick sah es ganz danach aus, als wäre er absolut so weit. Es war fast schon amüsant. Tanner Reynolds galt als einer der gutmütigsten Breeds, die je gezüchtet worden waren. Erschaffen vor annähernd fünfunddreißig Jahren, im Alter von fünfzehn Jahren mit Rudelführer Callan Lyons geflohen und aufgewachsen in Sandy Hook, Kentucky, bis Lyons vor zehn Jahren die Existenz der Breeds öffentlich gemacht hatte.

Das Labor in New Mexico, aus dem er geflohen war, hatte als eines der übelsten gegolten. Weder die Mitglieder des Genetics Council noch die Wissenschaftler und Soldaten, die die Breeds dort überwachten, hatten Erbarmen gekannt. Erbarmen, hieß es, erzeuge Schwäche, und das Council duldete keinerlei Schwäche bei irgendeiner seiner Kreaturen.

Bis auf eine Ausnahme. Ihre Mutter. Vor zwanzig Jahren war nur eine einzige Person bereit gewesen, den Breeds zu helfen. Sie hatte sich vorübergehend in New Mexico aufgehalten, mit dem Auftrag, eine Reihe von Tests an einer Breed durchzuführen, die als Sherra bekannt war. Die einzige Breed, die zu dem Zeitpunkt schwanger war – und dann eine Fehlgeburt erlitt.

So viel wusste Scheme mit Sicherheit. Ihr Vater hatte bei mehreren Gelegenheiten angedeutet, dass ihre Mutter für ihren Entschluss, den Breeds zu helfen, bezahlt hatte. Angeblich war sie Tage später an einem massiven Schlaganfall gestorben. Doch Scheme wusste, dass ihr Vater sie hatte umbringen lassen – so wie er nun auch den Befehl gegeben hatte, seine Tochter zu töten.

Tanner war nicht der vergnügungssüchtige, witzige amerikanische Junge, für den man ihn hielt. Das zeigte sich in seinen Augen, im harten Schwung seiner Lippen. Andere mochte er zum Narren halten, doch Scheme hatte ihr Leben damit verbracht, die gefährlichen Wasser des Councils zu durchschiffen. Sie wusste ganz genau, in was sie sich da – wie auch immer – hineinmanövriert hatte.

Sie war hier gefangen mit einem der gnadenlosesten und hinterhältigsten Breeds, die je geschaffen worden waren. Zudem gehörte er noch zu den neugierigsten, und das war gefährlich für sie. Extrem gefährlich.

»Kein Kompromiss?«, fragte sie und war sich dabei im Klaren darüber, wie erbärmlich ihre Stimme klang.

Gott, war sie müde! Und durstig. Das Verlangen nach einem Schluck Wasser war fast schon quälend. Außerdem musste sie zur Toilette. Dringend.

»Breeds wurden nicht darauf trainiert, Kompromisse einzugehen«, erinnerte er sie. »Ich glaube, das war einer der ersten Befehle des Vorgängers deines Vaters, als er mit der Ausbildung der Breeds anfing.«

Oh ja. Der gute alte Großvater, Cyrus Tallant senior. Der Bastard.

»Kostet ein Gang zur Toilette weniger?«, seufzte sie müde. Es sollte eine Vorschrift geben, dass Verhandlungen nur dann geführt werden durften, wenn beide Parteien in Bestform waren. Oder am schwächsten. Die Rahmenbedingungen sollten wirklich für alle gleich sein.

Was auch immer er mit ihr gemacht hatte, sie fühlte sich höllisch benommen im Kopf.

»Toilettenpausen sind gratis.« Er zuckte mit den Schultern. »Das Wasser auch. Nimm ein Bad, wenn du schon dort bist. Es könnte deine Stimmung heben.«

Ja klar. Wieso schwamm sie nicht noch ein paar Bahnen, wenn sie schon mal dabei war? Sie fragte sich, ob sie überhaupt genug Kraft hatte, um sich ins Bad zu schleppen, wo zur Hölle das auch war. Das Zeug, das er benutzt hatte, um sie außer Gefecht zu setzen, machte sie schwach wie ein Katzenjunges.

»Wohin?« Sie musste sich dazu zwingen, sich zu rühren. Jedes bisschen Kraft, das sie noch besaß, konzentrierte sie darauf, ihren Körper in Bewegung zu setzen. Man war sich nie bewusst, wie sehr man seine Rückenmuskeln beanspruchte, bis diese sich mal vor Schmerz verkrampften.

Die Nacht davor war sie nicht so steif gewesen, denn da hatte sie den Muskelkater über den Tag wegtrainiert. Doch jetzt, nach dem erzwungenen Schlaf – wie lang auch immer der gedauert hatte –, war sie unerträglich steif.

Nicht heulen. Sie blinzelte die Tränen weg, die ihr angesichts des Schmerzes durch die Bewegung kamen, und rutschte an den Bettrand. Dabei achtete sie sorgfältig darauf, die wichtigen Bereiche ihres nackten Körpers unter der Decke zu verbergen.

»Hinter dem Vorhang.« Er deutete mit dem Kopf zu einem üppigen kastanienbraunen Samtvorhang, der einige Schritte vom Fußende des Bettes entfernt an der Wand hing.

»Natürlich«, murmelte sie vor sich hin. »Es konnte ja nicht irgendwo in der Nähe sein.«

»So tief unter der Erde, meine Schöne, muss man die Ausstattung da installieren, wo es am besten geht.« Seine Stimme klang gelassen, doch der Teil mit *unter der Erde* erregte ihre Aufmerksamkeit.

Sie saß am Bettrand, drehte sich um und starrte ihn resigniert an. »Unter der Erde?«

Er zeigte seine Zähne, besonders diese bösartig scharfen Reißzähne. »Tief unter der Erde, Süße. Hast du irgendwelche Phobien?«

»Wenn's so wäre, dann wäre ich jetzt ziemlich angefickt, oder?« Es fiel ihr nicht leicht, ihren Tonfall amüsiert spöttisch klingen zu lassen.

»Na ja, das könnte dir sowieso passieren«, brummte er. »Irgendwelche Vorlieben in der Richtung?«

Bei dem Gedanken musste Scheme beinahe loslachen. Oh, sie hatte viele Vorlieben, und sie war überzeugt, dass er die meisten davon bedienen könnte.

»Tut mir leid, aber ich habe beschlossen, dass Breeds dieses Jahr nicht auf der Liste stehen. Versuch es nächstes Jahr noch mal«, schlug sie unbekümmert vor.

»Vielleicht können wir deine Meinung für dieses Jahr ja noch ändern.« Sein Lächeln war raubtierhaft. Beinahe beängstigend.

Scheme starrte ihn überrascht an.

»Das alles nur, um mich ins Bett zu bekommen? Du hast meinen Mörder getötet und mich Gott weiß wohin gebracht, irgendwo unter die Erde, damit du mich flachlegen kannst? Ist das nicht ein wenig extrem?«

Das war sogar für Tanner extrem. Auch der Breed-Gemeinschaft selbst war klar, dass ihr Tiger-Bruder sich etwas außerhalb dessen bewegte, was die Breeds als normales Verhalten erachteten. Aber das hier hätte Scheme niemals erwartet.

»Dich flachzulegen ist ein angenehmer Nebeneffekt«, meinte er. »Nimm ein Bad. Später können wir verhandeln.«

Schön. Sie konnten später diskutieren, das kam ihr gelegen. Sie wusste nicht, ob sie im Moment genug Denkvermögen besaß, um auch nur über das Wetter zu reden, geschweige denn irgendwas zu verhandeln.

Sie packte das Laken, um es beim Aufstehen mit hochzuziehen.

»Kein Laken.« Auf seinen harten grollenden Tonfall hin hob sie ruckartig den Kopf, sah ihm in die Augen und blickte dann auf die Hand, die den Quilt und das Laken darunter festhielt.

Also wirklich, warum hatte sie damit nicht gerechnet? Verdammt noch mal, Jonas sollte sie doch vor Entführungen durch Breeds oder jeglichen Angriffsversuchen schützen! Hatte der Direktor des Amts für Breeds-Angelegenheiten etwa vergessen, das Rundschreiben dazu abzuschicken? Eigentlich sollte Tanner unter Kontrolle sein und sie jede seiner Bewegungen gemeldet bekommen, falls er irgendwie in ihre Nähe kam. Schließlich gab es das Gerücht, dass er erklärt hatte, er wolle die Tallants vom Angesicht der Erde getilgt sehen. Und sie war immerhin eine Tallant. Warum zum Henker sorgte Jonas nicht mehr für ihren Schutz? Erst hatte er sie auf dieser blöden Party versetzt – und jetzt das?

»Na schön. Kein Laken.« Sie stand auf und ließ Laken und Quilt an ihrem Körper herabgleiten.

Sie hatte schon vor langer Zeit gelernt, sich nicht um ihre eigene Nacktheit zu kümmern. *Keine Schwäche* war auch das Motto ihres Vaters. Und das hieß: *absolut* keine. Er hatte sie mit derselben eisernen Faust großgezogen, mit der er seine Marines ausgebildet hatte, als er im Corps war.

Erhobenen Hauptes warf sie ihm ein spöttisches Lächeln zu und marschierte ohne Eile ins Badezimmer.

Bitte schön, Breed, dachte sie leicht belustigt, als sein Blick aufloderte und sein harter Körper sich anspannte. Es war, als würde sie ein hungriges Tier reizen, und sie beschloss, dass es die passende Strafe war. Für sie beide.

Tanner lehnte sich an den dicken Himmelbettpfosten, verschränkte die Arme vor der Brust und beobachtete sie. Böser Fehler. Er musste all seine Selbstbeherrschung aufbieten, um den spöttisch-belustigten Gesichtsausdruck beizubehalten, anstatt auf die Knie zu sinken und wie ein räudiger Hund zu sabbern, als sie an ihm vorbeiging.

Bengalische Tiger sabberten nicht.

Aber verdammt, sie bot einen Anblick, der es wert war, zu sabbern! Geschmeidige, leicht gebräunte Haut, langes seidiges Haar und eine Anmut, bei der er die Zähne zusammenbeißen musste, um sich einen letzten Rest von Selbstachtung zu bewahren.

Kleine straffe Brüste, ein winziges, leicht gerundetes Bäuchlein und ein von lockigem Flaum bedeckter Venushügel. Die meisten Frauen wachsten oder rasierten sich den Intimbereich, damit die Haut dort weich und seidig glatt blieb, und

Breeds selbst besaßen keine echte Körperbehaarung. Folglich war er völlig fasziniert davon. Er liebte es. Er konnte es gar nicht erwarten herauszufinden, was dieser weiche Flaum vor seinem Blick verbarg, die Haut darunter hatten bisher nur seine Finger kennengelernt.

Langes schwarzes Haar fiel ihr bis zur Taille. Wirr, aber seidig und dicht, umschmeichelte es mit einer koketten Sexyness ihren Rücken und ihre Hüften, die er anziehend fand.

Sie war wunderschön. Einfach nur wunderschön. Und erschöpfter als ein junges Kätzchen. Er würde ein paar Wörter mit Jackal reden müssen, was die Dosierung dieses Beruhigungsmittels anging. Mist, er war völlig durcheinander, und er hasste es, durcheinander zu sein! Ruhig und beherrscht, das war sein Motto. Es sei denn, er befand sich zwischen einem Paar hübscher Schenkel, die zu einer heißen Frau gehörten. Das war es schon wert, ein wenig die Beherrschung zu verlieren. Aber nicht zu viel. Niemals so viel wie jetzt.

Tanner seufzte müde, als er im Badezimmer Wasser laufen hörte, und ging zu den Wandschränken, die Callan in die Höhlenwand eingebaut hatte. Dabei lauschte er aufmerksam mit einem Ohr auf Scheme im Badezimmer.

Sie murmelte irgendwas vor sich hin. Er konnte nicht genau verstehen, was sie sagte, aber falls er irgendeine Art von Abstammung vorzuweisen hatte, wurde die gerade ganz deutlich infrage gestellt.

Er schüttelte den Kopf, holte Mikrowelle, Kochplatte und Kaffeekanne aus dem Schrank unter dem Tresen und stellte alles auf, bevor er die Geräte an die Steckdosen in der Wand anschloss.

Die Verlegung elektrischer Leitungen hier herunter war eine Schinderei gewesen. Er mochte wetten, dass Callan sie alle drei Jahre lang bis zur Erschöpfung angetrieben hatte, um hier elektrische Leitungen zu haben. Es war ihr letzter sicherer Bau gewesen. Diese Höhlen waren so tief unter der Erde eingeschlossen und von so vielen unterschiedlichen Mineral- und Erzschichten umgeben, dass nicht einmal die Satelliten in der Umlaufbahn, die den Erdboden durchdringen konnten, in der Lage gewesen waren, sie hier zu finden. Zudem gab es hier kleine Einschlüsse von Rohdiamanten, Rubinen, Gold und Silber, Eisenerz und andere Mineralvorkommen, sodass er irgendwann den Überblick verloren hatte.

Die Höhlen waren unerforscht, unbekannt und so gut versteckt, dass nicht einmal die Einheimischen von ihnen wussten. Callan hatte keine Mühen gescheut, damit das auch so blieb. Verdammt, er hatte schon an den Höhlen gearbeitet, lange bevor das Council ihn wieder eingefangen und nach New Mexico gebracht hatte.

Tanner bereitete rasch die Kaffeemaschine vor, fuhr sich dann mit den Fingern durchs Haar und verzog das Gesicht, als er ein gedämpftes weibliches Aufstöhnen im Badezimmer vernahm. Als sie sich daraufhin selbst verfluchte, huschte ein Lächeln über sein Gesicht.

Tanner lauschte, als das Wasser in die frei stehende Badewanne lief, während er alle Zutaten für eine Mahlzeit bereitlegte. Er hatte sie jetzt lange genug allein gelassen. Er musste nach ihr sehen. Falls ein Breed überhaupt Nerven besaß, dann waren seine in hellem Aufruhr vor Besorgnis. Er hätte schwören können, dass sie nicht genug Kraft hatte, um ihren Hintern in diese große Wanne zu schwingen, geschweige denn später wieder herauszukommen.

Lautlos schlich er zum Samtvorhang, der den Durchgang zum Badezimmer verbarg, zog ihn zur Seite und richtete den Blick direkt auf die Wanne. Ihm gefror der Atem in der Brust, während seine Hoden gleichzeitig heiß wurden.

Noch immer lief Wasser in die tiefe altmodische Wanne – heißes, dampfendes Wasser, das noch kaum an die Spitzen dieser verdammten knackigen Brüste heranreichte. Sein Glied zuckte und pochte. Er würde jeden Eid schwören, dass er förmlich spüren konnte, wie sein Samen heiß in seinen Schaft stieg, als er die harten rosigen Nippel anstarrte, die im Wasser wippten.

Das Tier in ihm knurrte, und unglücklicherweise drang der Laut auch über seine Lippen.

Träge öffnete Scheme die Augen, während das Wasser langsam über diese kecken beerenreifen Knospen rann. Ihm lief das Wasser im Mund zusammen. Was würde er nicht dafür geben, diese süßen Nippel auf der Stelle zu kosten!

»Verhandlungen über meine Privatsphäre?«, murmelte sie mit müder, leicht benommener Stimme.

»Klar.« Oh toll, er konnte noch artikulieren, nicht schlecht. »Sag mir, wieso dein Vater deinen Exliebhaber geschickt hat, um dich zu töten.«

Allein dafür war Tallant schon ein toter Mann. Keine Chance, dass Tanner sich jetzt noch davon abhalten lassen würde, den Mann umzubringen.

Sie schloss die Augen und wandte den Kopf ab.

»Du kannst zusehen, so viel du willst.« Sie schenkte ihm ein kleines Lächeln. »Exhibitionismus macht mich an, wusstest du das nicht?«

Oh ja, das wusste er. Er wusste von all den unartigen erotischen Abenteuern, die sie über die Jahre erlebt hatte. Er wusste davon, und er genoss den Gedanken, dass er eine Frau mit Verständnis für reines Vergnügen mit einem Schuss ins Extreme unter sich hätte, wenn es denn bald so weit wäre.

Im Grund war sie nicht wirklich promiskuitiv. Nach Chaz St. Marks hatte sie sich ihre Liebhaber außerhalb der Organisation ihres Vaters gesucht. Es waren Männer gewesen, die wussten, dass sie nur eine kurze Affäre wollte, Männer, die ihr zu geben versuchten, was sie brauchte, ohne mehr für sich selbst zu begehren. Er fragte sich, ob sie in jenen Affären gefunden hatte, wonach sie suchte. Er selbst hatte es nie gefunden. Egal wie weit er ins Extreme, ins Abartige gegangen war, nichts hatte je das Verlangen nach ihr gestillt, das ihn umtrieb.

»Du hast meine Frage noch nicht beantwortet.« Er würde alles tun, nur um ihre Stimme zu hören. Sie streichelte seine Sinne auf solch intensive Art, dass er schon wieder mit den Zähnen den Zustand seiner Zunge prüfte.

Erneut hoben sich ihre Wimpern, und sie blickte ihn aus schokoladenbraunen Augen an, so tief und dunkel, dass er darin ertrinken könnte.

»Welche?«

»Wieso hat dein Vater St. Marks geschickt, um dich zu töten?«

»Den Killer.« Ihr Lächeln war bittersüß. Gottverdammt, sie empfand etwas für den Bastard, der sie hatte töten wollen! »Du hast es genossen, ihn zu töten, nicht wahr?«

»Was denkst du?« Ein leichtes Zucken ihrer Wimpern war das einzige Zeichen einer Emotion.

»Ich denke, du hast es sehr genossen. Und um deine Frage zu beantworten, er glaubt, ich hätte ihn hintergangen.«

»Und, hast du?«

Sie sah müde und traurig aus. »Vielleicht war ich auch nur nachlässig. In den letzten paar Jahren habe ich eine Menge Fehler gemacht. Ich bin zu einer Belastung geworden.«

Das war nicht direkt eine Lüge, aber Tanner konnte einen Hauch von Täuschung wahrnehmen. Das gefiel ihm gar nicht.

»Dann hast du also alles gehört?«, fragte sie.

»So ziemlich.«

Darauf sagte sie nichts mehr, sondern hob einen anmutigen Fuß aus dem Wasser und drehte damit den Hahn zu.

Ihr Gesichtsausdruck war nicht kalt, aber auch nicht gerade emotional, sondern eher nachdenklich.

»Und dann hast du mich entführt«, meinte sie. »Warum?«

»Manche würden sagen, ich habe dir den Hintern gerettet«, gab er zu bedenken.

»Dann steht es mir also frei zu gehen?«

Daraufhin musste Tanner grinsen. »So weit würde ich nicht gehen.«

»Und wieso habe ich mit dieser Antwort gerechnet?«

Sie wollte die Diskussion, die er angestoßen hatte, vermeiden. Er spürte ihr Bedürfnis, den Fakten aus dem Weg zu gehen und sich von dem zu distanzieren, was er gehört hatte.

»Du musstest damit rechnen«, stimmte er zu und bewegte sich von der Tür langsam auf sie zu. »Setz dich auf, damit ich dir die Haare waschen kann. Dein Haar ist so lang, dass es einige Male über den Boden geschleift ist.«

»Ich kann mir selbst die Haare waschen.«

Er bezweifelte, dass sie im Augenblick in der Lage wäre, sich selbst auch nur das Gesicht zu waschen. Sie war steif von den blauen Flecken und vom langen Schlaf. Misshandelte Muskeln versteiften sich mit der Zeit, und er war gezwungen gewesen, sie länger versteckt zu halten, als ihm lieb war.

»Ich will dich nicht zwingen, dich aufzusetzen. Das würde nur in etwas enden, das du nicht willst.«

Mit steifen Bewegungen richtete sie sich in der Wanne auf, während er Shampoo und Conditioner holte, mit dem seine Rudelschwestern Sherra und Dawn das Badezimmer ausgestattet hatten.

»Beug dich vor«, befahl er und nahm den Duschkopf aus der Halterung über der Wanne. »Mal sehen, ob wir dich nicht richtig sauber bekommen.«

Er schob ihr Haar nach vorn, und mit einem Mal wollte er

ihr seine Fragen ebenso wenig stellen, wie sie sie beantworten wollte. Irgendwann in der Vergangenheit hatte Cyrus Tallant ihr Kind getötet. Tanner hatte den Schmerz in ihrer Stimme gehört, die Bitterkeit, als sie sich weigerte, mit dem Vater des Kindes darüber zu reden, der Tallant bei seinem schändlichen Tun auch noch geholfen hatte. Aber das hieß nicht, dass sie gegenüber seinen Feinden nicht doch in irgendeiner Weise Loyalität empfand. Bis er sich sicher sein konnte, würde er sehr vorsichtig vorgehen müssen.

Der Duft von Ehrgefühl, den er an ihr wahrgenommen hatte, gemischt mit Falschheit, Zorn und Bitterkeit, konnte aus vielerlei Gründen da sein. Vielleicht glaubte sie an das, was sie tat. Möglich war es. Sie konnte ihren Vater hassen und dennoch seinen Feldzug gegen die Breeds befürworten.

Zum gegenwärtigen Zeitpunkt war nichts gewiss – außer der Notwendigkeit, die Wahrheit zu erfahren.

5

Wieso ließ sie das hier zu?

Sie war doch sonst nie so schwach. Das war absolut inakzeptabel.

Scheme versteifte sich und wollte den Kopf heben, um sich dem erotischen Reiz zu entziehen, den das Gefühl seiner Fingerspitzen auf ihrer Kopfhaut auslöste.

»Schsch. Entspann dich.« Diese teuflischen Hände glitten an ihren Nacken, kräftige Finger massierten ihre angespannten Muskeln, und sie musste gewaltsam ein Stöhnen unterdrücken.

Noch nie hatte sie zugelassen, dass ein Mann sie wusch. Niemals. Und jetzt wusste sie auch, wieso. Die Intimität dieses Aktes barg eine große Schwäche.

Scheme schluckte schwer, hielt den Kopf unten und zwang sich, wieder regelmäßig zu atmen, während er ihr das Wasser aus den Haaren drückte und sie dann fachmännisch in ein Handtuch wickelte.

»Lehn dich zurück.« Seine Stimme war trügerisch sanft, als er mit festem Griff ihre Schultern fasste, damit sie sich in der Keramikwanne zurücklehnte.

»Na also. Ruh dich einfach aus«, sagte er leise. Seine Worte waren im Grunde ein Schnurren voll purer männlicher Zufriedenheit, und sie schürten ihren Widerstand.

Sie befand sich hier auf gefährlichem Terrain, das war ihr klar. Ihr Vater konnte mehr als einen Spion in Sanctuary eingeschmuggelt haben, und zumindest der eine, von dem sie wusste, hatte eine sehr hohe Position inne. Sie konnte Tanner nicht ausschließen.

Zum gegenwärtigen Zeitpunkt war jeder innerhalb von Sanctuary verdächtig. Besonders Tanner. Er war in waffenloser Kriegsführung ausgebildet. Noch bevor er fünfzehn Jahre alt war, hatte er in Guerilla-Infiltration und subversiven Methoden glänzende Ergebnisse erzielt. Die Wissenschaftler des Councils hatten festgestellt, dass er die mentalen Fähigkeiten und die nötige Emotionslosigkeit besaß, um darin herausragend zu sein. Er konnte ebenso gut wie jeder andere Breed von ihrem Vater in Sanctuary untergebracht worden sein.

Es war zu gefährlich, ihm zu vertrauen.

Nur weil Tanner sie vor Chaz gerettet hatte, hieß das nicht, dass sie ihm trauen konnte. Ihr Vater wusste von der Nachricht, die sie vernichtet hatte, und dass sie nicht sofort zusammenbrechen würde, wenn er sie verletzte – oder lebendig begrub. Tanner konnte der Notfallplan ihres Vaters sein. Vielleicht sollte er ihr Vertrauen gewinnen, selbst wenn er dafür Chaz töten musste.

General Cyrus Tallant war ein absolut teuflischer Mensch, und er überließ nur sehr wenige Dinge dem Zufall. Wenn irgend möglich, hätte er diese Information mehr als alles andere gewollt.

»Was willst du von mir?«

»Da gibt es eine ganze Menge.« Er ging um die Wanne herum, einen Badeschwamm in der einen Hand und eine Flasche Duschgel in der anderen.

Scheme sah zu, wie er etwas Gel auf den Schwamm gab und dann die Flasche auf den Boden stellte.

»Nämlich?«

Seine Augen funkelten lebhaft. Die Farben darin wechselten, wurden heller und wieder dunkler.

»Soll ich eine Liste machen?« Er tauchte den Schwamm ins Wasser, bevor er ihren Arm anhob und sie zu waschen begann.

»Oh ja, mach das«, meinte sie. »Ich lese sie dann später. Und ich kann mich selbst waschen.«

Kraft. Sie brauchte nur ein wenig mehr Kraft. Mit unbeholfenen Bewegungen wollte sie sich aufsetzen, doch feste Hände, nicht grob, aber bestimmt, drückten sie wieder nach hinten.

»Du bist schwach wie ein Katzenjunges«, schnurrte er. »Du musst nicht gegen mich ankämpfen, Scheme.«

»Nein, ich muss mich nur hinlegen und zulassen, dass du mich belästigst.« Sie wehrte sich nicht gegen ihn. Sie hatte schon vor langer Zeit gelernt, dass es bessere Wege gab, mit Zwängen umzugehen, als mit dem Kopf durch die Wand.

»Dich belästigen?« Der Schwamm auf ihrem Arm hielt inne. »Inwiefern belästige ich dich?«

»Ich ziehe es vor, wenn du mich nicht anfasst, Tanner.«

»Ich habe nicht danach gefragt, was du vorziehst.« Seine Kiefermuskeln waren angespannt.

Scheme zuckte träge mit den Schultern. »Dann ist ›Belästigung‹ der technische Begriff für eine derartige Ausübung von Zwang, Mr Reynolds.«

Er ließ ihren Arm ins Wasser fallen. Für den Bruchteil einer Sekunde glaubte sie, sie hätte gewonnen. Moment, was sagte man noch so schön über dieses Wort? *Glauben*. Irgendwas mit glauben und nicht wissen, dachte sie amüsiert.

Einen Augenblick später streckte er die Hand wieder aus und nahm ihren anderen Arm.

»Na gut. Ich belästige dich also.« Er zuckte seinerseits mit den kräftigen Schultern. »Breeds wurden nicht darauf trainiert, sich politisch korrekt oder in sexueller Hinsicht höflich zu verhalten. Wir wurden dazu abgerichtet, uns zu nehmen, was wir wollen.«

Und es war offensichtlich, dass er *sie* wollte – abgesehen von anderen Dingen, die er womöglich auch wollte.

»Akzeptierst du jemals ein Nein als Antwort?«, fragte sie, als er auch diesen Arm zurück ins Wasser sinken ließ, bevor er die Hand eintauchte und ihr Knie hochhob.

»Selten«, antwortete er. »Jetzt leg deinen Fuß auf den Rand der Wanne.«

»Du machst mich sauer.« Aber sie tat, worum er sie gebeten hatte, und konzentrierte ihren Blick auf den Schwamm, der über ihr Bein wanderte.

Wie demütigend konnte das hier eigentlich noch werden?

»Warum hat dein Vater dich geschlagen? Und streite es nicht ab, ich habe jedes Wort von St. Marks gehört.«

Verdammt, Chaz und sein loses Mundwerk! Er hätte ihr einfach das Genick brechen und seine verdammte Klappe halten sollen. Diese ganze Fragerei konnte sie nicht gebrauchen.

»Weil ich auf Schmerzen stehe?« Sie sah ihn an, und ein Lächeln spielte um ihre Mundwinkel. Wenn es nötig war, konnte sie spöttische Belustigung gut vortäuschen.

»Übst du diesen Gesichtsausdruck im Spiegel, damit er seine Wirkung nicht verfehlt?«, fragte er und ließ ihr Knie wieder sinken, bevor er das andere aus dem Wasser hob.

»Geht dir einer ab, wenn du Frauen quälst? Was zur Hölle willst du? Du beobachtest mich schon seit Jahren. Wir wissen beide, dass es so ist. Wieso? Wieso hast du mich gerettet? Wieso hast du mich entführt? Und wieso zum Henker denkst du, ich brauche dich, um mich zu waschen?«

Sie zog ihr Bein zurück, setzte sich abrupt auf und sah ihn finster an. Seine Hand schnellte vor und legte sich um ihren Hals, und das sinnliche Grollen wurde bedrohlich.

Er drückte nicht zu. Nur die Drohung hing unmissverständlich in der Luft.

»Tu es«, schleuderte sie ihm entgegen und war erstaunt über ihren eigenen Mut. »Na los. Brich mir das Genick. Du weißt, dass du es willst. Also, bring es hinter dich.«

Seit zwanzig Jahren lebte sie mit der Angst vor Bestrafung und Tod. Sie hatte mehr geopfert, als er je erfahren würde, und dabei war ihr klar geworden, dass der Tod bei Weitem nicht so Furcht einflößend war, wie sie immer gedacht hatte.

Ein Grund für Bedauern? Ja. Erschreckend? Nein.

Diese Erkenntnis war ihr gekommen, schon lange bevor sie feststellen musste, dass der Mann, den sie einst geliebt hatte, sie töten wollte.

»Dein Vater hat deinen Tod befohlen«, antwortete er barsch. »Er hat deinen ehemaligen Liebhaber geschickt, um es zu tun. *Den Vater des Kindes, das du nie bekommen hast.* Und er wollte dich töten, Scheme. Er war fest entschlossen. Wieso hat General Tallant plötzlich entschieden, sein einziges Kind zu töten?«

»Wieso willst *du* mich denn töten?« Sie ließ ihren Tonfall kalt und hart klingen. »Wirklich, Tanner, denkst du, ich bereite ihm weniger Probleme als den Breeds?«

»Dein Vater hat dich geschlagen!« Zorn flammte in seinen Augen auf. Sie konnte schwören, dass der wirbelnde Bernstein darin tatsächlich brannte.

»Und wieso kümmert dich das?« Sie schloss die Finger um sein Handgelenk und rief sich dabei in Erinnerung, dass seine Finger an ihrem Hals nicht zudrückten. Sie konnte ganz normal atmen.

»Ich werde diesen Hurensohn umbringen«, flüsterte er plötzlich und kam immer näher. Dabei entblößte er seine gefährlichen Reißzähne, links und rechts, oben und unten. »Hörst du mich, Scheme? Ich reiße ihm mit bloßen Händen die Eingeweide aus dem Leib.«

»Bist du …?«

Sie keuchte auf, als er ihr das Wort abschnitt mit seinen Lippen, die urplötzlich auf ihren lagen, und eine Explosion von Lust durch ihren Körper raste.

Es war doch nur ein Kuss. Nicht mehr. Lippen, die sich trafen. Seine Zunge, die sich vorwärtsschob, in ihren Mund eindrang, mit ihr spielte … Oh Gott, er spielte mit ihrem Mund, schnurrte dabei, und die Flammen versengten sie.

Das war nicht nur ein Kuss. Es war nicht nur Lust. Er eroberte sie, und sie war ihm hilflos ausgeliefert. Dieser Kuss stahl sich in ihre Seele und schürte ein Feuer in ihr, von dessen Existenz sie nie etwas geahnt hatte. Es war eine feurige Invasion, die sie nach mehr verlangen ließ. Sie wand ihre Hände in sein Haar und zog an den seidigen Strähnen, um ihn festzuhalten. Sie hörte das Stöhnen, das ihr über die Lippen drang, und genoss es. Für den Augenblick.

Von allem, was sie je erlebt hatte, kam das hier dem Gefühl von Ekstase am nächsten.

»Verdammt!« So schnell er ihr den Kuss geraubt hatte, so schnell hörte er wieder auf.

Scheme starrte ihn schockiert an, als er sich ruckartig von ihr löste und so abrupt aufstand, dass es sie verblüffte.

»Steig aus der Wanne, und trockne dich ab«, knurrte er, und in seinem Gesicht spiegelte sich Abscheu. »Und lass dir nicht den ganzen Tag Zeit. Wenn ich noch mal hereinkommen muss, dann beuge ich dich über diese verdammte Wanne und zeige dir, wie es ist, von einem Breed gevögelt zu werden. Danach werden wir ja sehen, ob du deine Meinung über Schmerzen nicht vielleicht änderst.«

Sie konnte ihn nur anstarren. Ausnahmsweise fehlten ihr die üblichen schlagfertigen Antworten, und ihr Verstand war völlig in Aufruhr. Aus irgendeinem Grund war dieser Kuss noch verheerender gewesen als der Orgasmus, den er ihr im Hotelzimmer verschafft hatte.

Er drehte sich um, marschierte aus dem Badezimmer und zog dabei den Vorhang so heftig zu, dass er ihn beinahe von der schweren Vorhangstange riss.

»Ach du Scheiße«, flüsterte sie und starrte auf den geschlossenen Vorhang, während sie sich bemühte, nicht zu schlucken und etwas anderes zu schmecken als das heiße und stürmische Aroma von Tanners Lust. Und verdammt, seine Lust schmeckte gut!

6

Es musste einen Weg hier raus geben. Irgendwie hatte er sie schließlich in diese Höhlen gebracht, also musste es einen Eingang geben. Er war ein Breed, kein Geist. Nun ja, jedenfalls nicht die Art Geist eines Toten. In den letzten achtundvierzig Stunden hatte er sich aus der Höhle geschlichen, ohne dass sie es gesehen hatte, und war für mehrere Stunden verschwunden. Und diesen verdammten Ausgang musste sie erst einmal finden.

Sie vermutete an die zwanzig Tunnel, die einen Irrgarten bildeten und direkt zurück in die Haupthöhle führten. Sonst gab es keine Tunnel, zumindest konnte sie keine finden.

Sie musste hier weg. Sie war schon viel zu lange hier. Sie musste Jonas finden, ihm ihre Informationen übergeben und für ihre eigene Sicherheit sorgen. Dann konnte sie sich mit Tanner befassen, und zwar zu ihren eigenen Bedingungen und nicht seinen.

Das hier lief völlig aus dem Ruder.

Sie ging durch den schmalen Tunnel, den sie untersucht hatte, zurück zur Lagerhöhle und von da aus zurück zur Wohnhöhle – und zu dem Mann, der dort auf sie wartete. Als sie angefangen hatte, die Tunnel zu erforschen, war er todsicher noch nicht da gewesen, also musste er hereingeschlüpft sein, während sie nach dem Ausgang gesucht hatte. Das machte sie echt sauer.

»Ich habe dieses Spiel langsam satt«, fauchte sie, als sie Tanners spöttisches Lächeln sah.

Sie hielt das große Badetuch, das sie immer noch um ihren Körper gewickelt hatte, fester und sah ihn finster an. Es überraschte sie nicht, dass ihr Zorn ihn nicht im Mindesten berührte.

»Du wirst den Ausgang nicht finden, Scheme. Du kannst aufhören, danach zu suchen.« Damit kehrte er ihr den Rücken zu, ging durch den Raum zum Bett und ließ eine große schwarze Tasche darauf fallen.

Als er sich wieder zu ihr umdrehte, war sein Blick um einiges heißer, auch wenn seine Wimpern sich mit träger Sinnlichkeit über seine Augen senkten. So sah er sie nun schon seit zwei Tagen an. Erotische Blicke, die ihren Körper verschlangen. Sie konnte fast spüren, wie seine Zunge über ihre Haut glitt.

»Du kannst mich nicht ewig hier festhalten, Tanner.« Nach wie vor schenkte er solchen Bemerkungen von ihr keine Beachtung.

»Ich habe dir ein paar Sachen mitgebracht.« Er deutete auf die schwarze Tasche. »Ich dachte mir, du hast vielleicht keine Lust mehr, nackt hier herumzulaufen.«

Sie sah zu der Tasche hinüber. Sie enthielt Klamotten für mehrere Wochen, falls er irgendeine Ahnung hatte, wie man packte. Aber davon ging sie aus. Sie hoffte es.

»Tanner.« Sie verschränkte die Arme vor der Brust und hielt das Handtuch dabei fest. »Hier steht einiges auf dem Spiel. Du musst mich gehen lassen.«

»Was steht auf dem Spiel, Scheme? Noch ein Angriff auf Sanctuary? Ein weiterer Plan, Breeds zu töten? Ich sage dir was: Du sagst mir, was dein geliebter Daddy vorhat, und ich denke darüber nach, ob ich dich gehen lasse. Noch besser, du erzählst mir, wieso er dich töten lassen wollte.« Seine Miene war freundlich, aber in seinen Augen lauerte Gefahr.

»Vater weiht mich seit Jahren nicht mehr in seine Pläne ein, und ich habe keine Ahnung, wovon Chaz geredet hat.«

Tanners ungläubiges Schnauben zeigte ihr, wie er darüber dachte, denn natürlich wusste er, dass sie *log*. Der Bastard hatte einen Geruchssinn, der jenseits von Gut und Böse lag.

Doch seine nächsten Worte überraschten sie wirklich.

»Dein Vater hat zwei Teams auf die Suche nach dir geschickt, beide angeführt von loyalen Kojoten-Breeds. Der Befehl lautet: tot oder lebendig«, teilte er ihr leise mit. »Ich frage dich noch ein Mal. Was weißt du, dass dein Vater dich deswegen umbringen will?«

Sie spürte, wie ihr das Blut aus dem Gesicht wich. Verdammt, Cyrus meinte es ernst! Aber sie hatte auch nichts anderes erwartet. Im Grunde lebte sie ja schon jahrelang damit, dass ihr der Tod drohte. Sie wusste, wie gefährlich Cyrus war und dass sie nicht ewig damit durchkommen würde, ihn zu hintergehen. Aber das konnte sie Tanner nicht anvertrauen. Sie konnte niemandem trauen außer Jonas. Er und der Rudelführer, Callan Lyons, waren die einzigen beiden Breeds, die definitiv keine Spione für Tallant in Sanctuary waren. Die Informationen, die sie jetzt hatte, waren zu wichtig und zu brisant, um sie einem anderen als diesen beiden Männern anzuvertrauen.

»Wer weiß schon, warum mein Vater tut, was er tut«, antwortete sie schließlich seufzend. »Man könnte annehmen, dass ich ihm nicht länger nützlich bin.«

»Dann hat er also einen Killer losgeschickt, der dich unter Garantie gnadenvoll umbringt, nur weil du ihm nicht länger nützlich bist? Weil du ein paar Fehler gemacht hast?«

»Stell dir vor! Aber um fair zu sein, in letzter Zeit habe ich so einiges vermasselt. Wieso lässt du mich nicht gehen, damit ich ihn fragen kann? Danach kann ich es dir sagen.«

»Nein.« Er verschränkte die Arme und lächelte überheblich. »Ich denke, ich behalte dich noch eine Weile.«

»Und Sanctuary hat das angeordnet?«

»Ich denke, das weißt du besser. Du hast nicht gerade Freunde in Sanctuary, Schätzchen.«

Das war leider kein Witz.

»Und aus welchem Grund bin ich dann hier?«

»Weil ich dich hier haben will.«

»Weil *du* mich hier haben willst?«, fragte sie überrascht und lachte spöttisch. »Weswegen? Entschuldige, dass ich ein klein wenig überrascht bin, Tanner, aber du gehörst nicht gerade zu meinen persönlichen Freunden unter meinen Kontakten.«

»Spielt es denn eine Rolle, warum ich dich hier haben will?« Er runzelte die Stirn. »Vorerst bist du in Sicherheit. Gib dich damit zufrieden.«

»Und meine Sicherheit ist dir aus welchem Grund noch mal wichtig?« Das ergab alles keinen Sinn. »Wieso in aller Welt sollte es dich kümmern, ob ein Dutzend Kojoten hinter mir her ist? Das ist doch total absurd.« Das war nicht Teil des Profils, das sie in den letzten Jahren über ihn erstellt hatte.

Tanner gab normalerweise den klassischen Playboy, den trägen Breed, der außerhalb der Labore aufgewachsen war und Mitleid, Familie und Werte kennengelernt hatte. Alles totaler Blödsinn. Er hatte gelernt, wie er den Killer verbergen konnte, zu dem er geworden war, schon bevor Callan Lyons je einen Fuß in jenes Labor in New Mexico gesetzt hatte.

»Ich will dich nicht tot sehen, bevor ich die Chance hatte, dich flachzulegen.«

»Und dann?« Sie zwang die Worte zwischen zusammengebissenen Zähnen heraus. Mit diesem Mann ins Bett zu gehen wäre ein fataler Fehler.

»Wäre einmal denn genug?« Langsam kam er auf sie zu.

Das gefiel ihr gar nicht. Sie konnte fühlen, wie die Luft dünner wurde, als seine bloße Anwesenheit allen Sauerstoff verschwinden ließ und ihr fast schwindlig wurde.

»Du bist dir aber sehr sicher.« Zu sicher, und sie war geschwächt. Ihr Körper hatte eine Schwäche für ihn, und das passte ihr ganz und gar nicht.

»Ist es denn wirklich nur Selbstsicherheit?«

Scheme stählte sich gegen seine Berührung, seine Finger, die langsam über ihr Schlüsselbein glitten und ihr einen heißen Schauer durch den Leib jagten.

»Ich werde keinen Sex mit dir haben.«

»Doch, wirst du. Es ist nur eine Frage der Zeit.« Die Gewissheit ließ seine Augen schimmern.

»Und du kannst es dir leisten, so viel Zeit zu verschwenden? Hast du keinen Job in Sanctuary? Presseerklärungen, die herausgegeben werden müssen, Pressekonferenzen, die vorbereitet werden müssen?«

»Ich bin in Urlaub. Sanctuary erlaubt so was, weißt du!« Seine Hand glitt in ihren Nacken, seine Finger umschlossen ihn. »Wir leben nicht mehr in den Laboren, Scheme. Ungeachtet aller Versuche deines Vaters, uns dahin zurückzubringen.«

»Er will nicht, dass du zurückkehrst, Tanner. Er will deinen Tod«, stellte Scheme fest.

Daraufhin verstärkte sich der Griff seiner Finger ein klein wenig, und seine ungewöhnlichen bernsteinfarbenen Augen erwiderten unverwandt ihren Blick.

»Wie wird sich das anfühlen?«, fragte er. »Schweißfeucht und nass unter einem der Tiere zu liegen, bei deren Verfolgung du geholfen hast, und zu spüren, wie mein Schwanz dich in Besitz nimmt, dich markiert. Denn das werde ich tun, Scheme. Ich werde in dir kommen, so tief und hart, dass du gar nicht mehr daran denken wirst, wie es war, mit einem anderen Mann zu schlafen.«

Das Gefühl wäre anders als alles, was sie je erlebt hatte. Das wusste sie. Sie fühlte es.

»Ich neige zu spontanem Erbrechen«, sagte sie seufzend und verdrehte die Augen, als seine Augen schmal wurden. »Das könnte eine schmutzige Angelegenheit werden, Tanner.«

»Oh, schmutzig werden wir auf jeden Fall«, versicherte er ihr mit angespanntem Lächeln. »Und zwar richtig schmutzig, Scheme. Allerdings auf eine Weise, wie du sie dir vielleicht nicht vorstellst.«

»Nein, Tanner.« Sie schlug die Hände gegen seinen Brustkorb, als er sich vorbeugte. »Tu das nicht.«

Sie konnte selbst die Verzweiflung und die Furcht in ihrer Stimme hören.

»Warum?«

Seine Lippen waren so nahe. Zu nahe. Eine Berührung wie ein Flüstern auf ihren eigenen Lippen, eine berauschende Versuchung, gegen die sie ankämpfen musste.

»Weil du mich nicht wirklich willst. Du willst einen Schlag gegen mich landen. Mich verletzen. Das ist es, was das Council dich gelehrt hat.«

»Nicht.« Seine Hand legte sich auf ihren Mund, bevor sie weiterreden konnte. »Das Council hat mich nicht gelehrt, mir einen runterzuholen, während ich dir zusehe, wie du in deinem Bett liegst und schläfst. Es hat mich nicht gelehrt, dich zu beschatten oder mich von dir verzaubern zu lassen. Und es hat mich nicht gelehrt, mich darum zu kümmern, ob du lebst oder stirbst. Bis ich den Grund für diese Absonderheiten herausgefunden habe, wirst du mich nicht los, Scheme.«

Sein Knurren klang wütend. Sie konnte den flammenden Zorn und zugleich die Lust in seinen Augen funkeln sehen. Und nichts von alledem ergab irgendeinen Sinn. Sie sollte nur Mordlust darin erkennen können. Keine Emotionen, kein Bedauern, und ganz sicher auch nicht das Bedürfnis, sie zu beschützen.

»Du hast mich im Schlaf beobachtet?« Sie tastete sich vorsichtig um seinen Zorn herum.

»Ich habe dich beobachtet, beim Schlafen, beim Sex mit anderen, beim Sex mit dir selbst und wenn du in den verdammten Himmel gestarrt hast, und das beinahe zehn Jahre lang. Seit dem Monat, in dem du zwanzig wurdest, Süße«, grollte er. »Ich habe dich beobachtet, von dem Moment an, als ich herausfand, wie ich unsere verdammten Satelliten dahin ausrichten kann, wo ich sie haben will.«

Er hatte ihr beim Sex zugesehen. Er hatte sie jedes Mal beobachtet, wenn sie einen Mann in ihr Bett gelassen hatte, jedes Mal, wenn sie ihren Vibrator benutzt hatte. Eigentlich sollte sie sich vor Abscheu übergeben und nicht vor Erregung feucht werden.

»Warum tust du das? Hat man in Sanctuary irgendwie einen Psychopathen in den eigenen Reihen übersehen?« Sie zuckte vor ihm zurück und versuchte dabei, ihre Reaktion zu verbergen, während ihre Finger sich ins Handtuch krallten. »Hast du vergessen, wer ich bin, Tanner? Scheme Tallant. Erinnerst du dich noch an mich? Die Tochter von General Cyrus Tallant? Seine rechte Hand. Breed-Mörderin.« Sie provozierte ihn, das war ihr klar. Sie beschwor ihren eigenen Tod herauf, und von Tanners Hand wäre es sicher kein schmerzloser Tod.

Seine Nasenflügel weiteten sich, und seine Augen schimmerten raubtierhaft, als er auf sie zukam.

Genau aus diesem Grund hatte sie sich all die Jahre bemüht, ihm aus dem Weg zu gehen. Deshalb hatte sie dafür gesorgt, dass sich nicht die kleinste Chance auf ein Aufeinandertreffen ergab – bis zu diesem bescheuerten Ball. Denn jetzt sah sie es in seinen Augen, ungezähmt und wild, das gleiche Verlangen, das sie selbst auch über die Jahre in sich wachsen gefühlt hatte. Je häufiger sie ihn im Fernsehen gesehen und Berichte über ihn erhalten hatte, umso faszinierender war er für sie geworden.

»Hast *du* denn schon vergessen, wie heiß und feucht du in meiner Hand warst?«, hielt er dagegen. »Das Gefühl meiner Finger, die deine enge Spalte gestreichelt und gevögelt haben, bis du für mich gekommen bist?«

Er folgte ihren Schritten nicht länger, allerdings nur, weil ihr Rücken auf die Felswand traf und sie nicht weiter zurückweichen konnte.

»Das war ein Fehler.« Oh ja, ein großer Fehler. Das war der Grund, warum jede Zelle ihres Körpers sich nach ihm sehnte. *Toller Zug, Scheme, mach nur weiter so*, schimpfte ihre innere Stimme der Vernunft.

»Der Fehler liegt darin, mich anzulügen, meine Schöne«, grollte er, und seine Augen blitzten in einer gefährlichen Mischung aus Lust, Gefahr und Zorn. »Also, nehmen wir mal an, der General hat beschlossen, dass seine Tochter nicht besser ist als seine Kojoten und dass du einfach zu einer Belastung geworden bist. Warum solltest du bleiben?«

Ach ja, die Gründe. Sie sollte sie einfach alle aufzählen. Natürlich könnte das Tage dauern.

»Wohin sollte ich denn gehen?«, fragte sie. »Bis ich stark genug war, um zu gehen, waren deine Leute frei, und viele von denen hätten mich nur zu bereitwillig getötet, wenn sie mich erwischt hätten. Sie hätten mich gejagt, genauso wie mein Vater mich gejagt hätte.«

»Du hattest genügend Informationen gegen ihn in der Hand, um bei den Anhörungen im Senat als Zeugin auftreten zu können, und das hätte deine Sicherheit garantiert.«

Scheme sah ihn belustigt an. »Ich war zwanzig Jahre alt und kämpfte immer noch gegen die Konditionierung an, der mein Vater mich unterzogen hatte. Wenn man ein Kind eher abrichtet als aufzieht, Tanner, dann konditioniert man es auf gewisse Dinge. Und ich wurde konditioniert. Als ich schließlich die Kraft hatte, mich davon zu lösen, war es zu spät. Und das wusste ich. Er hätte mich nie am Leben gelassen. Und jetzt wird er umso entschlossener sein, mich zu töten.«

Bis zu einem gewissen Punkt war das die Wahrheit. Doch nachdem sie schließlich die Stärke gefunden hatte, ihre Konditionierung zu durchbrechen, war der Hass alles gewesen, wofür sie gelebt hatte. Damals hatte sie sich heimlich mit Jonas Wyatt getroffen und eine Vereinbarung mit ihm geschlossen. Im Austausch für ihre absolute Sicherheit zum gegebenen Zeitpunkt würde sie ihm helfen, ihren Vater zur Strecke zu bringen. Inzwischen hatte er genügend Informationen, und sie besaß noch mehr, was sie als Rückversicherung zurückgehalten hatte, wenn es an der Zeit war. Sie hätte noch warten und versuchen können, die letzten entscheidenden Informationshäppchen zu sammeln, die sie brauchte, um ins Allerheiligste des Genetics Council zu gelangen, aber ihr war die Zeit davongelaufen.

Wenn sie Tanner nicht bald entkam und Jonas ausfindig machte, dann wäre es zu spät für den Sohn des Rudelführers. Und wenn das passierte, dann würde die Welt der Breeds verdammt schnell zur Hölle fahren. Denn nichts würde deren Zorn mehr zügeln können.

Ihre Zeit war abgelaufen. Und Tanner war hinterhältig und gnadenlos genug, um ihr Vertrauen nur aus einem Grund gewinnen zu wollen: Er wollte die Information, die der Spion ihres Vaters geschickt hatte – den Aufenthaltsort des ersten Löwen-Breeds und seines Nachkommen. Diese Information durfte nicht in falsche Hände geraten. Solange sie nicht wusste – ohne den Hauch eines Zweifels –, dass Tanner nicht der Spion ihres Vaters war, konnte sie ihm nicht trauen. Sie konnte es sich nicht leisten, jemals wieder ihrem Herzen oder ihrem Verlangen zu vertrauen. Das hatte Chaz sie gelehrt.

Ihr Blick war kalt, die schokoladenbraunen Augen emotionslos und gleichgültig. Sie hätte ebenso gut über das Wetter reden können. Doch was er sah und was er witterte, waren zwei völlig verschiedene Dinge. Seine Augen sahen eine kalte harte Schale, aber er verließ sich nur selten auf seine Augen allein.

Er konnte ihren Schmerz wittern, ebenso wie ihre Furcht und den Zorn, den sie so tief in sich eingeschlossen hatte, dass er schwärte wie eine offene Wunde.

Sie versuchte verzweifelt, das alles zu unterdrücken. Das konnte er fühlen. Sie musste sämtliche Emotionen auslöschen, um die Finsternis zu überleben, die ihr Vater ihr eingepflanzt hatte – doch das durfte er nicht zulassen. Bei dem Geruch ihrer Furcht wurde das Tier in ihm unruhig und dürstete nach Blut. Das erschwerte es dem Mann, der er war, die Oberhand zu behalten.

Er wusste alles über Konditionierung und Abrichtung. Er hatte die ersten fünfzehn Jahre seines Lebens unter Tallants Fuchtel verbracht – als ein Tier, eine Waffe, die zu größtmöglicher Effektivität geformt werden musste.

»Als du die Kraft hattest, dich zu lösen, warum war es zu diesem Zeitpunkt zu spät?«

In ihren Augen blitzte ein Schatten von Täuschung auf. Er hasste das.

»Ich war schon zu dem gemacht, was ich bin«, flüsterte sie dann mit spöttischem Lächeln und erwiderte seinen Blick mit eisiger Gewissheit. »Es war zu spät. Und es ist auch zu spät für das hier, Tanner. Also los, töte mich. Du tust der Welt damit einen Gefallen. Oder nicht?«

»Ich werde dich nicht verletzen.« Er zwang seine Wut zurück

und konzentrierte sich stattdessen auf sein Verlangen. Auf den Hunger statt auf die trostlosen Erinnerungen, die er in ihren Augen aufblitzen sah. »Um genau zu sein, meine Schöne …« Er ließ seine Lippen hauchzart über ihren Mund gleiten.

Sein Lohn bestand darin, dass sie fast unmerklich nach Luft schnappte. Ihre Miene blieb unverändert, ebenso wie ihr Blick, aber ihr Duft veränderte sich. Wieder konnte er die Hitze ihres Verlangens wittern. Es war da, süß, sanft und umspielte den schärferen Duft ihrer erzwungenen Distanziertheit.

»Um genau zu sein … was?« Ihre Neugier war beinahe so legendär wie ihre kalte emotionslose Fassade.

»Um genau zu sein, habe ich die Absicht, dafür zu sorgen, dass du dich sehr, sehr gut fühlst. Ich werde dich so verdammt heißmachen, dass du uns beide bei lebendigem Leib verbrennen wirst.«

»Wie ich schon sagte, du bist ein wenig zu selbstsicher, Breed.« Der Spott in ihrer Stimme strafte den Duft ihrer Leidenschaft Lügen. Aber der Duft war das, wonach er sich richtete. Der Duft, der die tobende Bestie in ihm beruhigte.

»Dann wollen wir doch mal sehen, ob das stimmt.«

Nichts zählte mehr, außer sie zu küssen, sie in den Armen zu halten und sie vor ihrer Vergangenheit zu beschützen – auch wenn er gar nicht wusste, ob ihm das überhaupt gelingen konnte. Und in dem Augenblick, als er ihre Lippen ganz in Besitz nahm, verlor er sich in ihr. Nichts anderes hatte er erwartet. Die Leidenschaft umhüllte ihn, strahlte von ihr aus und leckte über seinen Körper wie sengend heiße Flammen.

Gott, ihr Kuss war gut. Sie war nicht zögerlich, sondern kam ihm entgegen und kostete seine Lippen so leidenschaftlich wie er ihre. Schlanke Arme schlangen sich um seinen Nacken, und scharfe Fingernägel schrammten über seine Kopfhaut und entlockten ihm ein Grollen aus tiefster Kehle.

Er musste sie berühren. Nicht nur küssen. Nichts anderes zählte mehr. Er drückte ihren Körper an sich und hob sie in die Höhe. Sie zog die Knie an, ihre Schenkel öffneten sich, das Handtuch glitt zu Boden, und ihre prallen Brüste drückten sich gegen sein T-Shirt.

Gott ja, das war es, was er wollte. Er schlang einen Arm um sie und ließ die andere Hand zu ihrer festen Brust wandern. Er musste sie kosten. Er musste sie haben. Nur eine Kostprobe dieser hübschen beerenreifen Knospen.

Er löste seine Lippen von ihrem Mund, fuhr mit den Zähnen über ihren anmutigen Hals und wanderte dann zu der köstlichen Frucht, die dort auf ihn wartete.

Und wie gut sie war! Das Grollen, das aus seiner Kehle drang, vermischte sich mit ihrem Aufschrei, als seine Lippen die rosige und willige Knospe umschlossen. Seine Zunge glitt darüber, er sog sie tief in seinen Mund, kratzte mit den Zähnen erotisch über ihre zarte Haut, und sie erbebte eng an seinem Körper.

»Du schmeckst wie ein Bonbon.« Der heisere Klang seiner Stimme hätte ihn zusammenzucken lassen, hätte er denn noch genug Verstand dafür übriggehabt.

»Wir dürfen das nicht.«

Er wollte ihre Weigerung nicht hören. Er wollte, dass sie seinen Namen rief und darum bettelte, dass er sie nahm.

Das wollte er von ihr hören.

Er knabberte an ihrer harten Brustwarze.

»Tanner.«

»Süße Nippel und perfekte Brüste.« Er stöhnte. »Ich könnte stundenlang daran saugen und bekäme nie genug davon.«

Er wandte sich ihr wieder zu und füllte seine Sinne mit dem Gefühl ihres Körpers, mit ihrem Aroma und dem berauschenden Duft ihrer feuchten Spalte, der in der Luft lag.

»Das ist verrückt.« Ihre Stimme war schwach, aber der Duft ihrer Lust – oh, der war stark. Stark genug, um ihn zu berauschen und ihn zu verzaubern.

»Oh nein, Süße, nicht verrückt. Heiß. Sündig. Aber niemals verrückt.« Er drückte sich enger zwischen ihre Beine und fühlte ihre Hitze durch seine Jeans hindurch, sengend an seinem Glied.

»Du vergisst schon wieder, wer ich bin«, wimmerte sie, aber ihr Kopf neigte sich nach vorn, und sie drückte ihre Lippen an seinen Hals, woraufhin sich jeder Muskel seines Körpers anspannte.

»Ich weiß, wer du bist, meine Schöne.« Seine Zähne schrammten über die andere Brustwarze, und ihr Aufschrei jagte ihm einen Schock der Zufriedenheit durch den Leib.

Das war der Grund, weshalb sie immer noch am Leben war, warum er sie nicht verletzen, ihr niemals ein Leid zufügen konnte. Diese Lust, ihr Geschmack, ihre Hitze. Nichts anderes. Wenn er fertig war und das Verlangen, das ihn innerlich auffraß, gestillt hatte, dann würde er ihren Hintern nach Sanctuary schleifen. Danach konnte Callan mit ihr machen, was immer er wollte. Falls sie auch nur einen Funken Ehrgefühl besaß, würde Callan ihn aufspüren.

»Ich kann das nicht«, flüsterte sie wieder, als er weiter an ihrer Brustwarze knabberte und sie dabei zum Bett trug. »Du verstehst nicht …«

»Ich weiß nur, dass mein Schwanz so hart ist, dass ich noch in meinen Jeans komme, wenn ich dich nicht auf der Stelle nehme«, grollte er und legte sie mit dem Rücken aufs Bett. »Und ich weiß, dass du süß wie Zucker schmeckst und heißer als Feuer. Was zur Hölle gibt es denn sonst noch zu verstehen?«

Er lehnte sich zurück und sah in ihr blasses Gesicht, in die schokoladenbraunen Augen. Schwarzes Haar breitete sich um ihren Kopf herum aus wie ein seidener Fächer, und die Erregung hatte ihre Brüste in die Farbe eines blassen Sonnenuntergangs getaucht.

Sie war nicht unbedingt schön, außer vielleicht für ihn. Ihre unregelmäßigen Züge – das kleine trotzige Kinn, die vorwitzige Nase und die hohen Wangenknochen – in Kombination mit ihrem leicht asiatischen Aussehen machten sie eindeutig zu etwas Einzigartigem.

»Ich will das einfach nicht.« Sie schüttelte den Kopf, und in ihrem Gesicht spiegelte sich ihre innere Verzweiflung.

»Wirklich nicht, Scheme?« Bevor sie die Schenkel anspannen konnte, um sich ihm zu entziehen, ließ er die Hand dazwischengleiten, umfasste ihren erhitzten Venushügel, und angesichts der Wärme, die er an seiner Hand fühlte, biss er die Zähne zusammen.

»Du bist so nass, dass ich in dir ertrinken könnte«, sagte er vorwurfsvoll und glitt mit den Fingern zwischen die prallen Schamlippen, um in den Honig darin einzutauchen.

Sie zuckte zusammen und schauderte, als sein Finger über ihre Haut strich, zu ihrer geschwollenen Klitoris.

»Du bist nahe dran«, grollte er. »Ich kann deine Hitze wittern. Ich kann fühlen, wie deine Lust größer wird. Du bist so kurz davor zu kommen, dass du dagegen ankämpfen musst.«

»Nein.« Sie schüttelte den Kopf und wehrte sich, gegen ihn, gegen die Lust.

»Nein?« Wenn sie so kurz davor war? »Süße, du bist so bereit dafür, dass ich dich mit nur wenigen Berührungen meiner Zunge kommen lassen könnte. Würde dir das nicht gefallen? Das Gefühl deiner harten kleinen Lustperle in meinem Mund, wenn ich an dir sauge und dich mit der Zunge verwöhne?«

»Ich schlafe nicht mit Tieren«, fauchte sie und verzweifelte Wut lag in ihrer Stimme, als die Worte wie ein Peitschenschlag in seinen Verstand drangen. Er erstarrte über ihr, doch seine Finger waren bereit, Nerven in ihrem Lustknopf zu reizen, die nur auf seine Berührung warteten.

Bevor er sich zurückhalten konnte, drang ein wütendes Knurren über seine Lippen und ließ sie noch blasser werden, bevor er es schaffte, sich mit einem Ruck von ihr zu lösen und die Decke über ihren nackten Körper zu ziehen, während er um Selbstbeherrschung kämpfte.

»Du wirst mit mir schlafen«, grollte er wütend. »Bevor du hier rauskommst, wirst du mich auf Knien anflehen, dich zu nehmen.«

»Das würde ich nicht einmal dann tun, wenn du den feinsten Teppich auf dem Boden liegen hättest«, gab sie wütend zurück. »Wenn ich Sex mit deinesgleichen haben wollte, hätte ich mir jederzeit einen von euch aussuchen können. Kojoten sind nicht die einzigen Breeds, die noch unter dem Befehl meines Vaters stehen, Tanner. Vergiss das nicht.«

Er fletschte die Zähne, und das Raubtier in ihm tobte und verlangte brüllend nach Erlösung, nach Unterwerfung. Nach *ihrer* Unterwerfung.

»Zieh dich an«, fauchte er. »Jetzt. Und wenn du mich das nächste Mal ein Tier nennst, Scheme, dann werde ich dir ganz genau zeigen, was dein gottverdammter Vater jahrelang trainiert hat.«

Er verließ den Raum durch den nächstgelegenen Tunnel und machte sich wieder auf den Weg nach oben. Wenn er nicht endlich von ihr wegkäme und ihren Duft aus seinem Kopf verbannte, dann würde er ihre Unterwerfung am Ende noch erzwingen. Und er hatte sich geschworen, so etwas niemals zu tun.

7

Oh Gott, was hatte sie getan? Sie war lebensmüde, ganz einfach. Denn sie hatte Mordlust in Tanners Augen gesehen, in dem Augenblick, als sie ihm ihre letzte Bemerkung an den Kopf geworfen hatte.

Verzweiflung. Furcht. Scheme Tallant galt als ein Mensch, der keine Furcht kannte. Sie war eine Draufgängerin. Eine Betrügerin. Eine Intrigantin. Sie kannte keine Furcht.

Jedenfalls keine wahre Furcht. Sie hatte sich mit den Jahren an die Bedrohung gewöhnt, mit der sie unter dem Kommando ihres Vaters gelebt hatte. Doch diese Bedrohung war, bis zu einem gewissen Punkt, kontrollierbar gewesen – bis sie anfing, immer größere Risiken einzugehen.

Sie fuhr sich mit den Händen übers Gesicht und versuchte nun, einen Weg aus dieser bedrohlichen Situation zu finden. Sogar jetzt noch fühlte ihre Haut sich wie im Fieber an und brannte für ihn. Nur eine Berührung, und sie wurde so heiß wie noch nie in ihrem Leben. Er machte sie schwach. Er weckte die Erinnerung in ihr, wie es war, jung zu sein und sich nach Wärme zu sehnen. Die kurzen Affären, die sie in der Vergangenheit gehabt hatte, waren nur ein blasser Abklatsch von dem, was sie jetzt brauchte.

Sie war dreißig Jahre alt, aber manchmal fühlte sie sich doppelt so alt. Im Augenblick fühlte sie sich wie hundert. Sie beobachtete Tanner schon ebenso lange wie er sie. In Bezug auf den Breed-Spion war er im engeren Kreis ihrer Verdächtigen. Er kannte die am besten gehüteten Geheimnisse des Führungsrates. Er kannte sich aus mit Sicherheitsvorkehrungen, Kommunikation und langfristigen Plänen – genau diese Dinge schien der Breed-Spion ihres Vaters ebenfalls zu wissen. Tanner war genau da, wo er sein müsste, um die Breeds zu vernichten – und sie dazu. Er war eine Schwachstelle.

Scheme rutschte an den Bettrand, ließ die Füße baumeln und betrachtete die leichten Schatten, die sie warfen, nur Zentimeter über dem Boden.

Vor Jahren einmal hatte sie sich nach Berührungen wie diesen gesehnt, und so hatte sie Chaz in ihr Leben gelassen. Chazzon St. Marks. Und er hatte das Spiel extrem gut beherrscht. Sie hatte so verzweifelt jemanden gebraucht, dass sie sich von ihm hatte überzeugen lassen, dass er sie liebte, dass er sie brauchte. Tatsächlich war er nur darauf aus gewesen, die Befehle ihres Vaters auszuführen, jede ihrer Bewegungen zu verfolgen und herauszufinden, ob man ihr trauen konnte.

Sie hatte ihre Spuren gut genug verwischt, um nicht ihr Leben zu verlieren, aber den Prügelstrafen für mangelnde Effizienz in ihrem Job war sie nicht entronnen.

Ihr Job hatte darin bestanden, diejenigen Breeds, die bei der Ausbildung in den Laboren Informationen und Missionen hoher Geheimhaltungsstufen erhalten hatten, aufzuspüren und zu töten. Und sie hatte viele solcher Informationen gesammelt.

Einige jener Breeds waren entkommen. Doch einige … deren Tod würde für immer schwer auf ihrer Seele lasten.

Scheme verschränkte die Arme vor der Brust, biss die Zähne zusammen und kämpfte gegen die Erregung, die noch immer wie Feuer in ihr brannte. So intensiv war es mit keinem anderen Mann je gewesen. Noch nie war jede einzelne Zelle ihres Körpers so sensibilisiert gewesen und ihr Sehnen nach einer Berührung so schmerzhaft intensiv.

Selbst bei Chaz war ihr Verlangen nie so stark gewesen.

Chaz. Erneut kämpfte sie den Schmerz nieder. Er hatte den Job übernommen, sie zu töten, kalt und zielstrebig. Einst hatte sie ihn geliebt – bevor sie dahintergekommen war, dass ihr Vater ihn dafür bezahlte, dass er mit ihr ins Bett ging. Dass er ein Auftragskiller war. Und bevor sie herausgefunden hatte, dass er ihrem Vater dabei geholfen hatte, ihr Kind abzutreiben. Für ihren Vater war es ein Leichtes gewesen, Chaz zu opfern, um dafür ihre Geheimnisse zu erfahren.

Sie musste hier raus. Mit jeder Sekunde wurde es wichtiger, dass sie diesem täuschend trägen Tiger-Breed entkam.

Jetzt erst recht.

Kleidung. Erschöpft stand sie auf, drehte sich um und zog die schwere schwarze Tasche, die Tanner mitgebracht hatte, zu sich heran. Sie öffnete den Reißverschluss – und starrte deren Inhalt schockiert an.

Die Kleidungsstücke darin waren ihre eigenen.

Es waren ihre bequemen Sachen, die sie trug, wenn sie sich entspannen und sie selbst sein wollte. Weiche Freizeithosen aus Samtstoff mit passenden ärmellosen Tops und Shirts. Shorts und Höschen aus Seide, bequeme Shirts, Socken und Jeans. Und ganz oben auf den sorgfältig gefalteten Sachen lag ihr Lieblingsvibrator. Was zur Hölle …? Er hatte alles eingepackt – außer einem verdammten Paar Schuhe.

Sie nahm die Jazzpants aus schwarzer Seide heraus, die ganz oben auf dem Stapel lag. Kein BH. Und sie besaß BHs.

Wie in aller Welt hatte er das fertiggebracht? Wie nahe befand sie sich an ihrem Zuhause? Oder hatte er das alles gepackt, nachdem er sie betäubt hatte?

Rasch zog sie das Höschen an, dazu eine schwarze samtene Freizeithose, ein ärmelloses Top. Mit den Füßen schlüpfte sie in passende Samtsocken. Wer brauchte schon Teppiche?

Und was jetzt? Sollte sie weiterhin in den Gängen auf und ab tigern? Sollte sie erneut die Tunnel untersuchen, die sie schon tausendmal von oben bis unten durchstöbert hatte, ohne den Eingang zu finden?

Der Fernseher ging nicht. Das hatte sie schon probiert. Die Stereoanlage ging auch nicht, aber die anderen Geräte funktionierten.

Sie saß hier fest. Solange sie nicht herausfinden konnte, wie er raus- und reinkam, saß sie hier fest.

»In einer der Höhlen nebenan ist eine Waschmaschine, falls du irgendwas waschen musst«, grollte Tanner, als er wieder hereinkam. »Und aufhängen kannst du die Sachen ...«

»In der kleineren Höhle, die von hier abgeht.« Scheme drehte sich zu ihm um, als er aus der Badezimmerhöhle kam. »Willst du mich in den Wahnsinn treiben? Wie zum Teufel komme ich hier raus?«

»Gar nicht.« Er ging zu der Reisetasche, hob sie vom Bett und trug sie zu der kleinen Nische auf der anderen Seite neben dem Bett. »Denk daran, falls du beschließen solltest, mich im Schlaf umzubringen, kleine Intrigantin. Sterbe ich hier, stirbst auch du.«

Scheme ballte die Hände zu Fäusten.

»Und das alles nur, um mich flachzulegen?«, fragte sie verächtlich. »Na schön, Tanner. Schlaf mit mir, und bring es hinter dich.«

Er schnaubte, offensichtlich immer noch wütend. »Das alles, um die Antworten zu bekommen, die ich will«, gab er zurück. »Wenn du mir die gibst, lasse ich dich gehen und sorge zudem dafür, dass du in Sicherheit bist.«

Oh, sie besaß jede Menge Informationen, für die ihr Vater töten würde. Informationen, für die er alles tun würde, falls er denn erfuhr, dass sie in deren Besitz und immer noch am Leben war.

Und die Nachricht, die sie vernichtet hatte, war nicht die unwichtigste darunter.

Ihr Lächeln war spöttisch.

»Mein Vater weiß alles, was ich auch weiß«, sagte sie leise. »Ich verheimliche nichts, Tanner. Ich habe genügend Informationen, um ein Risiko zu sein. So einfach ist das.«

Sie war ein Risiko. Wenn die Zeit kommen würde, bliebe ihr nur eine einzige Chance, ihrem Vater zu entkommen, und selbst die stand auf dem Spiel, wenn sie keinen Weg fand, ihren Kontaktmann zu erreichen.

»So einfach ist das?« Seine Miene war ungläubig, berechnend. »Wieso glaube ich dir nicht, meine Schöne?«

»Wen interessiert das?«

»Warum hat Tallant St. Marks geschickt, um dich zu töten? Er war einmal dein Liebhaber. Der Vater deines Kindes?«

»Weil er darauf vertraut hat, dass Chaz den Job erledigen würde«, flüsterte sie und schluckte schwer. »Du hast gehört, was er gesagt hat, Tanner. Er war mit Vaters Entscheidung damals einverstanden.«

»Wieso bist du danach dortgeblieben?«, knurrte Tanner wütend. »Wieso, Scheme? Wieso warst du loyal gegenüber diesem Bastard, nachdem er das Baby umgebracht hat, das du so offensichtlich behalten wolltest?«

Was konnte sie darauf sagen? Sie konnte die Worte nicht hervorzwingen, die sie zu ihrem Vater gesagt hatte, als er sie deswegen wieder und wieder verhört hatte. General Tallant war auf bösartige Weise effizient.

Warum liebst du mich immer noch, Scheme?, hatte er gefragt. *Ich habe dir dein Kind genommen, und trotzdem bringst du mir immer noch Loyalität entgegen?*

Du hast getan, was du für das Beste hieltest, Vater, hatte sie dann immer traurig geantwortet. Und das so überzeugend, dass die Kojoten, die darauf abgerichtet waren, eine Lüge zu wittern, die Täuschung nicht entdeckten.

Aber jetzt konnte sie es nicht sagen. Sie konnte das Kind, das sie so unbedingt gewollt hatte, nicht mehr verraten, indem sie das Monster noch ein weiteres Mal verteidigte, das ihr dieses Kind genommen hatte.

»Mach dich bettfertig. Es ist beinahe Mitternacht«, knurrte Tanner, als sie sich weigerte, ihm zu antworten.

»Ich bin nicht müde.« Ihre Haut kribbelte, und sie hatte sein Benehmen satt. Sie hatte es satt, eine Gefangene zu sein. Und sie hatte genug von all den Emotionen, die sich einfach nicht länger wegsperren ließen. »Wirklich, Tanner, hast du mal darüber nachgedacht, welche bösen Folgen das hier für die Breeds haben könnte? Du hast General Tallants Tochter entführt. Vater wird mich noch jahrelang am Leben lassen, wenn das herauskommt. Es könnte die gesamte Gemeinschaft der Breeds zu Fall bringen.«

»Wer sagt denn, dass du hier lebend wieder rauskommst?« Er hielt nicht einmal inne, als er ihr die Frage stellte, sondern zog sein T-Shirt aus, warf es aufs Fußende des Bettes und sah sie an. »Ich habe nichts davon erwähnt.«

»Ach so, das weist mich natürlich in meine Schranken«, fauchte sie zurück. »Also was, du willst jetzt deine obligatorische Nummer, bevor du mir das Genick brichst?«

»Ich wurde nicht darauf trainiert, anderen das Genick zu brechen«, bemerkte er und ließ die Hände an seinen Gürtel gleiten. »Ich wurde darauf trainiert, dir mit bloßen Händen das Herz aus der Brust zu reißen. Erinnerst du dich? Ich dachte, du hättest meine Akte gelesen, meine Schöne.«

Ja, das stimmte. Er war darauf trainiert, schmerzvoll zu töten – und lautlos.

»Wenn du das vorhättest, dann hättest du mich inzwischen

längst getötet«, antwortete sie mit mehr Selbstsicherheit, als sie tatsächlich empfand.

»Ich habe noch nicht mit dir geschlafen. Spreiz die Beine, halte dein verdammtes Mundwerk, und lass mich kommen. Danach töte ich dich.«

Ihre Mundwinkel zuckten. Er war wütend, deshalb ging er sie so an. Was hatte er noch gesagt? Er hatte sie nächtelang im Schlaf beobachtet und sich dabei einen runtergeholt.

Dann runzelte sie die Stirn.

»Du hast mich wirklich ständig beobachtet. Auch wenn ich Sex hatte?«

»Natürlich.« Er runzelte die Stirn ob ihrer Frage.

»Wieso?« Wut klang in ihrer Stimme mit, das war ihr klar. »Es ist unmöglich, dass du mich derart beobachtet hast. Du lügst.«

Sie weigerte sich, den Blick zu senken. Er hatte seine Schuhe bereits ausgezogen, und jetzt schob er sich die Jeans über die Hüften nach unten. Nein, sie würde nicht hinsehen.

»Wenn du diesen niedlichen blauen Vibrator benutzt, dann fährst du damit zuerst immer ganz sachte um deine Klitoris. Du brauchst drei Anläufe, um ihn in deine enge Spalte zu schieben. Aber wenn es dann so weit ist, flattern deine Wimpern, bevor du dich dazu zwingst, die Augen offen zu halten. Hast du Angst, dass dich jemand dabei erwischt, Liebes? Den Vibrator habe ich übrigens mit eingepackt.«

Er log nicht. Er hatte sie tatsächlich beobachtet.

»Wieso?« Scheme merkte, dass sie zitterte – wie Espenlaub. Wenn er sie beobachtet hatte, in ihrem Schlafzimmer, dann steckte sie womöglich tiefer in Schwierigkeiten, als sie sich je vorgestellt hatte.

»Weil ich dir liebend gern dabei zugesehen habe, wenn du auf der Suche warst nach etwas, von dem ich wusste, dass es nirgendwo existiert, außer mit mir.« Er warf auch seine Jeans aufs Bett, und bevor sie sich davon abhalten konnte, sah sie doch hin. Und konnte nicht mehr wegsehen.

Oh. Mein. Gott.

Das durfte doch nicht wahr sein. Er war nicht übermäßig groß – obwohl er eine stattliche Größe besaß. Von kräftigen Adern durchzogen. Bronzefarben. Und so verdammt verlockend, dass ihr das Wasser im Mund zusammenlief.

Ihr Blick wanderte ruckartig wieder nach oben.

»Du bist verrückt«, flüsterte sie, und in diesem Moment war ihr ohne den Hauch eines Zweifels klar, dass sein Irrsinn absolut möglich war. Ebenso klar war ihr plötzlich, dass er nicht die Absicht hatte, sie zu verletzen. Noch nicht.

Sie wusste, dass General Tallant nicht so viel Kontrolle über seinen Spion besaß, wie er es gern hätte. Es vergingen Wochen, manchmal Monate zwischen seinen Berichten, und wenn dann einer kam, war er oft in sarkastischem Ton, an der Grenze zur Beleidigung. Das würde zu Tanners Profil passen. Er tat, was er wollte, nicht das, was andere von ihm erwarteten.

Im Augenblick war sie, vielleicht, in Sicherheit.

»Zieh dich aus, und leg dich ins Bett, Scheme. Wenn du ein braves Mädchen bist, schalte ich den Fernseher für dich ein, während du einschläfst.«

Den Fernseher? Scheme kniff die Augen zu schmalen Schlitzen zusammen, als er sie unschuldig anlächelte.

»Das ist nicht fair«, stieß sie hervor. »Zieh wenigstens eine Hose an.«

»Zieh deine Sachen aus und ab ins Bett, oder ich lege mich schlafen, während du hier noch herumstehst, und dann gibt es eine Woche lang kein Fernsehen.«

Scheme biss die Zähne zusammen. »Rede nicht mit mir, als wäre ich ein kleines Kind.«

Er glitt ins Bett und zog die Decke über seinen nackten Körper. Seine Augen schimmerten in sattem Gold, und sein Blick forderte sie heraus. Er forderte sie heraus, sich mit ihm in dieses Bett zu legen.

»Ich komme auch ohne Fernsehen aus.« Sie zuckte mit den Schultern und ging zu der Sitzecke mit der dick gepolsterten Couch. Die sah doch mehr als bequem aus. »Gute Nacht, Tanner.«

Gerade war sie noch auf dem Weg zur Couch, und im nächsten Moment flog sie praktisch durch die Luft und landete auf dem Bett. Blitzschnell. Er war im Handumdrehen die mehr als drei Meter durch das Zimmer marschiert – das breite Doppelbett mitgerechnet – und hatte sie daraufgeworfen, als würde sie gar nichts wiegen.

Scheme strich sich das Haar aus den Augen und sah ihn finster an.

»Du benimmst dich kindisch.« Sie trat nach ihm, als er ihr die Hose von den Beinen zog. »Ich habe die Hose gerade erst angezogen, du verdammter Perversling.«

Bevor sie ihn abschütteln konnte, packte er sie an den Armen und zog ihr das Top schneller vom Körper, als sie es sich selbst angezogen hatte.

»Verdammter Hurensohn!« Ihre Brüste waren schwer, und rasender Zorn rauschte donnernd durch ihre Adern, als sie sich von ihm losriss und mit Klauenfingern auf seine Augen zielte.

»Ts, ts, so kämpft doch keine Dame.« Er schlug ihre Krallen beiseite und lachte. Der Bastard *lachte* sie aus.

»Verdammtes Weichei!«, knurrte sie, ballte die Hand zur Faust und schnellte auf ihn zu.

Scheme wusste nicht, wer überraschter war, als ihre Faust ihn im Gesicht traf: sie selbst oder der Breed, der sie eben noch ausgelacht hatte.

Geschockt starrten sie einander an.

»Also …« Er drückte sie zurück aufs Bett, hielt ihr die Hände über dem Kopf fest und schob seinen harten Körper auf ihren. »Du darfst die Stelle küssen und den Schmerz lindern.«

Die Stelle küssen und den Schmerz lindern? Scheme erstarrte, die Augen weit aufgerissen, und ihre Brustwarzen rieben über seine breite Brust, als sie um Luft rang.

Die Allgemeinheit dachte, dass Breeds keine Körperbehaarung besaßen. Nur wenige Menschen kannten die Wahrheit: Die Haare an ihrem Körper waren so winzig und in der Farbe so perfekt an ihre Haut angepasst, dass sie wie ein dünner Pelz waren. Und im Augenblick konnte sie jedes winzige Härchen fühlen, das ihre Brustwarzen streifte, als sie schwer atmend unter ihm lag.

Es war ein herrliches Gefühl. Feurig. So erhitzt, dass sie förmlich dahinschmolz, ihre Kraft und ihre Selbstbeherrschung verlor.

»Gott, bist du warm!«, flüsterte er, senkte den Kopf, bis sein Mund an ihrem Ohr, sein malträtiertes Gesicht neben ihren Lippen schwebte. »Also, dann solltest du mich jetzt küssen, meine Schöne, damit wir uns schlafen legen können.«

Hilflos, hoffnungslos, drehte sie den Kopf und berührte mit den Lippen die kleine blutige Stelle, die ihr Treffer an seinem Mundwinkel hinterlassen hatte.

Sein Körper stand plötzlich unter Hochspannung, sein Atem ging schwerer, und sein Kiefer verkrampfte sich. Ein lautes Stöhnen drang über seine Lippen, als sie über die kleine Wunde an seinem Mundwinkel leckte und der salzige Geschmack seiner Haut sich mit dem Kupferaroma des Blutes mischte.

Sie sollte das nicht erotisch finden. Es sollte sie nicht so feucht und heiß machen, dass das Verlangen nach seiner Berührung sie beinahe verrückt werden ließ.

»Genug.« So schnell, wie er sie gepackt hatte, wenn nicht noch schneller, löste er sich wieder von ihr – mit einer Erektion, die von seinem Körper abstand, und einem Gesichtsausdruck, der wieder bestimmt und wütend war.

Scheme setzte sich auf, als er sich zurück ins Bett fallen ließ und ruckartig die Decke über sich zog. Sie fragte sich, ob er die geringste Ahnung hatte, dass er sie dieses Mal beinahe dazu gebracht hätte, ihn anzuflehen.

»Hat dir schon mal jemand gesagt, dass du geistig nicht gerade stabil bist?«, fragte sie schließlich.

»Ja, jedes Mal wenn Cabal und ich beim Teamspiel mit einem unserer Schätzchen erwischt wurden«, knurrte er. »Und jetzt schlaf, bevor du ganz genau herausfindest, wozu die eine Hälfte der letzten beiden überlebenden Tiger-Breeds fähig ist.«

Ihr stockte der Atem. Scheme riss die Augen auf und drehte sich langsam um, während er eine Fernbedienung aufhob, auf einen Knopf drückte und hinter ihr der Fernseher zum Leben erwachte.

»Teamspiel?«

»Gemeinschaftsfick«, präzisierte er.

Sie blinzelte. Tanner grinste. Kein beruhigender Anblick.

»Gute Nacht, meine Schöne.«

Scheme konnte nicht schlafen. Der Fernseher war vor über einer Stunde ausgegangen, die Beleuchtung war gedämpft, aber an Schlaf war nicht zu denken.

Die Sehnsucht war schmerzhaft. Jedes Mal wenn sie die Augen schloss, konnte sie beinahe spüren, wie Tanners Finger zwischen ihre Beine glitten, sich kraftvoll in ihr bewegten, sie streichelten und sich durch ihren Verstand brannten. Und jedes Mal riss sie wieder die Augen auf, starrte in die Höhle und fühlte sich elend.

Trotz des großen Bettes – ein breites Doppelbett – konnte sie Tanners Wärme fühlen, glühend an ihrem Rücken. Unter dem Quilt, den er über sie gebreitet hatte, war es heiß.

Ihr war sterbenselend. Ihr Verlangen nach Sex war stärker, als sie es je in ihrem Leben kennengelernt hatte.

Gott, das war wirklich erbärmlich! Sie war schon zuvor einem Killer ihres Vaters nur knapp entkommen, und jetzt versuchte sie eine emotionale Bindung zu einem anderen aufzubauen? Denn natürlich war ihr klar, dass es am Ende emotional werden würde. Sie war nicht dumm. Tanner berührte nicht nur ihren Körper, sondern etwas in ihrem Inneren. Einen Teil von ihr, von dem sie gar nicht gewusst hatte, dass es ihn gab.

Und sie wollte, dass er diesen Teil wieder berührte. Wie dämlich war das denn? Chaz war der Auftragskiller ihres Vaters gewesen. Konnte Tanner sein Spion sein?

»Du weißt ja …« Das weiche Grollen seiner Stimme ließ sie zusammenzucken. »Der Vibrator ist auch noch da.«

Scheme fuhr herum, hielt den Quilt vor ihre Brüste gedrückt und starrte ihn an.

»Um was zu tun?«

Er hob die Hand und hielt das blaue Sexspielzeug in seinen schlanken Fingern.

»Ich habe es geliebt, dir zuzusehen, wenn du ihn benutzt hast«, flüsterte er mit einem sündigen Lächeln. »Willst du ihn jetzt auch ausprobieren?«

Ihre Lippen öffneten sich leicht.

»Ich könnte dir helfen.«

Der zweideutige Unterton in seiner Stimme ließ glühende Hitze durch ihren Körper pulsieren.

»Und wie?« Du lieber Gott, war das tatsächlich ihre Stimme? Dieses atemlose Telefonsexflüstern, das seine Augen vor Lust förmlich aufleuchten ließ.

Er grinste, ein so unglaublich sündiges Grinsen, dass jede Frau verrückt nach diesen Lippen werden konnte. Von anderen Teilen seiner Anatomie ganz zu schweigen.

Langsam glitt der Quilt herab und enthüllte zentimeterweise ihren Körper, während sie den blauen Dildo immer näher kommen sah.

»Weißt du, was mich wirklich angemacht hat?«, fragte er.

»Was denn?« Das war keine Frage, es war ein hungriges Wimmern.

»Wenn ich zusah, wie du ihn nach deinem Orgasmus abgeleckt und dich selbst gekostet hast.«

Scheme zitterte. Ihre Hände, ihre Lippen – sie zitterte am ganzen Körper. Gott, noch nie im Leben war sie so erregt gewesen wie jetzt, als sie zusah, wie dieser Dildo immer näher kam, bis er ihre Lippen berührte.

Sie streckte die Zunge raus und fuhr damit über die Spitze, ohne dabei den Blick von ihm abzuwenden.

»Ich kann wittern, wie heiß du bist.« Er rutschte näher und legte die andere Hand flach auf ihren Bauch, bevor er sie langsam nach oben wandern und dann zwischen ihren Brüsten ruhen ließ.

»All die Jahre habe ich dich in deinem Bett beobachtet, allein und mit deinen Liebhabern. Und willst du wissen, was ich dabei sah?«

Scheme schüttelte den Kopf. Sie wollte es nicht wissen.

»Du warst nie befriedigt. Du wolltest es. Du hast es versucht.«

»Das stimmt nicht.« Sie war nicht unnormal. Sie war immer zum Höhepunkt gekommen.

»Oh doch.« Er drückte den Dildo an ihre Lippen und musterte sie aus schmalen Augen, als ihr Mund sich öffnete und das Sexspielzeug akzeptierte. »Ich habe deine Augen gesehen. Ich habe sie genau beobachtet, wenn du mit diesen Männern zusammen warst – deine Augen. Und ich sah eine Frau, die verzweifelt versuchte, diesen gewissen Kick zu finden. Den Orgasmus, der einem durch und durch geht.«

Ihre Augen weiteten sich.

Der Vibrator glitt aus ihrem Mund und hinterließ eine sündige feuchte Spur nach unten, über ihr Kinn, zwischen ihre Brüste und dann über ihren Bauch.

»Los, auf den Rücken«, flüsterte er. »Ich möchte dir eine Kostprobe geben.«

Ihr gesunder Menschenverstand schrie laut: *Nein!* Und trotzdem drehte sie sich um, legte sich auf den Rücken und versuchte krampfhaft, weiterzuatmen, als der schwere Duft sinnlicher sündiger Lust den Raum erfüllte.

»Na also, meine Schöne«, schnurrte er und strich mit dem Dildo über ihre Schenkel. »Und jetzt öffne dich für mich, nur ein bisschen.«

Ihre Beine öffneten sich.

»Ein klein wenig mehr, Süße.«

Inzwischen atmeten sie beide schwer, in hörbar keuchenden Zügen.

Sie spreizte die Beine weiter.

»Mmm. An diesen hübschen Löckchen klebt der süßeste Nektar von allen.« Den Blick zwischen ihre Beine gerichtet, ließ er den Vibrator über den feuchten Hügel gleiten.

Das Ding quälte ihre Klitoris, als sie sich ihm entgegenhob und dabei sein Gesicht betrachtete. Seine Miene war angespannt, leidenschaftlich, von beinahe animalischer Lust erfüllt, als die Spitze des Dildos sich zwischen ihre prallen Schamlippen schob.

»Zieh die Knie an. Ich will zusehen, wie er eindringt.«

Sie zog die Knie näher an den Körper, als Tanner dazwischenglitt. Das hatte sie nicht erwartet. Aber es war ihr herzlich egal, so lange nur der entsetzliche schmerzende Hunger in ihrem Unterleib verschwand.

Mit geweiteten Nasenflügeln inhalierte er ihren Duft.

Er positionierte den Dildo an ihrer begierigen Öffnung und drückte ihn dann langsam hinein.

»Oh Gott. Tanner.« Scheme schüttelte den Kopf und riss die Augen auf, den Blick unverwandt auf das Sexspielzeug gerichtet, das in sie eindrang.

Sie war so nass, dass es nicht einmal die sonst üblichen drei Anläufe brauchte, um ihn aufzunehmen.

»Du bist so eng.« Er zog den Vibrator zurück und ignorierte ihren kurzen Aufschrei, bevor er ihn wieder in sie hineinschob. »Aber meiner ist dicker.« Er grinste sie anzüglich an. »Und länger.« Der Vibrator schob sich tiefer in sie. »Bist du sicher, dass du das so willst?«

Hölle, nein, wenn sie eine Wahl hätte.

Verzweifelt schüttelte sie den Kopf.

Tanner hielt inne und sah sie an. »Was willst du, meine Schöne?«

»Ich will, dass du aufhörst zu spielen.« Okay, jetzt gab es kein Zurück mehr. »Nimm mich, oder lass mich verdammt noch mal in Ruhe.«

Der Vibrator glitt heraus und landete irgendwo. Es war ihr egal, wo genau.

»Mehr war nicht nötig …«

Sie ließ ihn den Satz nicht beenden. Er war auf den Knien, und sein Ständer reckte sich in die Höhe, gerötet, von der Sonne geküsst, von dicken Adern durchzogen und so hart, dass sie beinahe sabberte.

Ihre Geduld war am Ende. Sie wollte eine Kostprobe.

»Scheme.« Da war es wieder, dieses Grollen in seiner Stimme. Er wusste wahrscheinlich, dass sie dabei nur noch feuchter wurde. Aber das war schon in Ordnung. Sie hatte die feste Absicht, ihn noch härter zu machen. Falls das überhaupt möglich war. Sie bezweifelte es, aber sie würde es auf jeden Fall versuchen.

Sie ging auf die Knie, spreizte die Beine und stützte sich auf der Matratze ab. Dann beugte sie sich nach vorn und umschloss seine Eichel mit ihren Lippen.

Sein Aroma explodierte auf ihrer Zunge. Reichhaltig, männlich, erdig. Wie ein Sturm. Ein Bergsee in einer Sommernacht. Er schmeckte nach reiner männlicher Ekstase.

»Oh Mann. Verdammt!« Seine Hände krallten sich in ihr Haar. »So ein heißer kleiner Mund. Ein süßer, heißer kleiner Mund.«

Sie umschloss ihn noch fester mit den Lippen und saugte gierig an ihm. Mit einer Hand packte sie sein Glied direkt unter ihren Lippen – ihre Finger konnten ihn zwar nicht ganz umfassen, aber sie konnte ihn streicheln, während sie mit der anderen Hand seine Hoden umfing.

»Wundervoll. So verdammt schön«, stöhnte er, bewegte die Hüften und drängte sich in kurzen harten Stößen an ihre Lippen.

Sie erwartete, dass sie ihn schwächen würde. Nimm den Schwanz eines Kerls in den Mund, und für gewöhnlich war genau das die Folge. Aber nicht bei Tanner. Eine Sekunde später spürte sie einen stechenden, höchst erotischen Klaps auf einer Pobacke. Eine Sekunde später das Gleiche auf der anderen.

Seine pralle Eichel füllte ihren Mund aus, sodass ihr erregter Aufschrei gedämpft wurde, als er es noch einmal tat.

Ihr Verstand warnte sie, dass ihr das vielleicht ein wenig zu sehr gefiel. Doch die hormongesteuerte Schlampe in ihr wollte mehr davon. Oh ja, viel mehr.

Wieder traf seine Hand ihren Po, genau auf die gerundete Stelle, wo ihre Haut so empfindsam war. Das Gefühl jagte durch ihre Nervenbahnen und attackierte nicht nur ihre Klitoris, sondern auch den zarten Eingang zu ihrem Po.

Sie hob sich ihm entgegen und fühlte sich wunderbar sündig und sexy.

»Das gefällt dir, nicht wahr, meine kleine Intrigantin?«

Gefallen? Gefallen? Das sollte eine angemessene Beschreibung dafür sein?

Sie schrie an seinem Schwanz auf, als seine Hand wieder auf ihrem Po landete. Doch dann revanchierte sie sich. Sie saugte seine Erektion ein, bis tief in ihre Kehle, schluckte, massierte die Unterseite seines Schaftes mit der Zunge und genoss das erotische Vergnügen dabei.

»Verdammt!« Seine Stimme klang erstickt.

Seine Muskeln an Unterleib und Oberschenkeln spannten sich noch mehr an, bis sie wie gemeißelt unter der goldfarbenen Haut hervortraten.

Seine Hand strich über ihren Po, glitt dann weiter abwärts, und zwei kräftige Finger drückten sich in sie hinein.

Oh ja, oh ja, sang sie lautlos vor sich hin. *Tiefer. Noch tiefer. Bis zu dieser interessanten Stelle …*

Ihre Augen weiteten sich, und sie saugte drängend mit Lippen und Zunge an seinem Glied, als er genau besagte Stelle fand und sie dort *massierte*.

Seine andere Hand wand sich in ihr Haar und zog daran, als sie sich widersetzte. Feuerschauer jagten über ihre Haut.

Mehr. Nur mehr. Sie kam schier um vor Begierde.

Gierig verwöhnte sie seine Eichel mit dem Mund, als seine Finger ihre sehnsuchtsvolle Enge verließen, ihren Po hinaufstrichen, dann zurück in ihre tropfnasse Mitte glitten, sie reizten, sich wieder zurückzogen. Scheme brauchte einen Moment, um zu begreifen. Doch schon im nächsten Augenblick drückte sich einer seiner kräftigen langen Finger durch die überempfindsame Öffnung in ihrem Po.

Sie riss sich von seiner Erektion los. Sie brauchte Luft. Sie musste frei atmen.

»Ich will diesen hübschen Hintern«, flüsterte er. »Ich will auf dir liegen und darin versinken. Diesen leeren unbefriedigten Blick von dir werde ich nie vergessen, als ich zusah, wie du das einen anderen Mann tun ließest, und zwar nicht länger als zwei Sekunden lang. Ich werde dir zeigen, wie es beim ersten Mal hätte sein müssen.«

Sein Finger verschwand. Keuchend, verzweifelt nach Luft ringend presste Scheme den Kopf an seinen Oberschenkel und wimmerte, als er seinen Finger tief in sie hineinschob.

»Hmm, das gefällt dir.« Das war keine Frage.

Hölle ja, es gefiel ihr. Es war sündig. Verboten.

Das war die Art Sex, von der sie immer geträumt hatte. Ohne Selbstvorwürfe, ohne Zweifel, ohne Ängse – außer der Sorge davor, dass er aufhören könnte.

Er beugte sich über sie. Das Geräusch einer Nachttischschublade, die geöffnet wurde, drang kaum bis in ihr Bewusstsein, während ihr pausenlos Schauer über den Rücken jagten. Sein Finger blieb nicht untätig. Er stieß nicht zu oder attackierte sie auf andere Art, sondern streichelte sie, rieb über Gewebe, so empfindsam, dass die Lust sie schaudern ließ.

Nichts zählte mehr – Spione, Blut, Tod – scheiß drauf! Nur noch das hier zählte. Hier. Jetzt. Nur das.

8

Der Weg durch die Schutzbarrieren seiner kleinen Intrigantin führte über ihre Lust. Tanner fühlte es, er wusste es. All die Jahre, die er damit verbracht hatte, sie zu beobachten, hatte er es bis in die Zehenspitzen gespürt. Sie brauchte leidenschaftlichen, hemmungslosen Sex, der einem in die Eingeweide fuhr und alles auf den Kopf stellte, weil er so unerträglich gut war. Sie brauchte die Art Sex, die einem die Knie weich werden ließ, den Verstand abschaltete und sämtliche Nervenbahnen zum Singen brachte. Und genau das wollte er ihr geben.

Sie hatte Lust erfahren. Sie hatte Orgasmen erlebt. Aber sie kannte nicht dieses Gefühl von Erfüllung, das ihr das Herz zerriss und sich in ihre Seele brannte, wenn all ihre Bedürfnisse befriedigt wurden. Er hatte die Absicht, jeden Hunger zu stillen, den sie je verspürt hatte, und er wollte ihr Vergnügen bereiten, wie sie es nie für möglich gehalten hätte.

Es ging nicht um den Akt oder *die* Akte, die sie erlebt hatte. Sie hatte ihre Grenzen ausgetestet und ihre Sinnlichkeit erforscht, nur um festzustellen, dass der Reiz aufregender, das Versprechen verlockender war als der tatsächliche Akt.

Bis jetzt.

Nun würde er ihr zeigen, was ihr bisher gefehlt hatte: ein Mann, der ihre Begierden verstand, ihre Bedürfnisse und Lust. Ein Mann, der bereit war, sich mit ihr darin zu verlieren.

Es ging ihm dabei nicht um Kontrolle, auch nicht um Unterwerfung, sondern darum, zu fühlen – von innen heraus das Strahlen vollkommener Befriedigung zu fühlen.

Tanner nahm die Tube mit Gleitgel aus dem Nachttisch, kam auf die Knie und zog seinen Finger aus ihrem unglaublich engen Po.

»Nein. Hör nicht auf.« Sie hob ihm die Hüften entgegen.

Oh Mann, war das ein verführerischer Hintern! So sanft gerundet und so verdammt hübsch, wenn er leicht gerötet war.

Wieder schlug seine Hand ihre Pobacke in einer kurzen scharfen Liebkosung, die sie erschaudern ließ. Es gefiel ihr. Sie mochte das stechende Gefühl lustvollen Schmerzes, das mit wachsender Erregung immer stärker wurde.

Erneut kam sie ihm entgegen. Ihre Schultern hoben sich vom Bett, als sie sich hochstemmte, um wenigstens ein wenig Kontrolle wiederzuerlangen.

»Bleib da.« Er drückte sie zurück auf die Matratze. Im Augenblick war Kontrolle nicht das, was sie brauchte. Sie brauchte Erfüllung. Sie brauchte *ihn*.

Noch einmal glitt seine Hand über ihren Po.

Gott, sie hatte den hübschesten Hintern der Welt! Gerundet, cremehell, wenn auch ein wenig gerötet von den erotischen Klapsen, die er ihr verabreicht hatte.

Er öffnete die Tube und drückte das Gel auf seine Finger. Er verzog das Gesicht zu einer Grimasse, weil ihn das Verlangen zu überwältigen drohte. Gott, er musste sie haben! Er musste sie nehmen, oder er würde vor Verlangen umkommen.

Er legte die Tube beiseite und spreizte ihre runden Pobacken, um die winzige Öffnung auf tiefer gehende Liebkosungen vorzubereiten. Er verteilte das Gel, drückte mit einer Fingerspitze dagegen, und dann nahm er, mit einem angespannten Lächeln, den zweiten Finger hinzu.

Und sie nahm ihn auf. Sie öffnete sich für ihn, wie im Traum, nahm die Penetration hin, bettelte darum. Sie bog den Rücken durch, und er hörte ihren Aufschrei. Ihr Duft ließ seinen Mund wässrig werden und sein Glied fordernd zucken.

Ein hartes raues Grollen drang aus seiner Kehle, als seine Finger in sie hineinglitten und er fühlte, wie ihre empfindsamen Muskeln sich um ihn anspannten. Ihre Hüften zuckten nach hinten und trieben ihn noch tiefer.

Er drehte das Handgelenk und bewegte seine Finger kreisförmig in dem engen Loch. Der Duft ihrer Erregung durchdrang seinen Verstand. Er konnte nichts anderes wittern, nichts anderes schmecken.

Tanner packte seinen Schwanz und rückte näher an sie heran.

»Sag mir, dass ich dich nehmen soll«, knurrte er. »Bitte mich darum.«

»Fahr zur Hölle!«

»Bitte mich darum.«

Er konnte und würde sie nicht nehmen, ohne dass sie ihn darum bat.

»Tanner, bitte.«

Er stieß seine Finger noch tiefer hinein, spreizte sie und fühlte ihr Schaudern.

»Bitte mich darum, Scheme.«

»Ich hasse dich!«, knurrte sie.

»Du willst mich.« Er drückte die andere Hand zwischen ihre Schenkel und fühlte die feuchten Haarkringel dort, bevor er mit dem Finger um ihre aufgerichtete Klitoris strich. »Und jetzt bitte mich darum.«

»Nimm mich!« Sie drängte die Hüften nach hinten.

Seine Finger drangen tief in sie ein, und seine Eichel glitt zwischen die feuchten und prallen Rundungen.

Er zog die Hand zurück und atmete schwer, als er seinen drängenden Schaft in Stellung brachte. In sie einzudringen fühlte sich an, als würde er in einen extrem heißen, extrem engen Glutofen aus flüssiger Seide eintauchen.

Schweiß lief ihm übers Gesicht, als er sich ganz langsam in sie schob. Oh Hölle, sie war so eng. Zu eng.

»Wie lange?«, fragte er angestrengt. »Wie lange ist es her, seit du einen Mann hattest?«

»Du hast mich beobachtet«, stammelte sie. »Du weißt es.«

Er hielt inne. Es war über ein Jahr her, vielleicht zwei, seit ein Mann in ihrem Bett gewesen war.

»Außerhalb deines Bettes«, grollte er.

Sie schüttelte verzweifelt den Kopf und drängte ihm ihre Hüfte entgegen.

»Wenn, dann nur in meinem Bett. Nie in dem des Mannes.«

Er knurrte wieder und zog sich in lustvoller Qual zurück, bevor er erneut in sie drang.

»Tut es weh?«

»Gott, ja!«, rief sie aus. »Mehr. Tu es einfach. Mehr!«

Sein Kopf sank nach hinten, und seine Hüften schoben sich vorwärts, zogen sich zurück, gaben ihr mehr. Ihre scharfen Aufschreie machten seine Selbstbeherrschung zunichte. Er musste sich in sie versenken. Er wollte, dass ihre feuchte Enge seinen Schwanz umklammerte, und zwar in voller Länge.

»Bitte, Tanner.«

Ihr erstickter Aufschrei, der Duft ihres Verlangens, ihre Muskeln, die sich um seine Erektion zusammenzogen, und ihr enger kleiner Hintern, der seine Finger festhielt – das alles war zu viel für ihn.

Seine Beherrschung war dahin.

Scheme schrie auf. Sie konnte nicht anders, auch wenn ihr Schrei gänzlich kraftlos war. Um richtig zu schreien, müsste sie Luft holen, und dazu war sie nicht mehr in der Lage. Dafür war sie zu heiß. Sie brannte, war ganz fiebrig vor Lust und so ausgefüllt, so gedehnt, dass der lustvolle Schmerz fast zu viel für sie war.

Ihre Schultern sanken auf die Matratze zurück, und ihre Finger krallten sich in den Quilt, als sie erneut aufschrie. Sogar Tränen quollen unter ihren Wimpern hervor. Die Lust war einfach überwältigend. Zu viele Sinneswahrnehmungen, die sie nie zuvor erlebt, doch immer herbeigesehnt hatte.

»Verflucht, bist du eng!«, knurrte er hinter ihr. »So verdammt eng.«

Seine Finger bewegten sich in ihrem Po, wanden sich und rieben in ihr. Sein Schaft zog sich zurück, verteilte die üppige Nässe über der empfindsamen Öffnung und drang erneut in sie.

Das war zu viel. Ihr erster Orgasmus war wie eine harte, alles ertränkende Woge, die über ihren Leib hereinbrach, ihr Schauer über den Rücken jagte und ihren Verstand versengte. Sie kam so unerwartet, dass sie keuchte, die Finger ins Bettlaken krallte und ihr ekstatisches Wimmern ihr noch den letzten Rest von Atem raubte.

»Verdammt!«, fluchte er.

Er verharrte bewegungslos in ihr, sein Glied pochte, und das Verlangen in ihr war noch lange nicht gestillt. Sie brauchte es noch einmal. Oh Gott, bitte, nur noch einmal!

»Bitte …« Scheme war sich kaum dessen bewusst, dass sie bettelte und flehte. »Mehr. Mehr!«

Die Hand an ihren Hüften glitt nach vorn zu ihrem Schenkel und dann an ihre Klitoris, während seine Hüften zustießen. Hart. Kraftvoll. Tiefe Stöße, während seine Finger zugleich ihre Klitoris streichelten.

Und dann das Grollen in seiner Stimme.

Die Hitze in ihrem Po.

Ihre überdehnte Vagina.

Noch mehr tiefe Stöße, hart und kraftvoll, vertrieben alle Hemmungen und zerstörten ihre Selbstkontrolle.

Der zweite Orgasmus vernichtete sie. Er explodierte in jeder Zelle, jedem Molekül ihres Körpers. Sie spürte, wie ihre Muskeln sich um ihn zusammenzogen, hörte ihn hinter sich fluchen und fühlte, wie das tiefe harte Pulsieren ihrer Säfte sich mit den kraftvollen Schüben seines Samens mischte. Sie war verloren in einem Strudel, von dem sie nie gedacht hatte, dass es ihn geben könnte. Ein Wirbelwind so vieler Wahrnehmungen, so starker Lust, dass ihr Verstand es gar nicht verarbeiten konnte.

Doch schließlich beruhigte sich das Fieber, Erschöpfung überkam sie, und sie sank auf dem Bett zusammen. Nur am Rande nahm sie war, wie er neben ihr auf die Matratze fiel. Doch aus irgendeinem Grund bekam sie dennoch mit, wie seine Arme sie umschlangen und sie eng an seine Brust zogen, während er den Quilt über ihren rasch abkühlenden Körper legte.

Zum ersten Mal im Leben war sie nach dem Sex gesättigt. Mehr noch: Sie war zufrieden.

AMT FÜR BREEDS-ANGELEGENHEITEN
WASHINGTON, D.C.

GENERALSTOCHTER VERMISST

Jonas starrte auf die Zeitung auf seinem Schreibtisch und rieb sich nachdenklich mit einem Finger über die Lippen.

»Irgendwelche Hinweise?«, fragte er den Breed-Agenten, der ihm gegenüberstand und seinen Blick mit grimmiger Miene erwiderte.

»Nichts.« Lawe seufzte. »Aber ihr Haus ist verwanzt, und zwar nicht von uns. Die Elektronik ist identisch mit der, die

Tallant und seine fanatischen Rassistengruppen nutzen. Er hat sie bespitzelt.«

»Interessant.«

Jonas wusste das alles schon, aber er hielt den Mund. Er hatte gewusst, was im Gange war, als er die Nachricht von Scheme Tallant auf seinem Organizer entdeckt hatte. Sie war auf dem Ball gewesen. Dort war sie auf Tanner getroffen. Und jetzt war sie verschwunden. Jonas zählte zwei und zwei zusammen und hatte die passende Antwort, da war er sich sicher. Er musste dafür sorgen, dass sich die Situation richtig entwickelte. Es war ein Risiko, Scheme und Tanner zu benutzen, um den Spion in Sanctuary zu erwischen. Aber das Schicksal hatte ihm diese Chance gewährt, und er würde sie nutzen.

»In der Nacht, in der sie verschwand, hatte sie ein Zimmer in einem gehobenen Hotel in D. C. reserviert. Sie hatte zu später Stunde noch eine Platte mit Fleisch, Käse und Brot bestellt. Doch als der Zimmerservice kam, war sie verschwunden – mit ihr Gepäck, Laptop, Handtasche, das volle Programm.«

Jonas entspannte sich in seinem Sessel. Falls Tallant sie erwischt hätte, dann hätte er sich nicht mit ihrem Gepäck abgegeben. Man hätte ihre Leiche gefunden, nicht mehr. Sie war noch am Leben, da war er sich fast sicher. Aber falls Tanner sie hatte, war das eine andere Geschichte.

»Gerüche?«

Lawe sah ihn aus schmalen Augen an. »Der Duft ihres Parfüms hing im Zimmer.«

Jonas verkniff sich ein Lächeln. Schweres Parfüm konnte die Sinne der Breeds beeinträchtigen und den Duft eines anderen Breeds oder sogar eines Menschen überdecken. »Ich würde vermuten, es war fast eine ganze verdammte Flasche von irgendwas, das nicht einmal ich aussprechen könnte. Cabal meinte, französisch, ungefähr zwei Gran, eine Unze. Der

Ort wurde gründlich gereinigt, aber Merc konnte den Geruch von Blut im Teppich ausmachen. Nicht ihr Blut, sondern von einem Mann.«

»Ein Breed hat sie entführt«, meinte Jonas nachdenklich und starrte mit schmalen Augen an Lawe vorbei, während er im Geiste die verschiedenen Möglichkeiten durchging. »Tanner war in der Nacht auf der Party?«

Lawe nickte. »Er ging kurz vor zehn und kehrte in sein Hotelzimmer zurück. Von da aus fuhr er nach Sandy Hook in Urlaub. Im Augenblick ist er komplett unerreichbar und weigert sich, irgendwelche Nachrichten zu beantworten. Callan weigert sich außerdem, ihm welche zu schicken.«

Jonas' Mundwinkel zuckten. »Tanner hat den Urlaub seit über zwei Jahren geplant.« Den Urlaub und noch vieles mehr.

»Wir brauchen ihn hier, Jonas. Das hier ist ein PR-Albtraum.«

»Niemand kann das den Breeds anlasten.« Jess Warden, die Anwältin des Amts, meldete sich von der Couch gegenüber zu Wort.

Jonas wandte sich ihr zu. Hochgewachsen, kühl wie ein Bergsee im Winter und so blond und gleichmütig wie ein eisbedeckter Gipfel.

»Darüber war ich auch nicht im Geringsten besorgt.«

»Ich bin mir deiner Sorgen bewusst.« Sie runzelte die Stirn. »Jeder mit einem Mindestmaß an Geschick für öffentliche Erklärungen kann mit der Situation umgehen. Die Einstellung der Öffentlichkeit zu den Breeds wird weiterhin positiv bleiben.«

»Tanner ist unser PR-Genie«, erinnerte Jonas sie. »Es spielt keine Rolle, ob jeder andere damit umgehen kann. Tanner kann es besser.«

Jess schüttelte den Kopf. Sinnlos, mit ihm zu streiten. In letzter Zeit stritt sie oft mit ihm. Kein gutes Zeichen.

Jonas wandte seine Aufmerksamkeit wieder Lawe zu. »Was hat Callan gesagt?«

Lawe verzog das Gesicht. »Er sagte, er würde Tanner kontaktieren, falls es nötig sei. Bis dahin, so hat er mir ins Gedächtnis gerufen, habe Tanner ja jetzt eine Assistentin.«

Jetzt war es an Jonas, das Gesicht zu verziehen. »Ach du meine Güte. Seine Assistentin stottert.«

»Sie hält sich bereit, jederzeit nach Washington zu fliegen, falls du deine Meinung änderst.«

Jonas seufzte. Seiner Ansicht nach war die schüchterne kleine Pantherin, die Tanner als seine Assistentin und Auszubildende erwählt hatte, nicht gerade optimal geeignet für den Job.

»Oh Mann, schlechter als sie könnte ich es auch nicht machen«, seufzte er.

Daraufhin forderte ihn Jess scherzhaft heraus: »Die Wette halte ich.«

Er warf ihr aus dem Augenwinkel einen kurzen Blick zu. Aber Jess konzentrierte sich bereits wieder auf ihre Papiere, als wären sein Zorn oder seine Missbilligung in keiner Weise relevant.

»Wir machen weiter wie gehabt«, sagte er schließlich. »Findet mehr über ihr Verschwinden heraus. Hat Cabal das Zimmer durchsucht?«

»Er war als Erster vor Ort. Er und Jackal befanden sich noch in D. C., nachdem Tanner weg war.«

Jonas verbarg sein Lächeln. Ah ja, und so fügten sich also tatsächlich die losen Enden zusammen. Tanner hatte Cabal und Jackal zurückgelassen, um jeden Versuch von Jonas, Scheme Tallant mit ihm in Verbindung zu bringen, zu vereiteln.

»Wo sind Cabal und Jackal jetzt?«, fragte er.

»Sie sind im Kasernengebäude unten und warten auf Anweisungen.« In Lawes Tonfall lag ein Hauch von Spott.

»Lass sie warten. Ich bin sicher, sie können etwas Ruhe gebrauchen. Sag ihnen, sie haben Bereitschaft.«

Einstweilen wäre es das Beste, die beiden in der Nähe zu behalten.

Jonas liebte es, wenn ein Plan aufging. Cyrus Tallant glaubte sicher, er hätte es geschafft, Jonas aus der Stadt zu locken mit diesem lächerlichen Angriffsversuch, den eine Gruppe Rassisten an jenem Abend auf ihn unternommen hatte. Die waren nicht einmal nahe dran gewesen.

Offensichtlich hatte Tallant erfahren, dass Scheme ihn hinterging. Jonas hatte die Nachricht im System gefunden, als er ins Büro zurückgekehrt war, mit ihrer Bitte um Abholung und Asyl sowie die Information, dass sie ihn auf dem Ball treffen wolle, der an jenem Abend in D. C. stattfand.

Jonas hatte keinen Zweifel, dass Tanner Scheme Tallant hatte. Also war sie jetzt genau da, wo Jonas sie haben wollte. Bei Tanner. Vorerst in Sicherheit, während er selbst die restlichen Strippen in seinem kleinen Netz ziehen musste. Hier eine Schachfigur verschieben, dort eine aus der Schusslinie bringen, die passenden Bemerkungen fallen lassen und dann auf die Auswirkungen warten.

»Versetz Team Alpha in Sanctuary in verdeckte Bereitschaft«, wies er Lawe an. »Ich will über alles Außergewöhnliche informiert werden, über jeden Breed, der sich untypisch verhält oder Fragen über Miss Tallant stellt – einfach alles, was verdächtig wirkt. Und überwacht alle ausgehenden Signale, egal womit. Handys, Satellitentelefone, Festnetz, Breitbandübertragungen. Wenn irgendwo auch nur eine Trommel im Takt schlägt, dann will ich es wissen.«

Misstrauen blitzte in Lawes Augen auf. Team Alpha war die Spezialeinsatztruppe von Untersuchungsagenten, die in Sanctuary operierten, um Tallants Spion zu entlarven.

Lawe nickte langsam. »Verstanden, Boss.«

Jonas' Mundwinkel zuckten. »Kümmere dich darum, Lawe. Ich erwarte, dass du das von hier aus koordinierst. Schließ dich mit Mia kurz, und sie macht dir ein Büro fertig.«

Mia, seine extrem effiziente und höchst sonderbare Sekretärin. Wenn er ihre Akte nicht selbst gesehen hätte, würde er nie glauben, dass sie eine Breed war.

»Setz mich nicht an einen Schreibtisch, Boss«, knurrte Lawe und ließ die Reißzähne aufblitzen. »Da werde ich nur ungenießbar.«

Jonas hob eine Augenbraue und starrte seinen Agenten an. Er verzog keine Miene, sagte nichts, starrte ihn nur an.

»Gottverdammt!«, fluchte Lawe.

Daraufhin mischte Jess sich in tadelndem Tonfall ein. »Sie befinden sich in Gegenwart einer Dame. Sobald Jonas mich gehen lässt, können Sie sich wie ein knurrendes Tier benehmen. Bis dahin halten Sie sich an ein paar Anstandsregeln.«

Lawe runzelte die Stirn und sah dann wieder Jonas an. »Wo haben wir denn Anstandsregeln gelernt?«

Jonas seufzte.

»Man flucht nicht in Gegenwart einer Dame, Agent Justice«, antwortete Jess ärgerlich. »Spielt keine Rolle, wer sie ist, woher sie kommt, wie sie redet oder welche Meinung Sie von ihr haben. Tun Sie so, als wäre sie ein Kind. Würden Sie in Gegenwart eines Kindes so reden?«

Lawe runzelte die Stirn, und in seinem Blick flackerte plötzlich Unsicherheit auf. Jonas unterdrückte ein Lächeln. Er wusste verdammt genau, dass das einzige Kind, mit dem Lawe sich freiwillig abgab, David Lyons war. Und Davids Vokabular war beeindruckend für einen Neunjährigen.

»Mein Gott!«, murmelte Jess und kritzelte eine Notiz auf einen Block. »Daran werden wir arbeiten müssen.«

»Boss, ich mache mich dann mal auf die Suche nach diesem Büro.« Lawe räusperte sich. »Ich, ähm, überlasse dir das hier.«

Jonas sah zu, wie Lawe sich umdrehte und eilig das Büro verließ, mit einem letzten misstrauischen Blick auf Jess.

»Das wird nicht funktionieren, Jonas.«

»Nicht jetzt, Jess.« Er fuhr sich mit der Hand übers Gesicht und atmete hörbar aus. »Das Wichtigste zuerst.«

»Und wenn einer deiner Breeds den Fehler macht, zur falschen Zeit die falsche Person derart anzureden? Würdenträger, die zu Besuch sind? Verbündete? Was dann?«

»Nicht jetzt, Jess.«

Immer eine Katastrophe nach der anderen erledigen. Ja, Jess' Befürchtungen konnten sich bewahrheiten. Im Augenblick jonglierte er mit fast einem Dutzend Katastrophen. Doch rein zufällig war diese hier sein Lieblingsprojekt.

Jess stand auf, kultivierte Perfektion in einem marineblauen Seidenkostüm mit kurzem Rock und einer cremefarbenen Seidenbluse darunter. Sie war zugeknöpft, gelassen und voll Missbilligung.

»Du wirst deine Leute in Kurse über Sozialverhalten schicken müssen.« Sie trat an seinen Schreibtisch und ihr majestätischer Gesichtsausdruck forderte ihn heraus.

»Jess, nicht ausgerechnet jetzt«, knurrte er.

Auf ihren Lippen lag ein herablassendes Lächeln. »Oh ja, deine Komplotte und Intrigen sind ja im Moment so viel wichtiger.« Sie stützte die Hände auf seinen Schreibtisch und beugte sich vor. »Sag mir, Jonas: Was wirst du tun, wenn einmal alles und jeder zurückschlägt, den du je manipuliert hast?«

Jonas runzelte die Stirn. Das war mal ein interessantes Szenario.

»Die Schlacht genießen?«, fragte er leicht belustigt.

Jess runzelte ärgerlich die Stirn. »Das ist nicht lustig.«

»Jess, ich sage dir was: Du erledigst deinen Job, diesen juristischen Hokuspokus, der dir so viel Spaß macht, und ich kümmere mich um meinen. Ich sage dir nicht, wie du einen Fall bearbeiten musst, und du sagst mir nicht, wie ich meine Missionen durchführen muss. Einverstanden?«

Sie kniff die Augen zu schmalen Schlitzen zusammen. »Ich kann es nicht erwarten, bis du mal scheiterst.«

»Willkommen im Klub«, schnaubte er. »Irgendwann fange ich noch an, Mitgliedsgebühren einzutreiben. Also, warum kümmerst du dich nicht wieder darum, uns in Bezug auf den letzten Schlag gegen das Rassistenlager den Rücken freizuhalten, und ich mache meine Arbeit weiter?«

»Du meinst deine Manipulationsspielchen?« Jess richtete sich auf und sah mit überheblicher Missbilligung auf ihn herab.

»Das kann ich doch so gut.« Er grinste. »Kann ich jetzt damit weitermachen?«

»Mach das, Jonas.« Ihr haifischartiges Lächeln hätte einen geringeren Mann zusammenzucken lassen. »Und ich denke über deine Verteidigungsstrategie nach, falls du erwischt wirst. Natürlich könntest du jederzeit auf geistige Unzurechnungsfähigkeit plädieren.«

Jonas knurrte warnend – auch wenn das gefährliche Grollen Jess nicht im Geringsten berührte. Sie lächelte ihn selbstzufrieden an, drehte sich um und stolzierte zurück zum Sofa.

Dieses verdammte Weibsbild! Gott sei Dank hatte sie sich nicht als seine Gefährtin entpuppt. Sie hätten sich gegenseitig umgebracht.

9

Sie durfte nicht zulassen, dass er sie je wieder berührte. Sie *würde* nicht zulassen, dass er sie je wieder berührte.

Was in aller Welt war da passiert? Seit wann gestattete Scheme Tallant ihren Hormonen, ihren gesunden Menschenverstand auszuschalten?

Es war der Abend am Tag danach, und Scheme sah sich mit dem Kopf auf die Hand gestützt seit bestimmt sechs Stunden absurde Wiederholungen im Fernsehen an.

Natürlich waren die nicht absurder als das Drängen in ihrem Inneren, gegen das sie sich verzweifelt wehrte. Das Drängen, sich zu Tanner auf die Couch zu legen und mit der Zunge über jeden einzelnen Zentimeter seiner goldfarbenen Haut zu lecken.

Stattdessen zwang sie sich, eine unfassbar gestörte Sitcom mit ihm anzusehen.

Gilligans Insel? Die Serie war ja schon uralt gewesen, als sie noch ein Kind war. Nicht dass sie sie je angesehen hätte. Ihr Vater hatte Fernsehen nicht als produktive Form der Unterhaltung für sein Kind erachtet. Aber auf der höheren Mädchenschule, die sie besucht hatte, hatten die anderen Studentinnen die Sendung manchmal gesehen. Während des Studiums hatte Scheme die Filme ausblenden können. Doch jetzt gab es nichts zu studieren. Außer Tanner.

Er lag ausgestreckt auf der Couch, die Füße an den Knöcheln überkreuzt, einen Arm unter dem Kopf und sah sich die Show mit einem Grinsen an. Er war unglaublich entspannt, trotz der offensichtlichen Erektion in seinen Jeans und trotz der Anspannung, die sich in ihr aufbaute.

»CNN ist wesentlich informativer«, meinte sie schließlich. Sie war schon ganz benebelt, zum einen von Gilligans ständigen schusseligen Unfällen, zum anderen von ihrer eigenen Erregung.

»CNN ist deprimierend«, schnaubte er mit einem Funken Belustigung, ohne den Blick vom Fernseher zu wenden. »Ich habe die Nase voll von den Geschehnissen in der Welt. Und ich bin im Urlaub. Im Urlaub sehe ich kein CNN.«

»Machst du denn im Urlaub überhaupt etwas anderes als fernsehen?«, fragte sie frustriert. »Seit ich hier bin, hast du noch nichts Sinnvolles gemacht.«

»Ich habe auch Sex im Urlaub«, antwortete er, wieder ohne den Blick vom Fernseher abzuwenden. »Hast du Lust, dich für einen derartigen Zeitvertreib zur Verfügung zu stellen? Letzte Nacht hatten wir Spaß dabei.«

Sie funkelte ihn finster an.

»Habe ich auch nicht erwartet.« Immer noch starrte er auf den Bildschirm. »Weißt du, Süße, auf die eine oder andere Art musst du dich wohl irgendwann entscheiden, was du hier willst.«

Scheme seufzte und blickte der totalen Langeweile ins Auge. Selbst die Bücher auf dem Regal waren eher seichte Lektüre und keine tieferen Gedanken wert. Sogar Liebesromane gab es. Sie mochte zwar Liebesgeschichten, solange sie von expliziter Natur und hocherotisch waren, aber die auf dem Regal gehörten nicht zu dieser Sorte.

»Du machst mich fertig«, sagte sie seufzend. »Wenn du mich foltern willst, dann ist dir das gelungen.«

Daraufhin warf er ihr einen kurzen Blick zu, mit einer Andeutung von erotischer Hitze.

»Wie habe ich denn das geschafft?« Das Geschehen auf dem Bildschirm lenkte seine Aufmerksamkeit wieder auf sich.

»Du schaust das jetzt schon seit mindestens sechs Stunden an, Tanner. Langsam geht mir Gilligan echt auf die Nerven«, beschwerte sie sich. »Der Kerl ist ein Schwachkopf. Der könnte nicht mal in einer Großstadt über die Straße gehen, ohne wegen Dummheit erschossen zu werden.«

»Er ist aber nicht in einer Großstadt unterwegs.« Tanner grinste, und dann lachte er, als ein Gorilla, der eindeutig als Mann im Gorillakostüm zu erkennen war, die Schiffbrüchigen erschreckte. Was die Spezialeffekte anging, war die Show nicht gerade ein Highlight.

»Zum Glück. Ein Zwölfjähriger hat mehr Verstand.«

»Es ist nur eine Show, Scheme«, tadelte er milde. »Sie dient der Unterhaltung und versucht gar nicht, realistisch zu sein.«

»Natürlich nicht.« Scheme verdrehte die Augen. »Eine kleine Pause mit der Realität wäre ganz nett. Eine halbe Stunde CNN könnte verhindern, dass ich durchdrehe.«

»Deine geistige Gesundheit steht nicht sehr weit oben auf meiner Prioritätenliste«, versicherte er ihr und lachte wieder über ein Missgeschick von Gilligan.

Sie stand auf, schlang die Arme um den Oberkörper und begann, im Raum hin und her zu tigern. Natürlich störte ihn das nicht im Geringsten. In den letzten Stunden hatte sie herausgefunden, dass es nicht viel gab, was seine Aufmerksamkeit von dieser dämlichen Sendung ablenken konnte.

»Wo sind wir überhaupt?«, fragte sie. »Wenigstens so viel könntest du mir sagen.«

»Mitten in einem Berg«, antwortete er belustigt.

Sie hasste Männer. Ganz ehrlich.

»Wo ist dieser Berg?«, stieß sie hervor.

»Inmitten einer Bergkette.«

»In welcher verdammten Bergkette, Tanner? Du meine Güte, du könntest mir wenigstens sagen, wo ich bin!«

Sie drehte sich um und sah ihn finster an. Er konzentrierte sich immer noch auf die Sitcom und ignorierte sie größtenteils.

»Was würde es schaden?«, fragte sie.

»Was würde es schaden, wenn du mir erzählst, wofür du die Prügel kassiert hast, von denen dein Exliebhaber gesprochen hat?«, gab er in lässigem, fast unbeteiligtem Tonfall zurück.

War denn die Tracht Prügel letzten Monat nicht genug? Musstest du dein Glück unbedingt noch weiter herausfordern?

Die Worte von Chaz hallten in ihrem Verstand nach. Zur Hölle, was würde es schaden, ihm wenigstens das zu erzählen und sein Spiel in einem gewissen Umfang mitzuspielen?

Scheme starrte ihn einige lange, angespannte Momente an. »Bekomme ich dann eine halbe Stunde CNN?«

Er drehte den Kopf, und seine dichten Wimpern verbargen den Ausdruck in seinen Augen.

»Wenn es die Wahrheit ist.«

Sie atmete hörbar ein. »Ich habe einen Bericht über eine Breed-Mission in New Mexico nicht weitergeleitet. Dadurch konnte mein Vater nicht dafür sorgen, dass ein erfahrenes Team zur Stelle war, um an Informationen zu kommen, die er brauchte.«

Informationen über den ersten Löwen-Breed, einen Breed, nach dem Cyrus seit Jahrzehnten suchte.

Das weckte Tanners Aufmerksamkeit. Seine Augen wurden noch schmaler.

»Weißt du, welche Informationen das waren?«

»Das war nicht Teil der Frage«, erinnerte sie ihn angespannt. »Ich habe dir eine ehrliche Antwort gegeben.«

»Aber keine vollständige.« Er zuckte mit den Schultern. »Ich will keine Halbwahrheiten.« Damit richtete er seine Aufmerkamkeit wieder auf die Fernsehsendung.

»Es ging um den ersten Löwen-Breed«, antwortete sie. »Er sucht schon seit Jahrzehnten nach ihm und hat immer noch keinen Anhaltspunkt, wo er suchen muss. Die Information, die ihm durch die Lappen gegangen ist, enthielt laut einer unbekannten Quelle ebenjenen Ort. Also, würdest du jetzt bitte den verdammten Kanal wechseln?«, schrie sie ihn an.

Der Kanal wechselte, und CNN flimmerte in herrlichen Farben vor ihren Augen über den Bildschirm. Montag, 5. September 2023, und es war zehn Uhr morgens. Ein Datum und eine Uhrzeit. Kurzes Nachrechnen verriet ihr, dass sie seit vier Tagen hier war. Sie ging zurück zu ihrem Sessel und konzentrierte sich auf den Fernseher und die Ereignisse in der Welt, die sie verpasst hatte.

Sie war ein CNN-Junkie, sie konnte nicht anders. Manchmal, wenn sie sich die Nachrichten aus aller Welt ansah, konnte sie vorhersagen, was ihr Vater tun würde.

»Vater wird einen Trupp nach Kolumbien schicken«, murmelte sie, als der Reporter im Fernsehen einen Bericht über terroristische Aktivitäten in Bogotá ankündigte. »Die südamerikanischen Gruppierungen sind ihm am liebsten, weil sie leichter zu kontrollieren sind als die im Mittleren Osten.«

Tanner setzte sich langsam auf. »Wieso denkst du das?«

»Der Name der Gruppe, den der Reporter genannt hat«, antwortete sie. »Der Anführer dieser Gruppe stand mehrere Male in Kontakt mit Cyrus. Jedesmal, wenn die in den Nachrichten auftauchen, schickt Cyrus ein Team dorthin, mit Bargeld und Ausbildungsunterstützung. Der Anführer kriecht ihm in den Arsch und sorgt dafür, dass er sich wie eine Vaterfigur fühlt. Das gefällt ihm.«

»Wen würde er dorthin schicken?«

Schemes Mundwinkel zuckten. »Er hätte Chaz geschickt. Aber jetzt, da der tot ist, würde ich annehmen, dass er Dog schickt. Dog ist sein bester Kojoten-Breed. Absolut kaltblütig, mit exzellenter Erfolgsbilanz in seinen Missionen.«

»Dog hat bei jeder Mission gegen die Breeds versagt«, knurrte Tanner.

»Ach wirklich?«, fragte Scheme schelmisch. »Oder hat er vielleicht Informationen gesammelt, die das Council über die Verteidigung von Sanctuary und die Sicherheitsprotokolle der Teams dort brauchte? Ihr würdet gut daran tun, regelmäßige Änderungen einzuführen, einmal in Bezug auf die Verteidigung des Lagers und zum anderen bei Anfragen um Unterstützung und bei der Berichterstattung eurer Teams. Es wird nicht mehr lange dauern, bis die Programmierer des Councils eure Sicherheitscodes knacken, wenn ihr ständig dieselben benutzt. Der Spion, den mein Vater in Sanctuary eingeschleust hat, konnte bereits beim Knacken mehrerer Schlüsselstellen des Codes helfen.«

Tanner lehnte sich auf der Couch zurück und beobachtete sie, während sie weiter die Nachrichten verfolgte.

»Und wieso erzählst du mir das?«, fragte er.

»Weil ich eine halbe Stunde mehr will.« Den nächsten Bericht verfolgte sie ebenso aufmerksam. »Nimm diesen Senator zum Beispiel.« Sie wies mit dem Kopf in Richtung Bildschirm. »Mein Vater hofiert ihn schon seit Jahren. Er ist sich sicher, dass er bald genügend Informationen gegen ihn hat, um ihn künftig bei jeder Senatsabstimmung erpressen zu können, bei der es um die Breeds geht. Dieser spezielle Senator hat eine Tochter, die nicht immer so vorsichtig ist, wie sie sein sollte. Ich gehe davon aus, dass Vater bis Jahresende alles hat, was er braucht.«

»Diese Information ist bereits über das Amt zu uns durchgekommen«, erklärte Tanner.

Daraufhin warf sie ihm einen, wie sie hoffte, überraschten Blick zu.

»Dann ist da also schon jemand dran.«

»Sieht wohl so aus«, brummte er nachdenklich.

Scheme ignorierte ihn. Sie lehnte sich zurück und verfolgte aufmerksam die Nachrichten, die über den Bildschirm flimmerten. Sie wusste von mehreren Missionen, die ihr Vater gerade plante, um im Mittleren Osten weitere Konflikte anzuheizen. Je mehr sich Politiker Sorgen um Terroristen machten, die aus den Wüstenstaaten heraus operierten, umso weniger konzentrierten sie sich auf Rassenunruhen, die zu Hause aufflackerten – insbesondere wenn es um die Breeds ging.

Als die Nachrichtensendung von weltweiten Themen auf nationale US-Themen überging, kam auch ein Bericht über die vermisste Tochter des Generals.

Scheme verkrampfte sich, als das Gesicht ihres Vaters auf dem Bildschirm erschien, gezeichnet von angeblicher Trauer.

»Was auch immer Scheme getan hat, sie verdient es nicht zu sterben«, antwortete er auf die These eines Reporters, ihre Entführung sei vielleicht ein Vergeltungsschlag für die Angriffe gegen die Basis der Breeds, Sanctuary, vor einigen Monaten gewesen. »Sollte sie meine Kontakte und Ressourcen dafür eingesetzt haben, den Breeds noch mehr Leid zuzufügen, dann sollte das über die korrekten Kanäle geregelt werden. Der Gerechtigkeit ist nicht gedient, wenn sie verletzt oder, Gott bewahre, getötet wird.«

Als der Bildschirm schwarz wurde, verzog sie den Mund.

Sie sah zu Tanner hinüber, der gerade die Fernbedienung neben sich auf die Couch legte.

»Mach ihn wieder an«, rief sie ärgerlich. »Ich will das hören.«

»Deine halbe Stunde ist um. Genau genommen waren es fast vierzig Minuten. Du schuldest mir was für die Extrazeit.«

»Von wegen. Mach ihn wieder an.«

Der verlogene Bastard. Sie wusste, ihr Vater war ein Monster. Das war ihr schon seit Jahren klar, im Grunde den größten Teil ihres Lebens, aber sie hatte nicht gewusst, was für ein vollendeter Schauspieler er wirklich war.

Tanner erwiderte ihren Blick unbeeindruckt. »Nein.«

Scheme ballte die Hände zu Fäusten. »Und wieso nicht?«, fauchte sie. »Hast du Angst, ich könnte seine Lügen wirklich glauben? Oder dass ich dir noch mehr Schwierigkeiten mache, damit ich in seine liebevollen Arme zurückkehren kann?«, fragte sie höhnisch.

»Nein«, meinte er leise. »Ich mache mir eher Sorgen, dass ich am Ende die Beherrschung verliere und ihm selbst an die Kehle gehe, wenn ich noch länger deinen Schmerz wittern muss. Und das würde dir in keiner Weise helfen.«

Ihr spöttisches Grinsen war voller Hass. »Natürlich würde es dir etwas ausmachen, dass er mich geschlagen hat«, knurrte sie. »Ja klar, wieso bin ich darauf nicht schon eher gekommen? Ein Breed würde sich *natürlich* um das Wohlergehen einer Tallant sorgen.«

Nie im Leben.

Sie wusste es doch besser.

»Du hast mich nicht vor Chaz gerettet, Tanner. Du hast mich für deine eigenen Zwecke entführt, und aus demselben Grund hältst du mich jetzt hier fest. Geht es nur darum, Sex mit mir zu haben?«, stieß sie sarkastisch hervor. »Oh ja, jetzt verstehe ich. Du brennst nur darauf, die Tochter des Mannes zu vögeln, der deine gesamte Familie gefoltert hat.«

Kalter harter Spott begleitete das Ende des Satzes. Sie wusste es doch besser. »Sag mir einfach, was du willst, Tanner. Was ist der Preis für meine Freiheit?«

»Deine Sicherheit.«

Sie funkelte ihn mit ungläubigem Gesichtsausdruck an. Nur den Spion ihres Vaters würde es kümmern, wie sie ihren eigenen Arsch zu retten gedachte.

»Meine Sicherheit«, wiederholte sie eisig. »Ich sage dir was: Lass mich frei, gib mir ein sicheres Handy und in nur ein paar Stunden bin ich in Sicherheit. Das verspreche ich dir. Du musst mich lediglich gehen lassen.«

»Sag mir, wen du zuerst anrufen würdest.« Geschmeidig erhob er sich von der Couch. »Denselben Bastard, der letzten Monat diese Informationen in New Mexico gestohlen hat?«

»Das wäre wohl sehr praktisch«, fauchte sie. »Nein, Tanner, mein Kontakt ist nicht euer unbekannter Dieb. Aber wer es ist, geht dich nichts an. Und jetzt lass mich gehen.«

Sie rührte sich nicht von der Stelle, als er auf sie zukam. Sein Körper vibrierte vor Anspannung, und seine Augen blitzten. In der Weise erinnerte er sie mehr an das Tier als an den Mann. Seine Bewegungen waren so kontrolliert und anmutig wie die eines Tigers. Beinahe träge, berechnend, und jeder Muskel spielte in angeborener animalischer Anmut.

Scheme konnte ein Schaudern nicht unterdrücken, als er sie berührte. Seine Hände legten sich auf den dünnen Seidenstoff an ihren Hüften, und sein Oberkörper streifte ihre plötzlich aufgerichteten Brustwarzen.

»Ich kann dich nicht gehen lassen«, sagte er leise und senkte den Kopf, bis sie nur noch die eindringliche Sinnlichkeit seines Blicks vor Augen hatte.

»Warum?« Sie legte die Hände auf seine Brust, nicht, um ihn von sich zu schieben, und auch nicht, um ihn an sich zu ziehen. Sie wollte ihn nur berühren und seine Wärme spüren. »Du hattest Sex mit mir. Jetzt ist es Zeit, das Spiel zu beenden.«

Eine Hand glitt von ihrer Taille an ihre Wange, und er strich mit dem Daumen über ihre Lippen, die sich daraufhin wie von selbst öffneten. Ihr Zorn schmolz unter ihrer glühend heißen Lust dahin, trotz ihrer Versuche, sich daran festzuhalten. Sie musste ihren Zorn auf ihn aufrechterhalten, denn sie brauchte noch einen anderen Schutzwall gegen seine Berührungen als nur die Vermutung, dass er der Spion ihres Vaters sein könnte.

»Ich weiß nicht.« Er runzelte die Stirn. »Vielleicht, weil ich dir nicht traue. Weil zu viele Leute dich umbringen wollen. Und vielleicht, weil ich mehr von dem hier brauche.«

Er senkte den Kopf und küsste sie wieder, öffnete ihre Lippen und glitt mit der Zunge in ihren Mund, als sie aufstöhnte.

Es war nahezu unmöglich, sich von ihm loszureißen, es überstieg beinahe ihre Fähigkeiten. Als sie zurückwich, spürte sie deutlich ihre immer weicher werdenden Knie, die sanfte erhitzte Nässe zwischen ihren Beinen und das lustvolle Prickeln auf ihren Lippen.

»Du kannst mich nicht ewig hier festhalten.«

»Darauf solltest du nicht wetten«, seufzte er rau. »An diesem Punkt, Scheme, solltest du auf gar nichts wetten. Nicht bis ich das Rätsel gelöst habe, das du mittlerweile für mich darstellst. Sex mit mir ändert daran gar nichts, dadurch vergeht die Zeit nur angenehmer.«

»Ich bin kein Rätsel, das du lösen musst.«

Sein kurzes Auflachen klang spöttisch. »Tut mir leid, Süße, aber genau das bist du. Angefangen bei der Frage, warum dein Vater deinen Tod will, bis hin zu dem Grund, wieso du alte Wiederholungen nicht magst. Wenn du willst, könnte ich für den Anfang eine Liste mit Fragen machen.« Und plötzlich schimmerten seine Augen verspielt und luden sie ein, sich auf ihn einzulassen.

»Ich finde den Weg hier raus schon noch«, warnte sie ihn verzweifelt.

»Keine Chance, meine Schöne.« Er seufzte und ging zurück zur Couch. »Aber ich sage dir was: Komm her, und kuschel mit mir, dann lasse ich dich INS sehen. Der Sender gefällt mir besser.«

International News Service. Besser als nichts.

»Kuscheln?«, fragte sie ungläubig.

»Ja. Kuscheln.« Er setzte sich, streckte ein Bein auf der Couch aus und stellte das andere auf den Boden. »Na komm, Süße, wir können zusammen Nachrichten sehen, oder ich schaue weiter Gilligan. Ein paar Stunden sind noch übrig.«

Scheme schauderte, als er auf die Couch zwischen seinen Beinen klopfte. »Trau dich.«

Als er die Fernbedienung hob, wurden ihre Augen schmal. »Nachrichten oder Gilligan. Entscheide dich, Süße.«

Wenn sie doch bloß nicht so gerne dort sitzen würde, seine breite Brust hinter sich und seine Arme um sie geschlungen! Sie würde wieder diese Wärme fühlen, von der sie immer nur geträumt hatte, und ein Verlangen, das zu akzeptieren sie sich nie zuvor gestattet hatte – vor Tanner.

Sie war schwach, so schwach.

»Du darfst mich nicht belästigen«, fauchte sie.

»Und du darfst nicht die Regeln bestimmen«, schnaubte er. »Also komm her, meine Schöne, bevor ich es mir anders überlege. Weißt du, ich freue mich schon seit Monaten auf diesen *Gilligans Insel*-Marathon. Du hast Glück, dass ich dir ein solches Angebot überhaupt mache.«

Sollte sie sich etwa schuldig fühlen, weil er ihretwegen nicht weiter die Serie sehen konnte?

»Es sind nur Wiederholungen, du meine Güte.« Vorsichtig setzte sie sich auf die Couch zwischen seine Beine, drehte sich zum Fernseher und lehnte sich misstrauisch zurück.

»Sie sind gut«, entgegnete er lässig und zog sie ganz eng an sich. »Aber mit dir zu kuscheln könnte mich dafür entschädigen. Weißt du, ich kuschle nicht oft mit Frauen«, erklärte er, als er den Fernseher einschaltete.

»Dann übernimmt Cabal die Kuschelei für dich?«, schnaubte sie.

Sein leises Lachen vibrierte an ihrer Brust. »Nein, Cabal ist auch nicht der Typ dafür. Aber ich denke, es gefällt mir einfach, *dich* im Arm zu halten.« Ein Arm schlang sich um ihren Bauch. »Ich denke, es gefällt mir sogar sehr.«

Woher hatte er nur gewusst, dass Nachrichten und die Ereignisse in der Welt sie faszinieren würden?, fragte sich Tanner, als er es sich in der Ecke der Couch gemütlich machte und die Nachrichten verfolgte.

Scheme war ein angenehmes Gewicht an seiner Brust. Ihr Kopf ruhte an seiner Schulter, und ihr Haar floss über seinen Oberkörper.

Wie oft war er in die private Suite von Callan und Merinus gekommen, um die beiden genauso auf der Couch sitzen zu sehen, während sie fernsahen? Der Anführer ihres Rudels war fasziniert von den Seifenopern, die seine Gefährtin immer anschaute.

Für einen Mann, der sich vor seiner Paarung nie viel aus Fernsehen gemacht hatte, war Callan während der ruhigen Abende in Sanctuary zu einem regelrechten Couch-Potato geworden. Entweder das, oder es war ihm so ziemlich egal, was er ansah, solange er nur seine Gefährtin in den Armen halten konnte.

Aber Scheme war nicht seine Gefährtin. Er hatte sorgfältig nach den Anzeichen dafür gesucht, so gründlich, dass seine Zunge inzwischen fast wund war, so oft war er damit über seine Zähne gefahren, um die Drüsen dort zu prüfen. Aber da war nichts.

Er wollte sie.

Er sehnte sich nach ihr mit einer Intensität, die ihn halb verrückt machte, aber da war kein Paarungshormon, keine ungewöhnliche Empfindsamkeit seiner Haut.

War es möglich, dass ein Breed sich verlieben konnte, ohne sich dabei zu paaren? Sogar die Wissenschaftler, die das Phänomen der Paarung erforschten, hatten darauf keine Antwort. Bisher schien jedes Paar, das sich gepaart hatte, auch zutiefst ineinander verliebt zu sein. Aber die Paarung kam immer zuerst. Sie war die chemische und biologische Verbindung zweier Seelen, die ohnehin zueinandergepasst und sich ineinander verliebt hätten. Aber der Paarungsrausch war die Garantie dafür.

Mit Scheme gab es keinen Paarungsrausch.

Er sollte sich erleichtert und unbeschwert fühlen, doch stattdessen schnürte ihm das Bedauern fast die Kehle zu.

Während sie schauten, kamen auch Nachrichten über die Breeds. Jonas stand vor den Büroräumen des Amts für Breeds-Angelegenheiten, stritt jede Beteiligung an Schemes Verschwinden ab und führte Beispiele an, bei denen die Breeds mutmaßliche Mitglieder oder Kollaborateure des Councils immer an die Bundesbehörden übergeben hatten, sobald sie Beweise gegen sie besaßen.

Er beantwortete die Fragen der Reporter in dem für ihn typischen harten, grollenden Tonfall und mit finsterem Gesicht, und Tanner lachte leise.

»Jonas hasst die Medien«, sagte er und atmete dabei den Duft ihres Haars ein.

»Aber er kann ganz gut mit ihnen umgehen«, bemerkte sie. Ihre Stimme klang dabei viel ruhiger, als der Duft ihrer Erregung vermuten ließ.

»Wenn er eine Pressekonferenz halten muss, ist er danach stundenlang unausstehlich.« Tanner vergrub das Gesicht in ihrem Haar, in dieser dichten schwarzen Seide, die angenehm über seine Haut strich. »Danach ruft er mich für gewöhnlich an und meckert, weil ich mich nicht damit befasst habe.«

»Ich habe das Telefon nicht klingeln gehört«, gab sie zurück. »Dieser Nachrichtenclip ist von gestern.«

»Du hast geschlafen.« Er lächelte in ihr Haar und ließ seine Finger in kleinen Kreisen auf ihrem Bauch über das Seidenshirt gleiten. »Er hat mir gedroht, Scheme. Er will mir jede Forelle, die ich im Urlaub fange, in den Hintern stopfen.«

»Aber du fängst doch gar keine Forellen.« Ihre Stimme klang ein wenig atemlos, belegt.

Es würde nicht funktionieren, Scheme mit den Begierden zu konfrontieren, die sich zwischen ihnen aufbauten, das hatte er letzte Nacht herausgefunden. Er musste warten, bis die Begierde stärker war, als sie ertragen konnte. Natürlich fühlte sie sich ganz und gar nicht wohl damit. Seine Scheme war auf der Hut wie eine kleine Katze.

Und sie war ein verdammter Kontrollfreak.

»Das hier macht mehr Spaß, als Forellen zu angeln.« Er leckte über ihre Ohrmuschel. »Es erfordert mehr Geduld, und Callan meint, ich solle an meinem Geduldsproblem arbeiten.«

Ihr leises Schnauben darauf ließ ihn innerlich schmunzeln.

Sie lehnte sich an ihn, entspannte sich noch etwas mehr, und der Duft süßer weiblicher Hitze wurde stärker. Verdammt, diesen ganz speziellen Duft hatte er schon geliebt, bevor er ihr begegnet war, aber nun war er süchtig danach. Süß, mit einem Anflug von Würze, wie Sirup an einem kalten Wintermorgen. Ihm lief das Wasser im Mund zusammen, und sein Glied pochte.

»Ich kann mir vorstellen, dass Geduld ein Problem für dich ist«, meinte sie leise. »Diese Fassade des trägen Tigers täuscht nicht jeden.«

»Die meisten schon«, widersprach er grinsend. »Aber du bist

ein sehr scharfsinniges kleines Ding, meine Schöne. Du siehst mich als das, was ich bin.«

»Ich habe dich studiert«, gestand sie. »Jahrelang. Ich habe deine Laborakte mit der Rolle verglichen, die du in der Öffentlichkeit spielst. Du belügst eine Menge Leute, Tanner. Ich kann es dir fast ansehen, wenn du im Fernsehen lügst.«

»Hm, so etwas zuzugeben ist gefährlich«, grollte er und spürte dabei eine Wärme, die er gar nicht spüren sollte, weil es ihr gelungen war, etwas über ihn in Erfahrung zu bringen. »Ich sehe es förmlich vor mir, wie du vor dem Fernseher sitzt und deinem Daddy erzählst, was der Breed in Wahrheit plant.«

Scheme schwieg.

»War es so?«, flüsterte er.

»Nein«, antwortete sie mit einem Anflug von Trauer. »Er hat meine Beobachtungsgabe ausgiebig trainiert und war sehr aufgebracht darüber, dass ich ihm nicht sagen konnte, was er wissen musste.«

»Also hat er dich geschlagen?«

»Nicht immer.« Jetzt log sie. Sie war eine sehr geübte Lügnerin, daher konnte er den Duft der Lüge nur gerade eben ausmachen. Sie wollte nicht, dass er ihre Lüge bemerkte. Aus irgendeinem Grund wollte diese Frau, die seine Feindin sein sollte, verhindern, dass er erfuhr, dass sie seinetwegen Schmerzen erlitten hatte.

Er knabberte an ihrem Ohr.

»Wofür war das denn?« Sie bog den Kopf zurück, runzelte die Stirn und sah ihn finster an.

»Das war dafür, dass du mich angelogen hast, meine Schöne«, grollte er und senkte seine Lippen auf ihre. Er konnte ihnen nicht widerstehen, er musste sie schmecken und den Duft ihrer Lüge aus dem Kopf bekommen. »Lüge mich niemals an.«

Er ging nicht sanft mit ihr um, küsste sie nicht vorsichtig, und er fragte schon gar nicht um Erlaubnis. Diese Frau um Erlaubnis zu bitten würde augenblicklich zu Diskussionen führen.

Sie wehrte sich kraftlos, als er sich auf die Seite drehte und sie in seine Armbeuge schob, um tiefer in ihren Mund zu dringen.

Sie stemmte eine Hand gegen seine Brust, die andere drückte sie in seine Seite. Ihre scharfen Zähnchen knabberten an seiner Zunge, und er knabberte an ihren Lippen.

Als sie sich von ihm lösen wollte, schob er eine Hand in ihr Haar, umfing ihren Kopf, zwang ihren Mund wieder auf seinen zurück und ließ es zu, dass sie ihn mit den Zähnen in die Lippen zwickte.

Verdammt, war das gut! Dieses kurze scharfe Stechen, ein kurzes Lecken ihrer Zunge, und er wäre beinahe in der Jeans gekommen. Mit der anderen Hand umfasste er ihr Kinn und hielt sie still, damit sie ihn nicht beißen konnte, während seine Lippen auf ihren lagen und seine Zunge mit einer Leidenschaft in ihren Mund drang, die ihm Sorgen bereiten sollte.

Zart und neugierig begegnete ihm ihre Zunge in einem erotischen Kampf, der damit endete, dass sie eine Hand in sein Haar schob und ihre Brüste an ihn drückte. Sie wandte sich zu ihm um, schwang sich rittlings auf ihn und übernahm so die Kontrolle.

Oh Scheiße. Er packte ihre Hüften und zog sie zu sich herab, sodass ihr Unterleib über seine Erektion in der Jeans rieb. Schlanke Finger gruben sich in sein Haar, als sie sich auf ihm bewegte. Ihre Seidenhose glitt über seine Jeans, und er spürte ihre Hitze auf seinem Schwanz.

Er musste sie nehmen, zur Hölle! Wenn er es nicht tat, würde er umkommen. Gestern Nacht war nicht genug, sie hatte nur seinen Appetit auf mehr angeheizt.

Er löste die Hände von ihren Hüften und wollte ihre Brüste

berühren, als sie urplötzlich aufsprang. Sie stolperte von ihm fort, und ihr Haar umwehte sie wie ein Seidenfächer, als sie zu ihm herumwirbelte und es ungeduldig nach hinten schob.

»Schau weiter Gilligan«, keuchte sie. »Ich habe dir gesagt, dass du das lassen sollst.«

»Verdammt!« Er ließ den Kopf auf die Couch sinken und starrte hinauf an die Felsdecke. Er stand kurz davor, sie anzuflehen. Verdammt, wenn er glauben würde, dass es funktionieren würde, wenn er sie anflehte, sich auf seinem Schwanz zu bewegen, dann wäre er vor ihr auf die Knie gefallen.

»Genau, verdammt!«, fauchte sie. »Such dir irgendeinen anderen amüsanten Zeitvertreib, solange du mich hier festhältst, Tanner. Denn ich will verdammt sein, wenn ich als Ersatz für deine bescheuerten Filme herhalte.«

Er hob den Kopf, als sie zur Türöffnung der Höhle ging.

»Wohin willst du?«, fragte er seufzend.

»Ich finde selbst einen Weg hier raus«, gab sie zurück. »Und zwar jetzt. Ich habe genug von dir und diesen Felsmauern. Und wenn ich das geschafft habe, dann finde ich ein paar blöde Forellen und stopfe sie dir anstelle von Jonas in den Hintern.«

Damit marschierte sie durch den düsteren Tunnel, in dem gedämpfte Lichter ihren Weg erhellten. Tanners Mundwinkel zuckten. Falls sie den versteckten Eingang finden konnte, dann bitte sehr.

Er nahm die Fernbedienung, schaltete um und lachte, als er die Szene erwischte, in der Gilligan die fahrradbetriebene Waschmaschine in Gang setzte.

Er mochte so erregt sein, dass er kurz davor war, zu explodieren, aber er hatte Zeit. Das versicherte er sich. Zeit, um herauszufinden, warum sie ihn so aus der Bahn warf und wie er sie retten konnte.

10

Scheme hatte keinen Ausgang aus den Höhlen gefunden, und die düstere Stimmung, in der sie sich deshalb befand, vergrößerte nur noch ihren Frust. Verzweifelt krabbelte sie ins Bett, zog die Decke über den Kopf und betete dafür, bald einzuschlafen.

Der Schlaf kam auch schließlich, obwohl Tanner nackt neben ihr lag. Nackt, erregt und bereit, die wachsende Hitze in ihr zu stillen. Doch sie schlief unruhig, geplagt von Albträumen und der Gewissheit, dass Tanner ihr Tod wäre. Beides verfolgte sie und verdüsterte das Land der Träume, bis sie sich schließlich zwang aufzuwachen – um sich lediglich mit einem wahren Albtraum konfrontiert zu sehen.

Es war dunkel.

Aber ihre Augen waren weit aufgerissen.

Ihre Augen waren offen, und ihr Herz raste, als die Panik einsetzte.

Es herrschte absolute pechschwarze Dunkelheit.

»Tanner?« Sie setzte sich im Bett auf, krallte die Finger in die Bettdecke und lauschte.

Kein Licht, kein Laut.

»Tanner, wo bist du?« Nein, sie würde nicht in Panik geraten.

Sie zwang sich, eine Hand von der Bettdecke zu lösen, tastete über das Bett und ignorierte dabei das krampfartige Zittern, das in ihr aufstieg.

Sie war schon einmal an diesem Punkt gewesen, mahnte sie

sich. In der Dunkelheit, verloren und unsicher, wo sie war und was sie erwartete.

»Tanner, lass diese Spielchen«, fauchte sie. Ihre Stimme klang laut in der Dunkelheit, als sie auf seiner Seite der Matratze nur Leere ertastete. »Wo ist das Licht?«

Sie hatte in den letzten beiden Tagen nirgendwo einen Lichtschalter gefunden. Falls es hier welche gab, dann waren sie sehr gut versteckt, ebenso wie der Weg nach draußen.

»Das geht jetzt echt zu weit, Tanner«, rief sie und sah sich panisch um. Doch sie konnte nichts erkennen in der Dunkelheit, hörte nichts als den Klang ihres eigenen Herzschlags und ihrer eigenen keuchenden Atemzüge.

Sie würde jetzt nicht durchdrehen, nahm sie sich vor. Sie war bisher nicht durchgedreht, und sie würde jetzt nicht damit anfangen.

Aber es war so finster. Ihr stockte der Atem. Ohne jegliche Lichtquelle war es wie in … Scheme schüttelte den Kopf und holte hörbar Luft.

Sie war nicht lebendig begraben. Sie lag in einem Bett, und zwar einem sehr bequemen. Die Höhle war mindestens drei bis dreieinhalb Meter hoch, rief sie sich ins Gedächtnis. Sie hatte jede Menge Platz. Jede Menge Luft.

Und sie war lebendig begraben.

»Tanner! Tanner, wo bist du?« Sie schrie seinen Namen und kämpfte sich aus dem Bett.

Urplötzlich war die Matratze keine Matratze mehr, sondern ein Sarg, der sie einschloss und erstickte. Ihre Füße verfingen sich in der Bettdecke, sodass sie stolperte, auf den kalten harten Felsboden stürzte und ihre Finger über den Stein kratzten.

Der Fels schürfte ihre Knie auf, als sie versuchte, auf die Füße zu kommen, doch sie brach gleich wieder zusammen, weil ihre Beine sich weigerten, sie zu tragen.

Es war nur Angst, das war alles, sagte sie sich panisch. Ihr Verstand war zu oft manipuliert, die Dunkelheit zu oft gegen sie eingesetzt worden. Sie hatte es damals überlebt, ohne ihre Geheimnisse preiszugeben, also konnte sie das jetzt auch. Sie war stärker als das hier, ermahnte sie sich. Sie konnte das durchstehen.

Aber die Schwächen ihres Vaters kannte sie. Bei Tanner hatte sie keine Ahnung, wie weit er es treiben oder ob er überhaupt zurückkommen würde. Er konnte auch gegangen sein, um sie hier zum Sterben zurückzulassen. Sie würde an ihren eigenen Ängsten ersticken.

»Tanner, tu mir das nicht an«, schrie sie schaudernd, als sie die kühle Luft fühlte, die sie umgab. Es war kalt. So kalt.

Es war zu dunkel. Sie musste ein Licht finden. Hier musste es doch irgendwo Licht geben. Die elektrischen Geräte. Wo im Zimmer war sie gerade? Wo waren die Geräte?

Scheme holte hörbar Luft und versuchte, die Angst zu verdrängen. Es kam ihr wie eine Ewigkeit vor, jede Sekunde erfüllt vom Klang ihres pochenden Herzens und ihren keuchenden Atemzügen.

Sie konnte das schaffen. Das hier war eine Höhle, kein Sarg. Sie musste sich nur orientieren.

Noch immer auf dem Boden kniend, tastete sie langsam und methodisch den Stein ab. Sie musste einen Schritt nach dem anderen machen. Nur Geduld.

Sie wimmerte. Scheme hörte ihr eigenes panisches Keuchen, als ihre Hände das Fußende des Bettes fanden. Okay. Sie befand sich vor dem Bett.

Sie kannte diese Höhle. Sie hatte Tage damit verbracht, sie abzuschreiten und ihr Territorium kennenzulernen. Sie musste nur durch den Raum zum Küchentresen gehen. Dort, an der Geschirrspülmaschine, befand sich ein Licht.

Verzweifelt sah sie sich um und erkannte, dass die Digitalanzeige, die zuvor auf der Spülmaschine geleuchtet hatte, nicht mehr da war.

Es gab keinen Strom.

Kein Strom.

»Oh Gott, Tanner, bitte tu mir das nicht an.« Sie konnte nicht mehr schreien. Ihre Stimme klang schwach, und sie hasste den flehenden Ton darin.

Das würde sie nicht tun! Scheme ballte die Hände zu Fäusten und presste sie auf ihren Bauch, während sie gegen die aufsteigende Übelkeit ankämpfte.

Sie würde sich jetzt nicht übergeben.

Sie hätte wissen müssen, dass sie ihm nicht trauen konnte. Aber sie war kurz davor gewesen, so kurz davor, es in Betracht zu ziehen. Er hatte so besorgt gewirkt, so wütend um ihretwillen, weil Chaz versucht hatte, sie umzubringen.

Doch wie sie vermutet hatte, war alles nur gespielt gewesen. Alles nur Theater. Ein Trick, um an die Informationen zu kommen, die ihr Vater wollte.

»Ich weiß gar nichts«, rief sie klagend, bevor sie sich die Hand vor den Mund schlug, um ihr schluchzendes Flehen zu unterdrücken. Sie hatte schon vor Jahren aufgehört zu flehen. Sie hatte gelernt zu akzeptieren, dass ihr Vater ein durchgeknallter Psychopath war. Kein Flehen der Welt würde ändern, was er für sie geplant hatte, ebenso wie kein Flehen der Welt Tanners Pläne für sie ändern würde.

Aber sie wusste ja etwas. Sie wusste zu viel. Sie wusste, dass David Lyons, Callan Lyons' Sohn, entführt werden sollte. Sie wusste auch, dass der erste Löwen-Breed noch immer am Leben war und wo man ihn finden konnte. Sie wusste außerdem, dass die Gerüchte stimmten, Breeds würden sich paaren, statt sich nur zu verlieben. Damit wusste sie genug, um dafür zu sorgen, dass ihr Vater sich vor dem Breed Law und nicht nur vor dem Bundesrecht verantworten musste.

Sie konnte nicht atmen. Ihre Hände glitten von ihren Lippen an ihren Hals, und sie rang nach Luft.

Es war so dunkel. Langsam schaukelte sie vor und zurück und versuchte verzweifelt, die Fassung zu bewahren, als sie den Sarg fühlte, der sie einschloss, und ihren eigenen Geruch von Angst und Urin um sich herum wahrnahm.

Das war nicht real. Verzweifelt fuchtelte sie mit den Händen herum. Hier gab es keinen Sarg. Nur eine Höhle. Und irgendwo befand sich ein Ausgang.

Und Tanner würde zurückkommen. Er würde so lange abwarten, bis sie vollkommen hysterisch war. Er würde versuchen, sie zu beruhigen, und sie trösten. Und dann, solange sie noch schwach und emotional angeschlagen war, würde er ihr Fragen stellen. Er würde nachbohren.

Sie gab sich keine Mühe, ihre Tränen zurückzuhalten. Sie hatte verdammte Todesangst und war nicht weit von einer Hysterie entfernt – keine Chance, dagegen anzukämpfen. Sie kannte ihre Schwäche, ebenso wie ihr Vater sie kannte.

Finsternis. Völlige Dunkelheit, Bewegungsunfähigkeit, auch wenn wenigstens ihre Hände und Füße dieses Mal nicht gefesselt waren. Sie konnte sich bewegen. Hysterisch, aber in der Lage, sich zu bewegen.

»Du Bastard!«, schrie sie. »Du Hundesohn. Du denkst, wenn du mich lebendig begräbst, bekommst du etwas, das ich nicht geben kann?«

Sie lachte. Ihr Lachen klang scharf, verzweifelt und verwandelte sich in Schluchzen.

Sie hasste die Dunkelheit so sehr.

Tanner ließ sich durch die Öffnung in der Decke in den Tunnel fallen, griff dann nach oben und zog die Felsabdeckung sorgfältig wieder an ihren Platz.

Die Leuchten reagierten dank der im Fels verborgenen Bewegungsmelder, gingen blinkend an und tauchten den Weg durch die Tunnel in schwaches Licht. Die Aktivierung des Lichts auf diese Art sorgte für größere Bewegungsfreiheit und diente als Frühwarnsystem, sollte es je Eindringlinge in den Tunneln geben.

Im Augenblick durchleuchteten winzige Alarmauslöser sämtliche Tunnel, Höhlen und Hohlräume, die Callan miteinander verkabelt hatte. Die winzigen roten Sensoren würden einen Tonimpuls aussenden, ähnlich dem Summen von Elektrizität.

Er klappte die Konsole an der Wand auf. Der künstliche Fels verbarg einen kleinen digitalen Ziffernblock, in den er sein Passwort eingab. Daraufhin würde das Summen aufhören und die durch Bewegung gesteuerten Leuchten würden angehen, wenn er sich auf den Weg in die Haupthöhle machte.

Scheme schlief offensichtlich noch. Er hatte die Sensoren dort aktiv gelassen, als er gegangen war. Falls sie aufwachte und aufstand, würden die Lichter angehen. Sobald sie wieder im Bett lag, würden sie dunkler werden und nach einer Stunde ausgehen, ebenso wie die Lichter und der Fernseher gestern Nacht.

Er war länger weg gewesen, als ihm lieb war, weil er Callan hatte abwimmeln müssen, der ihm mehrmals sehr dringend ans Herz gelegt hatte, er solle doch aus dem Urlaub zurückkommen, um irgendwelche potenziell schädlichen Medienberichte zum Verschwinden einer gewissen Scheme Victoria Tallant im Auge zu behalten.

Wenn er ihren zweiten Vornamen hörte, verzog er immer

die Lippen – ob vor Abscheu oder Belustigung war ihm selbst nie so ganz klar.

Als Tanner in den nächsten Tunnel kam, hielt er inne, und ein Knurren grollte in seiner Kehle, als er ein beinahe unmenschliches wehklagendes Echo aus der Höhle hörte.

Keine Chance, dass irgendwer ohne sein Wissen in die Höhlen eingedrungen sein könnte. Tanner riss die elektronische Fernbedienung aus der Halterung an seinem Gürtel und deaktivierte die automatische Beleuchtung, bevor er sich duckte und rasch zu den Haupträumen schlich.

Er konnte Angst riechen, zäh und süßlich. Schemes Angst.

Die kleinen kehligen Laute unkontrollierter Panik schnitten ihm in die Seele und ließen den Tiger, der direkt unter der Oberfläche lauerte, mit aller Gewalt zum Leben erwachen. Tanner konnte fühlen, wie er in einem lautlosen Knurren die Zähne fletschte, als er die Luft witterte, aber keinen anderen Duft wahrnahm; nur Scheme und ihre Angst.

Seine Nachtsicht erfasste die Umgebung zwar nicht perfekt, aber deutlich genug, um sicher sein zu können, dass nirgendwo Feinde lauerten oder auf ihn warteten.

Lautlos glitt er in die Höhle und runzelte die Stirn.

»Ich weiß gar nichts«, schluchzte sie. »Bitte. Bitte mach das Licht an. Bitte, Tanner …« Ihr Weinen klang angestrengt und erschöpft. Hysterisch.

»Scheme?« Rasch glitt Tanner durch den Raum zu Scheme, die mitten auf dem Höhlenboden zusammengerollt lag, nackt, die Arme um ihren Körper geschlungen.

Er kniete neben ihr nieder, streckte die Hände nach ihr aus und griff sie an den Armen, als sie urplötzlich auf ihn losging.

Klauenfinger kratzten über seine Wange, und ihr Schrei zerfetzte seine Sinne. Es war ein Schrei, in dem keinerlei Vernunft mehr lag. Nur Schmerz, Angst und das dringende Bedürfnis zu fliehen.

»Scheme.« Er packte ihre Handgelenke und zog sie an sich. Sie wehrte sich wie eine Wildkatze, doch er versuchte, sie festzuhalten. Eine kleine Faust traf ihn seitlich am Kopf, und ihr Knie kam seinen empfindlichen Hoden gefährlich nahe.

Gebrochenes Schluchzen hallte in seinen Ohren wider, während er sie festhielt. Er schlang von hinten einen Arm um sie und drückte sie an seine Brust, während er mit der anderen Hand den Knopf auf der Fernbedienung drückte.

Weiches sanftes Licht erfüllte den Raum, und sie wurde augenblicklich still. Und dann sah er zum ersten Mal ihr Gesicht.

Totenbleich, die braunen Augen fast schwarz, das Gesicht tränenüberströmt. Ihr Anblick zerriss ihm das Herz und weckte rasenden Zorn in ihm. Das war keine normale Reaktion darauf, sich plötzlich in Dunkelheit wiederzufinden.

»Ich weiß gar nichts«, rief sie wieder, als er zuließ, dass sie sich von ihm losriss. Rasch stand er auf, als sie zurück zum Bett stolperte. »Wenn du mich im Dunklen zurücklässt, ändert das auch nichts.«

»Du glaubst, ich hätte dich in der Dunkelheit gelassen, um dich zu bestrafen?«, fragte er langsam, und Kummer erfüllte seine Seele, als ihm die Tragweite ihrer Panik klar wurde.

»Was denn sonst?« Ihre Stimme klang heiser und zittrig, als sie den Quilt vom Bett zog und um ihren zitternden Leib wickelte. »Die Lichter gingen nicht mehr an. Die Geräte hatten keinen Strom.« Sie keuchte und rang nach Luft, während sie den Quilt noch fester hielt und sich zum Fußende des Bettes bewegte. »Glaubst du wirklich, das funktioniert?«, schrie sie ihn an, und ihr Gesicht war schmerzvoll verzerrt.

»Was soll funktionieren?« Er wollte sie in seinen Armen halten. Er konnte es nicht ertragen, den Schatten der Angst in ihrem Gesicht zu sehen.

»Glaubst du, wenn du hier drin die Lichter ausmachst, ist das schlimmer, als an Händen und Füßen gefesselt in einem verdammten Sarg zu liegen? Du Scheißkerl, du hast ja gar keine Ahnung.«

Ungezähmte Wut, voll Schmerz, Angst und dem Nachhall des Entsetzens erfüllte ihre Stimme und zugleich Tanners Seele.

»Jemand hat dich lebendig begraben?« Er schaffte es kaum, einen ruhigen Tonfall anzuschlagen und seine rasende Wut aus der Stimme herauszuhalten.

Ihr Lachen war bitter und zynisch. »Also wirklich, Tanner. Du hast doch Nachforschungen über mich angestellt und mich beobachtet. Wie lange noch mal? Hast du mich auch beschattet, als ich das letzte Mal für ein paar Tage verschwunden war?«

Ja, hatte er. Er nickte langsam.

»Möchtest du gern wissen, wo ich war?« Ihre Stimme klang gedämpft und kehlig.

»Du warst auf dem Anwesen deines Vaters«, sagte er. »Eine Woche lang.«

»Ich lag lebendig begraben in einem Sarg, im Keller meines Vaters, weil mein Profil über seinen Lieblingskojoten zu schlecht gewesen war. Der Kojote hat Vater für die Breeds ausspioniert und ist entkommen. Ich habe dafür bezahlt. Oder wusstest du das schon, Tanner? Sag mir, wusstest du, welche Strafe mich erwarten würde, nachdem Cyrus herausgefunden hatte, dass dieser Kojote für dich gearbeitet hat?«

Tanner ballte die Hand zur Faust. Es war seine Entscheidung gewesen, den Kojoten in Tallants Lager einzuschleusen, um mit seiner Hilfe nicht nur Informationen über Tallant, sondern auch über Scheme zu erhalten. Aber davon hatte nichts im Bericht jenes Kojoten gestanden.

»Drei Tage lang«, knurrte sie, »war ich in einen Sarg gesperrt, Tanner, an Händen und Füßen gefesselt, mit einer gottverdammten elektronischen Stimme, die runterzählte, wie viele Stunden mein Sauerstoff noch reicht.«

Das Tier in ihm brüllte vor Wut auf. Ein rasender Zorn, so finster und brutal, dass er den Drang unterdrücken musste, auf der Stelle auf die Jagd nach dem Bastard zu gehen, der es gewagt hatte, ihr etwas so Bösartiges anzutun.

»Er hat mich herausgeholt, zwei Minuten nachdem der Sauerstoff verbraucht war«, sagte sie. »Du hast mir Luft gelassen. Man kann nicht sterben, wenn man atmen kann.«

Man kann vor Schmerz sterben, dachte Tanner grimmig und seine Seele schmerzte vor Kummer. Er war drauf und dran, daran zugrunde zu gehen.

»Die Lichter hier funktionieren durch Bewegungsmelder und eine Fernbedienung für den Notfall.« Er sah sich um und sah die verhedderten Decken, die unordentlich an der Seite aus dem Bett hingen, ein Hinweis, dass sie aus dem Bett gefallen oder gestolpert war. »Sobald du aus dem Bett steigst und aufstehst, gehen sie an. Aber man muss aufstehen.«

Wieder stolperte sie. Offensichtlich zitterte sie so sehr, dass sie kaum stehen konnte.

Verdammt! Sie zitterte wie Espenlaub, und Adrenalin und Todesangst rauschten immer noch durch ihren Körper. Er konnte wittern, dass sie sich seinem Trost verweigerte und dass sie ihm misstraute, aber das war dann eben Pech.

Denn er musste sie jetzt in die Arme nehmen. Wenn er sie nicht festhalten konnte, würde er selbst zerbrechen.

»Fass mich nicht an.« Sie wehrte sich. Er hatte nichts anderes erwartet.

Tanner hob sie auf seine Arme und ignorierte ihre Abwehrversuche, während er sie zur Couch brachte, sich dort niederließ und sie auf seinen Schoß zog.

»Es ist okay, Scheme«, flüsterte er an ihrem Haar. »Es wird nicht wieder vorkommen.«

»Ich brauche keinen Trost von dir, Kater«, stieß sie wütend hervor. »Und ich brauche es auch nicht, dass du mich überhaupt berührst.«

Tanner hielt sie noch fester in seinen Armen, vergrub das Gesicht in ihrem Haar und unterdrückte das Knurren, das in seiner Kehle steckte.

Gott helfe ihm, er wollte morden. Er wollte ihrem Vater die Eingeweide herausreißen und ihn bluten sehen für das, was er ihr angetan hatte. Das Verlangen zu töten war beinahe überwältigend, aber noch stärker war sein Bedürfnis, sie festzuhalten und den Geruch der Todesangst zu verscheuchen, der immer noch von ihr ausging.

Andernfalls würde sich die Bestie in ihm befreien, und sollte ihr das jemals gelingen, würde sie sich vielleicht nie wieder unter Kontrolle bringen lassen.

»Vielleicht bin ich ja derjenige, der Trost braucht«, knurrte er in ihr Haar. »Es tut mir leid, Scheme …«

»Ich brauche deine Plattitüden nicht.« Sie ballte die Fäuste noch fester, und die Muskeln in ihren Handgelenken, die er immer noch festhielt, spannten sich noch mehr an.

Die Tatsache, dass sie sich nicht mehr gegen ihn wehrte, verletzte ihn – tief in seinem Inneren, an einer Stelle, von deren Existenz er noch gar nichts gewusst hatte. Sie verharrte einfach nur in seiner Umarmung, ohne auf ihn zu reagieren, und versuchte verzweifelt, sich von ihm zu distanzieren.

»Das sind keine Plattitüden.« Er vergrub sein Gesicht noch tiefer in ihrem Haar und atmete den Duft von Pfirsichen und von Angst ein. Er musste diesen Geruch von Angst verscheuchen. »Ich habe keine Entschuldigungen.« Seine Lippen streiften ihr Ohr. »Es wird nie wieder vorkommen.«

»Ich habe es überlebt. Ich überlebe immer.« Sie drehte den Kopf abrupt zur Seite, und er hatte keine andere Wahl, als der Bewegung zu folgen. Seine Lippen streiften ihren Hals, und für den Bruchteil einer Sekunde witterte er ihre Reaktion.

»Du überlebst immer«, flüsterte er an ihrem Ohr. »Es war die bevorzugte Strafe deines Vaters für die Breeds, sie lebendig zu begraben. Dich hat er wieder herausgeholt, aber niemals einen Breed.«

Ein leises, wehklagendes Stöhnen drang über ihre Lippen, als sie den Kopf senkte und eine Träne auf seinen Arm fiel.

»Du hast überlebt, Scheme«, flüsterte er. »Für das hier.«

Lange raue Finger berührten ihre Wange und drehten ihren Kopf zu Tanner, während Scheme Bedauern, Reue und all die zerstörerischen Gefühle empfand, die sich immer mit dem Wissen einstellten, dass sie überlebt hatte. Sie hatte überlebt, während so viele umgekommen waren.

»Ich habe immer überlebt. Sogar den Tod.« Sie starrte in seine Augen, gold und grün, in denen Lust und Zorn und ihr unbekannte Emotionen herumwirbelten.

Sie unterdrückte das Schluchzen, das ihrer Kehle entkommen wollte, das aus der selbst auferlegten jahrelangen Verbannung ausbrechen wollte. »Manchmal ist das der einzige Weg zum Erfolg. Manchmal ist Scheitern eine Option, Tanner.«

»Du scheiterst nicht.« Seine Lippen berührten ihre, und sie schwor sich, dass sie nicht darauf reagieren würde, dass es ihr gleichgültig war. Sie brauchte das gute Gefühl dabei nicht, und sie wollte es nicht. Nicht jetzt und auch sonst nie. Es schwächte und vernichtete sie von innen heraus. »Du überlebst. Ich lasse dich nicht sterben, Scheme.«

Was machte er nur mit ihr? Er war ein Lügner und Betrüger. Er war gezüchtet und abgerichtet worden, um zu täuschen und zu töten. Er war erschaffen worden, um sie zu vernichten. Denn das wundervolle Gefühl, das sie allein schon bei der Berührung seiner Lippen erfüllte, konnte nur ihren Untergang bedeuten. Seine Lippen waren leicht rau, wie dunkler Samt, die über ihre streiften, während seine Zunge zart darüberstrich.

»Ich will dich kosten.« Er sah ihr tief in die Augen, und sein Blick verdunkelte sich und glühte förmlich. »Genau so.«

Noch einmal fuhr seine Zunge ihre sich öffnenden Lippen nach, eine sanfte, feuchte Liebkosung.

»Am ganzen Körper«, seufzte er, und sie fühlte, wie sie dahinschmolz.

Das durfte sie nicht.

»Nicht«, bat sie heiser, und eine weitere Träne rann ihr über die Wange. Er beugte sich über sie und lehnte sie in seinen Armen weiter zurück.

»Ich kann nicht anders, Scheme.« Eine Hand glitt unter den Quilt und legte sich auf ihren Bauch. »Siehst du das nicht, meine Schöne? Ich komme nicht dagegen an. Du etwa?«

»Ich bin nicht schwach.« Der Schauer, der ihren Körper überlief, strafte ihre Worte Lügen.

»Niemals bist du schwach«, stimmte er zu, und seine Stimme wurde rauer. »Du bist so stark. Zeig mir, wie stark du bist, Scheme. Ich kann dich nicht besiegen, nicht wahr? Egal, was ich tue.«

Egal, was er tat.

Ihre Lippen öffneten sich, als sein Mund wieder darüberstrich.

»Sei stark für mich«, knurrte er. »Denn ich weiß nicht, ob ich stark genug bin, mit dem Wissen weiterzuleben, was er dir angetan hat.«

In ihrem Aufschrei lagen weder Angst noch Kraft, sondern Hunger. Verlangen. Sie öffnete den Mund ganz, streckte die Arme aus und schlang sie um seinen Hals, als die Lust sie überwältigte.

»Ja, verdammt, ja. Nimm mich, Scheme«, grollte er wieder, während er an ihren Lippen knabberte. »So stark.«

Und sie verschlang ihn. War je ein Kuss so gut gewesen? Der pure Genuss. Sie konnte seine Erregung schmecken, rauchig und dunkel, die ihre Sinne zum Klingen brachte, als sie nach mehr suchte.

Sie umschlang seine Zunge, lockte sie in ihren Mund und genoss den wilden Geschmack, der ihre Sinne erfüllte, so stark und so wundervoll intensiv, dass es sich ganz natürlich anfühlte, als seine Hand sich um eine ihrer prallen Brüste legte. Seine Finger auf ihrer Haut, die mit ihrer Brustwarze spielten, sie kneteten. Feurige Schauer jagten durch ihren Leib, direkt zwischen ihre Beine.

Sie brauchte die Berührung. Du lieber Gott, sie brauchte seine Berührung so dringend! Das überwältigende Verlangen danach durchdrang sie und ging über bloßes Begehren weit hinaus.

»Ich bringe dich dazu, dass du nach mir schreist«, flüsterte er, als er seinen Mund von ihren Lippen löste, mit den Zähnen über ihr Kinn fuhr und dann an ihren Hals wanderte. »Flehe mich an. Ich will, dass du mich anbettelst, dich zu halten, dich zu nehmen. Bettle darum, dass ich in dich eindringe.«

Ihr Kopf sank nach hinten auf seinen Arm, und seine deutliche Forderung löste Krämpfe vernichtenden Verlangens in ihrem Unterleib aus.

»Ich werde nicht betteln«, stöhnte sie.

»Und ob du das tun wirst!« Eine plötzliche Drehung von ihm, und sie lag unter ihm, sein harter Körper zwischen ihren gespreizten Beinen. »Ich habe dich beobachtet«, knurrte er. »Stunden, in denen dieser Bastard von einem Killer dich angefasst und dazu gebracht hat, ihn anzubetteln, in denen er dich kommen ließ. Aber jetzt wirst du noch mehr betteln. Und du wirst noch heftiger kommen.«

Sie sollte sich beschämt fühlen. Erniedrigt. Er hatte sie beim Sex beobachtet. Er hatte zugesehen, wie sie nach etwas gesucht hatte, von dem sie mit der Zeit angenommen hatte, dass es nicht existierte. Etwas, das sie mit Tanner gefunden hatte: Befriedigung.

Aber sie fühlte sich weder beschämt noch erniedrigt. Es war erregend. Fesselnd.

»Berühr mich. Mach, dass ich nicht denke, Tanner.« Ihre Fingernägel kratzten über seine Schulter, und ihre Finger glitten an die Knöpfe seines Hemdes.

Sie griff zu, riss daran, und vor Erregung stockte ihr der Atem, als die Knöpfe vom Hemd absprangen, klappernd zu Boden fielen und sein fester gebräunter Brustkorb zum Vorschein kam.

»Ich habe davon geträumt, die Dinge zu tun, die ihr nie getan habt.« Seine Lippen zogen sich zurück und enthüllten die scharfen Reißzähne. »Ich habe ganze Listen erstellt.«

Die Hände noch immer in sein Hemd gekrallt, starrte sie ihn geschockt an.

»Jahrelang.« Er senkte den Kopf. »So viele Jahre lang habe ich dich beobachtet, voll Sehnsucht, und es hat mich innerlich beinahe umgebracht, weil ich dich nicht haben konnte.«

Ihre Lippen öffneten sich, aber nicht für seinen Kuss.

»Warum hast du mich beobachtet?«

»Weil ich dich kennenlernen wollte«, flüsterte er. »Weil ich dich sehen musste. Ich musste mir selbst versichern, jedes Mal aufs Neue, dass diese Bastarde dich zwar berühren, aber niemals besitzen konnten.«

Sie sah es in seinen Augen. Er mochte ja in vielen anderen Dingen lügen, und er konnte durchaus der Spion ihres Vaters sein, der ihm so viel Mühe bereitete, aber in diesem einen Punkt sagte er die Wahrheit.

Sie schüttelte langsam den Kopf. »Kein Mann besitzt mich.«

»Ich schon.«

11

Verwirrt und schockiert sah Scheme zu Tanner auf, der gerade die Überreste seines Hemdes von den Schultern streifte. Seine Muskeln im Brustkorb und den Oberarmen traten eindrucksvoll hervor, und die Zurückhaltung, die er sich auferlegt hatte, spiegelte sich deutlich in seiner angespannten Miene und den leuchtenden Augen wider.

Besaß er sie? Wenn nicht jetzt, dann bald.

»Du hast alles beobachtet?« Sie lag nackt unter ihm, und der Quilt glitt von ihrem Körper, während sein Blick über sie wanderte.

»Alles.« Seine Stimme war ein erregendes heiseres Flüstern. »Deine Liebhaber waren gut. Aber ich bin besser.«

Ihr Herz raste, als seine Hände an den Gürtel glitten, der seine Jeans an Ort und Stelle hielt.

»Beweise es.«

»Ich bin der beste, den du je hattest.« Er lächelte angespannt. »Das konnte ich letzte Nacht sehen. Ich wusste es.«

»Beweise es.« Sie brauchte es, dass er es ihr bewies. Sie musste das lautstarke Verlangen stillen, das in diesem Augenblick in ihr pulsierte. Angst, Lust und Gefahr trafen aufeinander, als das Adrenalin durch ihren Körper rauschte. »Beweise es mir, Tanner. Hier und jetzt.«

Erwartungsvoll sah sie zu, wie er den Kopf senkte und sich seine Lippen öffneten. Sie sehnte sich nach seinem Kuss. Sie brauchte ihn.

Aber was dann kam, war kein Kuss. Seine Zähne kratzten

über ihren Hals, scharfe bösartige Reißzähne, die über ihren Puls schrammten und weiter zur Schulter wanderten.

Und dann biss er zu. Nicht tief genug, um ihre Haut zu durchbohren, aber die Stelle weckte einen Lustschmerz in ihr, der sie aufstöhnen ließ, und sie wand sich ihm entgegen.

»Denkst du, ich kann das nicht?«, fragte er mit tiefer Stimme, löste sich von ihr und hob sie dann blitzschnell in seine Arme.

Im nächsten Augenblick landete sie auf dem Bett. Mit hartem Griff packte er ihre Knöchel und zog sie näher zu sich hin, wo sein Mund auf sie wartete.

Darauf war sie nicht gefasst gewesen. Das war die einzige Entschuldigung, die sie hatte. Sie hatte etwas Sanftes erwartet, ein langes Vorspiel und jede Menge Neckerei. So reagierten Männer für gewöhnlich, wenn sie das Gefühl hatten, sie müssten sich mit den ehemaligen Liebhabern einer Frau messen. Sie reizten sie. Sie zogen das Vorspiel und die Lust in die Länge, bis sie am Ende jedes Verlangen verlor, den Akt überhaupt zu vollenden.

Aber das hier war kein Vorspiel.

Sie schrie seinen Namen, und das, obwohl sie geschworen hatte, dass sie es nicht tun würde. Aber die Lust explodierte in ihrem Körper, als seine Zunge über ihre feuchte Haut strich. Seine Lippen schlossen sich über ihrer Klitoris, und seine Zunge verwöhnte sie voller Hunger.

Der Orgasmus, der sie durchfuhr, war einfach wundervoll. Erschreckend. Keine Vorwarnung, kein Grund für diese Explosion von Ekstase, die durch ihre Nervenbahnen jagte und in ihrem Unterleib befreiende Krämpfe auslöste. Aber noch viel weniger ließ sich der Orgasmus zurückhalten. Nun gab es kein Halten für Tanner.

Als das Pulsieren der Ekstase sie erschütterte, war er da, und seine Zunge trieb sie immer höher, hinein in eine Wonne, so intensiv, dass sie jegliche Erwartung übertraf.

»Tanner …« Sie schrie seinen Namen und krallte die Hände in sein Haar. Ihr Oberkörper bäumte sich zuckend auf, als das Feuer der Erlösung sie erneut erfasste.

Mit den Schenkeln umklammerte sie seinen Kopf, und ihre Hüften zuckten, während sie nach Atem rang und blicklos an die Decke starrte.

Er gönnte ihr keine Atempause. Seine Berührungen reichten bis in ihr Innerstes. Seine Hände, seine Lippen, seine Zunge und jede Berührung waren ein Auslöser von purer Wonne, und sie vibrierte unaufhörlich durch ihre Nervenbahnen, die so lange ohne jede Berührung hatten auskommen müssen.

Er berührte ihren Körper, und von dort berührte er ihre Seele. Flüsternd erzählte er ihr von seinem Verlangen nach ihr, seiner Begierde – und trieb sie bis an die Grenzen ihrer eigenen Sinnlichkeit, bevor sie darüber hinausschoss und nach mehr verlangte. Ihr Körper war schweißnass, innen wie außen, und sie lauschte den Lauten seiner Lust. Dies hier waren Berührungen in ihrer reinsten Form. Wie hatte sie davor nur ohne sie leben können? Wie hatte sie leben können, ohne Tanners Kuss, ohne seine heisere Stimme, die ihr sein Begehren zuflüsterte, ohne seine Hände, die sie festhielten, sie beruhigten, sie erregten und jegliche Kälte in ihr wärmten?

Niemals. So etwas hatte sie noch nie erlebt. Sie konnte von Glück reden, wenn sie beim Sex einen Orgasmus hatte, ganz zu schweigen von zweien, während sich noch ein weiterer in ihr anbahnte, in ihr brannte und explodierte. Sie bäumte sich auf, drängte ihren Unterleib seinem Mund entgegen und hielt ihn so fest umklammert, dass ihre Beine zitterten.

Sie wand sich unter ihm und tat genau das, was er ihr vorausgesagt hatte. Sie bettelte. Sie flehte ihn an, und sie schwor, die

Nässe auf ihrem Gesicht war Schweiß. Keine Tränen. Dabei fühlte sie, wie die Finsternis in ihrer Seele sich nach der Wärme sehnte, die sich in ihrer Brust aufbaute.

Bevor sie noch seinen nächsten Schritt vorausahnen oder überhaupt darüber nachdenken konnte, richtete er sich auf, packte sie an den Handgelenken und zog sie mit sich vom Bett hoch.

Er war nackt. Nackt und erregt ragte seine Erektion in all ihrer Pracht empor, gerötet und steif.

»Du schmeckst wie verdammter Sonnenschein«, knurrte er und umfasste ihre Taille, nur um sie wieder aufs Bett zu werfen. Im nächsten Augenblick war er auf einem Knie vor ihr, das andere Bein über ihrem Körper, und zog sie in eine sitzende Position hoch. »Na dann, Süße, wollen wir doch mal sehen, wie hungrig du nach mehr bist.«

Sie war hungrig. Sie hungerte nach allem von ihm. Voll verzweifelter Sehnsucht.

Er griff mit der einen Hand in ihr Haar und packte mit der anderen seine Erektion.

»Na komm, kleine Verschwörerin. Mach mich fertig, meine Schöne. Jetzt bring du *mich* zum Betteln.«

Seine Augen schimmerten golden, als ihre Lippen sich öffneten und ihre Zunge über seine pralle Eichel glitt. Scheme konnte spüren, wie die gefährliche, zerstörerische Sexualität in ihr, gegen die sie immer angekämpft hatte, an die Oberfläche drängte.

Manche Dinge waren einfach zu gut. Man wurde abhängig davon. Wie vom Atmen. Wie von Tanner.

»Hölle, ja!«, stöhnte er, als er langsam seine feuchte Eichel in ihren Mund schob. »Nimm mich auf, Süße. Zeig mir, wie hungrig du bist.«

Und sie war hungrig. So sehr, dass alles unwichtig wurde,

außer seiner Lust und ihrer eigenen. Jedes grollende Stöhnen, das aus seiner Kehle drang, heizte ihre eigene Lust nur noch weiter an.

»Oh ja.« Er sah zu, wie ihr Mund seinen kräftigen Schaft umschloss. Sein Blick konzentrierte sich auf ihre Lippen. »So ist es gut, meine Schöne. Saug an meinem Schwanz. Zeig mir, wie gut du bist.«

Und er wusste, wie gut sie war. Schemes Gesicht wurde flammend rot, als ihr bewusst wurde, dass er ihr bei anderen Gelegenheiten dabei zugesehen hatte. Mit anderen Männern. Und wie er versprochen hatte, konnte sich nichts, was davor gewesen war, mit diesem Mal messen.

»Es gibt keinen Rückzieher, Scheme«, warnte er sie da. »Du nimmst alles. Jeden verdammten Tropfen meines Samens, den ich in deinen heißen kleinen Mund verströme.«

Seine dominante Erotik und der Akt an sich ließen sie wimmern. Aber falls er dachte, sie würde sich ihm ergeben, dann irrte er sich. Sie würde nur das akzeptieren, was sie wollte. Und sie wollte verdammt sein, wenn sie ihm das so einfach gewährte.

Mit schmalen Augen zog sie an seinem Handgelenk, damit er seinen Schaft losließ, denn den wollte sie für sich. Sie konnte ihn zwar nicht mit der Hand umfassen, aber sie wusste, wie sie das aufwiegen konnte. Ihr Lieblingsvibrator hatte oft die Stelle eines Liebhabers eingenommen, das wusste er. Er wusste, wie sehr sie sich danach sehnte zu kosten, zu berühren, und sie gab ihm, was er beobachtet hatte – und noch mehr.

Mit der anderen Hand umfasste sie seine festen Hoden, spielte mit ihnen und rollte sie zwischen den Fingern.

Er knurrte wieder, ein hartes Grollen aus tiefster Kehle, seine Oberschenkelmuskeln zuckten, und seine Eichel pochte.

»Manchmal habe ich zugesehen, wie du mit diesem verdammten Vibrator gespielt hast«, erzählte er ihr. »Wie du ihn in den Mund geschoben und an ihm gelutscht hast.«

Sie stöhnte auf.

»Ich habe es gespürt. Ich habe deinen Mund an meinem Schwanz gespürt, als du daran gesaugt hast. Ich habe deine Zähne gefühlt …« Ein kurzes tiefes Knurren ließ sie noch feuchter werden. »Oh Mann, ja.« Ihre Zähne strichen über seine Eichel, bevor sie ihn wieder in ihren Mund saugte und anfing, ihn spielerisch mit der Zunge zu verwöhnen.

Sein Griff in ihrem Haar wurde stärker, seine Finger strichen über ihren Kopf, zogen an ihren Haarsträhnen, und der Lustschmerz jagte ihr Schauer in erogene Zonen, von deren Existenz sie bisher nichts geahnt hatte.

»Ich habe dir so gern zugesehen, wie du es dir selbst gemacht hast.« Inzwischen hatte er beide Hände in ihr Haar geschoben, und seine Hüften bewegten sich, vögelten ihren Mund in kurzen harten Stößen. »Ich habe gesehen, was du wolltest, ohne es dir selbst geben zu können.«

Sie war verzaubert von seinen Augen: goldener Bernstein mit grünen Sprenkeln, glitzernd hinter dichten Wimpern.

»Ich habe immer davon geträumt, deinen Mund zu vögeln.« Seine Stimme wurde tiefer und rauer.

Ihre Zunge strich unter seiner Eichel entlang, streichelte ihn und wurde belohnt mit einem Schub seines Vorsamens, heiß, erdig, und sein Aroma entfachte eine beinahe explosionsartige Reaktion in ihr.

»Ich habe davon geträumt, deine Zunge zu spüren.« Er zog fester an ihrem Haar, und ihre Wimpern senkten sich herab angesichts des Lustgefühls. »Dich zu beobachten.« Seine Stöße wurden härter. »Dich zu spüren. Sauge ihn tiefer ein. Tiefer, Süße.« Er schob sich weiter in ihre Kehle, so tief, wie sie es noch nie einem Mann erlaubt hatte. Bis jetzt.

Sie strich mit flacher Zunge über die empfindsame Haut an der Unterseite seines Schaftes und spürte einen weiteren Schub Flüssigkeit.

»Gleich komme ich.«

Scheme verstärkte ihren Griff um ihn, presste mit dem Mittelfinger auf die kräftige Ader, die an seinem Schaft entlangführte, und unterdrückte seinen Erguss.

Tanners Kopf sank nach hinten, sein Körper spannte sich noch mehr an, und seine Hände krallten sich noch fester in ihr Haar, als sie ihn tiefer und kraftvoller einsaugte und ihren Mund mit seiner mächtigen harten Erektion füllte, die erotisch an ihrer Zunge pochte.

Ihr schwerer Atem erfüllte den Raum, beide keuchten rau und heftig – sein Grollen und ihr Stöhnen, als ihr Mund seine kräftige Eichel und seinen unglaublich harten Schaft verwöhnte.

»Gut so, Baby, verwöhne meinen Schwanz«, knurrte er. »Zeig mir, wie ungezogen du bist, Süße. Gib's mir.«

Ihre Hand wanderte von seinen Hoden an seine Erektion, die unnachgiebig in sie stieß und dabei tiefer in sie hineinzugleiten drohte, als sie ertragen konnte. Die Finger ihrer anderen Hand spielten nach wie vor mit der Ader an der Unterseite, hielten seinen Erguss zurück und steigerten die Empfindsamkeit seiner Erektion immer weiter.

Davon hatte sie geträumt: den Orgasmus ihres Liebhabers zu kontrollieren, einen Liebhaber zu finden, der bereit war, sie spielen zu lassen, der sie schmecken und berühren ließ und sich mit ihr gemeinsam in einen Rausch des Verlangens hineinsteigerte.

Offensichtlich liebte Tanner es, zu spielen. Eine Hand glitt aus ihrem Haar, wanderte über ihre Schulter und umfasste eine ihrer prallen Brüste.

Seine Finger fanden ihre Brustwarze, kniffen hinein, spielten damit und verwöhnten sie abwechselnd mit zartem Streicheln und feurigen Liebkosungen, während er ihren Mund vögelte.

»So ein heißer kleiner Mund.« Er verzog das Gesicht. »Oh Mann, du liebst das, nicht wahr, meine Schöne? Du liebst es, wie mein Schwanz deinen Mund ausfüllt und ihn beherrscht.«

Oh ja, und wie sie es liebte! Sie schwebte dahin, auf jedem Grollen, jedem Schnurren von ihm, während sie ihn verwöhnte und damit nicht nur ihn in den Wahnsinn trieb, sondern auch sich selbst.

Und sie stand kurz davor, die Kontrolle zu verlieren. Das Verlangen, ihn zu kosten, seine Erlösung zu spüren, würde jeden Moment ihr Verlangen nach Spiel, Versuchung und Kontrolle überwältigen.

Ihre Finger streichelten über seinen Schaft, während sie den harten Rhythmus seiner Stöße in ihren Mund genoss. Sie verringerte den Druck auf die Ader an seiner Erektion, und innerhalb von Sekunden erfüllte sein Aufbrüllen die Höhle, als er in ihren Mund stieß, ihren Kopf mit den Händen festhielt und seinen Samen in sie spritzte.

Seine harten tiefen Ergüsse zwangen sie zu schlucken. Sie stöhnte, denn das Aroma war ihr nicht unangenehm. Es schmeckte seidig-weich, dunkel und männlich. Wie ein Hitzesturm, der ihre Sinne mit seinem reichen Geschmack und ihre Seele mit dem Wissen erfüllte, dass sie das hier nie vergessen würde.

»Oh verdammt!« Mit einer plötzlichen Bewegung drehte er sie auf den Bauch, kam über sie und packte ihre Hüften. Im nächsten Moment drang er in sie hinein.

»Verdammt. Zu eng.« Er krallte die Finger in ihre Hüften, als er sich zurückzog, wieder zustieß und sich seinen Weg in sie hineinbahnte, während sie den Rücken durchbog und ein hoher, klagender Aufschrei über ihre Lippen kam.

Noch nie im Leben hatte sie einen solchen Laut von sich gegeben. Aber jetzt. Ihre Hüften drängten sich ihm entgegen, ihre Säfte flossen und erleichterten ihm das Eindringen, bereiteten ihm den Weg. Ein Gefühl, das an Schmerz grenzte, durchfuhr sie wie ein brennender Pfahl.

»Es ist zu viel«, schrie sie plötzlich auf, als sein Schaft sie öffnete, verborgene Nervenenden streichelte und sich immer tiefer in sie hineindrängte.

Sie konnte es nicht ertragen. Sie würde es nicht überleben.

»Einen Teufel ist es!« Seine Stimme war so rau und so tief, dass sie das Tier in ihm hören konnte, das um seine Freiheit kämpfte. »Es ist nicht genug. Noch nicht.«

Scheme packte die Decken unter ihr mit den Fäusten, ihr Kopf und ihr Oberkörper sanken aufs Bett. Ein weiterer Schrei drang aus ihrer Kehle, als er sich in voller Länge in sie schob, sie pfählte.

»Bitte. Tanner, bitte …« Sie zitterte vor Lust, so sehr, dass sie tatsächlich nicht wusste, ob sie das hier überleben würde.

»Es ist in Ordnung, Süße«, keuchte er hinter ihr, bewegte sich, zog sich zurück und drang erneut in sie.

Sie schloss die Augen, der Schweiß rann ihr übers Gesicht, und ihr Körper stand innerlich in Flammen.

»Es ist okay«, wiederholte er. »Weißt du noch? Ich habe mir Notizen gemacht. Ich weiß, was du brauchst.«

Sei vorbereitet. Das Motto der Breeds, dachte sie noch völlig jenseits aller Vernunft, als er sich in ihr zu bewegen begann. Lange harte Stöße. Jeder Stoß jagte stechende Impulse durch ihren Körper, durch ihren ganzen Unterleib, und ihre Muskeln zogen sich erwartungsvoll zusammen.

»Noch nicht.«

Sie schrie, und ihre Stimme klang inzwischen so heiser, dass sie den Laut kaum wahrnahm, während seine Stöße langsamer wurden, schneller und dann wieder langsamer.

Er reizte sie nicht bloß, er folterte sie. Dieses Lustgefühl war so vernichtend, dass es ihr den Atem raubte.

»Bitte …«, flehte sie. »Tu das nicht. Bitte spiel nicht mit mir.«

»Mit dir spielen, Baby?« Seine Hand streichelte über ihre Pobacke. »Ich würde niemals mit dir spielen, meine Schöne. Ich bereite dir Lust, so viel Lust.«

Ein harter tiefer Stoß, dann zog er sich langsam zurück und stieß wieder zu, so hart, dass der Lustschauer, der durch ihren Leib jagte, sie beinahe ohnmächtig werden ließ.

»Härter«, keuchte sie. »Bitte. Bitte, tu es härter.«

Hart. Sie ließ sich von ihm pfählen und griff nach ihm. Ihre Finger packten seinen Oberschenkel, ihre Nägel gruben sich in seine Haut, im selben Augenblick, als er ihr einen erotischen Klaps auf den Po gab, der sie noch weiter trieb.

Sterne tanzten vor ihren geschlossenen Augen. Ihre Muskeln waren so verkrampft, dass sie sich fragte, ob sie sich je wieder würde entspannen können. Nur noch ein paar harte Stöße, das war alles, was sie brauchte. Nur ein paar.

»So süß und heiß«, keuchte er, schob sich vollkommen über sie, spreizte ihre Schenkel noch weiter mit den Beinen und stieß sich immer wieder kraftvoll in sie. »Halt mich weiter so fest, meine Schöne. Gib mir alles, was du noch nie zuvor gegeben hast.«

Hatte sie denn überhaupt noch etwas zu geben?

Doch als seine Stöße noch intensiver, rhythmisch, hart und immer kraftvoller wurden, stellte sie fest, dass es da tatsächlich noch mehr gab.

Und wieder traf der Orgasmus sie völlig unvorbereitet. Er explodierte in ihr und überflutete ihren Körper mit einer solchen Wonne, dass sie nur zitternd unter ihm daliegen und nehmen konnte, was er zu geben hatte.

Und er hatte eine Menge zu geben. Härter. Tiefer. Schneller.

Alles in ihr geriet völlig aus den Fugen, sie zerriss innerlich und streckte sich nach ihm aus, während sein Aufbrüllen in ihren Ohren erklang und sie tatsächlich noch weiter in die Höhe trieb.

Ein letztes Mal stieß er tief in sie hinein, dann spürte sie die harten Schübe seines Ergusses, die harte pulsierende Saat, die sie erfüllte. Ihre Muskeln, die seinen Schwanz umklammerten und sich mit einer Kraft um ihn zusammenzogen, dass es ihr den Atem raubte.

Schließlich brach sie komplett unter ihm zusammen, völlig erschöpft, während die Nachbeben der Lust durch ihren Unterleib wogten und ihr kleine keuchende Aufschreie entlockten, von denen sie kaum glauben konnte, dass sie von ihr stammten.

Sie konnte sich nicht rühren. Sie war verloren, trieb dahin, so benebelt von der Lust, die sie erfahren hatte, dass sie nur noch wimmern konnte. Langsam zog er sich aus ihr zurück und sank neben ihr aufs Bett.

»Schlaf, meine Schöne«, flüsterte er ihr ins Ohr. »Ich lasse das Licht an. Schlaf nur.«

Flatternd schloss sie die Augen, und ihr letzter Gedanke folgte ihr in den Schlaf: Tanner Reynolds bedeutete ihren Tod.

12

Manchmal musste ein Mann zugeben, dass er ein Narr gewesen war. Er musste in sich hineinsehen und erkennen, dass Hass und Misstrauen seinen Verstand beherrscht hatten und sein Verstand nicht in der Lage gewesen war, seine Emotionen zu kontrollieren. Er musste hinter die Fassade blicken und die Gefühle für und wider eine Situation außer Acht lassen, um der Wahrheit auf den Zahn zu fühlen.

Sein Bauchgefühl hatte ihm von Anfang an gesagt, dass bei Scheme irgendwas nicht stimmte. Beinahe zehn Jahre lang hatte er sie beobachtet, und er hatte gewusst, dass da was merkwürdig war. Irgendwas war da falsch. Aber Hass und Misstrauen hatten seinen logischen Verstand benebelt. Der Wunsch zu hassen hatte seine Vernunft außer Kraft gesetzt.

Die Beweise, die die Breeds in den letzten zehn Jahren gesammelt hatten, zeichneten das Bild einer verwöhnten Generalstochter, die ebenso gnadenlos und blutrünstig war wie das Monster, das sie gezeugt hatte. Unter den Beweisen waren Befehle mit ihrer Unterschrift, um Breeds, die noch unter dem Kommando ihres Vaters standen, zu exekutieren, aus keinem anderen Grund als dem, dass sie irgendeine angebliche Schwäche besaßen, sowie die Überwachungsvideos von Meetings zwischen Scheme, ihrem Vater und hochrangigen Soldaten seiner Organisation, in denen ihre kalten überlegten Angriffspläne gegen Sanctuary offenbar wurden.

Doch sein Bauchgefühl hatte ihn gewarnt, schon während der Ermittlungen, dass da etwas merkwürdig war, dass an den

Beweisen gegen sie irgendwas nicht stimmte. Ihm war, als sähe man nur einen Teil des Bildes und der Rest läge im Schatten. Er hätte auf sein Bauchgefühl hören sollen.

Bei den Beweisen, die sie über sie gesammelt hatten, gab es zu viele Ungereimtheiten. Ein Breed, der exekutiert werden sollte, war im letzten Moment entkommen, weil sie angeblich einen Fehler gemacht hatte. Scheme hatte vor der Flucht eines Breeds einen Profilbericht erstellt, dass ebenjener Breed vertrauenswürdig sei und keine Fluchtgefahr bestünde. Es hatte Warnungen vor Angriffen auf Sanctuary gegeben oder eine Nachrichtenübermittlung, die ganz plötzlich aus dem Nichts aufgetaucht war. Kleinigkeiten, die so ausgesehen hatten, als wäre einfach das Glück aufseiten der Breeds gewesen. Winzig kleine Fehler, die bedeutungslos waren – jeder für sich genommen. Keine Organisation, kein Mensch war perfekt. Aber wenn man alles zusammennahm …

Und dann hatte es immer wieder kurze Zeitspannen gegeben, in denen sie verschwunden war, jedes Mal nachdem einer dieser kleinen Fehler passiert war. In dieser Zeit war sie bestraft worden, und zwar auf eine Weise, die Tanner eine Gänsehaut bereitete und sein Misstrauen weckte.

Er wusste, dass es Jonas vor acht Jahren gelungen war, einen Spion in Tallants Reihen zu finden. Diesen Spion hatte er vor dem Führungsrat nie preisgegeben, aber es war einer der Erfolge gewesen, die ihn zum Direktor des Amtes für Breeds-Angelegenheiten gemacht hatten.

Jonas war ein raffinierter Hurensohn. Er hatte es geschafft, Spione an Stellen zu platzieren, die die Analysten der Breeds für unmöglich gehalten hatten. Er kannte Schwächen und Stärken und wusste sie für sich zu nutzen – und er hatte ein Ass im Ärmel gehabt.

Irgendwie hatte Jonas General Tallants Tochter höchstselbst

rekrutiert. So musste es sein. Es war die einzige Möglichkeit, die einen Sinn ergab. Warum sonst sollte ihr Vater sie schlagen, sogar lebendig begraben, um Informationen aus ihr herauszuholen? Denn das war der Grund dafür, so viel wusste Tanner.

Cyrus Tallant war so bösartig, wie ein Mann nur sein konnte. Er war ein Monster, und er glaubte an seine Sache. Ihm ging es nicht um Macht oder Geld, sondern er stand voll hinter dem, was er tat.

Für den General besaßen Breeds keine Seele, weil sie nicht von Gott, sondern von Menschenhand geschaffen waren. Sie waren Werkzeuge, nicht mehr oder weniger als ein Hund oder ein Gewehr. Der einzige Unterschied bestand darin, wie sie abgerichtet wurden.

Bereits als Säuglinge wurden sie ihrer Menschlichkeit beraubt. Nach ihrer Entwöhnung steckte man sie in Pferche und überließ sie sich selbst. Dabei wurden sie rund um die Uhr beobachtet und studiert, bis am Ende jedes überlebende Kleinkind einem Ausbildungsprogramm zugeteilt wurde, das man als geeignet erachtete. Psychologen, Psychiater und Ärzte erstellten individuelle Programme für jeden einzelnen Breed, um damit die Waffe zu schaffen, die das Council sich vorstellte.

Die Council-Mitglieder glaubten an ihre eigene Rhetorik: Breeds seien nicht wirklich menschlich und besäßen daher keine Rechte. Sie hätten keine Seele, und aus diesem Grund könne das Council auch nicht für ihren Tod verantwortlich gemacht werden.

Die glaubten ebenso entschlossen an ihre Sache, wie die Breeds an ihr Recht auf Freiheit und Leben glaubten. Und General Tallant glaubte noch fanatischer als die meisten anderen daran, dass er das Recht hätte, die Welt von den Breeds zu befreien, nun, da sie nicht länger unter Kontrolle waren.

Er würde nicht zögern, seine Tochter in diesem Kampf zu benutzen, und falls seine Tochter die gleiche Schwäche wie seine Frau zeigte, dann wäre sie in dieser Schlacht, die er kämpfte, ebenso entbehrlich, wie seine Frau es gewesen war.

Nicht dass es irgendwelche Beweise dafür gab, dass der General den Tod seiner Frau angeordnet hatte. Dorothy Tallant war Wissenschaftlerin in dem Breed-Labor gewesen, dessen Überwachung Tallants erster Auftrag war.

Sie war eine zierliche Amerikanerin asiatischer Herkunft gewesen, mit einem IQ, der die Skala sprengte, und einem Talent für Gentechnik, und vor zwanzig Jahren war sie angeblich an einem massiven Schlaganfall gestorben.

Tanner schnaufte müde und ging weiter die Informationen durch, die er auf seinem Laptop aufgerufen hatte. Die Überwachung der Tallants hatte schon begonnen, noch bevor die Welt erfahren hatte, dass die Breeds existierten.

Erst im letzten Jahr oder so war es den Breeds gelungen, tatsächlich einen Anklagefall gegen Tallant zu formulieren. Schließlich war es nicht illegal, Breeds als Sicherheitspersonal anzuheuern. Es war auch nicht gesetzlich vorgeschrieben, dass Breeds sich beim Amt für Breeds-Angelegenheiten registrieren mussten, auch wenn die meisten es taten, um in Sicherheit zu sein.

Tallants Breeds taten das nicht. Das Dutzend Kojoten, das er beschäftigte, hatte sich nie registrieren lassen, was bedeutete: keine Fingerabdrücke und keine Möglichkeit, sie zu identifizieren. Und sie waren verdammt gute Killer. Die besten, die das Council je aus Kojoten-DNA gezüchtet hatte.

Tanner stand vom Laptop auf, trennte die Verbindung zu den Breed-Satelliten und seufzte müde.

Etwas nagte an ihm. Irgendwas, das so gar nicht zu dem passte, was er bisher über Scheme Tallant wusste.

Lust und drängende Begierde mal beiseite. Er kannte sich, er stand nicht auf Huren und Mörderinnen. Die konnte er wittern; das Tier in ihm konnte das spüren. Scheme war weder eine Hure noch eine Mörderin, auch wenn das absolut nicht zu dem Profil passte, das die Breed-Analysten über sie erstellt hatten.

Also was bedeutete das für ihn? In dem Augenblick, in dem er mit ihr in Sanctuary auftauchte, würde sie nach Breed Law verurteilt und möglicherweise hingerichtet werden.

Ihre einzige Chance war eine Paarung gewesen – falls er sich mit ihr gepaart hätte.

Er starrte sie an, presste wütend die Lippen aufeinander und biss die Zähne zusammen.

Denn genau da lag sein Problem. Keine Spur von Paarungsrausch.

Er war fast überzeugt gewesen, dass sie seine Gefährtin war. Die Gefühle waren da. Die Lust, das Verlangen, der überwältigende primitive Beschützerinstinkt. Er war dabei, sich in sie zu verlieben. Das Tier in ihm beanspruchte sie für sich. Aber keine Spur von Paarung. Gelegentlich, in kurzen Momenten, lockte ein ungewohntes Aroma seine Sinne. Der Geschmack wilder Lust und Hitze, ähnlich dem, was verbundene Paare beschrieben. Aber es war nie von Dauer. Und die Drüsen unter seiner Zunge, die das Paarungshormon enthielten, schwollen nicht an, um das Hormon freizusetzen, das durch die biologische und chemische Reaktion auf eine Gefährtin produziert wurde. Möglicherweise war seine DNA nur beinahe kompatibel für eine Paarung. Das bedeutete, dass sie vielleicht die Gefährtin eines anderen Breeds war, dessen DNA seiner eigenen ähnelte.

Er fuhr sich mit der Zunge über die Zähne. Die Drüsen hatten sich nicht entzündet, und – noch wichtiger – der Stachel, tief verborgen im Genital eines jeden Katzen-Breeds, war nicht zum Vorschein gekommen. Das Hormon im Speichel und in ebenjenem Stachel kennzeichnete die Gefährtin noch eindeutiger als der Biss in die Schulter, zu dem es Berichten zufolge immer unwissentlich durch den Breed kam. Der Breed erinnerte sich für gewöhnlich kaum an den Drang, seine Gefährtin zu beißen, und bemerkte es erst, wenn er Blut im Mund schmeckte.

Scheiße. Scheiße! Hatte er es etwa mit Cabals Gefährtin getrieben?

Fast gewaltsam riss er sich vom Stuhl los und tigerte über den rauen Felsboden der Höhle. Daran durfte er nicht denken. Er durfte nicht zulassen, dass sich der Gedanke in seinem Verstand festsetzte, sonst würde das Tier in ihm auf jeden Fall ausbrechen.

Er musste sich auf ihre Sicherheit konzentrieren.

Nach Sanctuary konnte er sie nicht bringen, und nach Hause zurückkehren konnte sie auch nicht. Es musste eine Lösung geben. Er hatte jede Datenbank durchsucht, die er finden konnte, und sich in mehr Akten des Amtes für Breeds-Angelegenheiten gehackt, als er zählen wollte. Doch es gab nicht den kleinsten Hinweis, dass Scheme Tallant Jonas' Spion in Tallants Organisation war.

Und ohne einen Beweis war Tanner am Arsch, denn ihm lief die Zeit davon. Er hatte noch weniger als eine Woche Urlaub, und wenn er nicht zurückkehrte, würde Callan jemanden schicken, um herauszufinden, wieso.

Er hätte keine akzeptable Entschuldigung vorzuweisen. Callan kannte seine Familie, und zu der gehörte auch Tanner. Er würde wissen, dass etwas nicht stimmte, und es bestand keinerlei Aussicht, dass der Rudelführer das hier verstehen würde, wenn man bedachte, wer sie war und welche Verbindung zwischen ihr und dem General bestand.

Verdammt, er war sich so sicher gewesen, dass der Paarungsrausch einsetzen würde! Es ergab keinen Sinn. Er war noch nie im Leben so sehr von einer Frau besessen gewesen. Zehn Jahre lang war er zwischen Hass und Lust hin- und hergetaumelt, nur um sich von Lust und Begierde nach ihr vollkommen überwältigen zu lassen. Sein Hass löste sich völlig auf, angesichts des Grauens, das sie, wie er vermutete, durch die Hand ihres Vaters erlitten hatte.

Sie war so klein. So zierlich. Und doch besaß sie eine Stärke, die er nicht erwartet hatte. Ihr Körperbau war so zart, dass er sich fragte, wieso es ihr nicht alle Knochen zerschmettert hatte, wenn ihr Vater sie schlug.

Mist, er hatte keinen Schimmer, wie er die Situation jetzt handhaben sollte! Er hatte sich vorgestellt, dass er mit seiner Gefährtin in Sanctuary auftauchen würde, und jetzt konnte er ihr keinerlei Schutz bieten. Er brachte es nicht über sich, sie dem Breed Law zu überantworten, doch noch viel weniger würde er sie den Killern ihres Vaters ausliefern. Aber womöglich war sie ja Jonas' Maulwurf – oder Cabals Gefährtin.

Er fuhr sich mit der Hand übers Gesicht.

Cabals Gefährtin.

Das durfte echt nicht wahr sein, aber er konnte die Zeichen nicht ignorieren, die dafürsprachen, dass es möglich war. Der Paarungsrausch war ebenso sehr eine biologische und hormonelle Paarung wie eine emotionale.

Emotional war er inzwischen so fest an sie gebunden, dass er sich fragte, ob er je wieder atmen könnte ohne ihren Duft in seinem Kopf. Aber was sollte er tun, wenn der Paarungsrausch mehr körperlich als emotional war? Sie war vermutlich überhaupt nicht seine Gefährtin. Womöglich gehörte sie zu dem einzigen Mann, dessen Genetik seiner eigenen entsprach, und aus diesem Grund reagierte er wie ein Gefährte auf sie, aber eben ohne das Paarungshormon. Dieses Paarungshormon würde Cabal in dem Moment ausschütten, wenn er sie zu Gesicht bekommen würde.

Könnte er das ertragen? Könnte er damit weiterleben?

»Du denkst zu viel nach.« Als er ihre Stimme hörte, drehte er sich rasch zu ihr um, und bei ihrem schwachen Tonfall runzelte er die Stirn.

Ihr Blick ruhte auf ihm und ließ ihn augenblicklich hart werden in der Jeans. Sein Körper erwartete begierig ihre Berührung. Aber als er sah, wie sie sich bewegte, und den Duft körperlicher Qual wahrnahm, wusste er, dass das keine Option war, bis sie ihre immer noch schmerzenden Muskeln entspannt hatte.

»Im Badezimmer gibt es einige Badesalze.« Er ging zum Bett und half ihr aufzustehen, trotz des Misstrauens in ihrem Blick.

Sie war es nicht gewohnt, dass sich jemand um sie sorgte, aber zur Hölle, er war es auch nicht gewohnt, sich um jemanden zu kümmern. In ihrem Fall allerdings schien er gar nicht anders zu können.

»Ich komme schon klar.«

Warum zum Teufel entzog sie sich ihm nur immer wieder? Er versuchte ständig ihr näherzukommen, während sie sich ständig von ihm distanzierte.

»Das glaube ich dir sofort, aber ich ziehe es vor, auf Nummer sicher zu gehen.« Er sah ihr in die dunklen Augen und las die Antwort in ihrem Blick, während seine Hände langsam über ihre Arme hinabglitten. »Ich wollte nicht so grob zu dir sein, als ich dich nahm.«

»Ich zerbreche nicht so leicht, Tanner«, versicherte sie ihm und entfernte sich schon wieder von ihm, diesmal in Richtung Badezimmer. »Aber ich komme auf dein Angebot mit dem Badesalz zurück.«

Er folgte ihr ins Bad. Seine Mundwinkel zuckten, als sie sich nackt in der Höhle bewegte. Sie schämte sich nicht ihrer Nacktheit, das gefiel ihm. Sie gab weder Scheu noch Schüchternheit vor. Sie war hart im Geben und im Nehmen, und sie machte keine Ausflüchte.

Er trat in die kleine Höhle, in der sich das Bad befand, griff unter das Waschbecken und holte die Flasche mit dem parfümierten Badesalz hervor.

»Meine Rudelschwestern, Dawn und Sherra, deponieren gerne ihre Sachen hier.« Er öffnete die Flasche für sie und stellte sie auf das Schränkchen unter dem Waschbecken. »Lass dir Zeit. Ich mache uns jetzt Frühstück.«

»Dann ist es jetzt also morgens?«, fragte sie beiläufig.

Er schmunzelte. »Etwa zehn Uhr.«

Sie versteifte sich, während sie das Wasser regulierte, das in die Wanne lief. Schließlich seufzte sie, als Dampf von dem heißen Wasser aufstieg. »Wann gedenkst du, mich gehen zu lassen?«

Sie richtete sich auf, straffte die Schultern und drehte sich zu ihm um. Dabei fiel ihr das lange Haar über die Schultern und umrahmte ihre einzigartigen Züge.

»Das Ganze ist kein Spiel, Scheme. Sobald du hier hinausspazierst, bist du tot, das weißt du. Dein Vater wird dich nicht davonkommen lassen – und selbst wenn doch, dann wird das Breed Law vollstreckt. Ohne seinen Schutz ergreifen dich die Breeds, und bist du erst einmal in Sanctuary, wirst du dem Breed Law unterstellt.«

»Warum vergeudest du dann derart deine Zeit?« Finster erwiderte sie seinen Blick. »Du verwirrst mich, Tanner. Was willst du? Ein paar harte Nummern, bevor du mich an deinen Rudelführer auslieferst?« Traurig zog sie die Mundwinkel nach unten. »Wieso tust du es nicht endlich? Hör auf, uns beide zu quälen.«

»Glaubst du denn, ich will dich tot sehen, Scheme?«, gab er aufgebracht zurück, wütend, dass sie den Tod so einfach akzeptieren wollte. »Ich habe nicht meine verdammte Zeit damit verschwendet, dich hierherzubringen, nur um dann zuzusehen, wie du gemäß Breed Law oder von der Hand deines Vaters hingerichtet wirst.«

»Also, wieso hast du dann deine Zeit verschwendet?« Sie ging zum Waschbecken und nahm die Flasche, drehte sich zur Wanne und gab eine großzügige Menge Badesalz ins Wasser.

Sie verhielt sich, als bedeute der Tod gar nichts, als hätte ihr Leben keinen Wert, und das machte ihn wütend.

»Du könntest als Zeugin gegen deinen Vater aussagen«, erklärte er. »Sanctuary würde dich für diese Informationen beschützen, Scheme.«

Scheme hielt inne, kaute auf ihrer Unterlippe und erwiderte seinen Blick mit konzentrierter Miene. »Ich wünschte, es wäre so einfach.«

»Scheme, die Zeit läuft uns davon«, drängte er. »Ich kann nicht ewig hierbleiben – und du auch nicht.«

»Dann lass mich gehen.« Sie drehte sich wieder zum Wandschrank, holte Handtücher, einen Waschhandschuh und eine Flasche Duschgel heraus und legte alles auf den kleinen Hocker neben der Wanne. »Die Antwort ist ziemlich einfach, Tanner. Ich habe dich nicht gebeten, mich herzubringen.«

»Aber jetzt bittest du mich, dich sterben zu lassen«, knurrte er wütend. »Du könntest am Leben bleiben.«

»Für wie lange?« Ihr Gesichtsausdruck machte ihn rasend. So kühl und gefasst. Sie hätten auch übers Wetter reden können statt über die Gefahr für ihr Leben. »Wenn du mich wirklich in Sicherheit wissen willst, dann beweise es. Gib mir ein sicheres Handy, und lass mich gehen. Ich werde in Sicherheit sein.«

Ihre Worte machten ihn wahnsinnig.

»Bist du Jonas' Spion in der Organisation deines Vaters?«

Er sah, wie sie erstarrte und blass wurde. »Habt ihr noch einen Spion in Vaters Organisation?«, fragte sie zögernd, beinahe furchtsam.

Er biss die Zähne zusammen. Er konnte weder Täuschung noch Schuldgefühle an ihr wittern, aber definitiv Furcht.

»Vertrau mir, Scheme«, flüsterte er.

»Dann vertrau du mir zuerst, Tanner«, gab sie zurück. »Bring mich einfach hier raus, setz mich irgendwo ab, weit genug von den Kojoten entfernt, die nach mir suchen, und gib mir ein Handy. Nur ein paar Stunden, dann rufe ich dich an.«

Falls sie dann noch am Leben war – und die Chancen dafür standen nicht besonders gut.

»Ich kann dich schützen, gottverdammt!«, knurrte er. »Lass mich das wenigstens tun.«

Unsicherheit flackerte in ihrem Blick – Hoffnung und Angst und ein Hauch von gequältem Schmerz.

»Das kann ich nicht.«

»Ich lasse verdammt noch mal nicht zu, dass die dich umbringen!« Überrascht registrierte er, dass er die Stimme erhob. Er wurde doch niemals laut. Er war immer der ruhige Breed, der scherzhafte.

Sie musterte ihn, einen zynischen Zug um den Mund, der ihm mehr als alle Worte verriet, wie wenig sie ihm traute.

»Ich kann dir nicht geben, was du willst, Tanner.« Verzweiflung lag in ihrer Stimme. »Ich habe nicht, was du brauchst.«

»Wieso muss ich dir dauernd erklären, dass ich deine Lügen verdammt noch mal wittern kann?«, grollte er.

»Habe ich je erwähnt, wie egal mir das ist?«, rief sie aus, und die Lüge war nicht nur in ihrem Duft offensichtlich, sondern auch in ihrer Stimme und in ihren Augen. »Offenbar bist du der irrigen Meinung, dass ich dieses Spielchen hier freiwillig mit dir spiele. Aber so ist es nicht. Ich habe dich nicht gebeten, mich hierherzubringen, und ich habe dich auch nicht gebeten, mich zu verhören. Alles, worum ich gebeten habe, war ein Bad.«

Der Tiger in ihm, den er mit so viel Mühe verdrängte, erwachte in gefährlicher Unruhe. Er konnte das warnende Knurren in seiner Brust spüren, das Erwachen geschärfter Sinne, die besondere Entschlossenheit, dass nichts sie jemals wieder verletzen durfte.

»Du schützt ihn immer noch.« Er biss die Zähne zusammen. »Dieser Bastard hat dich geschlagen, dich lebendig begraben, Gott weiß wie oft, und dein Kind getötet. Er hat seinen eigenen Untergebenen als deinen Liebhaber angeheuert und ihn benutzt, um Gründe zu finden, dich zu bestrafen, und du schützt ihn immer noch?«

Scheme drehte sich wieder zur Wanne, hielt die Hand noch einmal unter das einlaufende Wasser und hielt sich dann am Rand der hohen Wanne fest, um ein Bein hineinzuschwingen.

Sie gab keinen Laut von sich, aber Tanner sah, dass die Bewegung beschwerlich für sie war.

»Gottverdammt, Scheme, kannst du mich denn nicht einmal um Hilfe bitten?« Er fasste sie bei der Taille, hob sie hinein und kämpfte dabei Emotionen nieder, die er noch nie in seinem Leben gefühlt hatte. Zum ersten Mal erlebte er echte Furcht. Ohne ihre Hilfe konnte er sie nicht retten.

»Wenn ich deine Hilfe bräuchte, würde ich schon danach fragen.« Mit einem kurzen Seufzer ließ sie sich in die Wanne sinken. Das heiße Wasser umspülte ihre Hüften, und sie ließ ihr Haar über den Rand der Wanne fallen.

»Scheme.« Er ging neben der Wanne in die Hocke und sah sie eindringlich an. »Gib mir etwas. Irgendwas, das ich nutzen kann, um dir zu helfen. Gib dich nicht so auf. Um unser beider willen.«

Ihre Mundwinkel zuckten. »Ich bin nichts für dich, Tanner«, antwortete sie leise. »Du bist nicht mal Teil der Gleichung.«

Tanners Miene wurde hart. Seine Augen schimmerten in einem beinahe überirdischen Licht, als er aufstand und sie mit einem Raubtierblick anstarrte – ihr war klar, dass sie sich davor fürchten sollte.

»Ich lasse dich nicht so sterben.« Seine Stimme klang kehlig, animalisch. »Egal, wie bereit du bist, für diesen Bastard, der dich gezeugt hat, zu sterben.«

Damit drehte er sich um, marschierte hinaus und zog mit einem Ruck den Vorhang hinter sich zu, während sie die Augen vor seinem Zorn verschloss.

Er war gut, dachte sie bedauernd und kämpfte die Tränen nieder. Gott, sie würde deshalb nicht losheulen. Bisher hatte sie nur wegen unerträglichen Schmerzen geweint – bis sie Tanner begegnet war. Sie weinte nicht, weil ihre Gefühle sie innerlich zerrissen – und genau das passierte gerade.

Zum ersten Mal seit Chaz wollte sie an einen Mann glauben. Sie wollte es so sehr, dass es sie innerlich bei lebendigem Leib auffraß, ihr das Herz brach und einen Teil ihres Verstandes vernichtete, von dessen Existenz sie gar nichts gewusst hatte. Sie hätte gedacht, dass sie inzwischen zu alt war für Märchen. Aber dass dieses Märchen, das Tanner ihr in Aussicht stellte, wahr wurde, das wünschte sie sich so verzweifelt, dass es wie ein Messerstich schmerzte.

Sie hatte ihr Kind verloren, weil sie einem Mann vertraut hatte. Sie hatte ihm von ganzem Herzen geglaubt und ihn so sehr geliebt, dass sie die kleinen Ungereimtheiten übersehen hatte, die sie vor seinem Verrat gewarnt hatten. Und jetzt war sie drauf und dran, den gleichen Fehler noch einmal zu machen und ihr Vertrauen und das Leben anderer in die Hände eines Mannes zu legen, der sie verraten konnte.

Ihre Seele widersprach lautstark. Aber sie erinnerte sich an den ebenso lauten Widerspruch ihrer Seele, als sie erkennen musste, dass Chaz ihrem Vater bei der Vernichtung ihres Kindes geholfen hatte. Konnte sie einen solchen Verrat noch einmal überstehen?

Falls er es aufrichtig meinte, dann würde er sie verstehen, wenn er die Wahrheit darüber erfuhr, was sie getan hatte. Das war doch Liebe, sagte sie sich. Er würde ihr vergeben, richtig? Er würde verstehen, warum sie die Tatsache verschweigen musste, dass sie für Jonas arbeitete – und dass sie ihm nicht vertrauen konnte, bis ihre Informationen den einzigen Mann erreicht hatten, der wusste, was sie die letzten acht Jahre getan hatte.

Der Gedanke an den Löwen-Breed mit den silbernen Augen ließ sie schmunzeln. Nur sehr, sehr wenige Menschen kannten seine Geheimnisse. Sie war einer davon. Und weil sie seine Geheimnisse kannte, vertraute sie ihm. Er würde sich eher auf schmerzvollste Weise ausbluten lassen, bevor er seine eigenen Leute verriet – oder jemanden, der versuchte, ihnen zu helfen.

Er war ihre einzige Chance. Sie musste Jonas treffen und durfte Tanner nicht trauen, egal wie sehr ihr Verlangen sie genau dazu drängte. Egal wie viel Schmerzen es ihr bereitete, weiter zu schweigen.

Ein Teil von ihr war überzeugt, dass Tanner nicht der Spion ihres Vaters war. Aber da war auch diese finstere Stimme in ihrer Seele, die an jenem Tag erwacht war, als sie erkannt hatte, dass ihr Geliebter bei der Ermordung seines eigenen Babys geholfen hatte. Die Stimme, die sie an Cyrus' manipulative und berechnende Bösartigkeit erinnerte.

Breeds waren betrügerisch, das war Teil ihres Trainings. Und Tanners Training war umfassend gewesen, schon in jungen Jahren, zudem war Cyrus ein Teil dieses Trainings gewesen. Bis heute kontrollierte er immer noch mehr als die Hälfte der Breeds, die er selbst mit ausgebildet hatte. Er war an Tanners Ausbildung, vor der Flucht aus diesem Labor in New Mexico, beteiligt gewesen. Er konnte immer noch genug Macht über Tanner haben, um ihn zu kontrollieren.

Also, wieso wollte sie ihm so sehr vertrauen? Warum war es ein solcher Kampf für sie, sich unbedingt daran zu erinnern, was er war und was er sein konnte?

Weil sie ihn liebte. Er hatte etwas in ihrem Inneren berührt, obwohl sie doch überzeugt gewesen war, dass nichts sie je wieder dort berühren konnte.

Ein Teil von ihr glaubte so sehr an ihn, dass er bereit war, ihm alles zu geben, worum er bat, was auch immer es war, und ihm zu vertrauen. Alles in ihr wollte es, außer diesem Schatten von Realismus, der sie beständig an ihr Kind erinnerte und daran, dass ein Vater bereit sein sollte, für sein Kind zu sterben. Doch genau der hatte bei seiner Ermordung geholfen.

Sie konnte es sich leisten abzuwarten, sagte sie sich. Sie musste darauf vertrauen, dass Tanner sie auch später noch lieben würde, wenn er sie jetzt liebte. Zuerst musste sie Jonas treffen. Doch ihr lief die Zeit davon. Sie hatte nur noch ein paar Wochen, bevor alles bereit wäre, um den Sohn von Callan Lyons zu entführen. So wenig Zeit, um ein Kind zu retten.

13

Er war ein guter Koch.

Scheme legte die Gabel auf ihren Teller, holte tief Luft und trank die Tasse Kaffee aus, die er ihr hingestellt hatte, zusammen mit Schinken, Eiern, selbst gemachten Keksen und überraschend guter Hafergrütze.

Sie hatte noch nie Hafergrütze gegessen, sondern immer die Nase gerümpft und gelacht, wenn es ihr jemand angeboten hatte. Aber falls sie dieses kleine Abenteuer lebend überstand, musste sie lernen, wie man sie zubereitete.

»Noch Kaffee?« Er hob fragend die Kanne.

»Ja, bitte.« Er füllte ihre Tasse nach, und sie ignorierte seinen Blick, während sie trank und dabei verheimlichen wollte, wie sehr sie den Geschmack genoss. Aber seine Mundwinkel hoben sich zu einem wissenden Lächeln. Sein verdammter Geruchssinn. Wahrscheinlich konnte er ihre Freude ebenso leicht wittern wie ihre Lügen.

Sie atmete tief durch und versuchte, seine Belustigung und noch andere Dinge zu ignorieren: unter anderem ihre Erregung und das Wissen, dass er sie witterte. Je länger sie ihm gegenübersaß, umso schlimmer wurde es. Ihre Brustwarzen bohrten sich in den dunkelvioletten Samtstoff ihres Tops, und ihre Brüste waren so prall, dass sie überempfindlich waren. Ihre Klitoris pochte gereizt, und ihr Höschen war feucht.

Sie sehnte sich nach ihm, sie brauchte ihn. Noch nie, nicht einmal in jenen ersten stürmischen Monaten mit Chaz, war sie so erregt gewesen.

Falls sie das hier überlebte, würde es die Hölle für sie bedeuten, danach ohne Tanners Berührung auskommen zu müssen. Sie brauchte das Gefühl seiner Hände, die über ihren Körper streichelten, seine Lippen auf ihrer Haut.

Sie warf ihm einen Blick zu und musterte ihn, während er sich auf seinem Stuhl zurücklehnte und schweigend seinen Kaffee trank. Seit sie aus dem Bad gekommen war, hatte er nicht viel gesagt, doch er gab ganz den trägen Tiger: das Schimmern von Belustigung in seinen Augen, die Andeutung eines Lächelns auf den sinnlichen Lippen. Sein langes schwarz-gold gesträhntes Haar fiel ihm bis auf die Schultern und bildete einen perfekten Rahmen für seine Gesichtszüge eines gefallenen Engels.

Er sah wirklich besser aus, als für den Seelenfrieden einer jeden Frau gut war.

Ihre Gefühle, die Anziehung zu ihm, die sie verspürte, und dieses unerklärbare Begehren drohten, sie zu überwältigen. Sie musste fliehen. Jetzt. Bevor er sie zerstörte. Bevor seine Versprechen und sein Beharren, dass sie ihm vertrauen solle, in ihr weibliches Herz drangen.

Sie musste noch heute fliehen.

»Also, wo ist dein Bruder?« Sie hob die Tasse, trank noch einen Schluck und sah ihn über den Rand hinweg an, während sie versuchte, seine Aufmerksamkeit abzulenken.

»Mein Bruder?« Seine Augenbraue hob sich zu einem perfekten Bogen. Oh Mann, sie wünschte, sie könnte das auch.

»Cabal«, antwortete sie spöttisch. »Ihr beiden seid doch normalerweise der Schatten des anderen.«

»Und was lässt dich annehmen, wir wären Brüder?«, fragte er neugierig und stellte seine Tasse zurück auf den Tisch.

Scheme holte tief Luft. »Du vergisst, dass das Council deine vollständige Akte hatte, Tanner, nicht nur die Überbleibsel, die die Explosion des Labors überstanden. Ich weiß, dass du und Cabal genetisch identische Zwillinge seid. Du musst mich nicht anlügen.«

Er verschränkte die Arme auf dem Tisch und beugte sich langsam vor. »Und wie umfangreich sind eure Akten?«, fragte er.

Scheme zuckte unbekümmert mit den Schultern. »Irgendwie wurden die Akten in der Datenbank des Councils vernichtet. Das meiste, was Vater hat, stammt nur aus seinem Gedächtnis, und das ist nicht sehr umfangreich. Aber ich erinnere mich, dass ich deine Akte gelesen habe, als ich die Stelle als seine Assistentin antrat.«

Seine Augen wurden schmal. »Die Akten wurden vernichtet?«

»Das wusstest du nicht?« Sie runzelte fragend die Stirn. »Ich nahm an, die Breeds hätten einen Weg gefunden, einen Spion in das Hauptquartier mit den Datenbanken des Councils einzuschleusen. Die meisten Akten über die Breeds wurden vor einigen Jahren zerstört, als ein Virus das Netzwerk infizierte. Das Council versucht noch immer, sich davon zu erholen. Wer auch immer das geschafft hat, ich ziehe meinen Hut vor ihm.«

Sie selbst hatte das geschafft, mit Jonas' Hilfe. Es hatte als unmöglich gegolten, in die Zentrale in Schweden einzudringen und ihre Computer nebst Back-up-System zu infiltrieren. Doch ihnen war es gelungen.

Tanner machte schmale Augen. »Wir hatten keine Ahnung, wie groß der Schaden war.«

»Er war katastrophal.« Scheme seufzte. »Irgendwie hat jemand einen Virus platziert, der jede Datei korrumpierte, deren Erweiterung sie als Breed-Datei kennzeichnete. Und eine Explosion in der Sekundäranlage, wo die Sicherungsdiscs aufbewahrt wurden, vernichtete auch diese. Wir gingen davon aus, dass es ein Anschlag der Breeds war.«

Jonas war sogar noch verschwiegener, als sie ihm zugetraut hatte. Nachdem er es geschafft hatte, die Datenbanken des Councils zu überspielen, hatte er einen Virus platziert, der so heimtückisch war, dass die Computerfreaks des Councils Monate gebraucht hatten, um ihn zu knacken. Doch bis dahin war bereits jede Breed-Akte, die das Council besaß, korrumpiert. Und auch die Explosion in der Sekundäranlage war ein Geniestreich gewesen.

»Dann ist also nichts übrig?«, fragte Tanner leise.

Sie zuckte wieder mit den Schultern. »Es gab Ausdrucke von einigen Dateien, aber die enthielten nur wenig Information. Meistens Trainingsprotokolle, genetische Quellen und so weiter. Aber viele der Fotos sind für immer verloren. Das Council versucht immer noch, die Akten wieder zusammenzustellen.«

Tanner verzog die Lippen. »Wir wussten von der Explosion und dem Virus, aber wir hatten keine Ahnung, wie groß der Schaden war.«

»Natürlich wusstet ihr das.« Sie lächelte. »Aber ich habe deine Akte noch im Gedächtnis. Ich habe sie einige Male gelesen, nachdem du zum PR-Leiter in Sanctuary ernannt wurdest. Du und Cabal wurdet als Zwillinge geschaffen und nach dem ersten Jahr zu Trainingszwecken getrennt. Wenn ich richtig gelesen habe, war er bei der Ausbildung nicht so kooperativ wie du.«

Bei dem Gedanken, *wie* unkooperativ, wurde ihr schwer ums Herz. Cabal war in dem deutschen Labor, in dem er gefangen gehalten wurde, grausam misshandelt worden.

»Er war fast tot, als wir ihn fanden«, erzählte Tanner. »Was mich zu der Frage bringt, warum du jetzt nach ihm fragst. Dein Vater war Vorsitzender des Komitees, das über Leben und Tod entschied, Scheme. Seine Unterschrift stand auf Cabals Auslöschungsbefehl.«

»Aber nicht meine«, gab Scheme zu bedenken.

Von den Tötungsbefehlen, die in jenem Monat ausgegeben worden waren, hatte sie nichts gewusst. Andernfalls hätte sie dafür gesorgt, dass einer davon geschreddert wurde. Die vorgesehene Todesart war ganz besonders entsetzlich gewesen.

»Ich habe ihn in dieser Grube gefunden«, knurrte Tanner plötzlich. »Halb tot, umgeben von den Breeds, die mit ihm da hineingeworfen worden waren. Ihre Leichen verwesten bereits. Er war schon fast verblutet an den Wunden, die diese Messer ihm beigebracht hatten.«

Das Einzige, was Cabal gerettet hatte, war die Tatsache, dass die Soldaten zu viele Breeds auf einmal in die Grube geworfen hatten. Die glatten Steinwände waren präpariert gewesen mit tödlich scharfen Dolchen, die im Zufallsmuster zugestochen hatten. Dass er einem tödlichen Stoß entkommen konnte, hatte er seiner Ausbildung zu verdanken. Es war ihm gelungen, Zeitpunkt und Richtung jedes einzelnen Dolchstoßes vorauszuberechnen, während die anderen Breeds um ihn herum gestorben waren.

Ihr Vater war an der Konstruktion dieser Grube beteiligt gewesen. Ursprünglich war sie als Trainingsgerät eingesetzt worden. Die zufälligen Dolchstöße waren ein Mittel, um die Breeds zu trainieren und zu testen, inwieweit sie fähig waren, vorauszuahnen, wann und von wo die Gefahr drohte. Bei nur ein oder zwei Breeds gleichzeitig in der Grube richteten die Klingen nur wenig Schaden an. Doch nachdem man entschieden hatte, dass die Grube als Ausbildungsgerät ineffektiv war, wurde sie stattdessen als Mittel zum Massenmord eingesetzt. Dabei war sie dann ziemlich effektiv.

»Er hat überlebt«, erinnerte Scheme ihn und stählte sich gegen das Wissen um die grauenvollen Verbrechen, die gegen die Breeds begangen worden waren.

»Und jetzt fragst du nach ihm.« Tanner lehnte sich zurück, verschränkte die Arme und sah sie mit einem zornigen Funkeln an.

»Ich war nur neugierig. Ihr beide seid mittlerweile nur selten getrennt zu sehen.«

»Glaub mir, du willst lieber nichts über Cabal wissen, Scheme«, knurrte er schon fast. »Sein Hass auf deinen Vater ist tiefer als der der meisten Breeds. Er würde dir das Genick brechen, bevor ich ihn aufhalten könnte.«

»Er oder ein anderer, wo ist da der Unterschied?« Scheme stand vom Tisch auf, nahm Teller und Tasse und trug beides zum Spülbecken. »Vergiss, dass ich gefragt habe.«

»Bist du jetzt bereit, mir zu sagen, warum dein Vater deinen Tod wollte?«

Sie hatte gewusst, dass diese Frage wieder kommen würde.

»Ich nehme an, er glaubt, ich hätte ihn hintergangen. Normalerweise ist das der einzige Grund, weshalb er zu so extremen Mitteln greift.«

Während der Unterhaltung ließ sie ein Messer unbemerkt in ihre Hand hinter ihrem Rücken gleiten.

»Er hat mir nicht so viele Informationen anvertraut, wie die Breeds annehmen. Ich war nur ein sehr kleines Rädchen in der ganzen Organisation. Aber ich weiß genug, um unbequem für ihn zu werden, in Hinsicht auf einige Dinge, die in letzter Zeit passiert sind.«

»Nämlich?«

Scheme zuckte mit den Schultern und zwang sich zu einem spöttischen Lächeln. »Verschiedene Pläne, die er mit den Rassistengruppen geschmiedet hat, ein paar Berichte, die er über

Missionen von Sanctuary bekommt. Nichts allzu Belastendes, aber wie gesagt, unbequem.«

Und er konnte erkennen, dass sie log. Sie sah es in seinen Augen.

»Das hilft dir alles nicht.« Sein misstrauischer Blick aus schmalen goldenen Augen ruhte auf ihr, als er aufstand.

Scheme steckte das Messer in ihren Hosenbund und schob die Hände in die Hosentaschen. Er schenkte der Bewegung kaum Beachtung, als er vom Stuhl aufstand, sein Essgeschirr nahm und zum Spülbecken ging.

Verdammt, er musste sich wieder hinsetzen!

»Ich glaube, ich habe dir schon gesagt, dass ich deine Hilfe nicht brauche.« Aber das stimmte nicht. Sie brauchte seine Hilfe, seine Wärme, seine aufrichtige Leidenschaft für sie. Und das zerstörte sie.

Sie nahm den Kaffee, den sie auf den Tresen gestellt hatte, ging wieder zum Tisch. Sekunden später tat er das Gleiche.

Sie musste fliehen und Jonas so bald wie möglich kontaktieren. Sie musste weg von Tanner, bevor er ihre Seele stahl. Sie war verzweifelt, und plötzlich hatte sie mehr Angst vor sich selbst und ihren eigenen Gefühlen als vor dem Risiko, das sie einzugehen vorhatte.

Sie brauchte diese Fernbedienung, die Tanner bei sich hatte. Sie musste der Schlüssel nach draußen sein. Sie hatte jede Ecke, jeden Riss und jeden Spalt untersucht. Es musste eine versteckte Tür geben, die per Fernbedienung zu öffnen war.

Er sah sie immer noch an, und das Strahlen seiner grün gesprenkelten Augen war fast hypnotisierend. Der bengalische Tiger war der vielleicht gefährlichste aller Breeds, was auch der Grund war, warum nur so wenige gezüchtet worden waren. Sie waren von Natur aus täuschend träge und schienen sich leicht unterzuordnen. Es hatte Jahrzehnte gedauert, das Genmaterial der Tiger zu manipulieren, und die Wissenschaftler hatten früh gelernt, dass das Tier, ebenso wie der entsprechende Breed, nicht immer zuverlässig war. In dem Moment, wenn man dachte, man hätte ihn gezähmt, schlug er zu. Das machte die Tiger zu einer Bedrohung.

»Weißt du, wieso ich zum PR-Leiter in Sanctuary ernannt wurde?«, fragte er da.

Scheme verdrehte die Augen. »Du wurdest zum PR-Leiter ernannt, weil du aussiehst wie ein gefallener Engel und die passenden sozialen Umgangsformen hast. Man hält dich für den Inbegriff dessen, was die Breeds in Wahrheit sind: verspielt, treu sorgend und so bedrohlich wie ein Schoßkätzchen, das schnurrt, um Aufmerksamkeit zu bekommen.«

Seine Lippen verzogen sich zu einem belustigten Lächeln, als er die Arme auf den Tisch stützte und sich wieder vorbeugte.

»Das ist der Grund, den wir an die Öffentlichkeit dringen ließen«, meinte er leise. »Ich habe den Job aus ebendiesen Gründen angenommen – und aufgrund der Tatsache, dass mein Geruchssinn so hoch entwickelt ist, dass ich in einen Raum marschieren und der Menge alles sagen kann, was sie hören will, damit sie beruhigt ist. Ich kann mehr als nur eine Lüge wittern, Scheme. Ich kann die leiseste Täuschung wittern. Und ich weiß, dass du mich immer noch anlügst.«

Sie erwiderte seinen Blick schweigend und verfluchte ihre eigene Schwäche. Sie log nicht, genau genommen. Sie war nur nicht vollkommen aufrichtig.

»Glaubst du wirklich, ich gebe genug preis, damit ihr mich hängen könnt?« Und die Frage war absolut aufrichtig gemeint.

Er erwiderte ihren Blick eindringlich – so eindringlich, dass Scheme sich fragte, ob er in ihre Seele blicken konnte.

»Ich würde dich nicht hängen. Vertrau mir, Scheme. Lass

mich dir helfen«, bat er sie, und ihr Herz glaubte ihm. In ihrem Verstand allerdings schrillten die Alarmglocken. Sie hatte diese Worte schon einmal gehört, von Chaz. Er hatte geschworen, dass er sie beschützen würde, dass er sie liebte, dass sie sein Leben sei, seine Liebe und alles dazwischen. Doch bei Gott, stattdessen hatte er beinahe alles vernichtet, was sie war.

Sie musste hier weg und Jonas finden. Das war das Allerwichtigste, denn ihr Bedürfnis, Tanner zu vertrauen, würde ihre dringend notwendige Vorsicht bald aushebeln. Sie stand auf, ohne ihre Nervosität zu verbergen, und hoffte, betete, dass der Duft ihrer Erregung und ihrer Nervosität den Geruch des Messers hinter ihrem Rücken überdecken möge.

»Du bist ja sehr selbstsicher.« Ihre Stimme zitterte, als sie den Tisch umrundete.

»Ich bin sicher, dass ich in der Lage bin, dir zu helfen, wenn du mich nur lässt.« Er erwiderte ihren Blick, und seine Miene war plötzlich ernst, fast traurig. »Aber dafür müsstest du erst einmal an mich glauben, nicht wahr?«

»Ich brauche deine Hilfe nicht.« Ihre Finger wanderten seinen Arm hinauf, und er lehnte sich im Stuhl zurück und schloss die Augen, als sie mit den Fingern über seine Schultern strich bis zu seinem Hals. Ihr Herzschlag drohte sie zu ersticken, und plötzlich traten ihr Tränen in die Augen.

Sie senkte den Kopf an seinen Hals und drückte einen heißen Kuss auf seinen Puls, während sie das Messer aus dem Hosenbund holte. Ihre Hand zitterte, und eine Träne rann ihr über die Wange.

Sie musste es tun. Ihre Zunge kostete seinen Hals, und sie schauderte und ließ die Hand an ihre Seite gleiten, den Messergriff verzweifelt umklammert.

Er würde es überstehen. Breeds heilten erstaunlich schnell. Sie würde ihn nicht umbringen. Scheme wusste, wo sie ihn treffen musste. Ihr Vater hatte ihr beigebracht, wie man verwundete und wie man tötete. Sie konnte das. Locker.

Sie rang nach Atem und hob das Messer höher, während er entspannt vor ihr saß, die Arme auf den Tisch gestützt. Die perfekte Position. Das Messer würde ihn direkt unter den Rippen treffen, an der Milz vorbei. Er wäre außer Gefecht, bis sie seine Hände gefesselt und dann seine Wunde versorgt hätte. Er würde überleben.

Tu es, schrie sie sich selbst innerlich zu. *Jetzt.*

Ihre Hand zitterte.

Ihr stockte der Atem, und ein Schluchzen schnürte ihr die Kehle zu.

Sie hatte keine andere Wahl. Sie musste fliehen, und er hatte bereits bewiesen, dass er sie nicht einfach gehen lassen würde.

»Tu es, Scheme«, flüsterte er da leise. »Mach schnell, meine Schöne, bevor du die Nerven verlierst.«

Er wusste Bescheid! Sie wäre auf der Stelle erstarrt, hätte nicht ein Zittern ihren Leib erfasst und wäre das Schluchzen nicht endlich ihrer Kehle entschlüpft.

»Es ist ganz leicht.« Seine Stimme klang verblüffend zärtlich. »Das Messer, das du gewählt hast, ist perfekt. Aber wenn du weiter zögerst, werde ich noch ungeduldig.«

»Du Mistkerl!«, schrie sie und wich zurück, warf das Messer weg, und endlich flossen auch die Tränen, als sie von ihm weg stolperte.

Er senkte den Blick und schüttelte langsam den Kopf. Lässig stand er vom Tisch auf und drehte sich zu ihr um. Seine Miene war düster und traurig.

»Töten ist nicht so einfach, wenn man die Waffe selbst in Händen hält, nicht wahr?«, fragte er, und sein Tonfall war so verständnisvoll, dass es ihr unmöglich war, die Tränen zurückzuhalten. »Wenn du mich überzeugen willst, dass du eine Mörderin bist und all die Jahre kaltblütig mit deinem Vater zusammengearbeitet hast, dann musst du mir etwas Besseres bieten als das hier.«

Ein weiteres Aufschluchzen entfuhr ihr, als er auf sie zuging und sie ansah, mit Augen, so sanft und so gefühlvoll, dass in ihrer Seele etwas aufriss – eine Wunde, so tief und vernichtend, dass ihr die Knie weich wurden und sie weinend zu Boden sank.

»Du musst mich gehen lassen«, flehte sie weinend. »Lass mich hier weg, Tanner, bitte.« Denn wenn er es nicht tat, würde sie ihre Stärke verlieren, sie würde den dringenden Wunsch, ihm zu vertrauen, nicht mehr lange unterdrücken können.

Sollte er doch denken, dass es Platzangst war, damit konnte sie umgehen. Die Wahrheit konnte sie das Leben kosten, sie noch viel schneller in die Hände ihres Vaters zurückbringen, und der Tod, der sie dort erwartete, wäre kein leichter.

»Komm her.« Er kniete vor ihr nieder, hob sie auf und hielt sie an sich gedrückt, während er sie zur Couch trug. »Genau hierher.« Er setzte sie dort ab und öffnete dann den Laptop, an dem er gerade arbeitete. »Sieh dir das an, Scheme.«

Der Bildschirm erwachte zum Leben, mit sechs kleinen Fenstern, die darauf leuchteten.

»Das ist das Gebiet um meine Hütte herum, einige Meilen von hier entfernt.« Er zeigte auf vier der Fenster. »Was siehst du?«

Die Fenster zeigten Wärmebildaufnahmen, auf denen sich Gestalten bewegten, mit der Waffe im Anschlag.

»Das sind Soldaten des Councils, die nach mir suchen«, erklärte er. »Sie beobachten die Hütte seit Tagen, in der Hoffnung, dich zu finden. Aus Sanctuary kommen Berichte, dass von unserer Kommunikationsbasis aus mehrere Meldungen wegen dir und der Anweisungen, die von Sanctuary ausgegeben wurden, abgeschickt wurden. Dein Vater will dich so dringend in die Hände bekommen, dass er seinen Spion Überstunden machen lässt, um herauszufinden, ob die Breeds nach dir suchen oder ob sie dich haben.«

»Und warum sind sie hier?«

»Weil jeder Breed in Sanctuary wusste, dass ich auf der Jagd nach dir war. Sein Spion hätte das gewusst. Und sein Spion hätte ihn informiert, dass ich nicht im Lager bin. Nur sehr wenige Personen wissen, dass ich gerade Urlaub mache. Falls du hier rausspazierst, wird er dich finden. Er wird dich umbringen. Vertrau mir. Ich kann dich retten.«

Sie starrte auf den Computer und kämpfte gegen den Wunsch an, gegen die Worte, die ihr schon auf der Zunge lagen und die alles preisgeben würden.

»Er hat deinen Ex angeheuert, um dich zu töten, Scheme. Er hat dein Kind ermordet, bevor es je eine Chance auf Leben hatte. Willst du wirklich auch sterben?«, fragte er sanft.

Verzweifelt schüttelte sie den Kopf. Sie versuchte, sich selbst zu schützen. Oh Gott, sie wollte ihm vertrauen. Sie wollte ihm so gern vertrauen und wusste doch, dass sie das nicht durfte.

Sie legte eine Hand flach auf ihren Bauch, als sie sich ins Gedächtnis rief, warum. Sie war leer, ihr Leben war leer. Man hatte ihr das Kind aus dem Leib geschnitten und ihre Eileiter durchtrennt, während sie bewusstlos gewesen war. Sie würde nie wieder schwanger werden ohne die Erlaubnis des Generals. Und sie würde nie die Konsequenzen vergessen, falls doch.

Jonas hatte sie gewarnt, dass sie niemandem außer ihm vertrauen solle. Nicht einmal er könne sich für jeden Breed verbürgen, bis er sich der Identität des Spions in ihren Reihen sicher war. Das hatte sie ihm versprechen müssen. Er hatte sie schwören lassen. Wenn er selbst nicht für Tanner bürgen konnte, wie konnte sie dann sicher sein?

Weil du ihn liebst, wisperte ihr Herz.

Aber zuvor hatte sie schon einmal geliebt, erinnerte sie der finstere Teil ihrer Seele. Schon vergessen, wohin das geführt hatte?

»Nicht …« Sie schüttelte verzweifelt den Kopf. »Ich habe nicht, was du willst, Tanner. Ich kann dir keine Antworten geben.«

»Scheme, hilf mir, dich zu retten. Für uns beide.«

Sie sah ihm in die Augen, seine Züge verschwommen durch die Tränen, die ihr noch immer über die Wangen liefen. Warum konnte sie nicht zuschlagen? Sie hatte schon getötet, ungeachtet dessen, was er dachte. Einen Kojoten, der sie dabei erwischt hatte, wie sie einem anderen Breed zur Flucht verhalf. Einen Soldaten, der in ihr Zimmer geschlichen war, mit der Absicht, sie zu vergewaltigen. Das Messer war ihre bevorzugte Waffe, und sie wusste damit umzugehen. Verdammt, sie konnte töten und verwunden – warum konnte sie nicht bei diesem Mann zuschlagen?

»Es gibt keine Rettung für mich«, flüsterte sie schließlich und akzeptierte damit ihr Schicksal. »Um unser beider willen, Tanner, hör auf, es zu versuchen.«

14

Tanner seufzte müde, nahm Scheme in die Arme und zog sie sanft auf seinen Schoß. Sie lag in seinen Armen und versuchte krampfhaft, ihr Schluchzen unter Kontrolle zu bekommen, während ihre Tränen sein Hemd durchnässten.

Er war ein Risiko eingegangen, das war ihm klar. Die Gefahr, dass sie ihm dieses Messer in die Seite rammte, war hoch gewesen. Verdammt hoch. Er hätte auch auf dem Felsboden verbluten können, statt sie jetzt in die Arme zu nehmen und an seine Brust zu drücken.

Also, wieso lag er jetzt nicht in seiner eigenen Blutlache? Er war fast sicher gewesen, dass sie es versuchen würde. Was ihm allerdings Sorgen machte, war die Tatsache, dass er an diesem Punkt fast beschlossen hatte, sie gewähren zu lassen.

Sie musste ihm vertrauen. Die Zeit reichte nicht mehr, um ihr Vertrauen zu gewinnen oder auf das Beste zu hoffen. Ihm blieb nur noch wenig Zeit. Sogar noch weniger, falls Callan oder Jonas misstrauisch wurden und sich ausrechneten, wo die vermisste Generalstochter wirklich war. Über andere machte er sich keine Sorgen, aber Jonas war von Natur aus paranoid, und Callan, tja, verdammt, Callan kannte ihn einfach. Tanner zweifelte nicht daran, dass sein Rudelführer bereits vermutete, was er im Sinne hatte. Was Callan jedoch in dieser Sache unternehmen würde, konnte Tanner nur raten.

»Du hattest zuvor nie ein Problem damit, zu tun, was du tun musstest«, flüsterte er an ihrem Ohr. »Warum konntest du es diesmal nicht, Scheme?«

»Ich will nicht in dieser bescheuerten Höhle sterben.« Sie wollte sich von ihm losreißen.

»Hör auf, dich gegen mich zu wehren.« Er drückte sie noch enger an sich, umfasste ihren Kopf mit einer Hand und drückte ihn an seine Schulter. »Und hör auf, mich anzulügen.«

»Ich brauche es nicht, dass du mich im Arm hältst«, rief sie aus. »Ich bin kein Baby. Ich brauche keinen Trost von dir, sondern dass du mich gehen lässt.«

Sein Kiefer verkrampfte sich vor Anstrengung, seinen Frust zu unterdrücken.

»Hast du die Soldaten auf dem Monitor gesehen, Scheme? Was glaubst du, wen zur Hölle die suchen?«

»Na dich!«, kreischte sie. »Es ist doch deine bescheuerte Hütte, oder nicht?«

Darauf lachte er nur. »Komm schon, Baby, sogar das Council ist klüger. Die wissen, was es für ihre Sache bedeuten würde, wenn sie mich umbringen. Schaust du denn keine Nachrichten? Die Welt liebt mich. Der Protestschrei gegen das Council und diese Rassistengruppen wäre fürchterlich. Das würden sie nicht wagen. Diese Soldaten sind hier, weil sie vermuten, dass ich dich habe, und nicht, weil sie mich tot sehen wollen.«

Amüsant, das auch nur in Betracht zu ziehen. Wie oft hatte er sich schon über die Soldaten des Councils lustig gemacht, die ihn verfolgten, wann immer er Sanctuary verließ? Doch sosehr sie ihn auch hassten, sie konnten ihn nicht töten, und – noch wichtiger – sie konnten nicht zulassen, dass er starb. Nicht solange er der Liebling der Öffentlichkeit war.

Wieder wand sie sich in seinen Armen, ihr Atem stockte, und ihr offensichtlicher Kampf gegen die Tränen brach ihm das Herz. Ihr Duft, eine Mischung aus Schuld, Furcht, Schmerz und Sehnsucht, berührte ihn tief. Vor ihrer Entführung hatte er nicht vorausahnen können, wie sehr er für sie entbrennen und dass ihm zugleich das Herz brechen würde. Sie weckte Gefühle in ihm, die er nie zuvor gekannt hatte, und das jagte ihm eine Heidenangst ein, wenn er sich nur lange genug die Zeit nahm, um darüber nachzudenken.

Sachte knabberte er an ihrem Ohr. »Willst du wirklich, dass ich dich gehen lasse? Du hast Angst, Scheme. Ich kann dir diese Angst nehmen.«

Ein überraschtes, beinahe zynisches Lachen drang über ihre Lippen. »Bist du verrückt?«

»Mein Rudelführer sagt Ja.« Er zog sie in seinen Armen zurück, so wie am Tag zuvor. »Willst du seine Theorie auf die Probe stellen?«

Ihre schokoladenbraunen Augen waren fast schwarz, als sie ihn ansah, mit Verwirrung, Leidenschaft und Zorn im Blick. Ihre Hände packten seine Unterarme, und ihre Lippen öffneten sich gerade so weit, dass sein Schwanz als Reaktion darauf zuckte.

»Du bist eine Gefährdung für deine eigene Gesundheit«, stieß sie hervor. »Woher wusstest du, dass ich das Messer nicht benutzen würde?«

»Ich wusste es nicht«, gestand er mit einem kleinen Lächeln. »Ich glaube, ich habe sogar erwartet, dass du das durchziehst.«

Ihr Blick flackerte hitzig. »Warum wolltest du das zulassen, Tanner? Warum solltest du so etwas tun?«

Er streckte die Hand aus, strich mit dem Daumen über ihre Wange und wischte eine Träne weg, die er dann lange nachdenklich betrachtete. Wie sollte er ihr das erklären, wenn er es sich selbst nicht erklären konnte?

»Weil ich wissen musste, ob ich mehr für dich bin als nur dein Entführer.« Er sah ihr wieder in die Augen. »Denn du bist auf jeden Fall viel mehr für mich, als du je sein solltest, Scheme.«

Sie schluckte schwer, und ihr Blick wurde verschlossen.

»Das ist verrückt.«

»Stimmt«, gab er mit einem Lächeln zu. »Aber nicht verrückter als das hier.«

Er senkte den Kopf. Er musste ihre Lippen kosten, feucht von ihren Tränen. Der süßsalzige Geschmack stieg ihm zu Kopf wie eine Droge. Die Berührung ihrer Lippen war wie warmer Satin, ihre Zunge wie eine Berührung aus Feuer, die ihm Impulse reiner Lust durch den Leib jagte und seine Erektion noch härter und seine Hoden noch fester werden ließ.

Ihr Kuss setzte ihn in Brand, schneller und heißer als ein Vulkanausbruch. Es befand sich mitten in einem Inferno.

»Ich wurde jedes Mal schier verrückt, wenn ich sah, wie ein anderer Mann dich berührte«, grollte er an ihren Lippen, und seine Hand wanderte in ihr Haar, um ihren Kopf an Ort und Stelle zu halten, als sie überrascht die Augen aufriss.

»Jemand musste die Überwachungsbänder durchsehen.« Er knabberte an ihren Lippen. »Falls einer von euch in dem verdammten Bett übers Geschäft redet.« Er schnappte nach ihrer Unterlippe, zupfte daran und fuhr mit den Zähnen darüber, als sie ihn aus schmalen Augen ansah. »Es hat mich verrückt gemacht«, wiederholte er. »Jedes verdammte Mal war ich tagelang fuchsteufelswild.«

Ihre Lippen zitterten. »Warum hast du es dann gemacht?«

Er konnte nicht anders, als ihr Gesicht zu berühren und mit den Fingern über ihr zartes Kinn zu streicheln.

»Weil ich es nicht ertragen konnte, dass irgendjemand anders es tut.« Er hätte jeden anderen töten müssen, der es gewagt hätte, sie so anzuschauen. Nackt. Verletzbar. Auf der Suche nach etwas, das sie nie fand. Er hatte es in ihren Augen gesehen, dieses Gefühl der Unzufriedenheit, das Verlangen, so wie er es selbst auch in seiner Seele fühlte, bei jeder Frau, mit der er zusammen gewesen war.

»Warum macht dir das gar nichts aus?« Er wäre rasend vor Zorn gewesen, hätte er erfahren, dass seine Privatspäre derart verletzt worden war. Sie sollte ihm die Augen auskratzen, anstatt sich nur in seinen Armen zurückzulehnen und ihn anzustarren.

Obwohl ihr Zorn ohnehin nichts geändert hätte. Bei seinem Glück wäre er daraufhin nur noch schärfer geworden.

Sie verzog resigniert den Mund. »Weil du es niemand anderen hast sehen lassen.« Ihr Flüstern schnitt ihm ins Herz. »Und weil du derjenige warst.«

Zum ersten Mal wurde er stutzig. »Warum ist das wichtig, Scheme?«

Sie schüttelte langsam den Kopf und hob die Hand an seinen Hals. »Ich weiß nicht, warum es wichtig ist«, antwortete sie, und ihr Tonfall war so stoisch und traurig, dass es ihm einen Stich ins Herz versetzte. »Aber es ist so.«

Dann hob sie den Kopf, schnappte mit den Zähnen nach seiner Unterlippe und zupfte erotisch daran.

»Du hast gesagt, du hättest Listen gemacht?«, fragte sie dann.

Er grinste leicht. »Ich habe viele Listen gemacht, meine Schöne, und alle drehten sich darum, auf wie viele Arten ich dir Vergnügen bereiten will.«

»Dann bereite mir Vergnügen, Breed«, flüsterte sie leidenschaftlich. »Zeig mir alles, was mir gefehlt hat.«

Es klang nach Herausforderung, nach dreister Provokation. Aber er hörte die Verzweiflung in ihrer Stimme und sah sie in ihren Augen. Sie brauchte es so sehr, wie er es brauchte, sich selbst in der Lust und der Hitze zu verlieren, die mit jeder Berührung zwischen ihnen geschürt wurde.

Tanner hob sie in seine Arme und trug sie zum Bett, ohne den Blick von ihr abzuwenden, all seine Sinne allein auf sie konzentriert.

Sie war verwirrt und verzweifelt. Er konnte den Schmerz fühlen, der in ihr tobte, das Bedürfnis, das Feuer zu verstehen, das so rasch zwischen ihnen aufloderte.

Warum war sie nicht seine Gefährtin?

Tanner legte sie aufs Bett und sah sie an, prägte sich ihre Züge ein: die weiche blasse Haut ihres Gesichtes, ihre schokoladenbraunen Augen. Das schwarze Haar war wie ein Fächer um sie herum ausgebreitet, der violette Samtstoff ihrer Kleidung schmiegte sich an ihren Körper.

Sie wäre die perfekte Gefährtin gewesen. Eigensinnig, leidenschaftlich, mit Durchhaltevermögen und Überlebenswillen. Sie hätte seine Gefährtin sein müssen.

Und sie *würde* seine Gefährtin sein. Zum Teufel mit der Forschung und den verdammten Wissenschaftlern in Sanctuary. Sie gehörte ihm, egal, was Mutter Natur oder irgendwelche Bluttests sagten. Er würde sein Leben opfern, um sie zu schützen.

»Zieh die Sachen aus. Langsam«, befahl er, und seine Stimme klang heiser, so stark war sein Verlangen.

Ihre Hände glitten an den Gummibund ihrer Hose, bevor sie die Hüften hob, um den Stoff über ihre sinnlichen Kurven zu schieben.

Ihr seidig-glatter Bauch kam zum Vorschein, leicht gerundet und weich. Zum Küssen. Dann wohlgeformte gebräunte Oberschenkel und die glitzernde Rundung ihres Venushügels. Und diese feuchte, unter krausen Löckchen verborgene Haut war mehr als nur zum Küssen. Sie war zum Auffressen.

»Du hast die verdammt hübscheste Muschi, die ich je zu Gesicht bekommen habe«, sagte er und seufzte, als sie schließlich die weiche Hose ganz von den Füßen kickte. »Ich könnte Stunden damit verbringen, dich zu lecken.«

Er warf ihr einen kurzen Blick zu, gerade im rechten Moment, um die Antwort in ihren Augen aufflackern zu sehen.

»Das hat er nie für dich getan, oder, Süße?« Seine Finger glitten an die Knöpfe seines Hemdes, während sie den Saum ihres Shirts griff. »St. Marks wusste diese hübsche Muschi gar nicht zu schätzen. Er hatte nicht mehr als ein kurzes Lecken und ein Versprechen für sie übrig, oder?«

Sein Hemd fiel zu Boden, und seine Hände glitten an seinen Gürtel.

»Du hast zugesehen«, flüsterte sie. »Was denkst du?«

»Ich denke nicht, Baby, ich *weiß*, dass er nicht zu schätzen wusste, was er hatte«, grollte Tanner.

Er hatte sich diese Überwachungsvideos angesehen. St. Marks hatte nicht gewusst, was er mit einer Frau anstellen sollte, für die Sex mehr war als nur eine juckende Stelle, die man kratzte.

Das Shirt entblößte ihre prallen Brüste und wurde dann über ihren Kopf gezogen. Ihre Augen schimmerten dunkel und verlangend, ihr Gesicht war vor Erregung gerötet – beinahe so sehr wie die prallen Lippen ihrer feuchten Spalte.

Er schälte sich aus den Jeans und zog dann die Socken aus. Währenddessen ließ er sie keine Sekunde aus den Augen. Er fragte sich, ob er sie je lange genug betrachten, sie lange genug anstarren konnte, um nicht jedes Mal wieder vollkommen überrascht zu sein, weil er etwas entdeckte, was ihm zuvor nicht aufgefallen war. Wie zum Beispiel den seidigen Schimmer an der Unterseite ihrer Brüste. Die reifen Kurven, nicht zu füllig, aber auch nicht wirklich schmal. Süße kleine Unterschiede, die sie in jeder Hinsicht als erwachsene Frau kennzeichneten.

»Willst du jetzt auch irgendwas tun oder dich nur zu Tode grübeln?«

Sie war ungeduldig beim Sex. Das war eines der Dinge, die er durch diese Überwachungsvideos erfahren hatte. Doch andererseits hatte St. Marks sich auch nicht gerade übermäßig angestrengt, ihr Interesse wachzuhalten.

»Darüber muss ich nicht nachdenken.« Er streckte die Hände nach ihrem Oberschenkel aus und ließ seine Finger in die weiche Nässe zwischen ihren Beinen gleiten.

Dort strich er mit dem Daumen über ihre pralle Klitoris, die vorwitzig hervorlugte. Sie zitterte unter seiner Berührung, und sein Glied zuckte.

»Ich kann es kaum erwarten, dich wieder mit meinen Lippen zu genießen. Ich will dich noch lieber vernaschen als atmen.«

Sie spreizte die Beine etwas weiter, als er die Finger wegzog und aufs Bett kam. Letzte Nacht war er hart und grob gewesen. Diesmal wollte er sich Zeit lassen und sie so oft zum Höhepunkt bringen, dass sie sich schließlich zitternd in einem nie endenden Orgasmus widerfand.

»Das Erste auf meiner Liste war, dass ich an meiner Zunge spüren will, wie du kommst«, sagte er grollend, schob seine Beine zwischen ihre Schenkel und beugte sich über sie. »Und das war gut, Scheme. Das war wirklich gut.«

Er sah ihr in die Augen, als er sich ihrem Mund näherte und an ihren Lippen knabberte, während ihre Finger zögernd an seine Schultern wanderten. Ihre Berührungen waren immer zögerlich, als wäre sie nicht sicher, ob sie ihn überhaupt berühren sollte.

Doch, oh ja, das sollte sie, auf jeden Fall.

»Komm her, Süße.« Er rollte sich auf den Rücken, zog sie dabei mit sich und grinste zu ihr auf, als sie ihn geschockt anstarrte. »Ich gehöre ganz dir«, versprach er und half ihr auf die Knie, bevor er seinen Kopf zwischen ihre Beine schob. »Und du gehörst ganz mir.«

»Tanner, das funktioniert nicht.« Anders, als er erwartet hatte, beugte sie sich nicht nach vorn.

Seine Hände glitten außen an ihren Oberschenkeln nach oben, und er drehte den Kopf und drückte ihr einen Kuss auf die Stelle über dem Knie.

»Haben wir es denn schon einmal probiert?« Er schrammte mit den Zähnen über ihren Schenkel und grinste, als an der Stelle ein Zittern ihre Haut überlief.

»Ich mag diese Stellung nicht.« Ihre Stimme klang rauchig und atemlos.

»Haben wir sie denn schon einmal probiert?«, fragte er wieder und kniff sie mit den Zähnen fest genug in den Oberschenkel, um sie aufstöhnen zu lassen.

Oh ja, das gefiel ihr. Er strich über die Seite des anderen Beins. Ihre Hände legten sich flach auf seinen Bauch.

»Ich habe das schon einmal gemacht«, keuchte sie. »Es hat mir nicht gefallen.«

»Hmm.« Ja, daran erinnerte er sich. Der Anblick hatte ihm damals nicht so viel ausgemacht, weil er ihre Augen beobachtet hatte. St. Marks war mehr als erfolglos gewesen. »Vielleicht gefällt es dir mit einem Profi besser.«

Tanner hob den Kopf und fuhr mit seiner Zunge über die feuchte Spalte direkt über seinem Kopf. Er strich über ihre empfindsame Haut, bevor er leise schnurrend ihre Klitoris umkreiste.

Sie zuckte, und ein Keuchen entschlüpfte ihren Lippen, während er mit den Fingernägeln über die Außenseite ihrer Oberschenkel fuhr.

»Ich kann das nicht«, stöhnte sie auf, als er ihre Schenkel packte und sie wieder mit der Zungenspitze liebkoste.

»Warum nicht, Baby?« Das Schnurren schwang weiterhin in seiner Stimme mit. Verdammt, der Laut gefiel ihr – oder die Berührung seiner Zunge, denn sie wurde noch um einiges feuchter.

Versuchsweise gab er noch ein Schnurren von sich, diesmal ohne Worte. Nur ein langes gedehntes Schnurren, als er seinen Mund auf ihre prallen Schamlippen drückte.

»Oh mein Gott, Tanner.« Sie schwankte, beugte sich vor, und ihr Kopf sank auf seinen Oberschenkel, während ihr Haar über sein Glied und seine Hoden floss. Und oh ja, das gefiel ihm, beinahe so gut wie das Gefühl ihres heißen Atems auf seiner Haut.

»Sicher, dass du das nicht magst, meine Schöne?«, schnurrte er wieder, direkt über ihrem Lustknopf, und wurde dafür mit dem hübschesten Anblick der Welt belohnt: ein kleiner sexy Tropfen ihres süßen Saftes, den er mit der Zunge auffing.

Aber Scheme, seine süße kleine Intrigantin, hatte ihre ganz eigene Art, ihn zu foltern. Ihre Nägel gruben sich scharf in seine Schenkel, als sie den Kopf hob und ihr Haar zurückwarf, sodass es wie Seide über ihre Schulter und seine Oberschenkel glitt. Ihr warmer Atem strich über seine empfindsame Eichel.

Oh, war das gut! Seine Hüften zuckten hoch, und ein tiefes Stöhnen drang über seine Lippen. Aber das hielt seine Zunge nicht auf. Neckend ließ er sie über ihre Spalte tanzen und fing die süßen Tropfen ihres Sirups auf, die sich auf ihrer Haut bildeten.

»Mmm. Süß.« Er saugte ihre Haut zwischen seine Lippen und leckte ihre Nässe auf, bevor er die Zunge wieder schnurrend um ihre Klitoris kreisen ließ und nach mehr von ihrem süßen Saft suchte.

Und oh ja, er wurde fündig. Tautropfen. Süßer weiblicher Honigtau.

Er lächelte und leckte sie. Schnurrte, hauchte ein Grollen auf ihre Haut und nutzte seine Chance, mehr Ambrosia zu naschen, als die Tautropfen sich mehrten.

Köstlich.

Grrr.

Sie explodierte.

Scheme bäumte sich auf, und ein gedämpfter Schrei drang aus ihrer Kehle, als ein Orgasmus wie mit Flammenzungen jeden Muskel ihres Körpers in Brand setzte.

»Verdammt!« Sie zitterte, und ihre Schenkel hielten seinen Kopf umklammert. Oh Gott, sie musste ihn einfach festhalten, während ihre Hüften sich vor und zurück bewegten und ihre feuchte Haut voll Verzückung an seinen Lippen und seiner Zunge rieb, um den Nachhall ihrer Lust in ihrer Klitoris, ihrer Vagina, ihrem ganzen Unterleib auszukosten.

Oh, war das gut! Nichts war je so gut gewesen. Und diese Stellung war nie auch nur annähernd gut gewesen – bei Weitem nicht.

Er lachte leise, als er mit den Händen ihre Schenkel auseinanderdrückte.

»Kannst du da mithalten, meine kleine Verschwörerin?« Seine Stimme klang herausfordernd. »Oder bin ich besser als du?«

Besser als sie? Er war besser als ihre Tagträume, besser als ihr Vibrator. Hölle, ja, er war besser als sie.

Aber das hieß nicht, dass sie nicht mithalten konnte oder dass sie nicht auch ein paar Tricks auf Lager hatte.

Scheme erschauerte, als sie sein verdammtes Schnurren wieder hörte. Es würde ihr noch den Verstand rauben. Sie hielt das nicht aus.

Zitternd beugte sie sich vor und schauderte, als seine Zunge erneut über ihre feuchte Haut leckte. Noch nie in ihrem Leben war sie so feucht gewesen oder so begierig auf die sinnlichen Gefühle, die nun in ihr aufstiegen.

Diese Stellung war immer mehr als unbequem gewesen. Bis jetzt. Jetzt verspürte sie keine Anspannung wegen der Erwartungshaltung des Kerls unter ihr, sondern nur Lust und die

Entschlossenheit, so viel zu geben, wie sie selbst bekam. Oder zumindest wollte sie es versuchen.

Sein kräftiger Schaft reichte bis zum Bauchnabel, pulsierte und pochte, die Eichel feucht von seinem Vorsamen, als Scheme seine Erektion umfing und den Kopf senkte.

Sie hatte keine Chance, bei ihm mitzuhalten, aber anders als bei ihrer früheren Erfahrung mit dieser Stellung war es ihr ziemlich egal. Die Flammen, die über ihren Körper leckten, überstimmten ihren Sinn für Fairness. Wenn er ebenso viel haben wollte, wie er gab, dann dürfte er sie nicht berühren, solange sie ihn verwöhnte, denn seine Berührung war zerstörerisch.

Aber sie konnte ihn kosten. Sie würde sich dem Genuss vollkommen hingeben, den er ihr bereitete, und in die Sinnlichkeit eintauchen, die in ihr aufstieg. Ihre Begierde trieb sie so drängend an, dass sie sich nicht dagegen wehren konnte.

Ihre Lippen umschlossen seine Eichel, saugten sie ein und kosteten seine Wildheit in der feuchten Essenz, die seine feste und zugleich satinweiche Haut bedeckte. Sie fühlte seine Lust, seine Begierde in dem harten Pulsieren des Blutes unter seiner erhitzten Haut und in dem heftigen Grollen, das an ihrem Unterleib vibrierte.

Die Gefühle, die der Laut in ihr auslöste, ließen sie zusammenzucken und keuchend nach Luft schnappen. Sie senkte die Hüften weiter, und ihr Körper verlangte nach mehr, immer mehr.

Seine Zunge spielte mit ihr, leckte über ihre Haut, heiß wie Feuer. Sie keuchte, als sie versuchte – sie versuchte es wirklich –, ihm die gleiche Lust zu bereiten, seinen Schwanz zu verwöhnen, ihn in ihren Mund zu saugen und seine Beherrschung ebenso sehr auf die Probe zu stellen wie er ihre.

Doch er berührte sie, naschte von ihr mit gierigen Lippen und seiner geschickten Zunge, bis sie über ihm erzitterte und dann so heftig kam, dass sich ihr Rücken durchbog und sich ein Schrei ihrer Kehle entrang.

Er schien kein Ende zu nehmen, zuckte hin und her von einer Nervenbahn zur anderen, von Zelle zu Zelle, bis sie sich ganz plötzlich nicht mehr über ihm, sondern unter ihm wiederfand.

»Ich kann nicht mithalten«, rief sie aus und klammerte sich an seine Schultern. Sie starrte ihn an, enttäuscht über sich selbst, darüber, dass sie ihm so wenig Befriedigung verschafft hatte.

Ein Lächeln spielte um seinen angespannten beherrschten Mund.

»Süße, wenn du das könntest, dann würde ich meinen Job nicht richtig machen.« Seine weißen Zähne blitzten sündig auf, unmittelbar bevor er sich zwischen ihre Beine schob und tief in sie eindrang.

Ihre Sicht verschwamm, und ihr stockte der Atem. Oh Gott, war das gut! Wie er sie ausfüllte, sich langsam in sie schob, das empfindsame Gewebe ihrer Vagina dehnte und dabei auf verborgene Nervenenden und erogene Zonen stieß. Von der Existenz dieser hochempfindlichen Stellen hatte sie bislang nichts geahnt. Er strich darüber, rein und wieder raus, vor und zurück, bewegte die Hüften über ihr, bis er sie vollständig ausfüllte und sie unter ihm zitterte.

»Gott, du bist wunderschön«, flüsterte er, und seine Stimme klang heiser und voll Begierde. »So wunderschön, dass du einem Mann den Atem raubst, Scheme.«

Sie war so kurz davor. Ihr Orgasmus war gerade noch so außer Reichweite, und sie verspürte das verzweifelte Verlangen, sich endlich darin zu verlieren.

»Das ist es«, stöhnte er, stützte sein Gewicht über ihr auf den Ellbogen ab und legte seine Hände um ihren Kopf, während sie ihn an den Hüften packte. »Das gefällt mir, Scheme. Das gefällt mir sehr.«

»Du machst mich fertig«, wimmerte sie. »Hör auf, mit mir zu spielen.«

»Ein wenig Spielen ist gut, meine Schöne.« Er senkte den Kopf und zupfte mit den Lippen an einem ihrer harten Nippel, während seine Hüften sich bewegten und die Reibung seiner Eichel in ihr kleine Schauer des nahenden Orgasmus auslösten.

»Nicht so.« Die Lust brachte sie um den Verstand.

Scheme zuckte unter ihm, als feurige Hitze über ihre Haut leckte, die so empfindsam war, dass die Lustschauer sie bis ins Innerste erschütterten.

»Genau so, Süße.« Langsam ließ er die Hüften kreisen. »Entspann dich für mich. Du musst gar nichts tun. Du musst nicht denken. Nur genießen.«

Sie erwiderte seinen Blick und schnappte nach Luft. Irgendetwas musste man doch immer tun. Sie schüttelte verneinend den Kopf und kämpfte um genug Beherrschung, um etwas, irgendetwas zu tun, um sich zu revanchieren.

»Wenn ich in dir bin, versinke ich in reiner Lust«, raunte er und hob den Kopf. Seine Augen schimmerten in so tiefem glänzendem Gold, dass ihr die Luft wegblieb. »Es ist pure heiße Empfindung, die mir den Verstand raubt.«

Lust, Wonne und so viel mehr spiegelten sich in den erhitzten Tiefen und erschreckten sie mit dem drängenden Wunsch, darauf zu reagieren und ihm alles in sich, alles von sich zu geben.

»Lass mich dir zeigen, was wahres Vergnügen ist, Scheme.« Sanft küsste er ihre Lippen. »Schließ nur die Augen. Schließ die Augen, und lass mich dir zeigen, wie gut es sein kann.«

Ihre Wimpern senkten sich flatternd, bevor sie die Augen wieder aufriss. Sie war dabei, ihm zu vertrauen. Doch das war gefährlich.

Ein leises Auflachen drang über seine Lippen, als seine Finger durch ihr Haar wanderten.

»Trau dich.«

»Was?« Sie konnte ihm kaum folgen, kaum noch denken.

»Trau dich, die Augen zu schließen. Leg dich nur zurück, und spüre, wie ich dich nehme. Keine Verantwortung, Scheme. Kein Grund, zu denken. Fühle mit mir. Fühle dich gut für mich, meine Schöne.«

Er drückte seinen Mund auf ihren, seine Zunge strich über ihre Lippen, glitt hinein und brach ihren letzten Rest Widerstand, als sie die Nägel in seine Haut grub und seine Hüften sich zu bewegen begannen.

Sich gut fühlen war keine angemessene Beschreibung für die Empfindungen, die sie jetzt überrollten. Mit jedem Stoß seiner Erektion erfüllte er sie mit einer irrsinnigen Ekstase, mit vernichtender Lust. Einer Lust, die sie verfolgen und quälen würde, noch über den Tod hinaus.

»So ist es gut, meine Süße.« Er löste seine Lippen von ihrem Mund, als sie aufstöhnte und kleine Schreie der Lust ausstieß. »Du bist so süß und eng. So heiß. Ich könnte auf ewig in dir sein.«

Sie hob ihm die Hüfte entgegen und fand einen Rhythmus, der sich seinem anpasste und die Ekstase steigerte, die sich derart zerstörerisch in ihr aufbaute, dass sie nicht einfach still liegen bleiben konnte.

Und doch konnte sie nicht mithalten. Seine Bewegungen veränderten sich, wurden mal schneller, dann wieder langsamer. Schweiß lief ihr in kleinen Rinnsalen über den Körper, sodass Tanners Körper sanft über ihre empfindsame Haut glitt, während sein Schwanz zugleich hart und tief in sie hineinstieß.

Sie würde sterben. Es war einfach zu viel. Zu viel der Wonne. Zu viele Empfindungen. Sie musste sich ein wenig zurückhalten, sie brauchte wenigstens ein Mindestmaß an Kontrolle. Nur ein wenig.

»Oh nein, das lässt du schön bleiben.« Ein ungezähmtes Knurren drang über seine Lippen. »Wage es nicht, dich zu beherrschen, Scheme. Gib es mir zurück.«

Seine Stöße veränderten sich. Seine Lippen zupften an ihren. Seine Hände krallten sich in ihr Haar, und er fing an, sie härter und tiefer zu nehmen. Mit kraftvollen Stößen glitt sein Schwanz heraus und drang wieder in sie ein, sie streichelten sie und brannten in ihr. Jeder Stoß trieb sie noch höher und schleuderte sie in ein Chaos aus Empfindungen, die schließlich, endlich, in einen Orgasmus mündeten, so heftig, dass es keine Kontrolle, keine Hemmungen mehr gab. Sie war hilflos inmitten eines Infernos aus tobenden sengenden Gefühlen.

Als sie unter ihm zusammenbrach, spürte sie einen letzten kraftvollen Stoß, bevor Tanner sich anspannte und so tief in sie eindrang, dass sie überzeugt war, dass er damit ihre Seele durchbohrt hatte. Und dann spürte sie seine Erlösung nass und heiß in sich, seinen pulsierenden Schwanz, als er kam.

In dem Moment wusste sie, sie würde nie wieder frei von ihm sein. Lebend oder tot, die Sehnsucht nach dieser Lust würde ihr folgen. Ihr Verlangen nach diesem Mann würde sie bis in alle Ewigkeit verfolgen.

Scheme versuchte gerade, sich daran zu erinnern, wie man atmete, ohne zu keuchen, als Tanner sich neben sie rollte und sie an sich drückte. Auch er atmete schwer, sein Brustkorb hob und senkte sich in schnellem Rhythmus. Er vergrub seinen Kopf in ihrem Haar und knabberte spielerisch an ihrer Schulter.

»Das nächste Mal, wenn du mich mit einem Messer bedrohst, versohle ich dir den Hintern«, keuchte er.

»Erinnere mich daran, es beim nächsten Mal auch zu benutzen.« Ein Lächeln spielte um ihre Lippen, als er wieder an ihr knabberte.

»Erinnere mich daran, die Messer zu verstecken«, schnaubte er.

Scheme schüttelte leise lachend den Kopf und ließ die Hand an ihren Bauch gleiten, fühlte die Wärme, die sie dort unter ihrer Haut spüren konnte. In ihrer Gebärmutter. Sie streichelte darüber, und Bitterkeit schlich sich in ihre Seele bei dem Gedanken daran, was sie verloren hatte, als sie sich das letzte Mal gestattet hatte, an einen Mann zu glauben. Sie rief sich ins Gedächtnis, was sie noch alles verlieren könnte, wenn sie sich gestattete, nun an diesen Mann zu glauben.

15

Tanner war verschwunden, genau zur rechten Zeit. Mit einem Mann zu schlafen, half einem dabei, die seltsamsten Dinge über ihn herauszufinden. Zum Beispiel wie empfänglich er auf einen reagierte, sogar im Schlaf. Zugleich aber auch, wie empfänglich eine Frau für einen Mann wurde, und sei es nur unbewusst.

Sie musste nicht ganz aufwachen, um zu bemerken, wann er das Bett verließ, und nach ein paar Tagen fiel es ihr auch auf, wenn er den Raum verließ.

Als er am nächsten Morgen aus dem Bett schlüpfte, spürte sie seine Bewegung. Sie schlief mehr, als dass sie wach war, als die Lichter vor ihren geschlossenen Augen aufflammten und dann ebenso abrupt wieder dunkel wurden.

Er war nicht aufgestanden, um Frühstück zu machen.

Nach den erotischen Höhen, in die er sie getrieben hatte, war sie in tiefen Schlaf gesunken, und es fiel ihr nicht leicht, daraus wieder aufzutauchen – besonders weil er es fühlen würde, wenn sie aufwachte.

Also döste sie vor sich hin, so wie in den Jahren, die sie auf dem Anwesen ihres Vaters gelebt hatte. Dort patrouillierten Kojoten auf dem Gelände, und die Strafen ihres Vaters waren brutal, wenn sie nach dem Löschen der Lichter herumschlich.

Sie hatte die Patrouillengänge der Kojoten zeitlich abgepasst und gelernt, sie auszutricksen. Das Gehirn konnte erstaunliche Dinge vollbringen, wenn es sein musste. Sie hatte gelernt, sich in einen Zustand zwischen Schlaf und Bewusstsein zu versetzen, in dem ihr Verstand jede Bewegung, jedes Geräusch und jeden Geruch um sie herum registrierte.

Menschen waren absolut imstande, eine gewisse animalische Wachsamkeit zu entwickeln. Sie konnte Tanners Schritte hören. Sie hatte keine Ahnung, welchen Tunnel er genommen hatte, aber mehrere lange Minuten, nachdem er sich angezogen und den Raum verlassen hatte, hörte sie, wie Stein auf Stein schabte. Nur schwach. Das Geräusch war so leise, dass ihr Verstand wertvolle Sekunden brauchte, um es zu identifizieren, und sogar noch länger, bis sie sich zwingen konnte, aufzuwachen.

Sie schlüpfte aus dem Bett und blinzelte, als die Lichter um sie herum aufflammten, während sie ihre Kleider vom Boden aufsammelte.

Die Samthose lag auf der anderen Seite des Nachttisches, das Top am Fußende des Bettes. Eine Socke lag unter dem Bett, und die Suche nach der anderen ließ sie frustriert die Zähne zusammenbeißen, bis sie sie am Fußende der Matratze eingeklemmt fand.

Tanner sollte wirklich sorgfältiger mit ihrer Kleidung umgehen.

Sie zog die Socken über die Füße und marschierte in die Tunnel. Ein Lächeln spielte um ihre Lippen, als sie fand, wonach sie suchte.

Tanner war definitiv ein Breed, aber er hatte eine wesentliche Regel vergessen: Halte immer Ausschau nach Anomalien. Tanner hatte eine übersehen: die ganz dünne Schicht loser Erde auf dem Boden.

Und jetzt entdeckte sie auch ganz schwache Fußabdrücke, so schwach, dass sie sie übersehen hätte, hätte sie nicht am Tag zuvor die kleine Taschenlampe gefunden, die im Lagerraum versteckt lag.

Sie hatte Tage damit verbracht, an den Tunneln zu arbeiten, feste Erde abzubröckeln und hier und da zu verstreuen, immer nur in einem Tunnel, und dann nach Fußabdrücken zu suchen.

Tag zwei – und bingo! Das Glück war ihr hold.

Heute war der Tag ihrer Flucht, sagte sie sich. Heute würde sie um jeden Preis von hier verschwinden und ein Telefon ausfindig machen. Jonas würde inzwischen auf ihren Anruf warten und wissen, dass etwas verdammt schiefgelaufen war.

Sie schob die Trauer beiseite, die der Gedanke, Tanner zu verlassen, in ihr auslöste. Besonders auf diese Weise. Aber sie musste Jonas finden, damit der ihre Informationen bekam. Danach würde sie sich mit Tanner befassen. Eins nach dem anderen. Sie konnte nicht so leicht Vertrauen entwickeln. Sie ließ einfach nicht zu, dass sie ihm so einfach vertraute.

Wenn sie erst aus den Höhlen heraus war, konnte sie sich orientieren und den Kojoten aus dem Weg gehen. Sie trieben sich in der Gegend um die Hütte herum, und das Gebiet, in dem sich die Hütte befand, hatte Scheme jahrelang gründlich studiert. Die Höhlen mussten etwas weiter von der Hütte entfernt sein, denn Tanner brauchte viel zu lange, um von seinen Ausflügen außerhalb der Höhlen zurückzukehren.

Und falls nicht … Scheme holte tief Luft. Dieses Problem würde sie lösen, sobald sie sich orientiert und herausgefunden hatte, wo genau sie sich befand.

Sie biss sich auf die Lippe und folgte der Spur, so schwach sie auch war. Mehr als einmal verlor sie sie beinahe, und jedes Mal rutschte ihr das Herz vor Angst in die Hose.

Sie musste hier raus und Jonas finden, denn sie war ziemlich am Ende, was Tanner anging. Sie konnte es fühlen. Es fehlte nicht mehr viel, und sie würde ihm alles geben, was er wollte, wie auch immer er es wollte. Und damit würde sie alles riskieren.

Sie war dabei, sich in ihn zu verlieben.

Diese Tatsache zu akzeptieren war eines der schwierigsten Dinge, die sie je getan hatte. Denn es fühlte sich anders an als ihre Liebe zu Chaz. Mit Chaz hatte immer etwas gefehlt, etwas in ihr war nicht ganz vollständig gewesen.

Bei Tanner fehlte gar nichts, und das jagte ihr Angst ein. Hätte er den Sex dazu benutzt, sie auszufragen, dann hätte sie nachgegeben. Sie wäre eingeknickt und hätte ihm alles erzählt, was er wissen wollte.

Er hätte lediglich einen Orgasmus zurückhalten müssen, sie zappeln lassen und dann irgendeine Frage stellen. Die Leben, die sie dann verraten hätte, wären für immer verloren gewesen, wegen ihrer Schwäche.

Ihr Vater hatte recht gehabt, als er sie das letzte Mal lebendig begraben hatte. Sie war zu schwach, um zu leben. Zu schwach, um in der Welt zu bestehen, in die sie hineingeboren wurde.

Scheme stieß müde die Luft aus und hielt den Blick auf die schwachen Abdrücke von Tanners Wanderstiefeln gerichtet, bis die sich drehten und direkt vor der Felswand aufhörten.

Sie kniff die Augen zu schmalen Schlitzen zusammen. Er konnte doch nicht durch Wände gehen, verdammt!

Sie streckte die Hände aus und fuhr über den Fels. Dann runzelte sie die Stirn. Die Wand sah aus wie Stein und fühlte sich auch fast so an, aber etwas war anders. Sie ließ die Hände von einer Seite zur anderen gleiten und fand schließlich die kleine Mulde an einer Seite. Sie hakte die Finger dort ein, zog daran und war überrascht, ein leises Schaben zu hören, als eine mit Stein verkleidete Tür aufging.

Das war das schabende Geräusch, das sie gehört hatte, als er gegangen war. Eine künstliche Öffnung im Fels, die sie vorher nicht hatte finden können. Sie war schmal und niedrig, kaum einen Meter siebzig hoch und vielleicht einen Meter breit.

Tanner würde sich ducken und seitlich drehen müssen, um hindurchzupassen, aber das wäre kein Problem für ihn.

Sie hielt inne. Sie wusste, dass sie irgendwo auf der anderen Seite einen Ausgang finden würde, und sie musste sich zwingen weiterzugehen, einen Fuß vor den anderen zu setzen. Mit aufeinandergepressten Lippen trat sie in den nächsten Tunnel.

Bedauern zehrte an ihr, ein Gefühl von Verlust. Hatte sie sich jemals so sicher und geborgen gefühlt wie in diesen Höhlen mit Tanner?

Sie wusste, dass die Antwort darauf Nein war. In seinen Armen, dort unten, hatte sie einen sicheren Hafen gefunden, und es fiel ihr überraschend schwer, den jetzt zu verlassen.

Sie fühlte sich, als würde sie Tanner damit loslassen, als hätte sie ihn verraten, indem sie die versteckte Tür gefunden hatte, als hätte sie ihm nicht vertraut.

Scheme schüttelte den Kopf. Es kostete sie Überwindung, weiterzugehen. Sie hinterging ihn nicht, mahnte sie sich. Sie schützte ihn. Wenn er nicht der Spion war, dann schützte sie damit seine Familie und seinen Rudelneffen. Sie hinterging damit niemanden außer Cyrus Tallant, und Gott wusste, dass er ihren Verrat verdient hatte.

Sie legte die Hand flach auf ihren Bauch. Sie spürte ein leichtes Brennen dort, eine Wärme, die sich schon gestern langsam bemerkbar gemacht hatte und offenbar nicht mehr verschwinden wollte.

Natürlich, Tanner und sie hatten es getrieben wie die Karnickel, das könnte es erklären. Ihr Körper war nicht gewöhnt an diese heftigen Stöße, die er empfangen hatte, an die Stöße, die er liebte, ersehnte – und brauchte.

Ein bitteres Lächeln lag auf ihren Lippen. Sie hatte nie zuvor eine solche Befriedigung erfahren, wie sie sie mit Tanner gefunden hatte – stürmisch, heiß wie die Hölle und alles verschlingend. Sie hatte nicht nur Sex mit ihm gehabt. Sie hatte nicht nur mit ihm geschlafen. Sie hatte ihn geliebt, das war ihr klar.

Sie erinnerte sich an jede Berührung. Sie liebte seinen Geschmack, jeden dieser kleinen grollenden Laute, die er von sich gab wie eine Mischung aus Knurrlaut und Schnurren – manchmal wenn er ärgerlich mit ihr war, doch meistens wenn er Lust empfand. Und sie war sich sicher, dass er ebenfalls Lust mit ihr empfunden hatte.

An dieser Stelle kam ihr Verdacht, dass er mit ihrem Vater im Bunde sein könnte, immer ins Wanken. Sie wusste, dass er ihre Nähe brauchte. Sie konnte es in ihm fühlen, sah es in der harten Stärke seines Körpers, wann immer er sich zurückhielt und sich von ihr berühren ließ.

Gott, was tat sie da gerade? Sie versuchte sich einzureden – selbst mit der Freiheit so greifbar –, dass er sie vielleicht liebte. Nur ein klein wenig?

Sie war drauf und dran, ihr Leben und die Leben so vieler anderer für ein Vielleicht aufs Spiel zu setzen.

Ihr Männergeschmack war lausig, das war ihr klar. Ihr erster Liebhaber, Chaz, war ein Auftragskiller gewesen. Der zweite war auch nicht viel besser, mit dem einzigen Unterschied, dass er nicht Teil der Organisation ihres Vaters gewesen war. Er hatte nur gern dazugehören wollen. Und dann der dritte. Oh, der war ein echter Knaller. Sie hatte ihn in einem der Klubs kennengelernt, die sie regelmäßig besuchte, und er war doch tatsächlich ein Undercover-Bundesagent gewesen. Genau genommen, ein verheirateter Undercover-Bundesagent.

Cyrus hatte es echt genossen, sie dafür zu bestrafen. Wenigstens hatte er den Agenten nicht umgebracht. Oh nein, Cyrus Tallant beseitigte jemanden, der ihm nützlich sein konnte, nicht einfach durch schnöden Mord. Nein, der verheiratete Agent wurde noch heute von Cyrus Tallant erpresst.

Sie hatte noch zwei weitere Liebhaber gehabt, kurze Affären, Männer, deren Namen sie sich zwang zu vergessen. Nette schlichte Männer, deren Wärme sie gerettet hatte. Ein paar kurze Wochen lang hatte sie ihnen gestattet, sie zu wärmen.

Sie bog um die Kurve und gelangte in einen weiteren Tunnel. Wie weit ging dieser verdammte unterirdische Weg eigentlich noch? Es kam ihr vor, als wäre sie schon eine Ewigkeit unterwegs.

Und jeder Schritt schmerzte sie mehr. Je näher ihre tatsächliche Flucht vor Tanner rückte, umso mehr tat es weh. Sie spürte einen physischen brennenden Schmerz in ihrer Brust.

Ihr Verstand brüllte innerlich gegen die kleine schwächliche Romantikerin irgendwo in ihr an, die ihr zuflüsterte, dass sie umkehren solle. *Geh zurück in sein Bett. Warte auf Tanner. Er macht sich nur ein Bild von den Soldaten, die um seine Hütte herumlungern*, flüsterte diese unbekannte Stimme in ihrem Kopf.

Dumme Kuh, halt doch die Klappe, kreischte ihr Verstand. Wahrscheinlich lieferte Tanner in diesem Augenblick ihrem Vater einen Bericht.

Aber er hat dir nicht wehgetan. Er war besorgt um dich.

Er will Antworten, nicht deinen verbrauchten Körper.

Scheme seufzte. Sie fühlte sich alt. So alt, dass ihre Seele sich manchmal trocken und verkümmert anfühlte.

Bis Tanner sie berührte.

Noch eine Kurve, und dann sah sie den Weg nach draußen. In den Fels montiert entdeckte sie eine Leiter aus Metall, die zur Decke führte, wo sich eine leichte Einbuchtung befand, offenbar eine Steinabdeckung.

Freiheit.

Eine Träne entkam ihrem Auge.

Langsam wischte Scheme sie weg, rieb die Finger aneinander und vernichtete damit das Zeichen der Schwäche, als sie zum

Ausgang hinaufstarrte. Zeit, ihrem Schicksal ins Auge zu blicken. Vorsehung. Karma. Was auch immer es war, es war an der Zeit, für die Leben zu zahlen, die ihr Vater genommen hatte.

Gab es da nicht eine Stelle in der Bibel, die besagte, dass der Sohn für die Sünden des Vaters büßte? Tja, sie war kein Sohn, aber sie war das einzige Kind, das büßen konnte.

Sie packte die Leiter, zog sich nach oben und schob dann mit der flachen Hand den Stein über sich beiseite.

Freiheit.

Aber wieso fühlte es sich dann an wie eine Rückkehr in die Gefangenschaft?

»Tanner, wir haben Probleme.«

Tanner kauerte sich direkt hinter Jackal und Cabal, und seine schmalen Augen durchdrangen den morgendlichen Nebel, der aus dem Tal aufstieg und den hohen Grat einhüllte, auf dem seine Hütte stand.

»Was macht ihr zwei denn hier?«, brummte er und verfolgte mit dem Blick den Eiertanz zwischen einem halben Dutzend Soldaten des Councils und den vier Breed-Einsatzkräften, die sich mehrere Meilen von den Höhlen entfernt um die Hütte herum bewegten.

»Wir überprüfen ein paar Dinge«, brummte Jackal mit angeschlagener Stimme zurück. »Dass die Soldaten des Councils die Hütte beobachten, haben wir erwartet. Aber wir hatten nicht damit gerechnet, dass auch Leute von Jonas hier sind.«

»Weiß er, dass ihr hier seid?« Tanner wusste, dass Jonas den beiden befohlen hatte, in Bereitschaft zu bleiben. Nur Stunden später allerdings hatte Cabal ihm den Mittelfinger gezeigt und war aus dem Büro marschiert. Jackal war ihm mit einem Grinsen gefolgt, hatte Cabal berichtet.

»Er sollte eigentlich gar nichts wissen«, grollte Cabal. »Wir sind zuerst nach Sanctuary gefahren und von da aus abgehauen. Übrigens hat Callan gesagt, er würde dir in den Hintern treten, wenn du wieder da bist.«

Tanner schnaubte, zog Cabal die Nocs vom Gesicht – Mehrzweckbrillen mit kurzer Reichweite für den Nahkampf – und setzte sie sich selbst auf.

Heilige Scheiße! Sowohl die Leute vom Council als auch die Breeds taten so, als wüssten sie nicht, dass die jeweils anderen da waren.

»Verrückt«, brummte er. »Was zum Henker ist da los?«

»Die Leute vom Council gehören zu ihren Besten«, flüsterte Jackal. »Diese Männer schicken sie nur im Extremfall, weil sie einen Arm und ein Bein für ihre Dienste fordern. Und die Breeds, die da gerade *Backe-backe-Kuchen* mit ihnen spielen, sind ein Teil von Jonas' Alphateam. Sie sind die Besten der Besten. Jonas hat jeden Einzelnen von denen persönlich rekrutiert.«

»Die andere Hälfte des Alphateams konzentriert sich auf die Kommunikationshütte in Sanctuary, und ein Teil der Ausrüstung, die sie nutzen, ist eindeutig keine Standardware.«

»Wie zum Beispiel?«

»Wie zum Beispiel Kurzstrecken-Übertragungsmelder und -Übersetzer.« Cabal sah ihn an. »Die hören jede verdammte Meldung ab, die rein- oder rausgeht, und das ohne Callans Wissen. So weit wir informiert sind, hat das Equipment noch nicht mal die F-&-E-Abteilung durchlaufen.«

»Wenn die Dinger so sind, wie er behauptet, dann können sie auf spezielle Wörter oder Sätze programmiert werden und dabei jede verdammte Frequenz überwachen, die der Menschheit bekannt ist«, fuhr Jackal fort.

»Was ist mit Verschlüsselung?« Tanner wusste, dass die wenigen Meldungen, die sie tatsächlich von Sanctuary zu Tallant abgefangen hatten, sorgfältig verschlüsselt gewesen waren. »Alles, was man braucht, sind die Codeschlüssel«, meinte Jackal. »Und ich wette, die haben hier etwas aufgefangen. Hat deine Prinzessin ein Funkgerät?«

»Keine Chance.« Tanner schüttelte den Kopf. Er wusste ohne jeden Zweifel, dass aus diesen Höhlen nichts nach draußen gedrungen war.

»Da stimme ich zu.« Cabals Stimme war leiser als ein Flüstern. »Also, was meinst du, was das hier für eine Party ist?«

»Sie wissen von den Höhlen«, schlug Jackal vor. »Das ist der einzige Grund, warum beide Seiten hier so einen Eiertanz aufführen. Sie suchen alle dasselbe.«

»Jonas kam vorgestern Nacht nach Sanctuary«, meinte Cabal nachdenklich. »Wir konnten hören, wie er und Callan sich angebrüllt haben, aber viel mehr auch nicht.«

Tanner zuckte zusammen. »Sie suchen nach ihr.« Er fuhr sich mit den Fingern durchs Haar. »Dass Tallant die Mühe auf sich nimmt, kann ich verstehen, aber wieso Jonas?«

Cabal sah ihn besorgt an.

»Hier ist die Hölle los, Breed«, seufzte Jackal. »Wie spielen wir da mit?«

Jackal drehte sich um und sah Tanner an. Die bösartige Narbe, die von seiner Schläfe übers Auge, den Nasenrücken und dann weiter über die andere Wange verlief, verlieh ihm ein brutales Aussehen. Seine marineblauen Augen, so dunkel, dass sie beinahe schwarz waren, und das schulterlange schwarze Haar machten es nicht besser.

Er war neunundneunzig...

Tanner wollte gerade etwas sagen, als er spürte, wie der Vibrationsalarm an seinem Gürtel losging.

»Eindringlinge«, zischte er.

Council-Soldaten und Breeds waren vergessen, als die drei Männer sich umdrehten und mit dem Wald verschmolzen, um zurück zu den Klippen und den Höhlen zu rasen.

Scheme hatte, seit sie hier war, jeden Tag nach dem verdammten Ausgang gesucht, das wusste er. Aber er bezweifelte, dass sie ihn gefunden hatte. Er glaubte nicht, dass sie wirklich den Wunsch hatte, ihn zu finden. Und selbst wenn, hatte er darauf geachtet, niemals denselben Tunnel zweimal zu nehmen und nur zu gehen, wenn sie schlief.

Das bedeutete, dass möglicherweise jemand anders den verborgenen Eingang gefunden hatte.

Damit wäre Scheme schutzlos.

16

Tageslicht konnte man das ja kaum nennen. Befand sie sich etwa in einem Wald? Bäume, Gras und Erdboden, mit Käfern und irgendwelchem schleimigen Waldzeug?

Iiihh.

Scheme stand in dem schmalen Höhleneingang, in den sie durch die Steinabdeckung gelangt war, starrte hinaus in die neblige, feucht aussehende Umgebung und verzog das Gesicht.

Das war kein Smog; damit wäre sie klargekommen. Daran war sie gewöhnt. Doch das hier war ein feuchter Nebel, der in der Luft hing und alles klamm machte.

Es gab sogar Vögel – und nicht nur Tauben. Sie fragte sich, ob Vögel einem wirklich auf den Kopf kackten, aus reinem Vergnügen. Das hatte sie mal gehört – irgendwo. Wo genau, fiel ihr aber gerade nicht ein.

Sobald sie aus der schmalen Öffnung der Höhle hinaustrat, würden ihre Socken irreparabel in Mitleidenschaft gezogen werden. Die würde sie nie wieder sauber bekommen. Die Nässe würde zudem ihre wunderschöne Samthose ruinieren, und die war doch wirklich ihr Lieblingsstück. Leider befand sich in ihrem Gepäck nichts Robusteres.

Sie war in einem echten verdammten Wald. Es dauerte ein paar Minuten, aber dann wusste sie ungefähr, wo sie sich befand – einige Meilen entfernt von Tanners Hütte. Weit genug entfernt, dass die Kojoten nie erfahren würden, dass sie in der Nähe war. Laut Tanner befanden die sich nicht im Umkreis der Höhlen, sondern nur bei der Hütte. Außerdem stand der Wind günstig für sie. Er wehte von der Hütte weg in Richtung Tal, und sie musste bergauf.

Sie wusste, welche Richtung sie einschlagen musste, um die Hauptstraße zu erreichen. Dort befanden sich mehrere Häuser. Es war höchstens eine halbe Stunde Fußmarsch.

Es ging eben nicht anders. Sie würde durch den Wald laufen müssen – puh. Nur gut, dass sie nicht schon vor ihrem Fluchtversuch gewusst hatte, wo sie war. Gut möglich, dass sie dann in Tanners warmem und bequemem Bett geblieben wäre.

Bei dem Gedanken lächelte sie spöttisch. Sie wusste es besser. Ihre Flucht war zu wichtig, aber es war irgendwie nett, sich etwas anderes einzureden. Es machte den ersten Schritt nicht so schwer. Vielleicht.

Wem wollte sie eigentlich etwas vormachen? Sie fühlte sich nicht wohl in Mutter Natur. Sie gehörte in einen Betondschungel, und für sie waren D. C. und New York die perfekten Lebensräume. Cyrus bevorzugte das Anwesen in Pennsylvania, aber auch das war landschaftlich hübsch gelegen, besaß alle modernen Annehmlichkeiten und befand sich nur ein wenig außerhalb einer sehr netten Stadt.

Scheme bezweifelte, dass es in einem Umkreis von hundert Meilen von hier auch nur einen *Starbucks* gab, geschweige denn eine echte Stadt. Aber sie brauchte ja auch nur ein Telefon. Eine halbe Stunde, höchstens, und das Problem wäre gelöst.

Okay, sie hatte keine Wahl. Tanner blieb selten mehr als ein paar Stunden weg, also würde er bald zurückkehren. Sie musste ein Telefon auftreiben, bevor es so weit war.

Noch einmal spähte sie nach draußen.

Sie überwand sich, trat aus der Höhle und verzog sofort angeekelt das Gesicht, als ihr Fuß auf loses Laub, Gras und lockeren Erdboden traf.

Ihre Socken waren augenblicklich durchnässt.

Das würde unangenehm werden.

Scheme holte tief Luft und zwang sich, aus dem schützenden Felsunterschlupf herauszutreten und den kaum erkennbaren Pfad entlangzugehen, der aufwärtsführte.

Die Höhlen lagen tiefer. Ganz bestimmt lebte niemand am Fuße dieses Chaos, und sie konnte zunächst auch kein einziges Haus entdecken. Also mussten die weiter oben sein. Ganz einfach. Sie konnte das. Sie musste lediglich da hinaufgehen.

Offenbar eine ziemliche Strecke bergauf.

Zu schade, dass es keinen Aufzug gab.

»Verdammter Mist! Sie hat den Ausgang gefunden.« Tanner suchte die Eingangshöhle ab und inhalierte Schemes Duft, ihre Entschlossenheit, ihr Zögern, ihre Trauer. Die Duftnoten hingen noch in der Luft, frisch und stark. »Sie ist noch nicht weit gekommen.«

»Ja, und sie schlägt sich durch den Wald wie ein Sumoringer«, knurrte Jackal. »Lauf los, und finde sie, während ich ihre Spuren verwische. Ich wette, jeder Breed von beiden Seiten hat inzwischen ihre Witterung aufgenommen.«

»Wer braucht denn ihre Witterung? Der Tumult ist doch nicht zu überhören«, meinte Cabal unwirsch, direkt hinter Tanner.

Jackal hatte recht. Auf ihrem Weg den Berg hinauf hatte sie ein verdammtes Chaos hinterlassen: aufgewirbeltes Laub, zerdrücktes Gras, wo sie ausgerutscht war, abgebrochene Zweige, Blätter und Unterholz. Das alles zu beseitigen und den verdammten Höhleneingang wieder zu verbergen würde eine Heidenarbeit machen.

Er würde ihr den Hintern versohlen.

»Geh mit Jackal zurück.« Er drehte sich zu Cabal um und knurrte, worauf der abrupt stehen blieb. »Ich will, dass ihr unsere Leute und die vom Council von ihrem Duft ablenkt. Wie ihr das macht, ist mir egal.«

Er wollte nicht, dass Cabal und Scheme schon aufeinandertrafen. Noch nicht. Zuerst musste er es schaffen, das tobende Tier in sich unter Kontrolle zu bringen.

Als Cabal sich umdrehte, hob Tanner den Kopf, nahm die Witterung auf und marschierte bergauf, ein hartes Lächeln im Gesicht. Auf diesem Weg war es schwerer für die Breeds beider Seiten, ihren Duft aufzuspüren. Sobald er sie wieder in die Höhlen zurückgebracht hatte, würde der Eingang gereinigt und ihr Duft zerstreut werden. Nicht einmal Cabal würde sagen können, wo sie war, wenn er es nicht wusste. Die Felsabdeckung passte perfekt über den Eingang zu den Höhlen. Kein Duft, kein Laut, keinerlei Andeutung dessen, was unter dem Fels lag, wäre zu entdecken.

Er musste sie nur zurück in die Höhlen schaffen.

Scheme marschierte den kaum erkennbaren Pfad den Berg hinauf, hielt den Kopf gesenkt und kämpfte gegen die Tränen an, die ihr in die Augen steigen wollten. Alles in ihr schrie ihr zu, dass sie einen Fehler machte.

Tanner zu verlassen war nicht die Lösung. Sie musste ihm vertrauen – das war die Antwort. So unlogisch es schien – und so misstrauisch sie ihm gegenüber auch gewesen war, jede Faser in ihr schrie nun nach ihm.

Scheme erreichte eine flache Stelle etwas weiter oben am Berg, blieb stehen und wischte sich den Schweiß von der Stirn, bevor sie sich mit dem Rücken an einen Baum lehnte und hinauf in den Himmel sah, der durch die Blätter blitzte.

Sie wollte keinen Schritt mehr weiter.

Sie starrte zurück auf das Tal unter ihr und seufzte müde. Sie war es leid, dagegen anzukämpfen. Sie wollte die Sehnsucht nach ihm nicht mehr verdrängen und ihre Gefühle für ihn. Sie hatte es satt, allein zu sein. So allein konnte sie nicht vertrauen, nicht lachen oder lieben.

Sie wollte das annehmen, was Tanner ihr offenbar anbot: Sicherheit, Geborgenheit. Seine Liebe. Vielleicht seine Liebe. Dieses Vielleicht war jedoch groß genug, dass sie bereit war, auf dem Absatz kehrtzumachen und zu ihm zurückzulaufen. Jetzt auf der Stelle.

Mit einem Ruck stieß sie sich vom Baum ab, drehte sich um – und fand sich Auge in Auge mit dem Tod wieder.

»Dämliche Schlampe.« Dog, der gnadenloseste Bluthund ihres Vaters, war hinter einem massiven Felsen hervorgetreten und stand nun vor ihr. Stahlgraue Augen, knurrend gefletschte Zähne und die im schwachen Sonnenlicht der Morgendämmerung aufblitzenden Reißzähne ließen sein Gesicht noch grausamer wirken.

»Schoßhündchen«, fauchte sie zurück. Keine Furcht zeigen. Das hatte sie schon vor langer Zeit gelernt, wenn es um Cyrus' Haustiere ging.

Seine Lippen zuckten, wie immer, nur Sekunden entfernt von einem selbstgefälligen Lächeln und hämischer Schadenfreude. Er war buchstäblich der Leithund in der Organisation ihres Vaters. Er kontrollierte die Kojoten und die Anweisungen, die ausgegeben wurden, sowie deren Vorbereitung.

Er war genauso bösartig wie ihr Vater und doppelt so gefährlich.

»Du musst echt drauf stehen, lebendig begraben zu werden.«

Seine grauen Augen waren ständig in Bewegung, immer wachsam, und seine Nasenflügel weiteten sich, als er die Gerüche in der Umgebung der beiden prüfte.

Wo zum Teufel war Tanner? Sie konnte etwas Hilfe gebrauchen.

»Da habe ich immer Zeit zum Nachdenken«, meinte sie spöttisch, wich zurück und stolperte beinahe. Ihr zitterten tatsächlich die Knie. Von allen Breeds ihres Vaters musste sie ausgerechnet auf den hier treffen.

Er folgte ihr nicht, sondern ging in die Hocke und musterte sie mit schmalen Augen. Er war knapp einen Meter neunzig groß, muskulös gebaut und wäre ohne die wolkengrauen Augen und das schwarzgraue Haar eine imposante Erscheinung gewesen. Es hieß, er wäre der erbarmungsloseste Breed, den das Council je geschaffen hatte.

»Wenn ich dich lebendig abliefere, dann darf ich dich flachlegen, bevor dein Vater dich begräbt.« Er grinste vor spöttischem Vergnügen. »Ich werde dich vorher baden müssen. Der Katzengestank beleidigt meine Sinne.«

Da ließ sie sich lieber gleich begraben.

»Ach was, du kannst vögeln?«, fragte sie mit spöttisch aufgerissenen Augen. »Wann hat Cyrus denn aufgehört, seine Haustiere zu kastrieren?«

Er presste die Lippen aufeinander.

Das war eine von Cyrus' liebsten Kontrollmaßnahmen. »Ich bin nicht aus den Hauptlaboren zu Tallant gekommen, Kleine«, knurrte er. »Das vergisst du immer.«

Okay, ihr Fehler. Vielleicht hatte Dog tatsächlich noch all seine männlichen Teile beisammen. Das machte ihn allerdings nur noch gefährlicher. Und er hatte recht: Er war nicht aus den von Tallant kontrollierten Laboren gekommen, sondern vom Council selbst. Wer oder was ihn ausgebildet hatte, wusste niemand, zumindest Cyrus nicht. Aber es war unbestreitbar, dass er einer der fähigsten Killer war, die je geschaffen wurden.

Scheme wich einen Schritt zurück. Vor Dog davonzulaufen würde ihr nicht weiterhelfen.

Oh, das Ganze war einfach eine verdammt schlechte Idee gewesen. Schlecht, schlecht, schlecht.

»Der Geruch von diesem Breed an dir wird deinem Daddy gar nicht gefallen.« Verblüffenderweise kramte Dog in seiner Hemdtasche herum, holte eine schmale Zigarre heraus und zündete sie an, bevor er wieder aufstand.

»Mein Vater ist kein Breed. Er kann es nicht wittern.« Sie wich noch weiter zurück.

Tanner war inzwischen sicher zurückgekehrt zu den Höhlen. Er würde bereits wissen, dass sie verschwunden war. Er würde ihr folgen. Er musste hier irgendwo sein.

Hektisch sah sie sich um.

»Ts, ts, Prinzesschen«, brummelte Dog. »Also, willst du mir nicht sagen, wo du dich versteckt hast? Vielleicht kann ich deinen Vater ja überreden, dass er dich nur erschießt, anstatt dich wieder in diesem Sarg sterben zu lassen. Für immer.«

Seine Stimme klang kalt und brutal. Gott, wie sie den Kerl hasste! Sie hatte einmal zugesehen, wie er seelenruhig in einen Raum marschiert war und einem von Cyrus' Soldaten das Genick gebrochen hatte, nur weil der sich nicht sorgfältig genug um seine Waffen gekümmert hatte.

Und er hatte es genossen. Sie hatte das Vergnügen in seinen Augen gesehen und in seiner angespannten Miene. Von dem Tag an hatte sie dafür gesorgt, nie wieder an einer Einsatzbesprechung teilzunehmen.

»Du hast mir noch nicht geantwortet.« Seine Stimme wurde gefährlich leise.

»Och, hier und da.« Sie wies mit einer unbestimmten Handbewegung auf den Wald um sie herum. »Die Bäume sehen alle gleich aus, weißt du!«

Und wieso hatte sie nicht eines dieser Küchenmesser mitgenommen, als sie geflohen war?

Ach ja, weil sie gedacht hatte, dass Tanner sie aufhalten würde. Richtig. Aus irgendeinem Grund dachte sie einfach, er wäre Superman.

Dog verzog spöttisch die Mundwinkel und sah sich um. »Ja, ich denke, das stimmt.« Er zog an seiner Zigarre und blies Rauchringe in die Luft, bevor er sich wieder zu ihr umdrehte.

Er machte keine Anstalten, auf sie loszugehen. Scheme legte den Kopf schief und musterte ihn neugierig, als er wieder einen Blick den Weg hinabwarf, den sie gekommen war.

»Hallo Tanner«, meinte er dann lässig.

Scheme wirbelte herum und prallte mit dem Gesicht gegen einen breiten, ihr sehr vertrauten Brustkorb. Ihr Herzschlag beschleunigte sich, ihre Finger krallten sich in sein Hemd, und ein kleiner Aufschrei drang über ihre Lippen.

Sie wollte am liebsten in ihn hineinkrabbeln.

Er legte den Arm um sie, seine Muskeln spannten sich an, sodass sie beinahe an ihm hochklettern konnte, um dem Gefühl von Gefahr zu entkommen, das sie zu ersticken drohte.

»Ich werde dir den Hintern versohlen.« Nah an ihrem Ohr hört sie dieses Grollen. »Das ist dir schon klar, oder?«

»Immer diese leeren Versprechungen.« Sie hing an ihm wie eine Klette und hatte nicht die geringste Absicht, ihn wieder loszulassen. »Bring mich einfach weg von ihm. Jetzt gleich wäre am besten.«

Sein starker Arm hielt sie umschlungen und drückte sie an seine Brust, sodass seine Wärme sie umhüllte, das Gefühl von Geborgenheit und Schutz. Sie zitterte und war so verdammt froh, ihn zu sehen, dass sie die Tränen wegblinzeln musste.

»Wie viele sind noch bei dir?«, hörte sie Tanner den Kojoten fragen.

»Ein halbes Dutzend. Ich habe Stellung als Kundschafter bezogen«, antwortete Dog mit einer Spur Belustigung.

»Wie viele Breeds?«

»Nur ich«, antwortete Dog. »Aber sieh zu, dass du sie wegbringst, bevor eure Leute anfangen, sich das Chaos hier im Wald näher anzusehen. Hast du ihr nicht gesagt, wie weit Geräusche in diesen Bergen zu hören sind?«

Langsam drehte Scheme den Kopf und sah Dog mit schmalen Augen an.

Er hatte seine Waffe nicht gezogen, sondern lehnte an diesem Felsen und genoss seine Zigarre wie ein Mann, der einfach nur nett und gemütlich durch den Wald wanderte.

»Gehört *sie* auch zu Jonas?«, fragte Tanner.

Mit *sie* war wohl ihre Wenigkeit gemeint, vermutete Scheme.

»Das kann nur Jonas beantworten.« Dog zuckte mit den Schultern. »Ich gehöre nicht zu Jonas, Kater. Mach nicht den Fehler, das zu glauben.« Sein Tonfall war warnend. »Ich sehe einfach nur keinen Grund, sie noch weiter zu foltern. Falls du sie vor sich selbst retten kannst, dann nur zu! Das erspart mir den Aufwand, ihr eine Kugel ins Hirn zu jagen.« Sein Grinsen war grausam.

Tanner grollte, und es war nicht dieses tiefe schnurrende Grollen, mit dem er sie immer bedachte. Dieser Laut war reine Gefahr.

Dog neigte den Kopf, bevor er Tanner den Rücken zukehrte und langsam bergauf ging.

»Beeil dich, Kater«, meinte er lässig. »Meine großzügige Stimmung hält für gewöhnlich nicht lange an.«

Als Dog sich wieder umdrehte, um nachzusehen, waren die beiden verschwunden.

Dog schüttelte grimmig den Kopf, klemmte sich die Zigarre zwischen die Lippen und marschierte zurück nach oben auf die

Klippe – auch wenn seine Hoffnung gering war, noch einmal einen Blick auf diesen Bastard zu erhaschen. Tanner kannte diese Berge so gut wie die meisten Männer ihren eigenen Körper. Aber er konnte es versuchen. Wenn er das Schlupfloch der Breeds in diesen Bergen fand, wäre das eine Mordstrophäe für ihn. Sein Boss suchte schon seit Jahren danach.

Verdammt, was auch immer in diesen Bergen vor sich ging, es würde hässlich werden! Wenn er sich nicht irrte, dann hatten Scheme Tallant und Tanner Reynolds sich gepaart.

Der Duft der Paarung hatte in der Luft gelegen wie ein leichtes berauschendes Aroma. Subtil, kaum vorhanden, aber unverkennbar. Sie war Tanners Gefährtin. Und Breeds, die sich gepaart hatten, waren tödlich. Sie waren noch verdammt viel gefährlicher als alle anderen – er wusste das nur zu gut.

So langsam wurde die Situation brenzlig. Dog betete darum, dass er sich hier nicht in die Scheiße ritt. Denn auch wenn es jedem anderen egal wäre, er wollte seine Eier lieber behalten. Und falls dieser Frau irgendwas zustieß, hätte sein Boss kein Problem damit, ihm selbige abzuschneiden. Absolut kein Problem. Sein Boss, Bollen, war nicht gerade ein Mann, den man verärgern wollte. Und Bollens Boss, Jonas Wyatt, war sogar noch gefährlicher. Zur Hölle noch mal, es wurde in letzter Zeit verdammt brenzlig.

17

Tanner hielt sich nicht groß damit auf, sie durch den Wald zu führen. Kaum hatte Dog ihnen den Rücken gekehrt, warf er sie sich über die Schulter und lief los. Scheme wagte nicht, einen Aufschrei von sich zu geben. Sie hatte die Anspannung der beiden Männer gespürt, die Aura von Gefahr und tödlicher Gewalt. Also unterdrückte sie das gebotene Protestgeschrei, bis sie die kleine Höhle erreichten, in der sich die Felsabdeckung zu den Tunneln befand.

Warum Dog sie einfach hatte entkommen lassen, konnte sie nicht einmal erraten. Es hatte sie geschockt. Dog zeigte niemals Gnade, und er versagte nie bei einer Mission. Niemals. Bis jetzt. Er hatte sie beide gerade gehen lassen, ohne dass ihm jemand eine Knarre an den Kopf gehalten hatte.

»Kein verdammtes Wort«, zischte Tanner, als er sie auf die Füße stellte. Ihre Nasen berührten sich beinahe, und in seinen goldenen Augen loderte ein verhaltenes Feuer. Sie schwor, dass da kleine rote Äderchen in seinen Augen aufflammten.

Sie nickte mit weit aufgerissenen Augen und hielt fast den Atem an, so ungewöhnlich war der Anblick. Niemand – mit Ausrufezeichen – war jemals zum Council gekommen mit einem Bericht darüber, dass Tanner wütend gesehen worden sei. Verspielt mörderisch, falls es so etwas gab – und bei Tanner gab es das sicherlich –, aber niemals wirklich zornig. Nie wütend.

Doch jetzt war er wütend.

Knurrend drehte er sich um und packte ihr Handgelenk, um sie zum offenen Eingang zu zerren.

»Runter.« Er zeigte in das Loch.

Mit Vergnügen. Das musste er *ihr* nicht zweimal sagen.

Scheme ließ sich auf den Allerwertesten plumpsen, schwang die Beine in das Loch, um mit den Füßen die Leiter zu finden, und dann war sie weg.

»Oh mein Gott!« Sie kreischte wie ein verängstigtes Mäuschen auf, als sie sich Auge in Auge mit dem harten brutalen Gesichtsausdruck von jemandem wiederfand, den sie nicht kannte.

Sie kannte doch alle Breeds.

Als sie zurückschreckte, blieb sie mit der Ferse in der Leiter hängen, sodass sie das Gleichgewicht verlor und gegen die Wand prallte.

Nur eine Sekunde später ließ sich der verdammte Kater in den Tunnel fallen und ging knurrend in die Hocke. Bei dem Laut bekam sie eine Gänsehaut am Rücken.

»Whoa, ganz ruhig, Großer.« Der Mann trat einen Schritt zurück, die Hände vorsichtig vor sich ausgestreckt. »Ich wollte nur dafür sorgen, dass sie nicht stürzt.«

»Ich weiß, wie man eine Leiter runterklettert«, fauchte sie. »Tanner, wo zum Henker sind die Lichter? Ich kann nichts sehen.«

Wer auch immer der Mann war, sie fürchtete ernsthaft, dass sein Leben in Gefahr war, falls die Laute, die aus Tanners Kehle drangen, irgendein Hinweis waren.

Er knurrte immer noch. Ein gefährliches und keineswegs angenehmes Geräusch, bei dem sich ihr vor Angst der Magen umdrehte. Allerdings nicht aus Angst um sich selbst.

Er wirbelte zu ihr herum, und seine Augen leuchteten praktisch im Dunkel, als er auf sie hinabstarrte.

»So langsam machst du mich echt wü… *uff*.«

Bevor sie noch etwas sagen konnte, hob er sie hoch. Er riss oder zerrte sie nicht hoch, sondern hob sie in seine Arme, bevor er den überraschten Fremden über die Schulter anknurrte. Nun, zumindest für sie war er ein Fremder.

»Ich, ähm, schiebe mal den Stein wieder an seinen Platz.« Der Mann räusperte sich. »Geh du ruhig und … mach was auch immer. Ich warte hier auf Cabal.«

Tanners Körper spannte sich noch mehr an.

»Hör auf damit.« Sie gab ihm einen kräftigen Klaps auf die Brust. »Dieses Geräusch geht mir langsam echt auf die Nerven. Es gefällt mir nicht.«

Überrascht sah er sie an.

»Dieses Knurren von dir ist eine Sache, wenn du scharf und leidenschaftlich wirst. Aber dieses Ich-bring-gleich-jemanden-um-Geknurre macht mich echt krank. Wenn du damit nicht aufhörst, kotze ich.«

Hinter Tanner erklang ein schnaubendes Lachen. Sie sah stirnrunzelnd über seine Schulter zurück, bevor sie den Blick wieder auf den gefährlichen Tiger-Breed richtete.

Er verzog seine Lippen zu – ja, vielleicht – einem Lächeln. Na ja, wenigstens knurrte er nicht mehr, auch wenn das Lächeln in seinem Gesicht nicht viel beruhigender war. Dafür war es eine Spur zu hart, berechnend, und sein Zorn war deutlich daran abzulesen.

»Ich bin in Schwierigkeiten, oder?«, fragte sie, drückte die Hände flach auf seine Brust und sah zu ihm auf. »Wie sehr?«

»Ganz schön.«

Nervös fuhr Scheme sich mit der Zunge über die Lippen.

»Ich habe eine sehr gute Erklärung.«

»Nein, hast du nicht.« Damit marschierte er los durch den Tunnel.

»Ich kann laufen.«

»Das habe ich gesehen«, knurrte er. Es war nicht das sexy Geräusch, aber auch nicht dieses todverheißende.

»Ich habe wirklich eine gute Erklärung.« Scheme räusperte sich und fragte sich dabei, wie schlimm es wohl werden würde.

»Sind Kojoten in die Tunnel eingedrungen?«, fragte er.

»Ähm, nein.«

»Natürlich, wie dumm von mir!«, fauchte er. »Dann hättest du die Steinabdeckung auch gar nicht erreicht. Ein Weg rein, ein Weg raus.«

»Das ist aber ziemlich unklug von dir«, gab sie zu bedenken. »Es könnte doch alles Mögliche passieren. Ein zweiter Fluchtweg ist immer ratsam.«

Das war vielleicht nicht der beste Kommentar. Denn eine Sekunde später drückte er sie fest gegen eine Wand, ihre Füße baumelten immer noch über dem Boden, und sie starrte in grimmige funkelnde Augen.

»Dogs Mordbilanz: über drei Dutzend belegt. Chance auf Gnade: null. Fähigkeiten: jenseits von verdammt Gut und Böse. Er ist der ranghöchste Bluthund deines Vaters.« Tanners Stimme wurde tiefer, rauer und animalischer, als er von dem Kojoten sprach. »Hast du auch nur eine verdammte Ahnung, in welcher Gefahr du warst?«

Na, und ob! Sie hatte den Bastard töten sehen. Beim Anblick des Kojoten war ihr beinahe das Herz stehen geblieben. Im Augenblick allerdings wirkte er auf sie einen Hauch verständnisvoller als Tanner.

Scheme fuhr sich mit der Zunge über die Lippen. »Ziemlich genau.«

Sie ließ die Hände von seiner Brust an seine Schultern gleiten, schmiegte sich weich an ihn und biss sich auf die Lippen, als ein warnendes Grollen aus seiner Brust drang.

»Ziemlich genau?«, knurrte er wütend. »Ziemlich genau?«

Sein Griff an ihren Hüften verstärkte sich, während sie seinen Blick erwiderte und sich fragte, ob sie es vielleicht besser getroffen hätte, wenn sie sich jetzt mit Dog auseinandersetzen müsste statt mit Tanner.

Noch einmal leckte sie sich über die Lippen und hob die Knie an, um sich an seinen Hüften abzustützen, da presste er seinen Körper heftig an ihren.

Er war erregt. Kraftvoll und hart drückte seine Erektion gegen ihren Unterleib, strich über den Samt ihrer Hose und ihr Seidenhöschen – und es fühlte sich wirklich gut an. Dabei war sie immer noch leicht besorgt. Tanner sah wirklich ziemlich sauer aus.

»Du hast mir gefehlt.« Das war die Wahrheit. Sie hatte ihn vermisst, wie Schokolade, wie Kaffee. Je weiter sie sich von den Höhlen entfernt hatte, umso sicherer war sie gewesen, dass sie einen schrecklichen Fehler beging.

Und so war es auch gewesen.

Sein Blick loderte auf, und erotische Hitze mischte sich darin mit Zorn.

»Du bist vor mir davongelaufen«, sagte er heiser. »Du wärst beinahe getötet worden, Scheme. Er hätte über dich herfallen können, einfach so.«

»Das hättest du nicht zugelassen.« Ihre Fingernägel schrammten über seine Schultern, weiter an seinen Hals und schoben sich unter seinen Hemdkragen, während er die Zähne zusammenbiss.

Seine Finger krallten sich in ihre Hüften, und ihr Körper rieb über die Erektion in seiner Jeans, die seine Hose wahrlich ausfüllte.

»Ich wäre vielleicht nicht in der Lage gewesen, ihn aufzuhalten!«, stieß er mit rauer Stimme hervor. »Er hat dich zuerst erreicht, Scheme. Er hätte dich ebenso leicht töten können, wie er dich gehen ließ. Begreifst du das?«

»Noch besser als du«, rief sie. »Ich habe ihn töten sehen.«

»Und da hast du es gewagt, aus den sicheren Höhlen abzuhauen, verdammt noch mal?«, brüllte er los.

Oh Mist!

Scheme sah ihn blinzelnd an. Vielleicht war er doch mehr als nur etwas sauer.

»Du wolltest mich nicht gehen lassen«, flüsterte sie, packte seinen Hemdkragen und riss daran.

»Ich *kann* dich nicht gehen lassen«, stieß er hervor, schob eine Hand in ihr Haar, hielt sie fest und zog grob ihren Kopf zurück. »Selbst um deinetwillen kann ich dich verdammt noch mal nicht gehen lassen.«

Er drückte seine Lippen auf ihre, als wäre er am Verhungern, als müsste er sie kosten. Doch sie musste ihn ebenso unbedingt schmecken – um zu leben, um zu atmen. Wenn sie auch nur eine Sekunde lang weitermachen wollte, musste sie ihn schmecken, ihn festhalten. Sie musste ein Teil von ihm sein.

Beinahe wäre sie davor weggerannt, vor dem einen, von dem sie immer geglaubt hatte, dass sie es nie haben würde. Und dennoch war es das Einzige, wonach sie sich immer gesehnt hatte. Tief in ihr, wo sie ihre Hoffnungen und Träume verborgen hatte, gab es diese Bedürfnisse, die in ihr schwärten wie eine Wunde, die nie heilte. Genau danach sehnte sie sich.

»Ich darf dich nicht verlieren«, flüsterte er an ihren Lippen, und ihr blieb das Herz stehen, bevor es losraste und sie beinahe erstickte mit der Erregung, die ihren Leib durchflutete. »Das kann ich nicht, Scheme. Nicht jetzt. Ich darf dich nicht verlieren.«

Er starb innerlich. Ihr Kuss entsprach jeder Fantasie, die er sich je vorzustellen gewagt hatte, und noch einigen anderen, die er sich vorzustellen nicht gewagt hatte. Ihre Hände in seinem Haar, ihre Zunge, die auf seine traf, sie leckte und liebkoste. Ihre Zunge rieb über seine verdammte Zunge, deren Paarungsdrüsen im Ruhezustand waren, normal blieben und einfach nicht mit dem Paarungshormon anschwellen wollten, das sie für immer als die Seine markieren würde.

Was in aller Welt sollte er tun? Wie sollte er es überleben, sie einem anderen Mann zu überlassen?

Er wusste, dass seine Küsse nach Verzweiflung schmeckten. Seine Lippen strichen über ihre, und der Hunger fraß sich durch seine Eingeweide und seinen Unterleib. Der Drang, sie zu markieren, war so überwältigend, dass der Schock seinen Leib nahezu zerriss, als er bemerkte, wie er die Zähne über ihrer Schulter fletschte.

Sie ist nicht seine Gefährtin.

Er rang um Selbstbeherrschung, als er stattdessen seine Stirn an ihre seidig-weiche Haut sinken ließ und die Augen schloss. Doch augenblicklich regten sich sein Tast- und sein Geruchssinn. Er konnte fühlen, wie sehr sie ihn begehrte, konnte ihre Erregung wittern – doch etwas war nun anders.

Scheme entspannte sich nie in seinen Armen, außer in den Minuten nach dem Orgasmus, wenn sie nicht anders konnte. Sie war wachsam, immer vorsichtig und auf der Hut. Bis jetzt.

»Mir war klar, dass ich nicht hätte fortgehen sollen, noch bevor ich auf Dog traf«, flüsterte sie ihm ins Ohr. »Ich hätte dich nicht verlassen sollen.«

Ein Teil seiner Seele starb bei ihrem Geständnis. Vertrauen. Er konnte fühlen, dass sie anfing, ihm zu vertrauen. Und doch würde er sie gehen lassen müssen. Er konnte die Wahrheit nicht länger ignorieren. Es gab keine Anzeichen für eine Paarung. Sie war nicht seine Gefährtin.

Er drückte die Lippen auf ihren Hals, trat dann aber einen Schritt zurück, sodass ihre Beine sich von ihm lösen mussten.

Erst dann fand er den Mut, den Kopf zu heben und sie anzusehen.

»Wir reden später.« Er verzog das Gesicht, weil er seine Hände nur mit Mühe dazu zwingen konnte, ihre Hüften loszulassen, damit sie auf eigenen Füßen stand.

»Ich will nicht später reden, Tanner. Ich muss dir sagen …«

Tanner legte die Finger auf ihre Lippen. Er konnte fühlen, was sie sagen wollte. Der süße Geschmack des emotionalen Sturms, der sich in ihr zusammenbraute, würde ihm die Seele aus dem Leib reißen. Wenn sie die Worte jetzt flüsterte, würde er niemals überleben, was er nun tun musste.

»Später«, flüsterte er, und die nächsten Worte brachte er nur unter Qualen heraus. »Komm, Cabal ist in ein paar Minuten hier.«

»Cabal?« Verwirrung stand in ihrem Blick.

»Der Berg da draußen ist ein verdammtes Kriegsgebiet, Scheme.« Er packte sie an der Taille und zog sie mit sich durch den Tunnel. »Du hattest verdammtes Glück, dass du nicht in noch größere Schwierigkeiten gestolpert bist als diese Begegnung mit Dog.«

Er musste den Gedanken verdrängen und sich zwingen, zu tun, was jetzt getan werden musste. Er hatte sich noch nie vor irgendeiner Verantwortung gedrückt und war keiner Wahrheit seines Lebens je ausgewichen, egal, wie hart es manchmal auch gewesen war.

Und jetzt im Augenblick wollte er nichts lieber als allem aus dem Weg gehen und einen Ort finden, fern jeder Realität, wo er und Scheme für immer zusammen sein konnten.

Aber das würde nicht passieren, egal wie sehr er sich das auch wünschte. Damit blieb ihm nur noch ein letzter Ausweg, um sie zu retten: Er musste sie ihrem wahren Gefährten übergeben.

18

Cabal St. Laurens war mit Tanner identisch, abgesehen von seiner Haar- und Augenfarbe, und der Unterschied bestand lediglich in einer Umkehrung der Farben. Tanners Haar war schwarz mit glänzenden Goldsträhnen, Cabals Haar war von schimmerndem Gold mit schwarzen Strähnen. Tanners Augen hatten einen tiefen satten Bernsteinton mit strahlend grünen Sprenkeln, während Cabals Augen grün waren mit Bernsteinsprenkeln. Beide Männer waren genau einen Meter achtundachtzig groß, durchtrainiert, muskulös und hatten das Aussehen eines gefallenen Engels. Allerdings konnte man keinen von beiden, auch nicht mit viel Fantasie, als Engel bezeichnen. Sie waren beide gleichermaßen gefährlich.

Schemes Vater war einst im Besitz von ausführlichen Akten über die beiden Tiger-Breeds gewesen, über ihre Ausbildung, ihre Stärken und Schwächen. Scheme hatte diese Akten beinahe auswendig gelernt. Während seiner Zeit in den Laboren hatte Tanner das Spiel perfekt mitgespielt. Er hatte jede Hürde, die das Council ihm in den Weg gestellt hatte, mit Bravour genommen. Er hatte mit Kunstfertigkeit getötet und den Psychologen schon in jungen Jahren bewiesen, dass er ein loyaler Breed-Killer war.

Inzwischen galt er als einer der größten Fehlschläge des Councils und als eine der besten Waffen von Callan Lyons bei der Rettung der Breeds aus dem Labor in New Mexico.

Cabal hingegen war eine ganz andere Geschichte. Sein Training war problematisch gewesen. Er hatte sich geweigert, die vorgeschriebenen Manöver zu trainieren, und stattdessen seine eigenen Methoden angewandt. Er hatte sich geweigert, auf Befehl zu töten, hatte jedoch kein Problem damit, Soldaten und Ausbilder umzubringen. Außerdem hatte er sich geweigert, mit Psychologen zu reden, und wurde von den Ärzten, die mit ihm gearbeitet hatten, als psychotisch bezeichnet.

Im Alter von fünfundzwanzig Jahren wurde er als Fehlschlag deklariert, als absolut nicht trainierbar, und so hatte man ihn zusammen mit fast zwei Dutzend anderen Breeds zur Auslöschung freigegeben. Doch er hatte wochenlang in einer Grube überlebt, die dazu konstruiert war, mit qualvoller Präzision zu töten.

»Ich denke nicht, dass deine Freundin mir traut, Tanner«, bemerkte er Stunden nach seiner Ankunft, als Scheme langsam aus dem Bad in die Haupthöhle kam.

Tanner stand am Tresen, in einer Hand ein Bier, die andere Hand in der Hosentasche, während Cabal entspannt auf dem Stuhl am Tisch saß, ebenfalls ein Bier vor sich.

»Ist mein Vertrauen denn vonnöten?«, fragte Scheme schließlich, ging zum Kühlschrank und nahm eine Flasche Wasser heraus.

Sie hatte gebadet, sich umgezogen und fühlte sich zum ersten Mal wieder warm und sicher, seit sie die Höhlen verlassen hatte. Gott, ihr war gar nicht klar gewesen, welchen Tribut ihr Leben über die Jahre von ihr gefordert hatte – bis jetzt.

Und nun musste sie nur noch ein wenig warten. Cabal würde bald wieder gehen, und dann konnte sie mit Tanner reden und ihm erklären, warum sie abgehauen war und warum sie so unbedingt mit Jonas reden musste.

»Vielleicht nicht.« Cabal zuckte mit den Schultern und musterte sie durchdringend. »Zumindest nicht im Moment.«

Sie warf ihm einen misstrauischen Blick zu und ging dann an Tanner vorbei zu der Sitzgruppe vor dem Fernseher.

»Dein Daddy war gestern Abend im Fernsehen, weißt du«, verkündete Cabal. »Er hat sogar Tränen vergossen, als er um deine Rückkehr flehte.«

Scheme hielt kurz inne, bevor sie sich zu ihm umdrehte.

»Cabal, lass es«, befahl Tanner leise.

Cabals grüne Augen huschten kurz zu Tanner und richteten sich dann wieder auf Scheme, mit einem Hauch raubtierhaften Interesses und Zufriedenheit darin.

»Lass was?«, fragte sie, an beide gerichtet.

Ihr Herz fühlte sich schwer an, geschwächt und beinahe panisch. Sie hasste dieses Gefühl von drohender Gefahr, ein warnendes Gefühl.

»Nichts«, brummte Cabal schließlich, und ein spöttisches Grinsen spielte um seine Mundwinkel, als er wieder zu Tanner sah. »Das kann warten.«

Tanner schüttelte den Kopf, als würde er kapitulieren, und Cabals Grinsen wurde breiter.

»Dann bin ich eben ungeduldig«, antwortete sie angespannt.

»So viel habe ich schon herausgefunden.« Cabal runzelte spöttisch die Stirn. »Du weißt schon, dass ich deine Erregung ebenfalls wittern kann.«

Scheme wurde weder rot noch verlegen, sondern seufzte nur.

»Es braucht einiges mehr, um mich in Verlegenheit zu bringen, Mr St. Laurens«, erklärte sie. »Versuchen Sie es noch mal.«

»Ich könnte schon in meine Jeans abspritzen, wenn ich nur zusehe, wie sein Schwanz deine Pussy dehnt«, antwortete er. »Das reicht schon, dass ein hungriger Mann sich vor Vorfreude die Lippen leckt.«

Scheme warf Tanner einen Blick zu und sah, wie der die Stirn runzelte und seinen Bruder mit immer finsterer Miene musterte.

Was zum Henker war da los? Cabal schien sie *und* Tanner mit voller Absicht verärgern zu wollen.

»Deine Lippen sind auch das Einzige, was du lecken wirst, so weit es mich betrifft«, erklärte sie zuckersüß. »Falls du und Tanner scharf darauf seid, weiter eure Spielchen zu spielen, dann könnt ihr das anderswo tun.«

»Es wäre nicht das erste Mal, dass du es mit zwei Männern gleichzeitig treibst, Scheme«, wandte Cabal ein. »Warum hast du diesem Killer mehr vertraut als jetzt dem Breed, der dir den Arsch gerettet hat?«

Scheme drehte sich langsam um und starrte Cabal in wütendem Schweigen an. Wieso kam er ihr jetzt damit? Eigentlich sollte Cabal gar nichts davon wissen, dass Chaz sie mit einem anderen Mann geteilt hatte. Hatte Tanner ihm die Videos gezeigt? Die beiden hatten schon gemeinsam Frauen gehabt, das wusste sie. Hatten sie auch das Video gemeinsam angesehen?

»Er hat die Überwachungsvideos nicht gesehen, Scheme.« In Tanners Tonfall lag eine Spur Resignation. »Es stand in meinem Bericht.«

»Du hast Berichte geschrieben über das, was du gesehen hast?«, fragte sie mit Beklommenheit in der Brust.

»Wenn es nötig war.« Er zuckte mit den Schultern. »Es war von Interesse für Sanctuary, dass du St. Marks gestattet hattest, einen FBI-Agenten, der als loyal gegenüber den Breeds galt, mit in dein Bett zu holen.«

»Wofür hat St. Marks ihn bezahlt?«, fragte Cabal. »Und ich sollte wohl anmerken, dass der Agent sich, noch während du geduscht hast, freundlich bei St. Marks bedankt hat, weil ihr beide seinen Preis so leicht akzeptiert habt.«

Scheme starrte die beiden Männer verständnislos an. Es war eines der letzten Male gewesen, dass Chaz sie angerührt hatte. Die Erfahrung war zwar nicht unangenehm gewesen, aber das hohle Gefühl von Scham, das sie danach erfüllt hatte, hatte sie noch über Jahre verfolgt. Und jetzt war es wieder da.

»Ich hatte keine Ahnung, dass Chaz ihn für irgendwas bezahlt hat.« Sie zwang sich, mental und emotional auf Distanz zu gehen. Im Augenblick konnte sie es sich nicht leisten, Scham oder Schmerz zu empfinden. »Ich wusste nur, dass er ein Freund von Chaz war.«

»Puh, die Kerle in deinem Leben haben es echt geschafft, dir ein paar krasse Dinge zu verheimlichen.« Cabals Grinsen zeigte ironisches Mitgefühl. »Warst du nur zu dumm, um zu sehen, dass man dich benutzt hat? Oder hattest du Spaß daran?«

»Ich hatte Spaß dabei«, säuselte sie und verbannte den stechenden Schmerz ganz tief in die finstere kleine Ecke ihres Herzens, die sie für solche Gelegenheiten reserviert hatte. Für die Momente, wenn das Wissen um ihre eigene Dummheit sie wie ein scharfes Messer traf. »Vielleicht hätte Tanner dich zusehen lassen sollen. Ihr hättet euch gemeinsam einen runterholen können während eurer Bespitzelung.«

Cabal schnitt eine sarkastische Grimasse. »Mann, ist das krank. Du hast einen ziemlich verqueren Verstand, oder?«

Direkt vor Cabal schlug ein Messer in die Tischplatte ein und blieb vibrierend mit der Spitze darin stecken, während Schemes Blick zu Tanner flog.

»Mach so weiter, Cabal, und wir reden ein ernstes Wort miteinander«, warnte ihn Tanner. »Willst du das wirklich?«

»Nein, ich will bloß herausfinden, wieso zum Teufel unsere Leute und die Soldaten vom Council auf diesem Berg herumstiefeln. Wie haben die herausgefunden, wer sie hat und wo du dich versteckt hältst?« Cabal zog das Messer aus dem Tisch und erwiderte zornig den Blick seines Bruders.

»Du bist ein großer Junge«, meinte Tanner. »Du wirst es überleben, wenn du nicht genau das bekommst, was du willst.

Und wenn die da draußen kapieren, dass sie hier nichts finden, werden sie wieder verschwinden.«

»Ihr geht mir langsam beide auf die Nerven«, fauchte Scheme und drehte sich zu Tanner um. »Wir müssen reden. Sieh zu, dass du Mr Hyde hier loswirst. Ich glaube, dein Urlaub ist fast vorbei. Wir haben nicht das ganze Jahr Zeit.«

»Bist du dann Dr. Jekyll?«, meinte Cabal spöttisch und sah Tanner an.

»Halt die Klappe, Cabal«, stieß Tanner hervor.

Scheme sah ihn an, und ihr wurde schmerzlich klar, dass er auf Abstand zu ihr ging. Seit sie die Höhlen betreten hatten, hatte er sie nicht mehr berührt, und jetzt da Cabal hier war, spürte sie deutlich die Kälte in der Luft.

Das Gefühl der Sicherheit verflüchtigte sich zusehends.

»Tanner, bitte«, flüsterte sie, »wir müssen reden.«

»Ist das die weibliche Art zu sagen: ›Mach's mir‹?«, mischte Cabal sich ein. »Kann ich bleiben und mitspielen?«

Tanner starrte ihn warnend an.

Cabal grinste. »Ich glaube, er wartet auf deine Erlaubnis, meine Liebe. Darf ich mitmachen?«

Er spielte bereits mit ihr, oder zumindest versuchte er es, indem er sie wütend machte. Cabal war nicht der Typ, der Witze riss. Die einzige Frage war nur: Spielte Tanner Seite an Seite mit ihm?

Aber natürlich tat er das. Diese zwei spielten nicht allein, egal welches Spiel. Sie hätte damit rechnen müssen, dass Cabal auftauchen würde. Sie hätte wissen müssen, dass er da sein würde. Sie machte einen bösen Fehler, indem sie einem Mann, einem Breed, vertraute, wenn sie es doch besser wusste.

»Ihr beide könnt zusammen spielen, so viel ihr wollt«, erklärte sie kühl. »Aber ich habe keine Lust mehr darauf, also müsst ihr ohne mich auskommen.«

Cabals Grinsen wurde breiter, und Tanner musterte sie nachdenklich.

Scheme drehte sich um, marschierte zur Couch, nahm die Fernbedienung und schaltete den Fernseher ein. Sie wechselte zum *History Channel* und machte es sich mit ihrer Flasche Wasser gemütlich, während ihr Verstand fieberhaft alle Optionen durchging.

Tanner würde ihn bald wegschicken, sagte sie sich. Nicht wahr? Bestimmt hatte er nicht ernsthaft vor, sie mit Cabal zu teilen. Nicht jetzt. Sie wollte ihm doch die Wahrheit erzählen und alles akzeptieren, was er ihr in der vergangenen Woche zu geben versucht hatte.

Scheme öffnete die Wasserflasche, trank einen Schluck und konzentrierte sich auf eine Doku über die Marines, während ihr Verstand versuchte, diese neue, überraschende Entwicklung zu verarbeiten. Ihr Leben ging den Bach herunter, und bisher hatte sie noch keine Möglichkeit gefunden, das zu verhindern.

Tanner hatte nun also doch seinen Bruder ins Spiel gebracht. Überraschenderweise hatte sie daran gar nicht gedacht. Ein Teil von ihr hatte tatsächlich geglaubt, er würde sie als ausschließlich die Seine betrachten und vielleicht die Paarungsklausel in den Breed-Satzungen bemühen, um sie zu schützen. Wenn er sie als seine Gefährtin bezeichnete, hätte er sie nach Sanctuary bringen und dort unter den Schutz der Breeds stellen können, statt sie dem Breed Law auszuliefern.

Im Stillen trat sie sich selbst in den Hintern. Was in aller Welt ließ sie denn auch nur ansatzweise glauben, dass das passieren könnte? Sie war ein Hassobjekt. Die Tochter von Cyrus Tallant, seine Assistentin, ein Teil der Organisation, die die Breeds gezüchtet und jahrzehntelang gequält hatte.

Es spielte keine Rolle, dass sie ein Dutzend Mal ihr Leben riskiert hatte, um sie zu retten, oder dass sie bei mindestens einer Gelegenheit tatsächlich gestorben war, durch die Folter ihres Vaters.

Scheme blinzelte die Tränen weg.

Sie hätte es besser wissen müssen. Um sie für sich zu beanspruchen, müsste er sie lieben, und das würde nicht passieren. Niemals. Und wie sehr es sie auch in der Seele schmerzte und der Kummer ihr die Kehle zuschnürte, Liebe würde es für sie nicht geben.

Sie legte die Hand flach auf die warme Stelle in ihrem Bauch, wo sie nun ein unangenehmes Stechen spürte, das ebenso wenig einen Sinn ergab wie die Erregung, die sich in ihr aufbaute. Oder der Schmerz in ihrem Herzen.

Sie war müde, nicht körperlich müde oder erschöpft, sondern mental und emotional, und sie fragte sich, ob sie sich überhaupt dazu bringen konnte, so lange zu überleben, bis Jonas sie ausfindig machte.

Er würde sie finden. Tot oder lebendig. Er war der entschlossenste und sturste Breed, den sie je kennengelernt und von dem sie je gehört hatte. Er musste gewusst haben, dass sie bereit war überzulaufen und dass sie Schutz brauchen würde, als sie um das Treffen gebeten hatte. Ebenso wie ihr jahrelang klar gewesen war, dass sie ihm ziemlich wichtige Informationen anbieten müsste, um diesen Schutz zu bekommen.

Jetzt hatte sie, was sie brauchte. Die Namen jeder Rassistengruppierung, die mit dem Council zusammenarbeitete, sowie die der führenden Köpfe der Organisationen. Sie wusste Bescheid über die geplanten Operationen, um die Gemeinschaft der Breeds systematisch auszuschalten, und die Spione in der Regierung, die die Pläne des Councils unterstützten.

Das Einzige, was ihr fehlte, war die Identität des Spions in Sanctuary, der darauf hinarbeitete, die Freiheit zu vernichten, die die Breeds sich erkämpft hatten.

Sie hätte es zu Jonas schaffen und inzwischen auch in Freiheit sein können, wenn ihr Vater nicht irgendwie erfahren hätte, dass sie ihn hintergangen hatte.

»Sie weiß, wie man den Mund hält, Tanner«, bemerkte Cabal spöttisch, eine ganze Weile, nachdem sie sich auf die Couch gesetzt hatte. »Sie überrascht mich.«

Tanner brummelte etwas, das sie nicht verstand – und sie war sich nicht sicher, ob sie es überhaupt hören wollte. Alles, was sie im Moment fühlte, war ihr eigener unbändiger Schmerz. Plötzlich fühlte sie sich verloren und einsam. Einsamer als je zuvor in ihrem Leben.

Cabal spielte mit dem Feuer, das war ihm klar. Er wollte, dass Tanner sauer wurde. Er wollte, dass die übermenschliche Selbstbeherrschung seines Bruders zusammenbrach. Er wollte, dass das Tier in dem Mann seine Gefährtin für sich beanspruchte. Denn das war offensichtlich noch nicht passiert.

Eigentlich war es zum Lachen, wenn es nicht so ernst wäre. Und wenn da nicht gerade der kalte Stahl eines Schlachtermessers an Cabals Kehle läge. Seiner Meinung nach nicht gerade eine angenehme Position für eine so scharfe Waffe.

Tanner war stinksauer. Seine Augen sprühten vor Zorn, und sein Gesichtsausdruck war fuchsteufelswild.

»Ganz ruhig, Brüderchen«, warnte Cabal. »Wir wollen uns jetzt nicht in die Haare kriegen.«

»Lass sie verdammt noch mal in Ruhe«, knurrte Tanner. Seine Stimme war so leise, dass die Frau, die dort mit dem Rücken zu ihnen auf der Couch saß, sie nicht hören konnte, aber für Cabal war die Warnung deutlich.

Er seufzte. Armes Schwein. Den Schmerz der Frau zu wittern, machte *ihn* schon ganz verrückt. Gott allein wusste, was es mit Tanner anstellte. Das war ihrer beider Fluch. Sie konnten Emotionen wittern wie andere Männer brutzelnden Speck oder frischen Kaffee. Emotionen, die anderen Breeds entgingen, seelenvernichtende Emotionen, die Narben im Verstand hinterließen und lähmten, genau die konnten sie mit verblüffender Genauigkeit wahrnehmen.

Manche Duftnoten waren fast unmerklich, dachte Cabal, während Tanner langsam das Messer wegnahm. Wie die von Scheme. Ein Teil von ihr war so finster vor Schmerz und einem unbändigen Hunger nach Freiheit, dass er Cabals Sinne überrollte. Und er war sicher, dass es Tanner innerlich zerriss. Cabal hoffte nur, dass er durch sein Verhalten die Selbstbeherrschung seines Bruders einreißen und das Tier, das unter der Oberfläche lauerte, zwingen konnte, hervorzubrechen.

Das war auch einer der Gründe, warum Cabal jedes zu seiner Verfügung stehende Mittel eingesetzt hatte, um Tanner über die Jahre von ihr fernzuhalten. Als Cabal ihr zum ersten Mal nahe genug gekommen war, um ihren Duft zu inhalieren, waren ihm einige Dinge klar geworden.

Zuerst einmal, dass sie Tanners Gefährtin war. Das hätte ihn eigentlich veranlassen müssen, es seinem Bruder auf der Stelle zu sagen. Tanner suchte unablässig nach der Frau, die seine Seele an sich binden würde, während Cabal betete, dass ihm ein solches Wesen nie begegnen möge. Seine Seele lag ohnehin schon in Fesseln.

Doch Tanner. Tanner hätte getötet, um sie zu bekommen. Oder er wäre gestorben. Damals war sie schwanger gewesen, mit dem Kind eines anderen Mannes. Und dann später … Verdammt, später war es noch gefährlicher geworden! Das Timing musste stimmen. Als der richtige Moment dann gekommen war, hatte sich glücklicherweise von selbst die Gelegenheit für Tanner ergeben, sie sich zu holen.

»Wir müssen reden«, sagte Cabal fast im Flüsterton und sah

Tanner wieder in die Augen. »Jonas dreht gerade voll am Rad und setzt alles daran, sie zu finden, Tanner. Jedes verfügbare Team ist im Einsatz, um bei der Suche zu helfen.«

Tanner warf einen Blick auf Scheme, und sein Kiefer arbeitete verkrampft.

»Bring sie zu uns, Mann«, knurrte Cabal. »Ruf Jonas an. Er schickt den Heli her. Schaff sie nach Sanctuary.«

»Damit sie dem Breed Law unterstellt wird?«, fragte Tanner aufgebracht. »Wieso, verdammt noch mal, denkst du, dass ich sie hierbehalte? Der einzige Weg, sie zu retten, besteht darin, dass sie meine Gefährtin ist. Aber sie ist es nicht.«

Bitterkeit lag in der Luft, ebenso wie der Duft des Paarungsrauschs.

Cabal schüttelte den Kopf. »Ich wittere aber den Duft von Paarung.«

»Das dachte ich auch schon.« Tanner schluckte schwer. »Unsere DNA ist so ähnlich …« Er hielt inne. »Ich wittere den Paarungsrausch, aber vielleicht nicht aus dem Grund, weil sie meine Gefährtin ist.«

Gequält – anders ließ sich Tanners Gesichtsausdruck nicht beschreiben, ebenso wie der Schmerz, der sich mit dem Duft von Begierde und Sehnsucht mischte.

»Soll heißen?« Jetzt war Cabal schon fast misstrauisch. Ach du Scheiße, Tanner konnte doch nicht meinen, was Cabal dachte, das er meinte. Oder doch?

»Vielleicht ist sie *deine* Gefährtin.« Tanner warf wieder einen Blick zu Scheme, und seine Stimme war so leise, dass nur Cabal ihn hören konnte. »Meine DNA könnte den Rausch auslösen. Aber vielleicht ist das der Grund, warum nur der Duft vorhanden ist. Der Stachel tritt nur in vollem Paarungsrausch hervor. Falls sie deine Gefährtin ist, wäre das eine Erklärung.«

Cabal betrachtete Schemes Hinterkopf. Tanners Schlussfolgerung erklärte nicht, warum sich der Stachel nicht gezeigt hatte. Tanner würde seine Gefährtin erkennen, und er würde sie niemals teilen. Cabal hatte das immer gewusst, auch wenn Tanner es stets bezweifelt hatte.

Es war fast schon komisch. Tanner, der immer so überaus selbstbewusst war, so überzeugt von sich und seinem Platz in der Welt, zweifelte nun an seiner ureigensten Natur, an seiner eigenen Gefährtin. Aber es würde verdammt schwierig werden, das für seinen Bruder in Ordnung zu bringen.

Jetzt war Cabal klar, warum er der Erstgeborene war. Denn dass es so war, war bewiesene Tatsache. Er nahm diese Position ernst. Es war sein Job, Tanner zu schützen, egal, was es ihn selbst kostete. Egal, wie ätzend es auch sein mochte. Und völlig egal, wie sehr es Scheme Tallant verletzen würde.

»Und wie sollen wir das Problem jetzt lösen?« Cabal verdrängte seine Belustigung, denn er wusste, sein Bruder würde sie wahrnehmen, wenn er nicht sehr vorsichtig war. Im Moment war es keine gute Idee, Tanner merken zu lassen, dass sein großer Bruder bei Täuschungsmanövern der Bessere war.

Tanner schluckte schwer. »Ich gehe und lasse dir etwas Zeit allein mit ihr. Wenn du dich mit ihr paarst, lasse ich sie gehen.«

Sie gehen lassen?

Cabal sah, wie Tanners Augen vor unterdrückter Wut aufblitzten. Oh ja, das war echt lustig. Tanner wollte diese hübsche Kleine teilen? Cabals Blick wanderte kurz zu Scheme. Unmöglich, dass er jemals eine Chance bekäme, seinen Schwanz in diese heiße kleine Muschi zu schieben.

Aber ein paar Dinge waren es wert, sich mit Tanner anzulegen. Sobald er sie anfasste, würde sich das Tier befreien, das Tanner so tief in sich eingesperrt hatte, das bezweifelte Cabal keine Sekunde. Das könnte unangenehm werden. Tanner würde jegliche Kontrolle verlieren und den Mann angreifen, der seine Frau anfasste. Aber das wäre immer noch besser, als Tanner offen auszulachen, weil der tatsächlich davon ausging, dass Scheme nicht seine Gefährtin war.

»Sie will nicht geteilt werden, Tanner«, wandte er ein. »Was schlägst du vor, was wir tun sollen?«

»Sie ist deine Gefährtin«, flüsterte Tanner bitter. »Sie wird dich wollen. Wir müssen sie gar nicht täuschen.«

Armer Tanner.

Cabal senkte den Kopf, um sich nicht zu verraten. Wenn der Stachel sich Zeit ließ, in Erscheinung zu treten, dann konnte Cabal schon verstehen, warum sein Bruder zu falschen Schlüssen gelangt war. Aber das änderte nichts an den Tatsachen – und diese Tatsachen konnte selbst Sanctuary nicht ignorieren. Tanner und Cabal mochten Brüder sein, aber es gab dennoch Unterschiede in ihren Duftnoten und ihrer DNA. Nur geringfügig, zugegeben, aber doch vorhanden.

Ganz abgesehen davon, dass Tanner seit zehn Jahren von Fantasien und Gedanken an Scheme Tallant nahezu besessen war. Cabal war belustigt gewesen, aber nicht im Geringsten fasziniert. Sie war recht hübsch, aber keineswegs außergewöhnlich.

Er verschränkte die Arme vor der Brust, lehnte sich zurück und sah Tanner direkt in die Augen.

»Okay.« Er nickte unbekümmert. »Ich werde sie als meine Gefährtin akzeptieren.«

Die Welle der Raserei, die von Tanner ausging, ließ Cabal beinahe zusammenzucken. Äußerlich war sein Bruder vollkommen ruhig. Weder seine Miene noch sein Blick veränderten sich, doch Cabal nahm das Tier in Tanner wahr. Es wäre stark untertrieben, zu behaupten, es sei nicht erfreut.

Armer Tanner.

19

Tanner wollte gehen. Wirklich. Er zog sich durch die Öffnung in der Decke des Tunnels, der am weitesten entfernt lag, und kroch dann durch eine Serie weiterer Höhlen, die zu dem kleinen, von Felswänden geschützten Tal dahinter führten, bevor er sich zwang, zum Ausgang zu gehen.

Er konnte nicht hierbleiben. Sein Gehör und sein Geruchssinn waren zu ausgeprägt. Er würde es hören, wenn Cabal sie nahm, würde den Paarungsrausch wittern, und er fürchtete um seinen Verstand, wenn es dazu kam. Das Tier in ihm kämpfte mit Zähnen und Klauen um seine Freiheit, rasend vor Wut und verzweifelt. Es wollte ihn zur Umkehr zwingen und sie Cabals Griff entreißen.

Wie viele Frauen hatte er schon mit seinem Bruder geteilt? Dutzende. Keiner von ihnen beiden war bisher auch nur ansatzweise monogam gewesen, und die Sexspielchen mit ihren Liebhaberinnen waren immer gewagt und heiß gewesen.

Und doch konnte er jetzt nicht in dieser verdammten Höhle bei Cabal und Scheme bleiben. Er hatte sich gezwungen, zu gehen und ihren verwirrten Tonfall zu ignorieren, als sie seinen Namen rief. Er war gegangen, so schnell ihn seine Beine trugen.

Seine DNA war der von Cabal zu ähnlich. Fast identisch. Sie waren beinahe Klone. Daher ergab es Sinn, dass er Cabals Gefährtin so verzweifelt begehrte, dass er für sie brennen und ihretwegen den Verstand verlieren würde.

Und im Augenblick war er wirklich dabei, den Verstand zu verlieren.

Er blieb am Ausgang stehen, holte tief Luft und starrte die Felswände hinauf, die das schmale Tal schützten. Die Berge in Sandy Hook waren voller Felsvorsprünge, Höhlen und verborgener Tunnel. Callans Mutter, eine Wissenschaftlerin, hatte als Kind in den Felswänden und Höhlen gespielt, und sie hatte Callan einige Male darin versteckt. Aber Callan war derjenige gewesen, der den schmalen niedrigen Tunnel unter den Haupthöhlen gefunden hatte, ebenso wie die Höhlen, die damit verbunden waren.

Sie waren vollständig verborgen, selbst vor den Satelliten in der Erdumlaufbahn, die dafür ausgerüstet waren, unter die Erdoberfläche zu sehen.

Tanner starrte hinauf zu den zerklüfteten Überhängen, durch die Kiefern, Eichen und Robinien, die in diesem Gebiet wuchsen. Er holte tief Luft und focht einen Kampf in seinem Inneren aus, von dem er nicht wusste, ob er ihn gewinnen würde. Das Tier, das er so unbedingt bändigen wollte, brüllte vor Wut auf, schlug seine Klauen in Tanners Verstand und in seinen Körper und verlangte, dass er umkehrte – und sich nahm, was ihm gehörte. *Seins.*

Er biss die Zähne zusammen, schüttelte ruckartig den Kopf und kämpfte gegen einen Impuls an, der so ungezähmt war, so animalisch, dass es ihn schockierte.

Ein Knurren grollte in seiner Brust, er fletschte die Zähne und unterdrückte ein wutentbranntes Aufbrüllen. Er stand kurz davor, den Kampf zu verlieren.

Seine Frau.

Die einfache Feststellung raste durch seinen Kopf.

Seine Frau.

Es war ihm vorbehalten, sie zu berühren, sie zu halten, sie zu nehmen.

Zehn Jahre lang hatte er über sie gewacht. Er hatte zusehen

müssen, wie andere Männer mit ihr geschlafen und ihre Sexualität kontrolliert hatten. Er hatte zugesehen, wie andere Männer sie genommen hatten, und dabei sich selbst gehasst, sie gehasst und sich gezwungen, sich von ihr fernzuhalten, trotz der Begierde, die in ihm tobte.

Sie war gequält worden, und mehr als einmal war sie beinahe getötet worden. Ihr Vater, der Mann, der sie hätte beschützen müssen, hatte mit ihrem Verstand und ihrem Leben gespielt. Es war ein Wunder, dass sie all das unbeschadet überlebt hatte.

Und Tanner hatte nie gewusst, was zur Hölle sie durchgemacht hatte. Er hatte sein dringendes Bedürfnis ignoriert, sie zu entführen und sie aus dem Spiel zwischen Council und Breeds herauszunehmen. Er hatte sich selbst eingeredet, dass sie das gleiche Monster war wie ihr Vater. Obwohl er es doch besser gewusst hatte – so wie er es auch jetzt eigentlich besser wusste. Und doch war er gerade dabei, sie zu verlassen.

Er hatte seine Pflicht erfüllt, doch wofür? Um sie jetzt Cabal zu überlassen? Wollte er wirklich die einzige Frau verlassen, die er je …? Er hielt inne, kniff fest die Augen zusammen und knurrte in ungezähmter Wut.

Er liebte sie.

Cabal kannte sie nicht. Er hatte sie nicht all die Jahre beobachtet. Er hatte nie die Einsamkeit in ihrem Gesicht gesehen, jede Nacht, wenn sie sich schlafen gelegt hatte, oder die Unzufriedenheit und Verzweiflung, wenn ein Mann sie berührt hatte.

Cabal hatte nicht zugesehen, wenn sie in ihr Kissen geweint hatte. Nicht oft jedenfalls, die paar Male konnte er an einer Hand abzählen. Doch Tanner hatte sie weinen sehen, und er hatte mit ihr gelitten.

Er stand auf, entschlossen, die Höhlen zu verlassen, sich eine Bar zu suchen und sich heftig zu betrinken, wie es nur ging, bevor er zurückkehrte.

Aber er konnte sich nicht von der Stelle rühren. Er befahl seinen Füßen loszumarschieren, aber das Tier in ihm brüllte vor Wut auf.

Seine Frau.

Er holte mühsam Luft. Er konnte ihren Duft auf seiner Haut wittern, ihren Kuss auf seiner Zunge schmecken. Seine Haut juckte vor Verlangen, sie zu spüren, sie unter sich festzuhalten, zu nehmen und als die Seine zu markieren.

Er hatte sich nicht mit ihr gepaart. Sie war nicht seine Gefährtin. Sie musste Cabals Gefährtin sein. Aber er liebte sie. Gott, er liebte sie!

Und bevor er die Kontrolle zurückgewinnen konnte, die ihm das Tier entrissen hatte, drehte er sich um, lief durch die Höhlen zurück und kämpfte dabei gegen das Gebrüll in seiner Brust an, gegen die wachsende Raserei.

Er hatte das Tier niemals freigelassen, nicht seit seiner Flucht aus dem Labor. Er hatte dagegen angekämpft, es eingesperrt, um jeden Preis gefangen gehalten. Bis jetzt.

Jetzt fühlte er, wie es sich von den Fesseln befreite, die Tanner ihm angelegt hatte.

Meine Gefährtin, brüllte das Tier.

Sie konnte nicht seine Frau sein, seine Gefährtin. Seine Schritte wurden länger. Es spielte verdammt noch mal keine Rolle. Sie gehörte ihm. Scheiß auf den Paarungsrausch, sie war seine Frau, und er würde sich wehren, sollte sie ihm jemand wegzunehmen versuchen. Er würde jeden Mann oder Breed töten, der sie ihm wegnehmen oder sie verletzen wollte.

Tanner erreichte den verborgenen Eingang und ließ sich in den Tunnel fallen. Er musste sie erreichen, bevor Cabal sie nahm. Denn Gott war sein Zeuge, wenn Cabal das tat, dann würde Tanner ihn vielleicht töten müssen.

Scheme starrte den Tunneleingang an, durch den Tanner verschwunden war, und Panik breitete sich in ihren Eingeweiden aus. Cabal St. Laurens musterte sie neugierig.

Ihre Lippen bebten, als sie langsam und tief Luft holte. Ihre Haut kribbelte plötzlich angesichts des Gefühls nahenden Unheils. Wenn ihr Vater sie anlächelte, hatte sie immer das gleiche Gefühl.

Auch Cabal lächelte jetzt, nur ganz leicht, und seine grünen Augen durchbohrten sie, als sie ihn ansah.

Tanner hatte kein Wort gesagt. Er war einfach gegangen. Sie hätte gar nicht bemerkt, dass er ging, hätte Cabal ihm nicht noch ein eher sarkastisches Abschiedswort nachgerufen.

»Tanner.« Sie rannte zum Ausgang. »Tanner, wage es ja nicht, mich hier mit ihm allein zu lassen.«

Doch dann kam sie abrupt zum Stehen, als Cabal sich ihr in den Weg stellte und den Ausgang blockierte. Seine Arme hingen locker an den Seiten herab, doch seine Haltung war wachsam.

Er würde sie aufhalten. Er würde sie nicht gehen lassen.

Langsam wich sie zurück. Ihr Atem klang rau in der Stille des Raums, als sie Cabal anstarrte.

»Wohin geht er?« Sie wich weiter zurück, bis sie plötzlich auf die Couch hinter sich traf.

Sein Grinsen wurde breiter, und seine grünen Augen schimmerten belustigt. »Er hat beschlossen, uns etwas Zeit allein zu geben.«

Scheme schluckte schwer und ballte die Hände zu Fäusten, als Zorn in ihr aufwallte. So etwas hatte sie schon einmal erlebt, dachte sie mit einem Gefühl wachsender Scham. Chaz hatte das ebenfalls mit ihr gemacht. Er hatte erklärt, dass ein Kollege sich ihnen im Bett anschließen würde, hatte sie damit gereizt, sie herausgefordert und sie dann mit ihm geteilt.

Sie erinnerte sich nicht einmal mehr an seinen Namen. Sie versuchte, die Erinnerung an den Akt zu verdrängen. Es war nicht so furchtbar unangenehm gewesen, aber das hohle Gefühl danach, die Beschämung, verfolgte sie immer noch.

»Wir brauchen keine Zeit allein.« Wieder sah sie zum Ausgang und fühlte sich in einem Maße verraten, das gar keinen Sinn ergab.

Tanner hatte ihr nichts versprochen. Eher das Gegenteil. Und selbst wenn, würde es keine Rolle spielen. Ohne Zweifel war er der Spion ihres Vaters. Warum sonst sollte er glauben, dass sie da mitmachen würde?

Aber wieso tat das so weh? Ein Teil von ihr schien gehofft zu haben, dass er nicht dieser Spion war. Irgendein Teil von ihr, der keinerlei Überlebensinstinkt besaß und den nicht einmal ihr Vater hatte auslöschen können. Dieser Teil von ihr träumte von einem weißen Ritter und glaubte immer noch, dass es irgendwo Hoffnung gab.

Sie blinzelte die Tränen weg. Sie würde nicht vor diesem Mann weinen. Vor diesem Breed.

»Unglücklicherweise brauchen wir tatsächlich etwas Zeit für uns«, sagte er leise und kam auf sie zu, während sie an den Rand der Couch zurückwich.

»Aus welchem Grund?«, gab sie unfreundlich zurück, ohne ihren Zorn oder ihre Furcht zu unterdrücken.

Sie war so lange stark geblieben, weit länger, als sie überhaupt gedacht hatte zu überleben, seit sie angefangen hatte, mit Jonas zusammenzuarbeiten.

Cabal seufzte wieder, legte den Kopf schief und beobachtete, wie sie langsam um die Couch herumschlich. Gut, er konnte sie jederzeit mit einem Satz packen, aber sie musste es ihm ja nicht allzu leicht machen.

»Wir müssen reden, Scheme.« Seine Stimme wurde härter.

»Jonas hat diese Woche eine ziemliche Schlacht geschlagen, um dich zu finden. Wieso?«

Sie versuchte krampfhaft zu atmen, aber die Furcht hämmerte in ihrem Kopf und durch ihre Adern. Sie wollte Tanner zurück. Wenn einer von beiden sie töten musste, warum konnte es nicht Tanner sein? Er würde es doch sicher tun, ohne ihr große Schmerzen zu bereiten.

»Tanner!« Sie schrie seinen Namen, und ein trockenes Schluchzen drang aus ihrer Kehle.

»Tanner ist gegangen«, meinte Cabal. »Na komm, lass uns das auf die sanfte Tour machen.« Na, wo hatte sie das schon mal gehört?

»Auf die sanfte Tour?«, fauchte sie schwer atmend, und das Panikgefühl wurde übermächtig.

Sie war so dämlich. So dumm. Sie war doch tatsächlich geschockt, dass Tanner abgehauen war und sie hier zurückgelassen hatte, damit sein Bruder sie töten konnte. Sie hätte schon vor Jahren aufhören sollen, sich von irgendwas schockieren zu lassen.

»Wieso zum Teufel sollte ich das hier für einen von euch einfacher machen?«, zischte sie und erwiderte finster seinen Blick, während er sie mit berechnendem Interesse musterte.

»Wieso bringt dein Verschwinden Jonas so sehr ins Schwitzen, Scheme?«, fragte er wieder. »Könnte es sein, dass du der Spion bist, der es ihm möglich macht, Tallants Züge so genau zu verfolgen? Ist das der Grund, warum dein Vater dir einen Killer auf den Hals gehetzt hat?«

»Wieso kümmert dich das?«, fragte sie und wich weiter zurück, auch wenn ihr klar war, dass sie bald keinen Raum zum Rückzug mehr haben würde. »Angst vor irgendwas, Breed?«

Seine Mundwinkel zuckten. »Weißt du, ich erinnere mich, dass ich dich schon einmal persönlich gesehen habe, vor Jahren.« Seine Augen wurden schmal. »Du standest bei deinem Freund, dem Killer, und der Wind hat mir deinen Duft zugetragen. Du warst schwanger.«

»Nicht.« Scheme schüttelte den Kopf. Das hielt sie nicht aus.

»Weiß Tanner, dass du ein Kind abgetrieben hast, Scheme?«

Verzweifelt schüttelte sie den Kopf. »Das habe ich nicht«, stöhnte sie. »Das würde ich nie tun.«

»Wo ist das Kind denn jetzt?«

»Du Scheißkerl.« Ihre Selbstbeherrschung brach zusammen. Sie würde sich nicht so quälen lassen. »Glaubst du wirklich, du quälst mich damit?«, gab sie bissig zurück. »Du hast keine Ahnung, was Folter ist. Na los, Cabal, töte mich. Hör auf, mit mir zu spielen.«

Er machte große Augen. »Du denkst, ich will dich töten?«, fragte er belustigt. »Meinst du, du könntest an einem Orgasmus sterben?«

»Du denkst, du kannst mich vorher noch flachlegen?«, spottete sie. »Steht Vergewaltigung denn auf der Liste deiner Fähigkeiten? Das ist nämlich der einzige Weg, wie du mich ins Bett kriegst.«

Cabal blieb stehen, nur ein paar Schritte von ihr entfernt, als die Wand ihren Rückzug stoppte.

»Tanner hat sich nicht mit dir gepaart«, sagte er. »Damit bleibe nur ich übrig, Schätzchen. Du kannst dich ebenso gut schon mal daran gewöhnen.«

»Wie bitte?« Der Kerl war verrückt. Eine Psychose kam dem Irrsinn dieses Breeds nicht mal nahe. »Ich denke, du weißt verdammt genau, dass ich sehr wohl Sex mit Tanner hatte.«

Scharfe weiße Reißzähne blitzten auf, als er lächelte – ein breites, belustigtes Lächeln, das seine grünen Augen strahlen ließ.

»Ihr hattet Sex«, pflichtete er ihr bei. »Aber ihr habt euch nicht gepaart. Er hat beschlossen, dass ich mich um dieses Detail kümmern soll.«

»Ach ja?« Inzwischen zitterte sie vor Wut und Angst. »Willst du mich dafür vergewaltigen?«

»Muss ich denn?« Das Lächeln war verschwunden. Sein Gesichtsausdruck wurde hart und entschlossen, als er näher trat. »Willst du mich dazu zwingen, dass ich das tun muss, Scheme, oder wirst du es uns beiden leicht machen?«

Sie schüttelte langsam den Kopf. »Ich lasse nicht zu, dass du mich vergewaltigst.«

»Ich vermute, dann wirst du es mir leicht machen«, meinte er, und der Zug um seinen Mund wurde raubtierartig. »Sei also ein braves Mädchen, und zieh dich aus. Wir legen los und bringen es hinter uns.«

»Nein.« Sie schüttelte den Kopf, und Angst und Wut hämmerten in ihrem Kopf. »Ich werde keinem von euch irgendwas leicht machen.«

»Gefährten können sich einander nicht verweigern.« Seine Antwort verwirrte sie nur noch mehr, während er weiter auf sie zukam. »Ich verspreche dir, Schätzchen, sobald wir anfangen, willst du mich gar nicht mehr loswerden.«

Sein Lächeln war nun sarkastisch, und sein Körper stand unter Hochspannung.

»Du bist verrückt«, schleuderte sie ihm entgegen, schnappte nach Luft und sah sich verzweifelt um. Es musste doch einen Ausweg geben. Sie würde es nicht ertragen können, wenn er sie anfasste, das wusste sie.

»Mach einfach die Augen zu, und stell dir vor, ich wäre Tanner.« Seine Stimme wurde sanfter. »So schwer wird das nicht sein.«

Ihr Herz hämmerte so heftig in ihrer Brust, dass sie sicher war, es würde jeden Moment herausspringen. Ihre Kehle war wie zugeschnürt, ihr Atmen ging schwer, und klares Denken war nahezu unmöglich.

»Ich werde dir nicht wehtun, Scheme.« Er kam immer näher.

Scheme erkannte, dass es kein Entrinnen für sie gab. Er wartete darauf, dass sie sich bewegte, dass sie losrannte. Er war darauf vorbereitet. Sie würde nicht einen Schritt weit kommen.

»Tu das nicht«, flüsterte sie, als er nur noch eine Armlänge von ihr entfernt war. »Bitte.«

»Wieso?« In seiner Stimme lag ein leises Schnurren, mit einem dezent gefährlichen Unterton.

»Ich will dich nicht.« Ihre Stimme klang erstickt von den Tränen, die sie mit aller Kraft unterdrückte. »Wenn du mich töten willst, dann tu es einfach, und bring es hinter dich. Aber nicht das.«

»Ich frage dich noch mal. Wieso? Wieso sollte ich mir nicht nehmen, was Tanner mir zugedacht hat? Er will nur, dass du in Sicherheit bist, nichts anderes. Der einzige Weg, dich vor dem Breed Law zu schützen, besteht darin, dass sich einer von uns mit dir paart.«

»Wovon redest du?«, rief sie wütend. »Ich habe eine ganze verdammte Woche mit ihm in diesem Bett verbracht. Was für irre Regeln für Sex habt ihr Bastarde eigentlich?«

Er hob den Kopf, und sein Blick wurde nachdenklich. »Es tut mir leid«, flüsterte er, einen Augenblick bevor er über sie herfiel.

Seine Finger schlossen sich um ihre Arme, als er seinen Mund auf ihren drückte und seine Zunge über ihre Lippen gleiten ließ, und sie verlor den letzten Rest ihres Verstandes.

Wilde Verzweiflung. Sie schrie auf vor Wut, trat um sich und versuchte zu beißen. Ihre Haut schreckte vor seiner Berührung zurück, als sie darum kämpfte, ihm zu entkommen. Sie konnte es nicht ertragen, nachdem sie mit Tanner zusammen gewesen war und Dinge gefühlt hatte, die sie mit einem Mann nie für möglich gehalten hatte – dieses Gefühl von Wärme und Vollständigkeit in seinen Armen, selbst wenn er dazu bestimmt war, ihr Henker zu sein.

Daher ertrug sie es nicht, dass dieser Mann sie jetzt berührte. Es spielte keine Rolle, wer er war oder was er für Tanner war – er war nicht Tanner. Und es war nicht seine Berührung, nach der sie sich sehnte. Übelkeit stieg in ihr auf, und Schmerz durchdrang ihre Seele.

In all den Jahren, die sie ihren Vater hintergangen hatte, hatte er sie nie vergewaltigen lassen. Doch Tanner war gegangen und hatte sie hier mit einem Mann allein gelassen, der genau das vorhatte.

»Tanner!« Sie schrie seinen Namen, während Cabal sie mühelos festhielt, seine Lippen an ihrem Ohr, die sie berührten, ihr etwas zuflüsterten. Irgendwas, das sie beruhigen sollte, obwohl die Worte keinen Sinn ergaben.

Wieder schrie sie nach Tanner, zappelte, versuchte sich freizukämpfen aus Cabals unglaublich hartem Griff, weg von seinem breiten Brustkorb, der sie an die Wand drückte, weg von seinen kräftigen Beinen, die ihre Schenkel einklemmten.

Panik raste durch ihren Leib. Sie zuckte vor seiner Berührung zurück, und ihre empfindsame Haut prickelte vor Abscheu, als er sie an sich drückte.

»Ich will dich nicht«, schrie sie wütend, wand sich und kämpfte gegen seinen Griff an. »Ich will das hier nicht.«

»Es wird alles gut, Schätzchen«, raunte er ihr ins Ohr, doch noch immer drückte er sie an die Wand, berührte sie, knabberte an ihrem Ohr, sodass sie vor Wut schrie.

»Du Scheißkerl!« Die Verzweiflung verlieh ihr Kraft, doch die reichte nicht, um zu entkommen. Sein Griff war eisern.

»Du bist eine Wildkatze.« Sein leises Auflachen drang an ihr Ohr. Es klang weder grausam noch hart, und das machte es umso beängstigender.

Keuchend und erschöpft wurde sie still. Sie zitterte in seinem Griff, und eine Träne rann über ihre Wange. Sie würde nicht weinen, befahl sie sich. Nicht deswegen. Tränen würden nicht ändern, was er vorhatte, und sie würden ihr nicht zu der Kraft verhelfen, um zu ertragen, was auch immer er tun würde.

»Liebst du Tanner, Scheme?«, flüsterte Cabal da an ihrem Ohr, so leise, dass es kaum zu hören war.

Scheme schloss die Augen. Sie wusste, dass er jede Lüge wittern würde.

»Ich liebe ihn.« Doch das ergab keinen Sinn. Wie konnte sie den Mann lieben, der zuließ, dass ein anderer sie vergewaltigte?

»Warum liebst du ihn?« Er knabberte an ihrem Hals, ohne seinen Griff oder die wachsame Anspannung seines Körpers aufzugeben. »Sag mir, warum du ihn liebst, Scheme, und ich lasse dich gehen.«

Von wegen! Den Trick kannte sie: das hinterhältige Versprechen von Freiheit für etwas so Geringes – und so Vernichtendes.

Sie drehte den Kopf von ihm weg, und ihre Angst wurde noch größer, als sie seine Reißzähne an ihrem Hals spürte und die leise Drohung, die darin lag.

»Weil ich zu dumm zum Überleben bin«, flüsterte sie. »Zu dumm, um die Hölle zu erkennen, wenn ich sie sehe.«

Oh Gott, seine Berührung schmerzte! Es war die reinste Qual. Es war nur eine ganz leichte Berührung, doch plötzlich fühlte es sich an, als würden sich Dolche in ihren Arm bohren. Sie schrie gequält auf, und seine Hände ließen sofort von ihr ab, aber sein Körper hielt sie noch immer an die Wand gedrückt. Die Gewissheit, dass sie nichts gegen ihn ausrichten konnte, jagte ihr wie ein Anfall von Irrsinn durch den Verstand.

»Es ist okay«, flüsterte Cabal da mit sanfter Stimme. »Er kommt zurück zu dir, Scheme. Nur noch einen Moment, dann ist er da.«

Sie lag nicht im Sarg begraben unter der Erde, aber in ihrem Verstand tobte die gleiche erstickende furchtbare Angst. Sie würde das nicht überleben. Selbst wenn sie nicht starb, würde sie es nicht überstehen, wenn dieser Mann sie nahm.

Sie kämpfte verbissen und war sich sicher, dass sie nicht die Kraft hatte, noch einmal zu schreien. Doch da erklang ein wütendes Knurren, ein rasendes Wutgebrüll, und plötzlich war sie frei. Durch den Schwung ihres Abwehrkampfes ging sie zu Boden, und das Haar fiel ihr wie ein Wasserfall vors Gesicht, als sie auf den Steinboden traf.

Wieder dieses Gebrüll. Wie das Brüllen eines mordlüstigen Tieres.

Scheme schob sich das Haar aus dem Gesicht und starrte geschockt durch den Raum.

Tanner. Er hatte sich schützend zwischen sie und Cabal gestellt, in Verteidigungshaltung, und knurrte seinen Bruder an.

»Ich habe dir nicht gesagt, dass du sie vergewaltigen sollst.« Der Klang seiner Stimme war furchtbar. Tier und Mann zugleich, ein knurrendes Grollen, das Gewalt verhieß.

Cabal warf ihr einen Blick zu, und nur eine Sekunde lang glitzerte Belustigung in seinen Augen, bevor er wieder Tanner ansah. Scheme konnte das Pulsieren mörderischer Wut in der Höhle spüren und hörte es in den knurrenden Lauten, die aus Tanners Kehle drangen.

»Du hast sie mir überlassen«, erinnerte Cabal ihn leise. »Wie ich mir meine Gefährtin nehme, ist meine Entscheidung. Oder nicht, Bruder?«

Tanners Gebrüll war voller Wut und zugleich eine Herausforderung.

»Meins!« Ein einzelnes Wort aus Tanners Kehle, das Scheme schockiert zusammenzucken ließ, während Cabal den Kopf schief legte und seinen Bruder sorgfältig musterte.

Dann hob er langsam die Hände in einer Geste der Kapitulation.

»Ich werde nicht mit dir um sie kämpfen«, sagte er dann leise und sanft. »Sie gehört dir, Tanner. Sie gehörte nie einem anderen.«

Langsam wich er zur Tür zurück und schenkte Scheme ein übermütiges Zwinkern, während Tanner ihn aufmerksam beobachtete.

Das war Absicht gewesen? Cabal hatte Tanner mit voller Absicht gereizt und ihn bewusst aufgestachelt? Wieso?

Langsam und zitternd stand Scheme auf und beobachtete die beiden Männer vorsichtig. Schwer atmend versuchte sie zu verstehen, was in aller Welt hier eigentlich vorging. Sie konnte die Untertöne unbändiger Wut fühlen und erkannte mit einem kurzen Blick in Tanners Gesicht die Brutalität seiner ungezähmten unverhohlenen Lust.

Seine Augen glitzerten wie Gold, als er beobachtete, wie sein Bruder sich langsam aus dem Raum entfernte, und das wilde Grollen, das in seiner Kehle vibrierte, klang mehr nach Tier als nach Mann. Ein innerer Dämon schien seine Fesseln gesprengt und die Kontrolle über den Mann an sich gerissen zu haben.

Scheme rieb sich über die Arme und wich zurück. Nun fragte sie sich, ob es einen Weg gab, Tanner zu entkommen. Das war nicht der Breed, den die Welt kannte, der PR-Magier mit dem überheblichen Lächeln und der ruhigen Stimme. Das war das Tier, das vom Council erschaffen worden war, der Killer, den das Council ausgebildet hatte.

In einer scharfen Bewegung drehte er sich zu ihr um, als hätte er ihre Gedanken irgendwie gehört.

»Denkst du, ich würde dich verletzen?«, knurrte er, fletschte die Zähne und richtete sich aus seiner geduckten Haltung auf.

Doch entspannt war er in keiner Weise. Tödliche Gefahr hing in der Luft, und seine pulsierende Lust war nahezu greifbar. Sie glitzerte in seinen Augen, nackt und intensiv, während er sie mit seinem Blick verschlang.

»Ich dachte auch nicht, dass du mich hier zurücklassen würdest, damit ein anderer Kerl mich vergewaltigen kann«, keuchte sie. Doch obwohl sie vor Cabal zurückgewichen war, rührte sie sich bei Tanner nicht von der Stelle. »Du hast mich hiergelassen, damit ein anderer Mann mich nimmt, Tanner.«

Zorn wallte in ihr auf. Leider hatte sie gerade nichts zur Hand, was sie nach ihm werfen konnte. Sie ballte die Hände zu Fäusten und zitterte, weil das Gefühl des Verrats so stark war.

»Du gehörst mir«, knurrte er und kam auf sie zu, mit fließenden Bewegungen, voll raubtierhafter Anmut und mit einer intensiven erotischen Ausstrahlung.

Sie antwortete mit Spott. »Ich gehöre dir? Ich denke nicht. Ich gehöre keinem Mann.«

Ein hartes sinnliches Lächeln huschte über seine Lippen. »Keinem Mann, einem Breed.«

Sie machte einen Satz, um ihm zu entkommen, aber er war schnell, schneller, als sie ihm zugetraut hatte. Als sie sich umdrehte, um zu fliehen, schlang er seine Arme um sie. Sein Brustkorb fing sie ab, als er sie an sich riss und sein Glied sich an ihre Kehrseite drückte.

»Meine Gefährtin.« Ein durchdringendes Knurren, dann riss seine Hand den Kragen ihres Shirts zur Seite, und seine Zähne bohrten sich in ihre Schulter.

Er biss zu.

Scheme schrie auf, nicht so sehr aus Schmerz, sondern wegen der plötzlichen überwältigenden Erkenntnis, dass dies mehr bedeutete als nur eine physische Markierung. Seine Reißzähne bohrten sich in ihr Fleisch, und seine Zunge strich über ihre Haut, während sein Mund an der Wunde saugte.

Es schmerzte, aber nicht so sehr, wie es vermeintlich sollte. Intensive Erregung, die sie nicht erwartet hatte, blühte in ihr auf. Ihr Kopf sank zur Seite, und ihre Fingernägel gruben sich in seine Handgelenke. Sein Biss sollte nicht solch eine Lust in ihr wecken, er sollte ihr nicht wahre Stromstöße direkt in ihre Brustwarzen, ihren Unterleib, ihre Klitoris jagen.

Sie sollte nicht das brennende Verlangen nach mehr verspüren.

»Was tust du da?«

Er knurrte hinter ihr. Ihre Fingernägel krallten sich nach wie vor in seine Handgelenke, als seine Hände sich unter ihr Shirt schoben. Ihre Haut war so empfindsam, dass sie aufstöhnte bei dem Gefühl seiner rauen Hände, die an ihrem Körper nach oben glitten und dann ihre Brüste umfassten. Ihre Nippel waren hart, heiß und drückten sich flehend gegen seine Hände.

»Meins«, knurrte er wieder, und seine Zähne lösten sich von ihrer Schulter mit einem Gefühl von so intensiver Lust, dass ihre Muskeln sich begierig zusammenzogen.

»Tanner«, wimmerte sie und fühlte ein leichtes pulsierendes Brennen in ihrer Schulter, als seine Zunge über die Wunde fuhr. Ein Gefühl wie flüssige Hitze breitete sich langsam von den vier kleinen Stichen in ihrem ganzen Körper aus.

Als wäre ein starkes Narkotikum plötzlich in ihren Blutkreislauf gelangt, wurden ihre Knie weich, und ihr Unterleib zog sich zusammen in einem unbändigem Verlangen, so intensiv, dass sie nur aufkeuchen konnte.

Cabal musste die Übelkeit hinunterschlucken, die in ihm aufstieg, als er durch die Tunnel floh – so weit wie nur möglich weg von dem, was er gerade getan hatte.

Hatte er es zu weit getrieben? Er hatte sie in Angst und Schrecken versetzt, hatte ihre Emotionen angestachelt. Und schon bevor er es getan hatte, war ihm klar gewesen, wie entsetzlich sie es finden würde.

Es war die Bindung. Das Tier konnte den Schmerz der Gefährtin spüren. Das wusste er von anderen verbundenen Paaren. Es war kein bewusster Vorgang, die Paare registrierten es nie wirklich, aber es war da – so wie bei Tanner und Scheme. Er hatte Tanner zwingen müssen, zu ihr zurückzukehren. Er hatte das Tier zwingen müssen, sie für sich zu beanspruchen.

Doch war er dabei zu weit gegangen?

In jedem Fall war es für sein eigenes Wohlbefinden zu weit gegangen. Er betete nur, dass sein Bruder ihm je verzeihen konnte.

20

Seine Gefährtin!

Sie gehörte ihm.

Tanner war außer Kontrolle, das war ihm klar. Er hatte die Zurückhaltung, die er sich selbst aufgezwungen hatte, verloren und befand sich nun am Rande des völligen Zusammenbruchs als zivilisiertes Wesen, wenn er es nicht schaffte, sich auch nur ein wenig zurückzuhalten.

Er warf den Kopf zurück und beugte die Knie, um seine qualvoll zuckende Erektion an Schemes Pobacken zu drücken, während seine Hände ihre Brüste umfassten.

Er hatte sie gebissen, ihr Blut geschmeckt und mit einer schmerzhaft angeschwollenen Zunge über die Wunde geleckt, deren Drüsen das süße dunkle Aroma der Lust in seinen Mund ausschütteten.

Jedes Mal, wenn er schluckte, verbrannte er innerlich.

Er unterdrückte einen Fluch, als er sich an ihren Po presste und die Hitze ihrer Haut durch den weichen Samtstoff der Hose und seine Jeans hindurch spürte. Wenn er nicht in sie eindringen und sie nehmen würde, dann wäre das sein Ende.

Sie war seine Frau, seine Gefährtin.

Er hatte es gewusst. Jahrelang, trotz aller Verleugnung, hatte er gewusst, dass diese Frau ihm gehörte, und doch hatte er sich ferngehalten. Irgendein Impuls, eine Gewissheit, die er nicht verstand, hatte ihn daran gehindert, sie zu holen, sie aus ihrem Heim zu entführen und zu seinem ausschließlichen Vergnügen zu verstecken.

Das Tier in ihm brüllte triumphierend auf, als er sie zu sich umdrehte, die Arme um sie schlang und seine Lippen auf ihren Mund presste. Keine Zeit für Finesse. Keine Zeit, bei jeder Berührung abzuwägen, ob sie Lust oder Schmerz bereitete, keine Kontrolle, um die animalische Lust mit zärtlichen Worten oder beruhigenden Küssen zu zügeln.

Nur Begierde. Gott, diese verdammte Gier würde ihn noch umbringen. Er schob seine Zunge zwischen ihre Lippen und knurrte vor Genugtuung, als sie sie augenblicklich mit den Lippen umfing und daran saugte.

Oh mein Gott.

Seine Hände zerrten an ihrer Hose, entfernt registrierte er, wie der Stoff zerriss. Aber er spürte ihre Haut, nackt, weich wie Satin und heiß, während sie sich an ihn drängte.

Die Lust brannte in ihm, als sie das süße Hormon aus den Drüsen seiner Zunge saugte, und mit jedem Pulsieren der Flüssigkeit wurden ihre Bewegungen sinnlicher, und sie stöhnte in seinem Kuss vor drängendem Verlangen.

Er verbrannte sie. Er konnte es fühlen, es wittern.

Das war nicht nur der Paarungsrausch, sondern mehr. So verdammt viel mehr.

Er war verrückt gewesen, zu denken, Cabal könnte sie jemals anfassen, ohne dass er dabei den Verstand verlor. Verrückt, zu glauben, er würde es überleben, wenn ein anderer sie als die Seine markierte und in seinen Armen hielt.

Er hatte ja kaum ertragen, dass Cabal im selben Raum mit ihr war. Er hatte sich zwingen müssen zu gehen. Er hatte sich gezwungen, zu tun, was er dachte, das er tun müsste.

Doch das Tier hatte es besser gewusst. Tanner hatte es so weit in den finstersten Winkel seines Verstandes verbannt, dass es kein Halten mehr gegeben hatte, nachdem es seine Fesseln gesprengt hatte.

Seine Fingernägel schrammten über ihren Rücken, bevor er die Hände in ihr Top krallte und es ihr vom Leib riss. Er wollte sie nackt. Er wollte sie heiß und feucht um seinen Schwanz, wenn er in sie hineinstieß.

Und sie war feucht. Er schob seine Finger unter ihren Po, in ihre Spalte und fühlte dort die weiche warme Creme, die ihm das Eindringen erleichterte.

Ihre Hände krallten sich in sein Haar, ihre Arme stützten sich auf seine Schultern. Sie klammerte sich an ihn, während seine Lippen auf ihrem Mund lagen und sie fester an seiner Zunge saugte.

Der Paarungsrausch traf ihn mit voller Wucht. Es war unmöglich, die Kontrolle über das Tier in sich oder die Lust zu erlangen. Tanner konnte sich an keinen Augenblick erinnern, in dem er das Tier und seine sexuellen Begierden nicht unter Kontrolle gehabt hatte. Es hatte keine Frau gegeben, die er nicht kontrollieren oder überlisten konnte. Bis jetzt. Das hier ließ sich nicht kontrollieren.

Er hielt sich nicht damit auf, sein Hemd auszuziehen. Dazu hätte er sich von ihr lösen müssen, von ihrem Mund, der an ihm saugte und damit immer mehr von dem Hormon herauslockte. Das konnte er nicht tun.

Er riss das Hemd einfach auf und schüttelte den Stoff ab. Danach war sein Gürtel an der Reihe. Er zerrte ihn ab, bevor er die Jeans öffnete und über die Hüften nach unten schob, um seine Erektion zu befreien.

Er musste sie haben. Wenn er nicht schleunigst in sie eindrang und dieses schmerzhafte Verlangen befriedigte, würde er noch implodieren. Die Hitze, die sich durch seinen Körper brannte, ließ ihn innerlich schmelzen, trieb ihm den Schweiß aus allen Poren, und er knurrte unablässig.

Er packte ihre Schenkel, spreizte sie und hob sie hoch.

Ein wildes gedämpftes Knurren vibrierte in seiner Brust, als seine Eichel auf ihre Haut traf. Oh verdammt, ja! Sie war heißer als Feuer, wie Lava oder geschmolzenes Eisen, und er brauchte mehr von ihr.

Sie war eng. Seine dicke Eichel drückte sich in sie, dehnte das enge Gewebe und ihre Muskeln, während er immer wieder mit seiner Zunge in ihren Mund vorstieß und zur Wand taumelte.

Zum Bett würde er es nicht schaffen. Das war zu weit weg. Keine Zeit. Er musste in sie, auf der Stelle und bis zum Anschlag.

Er löste seine Lippen von ihr, um zu Atem zu kommen, und öffnete die Augen, weil er ihr Gesicht sehen wollte. Gott, sie musste es auch wollen! Er könnte es nicht ertragen, den Schmerz in ihrem Gesicht zu sehen, den er gewittert hatte, als er durch den Tunnel zur Höhle zurückgerannt war.

Doch da war kein Schmerz, weder in ihrem Gesichtsausdruck noch in ihrem Duft. Lust, köstlich und pulsierend, erfüllte ihre Miene, ließ ihre Augen noch schräger erscheinen und verlieh ihr ein exotisches überirdisches Aussehen. Seine Hüften zuckten, und er trieb seine Erektion tiefer in sie hinein.

»Ich lasse dich nicht gehen«, knurrte er und grub die Finger in ihre Hüften. »Niemals.«

Ihre Augen waren so dunkel, dass sie beinahe schwarz wirkten, als sie ihn träge ansah, tränenfeucht und voll blanker Gier.

»Was machst du mit mir?« Sie schnappte nach Luft, und ihre Nippel rieben über seine Brust, während ihre Muskeln sich rhythmisch um seine Erektion zusammenzogen.

Er senkte den Kopf, bis seine Lippen über ihre strichen und er ihr in die Augen sah. »Meine Gefährtin«, flüsterte er und zuckte bei dem kehligen Klang seiner Stimme beinahe zusammen, »nur meine.«

Sie öffnete den Mund zu einem Stöhnen, ein tiefer klagender Laut der Lust, und ihre Zunge leckte über ihre Lippen – *die Seine*.

»Da stimmt was nicht.« Flatternd senkten sich ihre Augenlider, unmittelbar bevor ein heiserer Aufschrei über ihre Lippen drang und er ihren Orgasmus spürte.

Er war erst zur Hälfte in sie eingedrungen, doch schon kam sie für ihn und badete sein Glied in ihren warmen Säften.

»Nein. Alles in Ordnung.« Er konnte nicht atmen und nicht schneller machen. Es war so gut, so verdammt heiß und perfekt, sich in sie zu schieben, seinen Schwanz zwischen ihre Muskeln zu drängen, die sich zusammenzogen und ihn molken. »Es ist gut, Scheme. Es ist alles in Ordnung.«

»Tanner. Ich habe Angst.« Sanft und fast unmerklich durchzog der Duft ihrer Furcht ihre Lust.

»Vertrau mir, Scheme.« Sein Herz zog sich zusammen, als er es bemerkte. »Bitte. Nur dieses eine Mal. Nur jetzt, meine Schöne. Du musst mir glauben, dass ich dir nicht wehtue.«

»Ich kann nicht …« Ein Aufschrei drang aus ihrer Kehle, als er sich bis zum Anschlag in sie hineinstieß. Sein Glied pulsierte und pochte in ihrer festen Umklammerung. »Oh Gott, Tanner ich halte das nicht aus. Was machst du mit mir? Das kannst du nicht machen.« Ihre Fingernägel gruben sich in seine Kopfhaut, ihre Hüften drängten sich seinen entgegen, und ihre Beine spannten sich um ihn an, während ihre Lust immer stärker wurde.

»Du kannst das nicht kontrollieren, Scheme.« Er wollte lächeln. Sie war ebenso ein Kontrollfreak wie er. Sie musste jeden Schritt, den sie unternahm, vorher wissen, ihn befürworten und seine Konsequenzen begreifen. Doch das hier ließ sich weder begreifen noch kontrollieren.

»Ich muss.« Sie keuchte, als er sich in ihr bewegte, seinen

Schaft in sie stieß, sie streichelte und sie beide in den Wahnsinn trieb. Zugleich wurden ihre Gefühle immer stärker, und sie stürzten beide kopfüber in ein nie gekanntes Zentrum der Lust.

»Gib es mir, Scheme.« Er wollte nicht, dass sie Angst hatte. Sie hatte schon zu viel Angst in ihrem Leben gehabt, zu viel Schmerz und zu viel Verrat erfahren müssen. »Genau hier, genau jetzt, Liebes, vertrau mir.«

Sie erwiderte seinen Blick, und Tränen traten ihr in die Augen, als er sich so weit zurückzog, dass nur noch seine Eichel in ihr war, bevor er ganz langsam, in lustvoller Qual, erneut in sie eindrang.

»Tu mir nur nicht weh, Tanner. Bitte, tu mir nicht weh.«

Und ihm war klar, dass sie damit keinen körperlichen Schmerz meinte. Sie flehte ihn an, keinen Verrat an ihr zu begehen.

Er lächelte traurig. Das Tier hatte seine Gefährtin gekannt, doch er nicht. Die Frau, die Scheme tief in sich verborgen hielt, die Frau, die weinte, die Angst kannte, die ihm vertraute – diese Frau hatte bereits unglaubliche Schmerzen durchlitten und fürchtete sich nun.

»Meine Gefährtin.« Er hielt inne, ruhte in ganzer Länge in ihr, und sein Glied pochte, umschlossen von heißer enger Seide. »Ich würde für dich sterben.«

Seine Zunge strich über ihre Lippen und glitt in ihren Mund. Er knurrte, als sie sich für ihn öffnete und ihre Zunge mit ihm spielte, das Gemisch kostete, das aus den Paarungsdrüsen drang. Sie gab sich ihm hin.

Keine Furcht mehr. Sie akzeptierte ihn, wenn auch nur als das hier und für den Moment.

Seine Hände packten ihre Pobacken, seine Hüften bewegten sich, und er verlor sich in ihr. Seine brennende Lust wurde nur noch stärker. Sie raste durch seinen Körper und ließ ihn immer höher steigen, immer weiter … und in ihren Armen sterben.

Sie konnte diese Lust nicht begreifen, aber das hatte sie noch nie gekonnt. Von seiner ersten Berührung an, bereits Tage zuvor – mit dem Wissen, dass er sie vernichten konnte –, hatte die Lust, die er ihr verschaffte, keinen Sinn ergeben.

Ihr Körper vertraute ihm, das konnte sie nicht ändern. Sie konnte nicht länger an Misstrauen und Furcht festhalten, wenn er sie berührte. Doch jetzt – jetzt war etwas anders. Von dem Augenblick an, in dem er sie gebissen hatte, als seine Zähne sich in ihre Haut gebohrt hatten und die Wunde unter seiner Zunge erst taub geworden war und dann gebrannt hatte – in dem Augenblick hatte sich etwas verändert.

Die Sehnsucht und der Hunger waren nicht mehr nur unbeschreibliche Lust gewesen. Es war wie ein Feuergefecht in ihrem Körper. Sinneseindrücke, brennend wie Peitschenhiebe, steigerten das Verlangen, grenzten fast an Schmerz und zwangen sie auf einen Grat zwischen beidem, der beängstigend schmal war.

Ein Wirbel aus Blitzen tobte unter ihrer Haut, aufgeladen mit erotischer Spannung und einer Sinnlichkeit, die sie schwach machte. Sie schien in einem Strudel derart überhitzter Verzückung zu versinken, dass ihre Sinne explodierten. Es war einfach zu viel.

Seine Lippen lagen auf ihren, seine Zunge schmeckte nach Sturm, nach elektrischen Blitzen, feucht und erdig, süß. Der Geschmack war unvergleichlich, kein anderes Aroma, das sie je gekostet hatte, reichte auch nur annähernd daran.

Und sie brauchte mehr davon. Sie umschlang seine Zunge, saugte daran und ließ sich in den sündigen Strudel fallen, der sie überwältigte.

Das Verlangen würde sie noch umbringen. Sie schlang die Arme fester um seinen Hals und die Beine um seinen Rücken, drängte sich ihm entgegen und trieb seinen Schaft mit jedem Stoß tiefer in ihre geschwollene überempfindsame Mitte.

So empfindlich war sie noch nie gewesen. Sein Schaft fühlte sich in ihr wie eine Faust an, die sie dehnte und sinnlich streichelte, bis ihre Muskeln sich krampfartig um ihn zusammenzogen.

»Tanner.« Sie konnte kaum atmen, geschweige denn sprechen. Ruhig bleiben war jedoch ebenfalls unmöglich. Sie konnte die Lustgefühle nicht schnell genug verarbeiten, um in diesem Sturm ein sicheres Ufer zu finden.

Gleich würde sie noch einmal kommen. Sie hatte das Gefühl, eine Flutwelle raste auf sie zu und wollte sie überschwemmen.

»Tanner. Hilf mir.« Ihre Hände krallten sich in sein Haar, als der Orgasmus ihren Unterleib traf und in krampfhafte Zuckungen versetzte. »Bitte, Tanner.« Sie wollte aufschreien. »Hilf mir.«

Er stieß härter in sie, schneller. Die Hitze versengte ihre verborgensten Nervenbahnen, trieb sie immer weiter und ballte sich wie eine heiße Faust in ihrem Unterleib zusammen.

Der Orgasmus raste durch ihren Leib. Sie wand sich, spannte sich an, schrie seinen Namen, während ihre Hüften sich bewegten und seinen Schaft härter und mit blinder Gier in sie trieben. Das Gefühl jagte durch ihre Sinne und stürzte sie in ein samtschwarzes Reich der Ekstase. Sie wusste nicht, ob sie je wieder ohne dieses Gefühl leben konnte.

»Gott, ja, Süße«, hauchte er an ihrem Ohr. »So eng. So heiß. Nimm mich. Verdammt, ja! Nimm mich, Scheme.«

Sie bewegten sich weiter, und aus der kalten Wand wurden die Polster der Couch. Flatternd öffnete sie die Augen, als er ihre Schenkel nach hinten schob, ihre Hüften anhob und so tief in sie hineinstieß, dass sie erneut vor Lust aufschrie.

Es war einfach zu viel. Zu viel für ihren Körper, zu viel für ihren Verstand. Seine Berührungen waren wie Feuer, seine Stöße wie reine Energie, seine finstere Miene so sündig und zerstörerisch wie sinnlich.

»Es ist noch nicht vorbei«, stieß er rau hervor. »Mehr. Komm mehr für mich.«

Sie würde noch vor Ekstase sterben. Sie packte ihn an den Unterarmen und schüttelte den Kopf. Der Schweiß rann ihr über den Körper, und die brennende Hitze erreichte in ihr einen Punkt, an dem sie sich fragte, ob sie gleich in Flammen aufgehen würde.

»Tanner ...« Es wurde wieder stärker. Sie fühlte das Drängen, anders als alles, was ihr Verstand verarbeiten konnte.

»Alles von dir«, knurrte er. Ich will alles von dir.«

Er kam über sie, schob ihre Beine in seinen Rücken und drang hart und tief in sie hinein. Eine Hand wanderte ihren Po entlang, und seine Finger streichelten sie, bis sie die Stelle fanden, so empfindsam und erotisch, dass sie schier den Verstand verlor, als seine Finger die kleine Öffnung dehnten und hineinglitten.

Ihre Zähne gruben sich in seine Schulter, und unartikulierte kehlige Schreie drangen aus ihrer Kehle, während er seine Finger in ihren Po schob, seinen Schwanz in ihre Vagina stieß und sie der Akt völlig überwältigte.

Sie glaubte, es könnte keine größere Ekstase mehr geben. Sie glaubte, sie hätte den Gipfel erreicht – bis sie seinen Orgasmus spürte.

Sein Glied pochte an den angespannten Muskeln ihres Unterleibs und schien anzuschwellen, direkt unter der dicken Eichel, wie ein Daumen, der sich ausstreckte und einhakte, und das an einer Stelle in ihr, die noch nie berührt worden war, direkt hinter den bebenden Muskeln. Es streichelte sie, pulsierte und brannte in zerstörerischer Hitze, bis sie spürte, wie Tanner sich in sie ergoss.

Er war fest in ihr verankert. Seine Zähne bohrten sich noch einmal in ihre Schulter, während sie ihrerseits zubiss. Knurrlaute drangen aus seiner Kehle. Eine Hand hielt sie an der Hüfte gepackt, während zwei Finger der anderen Hand ihre Poöffnung dehnten. Scheme wusste in dem Moment, dass sie verloren war.

Vernichtet. Die Frau, die sie bisher gewesen war, brach zusammen, und die Mauer zwischen Unschuld und Schmerz stürzte ein unter dem Orgasmus, der nicht nur ihren Körper, sondern ihre Seele überwältigte. Und in einem strahlenden Augenblick erkannte sie, dass nicht nur der Körper des Mannes sie genommen hatte, sondern dass das Tier, das er war, sie gerade für immer gezeichnet hatte.

21

Tanner saß auf der Couch, den Kopf gesenkt, die Hände zwischen die Knie geklemmt. Er drehte den Kopf und sah zum Bett.

Scheme hatte geweint. Nicht laut. Aber als er sie vorsichtig ins Bett gelegt hatte, war ihr zierlicher Körper von lautlosen Schluchzern erschüttert worden, und Tränen waren unter den geschlossenen Lidern hervorgequollen. Und er konnte sie nicht trösten. Sie ließ ihn nicht.

»Geh einfach«, hatte sie geflüstert. »Bitte. Geh einfach.«

Doch er konnte nicht gehen. Er hatte den Quilt über sie gebreitet, sich ans andere Ende des Zimmers zurückgezogen und versuchte nun zu verstehen, was er an ihr wahrnahm.

Da war kein Schmerz. Müdigkeit und Resignation, das ja, aber kein echter Schmerz. Und Liebe. Der Duft dieses Gefühls war unverkennbar. Er hatte ihn schon zwischen anderen verbundenen Paaren wahrgenommen, manchmal sogar schon vor der Paarung. Dieser Duft war anders als alles andere. Sommer und Hitze, Schokolade und Alkohol. Er war reine Emotion, süchtig machend und beruhigend. Doch Scheme war nicht beruhigt – und er ebenso wenig.

Die Paarung war keine leichte Sache gewesen. Heilige Scheiße! Tanner verzog das Gesicht bei dem Gedanken daran, was er gerade zugelassen hatte. Das Tier in ihm hatte sich seine Freiheit erkämpft, wie er es nie erwartet hatte. Es hatte die Kontrolle übernommen und ihn und seine Gefährtin für sich beansprucht, auf eine Weise, die Tanner nicht vorhergesehen hatte und die er unterbunden hätte, wenn er es denn unter Kontrolle gehabt hätte.

Müde fuhr er sich mit der Hand durchs Haar und hob den Kopf, bevor er aufstand. Die Reste seines Hemdes hingen ihm über der Brust, als er sich zu Cabal umdrehte und die wissende Miene seines Bruders sah, als er den Raum betrat.

Langsam und müde ging Tanner zum Schrank, nahm den Whiskey und zwei Gläser heraus und deutete auf den Tunnel. Er ging Cabal voran zu einer anderen, kleineren Höhle, tiefer im Höhlenlabyrinth.

Als sie die Höhle betraten, schalteten sich Lichter an und beleuchteten einen sicheren Kommunikationsraum, der mit Computern, Kameramonitoren und Überwachungsgeräten ausgestattet war. Dazu passend gab es versteckte ferngesteuerte Kameras auf allen Grundstücken, die Callan besaß.

Scheme hatte diesen Raum schon vor Tagen gefunden. Tanners Mundwinkel zuckten, als er daran dachte, wie viel Zeit sie hier drin mit dem Versuch verbracht hatte, die Geräte zum Laufen zu bringen, bis ihr schließlich klar geworden war, dass die gesamte Ausrüstung durch die Abfrage von Fingerabdrücken, DNA und Pupillenscan gesichert war.

Aber sie hatte es versucht. Ihre Beharrlichkeit verdiente Anerkennung. Sie gab nicht so leicht auf. Sie war stark und mutig, leidenschaftlich und frech. Und er liebte sie. Gott, er liebte sie so sehr, dass es ihm das Herz zerriss.

In einer abgerundeten Ecke des Zimmers standen eine Couch, ein Tisch und mehrere bequeme Sessel. Tanner ließ sich auf die Couch fallen, beugte sich vor und schenkte sich einen großzügigen Drink ein.

»Alkohol wirkt sich auf den Paarungsrausch aus, Tanner«, erinnerte Cabal ihn leise und ließ sich gegenüber von seinem Bruder nieder. »Du weißt, damit wird es schlimmer.«

»Noch schlimmer kann es gar nicht mehr werden.« Tanner fuhr sich mit der Hand übers Gesicht, bevor er den Drink hinunterstürzte. Der Alkohol brannte sich seinen Weg bis in den Magen, und Tanner schnitt eine Grimasse.

Als er sich über die Bartstoppeln am Kinn rieb, kam ihm plötzlich die Erkenntnis, dass zwar alle männlichen Breeds so gut wie keine Körperbehaarung besaßen, aber keiner von ihnen ein Problem mit Bartwuchs hatte. Manchmal wunderte er sich über den genetischen Mix, aus dem sie bestanden und der immer wieder Überraschungen bereithielt. War die Welt wirklich besser dran ohne sie?

Er hob den Blick zu Cabal und atmete hörbar aus. »Du hast es gewusst.«

Sein Bruder hatte gewusst, dass Scheme Tanners Gefährtin war. Cabal wäre niemals von der Frau weggegangen, nach der seine Seele schrie.

Cabal lehnte sich im Sessel zurück, nippte an seinem Whiskey und erwiderte Tanners Blick düster.

»Ich habe es schon jahrelang vermutet«, sagte er. »Ich habe einen Duft von ihr aufgefangen, kurz nachdem ich mich von der Grube erholt hatte. Mein erster Einsatz für das neue Amt für Breeds-Angelegenheiten bestand darin, sie einige Wochen lang zu beschatten. Jedes Mal, wenn ich ihren Duft aufschnappte, konnte ich eine Verbindung wahrnehmen. Es dauerte nur eine Weile, um daraus schlau zu werden.«

»Wie lange ist es her, dass du es herausgefunden hast?«, knurrte Tanner.

Cabals Blick flackerte. »Sechs, vielleicht sieben Jahre.«

»Und du hast es mir nicht gesagt?« Tanner biss wütend die Zähne zusammen. »Wieso?«

Cabal beugte sich vor, senkte den Kopf und starrte in sein Glas, bevor er den Kopf wieder hob und tief seufzte.

»Jonas«, sagte er schließlich und hob den Blick. »Ich ging zu Jonas. Er hat mich überzeugt, dass es zu gefährlich sein könnte, wenn du sie entführst, denn dass du das tun würdest, war mir klar. Ich denke, er hatte den gleichen Verdacht. Er wusste, dass sie dich faszinierte, und er wusste, wie tief der Hass auf Cyrus Tallant in unserer Familie sitzt.«

»Er dachte, ich würde sie verletzen?« Das überraschte Tanner. Er hatte das Tier in sich doch immer unter Kontrolle gehalten und nie überstürzt getötet.

»Ich weiß es nicht, Tanner.« Cabal schüttelte den Kopf. »Jonas war überzeugt, dass wir abwarten sollten. Ich habe die Entscheidung akzeptiert, weil sie mir richtig erschien.«

»Mich zu hintergehen, erschien dir richtig?«, fragte Tanner neugierig, und seine Wut spiegelte sich in seiner Miene. »Weißt du, was ihr Vater ihr angetan hat, Cabal? Hattest du irgendeine Ahnung davon, welche Hölle sie durchgemacht hat?«

Cabals grüne Augen wurden schmal, und sein Blick flackerte. »Sie war seine Tochter«, meinte er langsam. »Seine rechte Hand. Aber was sie vorhin gesagt hat …«

Tanner beugte sich vor. »Er hat sie lebendig begraben, Cabal, mehr als einmal. Und wenn mich meine Sinne nicht täuschen, hat er sie sterilisieren lassen, nachdem er ihr Baby umgebracht hat.«

Cabal wurde blass. »Er hat sie begraben?«

»Neulich, als ich nach der Hütte gesehen habe, hatte sich die Stromversorgung für die Lichter abgeschaltet. Als ich zurückkam, war sie völlig hysterisch und fast wahnsinnig vor Angst, lebendig begraben zu sein. Die Sterilisation hat sie nicht erwähnt, aber mein Geruchssinn lügt nicht. Sie hätte sich das nie selbst angetan.«

Er konnte nicht erklären, woher er wusste, dass sie das nicht tun würde, aber er wusste es mit absoluter Sicherheit.

»Gott.« Cabal leerte sein Glas, schenkte sich nach und stürzte auch den zweiten Whiskey hinunter. »Jonas kann das nicht gewusst haben.« Er schüttelte den Kopf. »Er konnte es nicht mal vermutet haben, sonst hätte er etwas unternommen.«

»Wirklich?« Tanner beugte sich langsam vor. »Er ist zum Direktor des Amts für Breeds-Angelegenheiten aufgestiegen, weil er es geschafft hat, einen Spion innerhalb von Tallants Organisation zu rekrutieren. Möglicherweise ist Scheme seine Spionin?«

Es ergab Sinn. Sein Instinkt fügte die letzten Teile zusammen in dem Puzzle namens Scheme.

»Sie war Tallants Assistentin«, fuhr er fort, »damit war sie ihm näher als jeder andere und konnte an jede Datei kommen, die sie brauchte. Sie kannte die Gerüchte in Tallants Organisation ebenso wie die Wahrheiten und die Pläne, die der Bastard schmiedete, um mithilfe der verschiedenen Rassistengruppen gegen die Breeds loszuschlagen.«

»Und Tallant hat Verdacht geschöpft«, flüsterte Cabal. »Er hätte sie gefoltert und versucht, ihr ein Geständnis abzuringen. Das ist sein Lieblingsspiel.«

Ganz genau. Tallant wollte immer Beweise, wenn möglich.

»Wieso hat er den Killer auf sie gehetzt?«, fragte Tanner daraufhin. »Wieso hat er aufgehört, sie zu foltern, und stattdessen beschlossen, sie zu töten?«

»Entweder hat er begriffen, dass er sie nicht brechen kann, oder sie hat etwas, dessen Weitergabe er nicht riskieren kann. Etwas, von dem er nicht erwartet hatte, dass sie es herausfinden würde«, meinte Cabal nachdenklich. »Aber was?«

Tanner füllte noch einmal sein Glas, nippte aber diesmal nur daran, anstatt auf ex zu trinken. Das Nachdenken fiel ihm schwerer. Der Paarungsrausch in ihm wurde immer stärker, und die Drüsen an seiner Zunge wurden schon wieder empfindlich. Es würde nicht mehr lange dauern, dann müsste er sie erneut nehmen, bevor die Hitze so überwältigend wurde, dass nichts anderes mehr eine Rolle spielte als der Sex mit ihr.

»Wie hat Jonas auf ihr Verschwinden reagiert?« Sie waren der Antwort ganz nah, er konnte es fühlen.

»Jeder verfügbare Breeds-Enforcer und Rekrut sucht nach ihr«, antwortete Cabal leise. »Er hat Breeds von dringenden Missionen abgezogen und stattdessen auf die Suche nach dieser Frau geschickt.«

»Woher wusste er, dass sie hier ist?« Tanner sah seinen Bruder misstrauisch an.

Cabal schnaubte spöttisch. »Wer zur Hölle weiß das schon bei Jonas? Ich bin der zweiten Hälfte des Alphateams hierher gefolgt, so schnell ich konnte. Ich brauchte nur ein wenig Zeit, um ein paar Schatten loszuwerden, bevor ich herkam.«

Tanner erwiderte seinen Blick fragend.

»Callan weigert sich, Jonas zu sagen, wo du bist. Ich denke, er hat einen Verdacht, aber was das Wissen um diese Höhlen angeht, ist er besitzergreifend.«

Das stimmte. Es war ihre letzte Zuflucht, falls die Lage für die Breeds gefährlich wurde und die Kinder, die aus den Paarungen hervorgegangen waren, versteckt werden mussten. Das Geheimnis der Höhlen wurde so sorgfältig gehütet, dass außer Cabal und einem Wolf-Breed – Dash Sinclair – niemand außerhalb von Callans ursprünglichem Rudel davon wusste.

»Hast du mit Callan gesprochen?«, fragte Tanner.

»Sagen wir, Callan hat mit mir gesprochen«, schnaubte Cabal. »Er macht sich Sorgen, Tanner. Man wirft den Breeds vor, für ihren Tod verantwortlich zu sein. Du kannst sie nicht auf ewig hierbehalten, das weißt du.«

»Ich werde sie beschützen«, fauchte Tanner wild. »Ihr darf

nichts zustoßen.« Das Tier strebte an die Oberfläche und bedrängte Tanners Verstand mit seinen fordernden Bedürfnissen.

»Hast du einen Plan?«, fragte Cabal.

Tanners scharfes Auflachen klang spöttisch. »Plan? Seit ich sie aus D. C. weggebracht habe, habe ich nicht mehr herausgefunden, außer auf wie viele verschiedene Arten ich sie vögeln will.«

Wieder fuhr er sich frustriert mit der Hand durchs Haar.

»Wenn wir sie nach Sanctuary bringen, wird Tallants Spion dort vor nichts haltmachen, um sie umzubringen«, sagte Tanner. »Und ich kann sie nicht ewig einsperren.«

»Es könnte der einzige Weg sein, um Tallants Spion aufzuscheuchen«, gab Cabal zu bedenken.

Tanner knurrte. Ausnahmsweise musste das Tier sich nicht bemerkbar machen, denn auch der Mann war von dem Vorschlag nicht im Geringsten begeistert.

»Du hast selbst gesagt, du kannst sie nicht ewig einsperren, Tanner«, stieß Cabal hervor. »Welche andere Wahl haben wir denn? Der einzige Weg, um für ihre Sicherheit zu sorgen, besteht darin, sie nach Sanctuary zu bringen und den Bastard aus der Reserve zu locken.«

»Wir haben keine Ahnung, aus welcher Richtung er sie angreifen würde«, fauchte Tanner. »Jeder Breed dort ist bewaffnet bis an die Zähne. Das Risiko gehe ich nicht ein. Selbst wenn sie Informationen besäße, die wir nutzen könnten, um Tallant auszuschalten, wäre das nicht genug. Sein Spion würde nicht Ruhe geben, bis Scheme tot ist.«

»Wir brauchen diesen Spion, Tanner«, knurrte Cabal hartnäckig.

Tanners Hand schnellte vor, legte sich um den Hals seines Bruders und drückte zu. Cabal erstarrte.

»Du riskierst nicht das Leben meiner Gefährtin«, fauchte Tanner und beugte sich vor, um seinen Worten Nachdruck zu verleihen. »Weder jetzt noch sonst irgendwann.«

Cabal hielt Tanners Blick stand. »Denkst du wirklich, ich würde deine Gefährtin unbedacht in Gefahr bringen?«, gab er zurück. »Genauso wenig wie du es mit meiner Gefährtin tun würdest. Aber sie auf ewig hierzubehalten wird nicht funktionieren. Das weißt du so gut wie ich. Benutz deinen Kopf und nicht dein Herz.«

Tanner nahm seine Hand weg, stand abrupt auf und tigerte im Zimmer hin und her. Er durfte das nicht tun. Wenn er sie nach Sanctuary brachte, konnte er sie nicht beschützen. Es war unmöglich, sie jede Sekunde zu schützen.

»Tanner, es gibt keinen anderen Weg.« Cabal stand auf und sah ihn an. »Wenn wir nicht beweisen, dass sie am Leben ist, wird jeder die Breeds verdächtigen, sie getötet zu haben. Wenn wir sie nach Sanctuary bringen, dort eine Pressekonferenz abhalten, die wir kontrollieren können, und der Welt versichern, dass sie in Sicherheit ist und wir sie vor dem Monster schützen, das sie gefoltert hat, wird das unserer Sache nur helfen. Ein Angriff auf *deine Frau* hätte für Tallant die gleichen Konsequenzen wie ein Angriff auf dich.«

Die Welt liebte Tanner Reynolds. Das war eine unumstößliche Tatsache. Er war das Gesicht der Breeds, der lachende, unbeschwerte Playboy. Würde das seiner Gefährtin vor der Welt Schutz bieten?

Sie wussten, dass innerhalb des Councils sowie in Tallants Organisation die Anweisung galt, dass aufgrund der Haltung der Öffentlichkeit Angriffe auf ihn tabu waren. Manchmal war es amüsant, die Agenten des Councils zu beobachten, die ihn so oft verfolgten, den Hass in ihren Gesichtern zu erkennen und zu sehen, wie sie ihren Blutdurst zügeln mussten.

»Es würde sie nicht aufhalten«, sagte er leise. »Sie würden sie umbringen. Sie weiß zu viel.«

»Hast du eine andere Wahl?«, fragte Cabal.

»Ich werde eine Lösung finden, verdammt«, knurrte er mit geballten Fäusten, während der Schmerz in ihm tobte. »Ich lasse nicht zu, dass man sie mir nimmt. Nicht jetzt. Nicht nachdem ich weiß, was dieser Bastard ihr all die Jahre angetan hat.«

Der Gedanke quälte ihn. Es war pure Folter. Die Vorstellung, dass sie lebendig begraben gewesen war und ihre zarten Finger sich in einen schmalen Sarg gekrallt hatten, brachte seinen Zorn zum Kochen und seine Selbstbeherrschung an ihre Grenze. Ein Knurren drang aus seiner Kehle.

»Tanner. Ich würde mich vor sie stellen«, erklärte Cabal bestimmt. »Gott ist mein Zeuge, ich würde deine Gefährtin schützen, als wäre sie meine eigene. Wir haben keine andere Wahl.«

»Und du denkst, ich würde das Leben meines Bruders gegen das meiner Gefährtin eintauschen?«, fauchte Tanner, weil er sich schmerzlich seiner begrenzten Optionen bewusst wurde. »Denkst du, ich würde das von dir verlangen, Cabal?«

Cabal verzog den Mund in bitterer Gewissheit. »Darum müsstest du mich gar nicht bitten. Du hast mich davor bewahrt, den Verstand zu verlieren, nachdem du mich gerettet hast. Du hast dafür gesorgt, dass ich als Mann lebe und nicht als Tier, Tanner. Glaubst du, ich würde nicht sterben für dich oder deine Gefährtin?«

Tanner erstarrte, erwiderte Cabals Blick und holte hörbar Luft. Entschlossenheit lag in Cabals Duft – und noch etwas anderes. Ein Anflug von Rührung, Traurigkeit, Resignation und Bedauern. Sie hatten immer angenommen, sie würden sich mit derselben Frau paaren. Seit dem Tag, an dem Tanner ihn aus dieser Grube geholt hatte, hatte der Wunsch, die angenehmen

Dinge im Leben mit seinem Bruder zu teilen, im Vordergrund gestanden.

Essen, Wein, Weib und Gesang. Spielerische Neckereien, das Lachen eines Kindes. Tanner hatte alles mit ihm geteilt, doch nun hatten sie etwas gefunden, das zu teilen Tanner nicht ertragen konnte – und er konnte es auch nicht bedauern. Die Natur hatte ihm etwas gegeben, das nur ihm allein gehörte. Er hatte Scheme als die Seine gezeichnet und würde seine Seele für sie geben.

»Ich will nicht, dass du für mich oder meine Gefährtin stirbst«, antwortete Tanner schlicht. »Ich will, dass du lebst und dabei hilfst, meine Kinder zu schützen.«

Cabal runzelte die Stirn. »Sie wurde doch sterilisiert.«

»Sherra auch«, gab Tanner zu bedenken.

Seine Rudelschwester Sherra hatte sich nach dem Verlust ihres ersten Kindes sterilisieren lassen, doch nachdem sie und ihr Gefährte wieder zueinandergefunden hatten, hatte Mutter Natur irgendwie die Durchtrennung ihrer Eileiter repariert, und daraufhin war Sherra schwanger geworden.

»Du glaubst, die Hormone bringen ihren Körper dazu, das zu reparieren, so wie bei Sherra?«, fragte Cabal.

»Irgendwas geht jedenfalls vor sich«, seufzte Tanner. »Ihr Duft ist anders – schon seit Tagen, als würde sich etwas in ihr verändern. Ich konnte das auch an Sherra wittern, als sie gegen den Paarungsrausch mit ihrem Gefährten Kane ankämpfte. Es ist der gleiche Duft, Cabal.«

»Der Heilungsprozess dauerte viel länger als nur ein paar Wochen.« Cabal runzelte die Stirn. »Dr. Jacobs nahm an, dass der Prozess über ein Jahr im Gange war, angefangen in dem Moment, als Kane wieder in Sherras Leben trat. Es wird nicht über Nacht passieren.«

Der Paarungsrausch und seine hormonalen Auswirkungen

auf den Körper waren immer noch größtenteils unbekannt. Es gab so viele Besonderheiten, dass die Ärzte und Forscher der Breeds kaum hinterherkamen. Das war einer der Gründe, warum sie so verzweifelt nach dem ersten Löwen-Breed suchten. Es gab Berichte, dass er existierte und mit beinahe einhundert Jahren ein immer noch kräftiger und erstaunlich gesunder Mann in den besten Jahren wäre. Seine Gefährtin sollte angeblich ebenso jung wirken.

»Was zum Henker soll ich nur tun?« Tanner ließ sich schwer auf die Couch fallen und barg müde das Gesicht in den Händen. »Wie soll ich sie schützen?«

»*Wir* schützen sie.« Cabals Stimme klang kalt und hart.

Tanner hob den Kopf und sah seinen Bruder überrascht an.

»Hör mir zu, Tanner«, knurrte Cabal, und seine Reißzähne blitzten gefährlich auf. »Wir wissen, wer uns gegenüber am loyalsten ist. Dieser verdammte Spion ist gut, das gebe ich zu, aber wir können sie schützen und ihn gleichzeitig aus der Deckung locken. Du hast keine andere Wahl und sie auch nicht.«

»Wie denn?« Inzwischen beeinträchtigte der Paarungsrausch seinen Verstand. Alles, woran er denken, alles, was er fühlen konnte, war Scheme.

»Wir bringen sie nach Sanctuary. Wir postieren unsere Sicherheitsleute um sie herum, behalten sie unter unserem Schutz im Haus und warten ab, wer dann neugierig wird. Wenn ihr erst klar ist, dass sie wirklich in Sicherheit ist, dann wird sie mit dem rausrücken, was auch immer sie weiß, und dann wird Tallants Spion auffliegen.«

Er würde ihr Leben riskieren müssen, um sie zu retten.

Tanner schüttelte den Kopf. »Ich weiß nicht, ob ich dazu in der Lage bin, Cabal.«

22

»Ich weiß nicht, ob das deine alleinige Entscheidung ist.«

Tanner fuhr herum, ein Grollen in der Kehle, als Jonas und drei seiner Leute hereinkamen. Wie zum Teufel hatten sie es geschafft, sich an ihn heranzuschleichen?

Jonas presste die Lippen aufeinander und sog prüfend die Luft ein. Seine eigenartigen silbrigen Augen blitzten vor Zorn.

»Du hättest wittern müssen, dass wir kommen, sobald wir den Tunnel betreten haben«, meinte er ärgerlich. »Der Paarungsrausch schwächt dich, Tanner.«

Tanner bleckte spöttisch die Zähne. »Ich kann dir immer noch die Kehle herausreißen, Direktor«, knurrte er. »Wieso zum Henker bist du hier?«

Jonas schnaubte. »Callan hat dich gut gedeckt, aber du vergisst, dass ich meine Position nicht ohne Grund habe. Dich aufzuspüren, war nicht so schwer, wie du dir vielleicht vorstellst. Es ist ein gottverdammtes Wunder, dass das Council die Höhlen hier noch nicht gefunden hat.«

»Es ist ein gottverdammtes Wunder, dass dich noch kein Breed umgebracht hat«, gab Tanner finster zurück.

»Einige haben es versucht.« Jonas zuckte mit den Schultern und sah sich um. »Wo ist sie? Zwing mich nicht, nach ihr zu suchen.«

»Fass sie an, und wecke auch nur einen Hauch von Angst in ihr, dann bringe ich dich um.« Mörderische Wut braute sich in Tanners Eingeweiden zusammen, während er den Direktor des Amts für Breeds-Angelegenheiten anstarrte.

Jonas presste die Lippen aufeinander. »Unterschreibe jetzt nicht ihr Todesurteil, Tanner. Wir müssen sie gemeinsam beschützen.«

Das Tier erwachte mit einem Brüllen. Tanners Blut pulsierte durch seinen Körper, seine Muskeln spannten sich an, und ein Blitz adrenalingewürzter Wut jagte durch seinen Verstand.

Er hob den Kopf und erwiderte den Blick des größeren Mannes, ohne sich auch nur im Geringsten von Jonas' knapp zwei Metern oder dem drohenden Gesichtsausdruck einschüchtern zu lassen.

»Du hast dein eigenes Todesurteil unterschrieben«, keuchte Tanner, »als du sie rekrutiert hast, anstatt sie zu retten.«

»Es war *ihre* Entscheidung«, entgegnete Jonas. »Ich habe ihr angeboten, sie in Sicherheit zu bringen, aber sie wollte Rache für den Tod ihres Kindes. Das kannst du ihr nicht vorwerfen.«

»Mir ist egal, wie du es entschuldigen willst, dass du die Folter einer Frau ignoriert hast«, knurrte Tanner verächtlich. »Und der Führungsrat der Breeds wird das auch so sehen, wenn ich um Asyl für meine *Gefährtin* ersuche.«

Jonas' Blick flackerte, und sein Kiefer spannte sich an. »Ich habe nichts ignoriert«, gab er schließlich zurück. »Sie hat es nie berichtet.«

»Sie hat ihre Seele für die Breeds geopfert«, zischte Tanner. »Wie alt war sie, als du sie rekrutiert hast, Jonas? Neunzehn? Zwanzig?«

Jonas erwiderte seinen Blick kalt. »Zweiundzwanzig.«

Tanners Lächeln war brutal. »Ein Kind. Du hast ein Kind rekrutiert, Jonas, das wahrscheinlich bereits von der Folter seines Vaters gezeichnet war. Und der Frau hättest du anmerken müssen, dass sie deine Hilfe brauchte, doch stattdessen hast du sie ausgebeutet.«

Jonas verzog keine Miene. »Wir tun, was wir tun müssen, um zu überleben, Tanner.«

»Du Hurensohn!« Tanners Faust schnellte vor und traf Jonas so hart am Kinn, dass der nach hinten geworfen wurde.

Jonas stieß ein lautes Löwengebrüll aus, ging zum Gegenangriff über … und blieb urplötzlich stehen. Sein Gesichtsausdruck war vor Zorn verzerrt, und seine Leute neben ihm hielten sich bereit, um einzugreifen.

Cabal stand jetzt neben Tanner und stieß ebenfalls ein warnendes Knurren aus, als Jonas ihn ansah.

»Meine Gefährtin«, Tanner schaffte es kaum, die mörderische Wut in seinem Inneren im Zaum zu halten, »ist kein Werkzeug für unser Überleben.«

Die Worte drangen über seine Lippen, und im selben Augenblick explodierte Schemes Duft in seinen Sinnen. Sein Blick glitt zur Tür, durch die sie langsam hereinkam.

Sie war blass, die dunklen Augen waren weit aufgerissen, und ein gequälter Ausdruck lag darin.

»Leider bin ich genau das«, sagte sie und blickte die sechs Breeds an, die sich zu ihr umgedreht hatten. »Erst ein Werkzeug gegen die Breeds und jetzt eines für sie.«

Ihre Stimme klang ruhig, ihre Miene blieb stoisch, doch Tanner konnte den Schmerz und die Angst in ihr wittern.

»Nicht mehr.« Mit einem warnenden Knurren schob Tanner sich an Jonas und seinen Leuten vorbei und warf ihnen einen wütenden Blick zu.

Er nahm sie in die Arme, drückte sie schützend an seine Brust und zog das Laken, das sie um ihren Körper gewickelt hatte, noch fester um sie.

»Du solltest schlafen.« Er wollte nicht, dass sie hier war und mit Jonas' harter und kalter Sachlichkeit konfrontiert wurde. Die war der Grund dafür, dass er einen so hervorragenden Direktor für das Amt für Breeds-Angelegenheiten abgab, das geschaffen worden war für die geheimen Operationen, die die Breeds durchführen mussten, um zu überleben.

»Nein, Zeit zu schlafen ist später noch.« Bei ihren Worten machte sein Herz einen Satz. »Jetzt ist es an der Zeit, das hier zu beenden.«

»Du bist spät dran.« Das nervöse Lächeln auf ihren Lippen war zittrig, als sie sich dem Direktor des Amts für Breeds-Angelegenheiten zuwandte, dem Mann, der einst ihr Leben gerettet und ihr eine Chance geboten hatte, das Monster, das sie verfolgte, zu vernichten.

Sie beobachtete ihn, wie er schwer durchatmete, und Bedauern blitzte in seinen silbernen Augen auf.

»Die Höhlen waren nicht einfach zu finden«, sagte er finster, während Tanners Arme sie fester hielten. »Ich wusste, bei wem du warst. Ich dachte, wir hätten Zeit.«

»Und was hat das geändert?«, fauchte Tanner hinter ihr.

Sein warnender Tonfall und sein leidenschaftliches Beschützerverhalten überraschten sie.

Jonas' silberner Blick huschte kurz zu Tanner, bevor er sich wieder an sie wandte. »Und da dachten wir, er wäre ein ruhiger Breed«, bemerkte er. »Stell sich das mal einer vor.«

»Jonas, ich reiß dir gleich den Arsch auf«, warnte Tanner.

»Nein.« Scheme umklammerte den Arm, der um sie geschlungen war, fester. »Du verstehst nicht, Tanner.«

»Das liegt wahrscheinlich daran, dass du es mir nie erklärt hast, Scheme«, stieß er spöttisch hervor.

»Ich habe es versucht – kurz bevor du mich mit Cabal allein gelassen hast.«

Schweigen erfüllte den Raum.

»Er hat mir das Leben gerettet«, erklärte sie Tanner daraufhin. »Direkt nachdem ich mein Baby verloren hatte. Er hat mich gefunden.« Sie schluckte schwer und versuchte, den Kummer in ihrer Kehle zu vertreiben, die Erinnerungen an den Verlust und an ihre eigene Schwäche.

»Wir wollten damals ein paar Wanzen in ihrem Haus unterbringen. Wir dachten, sie und St. Marks wären beide noch auf Tallants Anwesen. Doch Scheme war heimgekehrt«, erklärte Jonas, verstummte jedoch, als Scheme entschieden den Kopf schüttelte.

Es war ihre Schwäche, und es war Zeit, dass sie sich ihr stellte. »Ich saß in meinem dunklen Wohnzimmer und starrte auf eine Handvoll Schmerztabletten.« Sie verzog angewidert den Mund. »Ich konnte nicht weglaufen. Man hätte mich gefunden und bestraft, das wusste ich. Aber ich musste dem allen entfliehen. Ich wollte einfach nur weg.«

Sie erinnerte sich noch deutlich an jene Nacht.

Ein Schatten war an ihre Seite geglitten. Sie hatte den Blick gehoben und in die silbernen Augen des Mannes gestarrt, den sie als einen der größten Feinde ihres Vaters kannte.

Mach schon, und töte mich, hatte sie geflüstert. *Das erspart mir die Arbeit.*

Er war in die Hocke gegangen und hatte auf die Pillen in ihrer Hand gestarrt.

Ich kann dich hier rausholen. Das Angebot war verlockend gewesen.

Schließlich hatte Scheme den Kopf geschüttelt. *Ich habe nicht die Informationen, die du brauchst, Breed. Ich weiß zu wenig, um ihn aufzuhalten. Zu wenig, um ihn zu überführen. Mich zu retten bringt mehr Probleme, als es wert ist.*

Dann beschaffe mir die Informationen, Scheme. Finde heraus, was wir brauchen, und wir bringen ihn gemeinsam zur Strecke. Willst du sterben? Oder willst du ihn leiden sehen?

»Ich wollte ihn leiden sehen«, flüsterte sie dann. Sie wollte Tanners Reaktion auf ihre Erklärung nicht in seinem Gesicht sehen. »Ich wollte sehen, wie er vernichtet wird. Also blieb ich. Ich arbeitete für Jonas, und er wusste nichts von den Strafen, die ich erlitt. Er hatte nie eine Ahnung, wie weit ich gegangen bin. Er kannte nur die Beweise, die ich ihm geschickt habe. Doch es waren nie genug.«

Ihr Vater war klüger gewesen als sie, so schien es.

»Warum wolltest du von mir geholt werden?«, fragte Jonas daraufhin.

Scheme atmete hörbar ein. »In ungefähr einer Woche wird der Spion in Sanctuary alles arrangiert haben, um David Lyons, den Sohn des Rudelführers, zu entführen. Ich habe die Berichte darüber gefunden, unmittelbar bevor ich dich angerufen habe.«

Und dann wartete sie. Es gab so viele Informationen, die sie nicht hatte. Scheme hatte Jonas so viel versprochen, aber noch nicht einhalten können.

Er musterte sie, und in seinen silbernen Augen blitzte Zufriedenheit auf.

»Du hast genug.« Er nickte plötzlich. »Wir bringen dich nach Sanctuary, und du kannst damit anfangen, die Listen mit Kontakten und Quellen anzufertigen, die du genau bestimmen kannst. Du hast gute Arbeit geleistet, Scheme. Das weißt du doch, oder?«

Hatte sie das? Tanner hatte nicht ein Wort gesagt. Er stand schweigend hinter ihr, und sein Griff war mittlerweile weniger fest, auch wenn sein Körper noch unter Hochspannung stand.

»Ich habe getan, was ich konnte«, antwortete sie matt und fühlte sich plötzlich unsicher, während ihr Tanners Schweigen nur zu bewusst war. »Ich wünschte, es wäre mehr gewesen.«

»Der Helikopter wartet draußen«, verkündete Jonas. »Wir

müssen dich nach Sanctuary bringen. Dann können wir von dort aus unsere weiteren Schritte planen.«

»Noch nicht.« Tanners Stimme klang beängstigend. »Scheme und ich haben noch ein paar Dinge zu klären, bevor wir gehen. Wartet draußen.«

»Tanner.« Jonas klang warnend. »Wir müssen gehen.«

Das ungezähmte Knurren, das aus Tanners Brust drang, ließ Scheme zusammenzucken. Jonas starrte mit plötzlich wachsamer Miene hinter sie.

»Raus hier«, befahl Tanner. »Um dich kümmere ich mich später. Aber jetzt befasse ich mich mit meiner *Gefährtin*.«

Jonas sah Tanner lange in die Augen, bevor er knapp nickte. Auf seine kurze Geste hin leerte sich der Raum, und Tanner ließ sie abrupt los und ging auf die andere Seite des Zimmers.

Sie hatte gewusst, dass das kommen würde. Er war wütend. Die Wellen seines Zorns brandeten um sie herum, und ihre Seele ging in die Defensive.

»Du konntest es mir nicht sagen.« Er fuhr sich mit der Hand durch das lange Haar und drehte sich zu ihr um. In seinen Augen schimmerte Zorn, und sein Gesichtsausdruck war plötzlich hart und brutal. »Du hättest eher zugelassen, dass David entführt und der erste Löwen-Breed ermordet wird, bevor du es mir gesagt hättest.«

Scheme schüttelte den Kopf und schluckte.

»Ich wollte es dir heute Morgen erzählen, bevor du mich mit Cabal allein gelassen hast. Ich wollte dir alles sagen.«

Seine Kiefermuskeln arbeiteten verkrampft.

»Und davor? Warum hast du es mir nicht gleich gesagt, als ich dich entführt habe? Als ich mich nicht entscheiden konnte, ob ich dich flachlegen oder umbringen will?« Seine Stimme wurde hörbar lauter, und seine Wut war ein Furcht einflößender Anblick.

»Vaters Spion«, antwortete sie matt und wusste, dass ihre Worte nur noch Öl ins Feuer bedeuten würden. »Ich weiß nicht, wer er ist. Ich weiß nur, dass er eine Vertrauensstellung innerhalb des Hauptrudels innehat. Dein Profil passte auf das des Spions.«

Seine Miene wurde völlig ausdruckslos. Keine Emotionen. Sein Gesichtsausdruck war nicht kalt, auch nicht wütend, sondern ganz einfach ohne jede Emotion.

»Du dachtest, ich könnte meine Familie verraten?«

»Ich kannte dich nicht, Tanner«, rief sie. »Ich kannte nur deine Akten und das Image, das du in der Öffentlichkeit pflegst. Die Informationen, die ich über den Breed-Spion innerhalb von Sanctuary finden konnte, passen perfekt zu deiner Ausbildung und deiner Flucht aus dem Labor. Ich hatte zu viel Angst, dir nur deshalb zu vertrauen, weil du Sex mit mir wolltest.«

Tanner schüttelte langsam den Kopf. »Du wusstest es doch besser.«

»Und ich dachte schon einmal, ich wüsste es besser, als zu glauben, dass Chaz mein Baby abtreiben würde.« Sie ballte die Fäuste, als der Schmerz klaffende Wunden in ihre Seele schlug. »Ich konnte das Risiko nicht eingehen. Nicht zu diesem Zeitpunkt. Das musst du verstehen.«

Sie konnte den inneren Kampf an seinem Gesicht ablesen, den Kampf, ihr Misstrauen zu akzeptieren und zu verstehen, wieso sie sich zurückgehalten hatte.

Hätte sie es denn verstanden? Sie wusste, wie sehr sie sich an seiner Stelle verraten gefühlt hätte. Ein Gefühl des Scheiterns, das sehr persönlich gewesen wäre. Emotional.

»Ich wollte logisch denken«, antwortete sie matt. »Ich habe mein Bestes getan, um sie zu schützen.«

»So wie du acht Jahre lang dein Bestes getan hast, um die Breeds zu schützen?« Er knurrte. »Wie hätte dein Tod uns geholfen, Scheme? Er hätte uns nicht mehr gebracht als dein Schweigen jetzt. Du hättest reden können. Du hättest mir von den Entführungsplänen für meinen Neffen erzählen können.«

»Und dabei riskieren, dass der Plan geändert wird? Hätte ich riskieren sollen, dass etwas schiefgeht oder der Zeitplan vorgezogen wird?« Sie schrie ihn an und runzelte dann die Stirn, als die Erregung in ihr zu pochen begann, so stark wie ihr Zorn. »Ich konnte nicht sein Leben oder das von jemand anderem riskieren, nur wegen meiner dummen Sehnsucht, dass du mich berührst.«

Sie biss die Zähne aufeinander nach diesen letzten Worten, wirbelte herum, hielt das Laken eng um ihren Körper gewickelt und bemühte sich, aus dem Schweigen hinter ihr irgendetwas herauszuhören.

»Den Fehler habe ich einmal gemacht«, flüsterte sie schließlich. »Ich hatte Sehnsucht. Ich brauchte jemanden, der mich festhielt, jemanden, der mich liebte. Ich brauchte es – und weil das so war, musste mein Kind sterben. Ich wollte nicht das Kind eines anderen riskieren, nur wegen dieser Sehnsucht.«

Langsam drehte sie sich zu ihm um und erwiderte seinen raubtierhaften Blick, der noch schärfer und brutaler als zuvor wirkte. Dann fuhr sie fort: »Ich wollte es dir vorhin sagen, bevor du gegangen bist, aber du hast nicht zugehört. Du *wolltest* es nicht hören, genauso wenig, wie du zugeben wolltest, dass ich zu dir gehöre. Du hast mich einem anderen Mann überlassen.«

Der Gedanke daran schnitt ihr tief ins Herz. Es schmerzte auf eine Weise, die sie noch immer erschütterte.

»Ich bin zurückgekommen«, stieß er heiser hervor.

»Du warst bereit, mich einem anderen Mann zu geben.«

»Um dein verdammtes Leben zu retten, würde ich meine eigene Seele hergeben!« Der Zorn flammte wieder auf.

Tanner ging durchs Zimmer und riss sie an sich, bevor sie ihm ausweichen konnte. Er zog sie an seine Brust und drückte die Erektion in seinen Jeans hart gegen ihren Bauch, während er finster zu ihr herabsah.

»Ich habe alles riskiert, um dich hierherzubringen und um einen Weg zu finden, dein Leben zu retten. Dabei hast die ganze Zeit mit Jonas zusammengearbeitet«, knurrte er.

»Ich habe versucht, dir zu sagen, dass ich in Sicherheit sein werde«, protestierte sie gegen den Zorn, der in seinen Augen glitzerte. »Ich habe versuchte, das Richtige zu tun, Tanner. Das war alles, was ich wollte.«

»Es wäre das Richtige gewesen, mir zu vertrauen, Scheme«, gab er zurück. »Aber dein Vertrauen konntest du mir nicht geben, nicht wahr? Nur das hier. Das hier ist alles, was du zu geben bereit warst.«

Bei diesen Worten schob er eine Hand in ihr Haar und legte ihren Kopf nach hinten. Nur einen Augenblick später erfüllte das Aroma würziger Leidenschaft und finsterer Lust ihre Sinne.

Sein Kuss.

Ihre Sinne entflammten augenblicklich.

Tanners Lippen lagen auf ihren, als er sie gegen die Wand drückte. Sanft und zärtlich streichelte seine Zunge über ihre Lippen, und sie musste das verlangende Wimmern unterdrücken, das ihr in der Kehle steckte.

Doch sie war besiegt. Dieses Verlangen, was auch immer es war, erschütterte sie bis ins Innerste – sie wollte noch mehr. Sie sollte eigentlich protestieren, aber sie konnte nicht – nicht bevor der Hunger gestillt und das Verlangen gelindert waren.

Sie verschränkte die Arme in seinem Nacken und drückte ihn an sich, als seine Zunge ihre Lippen öffnete und über ihre glitt. Sie musste ihn ganz eng spüren.

Würzige Hitze explodierte in ihrem Mund, und süße Verlockung überflutete ihre Sinne.

Sie brauchte ihn.

»Du gehörst mir«, knurrte er an ihren Lippen, als sie im Kuss aufwimmerte und sich fest an ihn presste. »Verdammt seist du, dass du mir nicht vertraut hast. Verdammtes Weibsbild!«

Sie konnte seinen Zorn fühlen, doch ebenso sein Verlangen. Sie quälte das gleiche Verlangen, es brannte in ihr, sodass sie in seinen Armen blieb, trotz ihres dringenden Wunsches, ihm alles zu erklären.

Er hob sie hoch, ging zur Couch und hielt sie weiter fest, während er sich erst das Hemd von den Schultern streifte und dann mit seinen Jeans kämpfte. Und die ganze Zeit über liebte er sie mit Lippen und Zunge, und sein Stöhnen vibrierte an ihrem Mund, bis sie ihn plötzlich nackt an ihrer Haut spürte, seine Erektion hart und warm an ihrem Bauch. Er zog das Laken beiseite.

Darauf hatte sie gewartet, wurde ihr plötzlich klar. Ihr ganzes Leben lang, während sie von Tag zu Tag zynischer geworden war, härter, desillusionierter. Sie war überzeugt davon gewesen, dass es so etwas wie das hier gar nicht gab. Und schließlich hatte sie es dort entdeckt, wo sie nur den Tod zu finden glaubte.

»Lass mich nicht los«, stöhnte sie in seinem Kuss.

Er setzte sich auf die Couch und zog sie zu sich, sodass sie rittlings auf seinem Schoß saß und sein Ständer gegen ihren empfindsamen Unterleib drückte.

»Ich lasse dich nie mehr los«, versprach er, schnappte mit den Zähnen nach ihrer Unterlippe und sah ihr in die Augen. »Und jetzt nimm mich. Sauge an meiner Zunge, so wie deine enge Spalte an meinem Schwanz saugt. Sofort.«

Seine Zunge glitt in ihren Mund, und sein Schaft glitt tief in ihre Öffnung. Ihr Aufschrei verlor sich in seinem sündigen Geschmack. Seine Zunge vögelte ihren Mund mit derselben Gier, mit der seine Erektion in sie eindrang. Langsam und tief füllte er sie aus und nährte den Hunger, der in ihr tobte, als sie sich auf ihm bewegte.

Ihre Arme umklammerten seinen Hals fester, während seine Hand ihren Po packte, die weichen Backen teilte und seine Finger ihr empfindsames inneres Gewebe massierten. Seine Fingerspitzen tauchten in ihre Säfte ein, dort, wo seine Erektion sie ausfüllte, und strichen dann langsam um ihre enge Poöffnung.

Bei jedem anderen Mann hätte sie abwehrend aufgeschrien. Nie wieder hatte sie sich dort von einem Mann berühren lassen, seit Chaz einen anderen Mann mit in ihr Bett geholt hatte. Sie hatte sich geschworen, das nie wieder zuzulassen. Doch nun sehnte sie sich danach.

Das hier war Tanner, einfach nur Tanner. Seine Berührung war wie Feuer, sein Kuss war sündiger Sex, die Bewegung seiner Hüften zwischen ihren Schenkeln vertrieb jede Beherrschung und jeden klaren Gedanken.

Er bereitete ihr nichts als Vergnügen. Kein Mann hatte das je getan. Keiner hatte sich je zwischen sie und eine drohende Gefahr gestellt oder auch nur daran gedacht, sie zu beschützen.

Mit einem erstickten Aufschrei saugte sie an seiner Zunge, um mehr von dem ungestümen Aroma aufzunehmen.

Cabal hatte sie gezwungen, sich ihre Liebe zu Tanner einzugestehen, doch Tanner hatte sie gezwungen, sie zu fühlen. Entgegen aller Logik. Trotz Angst und Misstrauen.

Hatte sie ihn schon geliebt, bevor sie ihm begegnet war?

Seine Lippen auf ihrem Mund wurden leidenschaftlicher, seine Bewegungen wurden härter, und seine Stöße trieben seinen Schaft in ganzer Länge in sie hinein und jagten blitzartige brennende Flammen der Lust in Nervenbahnen, die noch nie zuvor berührt worden waren.

»Hör nicht auf«, rief sie schwach, als er seinen Mund von ihrem löste und sie damit daran erinnerte, dass sie atmen musste, um zu überleben. Für das hier musste sie überleben.

Ihr Kopf sank nach hinten, als sein Finger in ihren Po drang. Sie erschauerte und zitterte. Die Berührung attackierte ihre Sinne mit einer schon fast brutalen Intensität, und ein langes tiefes Wimmern drang über ihre Lippen.

Seine Stöße wurden härter, tiefer, als hätte dieses winzige Zeichen der Kapitulation seine eigene Begierde noch gesteigert. Sie hörte sein Knurren – er knurrte ziemlich viel – und spürte, wie sich unter ihren Händen der Schweiß auf den harten Schultern sammelte. Dann gab sie sich dem Orgasmus hin, der sie urplötzlich überrollte.

Tanners heiserer Aufschrei war kaum hörbar, aber das Gefühl der Schwellung unter seiner Eichel, der kräftige Stachel, der sich ausstreckte, sich in ihr verankerte und Wärme in ihr verbreitete, als er sich in sie ergoss – das verstand sie.

Plötzlich durchfuhr sie ein zweiter Orgasmus, direkt nach dem ersten. Sie kannte die blendende Hitze, die bebenden, sich windenden Bewegungen ihres eigenen Körpers, um jeden Tropfen Samen aus seinem Glied zu melken und das Verlangen abzukühlen, das in ihrem Unterleib tobte.

Diesmal verstand sie sogar die Tränen, als Tanner sie an seine Brust drückte. Sie verstand die Emotionen, die in ihr tobten, die beängstigende Erkenntnis, dass sie zum ersten Mal seit Jahren etwas fühlte. Liebe. Hass. Hunger und Verlangen. All das war nicht länger begraben. Diese Gefühle waren nun frei, und sie hatten die Macht, sie zu vernichten.

»Ich liebe dich«, flüsterte Tanner. »Schon bevor ich dich berührt habe, habe ich dich geliebt, bevor ich dich kannte. Das musst du wissen, Scheme. Bevor ich deine wahren inneren Werte ahnte, wusste ich, welch wertvoller Mensch du bist.«

Müde schüttelte Scheme den Kopf an seiner Brust. Das konnte er nicht gewusst haben, und er konnte es auch jetzt nicht wissen. Sie schluckte schwer und wurde sich bewusst, dass er sich nicht von der Stelle gerührt hatte. Sein Penis, immer noch halb steif, war tief in ihr.

»Vater hat mich betäubt.« Flüsternd zwang sie die Worte über ihre Lippen. »Sie haben mir Betäubungsmittel ins Getränk gemischt. Als ich wieder aufwachte, war ich in einer Privatklinik, und mein Baby war weg.«

Die Tür zu dem finsteren Ort in ihr öffnete sich, und der Schmerz schnitt in ihre Seele. »Sie haben mir mein Baby genommen.«

Seine Arme umschlangen sie fester, als er ihren Kopf an seine Schulter drückte und schützend den Kopf über sie beugte.

»Ich war sechs Wochen lang schwanger.« Nun kamen die Tränen. »Das Baby war von Chaz. Aber Vater war es egal – und Chaz auch. Zu dem Zeitpunkt konnte er es sich nicht leisten, dass Chaz in der Öffentlichkeit stand. Ein bekannter Auftragskiller war als Schwiegersohn inakzeptabel.« Sie erstickte beinahe an ihrem bitteren Auflachen. »Und dass seine Tochter eine ledige Mutter sein würde, kam überhaupt nicht infrage.« Sie ballte die Fäuste an seinen Schultern. »Ich wusste nicht, was sie taten.«

»Hör auf. Gott, Scheme! Bitte.« Seine Stimme klang rau. »Denkst du, ich weiß das nicht, Süße?«

Scheme schüttelte ruckartig den Kopf. »Ich wollte weg, als ich von dem Baby erfuhr. Ich habe Chaz angefleht, uns wegzubringen. Ich wusste nicht, was er war. *Wer* er war …«

»Scheme …«

»Es war meine Schuld.« Sie lehnte sich zurück und sah zu ihm auf. Jahre des Kummers und des Verlustes hatten ihre Seele zu Asche verbrannt. »Versteh doch, es war meine Schuld.

Wenn ich geflohen wäre, als ich sah, wie wütend Cyrus wegen des Babys war. Wenn ich es Chaz nicht erzählt hätte …«

»Dann hätte er euch beide umgebracht«, seufzte Tanner an ihrem Haar. »Aber du bist am Leben. Und wenn das alles hier vorbei ist, hast du eine Chance auf ein neues Leben. Halt dich daran fest, Scheme. Du wirst ihn für alles bezahlen lassen.«

Daraufhin hob sie den Kopf und sah ihm in die Augen. Sie würde frei sein, aber würde sie dann auch Tanner noch haben? Da glitzerte immer noch dieser harte Kern aus Eis in seinen Augen, sein Zorn funkelte nach wie vor in den gedämpften grünen Sprenkeln inmitten des strahlenden Bernsteins. Sie hatte ihm nicht vertraut, obwohl sie es hätte tun sollen. Würde sie ihn nun verlieren? Und wenn ja, würde ihre Freiheit dann überhaupt noch eine Rolle spielen für sie?

23

Anwesen von Cyrus Tallant
Pennsylvania

Cyrus sah aus dem Fenster seines Büros und ließ den Blick über den sorgfältig getrimmten Rasen, die perfekt symmetrischen Bäume und den üppigen Blumengarten schweifen. Leichter Tau lag über der Landschaft. Bald würde der Frost kommen. Der Herbst hielt Einzug. Die Blätter wurden bereits bunt, und ihre kräftigen Farben breiteten sich in den Wäldern aus, die das Anwesen umgaben, und kündigten leuchtend das Nahen des Winters an.

»Habt ihr sie schon gefunden?« Er verschränkte die Hände hinter dem Rücken und musterte in militärisch aufrechter Haltung den Kojoten-Breed, der das Büro betrat.

Dog. So nannte er ihn. Cyrus gestattete seinen Breeds keine Namen, die ihnen eine Identiät verliehen hätten. Davor hatte er das Council schon vor Jahrzehnten gewarnt. Ihnen auch nur ein Mindestmaß an Menschlichkeit zuzugestehen, hatte sie erst in diese Bredouille gebracht, in der sie sich jetzt befanden.

Breeds paarten sich mit reinblütigen Menschen und besudelten so Gottes Schöpfung. Er war zwar kein besonders religiöser Mensch, aber er glaubte an die Reinheit des Blutes. Das Blut würde es zeigen, sagte er immer. Seht euch doch die Welt an. Sie zeigte das Ergebnis der Vermischung von reinem Blut und solchem, das verunreinigt war durch Armut, kriminelle Energien und kranke Psychen.

»Du hast mir noch nicht geantwortet«, erinnerte er den Kojoten leise und spürte eine Woge des Abscheus in sich aufsteigen.

»Wir haben sie noch nicht gefunden«, antwortete Dog. »Aber sie muss bald aus ihrem Versteck auftauchen. Dann kriegen wir sie.«

»Was ist mit den Soldaten in Sandy Hook? Haben die dort irgendwas erfahren?«

»Nichts.« Dog schüttelte den Kopf. »Aber der Helikopter ist vor einigen Stunden in das Gebiet geflogen. Es gibt bislang keinen Bericht darüber, warum er dort war.«

»Ich will sie tot sehen, Dog«, erinnerte er seinen Schoßhund ruhig. »Sie darf nicht reden. Gott allein weiß, was die Schlampe alles erzählt, wenn sie die Chance dazu bekommt. Bist du sicher, dass keine Akten fehlen? Keine Informationen, zu denen sie Zugang hatte?«

»Nichts, Sir«, antwortete Dog. »Auf die Dateien wurde nicht zugegriffen, und nichts ist mit ihr verschwunden. Mr Bollen glaubt, ihre Flucht war nicht geplant.«

John Bollen, Cyrus' Erbe und Stellvertreter, war draußen unterwegs, obwohl er auf dem Anwesen sein und die verschiedenen Projekte überwachen sollte, die sie mit dem Geld des Councils finanzierten. Das musste bald geklärt werden. John wurde hier gebraucht. Es gab zu viele Pläne zur Vernichtung der Breeds, die momentan vernachlässigt wurden.

Cyrus drehte sich langsam um und beobachtete, wie Dogs Haltung steifer und noch militärischer wurde, als Cyrus ihm in die Augen sah.

»Breeds?«, fragte er spöttisch.

»Breeds befanden sich auf dem Berg, aber sie schienen ebenfalls nach etwas zu suchen«, antwortete Dog.

Cyrus unterdrückte eine Grimasse. Er hätte sie von Chaz beseitigen lassen sollen, als sie sich auf dem Anwesen befunden hatte, aber sie war doch sein Kind. Hier hatte er sie aufgezogen, ihr Lachen gehört und mit ihr gespielt, als sie noch ein Kleinkind war. Sie in ihrem Zuhause zu töten, in dem sie geboren worden war, war ihm damals abstoßend erschienen. Wieder eine Lektion gelernt, dachte er mit einem Seufzen.

Sie war makelbehaftet. Schwach. Nur die Starken konnten in dieser Schlacht überleben, und er weigerte sich, zuzulassen, dass ihn die Schwäche, die die Liebe zu seiner Tochter darstellte, zurückhielt. Sie hatte ihn verraten. Sie empfand keine Liebe für ihn, denn sie hatte ihn hintergangen. Er hatte sie Besseres gelehrt, sie besser ausgebildet. Aber sie war schwach. Zu schwach, als dass er zulassen konnte, dass sie ihn vernichtete.

»Glaubst du, dass die Breeds sie haben?« Das war seine größte Angst, dass diese Tiere ihr Asyl bieten würden, im Austausch für alle möglichen Informationen, die sie vielleicht besaß. Wenn das passierte, blieb ihm keine andere Wahl, als seinen Spion in Sanctuary zu riskieren, bevor sie die Entführung des Jungen durchführen konnten. Scheme wusste zu viel über seine Organisation und wäre eine Gefahr für seine Pläne und die Bedürfnisse des Councils.

»Davon gehen wir aus, Sir«, bestätigte Dog. »Wir glauben, dass sie bei Tanner Reynolds ist. Unser Kontakt in Sanctuary berichtet, dass ein Notruf hereinkam, bevor der Helikopter der Breeds nach Sandy Hook flog. Falls sie an Bord ist, sollte sie in wenigen Stunden dort sein.«

Cyrus presste wütend die Lippen zusammen und drehte sich wieder zum Fenster um. »Du kannst gehen«, befahl er barsch. »Ich kümmere mich nun darum.«

»Ja, Sir.« Dog wandte sich ab und verließ eilig das Büro, während Cyrus dem Rücken des Tieres höhnisch grinsend nachsah, als die Tür hinter ihm zufiel.

Chaz war einer seiner Besten gewesen, und nun war er nicht mehr da. Wäre er noch am Leben, dann wäre Scheme längst tot. Doch stattdessen war die Schlampe verschwunden, und Chaz war tot. Es gab noch nicht mal einen Hinweis, wer ihn getötet hatte.

Sie musste sich schon vor langer Zeit mit diesen Breeds verschworen haben. Er wusste es. Er konnte es fühlen. Wie sonst hätten die sie so schnell verstecken können?

Sie war eine Frau, schwach und leicht in die Irre zu leiten. Genau wie ihre Mutter – und eben solch eine Hure, wie ihre Mutter eine gewesen war. Das hatte Scheme in der Vergangenheit bewiesen, nicht nur, als sie sich hatte schwängern lassen, sondern auch, als sie Chaz erlaubt hatte, einen anderen Mann mit in ihr Bett zu holen.

Cyrus schüttelte den Kopf. Genau wie ihre Mutter. Die Schlampe, die Scheme geboren hatte, war intelligent gewesen und hatte eine gute gesellschaftliche Stellung besessen. Aber ein Hafenarbeiter als Großvater hatte ihre Blutlinie verunreinigt. Sie hatte es gewagt, mehreren Breeds bei der Flucht aus dem Labor zu helfen, in dem sie gearbeitet hatte.

Er hatte sie eigenhändig getötet, so wie er Scheme hätte töten sollen. Sie zu lehren, dass sie ihn fürchten und ihm gehorchen sollte, hatte nicht funktioniert. Irgendwie hatte sie ihre Angst überwunden.

Er starrte auf ihr Bild auf seinem Schreibtisch: das lange schwarze Haar, die ernsten braunen Augen, der beherrschte Zug um den Mund. Er hatte gedacht, ihre Erziehung wäre ihm gut gelungen, aber er hatte sich geirrt. Und zwar gründlich.

Er ging zu seinem Schreibtisch und nahm das sichere Handy, mit dem er üblicherweise seinen Spion in Sanctuary kontaktierte. Einen Breed. Er lächelte. Ausnahmsweise hatte er mit dem Training, an das er so unbedingt glaubte, Erfolg gehabt. Falls Scheme in Sanctuary auftauchte, dann würde ihr Aufenthalt dort von sehr, sehr kurzer Dauer sein.

Er tippte die SMS ein.

Mission verschieben. Verräter ist oberste Priorität. Bericht schnellstmöglich.

Sobald die SMS von seinem Handy verschickt wurde, würde die Verschlüsselung sie in kodierter Form senden. Eine kurze Notiz von einem Freund, der mal eben Hallo sagte. Nicht mehr. Die Breeds würden es nie als das erkennen, was es war.

Er seufzte bedauernd. Er hatte sich so darauf gefreut, persönlich mit der Ausbildung von Lyons' Sohn zu beginnen. Das Council hatte den Plan, das Kind zu entführen, gebilligt. Er war der Erste einer Generation von Breeds, die auf natürlichem Wege gezeugt worden waren. Alle waren neugierig darauf, inwiefern sich seine Genetik von der seines Vaters unterschied. Sollte der Junge sich als das Exemplar herausstellen, das sie sich erhofften, würde man ihn in Cyrus' Obhut und sein Ausbildungsprogramm geben.

Mit neun Jahren war der Junge zwar ein wenig alt, um mit der Ausbildung zu beginnen, aber Cyrus war zuversichtlich in Bezug auf seine Erfolgschancen, wenn es gelang, ihn aus dem sicheren Lager zu schaffen, das die Breeds als Heimatbasis nutzten. Sanctuary hatte die besten Sicherheitsmaßnahmen und die erbarmungslosesten Wachen, aber Cyrus hatte seinen Spion, und sein Spion kannte ihre Schwachstellen – weil er einer von ihnen war.

Das Council konnte die Paarung der Tiere mit Menschen nicht aufhalten, aber es konnte sie benutzen für ihre Versuche, einen Weg zur Vernichtung der Breeds zu finden.

Sie mussten vernichtet werden. Zumindest mussten sie eingesperrt werden, damit sie sich nicht weiterhin mit der Gesellschaft vermischten. Sie waren Tiere. Tiere hatten keine Rechte und keine Seele. Und er würde das beweisen.

Tanner ging kein Risiko in Bezug auf Schemes Sicherheit ein. Er mochte wütend auf sie sein und sich von ihr hintergangen fühlen, aber ihr Leben bedeutete ihm mehr als sein eigenes. Daher warteten bei der Landung des Helikopters Callans persönliche Wachen am Landeplatz, um sie zum Haus zu eskortieren, und zwar in dem gesicherten *Hummer*, den normalerweise Callan und der Führungsrat der Breeds nutzten, wenn sie sich außerhalb von Sanctuary bewegten.

Jonas' Gesichtsausdruck beim Anblick des *Hummers* sagte Tanner, dass er das für Zeitverschwendung hielt. Tanner war da anderer Meinung. Das Gefühl der Gefahr brannte in seinen Eingeweiden. Seine Überlebensinstinkte liefen auf Hochtouren, sie waren stärker als je zuvor und versicherten ihm, dass es im Augenblick keineswegs zu viel Schutz geben konnte und keine Vorsichtsmaßnahme zu extrem war.

»Ich habe den Führungsrat zusammengerufen.« Jonas sah sich vom Sitz des Kopiloten um, und in seinen silbernen Augen blitzte stahlharte Entschlossenheit. »Seine Mitglieder müssen umgehend über die Situation informiert werden, damit wir zusätzliche Sicherheitsmaßnahmen ergreifen können.«

»Woher weißt du, dass der Spion nicht zum Rat gehört?«, fragte Scheme. »Ich habe das Profil gesehen, das zu diesem Breed gehört, aber keine persönlichen Informationen. Sie wurden genau darauf ausgebildet, den inneren Kreis ihres Zielobjekts zu infiltrieren und dann abzuwarten. Aber sie wurden nicht für einen direkten oder verdeckten Krieg ausgebildet – wie viele von euch. Ihre Taktiken sind subtiler.«

»Der Rat ist keine Bedrohung.« Jonas schüttelte den Kopf. »Ich vertraue jedem von ihnen mein Leben an, und es gibt nur sehr wenige, denen ich so weit traue. Ich verfolge diesen Spion selbst schon lange, Scheme, und ich habe die Spur auf mehrere Parameter eingegrenzt, aber das Haupthaus gehört nicht dazu. Du solltest dort sicher sein.«

»Hast du das Alphateam zurück nach Sanctuary beordert?«, fragte Tanner und bezog sich damit auf die Gruppe, die seine Hütte in Kentucky belagert hatte, und die Breeds, die laut Cabals Bericht in Sanctuary herumschlichen.

»Das Alphateam ist in voller Stärke in Sanctuary«, antwortete Jonas und seufzte. »Aber ich würde es vorziehen, wenn diese Information unter uns bleibt. Sie sind bei diesem Unternehmen unsere letzte Verteidigung, Tanner. Wenn alles andere scheitert, werden sie Erfolg haben.«

»Sie passen auf David auf?«, fragte Tanner.

»Sie beobachten ihn aus der Ferne. Callan weigert sich, Davids Leibwächter zum gegenwärtigen Zeitpunkt auszutauschen. Wenn Scheme erst ihren Bericht abliefert, werden wir sehen, wie er dann dazu steht.«

Tanner bezweifelte, dass Callan seine Meinung ändern würde. Davids Leibwächter waren Männer, denen der Rudelführer mehr als allen anderen vertraute. Er würde sie nicht gegen Jonas' Alphateam eintauschen, Punkt.

Neben ihm hüllte Scheme sich in Schweigen. Seit ihrem Aufbruch aus den Höhlen hatte sie kein Dutzend Wörter von sich gegeben, und ihr Blick war gehetzt. Er konnte ihren Schmerz wittern, ihre Furcht und ihr Verlangen. Der Paarungsrausch wurde schon wieder stärker, trotz der Zeit, die er damit verbracht hatte, ihn zu lindern, bevor sie die Höhlen verlassen hatten. Mit jeder Meile wurde der Duft ihrer Erregung im Cockpit des Helikopters stärker und machte jeden einzelnen Breed hier drin nervös. Tanners Stimmung wurde immer gereizter.

Der Helikopter setzte auf dem Landeplatz auf, und die

Breed-Wachen eilten zu der abgesenkten Tür, während sich die Treppe ausklappte. Tanner postierte sich in der Tür und ignorierte dabei Cabals Versuch, seinen Platz einzunehmen. Seine Augen glitten prüfend über die Umgebung des Landeplatzes und registrierten dabei, dass heute keine Breeds herumschlenderten, wie sonst üblich. Seine Anweisungen, den Weg zum Haus zu räumen, waren befolgt worden.

»Dann wollen wir mal«, sagte der Anführer des Teams, der das Gebiet ebenfalls prüfend beobachtete und dabei seine schlagkräftige Halbautomatik entspannt in Bereitschaft hielt. »Der Führungsrat ist vor Ort und erwartet eure Ankunft.«

»Scheme.« Tanner drehte sich zu ihr um und streckte die Hand aus. Einen Augenblick lang sah Scheme sie zögernd an, dann legte sie ihre schlanken Finger in Tanners Hand und holte tief Luft, ohne dass dies den Duft ihrer Furcht milderte. Tanner geleitete sie aus dem Helikopter.

Direkt hinter ihnen folgten Cabal, Jonas, Jackal und drei von Jonas' besten Leuten und umringten sie, als sie ausstiegen und zum *Hummer* eilten.

»Wir sind direkt hinter euch«, erklärte Cabal, als Tanner Scheme auf den Rücksitz des *Hummers* schob.

Tanner nickte knapp und stieg neben Scheme ein, legte den Arm um sie und zog sie an sich, um sie mit seinem Körper abzuschirmen, während Jonas neben ihnen einstieg.

»Fass sie nicht an«, warnte Tanner knurrend.

Jonas schnaubte. »Ich kenne mich gut aus mit dem Paarungsrausch, Tanner.«

»Soll heißen?«, fragte Scheme.

»Soll heißen: Bis der Paarungsrausch nachlässt, normalerweise in einem Zeitraum von zwei bis vier Wochen, bereitet die Berührung jedes anderen Mannes der Gefährtin unerträgliche Qualen. Die Hormone, die den Paarungsrausch erzeugen, sensibilisieren die Haut so sehr, dass nur der Gefährte sie berühren kann – und niemand anders. Selbst die Berührungen einer anderen Frau sind schmerzhaft«, erklärte Jonas.

»Na großartig«, bemerkte Scheme spöttisch. »Und das wolltest du mir natürlich alles erklären, bevor du beschlossen hast, dich mit mir zu paaren, oder?«

Tanner wand sich unruhig auf seinem Sitz, denn er wusste, dass ihr die Antwort nicht gefallen würde. »Ich wollte es dir nicht erklären, solange kein Paarungsrausch auftrat.«

Ihr Zorn überdeckte mit einem Mal den Duft ihrer Furcht. Er fühlte ihren Blick auf seinem Gesicht, der sich vorwurfsvoll in ihn einbrannte.

»Zu Tanners Verteidigung: Diese Information ist für jede Person, die nicht Teil einer Paarung ist, gesperrt«, erklärte Jonas, und Tanner biss die Zähne zusammen. »Viele Breeds wissen darüber Bescheid, aber niemand redet darüber.«

»Und wie lange wollt ihr das geheim halten?« Ihre Stimme klang angestrengt vor Zorn und Erregung.

»So lange wie möglich«, antwortete Tanner. »Wir haben es zehn Jahre lang geschafft, den Deckel draufzuhalten. Wir brauchen nur noch etwas mehr Zeit.«

»Etwas mehr Zeit wofür?« Ihre Stimme klang ungläubig. »Hast du irgendeine Ahnung, welchen Aufschrei dieses Wissen zur Folge haben wird? Was ich im Augenblick durchmache, ist die Hölle, Tanner. Und so lange es andauert, bringt es das Leben einer Frau praktisch zum Stillstand. Ganz zu schweigen von der Tatsache, dass es einem den freien Willen raubt.«

Er sah sie an. »Habe ich dir deinen freien Willen genommen?«

Schwer atmend funkelte sie ihn an. »Mir ist bewusst, wie wütend du gerade bist, und trotzdem will ich bloß das nächstbeste Bett finden. Also ja, es nimmt mir den freien Willen. Denn sonst würde ich mich so weit wie möglich von dir fernhalten, bis du dich wieder beruhigt hast.«

»Dir ist schon klar, Scheme, dass diese fixe Idee von dir, dass ich dir wehtun würde, mich langsam sauer macht?«

»Das hat nichts damit zu tun, dass ich denke, dass du mir wehtust, sondern damit, dass du kein Recht hast, wütend zu sein, und dass ich jedes Recht habe, mich beleidigt zu fühlen, weil du trotzdem wütend bist.«

Weibliche Logik? Das musste es wohl sein. Tanner starrte sie ungläubig an, als der *Hummer* vor dem Hintereingang zum Haus anhielt.

»Das versuche ich später zu kapieren«, murmelte er, als die anderen Fahrzeuge vor und hinter ihnen parkten und die Wachen den *Hummer* umringten.

Tanner öffnete die Tür, hob Scheme aus dem Fahrzeug und achtete sorgfältig darauf, dass sie sich in der Mitte der anderen Breeds aufhielt.

»Verdammt noch mal, Tanner«, grollte Jonas. »Wieso gibst du nicht gleich eine Pressemeldung raus, dass wir uns absolut sicher sind, dass Tallants Spion einen Angriff auf sie versuchen wird. Das wäre wesentlich einfacher.«

»Einfachheit war nie meine Methode«, antwortete Tanner unwirsch und brachte Scheme eilig zur Hintertür, die in das Zuhause des Rudelführers führte. »Ich weiß gar nicht, wie du darauf kommst.«

Scheme schäumte vor Wut, während man sie in einen großen, gut ausgestatteten Konferenzraum geleitete. Dezente Beleuchtung erhellte die Einrichtung, schwere Vorhänge hingen vor den getönten Fenstern. Wenn sie sich nicht irrte, handelte es sich bei den kleinen schwarzen Kästchen an der Decke um Störsender für Infrarot und Temperaturmessung. Daneben befand sich ein weiteres Gerät mit mehreren Digitaldisplays, das wahrscheinlich dem Schutz vor Abhörgeräten diente, die womöglich in den Raum geschmuggelt werden könnten, und jegliche Abhörversuche von außen unterbinden sollte.

Ein langer, breiter Tisch nahm die Mitte des Raumes ein. Scheme wusste, dass dies einst ein opulenter Ballsaal gewesen war. Früher war das Anwesen von einer Gruppe von Wissenschaftlern des Genetics Council bewohnt worden. Tief unter dem Haus befand sich ein Labyrinth aus Zellen und medizinischen Laborräumen, in denen die Erbanlagen der Breeds zusammengemischt worden waren, um die Soldaten zu schaffen, von denen die Welt nie hätte erfahren sollen.

Am Tisch saßen zwölf Personen. Die Mitglieder des Führungsrates, zu denen auch ein Wolf-Breed gehörte, der offenbar vom Radar verschwunden war, nachdem seine Existenz öffentlich bekannt geworden war. Sie erkannte die Gesichter und kannte die Profile jeder einzelnen Person. Doch sie traute keinem von ihnen.

Alle standen auf, als Tanner sie in den Raum führte. Sein Griff war plötzlich sanfter, und eine Welle der Scham überkam sie. Ihr Vater hatte mehrere dieser Breeds gefoltert und war maßgeblich beteiligt gewesen an dem Mordversuch an dem einzigen Menschen im Führungsrat, Kane Tyler, dem Bruder der Frau des Rudelführers und zugleich Ehemann von dessen Schwester. Und er hatte versucht, deren damalige Fehlgeburt gegen sie zu verwenden. Im Rahmen eines Experiments wollte er sehen, ob sie noch einmal schwanger werden konnte.

Scheme sah jedem von ihnen in die Augen und reckte das Kinn vor, während ihr zugleich das Atmen schwererfiel und der Schmerz in ihrer Brust wuchs. Diese Männer und Frauen hatten darum gekämpft, zu leben und zu lieben. Sie hatten nicht mehr gewollt als ihre Freiheit – und die wollte ihr Vater unbedingt zerstören.

»Callan.« Tanner hielt sie fest an seine Seite gedrückt, als er den Breed am Kopfende des Tisches ansprach. »Ich möchte dir meine Gefährtin vorstellen, Scheme Tallant.«

Das Schweigen war ohrenbetäubend. Scheme sah, wie zwei der Frauen, Sherra Tyler und Dawn Daniels, rasche Blicke wechselten, bevor Dawn sich mit der Hand durch ihr kurzes goldbraunes Haar fuhr.

»Scheme, willkommen in Sanctuary.« Callans Stimme klang ruhig und distanziert. »Wie es scheint, war Jonas etwas nachlässig darin, den Führungsrat von Ihrer Arbeit in unserem Interesse zu informieren. Lassen Sie mich der Erste sein, der Ihnen dafür dankt.«

Scheme schüttelte schon den Kopf, noch während er sprach. »Nein«, flüsterte sie und ignorierte Tanners warnenden Händedruck an ihrer Seite. »Danken Sie mir nicht, Mr Lyons. Ich habe nicht sehr viel getan, und meine Anwesenheit hier macht das Leben für Sie alle nur noch komplizierter. Das tut mir leid.«

Callan atmete hörbar aus, bevor er mit der Hand auf die leeren Stühle zeigte. »Bitte, nehmen Sie Platz. Möchten Sie etwas zu trinken? Oder einen Imbiss?«

»Kaffee?« Sie würde sterben für einen Kaffee.

»Oh ja, mach ihr einen Becher Kaffee, Sherra«, meldete Dawn sich da zu Wort und begegnete Schemes Blick mit einem spöttischen Lächeln. »Einen großen.«

»Dawn«, fuhr Tanner sie ungehalten an und ließ sich auf dem Stuhl neben Scheme nieder.

Dawn verdrehte die Augen.

»Ihr trinkt keinen Kaffee?« Scheme schluckte schwer, als sie die belustigten Mienen am Tisch sah.

»Paare im Paarungsrausch trinken keinen Kaffee, Miss Tallant.« Merinus Tyler saß neben ihrem Ehemann und meldete sich zu Wort. »Er verstärkt die Symptome. Wir haben koffeinfreien, falls Sie möchten, Wasser oder eine spezielle Teemischung, die wir während der Hitzephasen trinken.«

»Phasen?« Das klang ja immer schlimmer.

»Wir kommen später auf den Paarungsrausch zurück«, verkündete Callan. »Nehmen Sie den Tee, Miss Tallant. Merinus scheint er gut zu bekommen.«

Daraufhin stand Sherra auf, ging zur Anrichte und schenkte eine bernsteinfarbene Flüssigkeit in ein Glas mit Eiswürfeln, bevor sie um den Tisch ging und das Glas vor Scheme auf den Tisch stellte. Scheme hatte nicht die Absicht, es anzurühren. Sie starrte es einen Augenblick lang an, spürte die Trockenheit in ihrer Kehle und wünschte, sie würde sich nicht so fühlen wie ein Lamm bei einem Festmahl von Raubtieren.

»Hier.« Tanner nahm das Glas und trank einen großen Schluck. »Es ist sicher, versprochen.«

Scheme stand kurz vor einer Ohnmacht. In ihrem Inneren gab etwas nach, der Drang, sich an ihm festzuhalten, obwohl sie den Zorn immer noch in seinem Blick fühlen konnte.

»Wir würden Sie nicht vergiften, Scheme«, erklärte Sherra, deren eisblaue Augen sie wärmer ansahen, als Scheme erwartet hatte. »Jonas hat uns durch seine Assistentin Ihre Akte übermittelt, sobald ihm klar wurde, wo Sie waren und wie er in die Höhlen gelangen konnte. Wir sind uns Ihres Verlustes und der Opfer, die Sie für die Breeds gebracht haben, bewusst. Das würden wir Ihnen nicht vergelten, indem wir Sie vergiften.«

Scheme richtete den Blick auf Callan. »Hat er Ihnen gesagt, was ich berichtet habe?«

Gnadenloser Zorn blitzte in Callans Blick auf.

»Tallant will versuchen, David zu entführen?«, fragte er, doch Scheme konnte sehen, dass er es sehr wohl glaubte. »Es wäre nicht der erste Versuch dahin gehend, Scheme. Und ich bezweifle, dass es der letzte sein wird.«

Ein wildes Knurren hallte in seiner Stimme nach, und seine Frau legte ihm ihre kleine Hand auf den Arm.

Merinus Tyler hatte erst vor Kurzem ihren vierunddreißigsten Geburtstag gefeiert – nicht dass man ihr das ansah. Sie wirkte nicht einen Tag älter als an dem Tag, als sie neben ihrem Liebsten, Callan Lyons, gestanden und der Welt verkündet hatte, dass es Breeds gab. Sie besaß nicht eine einzige Falte um Augen oder Lippen. Nur ihre Augen wirkten älter.

»Während der letzten zehn Jahre befand sich Cyrus Tallants Spion nicht in einer Vertrauensposition innerhalb der Breeds-Gemeinschaft«, stellte Scheme entschieden fest und verbarg sich hinter ihrem mittlerweile bröckeligen Schutzschild, den sie ihr ganzes Leben genutzt hatte, wenn sie sich einer Situation gegenübersah, die sie garantiert aus der Bahn werfen würde. »Doch jetzt ist sein Spion an der richtigen Stelle. Innerhalb einer Woche, vielleicht ein paar Tage mehr, wird dieser Spion versuchen, David zu entführen. Es gab keine Details. Der einzige Hinweis, den ich auf das Wann oder Wie habe, ist eine Unterhaltung zwischen Cyrus und seinem Stellvertreter, John Bollen, die ich belauschen konnte. Der Ort des Zugriffs wird nicht schwer bewacht, wegen des schwierigen Zugangs zum Lager zu Fuß oder per Auto. Ein toter Winkel wird es Cyrus ermöglichen, einzufliegen, Ihren Sohn und dessen Entführer aufzusammeln und wieder abzufliegen, bevor Sie ihn überhaupt auf dem Radar haben. Zudem kennt der Spion die Position des Transponders, den Sie für den Fall einer Entführung unter Davids Haut eingesetzt haben.«

Überraschung, Schock und unbändiger Zorn brachen im Raum aus, als Merinus sich mit einem Ausruf der Bestürzung an ihren Mann wandte.

»Nur eine Handvoll Leute wissen von dem Transponder«, wandte Callan ein. »Er ist nicht aufspürbar.«

Scheme nickte. »Ein Prototyp, den Sie von *Vanderale Industries* in Afrika erworben haben.« Sie nickte wieder. »Der Spion weiß das, auch wenn er nicht erfahren konnte, wer das Gerät entwickelt hat oder ob es noch mehr davon gibt.«

Mit zusammengepressten Lippen wandte Callan sich an Kane Tyler.

Der ehemalige Soldat und jetzige Sicherheitschef von Sanctuary erwiderte Schemes Blick mit gnadenlosen grauen Augen, während Callan leise mit ihm redete. Kane nickte knapp und richtete den Blick dann auf einen Punkt hinter Scheme.

»Jackal.« Der Name drang kalt über seine Lippen.

»Schon verstanden, Boss. Ich hänge mich sofort an ihn dran.« Das war Jackal, der Fremde mit der Narbe und der tiefen Stimme, gegen den Scheme geprallt war, als Tanner sie in die Höhlen zurückgebracht hatte. Er war mit Jonas, Cabal und mehreren Sicherheitsleuten der Breeds hereingekommen. Scheme warf einen kurzen Blick über die Schulter und sah noch, wie er eilig den Raum verließ.

Sie wandte sich wieder an den Führungsrat. »Ich habe Namen, Standorte und Profile von Cyrus' Kontakten, die ich kennengelernt habe. Die meisten hat Jonas schon vorliegen, aber in letzter Zeit hat ein ganzer Strom von Anführern verschiedener Rassistengruppen das Tallant-Anwesen besucht. Keine Ahnung, ob er um Unterstützung wirbt oder einen Angriff plant, der größer ist als alle, die er bisher versucht hat. Ich weiß aber, dass der innere Kreis des Councils das Vertrauen in ihn verliert.«

»Bastarde«, fluchte Callan. »Was denken Sie, warum die sich sammeln?«

Scheme fuhr mit der Zunge über ihre trockenen Lippen. »Ich denke, sie warten auf die Entführung Ihres Sohnes und das Chaos, das dadurch entstehen wird. Jeder Breed, der auch nur atmen kann, wird nach ihm suchen. Breeds werden anfangen, Stützpunkte des Councils anzugreifen und Mitglieder zu attackieren. Das ist es, was sie wollen. Sie wollen, dass die Breeds anfangen, Blut zu vergießen, denn sie wollen der Welt beweisen, wie bösartig und gnadenlos sie sein können. Und sie glauben, dass das Verschwinden von David Lyons das bewirken wird. Sobald sie dann alle vernichtet sind, wird man Ihren Sohn als Basis für die neue Generation der Breeds benutzen, eine verbesserte Version, die sie dann kontrollieren können. Sie glauben, sie hätten aus ihren Fehlern gelernt und dass es nun endlich im Bereich des Möglichen liegt, solche Killer zu erschaffen, wie sie sie sich vorstellen.«

Es war reiner Irrsinn, doch Scheme hatte ohnehin nie geglaubt, dass innerhalb des Councils überhaupt etwas anderes als Irrsinn existierte. Die Wissenschaftler, die die Labore schufen und leiteten, waren kalt und emotionslos. Für sie waren die Breeds nicht mehr als ein Experiment. Sie waren entbehrlich, weil sie nicht geboren, sondern gezüchtet wurden. Man betrachtete sie als Tiere ohne Seele.

Die Breeds waren deren Chance, die Experimente durchzuführen, von denen sie träumten. Das Council wollte herausfinden, wie weit man den menschlichen Körper treiben konnte, wie man Immunitäten gegen bestimmte Krankheiten erzeugen konnte oder wie Gehirn und Körper zusammenarbeiteten. Die Breeds waren stärker und robuster als gewöhnliche Menschen und damit perfekte Versuchsobjekte.

»Haben Sie irgendwelche Informationen, die uns einen Hinweis geben, nach wem wir suchen müssen?«, fragte Callan und beugte sich aufmerksam vor. »Wir brauchen mehr als das, Scheme. Wir brauchen einen Anhaltspunkt, um einen von uns zu fassen. Das wird nicht leicht.«

»Sie sind in subversiver Infiltration ausgebildet.« Scheme rieb sich den Kopf und versuchte, trotz der wachsenden Erregung klar zu denken. Tanner war ihr zu nahe, sein Körper zu verlockend. Sie begehrte ihn und brauchte ihn so dringend. »Der Spion, den er rekrutiert hat, gab sich als ein Breed aus, der seinen Ausbildern gehorchte, um Informationen zu sammeln, während er in Wirklichkeit eine Art Doppelagent war.«

»Also hat er dieselbe Ausbildung wie Tanner durchlaufen?«, fragte Callan. »Diese Ausbildung erhielten viele Breeds. Wir wurden nicht alle zu Auftragskillern gemacht.«

Scheme seufzte. »Die Profile sind ähnlich, aber ich konnte nur einen kurzen Blick darauf erhaschen.«

Tanners Knurren entlockte Callan ein leises Lachen. »Lassen Sie mich raten. Sie haben befürchtet, dass Tanner der Spion ist?«

Scheme warf Tanner einen Blick zu. Die Frage passte ihm gar nicht.

»So ist es.«

Callan schüttelte den Kopf. Seine Miene war düster und besorgt.

»Miss Tallant, ich würde mich freuen, Ihnen Sanctuary als Zuflucht anzubieten«, sagte er dann. »Ich verstehe, dass gerade jetzt in Anbetracht des Paarungsrauschs nicht der beste Zeitpunkt ist für das, was wir tun, aber ich hoffe, Sie können hierbleiben und noch etwas länger mit uns reden?«

Scheme sah ihn überrascht an.

»Oh ja«, warf Dawn mit spöttischer Stimme und zynischem Blick ein. »Wir können alle wittern, wie dringend Sie mit dem kleinen Tiger ins Bett wollen.«

Schemes Wangen wurden glühend heiß.

»Verdammt, Dawn«, gab Tanner zurück. »Hör auf damit.«

Dawn verdrehte die whiskeybraunen Augen und unterdrückte das Grinsen, das um ihre Mundwinkel spielte.

Scheme hasste es, dass diese grimmigen Männer und Frauen etwas so Persönliches und Unkontrollierbares derart leicht wahrnehmen konnten. Seltsamerweise störte sie die Erregung, die ständig stärker wurde, gar nicht. Die Empfindsamkeit ihrer Haut, das deutliche Bewusstsein, dass Tanner so nahe neben ihr saß.

»Wir müssen dieses Meeting auf später verschieben«, sagte Tanner. »Scheme braucht etwas zu essen, neue Kleidung und etwas Ruhe. Sie wird euch alles Notwendige besser erklären können, wenn sie eine Pause hatte.«

Callan sah kurz zu den anderen, bevor er tief aufseufzte. »Einverstanden. Wir treffen uns in ein paar Stunden wieder hier.« Er wandte sich an Jonas. »Stell mir die übrigen Daten zusammen, und dann kannst du mir mal erklären, wieso die Agenten, die du und Tanner vor Ort hattet, sie nicht aus diesem verdammten Sarg geholt haben, als ihr Vater sie begraben hat. Und ich erwarte etwas mehr als das, was ich in den Berichten lesen konnte, die du mir gegeben hast, bevor du dich auf die Suche nach Tanner gemacht hast.«

Tanner wollte Scheme gerade beim Aufstehen helfen, erstarrte jedoch mitten in der Bewegung. Scheme war vollkommen reglos, und der Duft ihrer Furcht prallte ihm entgegen, als er ihr in die Augen starrte. Sie wusste es. Sie hatte gewusst, dass sich im inneren Kreis ihres Vaters Breed-Agenten befanden, die ihr hätten helfen können, und sie hatte sich geweigert, um diese Hilfe zu bitten.

Inzwischen kannte Tanner sie. Er wusste, sie wäre eher gestorben, als von diesen Männern oder Frauen zu verlangen, dass sie sich selbst enttarnten. Er hob den Blick zu Callan und sah die Verurteilung in den Augen seines Bruders. Ebenso bei

Merinus. Kane. Sie dachten, er hätte davon gewusst. Sie glaubten, er hätte eine unschuldige Frau leiden, vielleicht sogar sterben lassen, auf eine Art und Weise, die offensichtlich mit entsetzlicher Angst und extremem Leid einherging.

Und Jonas. Jonas hatte ihm diese Berichte vorenthalten.

Tanner ließ Scheme los und drehte sich langsam zum Direktor des Amts für Breeds-Angelegenheiten um. Ein tiefes Knurren vibrierte in seiner Brust. Scheme flüsterte leise seinen Namen, aber das fachte seinen Zorn nur weiter an.

»Tanner wusste nichts von den Misshandlungen, die auf dem Anwesen an Miss Tallant verübt wurden, Callan«, erklärte Jonas daraufhin. »Diese Information hatte nur ich.«

»Wieso?«, knurrte Tanner. »Wieso hast du es mir nicht gesagt?«

»Weil ich den Verdacht hatte, sie könnte deine Gefährtin sein«, antwortete Jonas leise. »Cabal hatte die Vermutung bereits geäußert, und wir brauchten die Informationen …«

Ganz bewusst und mit voller Absicht ließ Tanner das Tier in sich frei, das seine Klauen in den Löwen-Breed schlagen wollte, der Scheme auf solche Art hatte leiden lassen. Jonas hatte es gewagt zuzulassen, dass sie an Händen und Füßen gefesselt und mit einer elektronischen Stimme, die ihren verbleibenden Sauerstoffvorrat herunterzählte, in einen Sarg verfrachtet und begraben wurde.

Er stürzte sich auf Jonas. Sie prallten gegen die Wand, sodass der Putz riss und von der Wand bröckelte, als die beiden schweren Männerkörper dagegenkrachten. Bevor Jonas sich davon erholen konnte, kam Tanner auf die Füße, richtete sich auf, riss Jonas zurück und ließ seine Faust in dessen Gesicht donnern. Schon holte er zu einem zweiten Schlag aus, als mehrere Hände ihn zurückrissen und zu bändigen versuchten, während jemand ihm in scharfem Befehlston ins Ohr bellte.

Tanner brüllte in rasender Wut auf und kämpfte darum, sich zu befreien, während Jonas langsam auf die Füße kam, ein beinahe selbstgefälliges Lächeln um die Mundwinkel.

»Ich sagte, es reicht, gottverdammt!« Urplötzlich tauchte Callan direkt vor Tanners Gesicht auf, mit blitzenden bernsteinfarbenen Augen und wütender Miene.

Tanner knurrte ihm ins Gesicht. »Meine verdammte Gefährtin.« Heiß und stürmisch brannte der Zorn in ihm. Er versuchte, die Hände, die ihn festhielten, abzuschütteln, kam beinahe frei und schaffte es auch fast, noch einen Schlag gegen Jonas zu landen, bevor Callan wieder direkt vor ihm stand und ihn zurückdrängte. Irgendwer wagte es gleichzeitig, ihn weiter festzuhalten und ihm die Arme nach hinten zu reißen. Kräftige Arme schlangen sich um seinen Hals. »Du wusstest, was der Bastard tat. Du hast es verdammt noch mal gewusst, und du hast sie nicht gerettet.«

»Nein!« Schemes Aufschrei zerriss den roten Nebel vor seinen Augen. Ihre weichen Hände trommelten gegen seinen Brustkorb und lenkten seinen Blick auf ihre wütenden Augen.

»Es war meine Entscheidung«, schrie sie ihn an. Ihre Wangen waren blass vor Angst und Zorn und feucht von den Tränen, die ihr noch immer aus den Augen quollen. »Hast du mich verstanden? Es war *meine* Entscheidung. Ich wusste, dass Leute von Jonas zu Vaters Soldaten gehörten. Ich wusste es, aber ich habe sie nicht gebeten, mich zu retten.«

»Herrgott noch mal, Tanner, glaubst du, ich hätte nicht versucht, sie dazu zu bringen, dass sie zu uns kommt?«, brüllte Jonas ihn an, das Knurren in seiner Stimme war wuterfüllt. »Denkst du, ich hätte ihr nicht die Wahl gelassen?«

Tanner knurrte Jonas an, bevor er seinen Zorn wieder auf Scheme richtete.

»Wieso?«, stieß er in unbändiger Wut hervor. »Wieso hast du zugelassen, dass er dir das antut?«

Er litt Höllenqualen. Sie hatte nicht nur zugelassen, dass ihr Vater sie begrub, sondern sie hatte es zugelassen, *obwohl* sie eine Chance auf Flucht gehabt hatte.

»Um ihn davon zu überzeugen, dass ich nichts weiß.« Sie hob das Kinn, und ihre braunen Augen glitzerten vor Wut. »Um ihm zu beweisen, dass ich ihn nicht hintergehe. Er sollte denken, dass meine Fehler eben nur Fehler waren und nicht der absichtliche Versuch, ihn zu vernichten, so wie es in Wirklichkeit war. Denn die Aussicht, ihn zu vernichten, bedeutete mir mehr als mein eigenes Leben.«

Tanner schüttelte die Hände ab, die ihn festhielten. Rohe Gewalt hämmerte durch seine Adern und erzeugte ein Summen in seinem Verstand, das die Stimme der Vernunft in seinem Kopf zu übertönen drohte.

»Nie wieder«, stieß er hervor. »Du wirst dich nie wieder so in Gefahr bringen.«

Ihre Miene veränderte sich, wurde kalt, nachdenklich und entschlossen.

»Ich werde tun, was auch immer nötig ist, um dieses Monster zu vernichten«, erklärte sie heiser. »Das ist nicht *deine* Entscheidung, nicht jetzt, und sie war es auch früher nicht. Mach nicht den Fehler, auch nur einen Augenblick lang zu denken, dass du mir diese Entscheidungen diktieren kannst oder wirst, Tanner. Denn das wird nicht passieren.«

»Und glaube du nicht einen Augenblick lang, dass ich dir nicht das Fell über die Ohren ziehen werde, solltest du jemals wieder eine solche Entscheidung treffen.«

24

Er hatte genug. Tanner musste sich eingestehen, dass er an diesem Punkt nicht auf vernünftige und logische Weise mit der Situation umgehen konnte. Seine Gefährtin hatte zehn Jahre lang in Angst, Schmerz und unter der Drohung eines qualvollen Todes gelebt, und er hatte nichts davon gewusst. Jonas schon. Die Kojoten, die sie innerhalb von Tallants Organisation rekrutiert hatten, hatten es gewusst und Jonas davon berichtet. Aber Tanner hatte keine Ahnung gehabt.

»Cabal.« Er hörte den kehligen Klang seiner eigenen Stimme, aber ihm fiel kein Grund ein, warum es ihn kümmern sollte, dass der animalische Teil seiner Natur so nahe an die Oberfläche gedrungen war.

Als sie sich in den Höhlen bereit gemacht hatten, um Jonas beim Helikopter zu treffen, hatte Cabal den Vorschlag gemacht, das Rudel bezüglich der Paarung im Ungewissen zu lassen. Sie wollten die anderen glauben lassen, sie hätten sich beide mit ihr gepaart. Selbst Jonas sollte es nicht besser wissen. Sie glichen sich zu sehr im Duft, und ihr Naturell war für die Gemeinschaft der Breeds zu extrem, um zu bezweifeln, dass etwas Derartiges hatte geschehen können.

Nicht dass Tanner zulassen würde, dass Cabal seine Gefährtin in irgendeiner Weise anfasste. Damit käme er nicht klar. Aber ihr Schutz war wichtiger als sein Wohlbefinden. Wenn der Spion glaubte, dass sowohl er als auch Cabal sich mit ihr gepaart hatten, würde man glauben, dass auch Cabals Sinne zu beeinträchtigt vom Paarungsrausch wären, um wachsam genug zu sein.

Tatsächlich war Tanner jedoch darauf angewiesen, dass Cabal absolut wachsam blieb.

»Ich bin direkt hinter dir«, antwortete Cabal, als Tanner Scheme am Arm packte und Richtung Tür schob.

»Tanner.« Sie wollte ihm den Arm entreißen, und ein Feuersturm besitzergreifender Entschlossenheit jagte durch seinen Leib. »Hör auf, mich so herumzuzerren.«

Er konnte ihre Hitze, ihre Erregung wittern. Er konnte das Verlangen und den Zorn wittern, und das weckte die gleichen Empfindungen in ihm. Aber ebenso konnte er ihre Furcht, ihren Schmerz und ihr Unbehagen wittern, und das Gefühl, dass die Welt um sie herum zusammenbrach.

Sie hatte die Misshandlungen ihres Vaters überlebt, weil sie sie verstanden hatte. Sie hatte das alles überlebt und war damit klargekommen und hatte zugleich auf die Vernichtung ihres Vaters hingearbeitet. Aber sie wusste nicht, wie sie mit Akzeptanz umgehen sollte. Sie hatte keine Ahnung, wie sie mit Liebe umgehen sollte.

Und es war unmöglich, diesen Punkt auf der Stelle mit ihr zu diskutieren. Nicht wenn alle zusahen. Natürlich würde der Führungsrat nichts, was in diesem Raum geschah, nach außen dringen lassen, aber die Leute mussten im Ungewissen darüber bleiben, was ihre Paarung anging. Er musste ihre Reaktion auf die unsichere Situation sehen, ob er und Cabal ihre Spielchen nun auch in ihrer gewohnten Art mit Scheme spielten oder nicht.

Bevor sie oder irgendwer anders ihn daran hindern konnte, hatte er sie sich über die Schulter geworfen. Sie quiekte überrascht auf, stützte dann die Hände an seinem Rücken ab und zappelte in seinem dominanten Griff.

»Halt still.« Er tätschelte ihren runden kleinen Hintern und grinste angespannt, als er durch den Saal marschierte und schnellen Schrittes auf die Treppe zusteuerte.

»Spinnst du?«, kreischte sie, während sie kopfüber über seiner Schulter hing.

»Das ist die gängige Ansicht«, versicherte er ihr, während Cabal vor ihnen herging und vor Tanner die Suite betrat.

Sobald die Tür hinter ihnen zuging, stellte Tanner sie wieder auf die Füße, und bevor sie einen augenscheinlich sehr lauten Protest von sich geben konnte, drückte er die Finger auf ihre Lippen und bedeutete ihr so, zu schweigen.

Sie schaltete schnell. Kluges Mädchen. Sie runzelte die Stirn, und ihr Blick wurde misstrauisch.

Sie drehte sich um und sah zu, wie Cabal das Zimmer auf Abhörgeräte hin überprüfte. Einige Minuten später steckte er das Gerät, das er dazu nutzte, weg und schüttelte den Kopf.

»Alles sauber«, meinte er schließlich.

»Sie sind klüger, als ich dachte«, brummte Tanner und ging zu dem elektronischen Störsender neben den Fenstern. Als er das Gerät deaktivierte und die Abdeckung entfernte, fand er zwei gelockerte Drähte. Damit wäre der Störsender nicht deaktiviert, aber doch erheblich schwächer gewesen.

Kopfschüttelnd brachte er die Drähte wieder an, stellte das Gerät neu ein und befestigte es wieder an der Wand. Dann stemmte er die Hände in die Hüften, senkte mit einem tiefen Knurren in der Kehle den Blick und schüttelte müde den Kopf.

»Wer es auch ist, er kommt leicht ins Haus«, meinte Cabal daraufhin. »Das hatte ich nicht erwartet.«

Tanner hob den Kopf und sah Scheme an. Auch er hatte das nicht wirklich erwartet.

Scheme hatte die Arme um ihren Oberkörper geschlungen und erwiderte unsicher Tanners Blick. Sie erkannte die Besorgnis in seinem Blick sowie die Hoffnung, dass sie sich irren möge und der Spion – wer immer er auch war – sich nicht in einer Position befand, die ihm leichten Zugang zu allen Teilen des Hauses ermöglichte.

»Das wird ein Problem«, meinte Cabal leise.

Scheme sah zwischen Cabal und Tanner hin und her. »Was wird ein Problem?«

»Den Breeds hier in Sanctuary weiszumachen, dass wir uns beide mit dir gepaart hätten.« Cabals Grinsen war eher ein Zähnefletschen.

Scheme erwiderte seinen Blick aus schmalen Augen. Sie hatte ihr Entsetzen der letzten Nacht nicht vergessen, als er sie gegen die Felswand gedrückt und so getan hatte, als wäre eine Vergewaltigung keine große Sache für ihn.

»Viel Glück«, meinte sie zuckersüß. »Das wird tatsächlich schwierig werden, wenn ich dich nicht näher als auf hundert Meter an mich heranlasse.«

Daraufhin schnitt Cabal eine Grimasse und sah Tanner an.

»Du brauchst ihn gar nicht erst so anzusehen«, befahl Scheme grob und wandte sich an Tanner. »Sag ihm, dass er gehen soll, Tanner.«

Tanner verschränkte die Arme. »Cabal, kannst du bitte eine Weile ins Badezimmer gehen?« Er deutete mit dem Kopf auf die Tür, die dorthin führte.

Scheme starrte ihn geschockt an. »Bist du übergeschnappt?«

»Wahrscheinlich«, schnaubte Tanner. »Aber jeder in Sanctuary kennt uns. Man kennt die Spielchen, die wir mit unseren Weibchen spielen, und es wird schon seit Jahren spekuliert, dass wir uns am Ende noch mit derselben Frau paaren. Ich muss alle glauben lassen, dass ebendas passiert ist, damit niemand den Verdacht hegt, dass Cabal ständig Ausschau nach Gefahren hält. Der Paarungsrausch brennt sich durch alle Sinne, Scheme. Er schwächt uns für eine ganze Weile. Wenn wir das Spiel richtig spielen, kann Cabal uns den Rücken decken.«

Scheme warf Cabal einen finsteren Blick zu. »Und ich soll das einfach so akzeptieren?«

Cabals Gesichtsausdruck veränderte sich. Er wirkte plötzlich entspannter und weniger cool und undurchschaubar. In seinen Augen erkannte sie Bedauern. »Ich musste dir Angst machen, Scheme. Andernfalls hätte die Dumpfbacke da drüben sich noch eingeredet, dass er wirklich nicht dein Gefährte wäre. Er wollte dich um jeden Preis in Sicherheit bringen und für deinen Schutz sorgen, doch dafür hat er diesen ungezähmten Teil von sich unterdrückt. Ich hätte dir nie wehgetan.«

Sie sah ihn skeptisch an. »Den Teil habe ich mittlerweile verstanden, aber das heißt nicht, dass ich dich bei uns im Bett haben will.«

»Kann ich zusehen?« Belustigung glitzerte in seinen Augen. Und eine Herausforderung. Die pure Provokation.

Scheme verdrehte genervt die Augen. Er meinte es ernst, das war ihr klar. Sie warf Tanner einen kurzen Blick zu und sah gerade noch das unglaubliche Feuer, das bei dem Gedanken in seinen Augen aufblitzte.

Die beiden hatten zehn Jahre lang ihre Frauen geteilt und einen entsprechenden Ruf erworben – eine ungezwunge, verspielte Aura erotischer Vergnügung. Seltsamerweise machte ihr das nichts aus, und wie es aussah, war Tanner mehr als bereit, seinen Bruder zusehen zu lassen.

Spielerisch.

Tanner wirkte entspannter, und seine Augen glitzerten belustigt, als er auf sie zukam. Dann verdunkelte sich sein Blick vor Sehnsucht und Begierde, als er sie plötzlich an der Taille packte und hochhob.

Scheme landete auf dem Bett und schnappte nach Luft, als Tanners Finger an den Verschluss ihrer Jeans glitten.

Sie riss die Augen auf.

»Tanner.« Sie packte seine Handgelenke. »Was machst du da?«

»Zu viele Klamotten«, brummte er.

Sie wollte seine Hände wegschieben, als der Reißverschluss aufging und sein Zwilling sich mit verwegenem Grinsen an die Tür lehnte. »Bist du sicher? Cabal ist immer noch hier.« Er hielt inne und drehte den Kopf zur Seite. Er knurrte warnend und fletschte die Zähne.

»Ich habe nicht die Absicht, jemanden anzufassen«, murmelte Cabal sündig. »Ich bin ganz zufrieden damit, genau hier stehen zu bleiben.«

Tanner knurrte erneut. Gott, sie liebte das. Das Aufblitzen seiner Reißzähne, das ungestüme Licht, das in seinen bernsteinfarbenen Augen aufleuchtete. Das an sich reichte schon fast für einen Orgasmus.

»Solange er nur zusieht«, keuchte Tanner und riss sich buchstäblich das Hemd von den Schultern, bevor seine Hände an den Gürtel seiner Jeans wanderten und ihn aufzogen.

»Oh Gott, das ist ja verrückt«, stöhnte sie nur, obwohl sie außer sich vor Zorn sein sollte. Doch das war sie nicht. Sie wurde feuchter.

Ein angespanntes Lächeln spielte um seinen Mund.

»Das gefällt dir«, schnurrte er. Oh mein Gott, er *schnurrte*.

Er kickte sich die Jeans von den Beinen und enthüllte seinen kräftigen, von dicken Adern durchzogenen Schaft.

Scheme fuhr sich mit der Zunge über die Lippen und spreizte die Beine.

»Küss mich«, stöhnte sie. »Ich brauche deinen Kuss.«

Seine Lider senkten sich, und er fuhr sich mit der Zunge über die Unterlippe, dann beugte er sich näher. »Kannst du fühlen, wie er dich beobachtet?«

Es machte ihn heiß – und sie selbst tatsächlich auch.

»Das törnt dich an«, warf sie ihm vor, ohne den Blick von seinen Lippen abzuwenden. Sie brauchte seinen Kuss, sofort.

»Ich bin ganz schön pervers«, gab er zu, schob ihre Beine nach hinten und zog sie mit einem Ruck an den Bettrand.

Ihr stockte der Atem, als er sich vorbeugte und über ihre Lippen leckte, während seine Eichel sich zwischen die prallen Schamlippen ihrer Spalte drückte.

»Ich kann auch pervers sein.« Ihre Schenkel spannten sich an in dem festen Griff seiner Hände.

Er hielt inne und verzog die Lippen langsam zu einem verwegenen Lächeln.

»Braves Mädchen«, schnurrte er, und der grollende Laut strich ihr wie unsichtbare Krallen erotischer Wonne über den Rücken. »Zeig es mir, meine Schöne. Zeig mir deine ungezogene Seite.«

Seine Lippen berührten sanft die ihren, seine Zunge glitt zwischen ihre Lippen und sein Aroma explodierte in ihrem Mund. Er schmeckte wahnsinnig gut: sündig, erotisch, ein Festmahl der Lust, unwiderstehlich und flammend.

Sie saugte seine Zunge in ihren Mund, spielte mit ihr und melkte sie. Dabei entdeckte sie die winzigen prallen Drüsen an der Seite und den üppigen verlockenden Geschmack, der von dort kam.

In der Gewissheit, Ambrosia gefunden zu haben, stöhnte Scheme auf und leckte und saugte mehr davon in ihren Mund. Sie brauchte diesen Geschmack. Sie brauchte ihn zum Atmen, zum Leben.

Ihre Hände glitten in sein Haar, während sie ihn an sich drückte und sich unter ihm wand, um seinen kräftigen Schaft in sich aufzunehmen, der noch immer an der Pforte ihrer begierigen Vagina verharrte.

Ihre Sehnsucht nach ihm schmerzte beinahe. Sie war sicher,

das Verlangen, von ihm genommen zu werden, würde sie noch in den Wahnsinn treiben. Aber bisher füllte er sie nur mit seiner Zunge aus, schob sie rhythmisch in ihren Mund. Seine Lippen bewegten sich auf ihren, und sein Kuss jagte ihr einen feurigen Lustschauer durch den Leib.

»Verdammt«, rief sie schwach, als er sich von ihr löste und sie mit schmalen glitzernden Augen ansah. »Ich brauche mehr.«

»Ich sollte dir den Hintern versohlen.« Beim Klang seiner Worte und seiner Stimme, rau wie Whiskey und schnurrend vor Lust, zuckten ihre Hüften, und ihre Unterleibsmuskeln zogen sich krampfartig zusammen.

»Ich bin ein ungezogenes Mädchen«, stimmte sie zu. »Nimm mich. Danach kannst du mir den Hintern versohlen.«

Ein sündiges Lächeln spielte um seine Lippen. »Oh nein, meine Süße. Zuerst versohle ich dir diesen hübschen Hintern. Ich werde dabei zusehen, wie er errötet, und deine Erregung wittern, und danach werde ich vielleicht, nur vielleicht, all diese kleinen heißen Feuer in dir löschen.«

Scheme riss die Augen auf, als er sich ruckartig von ihr löste.

»Tanner, ich halte das nicht aus.« Sie stand in Flammen. Das Feuer loderte unter ihrer Haut und brannte sich durch ihren vor Verlangen zuckenden Leib.

»Oh, du wirst es aushalten, Baby«, knurrte er. »Und du wirst es lieben.«

Bevor sie sich wehren oder protestieren konnte, saß er auf dem Bett und legte sie übers Knie. Das berauschende Gefühl der Dominanz, das von ihm ausging, brachte sie schon fast zum Höhepunkt – ebenso wie das überraschende Lustgefühl, das die unterwürfige Position in ihr auslöste.

Schläge auf den Po waren ein nettes Vorspiel, das sie schon zuvor erlebt hatte. Es war ganz angenehm, aber den absoluten Kick hatte es ihr nie gegeben.

Dann klatschte Tanners Hand in einer kurzen Folge scharfer brennender Klapse auf ihren Po. Sie waren nicht schmerzhaft, aber sie bereiteten ihr lustvolle Qualen.

»Oh mein Gott, Tanner. Bitte. Tu mir das nicht an.« Vibrationen heftiger orgasmusähnlicher Empfindungen jagten durch ihren Unterleib.

Noch zwei harte Klapse auf die Rundungen ihres Pos direkt über dem Oberschenkel raubten ihr den Atem. Sie war so erregt, so bereit für ihn, dass das ungestüme Gefühl der Unterwürfigkeit sie wie eine berauschende Droge durchflutete.

Seine Hand traf erneut ihre Kehrseite. Und noch einmal. Ein Schlag auf jede Seite, und das heizte sie noch weiter an.

Mit einer Kopfbewegung warf Scheme sich das Haar aus dem Gesicht, öffnete die Augen und begegnete dem Blick des Mannes, der in der Badezimmertür stand.

Oh Gott! Sie schauderte und spürte, wie die Säfte, die sich aus ihrer Mitte ergossen, ihre Schenkel wärmten. Cabal war in fast jeder Hinsicht Tanners Zwilling: groß, hart und mit leidenschaftlich erregter Miene. Seine Jeans schmiegte sich an seine eindrucksvolle Erektion, während er ihnen zusah, die Arme über dem harten Brustkorb verschränkt und die Hände zu Fäusten geballt.

Ein heftiges Schaudern erschütterte sie bis ins Mark und jagte durch ihre Klitoris und ihren Unterleib.

Cabals Blick richtete sich auf Tanner und dann auf Schemes Po.

»Ich fasse nichts an«. Seine Stimme klang erregt. »Aber ich sehe zu.«

Keine Einwände von Tanner. Seine Hand glitt über ihren Po, und Cabals grüne Augen glitzerten gierig, während er jede Bewegung beobachtete.

Noch ein Klaps.

»Meins!«, knurrte er. Seine Worte drangen bis in ihre Seele vor, und in seinem nächsten liebevollen Schlag fühlte sie seinen bedingungslosen Besitzanspruch.

Doch all das reichte nicht. Sie brauchte es härter, erotischer. Sie wand sich auf seinem Schoß, zappelte in seinem Griff und stemmte die Hände gegen sein Bein.

Der nächste Schlag war härter.

»Er kann dein Verlangen wittern.« Cabals Stimme klang kehlig. »Und ich auch.«

Wieder traf Tanners Hand brennend auf ihren Po. Sie erstarrte angesichts der unbändigen Wonne, die sie überflutete, und schloss die Augen.

Ja, *das* war es, was sie brauchte.

Ein klagender Aufschrei drang über ihre Lippen, als seine Hand erneut auf ihre Haut traf. Und noch einmal. Sie wandelte auf einem schmalen Grat, so schmal und hoch, dass es ihr schon fast Angst einjagte. Fast. Sie brauchte das hier – das erkannte sie in diesem Moment. Das überwältigende Verlangen nach einer härteren Berührung, einer leidenschaftlicheren Inbesitznahme hatte sie jahrelang gequält und unbefriedigt bleiben lassen, immer auf der Suche.

Doch jetzt war die Suche vorbei. Jeder Schlag auf ihren Po trieb sie höher, ließ die Flammen noch stärker auflodern.

»Oh Mann, wie schön rot dein Hintern wird!« Tanners Stimme war nur noch ein wildes Knurren. »Weich und seidig, und so ein hübsches flammendes Pink. Wie ein Sonnenaufgang.«

Sie war heißer als ein Sonnenaufgang. Sie glühte wie ein Komet.

»Wie ein Pfirsich«, flüsterte da Cabal fast ehrfürchtig. »Reif und bereit zum Hineinbeißen.«

Scheme wimmerte auf, als die Lust plötzlich noch heißer und heller aufloderte. Das hatte sie bislang noch nie erlebt.

Noch nie hatte sie Sex gehabt, während ein anderer Mann zusah.

Sie verspürte jedoch kein hohles Gefühl der Beschämung, wie sie es eigentlich erwartet hätte, und musste auch nicht gegen Unbehagen ankämpfen.

Hier ging es nicht allein um Sex. Sie konnte das Verlangen in Cabals Augen sehen. Er war jahrelang ein so wesentlicher Teil von Tanners Liebesleben gewesen und so tief in die Wonnen eingetaucht, die sein Bruder mit ihm geteilt hatte, dass er das hier ebenfalls brauchte.

Das spürte sie so deutlich wie Tanners Hände auf ihrem Po. Es war das Mindeste, was Cabal brauchte – wenigstens für eine Weile.

Und sie brauchte es auch, um die Erinnerung an all die Jahre der Scham auszulöschen. Sie wollte vergessen, dass ihre Beziehung mit Chaz nicht Liebe gewesen war, sondern eine erniedrigende Form der Machtausübung.

Jetzt ging es nicht um Macht und Kontrolle. Irgendwie hatte Tanner ihre Bedürfnisse schon von Anfang an gespürt, und er gab ihr, wonach sie sich sehnte.

Sie wand sich auf seinem Schoß, schrie vor Lust auf, und jeder Schlag trieb sie höher, bis sie nur noch aus Lust, Verlangen und Begierde bestand.

Sie starb in seinen Armen, inmitten eines unermesslichen Genusses, den sie nicht kontrollieren konnte und – zum ersten Mal in ihrem Leben – auch gar nicht kontrollieren wollte.

Scheme gab sich der Ekstase hin, die durch ihren Leib jagte. Tanners harte Liebkosungen waren mal fest, dann wieder sanft, mal sachte, dann wieder brennend. Jeder Klaps vibrierte in ihrer Klitoris, die immer weiter anschwoll und schmerzhaft pochte. Ihre Hüften rieben über seine Oberschenkel, pressten sich an sie, um ihren kleinen Lustknopf weiter zu reizen.

Zugleich fühlte sie, wie sich die Erlösung in ihrem Unterleib aufbaute.

Sie stand kurz vor dem Orgasmus. Sie würde explodieren.

»Na bitte, meine Schöne.« Tanners Stimme klang rau, animalisch. »Spüre, wie es brennt. Bis in deine enge Spalte. Fühle es, Scheme.«

Die scharfen Schläge wurden rhythmischer, eine beständige, unnachgiebige Vibration, die in ihrem Lustknopf nachhallte.

»Du bist so nass, dass ich es auf meinem Oberschenkel spüren kann«, knurrte er. »So verdammt heiß, dass du mich noch verbrennst.«

Klatsch. Klatsch.

»Komm für mich, Baby. Vergieße deinen süßen Saft, und ich werde jeden einzelnen Tropfen davon aufschlecken.«

Sie explodierte. Blitze jagten durch ihre Klitoris, setzten sie unter Strom, zerrissen ihre Sinne und stürzten sie in eine Explosion feuriger drängender Erlösung.

Sie hörte ihren eigenen erstickten Aufschrei, als sie sich in seinem Arm aufbäumte. Zugleich drängten seine Finger zwischen ihre Beine und schoben sich in ihre unglaublich enge Mitte.

Sie war dabei, den Verstand zu verlieren, zu sterben. Ihre Muskeln zogen sich zusammen und ergossen die weichen Säfte ihrer Erlösung über seine Finger, während sie noch tiefer in den Orgasmus hineinfiel.

Sie war willenlos, zitterte unkontrolliert, und sie brauchte mehr. Oh Gott, sie brauchte mehr!

25

Das Tier war frei. Als er fühlte, wie die Säfte ihrer Erlösung seine Finger tränkten, und witterte, wie sie sich ihrer Lust und ihrem brennenden, drängenden Verlangen so vollständig hingab, riss sich das Tier los.

Es war ein Teil von ihm, den er immer gefürchtet hatte. Er hielt es eingesperrt, verborgen, aus Furcht, es würde ihn wieder zu der Kreatur werden lassen, die er gewesen war, bevor Callan ihn gerettet hatte.

Doch jetzt konnte er es unmöglich wegsperren.

Er hob Scheme von seinem Schoß, legte sie mit dem Rücken aufs Bett, kniete sich auf den Boden und tauchte zwischen ihre Beine.

Gott, sie war süß wie Sahne, wie Sirup. Sie lag an seinen Lippen, lockte seine Zunge und berauschte ihn mit seinem Aroma.

Er liebte es, sie zu vernaschen, sie zu lecken, an ihrem perligen Lustknopf zu saugen und die seidig weichen Kringel auf ihrem Venushügel zu spüren. Runde Schenkel verkrampften sich an seinen Wangen, und auch das liebte er. Die Art, wie sie sich unter ihm wand und er ihre Hüften stillhalten musste.

Sie wollte es nicht sanft, sie brauchte alles von ihm. Er konnte es fühlen, es wittern. Sie wollte, dass das Tier sie nahm, und das war verdammt gut so, denn er konnte es nicht mehr bändigen.

Er leckte an ihr, saugte den köstlichen Geschmack ihres Saftes in den Mund, und die süchtig machende Süße ließ ihn knurren. Sie bebte erneut unter ihm, zuckte und vergoss noch mehr von ihrer Nässe. Sie bestand nur noch aus weicher flüssiger Hitze.

Die Drüsen an seiner Zunge pochten und waren so prall und voll, dass es schon schmerzhaft war. Er brauchte ihren Kuss. Er sehnte sich danach, dass sie das Hormon aus ihm heraussaugte, während er sie nahm.

Er musste sie haben. Sein Schwanz war so steif und begierig, dass er schmerzte. Es war ein lustvoller Schmerz.

Mühsam riss er sich von seiner Nascherei los und schob sie auf dem Bett weiter nach oben, bevor er sich zwischen ihre Beine legte.

Er knurrte, und es gab verdammt noch mal nichts, was er dagegen tun konnte. Er fletschte die Zähne, und der animalische Ton drang unaufhaltsam aus seiner Brust.

Doch Scheme erschrak nicht, wie es hätte sein sollen, sondern ihre braunen Augen blitzten mit einer neuen Woge der Lust auf. Sie hob ihm ihre Hüften entgegen, ihre Lippen öffneten sich, und die Welt explodierte in einem Nebel aus unglaublicher und unheilbarer Lust.

Tanner drückte seine Lippen auf ihre, schob seine Zunge in ihren heißen und gierigen Mund und stieß sein Glied tief in sie hinein.

Lieber Himmel, das war gut! Es war das Nirwana. Ekstase. Seine Hüften bewegten sich, stießen seinen Schaft in sie, und ihre Muskeln hielten ihn umklammert, melkten ihn, so wie ihr Mund süß und heiß an seiner Zunge saugte.

Ihre Finger krallten sich in seinen Po, ihr Körper drängte sich ihm entgegen, und begieriges Keuchen drang aus ihrer Kehle, als sie ihn noch tiefer in sich drängte.

Gott, er wollte ihr nicht wehtun! Er wollte es nicht so …

Ein dumpfes Knurren drang aus seiner Brust, als seine Hüften vorwärtsdrängten und seinen Schwanz bis zum letzten harten Zentimeter in sie stießen, bis zum Anschlag. Gleichzeitig drückten seine Hoden hart und fest gegen ihren Po, und er löste sich aus ihrem Kuss, um Luft zu bekommen.

Er musste atmen. Denken.

»Nein.« Sie folgte seiner Bewegung, hob den Kopf, packte eine seiner langen Haarsträhnen und zog seinen Mund wieder zu sich. Sie naschte von seinen Lippen, leckte daran und forderte mehr von ihm, während ihre Hüften sich unter ihm wanden.

Er war verloren. Ganz einfach verloren.

Seine Zunge schob sich in ihren Mund, und sein Körper wurde nur noch beherrscht von dem Tier, das seine Gefährtin markierte, sie nahm und seinen Schwanz mit wilder, ungestümer Kraft in sie stieß.

Er würde das nicht lange aushalten. Nicht lange genug. Er wollte sie nehmen und nie mehr damit aufhören. Für immer in der wundervollen Hitze ihres Zentrums gefangen sein und jede Empfindung, die durch seinen Körper peitschte, im Gedächtnis behalten.

Nächstes Mal, versprach er sich und knurrte, als seine Lippen sich von ihrem Mund lösten und an ihren Hals wanderten. Das Hormon war aus seiner Zunge entwichen, aber das Verlangen beherrschte noch immer seinen Körper. Er schob die Arme unter sie, hob ihren Po mit den Händen etwas an, kam über sie und gab ihr alles, was er nie einer anderen Frau gegeben hatte.

Alles von sich. Seinen drängenden, knurrenden, aufwallenden Hunger. Seine Hüften bewegten sich ihr entgegen, Schweiß tropfte von seinem Körper, und seine Sinne konzentrierten sich nur auf eines. Nur einen Menschen. Scheme.

Ihr Höhepunkt rauschte heran und jagte durch ihren Leib. Er konnte es spüren. Nur noch ein wenig weiter, ein wenig härter. Er konnte ihr jetzt nur noch geben, was er selbst auch brauchte und gemeinsam mit ihr in die Flammen stürzen.

Sein Mund öffnete sich, und seine Zähne gruben sich in ihre Schulter, während sie unter ihm in den Abgrund fiel. Ihre Muskeln zogen sich krampfartig zusammen, hielten sein Glied umklammert, bis er keine Wahl, keinen eigenen Willen mehr hatte.

Er spürte den Stachel, eine verdickte, harte Verlängerung, die sich unter seiner Eichel herausschob und in den festen, angespannten Muskeln verankerte, als sein Orgasmus ihn überkam.

Kräftige Schübe seines Samens füllten sie, während der Stachel das Hormon ausschüttete, das den Paarungsrausch linderte und ihr eine kurze Ruhepause von den Begierden verschaffte, die sie beide verzehrten.

Tanner vergrub den Kopf an ihrem Hals und fuhr mit der Zunge über die Bisswunde, die er ihr zugefügt hatte. Er witterte seinen Duft an ihr, der durch ihre Adern strömte und ihren Körper erfüllte.

Sein Duft.

Die Tatsache, dass er ihre Schulter gezeichnet hatte und nun auch ein Teil ihres Wesens war, ließ Tanner befriedigt knurren. Sie war sein. Sie gehörte ihm und nur ihm allein.

Als das letzte pulsierende und drängende Schaudern seines Körpers verebbte, drehte er den Kopf und öffnete die Augen, um Cabal anzusehen, der noch immer in der Badezimmertür stand.

Sein Bruder war erregt, in höchstem Maße, aber in seinen Augen leuchtete auch ein Hauch von Befriedigung. Cabal konnte sie wahrnehmen, diese animalische Markierung, die Befriedigung, die von ihm selbst und von Scheme ausging, das wusste Tanner.

Tanner seufzte müde, und jetzt, da der Paarungsrausch vorübergehend gestillt und seine Sinne gesättigt waren, wurde ihm klar, dass er seinen Bruder hinter sich ließ – einmal mehr.

Er löste sich von Scheme und schlang die Arme um sie, während sie sich an seine Brust schmiegte und einschlief. Sie würde eine Weile ausruhen. Danach müsste er dafür sorgen, dass sie etwas aß, bevor er sie zu Ely brachte. Die Tests mussten gemacht werden, das war ihm klar, auch wenn er es hasste.

Cabal lenkte seinen Blick wieder auf sich, als er sich im Türrahmen rührte und zum angrenzenden Raum neben Tanners Zimmer zeigte. Dort befand sich Cabals Zimmer.

Tanner steckte die Decken um Scheme herum fest, damit sie es warm hatte, während sie schlief, stand dann auf und zog seine Jeans an.

Barfuß folgte er Cabal in dessen Zimmer und ging direkt zu dem kleinen Kühlschrank mit dem Sandwichfleisch darin. Auf dem kleinen Beistelltisch neben der Bar lag ein Laib Brot auf einem Brett sowie weitere Zutaten.

Tanner holte einen Pappteller unter dem Tisch hervor, belegte das Brot mit Fleischscheiben, drückte etwas Senf darauf und biss dann genussvoll hinein, bevor er sich ein Bier holte.

»Das denke ich nicht.« Das Bier wurde ihm aus der Hand genommen und durch Wasser ersetzt.

Tanner runzelte die Stirn.

»Der Alkohol macht den Paarungsrausch nur schlimmer«, erklärte Cabal. »Hör dieses eine Mal auf mich, oder du wirst sie mehr erschöpfen als nötig.«

Tanner schüttelte den Kopf, aber er widersprach nicht. Er nahm das Sandwich und das Wasser und ging zurück zur Tür, um nach Scheme zu sehen.

»Wenn sie aufwacht, wirst du es merken«, bemerkte Cabal hinter ihm. »Wir müssen reden.«

Tanner aß schweigend sein Sandwich zu Ende, bevor er das Wasser hinterherkippte und sich wieder zu Cabal umdrehte.

Zehn Jahre. Er hatte die letzten zehn Jahre damit verbracht, dafür zu sorgen, dass sein Bruder sich als Teil von etwas fühlte. Nicht nur als Teil einer Familie, sondern ein wesentlicher Teil von etwas. Tanner war jahrelang davon ausgegangen, dass sie sich einmal mit derselben Frau paaren würden, dass sie so weitermachen würden, wie sie angefangen hatten, als er Cabal seine erste Frau mitgebracht hatte. Cabal war fünfundzwanzig gewesen, und bis dahin hatte er nie die liebevolle Berührung oder den sanften Kuss einer Frau kennengelernt. Nie zuvor hatte er seine Lust ergossen oder sich dem erotischen und exotischen Duft weiblichen Verlangens hingegeben.

»Hör auf, es zu bedauern, Tanner.« Cabal seufzte. »Ich tue es doch auch nicht. Das hier ist richtig, und ich fühle mich nicht ausgeschlossen.«

Tanners Mundwinkel zuckten.

»*Ich* hätte mich sehr ausgeschlossen gefühlt«, gestand er. »Ich wäre sauer gewesen, Cabal.«

Cabal stieß ein schnaubendes Lachen aus. »Du bist zu verwöhnt, Tanner. Erst haben Callan und die Mädchen dich verzogen, und jetzt tut es die Welt. Seit du aus dem Labor raus bist, hast du das Wort Nein nicht mehr zu hören bekommen.«

»Aber klar habe ich das.« Tanner zog eine Grimasse. »Scheme sagt bei jeder Gelegenheit Nein zu mir.«

»Oh ja, sie zählt ja auch.« Cabal ging schmunzelnd zu seiner Garderobe und holte sich ein frisches Hemd.

»Was ist denn aus deinem Hemd geworden?« Tanner wusste, dass Cabal eines getragen hatte, als sie ins Schlafzimmer gekommen waren.

»Das ist zerrissen.« Cabal zuckte mit den Schultern. »Zurückhaltung ist nicht gerade meine Stärke.«

Tanner schüttelte den Kopf. »Wieso bist du dann geblieben und hast zugesehen?«

»Du brauchst jemanden, der dir Rückendeckung gibt.« Cabal warf einen kurzen Blick über die Schulter. »Außerdem muss der Duft von uns beiden in diesem Zimmer sein, damit das funktioniert.«

»Elys Tests werden die Paarung bestätigen«, wandte Tanner ein. »Keine Chance, das vor ihr geheim zu halten.«

»Ely muss diese verdammten Tests nicht machen«, gab Cabal zurück. »Sie muss nicht *uns* testen. Nur Scheme, und das auch nur so weit, um das Hormonpräparat herstellen zu können, das deine Gefährtin braucht, um diese erste Zeit zu überstehen. Wenn wir ihr Leben schützen wollen, Tanner, dann müssen wir vorsichtig sein.« Wilder Zorn blitzte in Cabals Augen auf. »Ich werde dich nicht verlieren, Tanner, und ich werde nicht zulassen, dass du sie verlierst. Dieses Mal kriegen wir den Bastard. Ich kann es fühlen.«

»Ich will dich ebenso wenig verlieren wie meine Gefährtin, Cabal«, warnte ihn Tanner.

»Keine Sorge.« Die Zuversicht in der Stimme seines Bruders erstaunte ihn immer wieder. »Ich habe die verdammte Grube nicht so lange überlebt, um mir die Kugel eines Killers einzufangen. Meine Sinne sind schärfer als deine, besonders jetzt, wo du im Paarungsrausch bist. Wenn der Spion glaubt, dass auch meine Sinne beeinträchtigt sind, macht das meinen Job um einiges einfacher. Später, wenn ihr beide euch mit dem Führungsrat trefft, fange ich an, ein paar Dinge nachzuprüfen, und ich werde im Auge behalten, wer so alles die Treppe hochkommt. Damit wird niemand rechnen.«

Tanner fuhr sich mit der Hand durchs Haar und erwiderte Cabals Blick. Das ergab Sinn. Es kursierten Gerüchte über die Brüder, Vermutungen, dass ihre animalischen Fähigkeiten noch ausgeprägter waren, als alle annahmen. Und das stimmte auch. Tanners Sinne waren schärfer, um Längen schärfer als die der meisten Breeds – aber Cabals Sinne waren sogar noch stärker. Sie waren so stark, dass Tanner sich manchmal besorgt fragte, was sein Bruder tatsächlich alles von den Leuten um ihn herum wahrnahm.

Tanner seufzte müde. »Aber das löst nicht das Problem, dass du dich nicht im Paarungsrausch befindest.«

Cabal verzog die Mundwinkel zu einem Grinsen. »Spielt keine Rolle. Der Duft haftet überall an mir. Nur ein anderer Tiger würde den Unterschied erkennen, und da es hier keine anderen Tiger gibt, stellt das kein Problem für uns dar.«

Tanner holte scharf Luft, trennte die Gerüche im Raum voneinander und kniff dann die Augen zu schmalen Schlitzen zusammen. Der Duft haftete nicht nur *an* Cabal – er war ein Teil von ihm.

»Was ist los?«, fragte er. »Und lüg mich nicht an, Cabal. Damit machst du mich nur wütend.«

»Zur Hölle, wenn ich das wüsste!« Cabal schüttelte ungehalten den Kopf. »Das Verlangen ist nicht da, Tanner. Ich bin nicht im Paarungsrausch wegen deines Mädchens. Aber der Duft ist da, als würde er aus meinen Poren sickern. Lass uns einfach sehen, was in aller Welt passieren wird.«

»Wir brauchen Ely für dieses Phänomen«, wandte Tanner ein. »Es könnte wichtig sein.«

»Willst du ihr Schemes Leben anvertrauen?«, fragte Cabal. »Das ist eine Frage, die du beantworten solltest, bevor du irgendwen einweihst.«

»Wir müssen Callan dazuholen«, entschied Tanner. Verdammt, langsam wurde es kompliziert. »Ohne seine Mithilfe können wir gar nichts in die Tat umsetzen. Und wir müssen dafür sorgen, dass es in jedem Fall funktioniert.«

»Das werden wir.« Cabals Stimme klang hart. Leidenschaftlich. »Egal, was passiert, Tanner, wir *werden* dafür sorgen, dass es funktioniert.«

26

Es gab nur wenige Gelegenheiten in ihrem Leben, von denen Scheme behaupten konnte, sie wäre vorgewarnt worden, in welche Hölle sie sich begeben würde. Bis sie nach Sanctuary kam.

Tanner, Cabal und Callan hatten sie bezüglich der Untersuchungen, die sie über sich ergehen lassen musste, vorgewarnt. Eine ärztliche Untersuchung. Meine Güte, wie schmerzhaft konnte eine einfache ärztliche Untersuchung denn schon sein? Ein paar Blutproben, ein paar Abstriche, hier und da ein Pikser. Keine große Sache.

Und doch war sie aus irgendeinem Grunde vorsichtig. Sie hatte nichts essen wollen bis nach der Untersuchung. Eine Blutabnahme aus dem Arm bereitete ihr immer leichte Übelkeit. Es war wesentlich angenehmer, wenn ihr nichts schwer im Magen lag.

Aber hätte sie etwas gegessen, dann hätte sie nichts davon bei sich behalten. Der Schmerz ergab einfach keinen Sinn, auch nicht nach der Erklärung, dass das Paarungshormon der Breeds ihre Haut so überempfindlich machte, dass niemand außer ihrem Gefährten sie berühren konnte. Auf die Art sicherte sich die Natur ab, theoretisierte die Breed-Ärztin, dass die Gefährten die Zeit erhielten, sich auch emotional zu verbinden, während das Hormon dafür sorgte, dass die kleine Menge kompatiblen Spermas des Breeds eine Chance hatte, die weiblichen Eizellen zu befruchten, die das Hormon den Eierstöcken entlockte. Dabei wurde die DNA der Eizellen durch das Hormon verändert, welches auf genetischer Ebene wie ein Virus funktionierte. Es war so ähnlich wie der Vorgang, mit dem das menschliche Sperma genetisch verändert worden war, um die Breeds zu erschaffen.

Scheme war zu einem Experiment der Natur geworden, doch leider war ihr Körper ein nur unvollkommenes Testgebiet.

Auch nachdem die Ärztin – eine vom Council ausgebildete Wissenschaftlerin mit Namen Elyiana Morrey – ihre Untersuchung beendet hatte, wurde sie noch lange Minuten von trockenem Würgereiz gequält.

Tanner stand auf der einen Seite neben der Liege, auf der Scheme mittlerweile saß, während Cabal auf der anderen Seite des Zimmers an der Wand lehnte. Beide Männer waren alarmierend angespannt. Es war schwer, am Verhalten der beiden Männer abzulesen, wer von ihnen nun der *Gefährte* war.

»Du musst hinausgehen«, sagte Scheme zu Tanner und wurde mit jeder Minute nervöser bei dem leisen Knurren, das aus seiner Brust drang. »Du auch.« Cabal war nicht viel besser.

»Gewöhnen Sie sich dran.« Elys Lächeln war warm, wenn auch ein wenig unbehaglich, als sie den beiden Breeds einen Blick zuwarf. »Breeds werden ein wenig extrem, wenn sie sich paaren.«

Scheme konnte das Wort echt nicht mehr hören. Paarung. Sie mochte diesen verrückten Breed ja lieben, aber im Augenblick war sie drauf und dran, ihn zu ermorden. Und das Wort *Gefährte* ärgerte sie nur noch mehr, weil er sie nicht vorgewarnt hatte. Er hatte mit ihr geschlafen, sie in den Wahnsinn getrieben und dann beschlossen, alle Regeln für sie über den Haufen zu werfen und ihr Spiel weiterzuspielen, ohne sie noch daran teilhaben zu lassen. Sie war mehr als einmal durch die Hölle gegangen, um die Identität von Cyrus' Spion aufzudecken, und jetzt wollten sowohl Tanner als auch Cabal sie in Watte packen und aus der letzten Runde der gefährlichen Konfrontation heraushalten, von der sie alle wussten, dass sie bevorstand.

»Ich will mich nicht daran gewöhnen«, stieß sie hervor, während sie gewaltsam den trockenen Würgereiz unterdrückte und das Laken, das ihre Brüste bedeckte, fester packte. »Sind wir jetzt fertig? Kann ich mich wieder anziehen?«

»Vorher brauchen Sie noch eine Hormonspritze«, wandte Ely ein. »Aber Tanner und Cabal haben eine medizinische Ausbildung, also kann einer der beiden Ihnen die Injektion verabreichen. Dann bereitet es Ihnen keine Schmerzen.«

Sie warf Tanner einen Blick zu und sah, wie ein Muskel an seinem Kiefer zuckte. Als Ely sich mit der Spritze wieder zu ihm umdrehte, war Cabal zur Tür des Untersuchungszimmers gegangen und lauschte dem Anschein nach auf etwas auf dem Flur.

»Die Tür ist abgeschlossen, Cabal«, erklärte Ely nicht zum ersten Mal.

Cabal blieb weiterhin mit dem Rücken zu ihnen stehen, den Kopf schief gelegt, während Tanner die Spritze nahm.

»In den Oberarm wäre gut, Tanner«, wies Ely ihn an.

Mit zwei Fingern strich Tanner die Stelle glatt und führte dann die Spitze in ihre Haut. Ein kaum wahrnehmbares Hitzegefühl, und dann nahm er sie auch schon wieder weg und gab sie Ely zurück.

»Und was bewirken diese Hormone?«, fragte Scheme müde.

»Sie lindern den Paarungsrausch. Bis morgen früh habe ich die Kapseln fertig. Eine pro Tag, beim Essen, wenn das für Sie in Ordnung ist«, empfahl Ely. »Ohne sie sind Sie wehrlos gegen den Paarungsrausch und nicht in der Lage zu funktionieren – selbst unter den friedlichsten Umständen, geschweige denn bei den Überraschungen, die wir manchmal hier in Sanctuary erleben.« Dann verkündete Ely: »Damit ist die Untersuchung beendet. Jetzt dürfen Sie sich wieder anziehen und gehen.«

Scheme rutschte von der Liege.

»Scheme.« Ely hielt sie zurück, als sie gehen wollte. Scheme drehte sich zu ihr um und sah eine leichte Unsicherheit im Blick der Frau. »Was Sie die letzten zehn Jahre lang getan haben, war sehr mutig.«

»Mutig?« Scheme schüttelte den Kopf. »Das war kein Mut, Dr. Morrey, sondern Angst. Er wird nicht aufhören, bis die Welt vor dem Genetics Council auf die Knie fällt. Das ist es, wovor ich Angst habe. Mut hatte damit nichts zu tun.«

Ihr Erzeuger war ein Monster. Eine derart bösartige und unmoralische Kreatur, dass nicht einmal sie einen Sinn dahinter entdecken konnte.

Breeds waren Tiere, sagte er immer. Kreaturen. Sie hatten keine Seele und fühlten daher auch nichts außer akutem Schmerz. Sie waren Waffen, Werkzeuge, und als solche hatten sie keine Rechte, nicht einmal auf einen friedlichen Tod.

»Egal, wie Sie es definieren.« Ely zuckte mit den Schultern. »Es erforderte unglaublich viel Mut, und dafür sind wir Ihnen dankbar.«

Scheme fühlte sich unbehaglich. Wofür dankte man ihr denn? Für die Breeds, die umgekommen waren, weil sie nicht schnell, klug oder listig genug gewesen war, um sie zu retten? Sie brauchte keinen Dank für das, was sie getan hatte, denn es gab so viel mehr, das sie nicht hatte tun können.

Aber statt darüber zu streiten, nickte sie nur angespannt, bevor sie hinter den Vorhang ging, um das Krankenhaushemdchen wieder gegen ihre Sachen zu tauschen. Sie zog die hellgraue Jogginghose an und das Shirt, auf dessen Vorderseite der Spruch *Breeds Rule* prangte, und schob ungeduldig die Ärmel hoch.

Anstatt sich mit Cyrus Tallant zu beschäftigen und den Dingen, die sie nicht ändern konnte, beschloss Scheme, sich stattdessen auf ihre wachsende Gereiztheit zu konzentrieren. Anfangen würde sie mit den Kleidungsstücken, die Tanner für sie mitgebracht hatte. Wenn sie sich nicht auf etwas Banales konzentrierte, würde sie noch den letzten Rest ihrer Beherrschung verlieren, vor Sorge und Angst, dass sie dabei versagen könnte, David Lyons zu retten, so wie sie bei der Rettung ihres eigenen Kindes versagt hatte.

Also dachte sie über die Jogginghose nach. Nie, niemals würde sie so etwas anziehen. Sie hasste kratzigen Stoff. Und Jogginghosen waren kratzig. Sie zog sich die ultraweichen samtigen Socken über die Füße und hoffte, dass sie heute noch ordentliche Klamotten auftreiben könnte.

Weiche Stoffe beruhigten sie. Sie waren anschmiegsam und verschafften ihr ein Wohlgefühl.

»Ich will einkaufen gehen.« Sie kam hinter dem Vorhang hervor und sah Tanner und Cabal an. »Ich brauche Klamotten.«

Ely musterte sie, als sie hervorkam. »Die Joggingsachen sehen gut aus.«

»Aber sie fühlen sich nicht gut an.« Scheme zupfte an dem eng anliegenden, kratzigen Stoff. »Ich brauche etwas Weiches. Wo sind meine Sachen?« Sie sah Tanner an.

Er zog eine Grimasse. »Cabal hat sie nicht mitgebracht.«

Cabal fuhr sich mit der Hand übers Gesicht, offenbar um ein Lächeln zu verbergen, und sah zu Boden.

Sie richtete ihren finsteren Blick auf Cabal.

»Mein kleiner Tigerkater«, säuselte sie. »Du bist ein toter Mann.«

Er zog eine Augenbraue hoch.

Sie fühlte sich nicht wohl dabei, dass Cabal so tat, als wäre er ebenfalls ihr Gefährte, aber wenn es so sein musste, konnte sie wenigstens ein wenig Spaß dabei haben. Ihre Chancen auf leichte Unterhaltung schwanden rapide dahin.

Sie fing Elys überraschten Blick auf. »Sie haben die Streifen noch nicht gesehen?« Scheme riss die Augen weit auf. Offensichtlich kannte Ely Cabal noch nicht oben ohne. »Sie sind erstaunlich erotisch.«

Und wenn sie sich nicht sehr irrte, dann wurde Cabal gerade ein ganz klein wenig rot. Interessant. Nach allem, was so erzählt wurde, was er und Tanner mit ihren Mädchen angestellt hatten, konnte er immer noch rot werden.

»Ich habe die Streifen gesehen«, seufzte Ely. »Ich hatte nur gehofft, dass Jonas sich geirrt hätte und diese zwei Satansbraten hier sich nicht mit derselben Frau gepaart haben. Teilen ist ja gut und schön, aber das hier ist extrem.«

»Sie scheinen es nicht gut zu finden, Ely.« Scheme runzelte die Stirn. »Diese ganze Paarungsrauschsache ist doch etwas Biologisches, richtig? Es ist also nicht so, als hätten sie eine Wahl. Oder doch?« Sie warf den beiden Männern einen misstrauischen Blick zu, auch wenn sie ihn länger auf Tanner ruhen ließ und ihm die schmerzvollere Vergeltung prophezeite.

»Die Breeds haben keine Kontrolle über den Paarungsrausch, Scheme«, bestätigte Ely, verschränkte die Arme über ihrem weißen Laborkittel und beobachtete alle drei mit einem Stirnrunzeln. »Ich hatte nur gehofft, dass es nicht passieren würde. Besonders angesichts der Tatsache, dass keiner von beiden mir erlauben will, sie zu untersuchen oder ihnen Blut abzunehmen.«

Cabals Gesichtsausdruck wurde verschlossen, der von Tanner resigniert.

Na, das war ja mal interessant. »Wieso?«, fragte sie die beiden.

»Ich kann Nadeln nicht ausstehen«, antworteten sie gleichzeitig. Sehr gut einstudierte Antwort.

»Hm«, brummte sie ungläubig. »Das könnt ihr mir im Zimmer erklären, während ich mir etwas zum Anziehen bestelle.«

Wenn sie schon das Risiko einging, von der Hand eines Killers zu sterben, dann würde sie das in Seide gehüllt tun und nicht in kratzigen Joggingklamotten. Das war eine Frage des Stils, auch im Tod.

»Ely, ich hoffe, du musst diese Untersuchung nicht noch einmal machen«, bemerkte Tanner, als Scheme zur Tür marschierte. Sein Tonfall klang nicht sehr beruhigend.

»In einer Woche«, verkündete Ely. »Aber bis dahin ist es einfacher für sie.«

Tanner verzog das Gesicht. »Wäre auch besser so.«

»Jeder Breed-Gefährte hat einen wöchentlichen Untersuchungstermin, egal was kommt. Ich schicke euch in ein paar Tagen den Terminplan für die nächsten Monate.«

Tanner nahm Scheme am Arm und ging zur Tür, während Cabal aufsperrte und sie dann nach draußen begleitete.

»Wohin jetzt?« Schon den ganzen Tag wurde sie von einem Ende der prächtigen Villa zum anderen geschleift. Das jahrhundertealte Anwesen hatte mehrere Flügel hinzubekommen und wurde auch jetzt noch stetig von den Breeds erweitert. Seine ausladende, elegante Bauweise akzeptierte die Erweiterungen problemlos, aber wenn man durchs Haus geführt wurde, artete das Ganze zu einem ziemlichen Fußmarsch aus.

»Du sagtest, du brauchst neue Sachen«, erinnerte Tanner sie ein wenig zu entgegenkommend.

»Ja. Aber du wirktest nicht gerade geneigt, mit mir einkaufen zu gehen.«

Seine Hand drückte warnend auf ihren Rücken, als sollte sie darauf achten, was sie sagte. Sie war doch keine komplette

Idiotin. Sie hatte zehn Jahre lang ihren Vater hintergangen und es überlebt, das sollte sie doch eigentlich als hyperintelligent qualifizieren.

»Also, wo kann ich dann einkaufen?«, fragte sie ihn in zuckersüßem Tonfall, doch ihre Stimme schwor ihm Rache, wenn er mit dieser Großer-böser-Breed-Masche nicht aufhörte.

»Wer ist dein Lieblingsdesigner?«, fragte er, als sie das Haus betraten.

»Vilado«, antwortete sie. Für diesen exklusiven italienischen Designer hatte sie eine Vorliebe.

»Ausgenommen Vilado.«

Na, das war ja zu erwarten gewesen.

»Wieso zählst du mir nicht einfach meine Wahlmöglichkeiten auf?«, fragte sie seufzend, während er sie zu der geschwungenen Treppe in den ersten Stock und von da in ihre Zimmer führte. Hinter ihnen hörte sie Cabal kichern.

Tanner nannte ihr drei Namen, die sie allesamt unbefriedigend fand. Die größeren Ketten verlangten zu viel Geld für zu wenig Qualität. Sie zog frustriert einen Schmollmund, mahnte sich aber, dass sie dort sicherlich wenigstens ein paar Sachen finden konnte, in denen sie sich weniger wie ein verstoßenes Waisenkind fühlen würde.

»Du kannst mir deine Maße geben, dann rufen wir das Outlet in Richmond an. Ich lasse einen der Piloten hinfliegen und die Sachen abholen. Bis heute Abend sind sie da«, verkündete Tanner, als sie ihr Zimmer betraten.

Überrascht blieben sie wie angewurzelt stehen.

»Oh, da bist du ja, Tanner.« Müde, etwas erschrocken und verdammt schuldbewusst dreinblickend, richtete sich Jolian Brandeau, Tanners Assistentin, auf, nachdem sie offensichtlich einige Papiere studiert hatte, die auf einem Tisch in dem kleinen Sitzbereich lagen. Jolian, auch Joley genannt, war regelmäßige Teilnehmerin bei Tanners Pressekonferenzen, auch wenn sie kaum viel sagte.

Rasch schob Tanner Scheme hinter sich, sein Körper war angespannt, und ein Knurren grollte in seiner Kehle. Seine dunkelhaarige Assistentin wurde bleich, und sie blinzelte mit ihren blauen Augen hinter der Brille wie eine Eule.

»Jolian, was zum Teufel machst du hier?« Cabal stellte sich vor Tanner und Scheme, und sein Körper vibrierte vor Zorn, als er die kleine, rundliche junge Frau musterte, die seinen Blick ihrerseits mit einem Aufflackern von Zorn erwiderte.

Doch dieser Zorn verschwand sehr schnell nach einem weiteren Blinzeln, und sie starrte ihn nur noch verwirrt an.

»Ich habe die Notizen gesucht, die Tanner vor ein paar Wochen wegen des Interviews mit *National News* gemacht hat.« Sie verschränkte nervös die Hände. »Er sagte, sie seien hier drin.« Sie machte eine fahrige Handbewegung ins Zimmer.

»Und wieso hast du mich nicht einfach danach gefragt?«, bohrte Tanner unbarmherzig.

Jolian fuhr sich mit der Zunge über die Lippen, und Scheme schob sich um Tanner herum und musterte die junge Breed.

Jolian Brandeau. Sie war eine Panther-Breed, gezüchtet in einem französischen Labor und auf nahezu jedem Gebiet, auf dem sie getestet worden war, als Versagerin beurteilt. Scheme erkannte sie sofort. Sie sagte nie ein Wort, wenn sie Tanner bei einem Interview oder einer Pressemitteilung begleitete. Sie war gerade mal einen Meter sechzig groß und rundlich, wo andere Breeds anmutig und durchtrainiert waren. Scheme glaubte sich daran zu erinnern, dass die Frau vierundzwanzig war und welche Ausbildung sie absolviert hatte: Infiltration.

Offensichtlich war das Tanner und Cabal ebenfalls bewusst.

»Du hast keine Freigabe für hier oben, Jolian«, erinnerte Tanner sie schroff.

Jolian schob sich eine glatte Haarsträhne hinters Ohr, trat nervös von einem Fuß auf den anderen und sah zu Boden. »Nein, Sir«, flüsterte sie und warf Cabal einen unglücklichen Blick zu.

Sie benahm sich nicht einmal wie eine Breed, sondern wie ein sanftes, schmusebedürftiges Schulmädchen. Wenn diese Frau ein Spion war, dann war sie der unwahrscheinlichste Spion, den Scheme je zu Gesicht bekommen hatte.

»Ich wollte das Interview nicht vermasseln, Cabal.« Sie wandte sich an Cabal und wich Tanners Blick aus. »Ich dachte, ich könnte die Notizen holen. Ich habe sie vergessen, bevor Tanner in Urlaub ging, und ich wusste, dass er dann aufgebracht sein würde.«

»Und jetzt ist er noch aufgebrachter.« Tanners Stimme senkte sich zu einem wilden Knurren, da ging plötzlich die Tür auf, und Dawn kam herein. Sie trug ihre Uniform als Sicherheitskraft und war in Begleitung mehrerer anderer weiblicher Breeds mit gezogenen Waffen.

»Du hast deinen Alarm ausgelöst, Tanner?« Dawn sah Tanner verwirrt an, ebenso wie Scheme. Wo in aller Welt war hier ein Alarm?

»Oh Gott«, flüsterte Jolian und starrte Cabal nun flehentlich an. »Ich schwöre bei Gott, Cabal, ich habe nur diese Notizen gesucht.«

Jolian sah aus, als würde sie jeden Augenblick anfangen zu weinen.

»Sie ist ohne Freigabe hier oben.« In Tanners Tonfall lag nicht ein Hauch von Bedauern. »Bring sie nach unten, bis ich sie verhören kann.«

»Jolian?« Dawn sah Tanner geschockt an, bevor sie den Blick wieder auf die junge Breed richtete. »Sie durchsucht euer Zimmer?«

»Cabal?«, flüsterte Jolian schwach. »Ich habe nur diese Notizen gesucht.«

Scheme warf einen Blick auf Cabal. Seine Miene war verschlossen und kalt, als er ihren Blick erwiderte.

Er wiederholte Tanners Anweisung. »Bring sie nach unten, Dawn. Und stell eine Wache für sie ab.«

Jolians Gesicht wurde kreidebleich, und ihre blauen Augen verdüsterten sich, als litte sie Todesqualen. Scheme kannte diesen Ausdruck gut. Verrat. Wenn Jolian ein Spion war, dann war es kein Wunder, dass sie sich so viele Jahre lang in Sanctuary versteckt hatte.

»Na komm, Jo.« Dawn schüttelte den Kopf, griff nach dem Arm der Frau und musterte sie mit einem Ausdruck von Verwirrung und Unglauben. »Gehen wir nach unten. Ich bin sicher, wir können das klären.«

Dawn starrte Cabal schweigend einen langen Moment an, bis er ihr den Rücken zudrehte und sich auf die andere Seite neben Scheme stellte.

Interessant. Sehr interessant.

Jolian ließ die Schultern hängen und sah Tanner an. »Du hattest die Notizen auf dem Tisch gelassen«, sagte sie schwach. »Ich habe sie vergessen. Ich wollte dich nicht schon wieder enttäuschen.«

»Dann hättest du mich danach fragen sollen.«

»Komm schon, Jo, wir klären das unten.« Dawn führte sie zur Tür und warf einen Blick über die Schulter zu Tanner. »Lass dir nicht den ganzen Tag Zeit, okay? Ich habe noch Arbeit, und wenn ich die nicht erledigt bekomme, kriege ich schlechte Laune.«

Darauf meinte Tanner: »Hast du denn jemals gute Laune? Ich komme später nach unten. Sorge dafür, dass Jonas auch da ist. Ich muss mit ihm über die Schlamperei seiner Wache reden, die unautorisiertes Personal in das Stockwerk der Familie lässt.«

Die Tür fiel hinter Dawn zu, und Scheme fühlte die Anspannung der beiden Männer.

»Sie ist es nicht«, murmelte Scheme, als Tanner zu seinem Kleiderschrank ging, den elektronischen Wanzendetektor herausholte und damit den Raum überprüfte.

Cabal trat an den kleinen Tisch und begann, den Stapel Dokumente darauf durchzusehen.

»Du kannst nicht wissen, ob sie es nicht ist«, antwortete er, und seine Stimme klang belegt. »Du hast keinen Namen in diesen Akten gesehen, weißt du noch? Und sie wurde in Infiltration ausgebildet.«

»Und hat dabei versagt.« Verärgert verdrehte Scheme die Augen. »Hast du eine Ahnung, wie viele Tötungsbefehle für das Mädchen ich geschreddert habe? Sie hat in jedem Programm versagt, in das man sie gesteckt hat. Wie alt ist sie jetzt? Vierundzwanzig? Sie hatte Glück, dass sie bei der Rettung aus dem Labor nicht der Schlag getroffen hat. Die Kleine hat Angst vor ihrem eigenen Schatten.«

»Nein, das hat sie nicht.« Cabal warf ein Notizbuch auf das Zweiersofa neben ihm. »Da sind die Notizen zum Interview.« Sein Blick war kalt, als er Scheme ansah. »Lass dich nicht von ihr täuschen. Ich habe sie beobachtet. Sie ist ziemlich gut organisiert, wenn sie denkt, sie wäre allein.«

Scheme schüttelte den Kopf. »Sie ist nicht der Spion.«

»Hört auf damit«, befahl Tanner entschieden. »Du weißt nicht, wer es ist, und wir wissen es auch nicht.«

»Cabal hat gerade die Notizen gefunden, die sie gesucht hat. Das arme Mädchen, du hast sie fast zu Tode erschreckt.«

»Und sie hätte dich umbringen können, verdammt.« Tanner packte sie am Arm und drehte sie zu sich um, Zorn loderte in seinen Augen. »Hör auf, jemanden in Schutz zu nehmen, über den du nichts weißt.«

»Und hör auf, mich wie eine Idiotin zu behandeln, die nicht mehr im Kopf hat als diese schusselige kleine Pantherin, die du gerade so eingeschüchtert hast.« Sie riss sich los und durchquerte das Zimmer, bevor sie die beiden Breeds mit kalter Entschlossenheit musterte. »Ich bin Profiler, Tanner. Ich beherrsche meinen Job. Und ich weiß, dass diese Frau die Letzte ist, die jemals versuchen würde, irgendwen auszuspionieren. Diese verdammten Notizen waren auf dem Tisch, genau wie sie gesagt hat.«

»Passend.« Er hob knurrend die Oberlippe.

»Passend oder nicht, du irrst dich. Ich bin gut in meinem Job, und ich weiß, dass sie es nicht ist.«

»In Ordnung, du bist also gut, Miss Profiler«, gab er zurück. »Dann arbeite damit. Morgen Abend geben Callan und Merinus eine kleine Party anlässlich unserer Paarung und bevorstehenden Heirat. Finde unseren Spion, und dann höre ich auf, jeden Breed zu verdächtigen, der auf Spionage und Infiltration trainiert ist und den ich dabei erwische, wie er mein Privatzimmer durchsucht. Wie gefällt dir das?«

»Mindestens so gut, wie heute Nacht allein zu schlafen«, erklärte sie zuckersüß. »Also verdammt gut.«

»Allein schlafen?« Tanner verschränkte die Arme und warf einen Blick auf das Bett. »Nur zu, versuch es, Süße. Du brennst jetzt schon so heiß für mich wie ich für dich. Keiner von uns beiden wird es länger als zehn Minuten aushalten, bevor du flach auf dem Rücken liegst und mein Schwanz so tief in dir steckt, wie du ihn aufnehmen kannst.«

Ihr Gesicht flammte beinahe so heiß auf wie der Rest ihres Körpers.

»Du bist so ein Idiot«, fauchte sie.

Tanner entblößte knurrend die Zähne und fuhr sich mit der Hand durch das goldgesträhnte schwarze Haar. Cabal schnaubte und ging zu der Verbindungstür zwischen den beiden Suiten.

Er sagte kein Wort. Kein Lebewohl, zur Hölle mit euch, wir sehen uns später – oder irgendetwas in der Art. Als er in seinem Zimmer verschwunden war, schloss sich die Tür hinter ihm so leise, dass sie nicht einmal das Einschnappen des Riegels hörte.

»Sieh mal.« Scheme holte tief Luft. »Entscheide wenigstens zu ihren Gunsten, bevor du übertrieben reagierst. Du hast mich gebeten, dir zu vertrauen. Jetzt bitte ich dich, mir zu vertrauen. Und ich sage dir, wenn du diese Kleine in eine Zelle sperrst und in Todesangst versetzt, wirst du es bereuen.«

»Immer noch besser, als die möglichen Konsequenzen zu bereuen, wenn ich es nicht tue. Das könnte nämlich dein Tod sein«, wandte er ein.

»Vertrau mir, Tanner. Sie ist nicht euer Spion.«

»Würdest du dein Leben darauf verwetten?«, fragte er daraufhin.

Würde sie das? War sie bereit, sich so entschieden für eine Breed einzusetzen, die sie nur über ihre Laborakten kannte? Diese Laborakten belegten ihre Erfolglosigkeit, ihre Bestrafungen und dokumentierten Jahre eines Lebens mit dem Wissen, dass sie wegen ihres häufigen Versagens sterben würde. Mehrere Psychologen hatten versucht, wieder geradezurichten, was auch immer in diesem Mädchen zerbrochen war, um vielleicht doch noch ein produktives Geschöpf aus ihr zu machen, aber sie waren gescheitert.

Jolian Brandeau war eine der wenigen Breeds, die in Schemes Erinnerungen deutlich hervorstachen. Denn alles in ihren ursprünglichen psychologischen Akten hatte auf eine starke und anpassungsfähige Breed hingedeutet, aber ihre Leistungen hatten das nicht bestätigt.

»Im Augenblick«, antwortete sie schließlich, »bin ich nicht bereit, mein Leben auf irgendjemanden zu setzen außer auf dich und Jonas. Aber etwas sagt mir, dass du und Cabal euch auf einem sehr schmalen Grat bewegt, was diese Kleine angeht, und dass ihr vorsichtiger sein solltet, denn es könnte leichter sein, sie zu zerbrechen, als ihr glaubt.«

»Und das sagst du aufgrund ihrer Akte«, bemerkte Tanner. »Akten können auch falsch sein, Scheme. Ich konnte ihre Schuldgefühle wittern, als sie uns hier gegenüberstand. Ich konnte wittern, dass sie etwas verbergen wollte. Akten sind nicht immer richtig.«

»Nein, ich sage das wegen ihrer Augen«, antwortete Scheme leise. »Sie hat sehr traurige und sehr alte Augen, Tanner. Und was hier auch los war, was auch immer sie verheimlicht hat, es war kein Mordversuch. Deine harte Haltung ihr gegenüber hat sie verletzt. Das kann man nicht so einfach vortäuschen, wie du denkst. Konzentriere dich nicht auf sie, und riskiere dabei, die wahre Gefahr zu übersehen.«

»Ich werde nichts übersehen. Und niemanden.« Bevor sie ihm ausweichen konnte, hielt er sie in seinen Armen. Während er sie gegen die Lehne des Zweiersofas drückte, zog er ihr das Sweatshirt über den Kopf und widmete sich dann ihrer Hose. »Denn ohne das hier würde ich umkommen.«

Seine Hand glitt zwischen ihre Beine, und sie hob sich auf die Zehenspitzen, als sie seine Berührung spürte. Reine Lust. Oh Gott, es war so intensiv, dass sie manchmal glaubte, sie würde daran sterben.

»Fühle es«, flüsterte er heiser, massierte mit den Fingern ihre feuchte Haut, streichelte sie und jagte ihr Lustblitze durch alle Nervenbahnen. »Fühle es, Scheme. Willst du das hier für immer verlieren?«

Bevor sie eine zusammenhängende Antwort formulieren

konnte, lagen seine Lippen auf ihrem Mund, und er spreizte ihre Beine, befreite seine Erektion aus seiner Hose und drückte sich zwischen die prallen Schamlippen ihrer Spalte.

Sie schlang die Arme um seinen Hals und presste die Knie gegen seine Hüften, als er sich in ihr zu bewegen begann, sie streichelte, sie dehnte. Ihre Seele band sich mit jeder Sekunde enger an ihn.

Sie konnte es fühlen, jedes Mal wenn er sie berührte, jedes Mal wenn sie seinen Kuss auf ihren Lippen spürte, der sie verzückte. Sie kostete immer wieder von der Leidenschaft, die zwischen ihnen aufstieg, heißer, wilder und intensiver als alles, was sie je im Leben gekannt hatte.

Ja, der Paarungsrausch entriss ihr jegliche Kontrolle, aber die hatte Tanner ihr schon gestohlen, bevor dieser Rausch überhaupt begonnen hatte. Er hatte ihr Herz gestohlen. Egal, was danach gekommen war. Egal, was in der Zukunft passieren würde, sie wusste, sie hatte etwas gefunden, das mehr war als nur blendende Sehnsucht und heiße Lust.

Sie hatte Tanner gefunden.

Und mit ihm Vertrauen.

Seine Hüften bewegten sich über ihren, und seine Zunge naschte von ihr. Die Mischung aus dunklem Begehren und stürmischer Leidenschaft erfüllte ihre Sinne. Sein Aroma war köstlich. Sie brauchte mehr, sehnte sich nach mehr.

Sein Unterleib streichelte ihre Klitoris mit jedem Stoß, rieb darüber und ließ sie immer empfindsamer werden. Sein Schwanz rammte sich in sie, jedes Eindringen so hart und tief, dass sie noch im Kuss ihre Lust hinausschrie. Jeder Aufschrei war flehentlich, und dann löste sie die Lippen von ihm, als ihr Orgasmus in ihr explodierte.

Die Ekstase war heiß und wundervoll, jagte mit der Gewalt einer Flutwelle durch ihren Leib und ließ sie wie Espenlaub zittern. An die Intensität der Höhepunkte mit ihm hatte sie sich noch immer nicht gewöhnt. Jedes Mal war es so intensiv. Immer wenn er sie berührte, wenn er mit ihr schlief und sie in Besitz nahm, zügellos und bis in die tiefsten Abgründe ihrer Seele. Das Maß ihrer Befriedigung und das Gefühl von Intimität erschütterten sie bis ins Innerste.

»Sei vorsichtig, verdammt!«, keuchte er in ihr Ohr und fuhr liebevoll mit den Händen über ihren Körper, als er sie hochhob und zum Bett trug. »Bitte, Scheme, lass mich dich beschützen. Lass mich dafür sorgen, dass du in Sicherheit bist.«

Sie lächelte, als er sich hinlegte und sie eng an sich zog, sie an seinen schweißfeuchten Körper drückte und fest und besitzergreifend in den Armen hielt.

»Wie wäre es, wenn ich dich dabei helfen lasse, mich zu beschützen?«, fragte sie. »Lass mich dabei nicht außen vor, Tanner. Ich habe zehn Jahre im Hause Tallant überlebt. Ich kann mich nicht einfach zurücklehnen und darauf warten, dass du jetzt alles in Ordnung bringst.«

»Und ich kann nicht mit dem Gedanken umgehen, dass du in Gefahr bist«, gab er zurück. »Dein Vater wird vor nichts zurückschrecken, um dich zu töten, Scheme. Er hat noch nie einen Breed getötet ohne den Beweis, dass dieser Breed ein Fehlschlag war. Er tötet keinen seiner Leute ohne einen Beweis des Verrats. Inzwischen weiß er, dass du ihn verraten hast. Er wird keine Gelegenheit auslassen, dich auszuschalten.«

»Aber er wird sich unbedingt persönlich darum kümmern wollen. Ich bin seine Tochter. Er wird es nicht mehr zulassen, dass mich jemand anders tötet, nachdem ich Chaz entkommen bin. Chaz war der Einzige, dem er zutraute, dass er mich mit Barmherzigkeit tötet, außer ihm selbst. Jetzt wird er es selbst tun müssen, Tanner. Etwas anderes wird ihn nicht zufrieden stellen.«

Sie hatte viel darüber nachgedacht und jede Möglichkeit und den Standort des Spions in Sanctuary durchleuchtet. Es war gefährlich, und es bestand immer die Möglichkeit, dass sie sich irrte. Aber sie hatte sich bisher noch nie geirrt, immer hatte sie ihre Fehler absichtlich begangen. Sie war ein besserer Profiler, als sogar ihrem Vater bewusst war. Und sie wusste, ohne den Hauch eines Zweifels, dass Cyrus ihre Ermordung selbst in die Hand nehmen würde. Es mochte ihm selbst vielleicht noch nicht klar sein, und Tanner mochte es vielleicht nicht glauben, aber wenn es schließlich so weit war, würde ihr Vater es nicht aushalten können. Er würde sie persönlich bestrafen müssen. Er war ihr Vater. Niemand anders hatte das Recht dazu.

»Es wird ihm nicht gelingen, dich aus Sanctuary herauszubringen«, schwor Tanner.

Sie hoffte, dass er das nicht schaffte. Aber sie kannte ihren Vater, und sie wusste, dass ihm schon viele Dinge gelungen waren, die andere für unmöglich gehalten hatten.

27

Sanctuary war eine Mischung aus lockerer Gemeinde und bewaffnetem Feldlager. Um das gesamte zwölf Morgen große Areal der Hauptbasis verlief ein mächtiger Eisenzaun, der scharf bewacht wurde. Außerhalb dieses Areals verteilten sich kleine Häuschen in lockerer Ordnung die Berge hinauf, die das Haupthaus umgaben.

Die Häuschen waren so gebaut, dass sie sich in den Wald einfügten, statt den Wald dazu zu zwingen, sich den kleinen Hütten anzupassen. Alles war äußerlich ordentlich und sauber, doch Scheme wusste, dass im Inneren die Seelen ihrer Bewohner all das Entsetzen hinausschrien, dem sie entflohen waren.

Es war noch nicht genug Zeit vergangen, seit die Breeds gerettet worden waren. Viele verhielten sich noch immer, als wären sie sich ihrer Freiheit unsicher, blickten immer wieder über ihre Schulter und gingen beim allerkleinsten Anzeichen von Gefahr in Verteidigungshaltung. Und viele von ihnen waren noch so verdammt jung.

Die meisten der überlebenden Breeds waren Anfang zwanzig gewesen, als man sie gerettet hatte. Wenn Breeds älter wurden – so hatte das Council herausgefunden –, waren sie viel schwieriger zu kontrollieren. Es kam extrem selten vor, dass ein Breed, egal welcher Spezies, länger als dreißig Jahre lebte. Ab da wurden sie tödlich, als würde in diesem Alter eine Art mentaler Schalter in ihnen umgelegt.

»In dem umzäunten Gebiet befinden sich das Haus, die Kommunikationsbasis, Vorräte, Waffen und die Garage.« Tanner zeigte auf die Gebäude. »Seth Lawrence, der Hauptaktionär von *Lawrence Industries*, hat die meisten Baumaterialien zur Verfügung gestellt.«

»Und *Vanderale Industries* liefert Waffen, Fahrzeuge und Satellitenzugänge«, fuhr Scheme für ihn fort. »Und dann sind da noch verschiedene Unternehmen, die alljährlich Geld spenden für Nahrung, Kleidung, Reisekosten und andere Ausgaben. Zusätzlich bessert Sanctuary seine Kassen mit den exorbitant hohen Honoraren für Breeds auf, die ihre Unterstützung bei einer Vielzahl militärischer und privater Unternehmungen anbieten. Außerdem beherbergt Sanctuary einige bemerkenswerte Künstler, die die Schrecken, die die Breeds in der Gefangenschaft erlitten haben, in Gemälden und Zeichnungen für die Welt darstellen. Damit gewinnt ihr die Unterstützung vieler Nationen.«

Oh, wie sehr Cyrus Tallant diese Gemälde hasste und die hohen Preise, die sie erzielten!

»Du bist sehr gut«, seufzte Tanner.

»Leider.« Sie sah sich auf dem Hauptgelände um. Hinter dem Haus befanden sich ein Pool, eine Terrasse und ein kleiner Spielplatz für die Kinder, geschützt unter einer Tarnleinwand, um ein gewisses Maß an Sicherheit für die Bewohner des Hauses zu schaffen. Aber hundertprozentige Sicherheit gab es nicht.

»Warum bleibt ihr hier?«, fragte sie. »*Vanderale* hat den Breeds ein beträchtliches Stück Land in Afrika angeboten. Die Konflikte dort haben sich entspannt, und Land von *Vanderale* war immer sicher. Warum zieht ihr nicht dorthin?«

»Wir haben ein Recht auf Leben«, antwortete Tanner. »Wir sollten uns nicht verstecken müssen, Scheme. Wenn wir uns verstecken, wird uns das nicht weiterbringen in unserem Bemühen, von der Welt akzeptiert zu werden.«

»Rassenkriege sind nie leicht zu gewinnen«, wandte sie ein. »Dieser Kampf könnte brutaler werden als jeder andere in der Geschichte. Viele Breeds werden sterben, Tanner, und es gibt jetzt schon nicht mehr viele von euch.«

»*Könnten* sterben.« Sein Gesichtsausdruck wurde raubtierhaft. »Wenn wir es richtig anstellen, wird die Propaganda für uns bewirken, was sie in keinem anderen Rassenkonflikt konnte. Wir werden Erfolg haben. In den letzten paar Jahren haben wir Gespräche mit den Wolf-Breeds in Colorado aufgenommen, die ebenfalls entkommen konnten, wie wir erfahren haben. Zusammen mit den freien Kojoten-Breeds kommen sie auf mehrere Hundert.«

»Dreihundertfünfundvierzig war der Stand letzten Monat. Aber auch sie haben in den letzten fünf Jahren viele Leute verloren. Alles in allem seid ihr keine eintausend Leute, und die Anzahl der Mitglieder von Rassistenvereinigungen wächst von Tag zu Tag.«

»Wir werden diese Schlacht überleben, Scheme. Die Unterstützung der Öffentlichkeit ist das Wichtigste, und die haben wir.«

»Und das hast du so entschieden, einfach weil du willst, dass es so läuft?«

»Weil wir stark genug sind.« Er führte sie um das Haus herum, während Cabal sich wachsam hinter ihnen hielt. »Wir sind stark genug, um die Unterstützung zu halten, die wir haben, und um darauf aufzubauen. Wir machen uns für verschiedene Regierungen unentbehrlich und stellen unsere Menschlichkeit unter Beweis. Wir gewinnen den Kampf.«

»Was ist mit den Kindern?«, fragte Scheme vorsichtig. »Sie leben völlig isoliert hier. Callans Sohn David wird zu Hause unterrichtet, und er hat keine Chance, Kontakt zu anderen Kindern aufzubauen. Das ist gefährlich.«

»Worauf willst du hinaus, Scheme?« Er war gereizt, und das mit jeder Minute mehr.

Scheme unterdrückte ein Lächeln. Sie wusste genau, warum er so schlecht drauf war. Sie konnte die Hitze selbst auch spüren, die sich bereits wieder in ihr aufbaute. Wenn es schon mit der Pille so schlimm werden konnte, fragte sie sich, was passierte dann erst ohne?

»Meine Studien über Gesellschaft, Interaktion und Rassenkonflikte haben mich eins gelehrt. Ohne echte Interaktion werden die Breeds nie ein Teil der Gesellschaft werden. Sieh dir die Vergangenheit an. Wenn eine Nation eine andere eroberte, was passierte als Erstes? Soldaten heirateten oder vergewaltigten die Frauen des eroberten Volkes und zeugten Kinder mit ihnen. In dem Punkt scheinen die Breeds erfolgreich zu sein. Aber um wirklich zu interagieren und akzeptiert zu werden, muss man schon in der Kindheit anfangen. Die Kinder jener Nationen haben sich vermischt, miteinander interagiert, zusammen gearbeitet und gekämpft. Ihr habt das nicht.«

»Bisher sind weniger als ein halbes Dutzend Kinder aus den Paarungen hervorgegangen. Es ist noch sinnlos, Schulen zu bauen.«

»Sie sollten in eine öffentliche Schule gehen.« Scheme blieb stehen und sah zu ihm auf. »Jedes Breed-Kind sollte in die Schule gehen und Kontakt zu anderen Kindern haben. Sie sollten nicht lernen, wie man tötet. Sie sollten lernen, wie man Rassenkonflikte, oder in diesem Fall artenübergreifendes Misstrauen, vermeidet.«

Tanners Blick war verschlossen. »Bis dahin ist es noch ein weiter Weg.«

»Dann ist der Frieden noch weiter entfernt«, erklärte sie düster. »Der Grund, warum ich für die Organisation meines Vaters von Wert war, bestand darin, dass ich die Verbindungen zwischen Ereignissen sehen kann und erkenne, wo man sie durchschneiden und wo man sie kräftigen muss. Ich weiß, wie man Profile von Leuten und Ereignissen erstellt. Wenn ihr nicht anfangt, diese entscheidende Verbindung jetzt aufzubauen, dann seid ihr irgendwann am Arsch.«

»Du erzählst mir in einem Atemzug, dass David jederzeit vom Council entführt werden könnte, und im nächsten sagst du, wir sollen ihn in eine öffentliche Schule schicken«, warf er ihr vor.

Scheme zuckte philosophisch mit den Schultern. »Die Kinder des Präsidenten gehen mit ihren Leibwächtern vom Secret Service im Schlepptau zur Schule. Stellt eine Truppe zusammen, die nur für den Schutz dieser Kinder zuständig ist. Das ließe sich leicht machen. Buffalo Gap, die Stadt außerhalb von Sanctuary, ist sehr klein. Baut den Leuten dort eine neue Schule, finanziert sie, versorgt sie mit dem Material, das sie brauchen, um die Bildung ihrer Kinder zu verbessern, und sie werden mit euch zusammenarbeiten.«

»Damit würde die Stadt wachsen«, argumentierte Tanner, und Frustration lag in seinem goldenen Blick. »Und das wiederum liefert dem Council einen fruchtbaren Boden, um seine Soldaten und Killer dort zu platzieren.«

»Das Risiko seid ihr schon eingegangen, als ihr euch in den Vereinigten Staaten niedergelassen habt – statt in Afrika.« Sie drehte sich zu Tanner um und sah ihn entschlossen an. »Ihr habt Breeds, die man als Lehrer ausbilden könnte. Ich habe einige Akten gelesen, in denen von perfekten Ausbildern die Rede war. Sie sind nicht nur im Töten ausgebildet, sondern auch im Lehren. Stellt diese Leute für eine neue Schule zur Verfügung, mit neuem Material und besseren Chancen. So lange ihr das nicht tut, werden die Breeds nie wirklich dazugehören, Tanner, und an diesem Punkt ist das Timing von entscheidender Bedeutung, um zu verhindern, dass die Rassisten an Boden gewinnen.«

Scheme erwähnte den Paarungsrausch nicht, aber durch das, was Jonas in den Höhlen gesagt hatte, wusste sie, dass dieses Geheimnis der Breeds die größte Zerstörungskraft besaß. Sollte Cyrus diese Information jemals in die Hände bekommen, würde er die Breeds damit vernichten.

»Der Führungsrat kommt jeden Monat zusammen, um neue Ideen zu diskutieren«, erklärte er daraufhin. »Du kannst das Meeting besuchen und deine Idee vorschlagen.«

Ihre Mundwinkel zuckten. »Ich sehe jetzt schon, wie begeistert Jonas darauf reagieren wird, ganz zu schweigen von den Eltern dieser Kinder. Breeds sind echt stur, ist mir aufgefallen.«

»So wie du.« Er nahm sie am Arm und führte sie zu dem geschützten und getarnten Bereich hinter dem Haus. »Du musst nur dafür kämpfen.«

Vielleicht hätte sie eine Chance, wenn sie darauf hoffen könnte, selbst Kinder zu haben.

»Du musst dafür leben«, flüsterte er einen Augenblick später.

Scheme wandte den Blick ab und sah stattdessen in das gedämpfte Sonnenlicht, das durch das Tarnnetz in den Hof fiel.

»Tanner …« Sie setzte zu einem Protest an.

»Scheme.« Er kam ihr ganz nah. Sein großer Körper schien sie völlig zu umschließen, als er sie in eine kleine Nische aus blühenden Büschen drängte.

»Ich versuche nicht zu sterben, weißt du«, stieß sie hervor, frustriert von den Sehnsüchten ihres eigenen Körpers und dem Bedürfnis, so viel wie möglich zu erfahren, um die Identität des Angreifers innerhalb von Sanctuary aufzudecken. »Das hier hilft mir nicht dabei, meinen Job zu machen.«

»Ich will nicht, dass du deinen verdammten Job machst«, erwiderte er ungehalten. »Ich will, dass du wieder ins Haus gehst. Ich will, dass du in Sicherheit bist, bis das alles vorbei ist.«

»Und wie soll das irgendwann mal enden?«, zischte sie. »Ich kann helfen.«

»Nicht bis dieser Spion gefasst ist.«

»Ich bin die Einzige, die diesen Bastard aus der Deckung locken kann.« Ihr Flüstern klang frustriert. »Er wird mich nicht töten, sondern versuchen, mich zu entführen. Arbeite doch ausnahmsweise mal mit mir zusammen.«

Darüber stritten sie sich schon seit dem Morgen erbittert, und noch immer weigerte Tanner sich, zur Vernunft zu kommen. Überhaupt hatte sie es nur deshalb geschafft, das Haus zu verlassen, weil Cabal seinen Bruder schließlich mit Argumenten schachmatt gesetzt hatte. Und Tanner war darüber keineswegs erfreut gewesen.

»Ich habe genug davon.« Er fletschte die Zähne, und in seinen goldenen Augen flackerte es rötlich. »Wir sind jetzt seit über einer halben Stunde hier draußen. Jede Menge Zeit, um ihn aus der Deckung zu locken, wenn er sich denn locken ließe.«

Schemes Augen wurden schmal. »Du weißt es besser, Tanner«, argumentierte sie. »Ich brauche mehr Zeit.«

»Zeit, damit er seine Knarre laden und sich in Position für den Schuss bringen kann?«, fragte Tanner mit gefährlich ruhiger Stimme.

Scheme reagierte spöttisch. »Wohl kaum. Wir brauchen Zeit für Cabal, um herauszufinden, wer uns beobachtet und wie genau. Das ist alles, was der Spion tun wird, bis er seinen Zug macht.«

Sie hob die Hand, um sein Gesicht zu streicheln, und staunte darüber, wie perfekt es war, zumindest in ihren Augen: die kräftigen Züge und die leidenschaftlichen Umrisse, die Sinnlichkeit eines gefallenen Engels und die goldenen Augen mit den langen Wimpern.

»Ich will nicht sterben«, sagte sie. »Ich will leben und lachen und viele Jahre, die noch vor uns liegen, mit dir streiten, aber diese Chance bekommen wir nicht, wenn der Spion sich nicht zeigt.« Sie senkte die Stimme. »Das weißt du so gut wie ich.«

»Du machst mir Angst«, murmelte er. »Auf eine Kugel zu warten ist keine Art zurückzuschlagen.«

»Vertrau mir, Tanner, es wird keine Kugel geben.« Ihre Mundwinkel zuckten belustigt. »Aber der Spion wird planen. Beobachten. Er wird die Sicherheitsvorkehrungen testen. Er muss nur einen Fehler machen, und dann kannst du ihn zur Strecke bringen. Und ich verspreche dir, dass ich mich dabei nicht einmischen werde.«

»Wie großzügig von dir!« Er war nicht im Mindesten besänftigt.

Scheme zuckte mit den Schultern und ließ den Blick schweifen. »Es wird nie einfach für uns beide sein, Tanner, das ist dir doch klar. Mein Vater wird mir immer irgendwie auflauern.«

»Er muss ja nicht ewig leben.« Tanner senkte den Kopf, und der rote Schimmer in seinen Augen wurde stärker.

Scheme wich abrupt zurück und riss die Augen auf. »Wovon redest du da? Um Himmels willen, Tanner, was hast du vor? Du kannst ihn ebenso wenig töten wie er dich, ohne dass der Schuss nach hinten losgeht.«

Seine Miene wurde augenblicklich verschlossen. »Das Einzige, womit ich mich beschäftige, ist dein Überleben«, fauchte er, packte ihren Arm und marschierte auf die Hintertür zu. »Nicht mehr.«

»Ich habe langsam die Nase voll davon, dass du mich so herumschleifst.« Scheme wollte ihren Arm losreißen. »Und ich habe erst recht die Nase voll davon, dass du mich wie ein kleines Dummchen behandelst.«

»Du bist ja auch dumm«, rief er und zog sie ins Haus. »Du bringst dich einfach so in Gefahr, als gäb's kein Morgen.« Hinter ihm fiel die Tür mit einem lauten Knall zu. »Scheiß drauf. Soweit es dich betrifft, läuft einfach alles so, wie du es willst, und Punkt.«

»So ist es nicht.«

»Von wegen!«, brüllte er. »Du bräuchtest einen verdammten Aufseher. Ich habe verdammt noch mal nicht die leiseste Ahnung, wie du so lange überlebt hast. Deine verdammte Sturheit macht mich noch tollwütig.«

»So langsam habe ich echt genug von deinen Beleidigungen.« Scheme biss die Zähne zusammen und unterdrückte den Drang zurückzuschreien. Sie würde sich nicht mitten in einer Gemeinschaftsküche der Breeds ein lautstarkes Duell mit einem verdammten Tiger liefern. »Und du wurdest schon tollwütig geboren.«

»Dann beweise mir das Gegenteil.« Er warf frustriert die Hände in die Höhe, wandte sich energisch von ihr ab und ging zur Kaffeemaschine. »Na los, Scheme, sag mir, wie sehr ich im Unrecht bin.«

Sie wandte sich an Cabal. »Könntest du mir bitte helfen?«

Cabal zog spöttisch eine Augenbraue hoch. »Ich habe gelernt, nicht mit ihm zu streiten. Wie du gesagt hast, er wurde schon tollwütig geboren. Am besten lässt man ihn erst mal Dampf ablassen, und danach kann man ihn wieder bequatschen.«

»Sag mir nur, ob dir irgendwas aufgefallen ist oder ob dieser kleine Ausflug nur vergebliche Liebesmühe war«, forderte Tanner.

Cabal presste die Lippen zusammen. »Ein schwaches Aufblitzen von Metall in der Sonne, weiter oben am Berg. Es war nur für den Bruchteil einer Sekunde da, und es stimmte überein mit dem Aufblitzen der neuen teleskopischen Zielfernrohre, die *Vanderale* uns letztes Jahr geschickt hat. Die haben eine Schwäche: Wenn die Sonne im richtigen Winkel darauf trifft, dann reflektieren sie das Licht für eine Millisekunde, bevor die computergesteuerte Linse es bemerkt und die Abtönung anpasst. Wir haben die Schwachstelle erst vor Kurzem entdeckt. Es wissen noch nicht alle Breeds davon.«

»Und das ist dir aufgefallen?« Scheme sah ihn ungläubig an. Sie wusste nur von einem Breed in der Organisation ihres Vaters, der in der Lage gewesen wäre, diese eine Millisekunde Lichtreflektion der Linsen auszumachen.

»In ein paar Dingen bin ich ziemlich gut.« Cabal zuckte mit den Schultern. »Das ist eines davon.«

»Jemand hatte ein Zielfernrohr auf sie gerichtet!« Tanners Stimme war ein tiefes wütendes Grollen, während er sie finster ansah. »Keine Kugeln, hm?«

Scheme zuckte seelenruhig die Achseln. »Es wurden keine abgefeuert.«

»Sie hat nicht ganz unrecht, Tanner. Ich habe ein Team an die Stelle geschickt, wo ich die Reflektion gesehen habe, aber da war nichts, nicht einmal eine Duftnote.«

Das wiederum ließ Scheme das Blut in den Adern gefrieren. Keine Duftnote. Das bedeutete, dass ein Breed gelernt hatte, sich zu tarnen.

»Wer hatte Zugang zu dem Duftneutralisierer, den Ely entwickelt hat?« Tanners Frage an Cabal schockierte sie.

»Ihr habt einen Duftneutralisierer?« Überrascht drehte sie sich zu ihm um. »Seit wann? Nicht einmal das Council konnte einen Weg finden, um zu verhindern, dass Breeds andere Breeds wahrnehmen.«

»*Vanderale Industries* hat uns dabei geholfen.« Tanner schenkte sich eine Tasse Kaffee ein. Seine Stimme klang noch immer verkrampft, und auch sein Körper stand weiter unter Hochspannung. »Wir haben ihn mit deren Hilfe entwickelt, erst letzten Monat, und gerade damit angefangen, ihn zu testen. Offensichtlich funktioniert er.«

»Nur Ely sollte Zugang zu ihm haben«, meinte Cabal. »Aber nach ihrer Aussage war Jolian vor Kurzem auf ein Schwätzchen bei ihr im Labor.«

»Auf ein Schwätzchen?«, fragte Tanner gefährlich.

»Genau«, antwortete Cabal kalt. »Um sich die Zeit zu vertreiben. Ely sagt, sie seien Freundinnen.«

Tanner sah Scheme vorwurfsvoll an. »Harmlos, ja?«

»Wir haben noch nicht genug, um sie einzusperren, Tanner«, erklärte Cabal mit immer noch hartem Tonfall. »Bis dahin können wir sie nur beobachten.«

»Dann beobachte du sie«, befahl Tanner schroff. Scheme lehnte sich gegen die Kücheninsel, verschränkte die Arme und wartete ab.

Sie würde sich auf keine Diskussionen einlassen.

»Übrigens sind Schemes Sachen heute Morgen angekommen.« Cabals Bemerkung überraschte sie. »Es sind mehrere Kleider dabei, von denen sie eins auf der Party morgen Abend tragen kann.«

»Endlich ein paar anständige Klamotten.« Sie wandte sich zur Tür und warf dann einen Blick über die Schulter zu den beiden Männern, die ihr folgten.

»Ist euch je der Gedanke gekommen, dass ihr manchmal ein wenig übertreibt?«

Sie erntete nur verständnislose Blicke.

»Was zum Henker findest du denn jetzt schon wieder übertrieben?«, stieß Tanner hervor.

Scheme hielt inne, drehte sich dann zu ihnen um und lächelte zuckersüß. »Sie ist die Falsche.«

Und sie irrte sich nicht in Bezug auf Jolian. Es gab ein paar Breeds, an denen Scheme über die Jahre ein persönliches Interesse entwickelt hatte. Jolian war eine von ihnen.

»Ist dir je der Gedanke gekommen, dass du viel zu vertrauensselig sein könntest?«, gab Tanner schroff zurück.

»Ja, der Gedanke ist mir gekommen.« Sie nickte traurig. »Jeden Tag meines Lebens, die letzten acht Jahre lang. Aber nicht in diesem Fall.«

Damit drehte sie sich um, betrat das Foyer und steuerte auf die Treppe zu.

Sie war viele Male zu vertrauensselig gewesen, aber nicht mehr seit Chaz. Durch ihn hatte sie gelernt, wie wichtig es war, jedes Vertrauen, das sie entwickelte, infrage zu stellen. Sie vertraute niemandem mehr, nur sich selbst. Und ihren Fähigkeiten als Profiler.

Sie hatte nicht versagt, als sie Tanner verdächtigt hatte, der Spion zu sein. Sein Profil hatte zu der *Möglichkeit* gepasst. Jolian kam nicht mal in die Nähe einer Möglichkeit.

»Gott bewahre, dass er je die Chance bekommt, uns unter die Nase zu reiben: ›Ich hab's euch ja gleich gesagt‹«, brummte Cabal.

»Fordere das Schicksal nicht heraus«, gab Tanner finster zurück. »Denn ich habe so das Gefühl, dafür würde sie uns teuer bezahlen lassen.«

Scheme lächelte. Auf jeden Fall.

Als sie das obere Stockwerk erreichten, kam ihnen Callan vom Ende des Flurs entgegen, wo die Suiten der Familie lagen. Seine Miene war angespannt, und seine Augen blitzten wütend.

»Wir haben ein Problem«, stieß er hervor und blieb vor der Tür stehen, während Cabal als Erster ins Zimmer ging.

Scheme sah zu, wie Cabal den elektronischen Detektor nahm und den Raum abschritt, bevor er schließlich nickte.

»Dein Vater hat eben eine Pressekonferenz abgehalten«, wandte Callan sich direkt an sie. Er klang empört. »Er behauptet, man habe dich entführt und einer Gehirnwäsche unterzogen. Es kommen bereits Berichte herein, dass die Rassistengruppen sich bewaffnen und auf Jagd gehen wollen. Sie machen Jagd auf Breeds.«

»Damit haben wir doch gerechnet«, bemerkte Tanner. »Die Party morgen wird eine Menge Misstrauen ausräumen.«

»Callan!« Jonas kam herein. »Wir haben soeben eine Übertragung aus Sanctuary nach draußen abgefangen. Jemand versucht, Informationen über den Paarungsrausch hochzuladen. Wir haben die Verschlüsselung der Nachricht geknackt; ausnahmsweise war sie mal schlampig gemacht. Die haben alles.«

»Und wenn das nach draußen geht, sind wir am Arsch!« Callans Antwort war purer Zorn. »Ich will eine komplette Nachrichtensperre nach draußen. Handys, Satelliten, Festnetz, Internet. Wer auch immer der Spion ist, unsere Gegner machen sich bereit zuzuschlagen.«

»Ich setze eine Stellungnahme auf und treffe Vorbereitungen für eine Pressekonferenz nach der Party morgen, auf der wir die Verlobung verkünden«, erklärte Tanner sofort. »Jonas, konntest du zurückverfolgen, woher die Übertragung kam?«

»Wir arbeiten noch daran. Sie ist durch Sanctuary gehüpft wie ein verdammter Flummi. Es ist nur eine Frage der Zeit.«

»Und das weiß auch der Spion«, erklärte Scheme. »Er wird sich jetzt bereit machen, um in Aktion zu treten. Er will die Information über den Paarungsrausch an Vater schicken, um durch die Veröffentlichung für Chaos in Sanctuary zu sorgen. Das wird ihm die Lücke verschaffen, die er braucht, um David zu kidnappen und aus dem Lager zu schaffen.«

»Dann los.« Callan nickte Jonas zu. »Tu, was immer nötig ist. Ich will, dass dieser Bastard gefunden wird. Sofort!«

Jonas' Blick war grimmig, als er sich umdrehte und das Zimmer verließ, die Breeds in seiner Begleitung direkt hinter ihm.

»Tanner, mach diese Stellungnahme, so schnell wie möglich«, befahl Callan mit rauer Stimme. »Lass uns diesem Bastard die Zähne ziehen, bevor ich ihn persönlich umbringen muss.«

Und er wäre absolut dazu imstande. Tanner musterte den Rudelführer, als der das Zimmer verließ. Seine Miene war aufgewühlt, seine Augen waren kalt wie Bernstein. Zehn Jahre lang hatte Callan sie alle beschützt, noch bevor die Welt überhaupt gewusst hatte, dass es Breeds gab. Er hatte getötet, lautlos und ohne Reue, und er hatte für die Sicherheit der Mitglieder seines Hauptrudels gesorgt, während sie sich erholt und langsam daran gewöhnt hatten, die Freiheit, die er ihnen verschaffte, zu genießen.

Tanner wusste, dass Callan nicht zögern würde, erneut Jagd auf Mitglieder des Councils und Kollaborateure zu machen, wenn es nötig wurde. Dieses Risiko konnten sie jetzt, da die Welt sie so genau beobachtete, nicht mehr eingehen.

Tanner verzog das Gesicht und drehte sich zu Cabal um, der gerade zur angrenzenden Suite ging.

»Cabal, finde diesen Bastard«, knurrte er.

Sein Bruder warf ihm ein kaltes Lächeln zu. Sein Lächeln war Zustimmung und ein Versprechen. »Ich schleiche mich aus meinem Zimmer und gehe auf die Jagd.«

Tanner stieß nervös die Luft aus, bevor er sich zu Scheme umdrehte. Sie hatte den Fernseher eingeschaltet, stellte gerade per Fernbedienung die gleichzeitige Anzeige mehrerer größerer Nachrichtensender auf dem Bildschirm ein und suchte nach aktuellen Themen und Hinweisen, die ihr einen Anhaltspunkt geben könnten, wie ihr Vater weiter vorgehen würde.

»Es ist nur eine Frage der Zeit«, murmelte sie vor sich hin. »Die Information über den Paarungsrausch wird an die Öffentlichkeit dringen. Zehn Jahre sind zu lang, um etwas derart Explosives unter der Decke zu halten.«

»Wir arbeiten dagegen.« Seine Augen wurden schmal, als sie das Gewicht verlagerte und unauffällig die Beine zusammenpresste, während der Duft ihrer Hitze erneut seine Sinne berauschte.

Die Erregung brannte schon seit Stunden in ihr, doch sie weigerte sich, dem Drängen nachzugeben. Er konnte wittern, wie es immer stärker in ihr wurde. Zur Hölle, er witterte es schon seit dem Moment, als sie heute früh aus dem Bett gestiegen waren.

Sie rutschte wieder hin und her, er setzte sich schließlich in den Sessel neben ihr und beugte sich vor, während sie die Nachrichten verfolgte. Ihr Blick war rastlos, als sie sich die verschiedenen Berichterstattungen anhörte. Eine davon brachte General Tallants Vorwurf, dass die Breeds seine Tochter entführt und einer Gehirnwäsche unterzogen hätten.

»Er hat immer einen Notfallplan«, murmelte sie. »Was ist diesmal sein Plan B?«

»Die Hölle«, schlug Tanner vor, zog sein Hemd aus und kam auf sie zu.

Er hatte es satt zu warten. Der Duft ihres Verlangens lockte ihn und strich über seine Sinne, wie zitternde Finger, die unter Strom standen, wie eine statische Aufladung, die ihn sensibilisierte und an die Lust erinnerte, die er nur mit ihr empfinden konnte.

Er zog hinter ihrem Stuhl die Schuhe aus, löste den Gürtel seiner Jeans, als er sich aufrichtete, und öffnete Knopf und Reißverschluss, während er um ihren Sessel herumging. Als er neben ihr stand, drehte sie sich zu ihm um. Ihre braunen Augen wirkten wie heiße dahingeschmolzene Milchschokolade, während er die Jeans von den Beinen streifte.

»Ich sollte mir das ansehen«, hauchte sie, doch er ging vor ihr in die Knie und nahm ihr die Fernbedienung aus der Hand. »Ich muss herausfinden, was er vorhat.«

»Kannst du, in einer Minute«, versprach er. »Der Aufnahmemodus funktioniert einwandfrei bei diesem Modell. Du wirst überhaupt nichts verpassen.«

Er schob ihr Sweatshirt hoch und enthüllte ihren cremeweißen Bauch, während sie sich auf dem Stuhl zurücklehnte und die Hände über seine nackten Schultern gleiten ließ.

Ihre Nägel schrammten über seine Haut und erinnerten ihn an die Krallen einer Katze. Bei dem Gedanken musste er lächeln. Er beugte sich vor und knabberte an ihrer entblößten Haut, schob das Shirt über ihre Brüste, bevor sie die Arme hob und es selbst auszog.

Kein BH. Ihre nackten Brüste waren geschwollen, und die harten Brustwarzen reckten sich ihm entgegen. Ihm lief das Wasser im Mund zusammen, und seine Hoden wurden vor Verlangen fest. Aber das Schimmern ihrer Gefühle und ihres Verlangens berührte sein Herz. Gott, mit ihr genoss er jeden Augenblick, den er atmete! Nie hatte er sich so lebendig gefühlt, so voller Kraft, wie in den Momenten, in denen sie ihn so ansah, als wäre er der Mittelpunkt ihrer Existenz, das Wichtigste in ihrem Blickfeld, als gehörte er ebenso sehr ihr, wie sie ihm gehörte.

Und da begriff er. Ihre schlanken Finger schoben den Stoff ihrer Hose über ihre Beine, und die Erkenntnis traf ihn mit voller Wucht. Er war da, wohin er gehörte. Er gehörte zu jemandem. Er war Teil eines Ganzen und nicht nur ein kleines Rädchen in einer Gemeinschaft, die ums Überleben kämpfte. Würde er heute sterben, dann würde die Welt sich ohne ihn weiterdrehen. Doch würde er heute sterben, dann würde sich diese Frau immer an ihn erinnern, an seine Berührung, seinen Kuss und seine Wärme, wenn er sie nachts in den Armen hielt. Sie wäre allein. Verloren in der Hitze, die sie beide verband. Nie wieder in der Lage, so zu lieben, wie sie in diesem Augenblick liebte.

Das konnte er nicht zulassen. Für sie würde er überleben, und er würde dafür sorgen, dass sie für ihn überlebte.

Er zog ihr die Hose ganz aus, spreizte ihre Beine und betrachtete die feuchten Kringel dazwischen. Sie war so nass, dass ihre Säfte auf der weichen rosigen Haut und den seidigen Löckchen glitzerten.

»Verlass mich nicht«, flüsterte er.

»Niemals«, flüsterte sie zurück. »Du machst mich ganz.«

Er musste die Zähne zusammenbeißen, um die Gefühle auszuhalten, die ihn durchfluteten. *Sie* machte *ihn* ganz.

Seine Hände glitten an ihren Oberschenkeln nach oben, dann an ihre Hüften, zogen sie näher an seinen Körper. Er wollte ihr die Welt zu Füßen legen, ihr all die Wonnen zeigen, die sie ihm schenkte. Eigentlich hatte er mit seinen Lippen ihre süße Essenz kosten wollen, doch stattdessen erwischte er sich dabei, wie er in sie eindrang.

Ihr stockte der Atem.

Ihre Mitte zog sich lustvoll zusammen, als seine Eichel in sie eindrang. Er konnte sie wittern, diese Lust, die durch ihren Leib raste und sie noch feuchter werden ließ. Unter halb geschlossenen Lidern sah sie ihn an, die Hände um seine Handgelenke geschlungen, und beobachtete, wie er seine Erektion tief in ihr versenkte.

Tanner hielt inne und schloss die Augen, als sie seine empfindsame Eichel umschloss. Darunter pochte bereits der Stachel, direkt unter seiner Haut, und machte sich bereit anzuschwellen, im Orgasmus hervorzutreten und sich in ihr zu verankern.

»Ich liebe deine weichen Löckchen«, flüsterte er, als er sich tiefer in sie schob. Ihre inneren Muskeln zogen sich zusammen, und sie seufzte bebend. Diese weichen Löckchen schmiegten sich um seinen Schaft, als er sich zurückzog, lenkten seinen Blick auf sich und hypnotisierten ihn mit dem wundervollen Anblick, wie sie auf ihn reagierte. Seidig-weiche Creme glitzerte auf seiner Eichel, bevor diese wieder in sie eindrang.

»Weil du keine hast«, keuchte sie.

»Vielleicht.« Er rang nach Atem. Er musste sich beherrschen, sie nicht hart und schnell zu nehmen, sondern seinen Schaft mit langsamen rhythmischen Stößen in ihr zu versenken, jedes Mal ein wenig tiefer. Er fühlte ihre Bewegungen, wie sie ihm entgegenkam und die Beine um seine Hüften schlang, während ihre Hände über seine Schultern wanderten.

Warum hatte er sie nie zuvor auf diese Weise genommen?, fragte er sich. In diesem großen gepolsterten Sessel, auf den Knien vor ihr, während er zusah, wie jeder Zentimeter seines Schaftes sie in Besitz nahm. Es war der erotischste Anblick seines Lebens.

»Tanner, ich sterbe gleich.« Sie keuchte.

»Eine Minute.«

Er wusste, ihr Verlangen nach Erlösung wuchs rapide. Mit jedem langsamen Eindringen zogen ihre inneren Muskeln sich fester um ihn zusammen, wie eine Liebkosung, und rissen ihn tiefer in einen Strudel der Lust, der ihn zu verschlingen drohte.

»Sofort.« Wieder zogen ihre Muskeln sich zusammen und massierten ihn, und er musste die Zähne zusammenbeißen, um nicht auf der Stelle zu kommen.

»Böses Mädchen«, stieß er mühsam hervor und kämpfte um Zurückhaltung.

Aber er konnte nicht widerstehen, seine Bewegungen in ihr schneller und kraftvoller werden zu lassen. Die Lust war wie ein Strudel, der ihn einsaugte. Er hob den Blick von der Vereinigung ihrer Körper, um ihr in die Augen zu sehen. Schmelzende Schokolade, daran erinnerten ihn ihre Augen immer. Heiß, ausdrucksvoll und funkelnd vor Hunger und Verlangen, als sie die Hand an sein Gesicht hob.

»Mein Leben lang«, keuchte sie, »mein Leben lang habe ich für dich gebetet.«

»Mein Leben lang habe ich dich geliebt.« Er beugte sich vor zu ihr, eroberte ihre Lippen mit dem würzigen erotischen Aroma seines Kusses und teilte mit ihr das brennende Verlangen, das seine Nervenbahnen zu versengen drohte.

Nichts war mehr wichtig, außer dieses Feuer zu löschen, den Kuss zu vertiefen und ihn leidenschaftlicher werden zu lassen, bis er sich schließlich in kraftvollen Stößen in sie rammte, ihre Lustschreie wie seine eigenen wahrnahm und sie beide in den rasenden Sturm ihres Höhepunkts jagte.

Er fühlte ihren Orgasmus zuerst kommen: ihre Muskeln, die sich immer stärker zusammenzogen, die Anspannung, die sich in ihr aufbaute, während sie sich unter ihm wand, an seinen Lippen aufschrie und ihm die Fingernägel in den Rücken grub. Und dann gab er seinem eigenen Höhepunkt nach, löste seine Lippen von ihrem Mund, warf den Kopf in den Nacken und stieß ein wildes Knurren aus. Sein Samen ergoss sich pulsierend, und der Stachel schob sich mit einer schmerzhaften Intensität aus ihm heraus und verankerte sich in ihr, dass es ihm den Verstand raubte.

Er fühlte sich wiedergeboren in ihr, erneuert, während er in ihr verankert war und seinen Samen in ihre erhitzte Mitte und seine Seele in ihre ergoss. Er senkte den Kopf, und ein Knurren grollte in seiner Kehle, als er seine Reißzähne in das Paarungsmal schlug, das er ihr in den Höhlen beigebracht hatte.

Sie schrie erneut auf, spannte ihre Muskeln krampfartig um seinen Schaft an und schenkte ihm noch mehr von der süßen Erlösung, die ganz allein ihm gehörte. Nur ihm. Seine Gefährtin. Seine Frau.

Augenblicke später sank er über ihr zusammen, schweißgebadet und keuchend, drückte sie an sich und fuhr mit der Zunge über das Mal an ihrer Schulter, während all seine Sinne ihr Aroma und ihren Duft genossen.

Das war es, wofür er von jetzt an lebte. Nicht für Rache oder Hass, sondern dafür. Für die Liebe. Für Scheme.

28

Scheme hätte nie gedacht, dass die Breeds jemals eine Party geben würden wie die, für die sie sich am nächsten Abend zurechtmachte. Die Tatsache, dass mehrere Reporter da waren, um über die *Verlobung* von Tanner Reynolds und Scheme Tallant zu berichten, hatte damit natürlich nichts zu tun. Das Einzige, was in der opulenten Villa fehlte, waren die Nachrichtenteams, die vor den Eisentoren von Sanctuarys Haupteingang parkten.

Das hatte sie nicht erwartet. Als Tanner »Party« gesagt hatte, war sie davon ausgegangen, dass er eine Art kleine Feier meinte. Nur die Familien des Hauptrudels innerhalb des Herrenhauses, aber nicht die vielen Gäste, die in den letzten Stunden per Helikopter angekommen waren.

Natürlich, sie hätte es besser wissen müssen. Sie selbst hätte das Gleiche getan, um General Tallants Vorwürfe zu entkräften – und die waren in den vergangenen vierundzwanzig Stunden immer heftiger geworden.

Ihr Vater hatte Angst. Beim letzten Nachrichteninterview hatte sie es in seinen Augen gesehen. Er hatte eine Heidenangst vor dem, was sie wohl sagen und tun würde und welche Beweise sie für seine Taten haben mochte. Und davon hatte sie schließlich jede Menge. Der Beweis, dass sie Jonas kannte, wurde in diesem Augenblick von der sicheren Website heruntergeladen, auf der sie ihn jahrelang gespeichert hatte. Ihre *Rückversicherung* hatte sie es immer genannt, nur für den Fall, dass es nötig werden würde.

Als sie ihr Haar zu einem modischen Knoten drehte, begegnete sie ihrem eigenen Blick im Spiegel, und der kummervolle Ausdruck in ihren Augen ließ sie beinahe zusammenzucken. Warum sollte es sie bekümmern, dass das Monster, das ihr Leben zu einem Albtraum gemacht hatte, bald zu Fall kommen würde? Es war ja nicht so, als wäre er ein liebender Vater gewesen.

Doch seiner Ansicht nach war er das durchaus gewesen, das wusste sie. Ihr Vater war ein Psychopath der übelsten Sorte. Er glaubte mit absoluter Überzeugung an das, was er tat. Er glaubte, er wäre immer gut zu seiner Tochter gewesen – doch diese Tochter hinterging ihn nun auf eine Weise, die er für die verabscheuungswürdigste hielt.

Er hatte ihre Mutter umgebracht, und Scheme wusste, dass er auch sie getötet hätte, wenn sich ihm die Chance dazu geboten hätte. Er hätte es getan mit Liebe in seinem Herzen und dem festen Glauben in seiner Seele, dass er damit die Welt rettete.

Sie schüttelte den Kopf über den Gedanken, steckte die letzte Nadel im Haar fest und musterte prüfend ihr Spiegelbild. Sie war bekannt für ihre scharlachroten Kleider, und eines davon trug sie auch jetzt: rote Seide mit einem gewagten Schlitz bis zum Oberschenkel, durch den schwarze Strümpfe hervorblitzten. Die Seide schmiegte sich an ihre Kurven und betonte ihre Brüste, bevor die Träger sich an den Schultern und im Rücken überkreuzten.

Nach einem letzten prüfenden Blick auf ihr Make-up schlüpfte sie in rote Pumps, nahm die kleine zu den Strümpfen passende Abendhandtasche und verließ das Bad.

»Bereit?« Tanner trug einen Smoking und sah heißer aus, als einem Mann oder Breed erlaubt sein sollte. Er erhob sich vom Fußende des Bettes und musterte sie lange und anerkennend.

»Du siehst zum Anbeißen aus.«

»Ich bin ziemlich nervös.« Ihre Haut war überempfindlich, ein Zeichen, dass der Paarungsrausch ihre Nerven reizte, wie Ely sie schon vorgewarnt hatte.

»Denk einfach daran, genug Distanz zwischen dir und anderen zu wahren, um zufällige Berührungen zu vermeiden. Du kennst die Reporter. Du hattest schon vorher mit ihnen zu tun. Und du weißt, wie man mit ihnen umgehen muss. Es wird alles gut gehen.«

Alles würde gut gehen.

»Cabal wird von draußen alles überwachen«, fuhr Tanner fort. »David ist in Sicherheit in der Suite von Callan und Merinus. Es sind etwa zweihundert Gäste da. Keiner von ihnen ist als Partner des Councils oder deines Vaters bekannt, aber sie haben Einfluss in der Politik und der Finanzwelt. Die Reporter sind sehr angesehen und bekannt für ihre Unparteilichkeit in Bezug auf die Breeds.«

»Ich schaffe das.« Ihre Versicherung galt ihm und ihr gleichermaßen.

Scheme hob das Kinn und rief sich in Erinnerung, dass sie das schon zahllose Male unter anderen Umständen getan hatte, und zwar ohne das geringste Nervenflattern.

Tanners Hand lag an ihrem unteren Rücken, als sie die Suite verließen und zu der breiten gewundenen Treppe gingen, die in die Eingangshalle und den Ballsaal führte. Breeds-Sicherheitsleute waren in großer Anzahl vertreten. Sie standen wachsam und schweigend auf der Treppe, alle paar Stufen einer, unten an den Eingangstüren des Hauses und im Ballsaal sowie an den Türen zu den anderen Räumen, die von der Eingangshalle wegführten. Nur der Ballsaal war geöffnet. Alle anderen Türen waren geschlossen und sorgfältig abgesperrt worden.

Die Türen zum Ballsaal hingegen standen weit offen, und

Scheme wusste, dass auch die Schiebetüren, die in den Garten hinausführten, geöffnet waren, damit die Gäste draußen im schwer bewachten und gut beleuchteten Garten frische Luft schnappen konnten.

Kaum waren sie von der Treppe in die Eingangshalle getreten, als die drei eingeladenen Reporter auf sie zukamen. Cassa Hawkins war Reporterin und Nachrichtensprecherin für INS, den *International News Service*. Außerdem war Joel Briggins von CNN ebenso anwesend wie Philippe Augustan von ENI, *Euro-News International*. Alle drei hatten jeweils ihren eigenen Kameramann im Schlepptau. Die kleinen Aufnahmegeräte übertrugen ihre Bilder normalerweise live an die Sender, doch wegen der derzeitigen Nachrichtensperre in Sanctuary würden sie nur aufzeichnen und erst später senden, wenn Jonas jede einzelne Aufnahme begutachtet hatte.

»Scheme, Sie sehen für meine Begriffe nicht so aus, als würden Sie unter Drogen stehen.« Cassa Hawkins zog einen kleinen enttäuschten Schmollmund, als sie an dem Breed-Wächter vorbeiging, der näher gekommen war, sobald Scheme das Foyer betreten hatte.

Cassa war eine Frau in den Dreißigern, kühl und aalglatt, naturblond mit ruhigen grauen Augen und einer makellosen Porzellanhaut. Sie konnte amüsant sein, aber auch beängstigend scharfsinnig.

»Aber natürlich ist es so, Cassa.« Scheme lächelte, als Tanner ihre Hand in seine Armbeuge legte und die Reporterin feindselig ansah. »Tanner kann auf gewissen Gebieten sehr suchterzeugend sein.«

Sie hatten ja keine Ahnung, wie sehr.

Cassas liebenswürdiges Lachen war sanft, aber ihren Augen entging nichts – weder Tanners gutes Aussehen noch die Art, wie er beschützend über Scheme zu schweben schien.

»Oh ja, das kann ich mir gut vorstellen«, stimmte sie zu. »Denken Sie, er würde uns ein paar Augenblicke allein lassen? Er sieht mich ganz finster an, wissen Sie!«

Und wie! Ein weiterer finsterer Blick traf Reporterin und Kameramann.

»Tanner, mir passiert nichts.« Sie nahm die Hand von seinem Arm und sah sich um. »Hier ist genug Security, um einen kleinen Krieg zu führen. Und ich könnte etwas zu trinken gebrauchen, wenn es dir nichts ausmacht.«

Seine Bernsteinaugen schimmerten auf sie herab, voller Belustigung und mit einem Hauch von Missbilligung.

»Ich bin in der Nähe.« Ein Versprechen an sie, eine Warnung an die anderen.

»Er ist sehr fürsorglich«, bemerkte Cassa leise, als Tanner zu Sherra ging, eine strahlende Gestalt in einem rauchgrauen Kleid, die neben ihrem Ehemann, Kane Tyler, stand.

»Dazu hat er auch allen Grund.« Scheme ließ ihren Blick härter werden, als sie erst die Reporterin ansah, dann den Kameramann und dann wieder Cassa. »Schicken Sie ihn weg.«

Cassa seufzte. »Geh, und hol dir etwas zu trinken, Monty, und mach ein paar schöne Bilder von der Party.«

Monty brummelte etwas vor sich hin und ging, bevor Scheme sich an die anderen beiden Reporter wandte. »Tut mir leid, Jungs«, lächelte sie. »Frauensache. Können wir später reden?«

Das Versprechen auf ein späteres Gespräch ließ die beiden Männer zustimmend, wenn auch misstrauisch, lächeln, bevor sie sich entfernten.

»General Tallant hat schon Schaum vor dem Mund«, meinte Cassa, als Scheme sie auf die andere Seite der Eingangshalle führte und den Sicherheitsleuten bedeutete, die anderen fernzuhalten. »Es heißt, dass die Rassistengruppen sich bewaffnen, um auf jeden Breed loszugehen, dem sie begegnen.«

»Das tun sie doch sowieso.« Scheme seufzte. »Jetzt möchte ich Ihnen eine Frage stellen, Cassa. Auf welcher Seite stehen Sie?«

»Auf der Seite der Wahrheit.« Die Antwort kam ohne Zögern, und Scheme glaubte ihr. Cassa war eine fanatische Verfechterin der Wahrheit. Das hatte sie schon bei mehr als einer Gelegenheit fast ihren Job und ihr Leben gekostet.

»Ausgezeichnet.« Scheme sah ihr entschlossen in die Augen. »Sie und ich haben in der Vergangenheit schon oft miteinander gesprochen. Glauben Sie General Tallant oder dem, was Sie jetzt sehen?«

Cassas Lippen zuckten. »Schätzchen. Ich bezweifle, dass der Teufel persönlich es schaffen würde, Ihnen eine Gehirnwäsche zu verpassen. Also, warum erzählen Sie mir nicht, was los ist und ob die Gerüchte stimmen, dass General Tallant unter allen Umständen die Leichen in seinem Keller unter Verschluss oder nur sein kleines Mädchen eng an seiner Seite halten will. Und wenn es Ihnen recht ist, lassen Sie meinen Kameramann zurückkommen.«

Der letzte Satz kam mit feinem Spott. Cassa wollte eine exklusive Story, aber sie war bereit mitzuspielen.

Scheme nickte der Wache ein paar Schritte entfernt zu, die daraufhin den Kameramann heranwinkte.

In ausgefeilter Professionalität wandte Cassa sich zur Kamera. »Ich spreche jetzt mit Scheme Tallant, Tochter von General Tallant und Gerüchten zufolge auch seine persönliche Assistentin. Wir befinden uns in Sanctuary, Heim und Hauptoperationsbasis für zahllose Raubkatzen-Breeds, wo Miss Tallant und Mr Tanner Reynolds ihre Verlobung verkünden wollen, direkt nach den Anschuldigungen ihres Vaters, sie sei einer Gehirnwäsche unterzogen worden.« Sie wandte sich wieder an Scheme. »Miss Tallant, nachdem ich Sie nun schon seit mehreren

Jahren kenne, muss ich sagen, Sie wirken nicht im Geringsten wie jemand, der einer Gehirnwäsche unterzogen wurde. Warum behauptet Ihr Vater so etwas?«

Scheme setzte ihre *öffentliche* Miene auf und schenkte Cassa ein geübt charmantes Lächeln.

»Um die Wahrheit zu verbergen.«

»Und was ist die Wahrheit, Miss Tallant?«

»Dass er alles tun würde, um die Wahrheit zu vertuschen, die in den kommenden Wochen ans Licht kommen wird. Die Wahrheit darüber, dass er in der Vergangenheit unzählige Breeds ermordet hat und dass er auch mich umgebracht hätte, wäre Tanner nicht so rasch eingeschritten.«

Ihr schmerzte das Herz, und sie wusste gar nicht, warum. Er war nie ein Vater gewesen. Ihm war nie etwas anderes wichtig gewesen als seine fanatischen Träume, die Breeds zu kontrollieren.

»Warum sollte Ihr Vater Ihren Tod wollen?«

»Weil ich von den Gräueltaten weiß, die er begangen hat. Denn, Miss Hawkins, ich habe in den vergangenen acht Jahren als Doppelagentin für das Amt für Breeds-Angelegenheiten direkt mit Jonas Wyatt zusammengearbeitet. Ich kenne die Geheimnisse meines Vaters, und er würde alles tun, um mich zum Schweigen zu bringen.«

Das Interview mit Cassa verlief reibungslos trotz der ständigen Unterbrechungsversuche der anderen Reporter. Doch die Sicherheitsleute hielten sie pflichtbewusst zurück, und sobald sie mit Cassa fertig war, schenkte Scheme auch den anderen einige Minuten für ihre Fragen. Es war nicht viel, aber sie hätten Sendezeit. Tanner hatte ebenfalls mit ihnen gesprochen, und bevor sie den Ballsaal betraten, wurden Tanner und Scheme noch gemeinsam interviewt.

Trotzdem wurde sie das Gefühl nicht los, dass ihr Vater noch mehr im Schilde führte. Sie glaubte, dass er noch ein Ass im Ärmel hatte und nur auf sie wartete. Die Nachrichtensperre hatte verhindert, dass die Meldungen des Spions nach draußen gingen, und Jonas hatte Tanner zugeflüstert, dass sie den Standort des Übertragungsversuches weiter eingegrenzt hatten. Damit war das Haupthaus sicheres Gebiet, zumindest im Moment.

»Eines schönen Tages«, bemerkte Scheme, als sie die Reporter hinter sich ließen, »wird einer dieser Reporter hinter *deine* Lügen kommen.«

Darüber lachte Tanner leise und blieb bei einer kleinen Gruppe von Frauen stehen, die sich um einen großen blonden Cowboy geschart hatten.

»Scheme, ich möchte dir einige Freunde vorstellen«, erklärte er. »Tamber Mason.« Eine hochgewachsene gebräunte Brünette mit glitzernden braunen Augen streckte mit einem gemurmelten Hallo die Hand aus. Sie wirkte schüchtern. Zurückhaltend. Auch wenn das tief ausgeschnittene, beinahe zu kurze silberfarbene Kleid, das sie trug, alles andere als zurückhaltend war. »Tamber ist unsere Kommunikationsexpertin hier vor Ort. Sie leitet die Kommunikationszentrale wie ein kleiner Drill Sergeant.«

Tamber senkte den Kopf, als würde das Lob sie verlegen machen.

»Es ist schön, Sie kennenzulernen, Tamber.« Tamber nickte, murmelte wieder etwas und schenkte ihr ein kleines Lächeln.

»Das hier ist Shiloh Gage«, sagte Tanner und stellte ihr damit eine Jaguar-Breed mit kastanienbraunem Haar neben Tamber vor.

An diese Breed erinnerte Scheme sich.

»Die Rotzgöre?« Schemes Mundwinkel zuckten, als die Frau sie mit unverhohlener Neugier musterte.

Shiloh Gage war für so einige Dinge bekannt gewesen in dem Labor, das sie gezüchtet hatte. Dazu gehörte ihre Fähigkeit, mit den Wissenschaftlern und Ausbildern dort in einer Weise umzuspringen, die ihr den Spitznamen »Rotzgöre« eingebracht hatte. Heute Abend trug sie eng anliegende hellbraune Stiefelhosen und eine ärmellose, tief ausgeschnittene Weste, die ein beachtliches Dekolleté enthüllte.

Eigentlich hätte sie innerhalb der ersten fünf Jahre ihres Lebens getötet werden sollen. Doch stattdessen hatten die Forscher in ihren Berichten vermerkt, dass man sie zu Studienzwecken am Leben ließe. Man wollte herausfinden, wie die Kleine nur auf die Idee gekommen war, dass sie es verdiente, zu leben. Scheme für ihren Teil wusste, dass die Wissenschaftler in diesem speziellen Labor einen Sinn für Humor hatten.

»Das bin ich«, stimmte Shiloh schelmisch zu.

»Und sie steht auch noch dazu«, warf der große blonde Südstaatencharmeur neben Shiloh ein. Mensch, Exsöldner und ganz allgemein ein harter Kerl: Simon Quatres. »Ich vermute, Sie wissen auch, wer ich bin?«

»Nicht jeder kennt dich, Simon«, meinte Shiloh mürrisch.

»Tatsächlich habe ich einige Berichte über ihn gelesen«, antwortete Scheme. Zum Glück bestand er nicht darauf, ihr die Hand zu schütteln. Der Schmerz wäre nur schwer zu verbergen gewesen. »Es ist schön, Sie kennenzulernen.«

»Und es ist schön, Ihnen endlich zu begegnen, Ma'am«, antwortete er gedehnt. »Der gute alte Tanner schien bisher schließlich ganz gut allein klarzukommen. Er hat uns überrascht.«

Tanners Antwort war ein Schnauben.

»Callan gibt uns gerade ein Zeichen«, meinte er dann und nahm ihren Ellbogen, während sie sich von der kleinen Gruppe verabschiedete.

»Hallo und tschüss. Interessantes Konzept«, sagte Scheme, als sie sich zum vorderen Bereich des Ballsaals begaben.

»Cabal hält Wache«, flüsterte er ihr ins Ohr. »Du wirst noch viele von den anderen auf die gleiche Weise kennenlernen.«

»Tamber ist ganz anders, als sie in ihrer Akte beschrieben wird«, meinte sie. »Ich hätte sie nicht für so scheu gehalten.«

»Sauer trifft es eher«, seufzte Tanner. »Wir mussten ihr befehlen, für heute Abend aus der Kommunikationsbaracke herauszukommen. Sie hat diesen Monat neue Ausrüstung installiert und wollte ihre Babys nicht allein lassen.«

Scheme schüttelte den Kopf und holte tief Luft, als sie sich Callan näherten und auf das Podium stiegen, das auf der anderen Seite des Ballsaals für die Band aufgebaut worden war. Nun war es an der Zeit, zu lächeln und brav mitzuspielen, dachte sie, als sie den Blick durch den Saal schweifen ließ und das Misstrauen und, in manchen Fällen, die Feindseligkeit in den Augen der Zuschauer sah. Das würde ein sehr interessanter Abend werden.

Als Scheme nach der Bekanntgabe ihrer Verlobung durch den Ballsaal schlenderte, sah sie, wie Jolian vorsichtig durch die Schiebetüren in den Garten hinausschlüpfte. Sie wusste, dass Jolian gestern eine höllische Abreibung von Jonas kassiert hatte, und wenn ihr blasses Gesicht ein Hinweis war, dann hatte sie sich davon immer noch nicht erholt.

Scheme war nicht sicher, warum sie das eigentlich kümmerte. Aber es war so. Als Tanner sich mit Jonas, Dane Vanderale und einigen Politikern unterhielt, entwich sie ihm. Sie war sicher, dass er ihr sonst nie erlauben würde, der kleinen Panther-Breed nachzugehen.

Tanner zu entweichen war nicht leicht. Sie blieb bei mehreren Gästegrüppchen stehen, plauderte, lächelte und achtete darauf, dass man sie nicht berührte, denn die erste flüchtige Berührung von jemand anderem als Tanner hatte sich angefühlt, als würden sich scharfe Messer in ihr Fleisch bohren.

Einige Minuten später schlüpfte sie durch die Schiebetüren und trat hinaus auf die Terrasse, wo Jolian stand. Schweigend und allein.

»Jolian.« Scheme neigte den Kopf und sah, wie die Frau beim Klang ihrer Stimme erstarrte.

»Du solltest wieder hineingehen«, sagte Jolian fest, mit leicht belegter Stimme. »Cabal wäre sauer, wenn er uns hier draußen zusammen sieht.«

Das wäre er. Seltsamerweise machte Jolian sich keine Sorgen um Tanner.

»Ich glaube nicht, dass du mir etwas Böses willst. Ich habe ihnen gesagt, dass sie einen Fehler machen.«

Jolian senkte den Kopf und umklammerte das steinerne Geländer der marmornen Terrasse.

»Sie halten mich für eine Spionin.« Ihr spöttisches Lachen war voll Schmerz. »Ich konnte es in Cabals Augen sehen. Sie waren voller Abscheu.«

Und Jolian verging fast vor Schmerz deswegen.

»Du bist verliebt in ihn«, riet Scheme.

»Und du hast dich mit ihm und seinem Bruder gepaart. Verdammt, manche haben einfach immer nur Glück, oder?«

Jolian drehte sich nicht zu Scheme um, sondern nahm die Hände vom Geländer und schlang die Arme um ihren Oberkörper. Ihr locker sitzendes cremefarbenes Kleid schmeichelte ihrer Figur nicht gerade, und es war offensichtlich, dass sich niemand die Zeit genommen hatte, ihr ein paar Ratschläge zu ihrem Kleid zu geben. Wahrscheinlich gingen ihr die meisten Breeds momentan aus dem Weg.

»Es tut mir leid«, sagte Scheme leise. »Wegen Cabal und wegen dem, was gestern passiert ist. Wenn du mich lässt, könnte ich es wiedergutmachen.«

Angefangen bei ein paar Tipps zu Frisur und Kleidung.

»Wie könntest du mir schon helfen?« Nun drehte Jolian sich zu ihr um, mit zorniger Miene. Doch dann wurden ihre Augen groß, verdrehten sich nach oben, und sie sackte zu Boden.

Scheme eilte zu ihr, ohne zu überlegen oder an die Konsequenzen zu denken. In der nächsten Sekunde jagte ihr ein blendender Schmerz durch den Kopf, ein Blitz aus weißglühendem Licht, das vor ihren Augen explodierte. Dann brach sie über Jolian zusammen und wünschte dabei inständig, sie wäre nicht ohne Tanner hinausgegangen.

Tamber Mason.

Sie war in Kommunikation ausgebildet und gehörte schon zum inneren Kreis des Rudels, als die Breeds Sanctuary in Besitz genommen hatten. Eine Freundin von Merinus, manchmal auch deren Leibwächterin und die Kommunikationsexpertin, der Callan am meisten vertraute. Sie ging oft mit Sherra einkaufen, machte Kampftraining mit Dawn und hatte Gerüchten zufolge mehr als einmal mit Tanner und Cabal geschlafen.

Und sie war Cyrus Tallants Spion.

Deshalb war der Spion immer so selbstsicher. Deshalb war es so schwer für Cyrus, sie zu kontrollieren. Ihr Platz in Sanctuary war schon seit Jahren fest etabliert. Sie gehörte, im Grunde genommen, zur Familie.

Scheme hatte alle Akten gesichtet, sowohl die der Breeds in Sanctuary als auch die derer, die inzwischen in Polizeidienst und Militär arbeiteten. Sie war sie durchgegangen, hatte sie studiert und sich so viel sie nur konnte eingeprägt, bevor sie vernichtet wurden. Und irgendwie hatte sie es zugelassen, dass dieser eine Leuchtpunkt ihr Radar unterlaufen hatte.

Denn Tamber war unscheinbar. Unaufdringlich. In ihren Akten hatte nichts gestanden, was auf eine Verbindung zu Cyrus Tallant oder irgendwen in seiner Organisation hingedeutet hätte. Sie war einfach nur ein beliebtes Mitglied der erweiterten Familie Lyons.

Aber alles, was Scheme gehabt hatte, war ihr Bild gewesen. Als sie Tamber Masons Stimme in normaler Lautstärke hörte und nicht nur das Gemurmel von der Party, wusste sie schlagartig, wer Tamber war: die ehemalige Geliebte des Stellvertreters ihres Vaters, John Bollen.

Scheme hatte nur ihre Stimme gehört. Der Möchtegernsohn ihres Vaters hatte nie ihren Namen oder ihre Fähigkeiten erwähnt.

»Du weißt, dass sie dich aufspüren werden«, warnte sie Tamber, während der *Jeep* auf der unebenen Straße durch den Wald fuhr. »Sie werden wissen, dass du Jolian angegriffen und mich entführt hast.«

»Spielt gar keine Rolle.« Tamber warf ihr ein hartes kaltes Lächeln zu. »Denn ich werde für eine Weile untertauchen. Ich habe mich nur um meine Mission gekümmert. John wird mich eine Zeit lang bei sich aufnehmen.«

Scheme wollte sich umdrehen, um nach dem bewusstlosen Kind auf dem Rücksitz zu sehen, aber sie wagte es nicht. Wenn sie ihn ansah, würde sie das vielleicht nicht ertragen. Sie würde zusammenbrechen, und das konnte sie sich nicht leisten.

»Du denkst wirklich, John lässt dich frei herumlaufen?«, fragte sie Tamber stattdessen und machte sich dabei an dem Strick zu schaffen, der ihre Hände fesselte. »Denkst du, du bist die einzige Spionin, die er flachlegt, Tamber?«

»Tatsächlich *weiß* ich sogar, dass ich das nicht bin.« Ein selbstzufriedenes Lächeln spielte um Tambers Lippen. »Aber die Arbeit in der Kommunikationsbaracke ist nicht das Einzige, wofür ich ausgebildet bin, Scheme. Die Breeds haben keine DNA von mir, nur meine Fingerabdrücke. DNA ist freiwillig, weißt du. In sechs Monaten bin ich zurück und arbeite irgendwo anders in Sanctuary, mit neuem Namen, neuem Gesicht und dazu neuen Fingerabdrücken und einem anderen Duft. Die Wissenschaftler des Councils können mit dem Duftneutralisierer arbeiten und daraus machen, was immer sie wollen. Ich bin ein Chamäleon. Die Breeds werden nie dahinterkommen.«

Von wegen! Scheme wusste, was weder das Council noch andere Breeds wussten: Tanners und Cabals Geruchssinne würden sie leicht wahrnehmen, und sie würden nach ihr suchen. Tamber würde eine Rückkehr nach Sanctuary auf keinen Fall überleben.

»Du bist zu optimistisch, Tamber.« Scheme lehnte sich gegen die Tür und schüttelte traurig den Kopf. »Zu viel Ego geht Hand in Hand mit Versagen.«

»Ich bin optimistisch, Punkt«, fauchte Tamber. »Ich arbeite schon seit Jahren auf das hier hin, du dumme Schlampe.«

Es musste einen Fluchtweg geben. Sie fuhren exakt den Weg, den sie für Callan auf der Karte aufgezeichnet hatte. Sie musste nur eine Möglichkeit finden, Tamber zum Anhalten zu bewegen, damit sie langsamer vorankam.

Scheme kämpfte noch mehr gegen die Fesseln an. Ihre Handgelenke brannten und wurden schlüpfrig von ihrem Blut, aber die Stricke lockerten sich. Die Freiheit rückte näher.

Gott, sie betete, dass das Kind alles verschlafen möge! Er war noch so klein und sah so unschuldig aus, wie er auf dem Rücksitz schlief. Natürlich, wenn er wach wäre …

Dann erstarrte sie, als sie etwas an ihrem Handgelenk spürte. Eine leichte Berührung, ein Zupfen an dem Knoten. Er war wach. Oh Gott, der Junge war wach! Sie spürte, wie ihr der

Atem stockte bei dem Gedanken daran, welche Angst er haben musste.

Aber er löste den Knoten ihrer Fesseln, langsam, aber sicher, mit geschickten Fingern, die nicht zitterten. Ihre Finger hingegen zitterten sehr. Sie zitterte wie Espenlaub, und hinter ihr löste ein neunjähriges Kind den Knoten ihrer Fesseln.

»Du bist so eine dumme Idiotin, Tamber«, verkündete Scheme mit vorgetäuschter Belustigung. »John schluckt dich runter und spuckt dich wieder aus, das ist dir doch hoffentlich klar, oder?«

Tambers Faust schnellte vor und traf Scheme am Kinn, sodass ihr Kopf seitwärts gegen den *Jeep* krachte. Gleichzeitig ertönte ein Miniknurren vom Rücksitz, und David Lyons ging auf Tamber los.

Diese Attacke hatte Tamber nicht erwartet. Fluchend verriss sie das Steuer, und der *Jeep* jagte über den schroffen Abhang neben der Straße. Er neigte sich zur Seite, und die Reifen drehten durch, während Tambers Hand nach hinten schoss und im Gesicht des Kindes landete.

Der Junge stieß ein schmerzerfülltes Zischen aus, aber er ließ nicht los. Wieder kippelte der *Jeep*, während Scheme versuchte, das Steuer in die Finger zu bekommen, um das Fahrzeug wieder auf Kurs zu bringen. Tamber hatte alle Hände voll zu tun mit dem Löwen-Breed-Mischling in Miniaturausgabe, der überall gleichzeitig zu sein schien.

Und der Junge fluchte. Scheme hoffte nur, sie würde noch lange genug leben, um irgendwann über das alles andere als kindgerechte Vokabular lachen zu können, das der Junge da gebrauchte. Aber es sah nicht gut aus. Oh Gott, es sah überhaupt nicht gut aus!

Das Kind. Sie musste den Jungen schützen. Als der *Jeep* sich schließlich so gefährlich neigte, dass er endgültig umkippte, stürzte sie sich auf den kleinen Jungen in der Hoffnung, ihn abzuschirmen, wenn das Fahrzeug sich überschlug.

Ihr Ellbogen krachte gegen Tambers Kopf, und sie versuchte panisch, David festzuhalten, während sie hin und her geschleudert wurde, mit dem Rücken gegen den Sitz knallte, wieder herumgeworfen wurde, gegen das Armaturenbrett schlug und gleichzeitig Tambers Schreie und Davids Gebrüll hörte, das fast erwachsen klang.

Verdammt, wo war eigentlich Tanner? Er wollte doch dafür sorgen, dass so etwas nicht passierte, oder nicht? Ihr großer Beschützer und dieser ganze Machoscheiß?

Stöhnend spürte sie etwas Weiches, Kühles unter ihren Fingern. Erde. Sie bemühte sich, den lähmenden Schmerz abzuschütteln, der durch ihren ganzen Körper zu toben schien. Das war nicht dieser bescheuerte Paarungsrausch, sondern sie war gerade in einem *Jeep* herumgeschleudert worden wie ein verdammter Fußball.

David.

Sie zwang sich, die Augen zu öffnen, sah Erde, zerdrücktes Laub und erahnte Gras und Bäume. Mühevoll drehte sie den Kopf – und blickte direkt in die goldenen Augen von David Lyons.

Der Junge kauerte neben ihr, und seine Augen, die denen seines Vaters so ähnlich waren, musterten sie eindringlich, als er den Kopf schief legte und ihm das wirre hellbraune Haar über die Augen fiel, bevor er es zurückstrich.

»Lady, wir müssen hier weg.« Er seufzte. »Diese dumme Katze ist nur bewusstlos, glaube ich.«

»Ich muss aufstehen.« Wieso kriegte sie das nicht auf die Reihe? »Wo ist ein verdammter Breed, wenn man mal einen braucht?«

Oh Scheiße, sie hatte Schmerzen! Üble Schmerzen. Und

wenn sie sich nicht irrte, dann riss ihr Kleid mit jeder Bewegung, die sie machte, weiter am Oberschenkel auf. Außerdem hatte sie beide Schuhe verloren.

Schwerfällig schob sie die Arme unter ihren Körper und versuchte sich aufzusetzen.

»Du könntest mir helfen«, murmelte sie.

David runzelte leicht die Stirn. »Du riechst wie Onkel Tanner, wenn er richtig sauer ist«, bemerkte er. »Ich fass dich auf gar keinen Fall nich' an.«

»Du fasst mich auf gar keinen Fall an, meinst du«, korrigierte sie ihn automatisch.

»Sag ich doch.« Er kaute besorgt auf seiner Unterlippe herum, und scharfe kleine Reißzähne blitzten hervor. »Aber wir müssen los. Wir sind zu nahe am Grenzzaun.«

»Okay, nichts wie weg hier.« Sie nickte.

»Onkel Tanner lässt die Löwen los, wenn er merkt, dass wir verschwunden sind. Und Onkel Kane wird seine Soldaten auf den Motorrädern losschicken. Wenn wir es weit genug zurück schaffen, dann ist alles gut. Onkel Tanner sagt, die Löwen fressen nur Leute, die zu nahe am Grenzzaun sind.«

»Oh großartig! Lass mich raten – sie fressen nur Leute meiner Art, nicht deiner.«

Der Junge blieb stehen, als sie schwankend auf die Füße kam. Sein Stirnrunzeln vertiefte sich, und er warf ihr einen leicht verletzten und verwirrten Blick zu. »Sind wir beide denn nicht von derselben Art?«

Scheme zuckte zusammen, als sie versuchte, zustimmend zu lächeln. »Ja, David, wir sind von derselben Art. Aber Breeds riechen anders als Nicht-Breeds, so wie ein Mann anders riecht als eine Frau.«

»Oh.« Er ging um sie herum und nickte nachdenklich, bevor er einen Ast vom Boden aufhob und ihr gab. »Hier. Wir sollten uns beeilen. Ich höre einen Hubschrauber näher kommen, und ich weiß, dass unser Helikopter gerade nicht in Sanctuary ist.«

»Na toll«, brummte sie. »Wie weit ist es?«

Es war dunkel und kalt. Am Himmel stand der Vollmond, und die Bäume bildeten ein ziemlich dichtes Blätterdach über ihnen.

»Wir müssen uns beeilen.« Er zog die Jeans an seinem schlanken Körper höher und übernahm die Führung. »Onkel Jonas sagt, das Geräusch eines Helikopters ist für einen Breed ziemlich weit zu hören. Aber hier können wir nicht bleiben.«

»Onkel Jonas, hm?«, fragte sie.

»Ja, er riecht so ähnlich wie Daddy, aber Daddy gefällt es nicht, wenn ich das sage, also sage ich es ihm nicht.« Er zuckte mit den schmalen Schultern. »Ich kann die Löwen hören. Gehen wir da lang.«

Löwen. Die fressen Menschen auf. Scheme stöhnte. Dies war nicht gerade die beste Woche ihres Lebens. Ganz und gar nicht.

29

»Tanner, wir haben einen Helikopter über Buffalo Gap auf dem Radar, der sich zügig nähert«, meldete Kane über das Headset an Tanner. »Wir schicken den kleinen Hubschrauber in die Luft, aber der wird nicht viel Schutz gegen das Ding bieten, und unser eigener Helikopter ist gerade nicht verfügbar.«

»Wir haben ihre Spur gefunden«, rief Tanner über den Lärm des Geländemotorrads hinweg, während er hinter Dawn und ihren Löwinnen herraste. »Die Löwen laufen schnell, daher glauben wir, dass sie noch hier irgendwo in der Nähe sind.«

Er beschleunigte das Motorrad, schlitterte um umgestürzte Bäume herum und raste den Abhang der alten Holzfällerstraße hinauf, die über den Berg führte.

In der Ferne konnte er hören, wie sich der bewaffnete Hubschrauber von Sanctuary in die Luft erhob, und er betete. Er betete schon seit dem Augenblick, da er bemerkt hatte, dass Scheme verschwunden war. Er betete, wie noch nie zuvor in seinem Leben, noch nicht einmal während dieser entsetzlichen Jahre im Labor.

»Tambers Peilsender wurde deaktiviert, ebenso wie der von David«, rief Kane in seinem Ohr.

Callans knurrende Stimme drang durch die Leitung. »Die Löwen werden David finden.«

Callan, Taber und Jonas waren direkt hinter ihm und trieben ihre Motorräder genauso erbarmungslos voran wie Tanner, aber sie hatten nicht so viele Stunden damit verbracht, in diesen Bergen herumzufahren, wie Tanner und Dawn. Tanner würde zuerst am Ziel ankommen, und wenn es so weit war, dann würde er Tamber umbringen.

Es war fast nicht zu glauben, dass die stille Löwen-Breed mit der leisen Stimme zu Tallants Organisation gehörte. Das Labor, aus dem man sie befreit hatte, war eines der schlimmsten gewesen. Die Lebensumstände der Breeds dort waren grauenvoll gewesen. Die Kojoten, die sie bewacht hatten, gehörten zu den bösartigsten, und die Wissenschaftler dort waren zutiefst verdorben gewesen.

Bei ihrer Befreiung war Tamber ein Teenager gewesen. Sie konnte mittlerweile nicht älter als fünfundzwanzig sein, und sie hatte sie alle von Anfang an hintergangen. Ihre Position in der Kommunikationsbaracke – ein Geschenk vollkommenen Vertrauens, einfach nur weil sie eine Breed war – hatte ihr sämtliche Zugänge verschafft, die sie brauchte, um Tallant über jeden Schritt der Breeds auf dem Laufenden zu halten.

Tanner packte den Lenker noch fester und beschleunigte, als er die Straße hinaufraste.

Wenn sie Tambers *Jeep* nicht einholten, bevor der Helikopter den Grenzzaun des Grundstücks erreichte, konnten Scheme und David für immer verloren sein.

»Die Löwen wittern einen Duft«, erklang Dawns Stimme in der Leitung. »Wir nähern uns. Der Alpha brüllt schon herausfordernd. Wir sollten uns beeilen.«

Die Löwen loszulassen, wenn Scheme da draußen war, bedeutete ein großes Risiko. Die Löwen waren darauf trainiert, nur auf ganz bestimmte Nicht-Breeds zu reagieren, nämlich auf diejenigen, die ständig in Sanctuary lebten. Scheme drohte von den großen Raubkatzen ebenso viel Gefahr wie von Tamber. Es sei denn, sie kauerte sich vollkommen unterwürfig auf den Boden, machte keine plötzlichen Bewegungen und sah den Tieren nicht in die Augen. Das wäre ihre einzige Chance, sich zu retten.

»Der Helikopter ist über Buffalo Gap hinweg, Tanner«, rief Kane. »Du hast etwa fünf Minuten, bevor er die einzig mögliche Landestelle erreicht.«

Die Zeit lief ihnen davon.

»Wir schaffen es«, knurrte er und gab noch mehr Gas. Sie mussten es einfach schaffen; andernfalls konnte er nicht mehr weiterleben.

Scheme stolperte über den Abhang, als sie versuchte, möglichst rasch wegzukommen vom *Jeep* und der durchgeknallten Breed, die dort drin hoffentlich gerade verblutete. Allerdings bezweifelte sie das. In den meisten Fällen waren Breeds, leider auch die von der üblen Sorte, erstaunlich robust.

Sie stützte sich auf den Ast, den David ihr gegeben hatte, und folgte ihm, so schnell sie konnte. Ihre Beine zitterten, der Schmerz raste durch ihren Körper, und sie quälte die überwältigende Gewissheit, dass sie vielleicht versagt hatte.

»Wir müssen uns beeilen.« David sah sich besorgt nach ihr um, hob den Kopf und prüfte die Luft der Umgebung. So klein und so jung er auch noch war, er zeigte bereits die Qualitäten eines Alpha-Breeds: selbstsicher und voll Vertrauen in seine Umgebung und die Fähigkeit seiner Familie, ihn zu finden.

Wie es wohl wäre, fragte Scheme sich traurig, diese Selbstsicherheit ebenfalls zu besitzen? Ohne den Hauch eines Zweifels zu wissen, dass man mit seiner Familie in der Nähe in Sicherheit war.

Ihr Vater war höchstwahrscheinlich schon in der Nähe und koordinierte ihre Ergreifung mit seinem arroganten Lächeln und seiner Selbstzufriedenheit. Aber dabei ging es nicht um ihren Schutz, sondern um die Vernichtung anderer: Sein Ziel war einzig und allein der Tod der Breeds, die den Qualen entronnen waren, die er ihnen hätte zufügen können.

»Lauf.« Sie winkte David schwach zu. »Verschwinde von hier, David. Finde Tanner. Er wird kommen und mich holen.«

Der Junge hatte nicht gerade einen ausgeprägten Selbsterhaltungstrieb, denn dann würde er jetzt losrennen, als wäre der Teufel hinter ihm her.

Er kaute unentschlossen auf seiner Unterlippe und brannte ganz offensichtlich ungeduldig darauf weiterzukommen. »Dann fressen dich die Löwen, Lady«, erklärte er, als würde er mit einer Idiotin reden. Gleichzeitig straffte er die Schultern, als läge plötzlich ein unsichtbarer Mantel der Verantwortung darum.

»Dann sollen mich die verdammten Löwen eben fressen«, fauchte sie verzweifelt. »Denkst du, ich habe mir all die Mühe gemacht, nach Sanctuary zu kommen, nur damit sie jetzt uns beide zu fassen kriegen?«

Er verdrehte die Augen. »Bist du melodramatisch.«

Melodramatisch? Hatte ein neunjähriger Hosenscheißer sie gerade melodramatisch genannt?

»Entschuldige mal«, rief sie. »Ich renne gerade durch einen Wald, habe mir wahrscheinlich irgendwelche Knochen gebrochen und meine Schuhe verloren. Das hier ist kein Melodram, *Kleiner*, sondern ich stehe kurz vor einem Nervenzusammenbruch.«

Der Blick, mit dem er sie ansah, war voll männlicher Herablassung. Grundgütiger, dieses Kind war eine Gefahr für sich selbst!

»Zusammenbrechen kannst du, wenn wir zu Hause sind. Mom hat immer Schokolade gebunkert für Nervenzusammenbrüche. Daddy kriegt immer einen, wenn Onkel Jonas zu Besuch kommt.« Dann runzelte er die Stirn, sah zum Himmel hinauf und hielt sie an ihrem Kleid fest. Beinahe wäre sie über irgendwas Borkiges gestolpert, vielleicht ein verrotteter Baum. Scheme schauderte. Alles, was verfault oder verrottet war, sollte ihr bloß vom Leib bleiben.

»Da kann ich deinen Daddy gut verstehen«, brummte sie. »Jonas kann einem echt den letzten Nerv rauben. Und jetzt geh, und sag ihm, dass ich das gesagt habe. Los.« Sie winkte befehlend mit der Hand. »Lauf schon.«

Der Junge schüttelte den Kopf. »Onkel Jonas ist cool. Er kennt sich mit tollen Sachen aus, wie Pistolen, Messern und wie man kämpft.«

»Das weiß dein Daddy auch alles«, erinnerte sie ihn ungeduldig. »Würdest du jetzt loslaufen?«

»Aber es fällt Daddy schwer, mir das beizubringen«, seufzte er und ignorierte ihren Befehl erneut. »Ich kann es fühlen. Also habe ich Onkel Jonas gebeten, mir zu helfen, und dann noch Onkel Taber und Onkel Tanner. Ihnen fällt es zwar auch schwer, aber nicht so sehr wie Daddy.«

»Es ist zu deinem Schutz«, bemerkte sie.

»Ich weiß. Ich denke, deshalb ist es auch so schwierig für sie«, meinte er schulterzuckend. »Deshalb kann ich auch nicht in eine normale Schule gehen oder Baseball spielen.«

In der Stimme des Jungen lag eine Spur von Traurigkeit und Einsamkeit. Zum Teufel, die Breeds waren jetzt auch nicht freier als in den Laboren. Sie wurden nur nicht gefoltert – solange sie nicht wieder in Gefangenschaft gerieten.

»Wir müssen schneller vorwärtskommen«, brummte sie und versuchte ihre Beine dazu zu bringen, ihr zu gehorchen. Es war offensichtlich, dass der Junge ohne sie nirgendwohin gehen würde. »Wir haben nicht viel Zeit.«

Inzwischen konnte auch sie hören, dass sich etwas näherte. Sie spürte die Vibrationen.

»Die Löwen sind schon ganz in der Nähe.« Davids Stimme

wurde aufgeregt, als sie an einem dichten Gebüsch vorbeikamen. »Wir müssen nur bis zur …«

Scheme blieb starr vor Schock stehen, als urplötzlich Tamber aus dem Gebüsch hervorbrach, David zur Seite riss und ihm die Pistole an die Schläfe hielt. Seine Augen weiteten sich vor Schreck und Angst.

Gesicht und Hände der Frau waren blutverschmiert, und sie blinzelte einige Male, weil ihr der Schweiß in die Augen tropfte.

»Oh Mann, jetzt wird Daddy aber richtig sauer«, murmelte David.

»Verzogener kleiner Scheißer.« Tamber knallte dem Jungen die Pistole seitlich an den Kopf, und Scheme zuckte zusammen und streckte instinktiv die Arme nach ihm aus.

»Und du dämliche Schlampe.« Tamber richtete die Waffe auf sie. »Dein Vater sagte: *tot oder lebendig*. Ich werde es einfach hinter mich bringen und dich umlegen.«

»Wenn du sie umlegst, werde ich sauer.« David wehrte sich, auch wenn sein Blick leicht benommen und sein Gesicht blass war. »Und mein Daddy wird dich umbringen.«

»Halt die Klappe, du kleiner Bastard.« Tamber versetzte ihm noch einen Schlag, sodass er schwankte, während sie ihn näher zu sich heranzog.

»Hör auf, ihn zu schlagen.« Der Schmerz in den Rippen erschwerte Scheme das Atmen, dazu kam der Schmerz, der ihren Arm hinaufkroch, und die lähmende Furcht, die sich in ihr breitmachte. »Wenn du ihn bewusstlos schlägst, musst du sein ganzes Gewicht schleppen.«

»Na und?«, höhnte Tamber, und ihr unscheinbares Gesicht verzog sich zu einer zornigen Grimasse. »Wen interessiert das? Bis General Tallant die erste Stufe seines Trainings beendet hat, wird er sich wünschen, er wäre tot. Er kann sich ruhig schon mal an die Schmerzen gewöhnen.«

In ihren Augen lag ein selbstgefälliges Glitzern, als sie David einen kurzen Blick zuwarf.

»Lass ihn gehen«, flüsterte Scheme. »Ich kann dir etwas geben, das wichtiger ist als der Junge. Etwas, das mein Vater noch viel mehr will als dieses Kind.« Sie deutete in seine Richtung.

»Es gibt nichts, was du haben könntest«, fauchte Tamber.

Scheme flehte innerlich um Vergebung. Sie schickte ihr stummes Gebet gen Himmel und bat um Schutz. Nicht für sich selbst.

»Ich weiß, wo der erste Löwen-Breed ist«, flüsterte sie schmerzerfüllt.

Sie hatte sich geschworen, dieses Geheimnis niemals zu enthüllen. Sollte der erste Löwen-Breed sich je offenbaren wollen, dann war das seine Angelegenheit. Es stand ihr nicht zu, das zu tun. Niemand sonst kannte das Geheimnis. Sie hatte die Information schon vor langer Zeit vernichtet und immer gedacht, sie würde eher sterben, als sie preiszugeben.

»Halt den Mund, Scheme!«, rief David plötzlich aus. »Daddy wird sonst echt sauer.«

Tamber krallte die Finger in sein Haar und riss hart daran.

»Du lügst«, knurrte sie.

»Breeds können eine Lüge wittern, Tamber«, erinnerte Scheme sie schroff. »Du weißt, dass ich nicht lüge.«

»Dann musst du eben am Leben bleiben. Ich nehme euch beide mit.« Sie richtete die Waffe auf Scheme. »Bewegung.«

Scheme schüttelte den Kopf. »Kommt nicht infrage. Lass David gehen, und ich komme mit dir. Aber ich rühre mich nicht von der Stelle, solange du ihn festhältst. Wenn er dem General in die Hände fällt, wäre er tot besser dran. Und wenn du ihn tötest, wirst du mich auch töten müssen.«

Unsicherheit flackerte in Tambers Blick auf.

»Der erste Leo und seine Gefährtin, Tamber. Sie sind beide noch am Leben.«

Tambers Augen leuchteten.

»Lass David gehen.«

Tamber lockerte ihren Griff und winkte auffordernd mit der Waffe, dass Scheme den Weg zurückgehen solle.

David riss sich von ihr los.

»Oh Mann, Daddy wird total wütend auf dich sein! Der wird vielleicht brüllen«, meinte er seufzend und stolperte.

»David, lauf den Berg runter«, befahl Scheme schroff. »Sofort. Geh.«

David stolperte wieder, richtete sich dann auf und rannte los, den Weg hinab. Er warf ihr noch einen kurzen Blick über die Schulter zu, während das vibrierende Brummen eines Helikopters im Tarnmodus immer lauter in der Luft wurde.

»Gehen wir.« Tamber machte einen Satz auf sie zu, packte sie am Arm und zerrte sie zurück auf den Weg. »Schlampe. Du bist auf jeden Fall so was von tot, und ich komme einfach noch mal wieder, um ihn zu holen.«

Ein Löwe brüllte. Schemes Blick huschte zur Seite, und sie sah einen riesigen vierbeinigen männlichen Löwen, der sein Maul mit den scharfen Reißzähnen aufriss und herausfordernd brüllte, bevor er im Gebüsch verschwand – kurz bevor Tamber feuerte.

Keine Chance, dass Scheme noch einen Schritt weiterging. Sie kannte diese Löwen aus Berichten, die ihr Vater erhalten hatte. Sie waren darauf trainiert, jeden Eindringling zu töten. Sie würden nur dann nicht angreifen, wenn man auf dem Boden lag und unbewaffnet war. Eine Kugel von Tamber würde wesentlich weniger wehtun als diese Zähne. Scheme würde auf keinen Fall in die Nähe dieses Grenzzauns gehen, keinen Schritt weiter.

Sie schauderte, bevor sie stolperte und sich zu Boden fallen ließ. Instinktiv hob sie die Arme über den Kopf und betete darum, gleich nicht die gnadenlos scharfen Zähne des Raubtiers zu spüren.

»Oh nein, das lässt du hübsch bleiben«, schrie Tamber und trat ihr in die Rippen. Ein nahezu unerträglicher Schmerz jagte durch Schemes Körper. »Steh auf.«

Oh Gott! Der Schmerz war schlimm genug dafür.

Wütend streckte Scheme die Hand aus, packte Tambers Fuß, bevor die ein zweites Mal zutreten konnte, und versuchte dabei verzweifelt, auf dem Boden liegen zu bleiben und gleichzeitig die Schlampe davon abzuhalten, ihr die Rippen zu brechen. Verdammt, ein solches Ende der Party heute Abend war aber nicht geplant gewesen.

»Du Nutte, ich leg dich um«, rief Tamber und schaffte es, sich loszureißen.

Scheme spürte einen harten Tritt in den Magen, während im selben Augenblick ein Schuss in ihren Ohren explodierte. Schwarze Höllenqualen jagten durch ihren Verstand. Es war besser, hier zu sterben.

30

Tanner raste um die Kurve der alten Holzfällerstraße, ließ fluchend das Motorrad zur Seite fallen und sprang ab, um David zu packen und von der Straße zu ziehen, aus dem Weg der Motorräder, die hinter ihm kamen.

»Hol sie, Onkel Tanner«, schrie der Junge weinend, und sein lädiertes Gesicht war verzerrt vor Furcht und Zorn, während er in Tanners Armen zappelte. »Tamber bringt diese Lady um. Sie wird sie umbringen.«

Tanner drehte sich um und sah, wie Callan sein Motorrad zum Stehen brachte, absprang und auf David zurannte.

»Tamber hat Scheme, vor uns«, brüllte Tanner, als die übrigen Motorräder schlitternd zum Stehen kamen. Aus dem Augenwinkel sah er, wie Dawns Löwinnen ausschwärmten und Dawn ihre Schusswaffe aus dem Futteral seitlich am Motorrad riss.

Er übergab David in die Arme seines Vaters und rannte los. Jetzt konnte er die beiden wittern. Schemes Schmerz und Wut durchdrang seine Sinne wie ein Messer, dann traf ihn der Duft von Tambers Mordlust.

Nur einen Augenblick später brüllte er auf, ebenso wie die Löwen, als er sah, wie Tamber die tödliche Pistole auf Schemes Kopf richtete.

»Nein!« Er war zu weit weg. Er konnte sie nicht retten. Er würde es nicht rechtzeitig schaffen.

Der Schuss kam aus dem Nichts. Tanner war noch etwa drei Meter entfernt, als die Kugel mitten in Tambers Stirn einschlug und sie rücklings umwarf. Ihre Augen waren ungläubig geweitet.

»Scheme!« Er rannte zu ihr, während die Löwen aus allen Richtungen zusammenkamen und zornig aufbrüllten, als das Geräusch des Helikopters sie vor der nahenden Gefahr warnte.

»Ausschwärmen«, brüllte Dawn den weiblichen Löwen-Breeds unter ihrem Kommando zu. »Ich will diesen Helikopter auf dem Boden haben. Los!«

Sie alle hatten kleine zylinderförmige Raketenwerfer dabei, die sie jetzt eilig vom Rücken schnallten, während sie losrannten und sich in Verteidigungsstellung brachten.

»Scheme.« Tanner fiel neben ihr auf die Knie und fuhr mit den Händen über ihren Körper, zitternd vor purem Entsetzen.

Sie war voller Blut und blauen Flecken, aber sie war am Leben. Vorsichtig rollte er sie herum, und sein Gebrüll drang aus tiefster Seele, als er ihr schwer mitgenommenes Gesicht sah und das Blut, das aus einer Stirnwunde sickerte.

Sie atmete noch. Gott sei Dank, sie atmete noch! Er vergrub das Gesicht an ihrem Hals. Sie atmete.

Als Schüsse laut wurden, winkte er einige Breed-Enforcer zu ihr herüber, riss sich die Automatik vom Rücken und erwiderte das Feuer.

Der Grenzzaun befand sich in Sichtweite, und irgendwie hatte Tallant es geschafft, seine Männer zu positionieren, ohne dass Alarm geschlagen worden war. Das bedeutete, er musste Hilfe in Buffalo Gap gehabt haben.

»Schützt sie!«, rief er den Leuten um Scheme herum zu und feuerte weiter über den Graben hinweg. »Niemand darf sie anrühren.«

Noch mehr Breeds kamen hinzu und umringten sie, und auch David wurde in die Mitte des Kreises geschoben. Tanner deckte die Männer und kommandierte weitere Enforcer, die zu Hilfe eilten, während immer mehr Schüsse über den Berg hallten.

»Der Heli schießt auf uns«, brüllte jemand, als das Schnellfeuer der Bordkanonen durch den Wald hämmerte.

»Schafft sie hier weg, verdammt. Sofort! Dawn, nimm den Bastard ins Visier, und schalte diese Kanonen aus.«

Einer der Breeds schnappte sich David, während Tanner Scheme vorsichtig hochhob und auf den kleinen Hubschrauber zurannte, der gerade auf einer schmalen Lichtung weiter unten landete.

Hinter ihnen hörte Tanner die gnadenlose Antwort eines Raketenwerfers. Die schultergestützten Geräte, die Dawn und ihre Frauen bei sich hatten, würden kräftig Schaden anrichten, wenn einer von ihnen es schaffte, den Helikopter zu treffen. Die Schwierigkeit bestand darin, ihn auf ein bewegliches Ziel auszurichten und zu treffen, bevor der Sicherheitszündsatz der Rakete sich in der Luft selbst zerstörte.

»Jonas, ich will, dass Tambers Leiche zurück nach Sanctuary gebracht wird«, fauchte Tanner in den Sprechfunk. »Wir wollen kein Risiko eingehen, dass sie vielleicht Informationen bei sich hat.«

An ihrem Körper konnten sich verborgene Datenchips befinden, oder sie hatte auf andere Art sensible Informationen bei sich versteckt. »Ich will eine komplette Untersuchung und Autopsie ihrer Leiche.«

»Verstanden«, rief Jonas zurück. »Bring du nur Scheme und David hier weg. Geh.«

Tanner war schon unterwegs. Ein Enforcer übergab David dem Piloten, ein anderer half Tanner, sich ins Cockpit zu schwingen. Die Tür schlug zu, und der Hubschrauber hob ab und stieg in einem scharfen Winkel über die Bäume.

Tanner sah sich prüfend nach dem Helikopter um und beobachtete voller Befriedigung, wie eine von Dawns Raketen das Ding am Heck traf und ins Trudeln brachte, bevor es sich wieder fing und schwankend abdrehte. Erst danach schaffte es der Pilot, eine der Düsen zu aktivieren.

Der Helikopter befand sich zwar immer noch in der Luft, aber er war kampfunfähig. Er flog um den Berg und verschwand außer Sichtweite, während der Hubschrauber der Breeds in die entgegengesetzte Richtung zurück nach Sanctuary flog.

Zitternd starrte Tanner auf Scheme herab und strich ihr das Haar aus dem bleichen, von Blutergüssen gezeichneten Gesicht, bis ihm auffiel, dass seine Tränen auf ihr Gesicht tropften.

»Sie war sehr tapfer«, sagte David neben ihm. »Aber du musst sie trainieren. Sie weiß nicht, wie man kämpft, Onkel Tanner.«

Er wollte ihr nicht beibringen, wie man kämpfte, aber er wusste, dass es nötig war. Wenn sie wieder aufwachte. Gott, wenn sie doch nur wieder aufwachen würde! Er wollte sie beschützen, er wollte, dass sie ein sicheres und glückliches Leben hatte. Er wollte, dass die Bedrohungen, denen sie sich gegenübersah, für immer verschwanden.

»Ich liebe dich«, flüsterte er ihr ins Ohr. »Verlass mich nicht, meine Schöne. Bitte, bei Gott, verlass mich nicht.«

Sie fühlte sich wie lebendig begraben. Scheme versuchte verzweifelt, zu Bewusstsein zu kommen, und stöhnte auf, als ihr Körper herumgeschoben wurde und sie einen brennenden Schmerz an ihren Armen, Beinen und Rippen spürte.

»Ganz ruhig, Scheme.« Elys Stimme klang tröstend und beruhigend, während sie die behandschuhten Hände auf Schemes Bauch drückte. »Ich will nur sichergehen, dass Sie keine inneren Blutungen haben. Knochenbrüche haben Sie keine, aber einen Haarriss im linken Arm. Sie haben ganz schön was abbekommen.« Ihre Stimme klang sanft, aber leicht rau, so als hätte sie geweint. »Ich habe Ihnen mehr von dem Hormon verabreicht, damit ich Sie untersuchen kann und Sie Zeit haben, sich zu erholen.«

Scheme kämpfte gegen die Finsternis an, die sie umgab, und wimmerte.

»Du bist nicht begraben, Scheme«, flüsterte Tanner ihr ins Ohr. »Ely musste dir etwas über die Augen legen, als sie dein Gesicht abgetupft hat. Eine Minute, dann ist es vorbei.«

Scheme wollte den Kopf schütteln. Nein, jetzt sofort. Sie wollte das Ding sofort loswerden.

»Langsam, meine Schöne«, flüsterte Tanner beruhigend. »Würde ich dich belügen, Baby?«

Auf der Stelle, wenn er dachte, dass es zu ihrem eigenen Besten wäre.

Er lachte leise auf. »Was das angeht, würde ich nie lügen, Scheme.« Eine leichte Berührung an ihrer Wange, unter den Augen, an ihrer Stirn, bewies die Wahrheit seiner Worte. »Siehst du, es ist alles gut. Du bist nur in Elys Labor. Du hast eine Menge einstecken müssen, Süße.«

»David.« Das Wort brachte sie gerade so über die Lippen.

»Gesund und munter.« Seine Lippen streiften ihr Ohr, während seine Hände über ihre bloßen Schultern streichelten. »Tamber ist tot. Wir haben euch noch rechtzeitig gefunden.«

Wirklich? Sie konnte nichts sehen, also konnte sie nicht sicher sein. Sie wimmerte furchtsam, voller Angst, dass es nur wieder eine Falle war. Hatte Cyrus sie in seinen Fängen? Führte er sie irgendwie hinters Licht?

»Nimm ihr die Augenbinde ab, Ely«, befahl Tanner. »Sofort.«

Weiches Latex streifte ihre Wangen, und nur einen Augenblick später war der Druck verschwunden. Flatternd öffnete Scheme die Augen, während das Licht im Untersuchungsraum verdunkelt wurde.

»Du siehst beschissen aus«, flüsterte sie, als Tanners Gesicht in ihr Blickfeld kam.

Er sah mitgenommen aus: blass, mit Schmutzstreifen im Gesicht und wirrem Haar.

»Dir nachzujagen ist Gift für mein gepflegtes Äußeres«, meinte er, und in seinen Bernsteinaugen schimmerte … Liebe. Sie strahlten vor Liebe. Weich, warm und voller Gefühl.

»Ich liebe dich«, flüsterte sie mit zitternden Lippen. Er nahm ihre Hand und beugte sich näher zu ihr. »Ich hatte solche Angst, ich könnte nicht mehr zu dir zurückkommen.«

Sie hatte eine Mordsangst gehabt. Mitten in all dem Chaos um sie herum war der Gedanke irgendwo in ihrem Hinterkopf, Tanner könnte auf ewig für sie verloren sein, schrecklicher gewesen als der Gedanke, lebendig begraben zu sein.

»Ich konnte den Paarungsrausch vorerst dämpfen«, meldete sich Ely zu Wort. »Aber das funktioniert nur, wenn ihr beide versucht, euch hier ein wenig zu beherrschen.«

Erst da bemerkte Scheme die Geräte, an die sie angeschlossen war. Die meisten davon erkannte sie, aber sie runzelte die Stirn, als ihr Blick auf einen Apparat fiel, an den ihr rechter Zeigefinger angeschlossen war.

»Das ist ein Hormonindikator«, erklärte Ely. »Ich musste die Hormone neu anpassen und Ihrem Körper weismachen, dass Tanner ungezogen mit Ihnen war.« Sie wackelte vielsagend mit den Augenbrauen.

Scheme starrte sie misstrauisch an, bevor sie sich wieder an Tanner wandte.

»Das ist nicht die Ärztin, die mich beim ersten Mal untersucht hat. Jemand sollte nach der echten suchen.«

Elys Lächeln war selbstironisch. »Ich habe mich geirrt, was Sie angeht«, sagte sie schlicht.

Scheme schnaubte. »Ich habe echt keine Lust, das jedes Mal

durchzumachen, wenn hier mal irgendwer schmollt. Und legt diesen Jungen an die Kette, er ist gefährlich.« Langsam fielen ihr die Augen zu. »Ihr Leute müsst lernen, wie man Konflikte vermeidet«, murmelte sie. »Geht zur Schule.«

»Was?« Tanner lachte leise.

»Geht zur Schule. Da bringt man einem alle möglichen coolen Sachen bei. Öffentliche Schulen, tolle Erfindung.«

Sie driftete davon, zweifellos aufgrund der Medikamente, die ihr über diese Infusion in den Arm tröpfelten. Die gefielen ihr, entschied sie. Die gefielen ihr wirklich gut.

»Ich schlafe jetzt«, brummelte sie und runzelte dann die Stirn. Sie hatte etwas wirklich Schlimmes angestellt; das wusste sie ganz sicher. »Sag David: *Hase*.«

»Hase?« Tanners Stimme klang, als wäre er weit weg.

»Name is' Hase, weiß von nix«, lallte sie. »Sag David: *Hase*.«

Und damit senkte sich der Vorhang über sie. Nicht dunkel, Angst einflößend oder erstickend, sondern wie ein sanfter seidiger Schleier, der sie einhüllte und Schmerz und Sorgen linderte.

Mit David würde sie sich später befassen.

»Ely?«, flüsterte Tanner, strich Scheme das lange Haar aus der Stirn und musterte sie besorgt.

»Eine Woche, dann ist sie so gut wie neu.« Ely zuckte mit den Schultern. »Die Hormone werden zuerst ihren Körper heilen. Das wird die Symptome des Paarungsrausches verzögern, damit der Körper genug Zeit hat, zu Kräften zu kommen. Ist Mutter Natur nicht großartig?«

Tanner seufzte erleichtert. Er hätte es nicht ertragen, ihr in ihrem derzeitigen Zustand auch noch zumuten zu müssen, mit ihm zu schlafen. Das hätte ihn zerstört.

»Sie ist stark«, sagte Ely. »Ich habe mitgehört, wie Jonas David befragt hat, während die Krankenschwester ihn untersuchte. Er sagte, sie habe darum gekämpft, ihn da rauszuhauen, weg von Tamber. Sie hat sich selbst für ihn angeboten und behauptet, sie habe Informationen, von denen außer ihr niemand wüsste.«

Tanner sah sie mit schmalen Augen an. »Und Tamber hat ihr geglaubt?«

Ely zuckte wieder mit den Schultern, doch Tanner witterte den Duft ihrer Besorgnis. Sie war beunruhigt, und das mehr, als sie sollte.

»David wusste nicht, worum es ging?«, fragte Tanner.

Ely schüttelte den Kopf. »Er sagte Nein.« Der Duft nervöser Furcht lag nun dezent in der Luft. Sie glaubte dem Jungen nicht, ebenso wenig wie Tanner.

Falls Scheme immer noch Geheimnisse hatte, dann würde sie niemals sicher sein vor Cyrus Tallant. Doch das war sie ohnehin nicht.

»Wie lange wird sie in diesem Zustand bleiben?«, fragte er und betrachtete ihr Gesicht. Der Anblick der Blutergüsse auf ihrer hellen Haut schnitt ihm ins Herz.

»Sie wird ein paar Tage lang immer wieder wach werden und wieder wegdämmern«, erklärte Ely. »Sie ist nur verletzt, Tanner, sie liegt nicht im Sterben.«

»Ich will, dass sie in ihrem eigenen Bett liegt.« Er strich Scheme das Haar zurück und genoss das seidige Gefühl, während er noch ein paar winzige Zweige entfernte. »Ich will, dass sie es bequem hat.«

»Ich kümmere mich darum«, versprach Ely leise. »Sie wird wieder ganz gesund, Tanner. Versprochen.«

»Dieses Mal«, flüsterte er. »Dieses Mal.«

Er fuhr sich mit der Hand übers Gesicht und atmete müde aus. Tallant würde nicht aufgeben. Er würde Scheme niemals in Ruhe lassen – bis sie tot war.

»Sobald der Paarungsrausch aufhört, Tanner, müssen wir

ein CT von ihren Eierstöcken und Eileitern machen. In ihrem Organismus befindet sich dieselbe Konzentration eines unbekannten Hormons wie bei Sherra, als ihr Körper die Eileiter reparierte. Wir müssen das überprüfen.« Elys Stimme war immer noch leise und mitfühlend.

Ein Kind. Ihr Körper könnte sich womöglich darauf vorbereiten, ein Kind zu empfangen. Höchstwahrscheinlich war es so. Viele der Hormone, die mit der Paarung der Breeds zusammenhingen, waren bisher nicht vollständig identifiziert worden. Die Notwendigkeit, die Fakten zum Paarungsrausch vor der Öffentlichkeit geheim zu halten, verlangsamte die Forschung auf diesem Gebiet.

Ein weiterer Angriff wie dieser während einer Schwangerschaft wäre eine Katastrophe. Das durfte er nicht zulassen. Aber Gott helfe ihm, wenn er nur wüsste, was er dagegen tun sollte!

Kopfschüttelnd sah er sich in dem kleinen Untersuchungszimmer um. Hinter einem Vorhang lag Jolian Brandeau. Sie hatte den Elektroschock, den Tamber ihr mit dem Taser ins Gehirn gejagt hatte, nicht überlebt. Sie war sofort tot gewesen, so wie Tamber es zweifellos beabsichtigt hatte.

Cabal war bei ihr hinter dem Vorhang, und der Duft seines Bedauerns und Schmerzes überflutete Tanner. Sie hatten nicht darauf vertraut, dass Scheme im Hinblick auf Jolian recht hatte, und nun würden sie alle dafür bezahlen. Cabal noch mehr als andere, vermutete Tanner. Jolian war in Cabal verliebt gewesen, das hatten sie gewusst. In seiner Gegenwart war sie immer mitleiderregend schüchtern gewesen, doch der Duft ihrer Freude, wenn er in ihrer Nähe war, hatte wie der Sommer selbst gerochen. Allerdings hatte der Duft von Täuschung um sie herum sie beide immer irritiert. Doch die Täuschung hatte darin bestanden, dass Jolian immer geglaubt hatte, ihre Liebe wäre ihr Geheimnis.

Elys Blick folgte Tanners zum Vorhang, und ihre Miene war kummervoll, als sie sich wieder zu ihm umdrehte.

»Sie war ein gutes Mädchen«, flüsterte sie.

»Ja.« Tanner atmete rau aus. »Das war sie. Kümmern Sie sich für mich um Cabal, Doc.«

Ely sah ihn überrascht an. »Er kommt in Ordnung, Tanner. Ihr beide habt doch eure Gefährtin …«

»Scheme ist nicht Cabals Gefährtin«, gestand er ihr und sah dabei die Frau an, die er mehr als sein Leben liebte. »Nur meine. Ganz allein meine.«

Ely blinzelte geschockt. »Wir können den Duft an ihm wahrnehmen, Tanner«, flüsterte sie plötzlich. »Ist es möglich …?« Sie sah wieder zum Vorhang. »Du lieber Gott. War *sie* seine Gefährtin?«

Tanner schüttelte den Kopf. »Sie war es nicht, Ely. Und Scheme ist es auch nicht.«

»Aber wie ist das möglich?«

»Zwillinge.« Tanner lächelte traurig. »Er war beinahe Schemes Gefährte. Und glaub mir, das ist eine beschissene Situation. Es ist die Hölle, ganz einfach. Jetzt hilf mir, sie in unser Zimmer zu bringen. Ich muss meine Gefährtin im Arm halten.«

Cabal hörte, wie die Tür zuging, fühlte die Abwesenheit der anderen und setzte sich langsam neben die Liege, auf der Jolians bleiche leblose Gestalt lag. Das Leuchten, die Hoffnung und die scheue Suche nach Glück – das alles war nun aus ihrem Gesicht verschwunden. Stattdessen war ihre Miene voller erstarrtem Bedauern, so als hätte sie in dem Augenblick, als der Elektroschock sie traf, gewusst, dass sie nie wieder erwachen würde.

Ich würde deiner Gefährtin niemals etwas antun, Cabal, hatte sie ihm unter Tränen erklärt, als er sie am Tag zuvor verhört hatte. *Weißt du denn nicht, dass ich für deine Gefährtin sterben würde? Ich würde mein Leben dafür geben, dass du nie wieder leiden musst.*

Oder würdest du sie aus Eifersucht vernichten?, hatte er sie kalt gefragt und zugesehen, wie ihr eine Träne über die Wange gelaufen war.

Aber ich bin nicht eifersüchtig. Ihre Stimme war rau gewesen und voll schmerzvoller Sehnsucht. *Neidisch vielleicht, aber nicht eifersüchtig. Dein Glück ist mir viel zu wichtig, um jemals eifersüchtig zu sein …*

Seine Kehle war wie zugeschnürt, als er die Hand ausstreckte und ihr mit den Fingerspitzen eine Locke ihres seidigen schwarzen Haares aus der Stirn strich.

»Es tut mir leid, Joley«, flüsterte er und benutzte dabei den Namen, den er ihr gegeben hatte, statt dem, den sie sich selbst erwählt hatte. »Es tut mir so leid.«

Und so blieb er sitzen, und seine Seele schmerzte bei der plötzlichen Erkenntnis, dass er jetzt ganz und gar allein war. Tanner hatte Scheme, und eine Zeit lang hatte er mit dem Gedanken gespielt, der kleinen Jolian ein paar Wochen, vielleicht auch Monate in seinem Bett zu schenken. Sie war weich und süß. Und sie liebte ihn.

Jetzt erkannte er mit brutaler Klarheit, wie selbstsüchtig der Gedanke gewesen war. Sie hatte ihn geliebt. Er hatte gewusst, dass sie ihn liebte, und er hatte abgewartet. Er hatte abgewartet, um zu sehen, ob Tanners Gefährtin auch die seine war. Er hatte abgewartet, weil er wusste, dass Jolian keine Frau für die sexuellen Eskapaden war, die er und Tanner geteilt hatten. Er hatte abgewartet, um zu sehen, ob seine eigene Zukunft mit der von Tanner verknüpft war – und falls nicht, dann hätte er ja Jolian.

Doch jetzt hatte er Jolian nicht mehr. Er hatte niemanden mehr.

31

Eine Woche später

Wortlos starrte Scheme auf den Fernsehbildschirm, und ihr Herz schmerzte vor Bedauern und von einer Ahnung von Dingen, die nie gewesen waren. Jonas hatte ihr angeboten, Teil des Teams zu werden, das mit Vertretern der Regierungsbehörden zusammenarbeitete, um ihren Vater wegen Verbrechen gegen die Breed-Gesetze, mehrerer Morde an Nicht-Breeds und Anstiftung zu Bürgerunruhen ins Gefängnis zu bringen.

Cassa Hawkins war auserwählt worden, über die Verhaftung zu berichten, und hatte ein Exklusivinterview mit Jonas, Tanner und Scheme zu den Anklagevorwürfen erhalten.

Eine von Cassas Fragen an sie hatte darauf abgezielt, ob Scheme nun in der Lage sei, einen Schlussstrich zu ziehen. Würde sie in irgendeiner Weise mit der Vergangenheit abschließen können, nach der sicheren Verurteilung ihres Vaters und der Todesstrafe für seine Verbrechen? Da war Scheme klar geworden, dass sie bereits durch ihre Paarung mit Tanner und ihre Aufnahme in Sanctuary einen Schlussstrich unter ihr bisheriges Leben gezogen hatte. Es war nicht notwendig, mit einem Mann abzuschließen, der nie wirklich ein Vater für sie gewesen war. Dennoch blieb ein Gefühl von Trauer, aber auch von Erleichterung. Das Monster war besiegt.

»Ich liebe dich, Prinzessin.« Cyrus Tallant schaute tränenüberströmt in die Kamera, nachdem man ihn angeklagt hatte. »Vergiss nie, ich habe dich geliebt.«

Daraufhin knurrte Tanner wütend. »Musst du dir das unbedingt ansehen?«

Er tigerte hinter ihr mit finsterer Miene auf und ab, die Hände in den Hosentaschen.

»Es tut nicht weh, Tanner«, erklärte sie, nicht zum ersten Mal.

»Ich hasse es, wenn du mich anlügst, Scheme«, sagte er zornig. »Also hör auf damit.«

Log sie denn? Vielleicht ja, aber dann belog sie nicht ihn, sondern sich selbst.

»General Tallant, möchten Sie einen Kommentar abgeben zu den Anschuldigungen Ihrer Tochter, Sie hätten sie vor acht Jahren zu einer Abtreibung gezwungen?«, fragte Cassa den General, während er in seiner prunkvollen Eingangshalle stand und die Polizei ihm Handschellen anlegte. »Sowohl konventionelle als auch Breed-Ärzte haben bestätigt, dass Beweise für eine Abtreibung sowie für einen Eingriff zur Verhinderung einer weiteren Empfängnis vorliegen. Haben Sie Ihr eigenes Enkelkind getötet?«

Er schaute gramgebeugt in die Kamera, mit Tränen in den Augen. »Ich liebe dich, Prinzessin«, wiederholte er.

»Schuldgefühle«, sagte Scheme leise. »Er denkt, er kann mir Schuldgefühle einreden. Er arbeitet bereits an seiner Verteidigung. Weiß er überhaupt schon, dass seine Anwälte es abgelehnt haben, seinen Fall zu vertreten?«

»Ich habe ihn nicht gefragt«, knurrte Tanner.

»Er bricht zusammen«, meinte sie nachdenklich. »Er wird nicht lange genug leben, um einen Gerichtssaal von innen zu sehen.«

Tanner blieb hinter ihrem Sessel stehen. »Wieso denkst du das?«

»Er weiß zu viel über den inneren Kreis des Councils.« Sie sah zu, wie Cyrus die Schultern hängen ließ, als er aus seinem

Haus geführt wurde. Im Hintergrund stand sein Stellvertreter und designierter Nachfolger: John Bollen.

»Ich wäre nie darauf gekommen, dass der mit Jonas zusammenarbeitet«, bemerkte Scheme dazu. »Er ist ein eiskalter Bastard.«

»Oh ja«, stimmte Tanner zu. »Er und Jonas müssen sich prächtig verstehen.«

Er hatte es Jonas immer noch nicht verziehen, dass der Scheme den Job hatte übernehmen lassen, den sie sich vor acht Jahren selbst aufgebürdet hatte.

»Ich treffe meine eigenen Entscheidungen«, erinnerte sie ihn, auch das nicht zum ersten Mal.

»Falsch. Ab jetzt treffen wir gemeinsame Entscheidungen. Vergiss das nicht.«

»Und wenn nicht?« Sie warf einen Blick über ihre Schulter. Tanners Anspannung war inzwischen so stark, dass sie sie förmlich einhüllte und ihre Haut prickeln ließ. Scheme nahm die Fernbedienung und schaltete das Interview aus. Es gab ein paar Dinge, mit denen ihr Gefährte nicht gut klarkam. Die Reuegefühle, die sie manchmal erfüllten, waren Beispiele dafür.

»Dann gibt's eine Tracht Prügel!«

Sie lehnte sich in die Ecke des Sessels und wusste genau, dass diese Position ihren Bademantel, den sie nach dem Duschen nur rasch zugebunden hatte, vorn lockerte und ihre eingecremten Beine enthüllte. Ein Anblick, der Tanner nicht entging. In seinen Augen blitzte es lustvoll auf, als er um den Sessel herumkam.

Scheme gab ihm nicht die Zeit, sie in ihrem Sessel festzunageln. Sie stand auf, packte seine Schultern, drehte ihn um und schubste ihn rücklings in den Sessel.

»Was hast du vor?« Seine Lider senkten sich sinnlich, und sein Blick streichelte ihren Körper.

»Dich lieben?« Sie öffnete seine schwarze Hose. Er war schon oben ohne, und seine bronzefarbene Brust hob und senkte sich schwer, als er die Hüften anhob, damit sie ihm den Stoff von den Beinen ziehen konnte.

»Hm, sehr hübsch.« Sie umfasste seinen harten Schaft mit beiden Händen, beugte sich vor und fuhr mit der Zunge über die pralle Eichel. »Habe ich kürzlich erwähnt, wie sehr ich dich liebe?«

»Ich hätte nichts dagegen, es noch einmal zu hören.« Er stöhnte, und seine Hände glitten in ihr langes Haar, als sie die Eichel in ihren Mund nahm, mit der Zunge daran spielte und aufstöhnte. Sie kostete seine Haut und genoss die Lust, die sie dabei erfüllte.

»Ich liebe dich sehr.« Sie hob den Kopf und drückte einen Kuss auf seine pochende Eichel, stand dann auf und ließ langsam den Bademantel von ihren Schultern gleiten.

Seine goldenen Augen leuchteten auf. Er packte die Seitenlehnen des Sessels und grub die Finger in die Polster, als sie ihn anlächelte.

Sie umfasste ihre Brüste, fuhr mit den Fingerspitzen über die Brustwarzen, und er fletschte vor Erregung die Zähne.

»Ich brauche dich«, flüsterte sie.

»Ich gehöre dir, meine Schöne«, schnurrte er. »Komm, und nimm mich, bevor ich dir den Hintern versohlen muss.«

»Das könnte es wert sein«, meinte sie und ließ sich langsam rittlings auf seinem Schoß nieder.

»Ich versohle dir so oder so den Hintern«, versprach er, packte ihre Hüften, zog sie zu sich herab und unterdrückte einen Fluch, als seine harte Eichel sich langsam in sie hineinschob.

Flammen leckten über ihre Haut, weil er sich vorbeugte und mit der Zunge über ihre Brustwarzen strich, während sie seine Schultern umklammerte.

Langsam, ganz langsam nahm er sie. Er drang in sie ein, dehnte, erfüllte sie und beteuerte ihr damit ein weiteres Mal, dass sie lebte und liebte. Sie liebte und wurde geliebt.

»Oh Gott, Tanner, das ist so gut.« Sie bewegte sich auf ihm und ließ sich tiefer auf ihn hinuntersinken, sodass er in voller Länge in ihr war und pochende Impulse der Hitze durch ihren Leib jagten.

So war es immer. So intensiv. So voller Wärme. Erfüllt von dem Wissen, dass es einen Platz gab, wohin sie gehörte. Scheme Tallant hatte endlich ihren Platz gefunden.

»Wunderschön«, stieß Tanner rau hervor. »Du bist so verdammt schön, dass du mir den Atem raubst.«

Sie konnte nichts sagen, nur fühlen: seine Hände, die ihren Rücken streichelten, seine Fingerspitzen, die an ihrer Wirbelsäule hinaufstrichen, und seinen Schaft, der sich in ihr bewegte. Sie beugte sich zu ihm, denn sie musste ihn unbedingt küssen. Der Paarungsrausch war nicht mehr so stark wie vor Tambers Attacke und dem anschließenden Entführungsversuch. Aber die Sehnsucht nach seinem Geschmack beherrschte immer noch ihren Verstand.

Er war da für sie. Seine Zunge strich über ihre Lippen, tanzte dann über ihre Zunge und schüttete das würzige Aroma des Paarungshormons in ihren Mund aus. Innerhalb von Sekunden verlangte es sie drängend nach mehr, und die Erregung wurde stärker und süßer als je zuvor. Dabei war sie schon zu Anfang verdammt süß gewesen.

Das Paarungshormon machte sie noch empfindsamer. Es schien jede Nervenbahn in ihrem Körper zu öffnen, für noch tiefere Empfindungen, mehr Hitze, mehr Lust und schließlich einen Orgasmus, der mit blendender Lust durch ihren Verstand jagte und sie fliegen ließ.

Sie war frei wie ein Vogel. Ihre Lustschreie hallten in der

Luft, als der Stachel hervortrat und sich an einer Stelle verankterte, die so empfindsam war, dass sie gleich noch einmal kam. Immer höher flog sie, und ihre Seele öffnete sich und hieß Tanner in einer Weise willkommen, die sie nie für möglich gehalten hätte, bevor er sie entführt hatte.

»Ich liebe dich.« Sie wollte die Worte schreien, aber sie konnte nur keuchen. »Tanner. Oh Gott, Tanner, ich liebe dich.«

Sie sank gegen ihn, klammerte sich an ihn und registrierte nur entfernt, dass seine Reißzähne sich wieder in ihre Schulter bohrten, in das Mal, das er dort schon zahllose Male zuvor hinterlassen hatte.

Eigentlich sollte das wehtun, hatte sie einmal gedacht. Inzwischen wusste sie, dass es nie wehtun würde. Es war der Beweis, dass sie zu ihm gehörte, dass sie nun Teil eines Ganzen war und nicht mehr nur halb lebendig dahintrieb.

Mit Tanner war sie vollständig.

»Meine kleine Intrigantin«, flüsterte er schließlich in ihr Ohr. »Für immer, meine kleine Intrigantin.«

Sie war Tanners Scheme. Aber ebenso war sie ihre eigene Persönlichkeit. Und dank seiner Liebe hatte sie gelernt, dass sie ihre Individualität nur bewahren konnte, wenn sie ihre Seele dorthin gab, wohin sie gehörte: in Tanners Obhut.

Als Scheme eingeschlafen war, ging Tanner zum Telefon und wählte eine sichere Nummer.

»Ich habe nicht viel Zeit«, erklärte John Bollen, als er abhob.

»Hat man Sie kontaktiert?«

»Direkt nach der Verhaftung«, erklärte John. »Ich stehe unter Beobachtung.«

Der innere Kreis des Councils brauchte Tallants Organisation, um seine Vorhaben auszuführen, und jetzt stand sie unter Johns Kontrolle.

»Ist die Anweisung schon raus?«, fragte Tanner.

»Seit einer Stunde. Noch vor Ende dieser Woche wird er tot sein. Das Council kann es sich nicht leisten, dass er vielleicht auspackt. Die kümmern sich darum.«

Ein kaltes Lächeln spielte um Tanners Lippen, bevor er einen Blick zurück aufs Bett warf – und sah, dass seine Gefährtin ihn wissend musterte.

»Geben Sie mir Bescheid, falls Sie eine Warnung bekommen.«

»Jonas wird es Sie wissen lassen. Jetzt legen Sie auf. Ich kann mir solche Anrufe so kurz vor dem Ziel nicht leisten. Üben Sie sich in Geduld.«

Tanner legte auf und sah Scheme an.

»Geduld war nie eine meiner Tugenden«, erklärte er ohne ein Anzeichen von Reue.

Sie breitete die Arme weit für ihn aus. »Geht mir ähnlich, und meine Geduld ist jetzt erschöpft. Ich brauche dich noch einmal.«

Sie würden nicht darüber reden. Sie war klug. Sie wusste, was passieren würde. Sie wusste, dass Tanner den Bastard eigenhändig töten würde, wenn er könnte. Und sie verstand es, weil man ein Monster nicht unkontrolliert herumlaufen lassen konnte.

Er wollte ohnehin nicht darüber sprechen. Manchmal war es das Beste, dass seine Scheme das gnadenlose Tier ignorierte, das direkt unter der Oberfläche des Mannes lauerte. Denn dieses Tier war bereit zu töten, um alle zu schützen, die ihm lieb und teuer waren. Dieses Tier wusste, dass manchmal nur Blut den Zorn unter der Oberfläche stillen und die Sicherheit der Frau garantieren konnte, der seine Seele gehörte.

Seine Frau. Seine Gefährtin. Seine Scheme.

Leseprobe

LARISSA IONE
Demonica – Entfesselt

Wenn du das »Tal der Schatten« durchschreitest, denk immer daran: Wo ein Schatten ist, ist auch ein Licht. Austin O'Malley

Es war wenigstens zwei Jahrzehnte her, seit Shade zuletzt auf einem fremden Fußboden aufgewacht war, verkatert und ohne die geringste Ahnung, wo er war. Das Gewicht der Handschellen um seine Handgelenke und das Rasseln von Ketten ließen ihn lächeln. Es war sogar noch länger her, dass er sich in dieser Lage befunden hatte *und* gefesselt gewesen war.

Cool.

Sicher, eigentlich hatte er es lieber, wenn die Frauen gefesselt waren, nicht er, aber das war schon in Ordnung.

»Shade.«

Die weibliche Stimme klang vertraut, obwohl er sie nicht einordnen konnte, so wie ihm die Ohren sausten. Auch seine Augen schien er nicht öffnen zu können.

»Shade, wach auf!« Eine Hand rüttelte ihn an der Schulter, aber nicht zärtlich, wie er es von einer Frau erwartet hätte, die die Nacht mit ihm verbracht hatte. Zum Teufel, eigentlich hätte sie ihn damit aufwecken sollen, ihren Mund auf seinem –

»Shade, verdammt, *wach endlich auf!*«

Mit einem lauten Stöhnen wälzte er sich auf den Rücken, wobei er angesichts des dumpfen Schmerzes, der gegen die Rückwand seines Schädels hämmerte, zusammenzuckte. »Ich bin wach, Baby. Ich bin wach. Schwing dich ruhig schon mal auf mich, ich mach gleich mit.«

»Verzichte, vielen Dank. Aber wenn du mich noch einmal Baby nennst, reiß ich dir die Lippen ab.«

Mühsam öffnete Shade die Augen, sah blinzelnd in das verschwommene Gesicht, das auf ihn hinabäugte. Blinzelte noch einmal.

»Runa?«

»Du weißt meinen Namen noch? Entschuldige mich bitte kurz, aber ich falle vor Schreck mal eben in Ohnmacht.«

Der Sarkasmus war vollkommen überflüssig, aber ja, er erinnerte sich an ihren Namen. Sie war die heißeste menschliche Frau gewesen, mit der er je im Bett gewesen war. Langes karamellbraunes Haar, das sich auf Brust, Bauch und Schenkeln wie die allerweichste Seide anfühlte, wenn sie seinen Körper von oben bis unten mit Küssen bedeckte. Volle sinnliche Lippen, die sich zu einem verruchten Lächeln verzogen, das seiner wildesten Träume würdig war. Augen von der Farbe hellen Champagners, die einen wunderbaren Kontrast zu ihrer glatten goldenen Haut bildeten, die unter seiner Zunge dahingeschmolzen war wie brauner Zucker.

Allerdings hatte er sie fast ein Jahr nicht mehr gesehen. Nicht seit der Nacht, in der sie fortlief und vom Angesicht der Erde verschwand.

»Warum bist du hier? Warum bin ich hier?« Er kniff die Augen zusammen, um das matte Dämmerlicht zu durchdringen. »Wo *ist* hier?« Sein erster Gedanke war, dass ihn womöglich die Aegis gefangen genommen hatte, aber dieser Ort war sogar für diese Dämonen mordenden Mistkerle zu gruselig.

»Kannst du dich aufsetzen?« Runa half ihm, sich aufzurichten, allerdings zu schnell, sodass alles vor seinen Augen verschwamm. Mit mehr Kraft, als er erwartet hatte, drückte sie ihn gegen eine Wand, aber er leistete keine Gegenwehr, war im Gegenteil einfach nur für den kühlen feuchten Stein in seinem Rücken dankbar, der seine Übelkeit minderte.

»Beantworte meine Fragen.« Inzwischen hegte er den Verdacht, dass sein Kater keine sexuellen Gründe hatte – was wiederum bedeutete, dass es keinen guten Grund dafür gab, mit Ketten gefesselt zu sein und sich in Gegenwart einer Frau, die ihm vermutlich nichts Gutes wollte, wie der letzte Dreck zu fühlen.

Runa schnaubte. »Immer noch so ein arrogantes Arschloch.«

»Überrascht, was?«

»Eigentlich nicht.« Er spürte ihre Hand auf seiner Stirn, als wollte sie prüfen, ob er Fieber hatte. Aber als Mensch hatte sie keine Ahnung davon, dass seine Körpertemperatur grundsätzlich höher lag als ihre, darum schob er sie weg. Außerdem ließ ihre Berührung seine Temperatur noch weiter in die Höhe schießen, was er im Moment definitiv nicht gebrauchen konnte.

»Und? Wo sind wir?«

Sie schienen sich in einer Art Zelle innerhalb einer größeren Anlage, vielleicht einem Kerker, zu befinden. Irgendwo tropfte es unaufhörlich. Der Boden war mit Stroh bedeckt, und in eisernen Halterungen an den Mauern brannten Kerzen.

Heilige Scheiße, er war in einem billigen Horrorfilm gelandet!

»Ich weiß nicht, wo wir sind. Allerdings scheint es vier verschiedene Kidnapper zu geben. Zumindest waren vier verschiedene Dämonen hier unten, um uns was zu essen zu bringen. Sie bezeichnen sich selbst als Wärter.«

Das klang eindeutig übel. »Uns?«

»Ich bin schon seit einer Woche hier. Und in den anderen Zellen sitzen noch mehr von uns. Die Wärter holen ab und zu welche von uns raus und bringen andere rein.«

Zum ersten Mal blickte Shade an sich hinab und sah die schweren Ketten, die sein linkes Hand- und Fußgelenk umschlossen. Runa war mit einer Fessel um den rechten Knöchel an die gegenüberliegende Wand gefesselt. Sie trug Jeans und einen engen ärmellosen Pulli, den er durchaus zu schätzen gewusst hätte, wenn er nicht gerade festgesessen hätte. Sie sah anders aus als früher. Als sie zusammen gewesen waren – falls man es so nennen konnte, wenn man es miteinander trieb wie die Karnickel –, war sie schüchtern, anhänglich und leicht zu kontrollieren gewesen, was seinem Drang zu dominieren durchaus entgegengekommen war, sich am Ende aber als langweilig erwiesen hatte.

Unter den konservativen Kleidern und Hosenanzügen, die sie getragen hatte, war sie sogar ein wenig rundlich gewesen, weich. Aber jetzt … *verdammt heiß*. Sie hatte sich Muskeln zugelegt, und er hätte schwören können, dass sie gewachsen war. Ihre abgetragene Jeans saß wie angegossen, und der schwarze Pulli spannte über Brüsten, die eindeutig kleiner waren als früher. Perfekt für seine Hände. Seinen Mund.

Aber solche Gedankengänge führten letztlich nur zu einem: Er bekam in einer extrem unpassenden Situation einen Steifen.

»Wann haben sie mich gebracht?«

»Letzte Nacht.«

Er schüttelte den Kopf, versuchte, die Verstopfung aufzulösen, die seine Gedanken und Erinnerungen blockierte. Letzte Nacht … letzte Nacht … was hatte er denn da gemacht? Augenblick … er trug seine Sanitäteruniform. Er erinnerte sich daran, dass er zur Arbeit gegangen war, sich kurz bei Eidolon gemeldet hatte und dann in ein Handgemenge mit Wraith geraten war. Ihr neuester Arzt, ein Mensch namens Kynan, hatte sie auseinandergebracht, indem er einen Beutel Kochsalzlösung über ihnen ausgeleert hatte.

Immer dasselbe in der einzigen und unvergleichlichen medizinischen Einrichtung für Dämonen.

Shade und Skulk waren zu einem verletzten Vampir in einem Fleisch verarbeitenden Betrieb gerufen worden. Sie hatten das Gebäude betreten, so viel wusste er noch, aber ab dann verabschiedete sich sein Erinnerungsvermögen.

»Haben sie noch jemand anders mit mir zusammen hergebracht? Eine Frau?«

»Die Umbra-Dämonin?«

Sein Herz begann zu donnern wie ein ganzes Hammerwerk. »Eine Umbra-Dämonin ist zusammen mit mir hergekommen?« Runa nickte, und er hielt sich nicht damit auf, sich den Kopf darüber zu zerbrechen, wieso sie überhaupt wusste, was ein Umbra-Dämon war. »Wo ist sie?«

»Schläfst du mit ihr?« Ihr scharfer Ton zerschnitt die dumpfe Luft wie ein Peitschenhieb.

»Sie ist meine Schwester, und ich habe keine Zeit für deine Eifersucht.«

»Mir kommt's vor, als ob Zeit das Einzige wäre, was du hast«, sagte Runa, doch ihr Ton war milder geworden. »Tut mir leid, aber ich weiß nicht, was sie mit deiner Schwester gemacht haben. Sie haben sie gerade erst weggebracht.« Als sie sich ein Stück von ihm fortbewegte, wurde ihm klar, dass sie ihre Kette so weit wie möglich gespannt hatte. »Du siehst ihr überhaupt nicht ähnlich.«

Er versuchte gar nicht erst, ihr zu erklären, wieso seine Schwester und er verschiedenen Spezies angehörten, und sie fragte nicht weiter. Stattdessen sah sie ihn nur an, während er die Gitter an der Tür zu ihrer Zelle begutachtete und sich fragte, wie stabil sie wohl sein mochten. Allerdings hätten sie auch genauso gut aus Pappe bestehen können, solange er nicht die Ketten lösen konnte, die ihn an die Mauer fesselten.

»Unsere beste Chance auf Flucht ist wohl der Moment, in dem sie zu uns kommen«, unterbrach sie seine Gedanken.

»Du sagtest, sie bringen dir zu essen?«

»Ja, allerdings schieben sie Nahrung und Wasser mit einem Stock herein. Sie hüten sich, uns zu nahe zu kommen.«

»Wer sind sie?«

»Ich glaube … also, ich glaube, es handelt sich bei ihnen um das, was ihr Dämonen als Ghule bezeichnet.«

Shades Herz setzte aus. »Was? Woher weißt du das denn?«

»So hat sie jemand aus einer anderen Zelle genannt.«

Ghule. Nicht die Art, die die Menschen fürchteten; diese leichenfleddernden Wesen, wie sie in schauerlichen Erzählungen beschrieben wurden. Nein, Ghule waren das, was Dämonen am meisten fürchteten. Na ja, jedenfalls gleich nach den Jägern der Aegis. Mit *Ghul* wurde jeder bezeichnet – Dämon oder Mensch –, der Vampire, Wandler und Dämonen entführte, um ihnen Körperteile für den Verkauf auf dem Schwarzmarkt der Unterwelt zu entnehmen. Die Ghule waren immer schon böse und gewissenlos gewesen, aber in den letzten Jahren war ihre Vorgehensweise noch teuflischer geworden. Anstatt ihren Opfern bloß die Körperteile zu entnehmen, taten sie es jetzt, während diese noch am Leben waren.

Im letzten Jahr hatten Shade und seine Brüder der Bande einen ziemlichen Schlag versetzt. Eidolons Gefährtin, eine Halbdämonin namens Tayla, hatte dabei geholfen, eine Gruppe von Menschen aufzuspüren, die insgeheim mit den Dämonen zusammengearbeitet hatte. Diese wiederum standen an der Spitze des Organhändlerrings.

Danach hatte die Dämonenwelt eine Weile Ruhe gehabt, bis dann vor ein paar Monaten die Entführungen und Verstümmelungen wieder angefangen hatten, so blutig wie immer.

Eine Tür am Ende des dunklen Korridors flog auf, und das Geräusch von Schritten hallte durch den Kerker. Shade bereitete sich innerlich auf einen Kampf vor, aber die Eindringlinge blieben stehen, ehe sie die Zelle erreicht hatten, in der Runa und er still saßen. Warteten.

Erst als die Schreie einsetzten, begriff Shade, wie tief er tatsächlich in der Patsche saß.

Runa Wagner saß auf ihrem kleinen Haufen Stroh und lauschte gezwungenermaßen den Schreien einer Frau, die von den Wärtern fortgezerrt wurde und der vermutlich ein grauenhafter Tod bevorstand.

Shades raue maskuline Gesichtszüge verrieten nicht, wie er sich angesichts dessen, was um sie herum vorging, fühlte, also sah sie zu, dass sie ihre eigene Miene seiner anpasste. Nur dass sie keine Möglichkeit hatte, ihre Augen so ausdruckslos und kalt erscheinen zu lassen wie die seinen, die beinahe tiefschwarz waren. Sie schaffte es auch nicht, ihre Kiefer derart knirschend mahlen zu lassen, sodass der Eindruck entstand, er schärfte seine Zähne an Knochen.

Er strahlte etwas Bedrohliches aus, so spürbar wie die Gefahr, die sie umgab. Während er an seinen Ketten zerrte, musste er wie sie feststellen, dass sie ausgesprochen stabil waren und viel aushielten.

Auch wenn der prüfende Blick, mit dem er sie von Kopf bis Fuß musterte, alles andere als anzüglich war, regte sich etwas an Orten, die sie längst für tot gehalten hatte – tot, weil sie diejenige gewesen war, die sie abgetötet hatte.

»Haben sie dir etwas angetan?«

»Nicht seitdem sie mich herbrachten.« Vermutlich hatte sie ein Veilchen von dem Schlag ins Gesicht, aber abgesehen von ein paar Kratzern und blauen Flecken ging es ihr gut.

»Bist du sicher?« Er ging auf die Knie und legte seine freie Hand auf ihre Wade.

Runa zuckte zurück, doch er hielt sie mit Leichtigkeit fest. »Fass mich nicht an!«

»Nur die Ruhe, Süße. Ich will dich nur kurz durchchecken.« Seine Stimme war rau, aber wohlklingend; sinnlich, ohne dass er sich dafür anstrengen musste. »Früher hat es dir gefallen, von mir berührt zu werden.«

»Oh ja, aber das war, bevor ich dich mit zwei Vampiren im Bett erwischt habe. Ach ja, und bevor ich herausgefunden habe, dass du ein Dämon bist.«

»Nur eine war eine Vampirin.«

Sie sog wütend die Luft ein. »Ist das alles, was du zu deiner Verteidigung zu sagen hast?«

»Ich bin nicht der redselige Typ.«

»Das ist echt unglaublich«, murmelte sie. »Du hast mich hintergangen, hast mich betrogen, und jetzt ist es dir schon zu viel, ein Mal ›Tut mir leid!‹ zu sagen?«

Er zog die Hand zurück und setzte sich seitwärts hin, ein Bein an den Körper gezogen, das andere am Knie abgeknickt und aufgestellt. Sein schwarzes schulterlanges Haar fiel ihm ins Gesicht und verbarg seine Miene, während er an die Wand starrte. »Tut mir leid, dass du dachtest, ich wäre ein Mensch. Aber ich habe nie behauptet, einer zu sein.«

»Von mir aus nenn mich verrückt, aber ist das wirklich etwas, das ich hätte erfragen müssen?«, fuhr sie ihn an. »Vermutlich schon, weil ich dann vielleicht nicht ganz so entsetzt gewesen wäre, eine leibhaftige Vampirin und eine … was auch immer das war, in deinem Bett vorzufinden.«

»Eigentlich wolltest du in dieser Nacht doch gar nicht zu mir kommen. Du hattest gesagt, du wärst beschäftigt.«

»Ich wollte dich überraschen.«

Das war ihr in der Tat gelungen. Sie war in seine Wohnung marschiert, den Arm voller Zutaten für ein romantisches Mahl.

Sobald sie das Apartment betreten hatte, hatte sie den Lärm aus seinem Schlafzimmer gehört. Und während schon düstere Vorahnungen ihren Magen in Aufruhr versetzt hatten, war sie durch den Flur zur offenen Tür geschlichen.

Shade hatte auf dem Rücken gelegen, quer übers Bett ausgestreckt, sodass seine Beine über den Rand gebaumelt hatten. Eine nackte Frau saß rittlings auf ihm und ritt ihn genüsslich, während ihr Gesicht an seiner Kehle vergraben war. Runa musste wohl ein Geräusch gemacht haben, denn plötzlich hatte er den Kopf gedreht und sie mit golden glühenden Augen angesehen. Verrückterweise war das Erste, was ihr in den Sinn kam, dass sie noch nie seine Augen gesehen hatte, wenn sie sich liebten. Er hielt sie stets geschlossen, vergrub das Gesicht an ihrem Hals oder nahm sie von hinten.

»Hast du Lust mitzumachen?«, hatte er gefragt.

Erst in diesem Moment hatte Runa die zweite Frau bemerkt, die auf dem Boden kniete, das Gesicht zwischen seinen Beinen.

Die Frau auf ihm hob den Kopf. Blut rann ihr übers Kinn, und als sie lächelte, blitzten Fangzähne auf. Um den Hals trug sie ein nietenbesetztes Lederhalsband, an dem eine Kette befestigt war, dessen Ende sich in Shades Faust befand.

Während Runa entsetzt und abgestoßen dort gestanden hatte, hatte sich die Frau hinabgebeugt, seine Brustwarze abgeschleckt und das Tempo erhöht. Shade stöhnte, packte die Frau bei den Hüften und wölbte sich ihr entgegen.

Runa war geflüchtet. Schluchzend war sie davongelaufen – von einem Albtraum in den nächsten.

»Du hattest gesagt, du wärst beschäftigt«, wiederholte Shade und fixierte sie mit einem durchdringenden Blick. »Ich hatte dich nicht erwartet.«

»Ach, und das heißt, es war okay? Wie lange hattest du da schon hinter meinem Rücken rumgevögelt?«

Er stützte den Ellbogen auf das Knie, und es gelang ihm sogar, ziemlich lässig zu wirken – als würde er ständig von Ghulen gefangen genommen und hätte mittlerweile sogar Geschmack daran gefunden. »Stell lieber keine Fragen, deren Antwort du nicht hören willst.«

»Aber ich will sie hören.«

»Das glaube ich eher nicht.«

»Du bist ein Arsch.«

»Erzähl mir was Neues.«

»Ich war in dich verliebt.«

Stille senkte sich auf sie herab wie das Beil eines Scharfrichters. Oh Gott. Hatte sie das tatsächlich gesagt? Laut? Wenn die Geschwindigkeit, mit der ihr das Blut ins Gesicht strömte, etwas zu sagen hatte, dann ja – dann hatte sie ihre große Klappe geöffnet und sich komplett zum Narren gemacht. »Nur keine Sorge«, fügte sie rasch hinzu. »Ich bin darüber hinweg. Über dich.«

Er beugte sich vor. »Gut. Weißt du, was ich bin? Was ich *wirklich* bin?«

»Du bist ein Seminus-Dämon.« Sie warf einen Blick auf die schwarzen Zeichnungen, die von den Fingern seiner rechten Hand bis zum Hals hinaufreichten. Tätowierungen. Das hatte sie zumindest angenommen. Aber inzwischen hatte sie erfahren, dass er damit bereits auf die Welt gekommen war und dass sie eine Geschichte seiner Vorfahren väterlicherseits darstellten, die Dutzende Generationen zurückreichte. Das oberste Symbol, ein nicht sehendes Auge, gleich unter seinem Unterkiefer, war sein persönliches Zeichen, das nach seinem ersten Reifezyklus im Alter von ungefähr zwanzig Jahren erschienen sein musste.

»Und?«

Sie lächelte angespannt. »Nach dieser Nacht habe ich Monate damit verbracht, mehr über deine Spezies zu erfahren.« Nicht dass sie allzu viele Informationen zu diesem Thema gefunden hätte. Sicher, das Thema *Inkubi* an sich war gut dokumentiert, aber seine spezielle Rasse, Seminus, war so selten, dass sie nur einige dürftige Einzelheiten herausbekommen hatte.

»Dann weißt du also über meine Natur Besch…«

»Deine Natur?« Wut überkam sie; ein Zorn, den sie längst begraben geglaubt hatte. »Ich habe kapiert, dass du mehr oder weniger in einem Zustand ständiger sexueller Erregung lebst. Ich habe kapiert, dass dein Verlangen nach Sex nahezu unkontrollierbar ist. Aber weißt du was? Das ist mir scheißegal. Du hast mich mit einem Trick dazu gebracht, mit dir ins Bett zu gehen. Hast deine Inkubus-Listen und -pheromone dazu ausgenutzt. Du hast mich angelogen, mir vorgemacht, du wärst ein Mensch.« Sie hätte noch stundenlang weiterreden können, darüber, wie verletzt und krank sie sich gefühlt hatte, als sie die Wahrheit herausbekommen hatte, aber am Ende war das Einzige, was zählte, das, was nach ihrer Flucht aus seiner Wohnung passiert war. »Du hast mein Leben ruiniert!«, fuhr sie ihn an.

Na ja, eigentlich war ihr das schon selbst gelungen, lange bevor Shade zum ersten Mal den Fuß in ihren Coffeeshop gesetzt hatte, aber er hatte es eindeutig verschlimmert.

»Scheiße«, murmelte er. »Weißt du, das ist der Grund, wieso ich normalerweise nie öfter als ein Mal mit einem Menschen schlafe. Ihr seid so anhänglich.«

Sie starrte ihn an, wäre vor Wut beinahe geplatzt. »Soll das ein Witz sein? Ja, meinst du denn, mein Leben wäre ruiniert, weil du mich verführt und mir dann das Herz gebrochen hast?«

»Ähm, ja.« Er hob eine seiner breiten Schultern.

Was. Für. Ein. Arsch!

Zähnefletschend sprang sie so blitzschnell in die Hocke, dass er zurückzuckte. Ihre Ketten rasselten, da sie vor lauter Wut am ganzen Leib bebte. Ihre Haut prickelte, zog sich zusammen, ihr Zahnfleisch schmerzte, und sie wusste, dass sie gefährlich nahe davorstand, ihre innere Bestie loszulassen. »Du arroganter Mistkerl.« Sie boxte ihm gegen die Brust und registrierte mit Wohlgefallen das Grunzen, das er ausstieß. »Ich war in dieser Nacht schrecklich durcheinander, aber darüber wäre ich schon hinweggekommen. Schade nur, dass ich keine Chance dazu hatte. Denn weißt du was – nachdem ich dein Apartment verlassen hatte, wurde ich angegriffen, zerfleischt und mehr tot als lebendig liegen gelassen! Was du hättest wissen können, wenn du nicht zu sehr mit irgendeiner widerlichen Vampirschlampe beschäftigt gewesen wärst, die deinen Namen kreischte. Dann hättest du mich vielleicht schreien hören.«

Shades Blick klebte an ihr, schwarz wie ein Kiesel um Mitternacht. »Jemand hat dich verletzt?«

»Soll ich jetzt vielleicht glauben, dass dich das interessiert?«

Seine Hand legte sich um ihre. »Glaube es oder nicht, aber ich bin kein Ungeheuer.«

Sie lachte, ein harscher bitterer Laut. »Nein, aber ich.« Sie näherte sich seinem Gesicht bis auf wenige Zentimeter. »Deinetwegen bin ich ein Ungeheuer, Shade. Ich bin ein gottverdammter Werwolf.«

Larissa Ione

Demonica

Romantic Fantasy

Tauche ein in Larissa Iones Welt voller dunkler Leidenschaften und heißer Erotik!

Eine Dämonenjägerin, deren Leidenschaft von einem attraktiven Dämon entfacht wird. Ein ehemaliges Dämonenpaar, das nach einer Entführung gezwungen ist, sich erneut ihrer Liebe zueinander zu stellen. Eine Frau, der ein Amulett Unsterblichkeit verleiht, solange sie ihre Unschuld bewahrt. Ein Auftragsmörder wider Willen, der sich in eine Feindin verliebt …

»Eine faszinierende Welt voller prickelnder Erotik!« *Lara Adrian*

Band 1:
Verführt
ISBN 978-3-8025-8378-0

Band 2:
Entfesselt
ISBN 978-3-8025-8379-7

Band 3:
Fluch des Verlangens
ISBN 978-3-8025-8380-3

Band 4:
Versuchung der Nacht
ISBN 978-3-8025-8879-2

Band 5:
Tödliche Verlockung
ISBN 978-3-8025-8945-4

Band 6:
Reaver
ISBN 978-3-8025-9413-7

---

www.egmont-lyx.de

LYX
EGMONT

Kristen Callihan

Kuss des Feuers

The Darkest London

Roman

Die Schöne und das Biest trifft auf das Phantom der Oper

London, 1881: Seit ihrer Geburt besitzt Miranda Ellis die außergewöhnliche Gabe, das Feuer zu beherrschen. Da ihre Familie ihr gesamtes Vermögen verloren hat und vor dem Ruin steht, sieht Miranda sich gezwungen, den geheimnisvollen Lord Benjamin Archer zu heiraten, der sein Gesicht stets hinter einer Maske verbirgt.

»Callihan schreibt eine spannende Geschichte voller erotischem Prickeln. Einer der besten Debütromane des Jahres!« *Romantic Times*

ca. 400 Seiten, kartoniert mit Klappe
€ 9,99 [D]
ISBN 978-3-8025-8983-6

Pamela Palmer

Vamp City

Hinter den Zeiten

Roman

Willkommen in Vamp City!

Auf der Suche nach ihrem Bruder gerät Quinn Lennox in eine dunkle Unterwelt, die nur sie sehen kann. Dort begegnet ihr der Vampir Arturo Mazza, der sie mit seinem gefährlichen Charme völlig in seinen Bann schlägt. Quinn glaubt, ihm nicht trauen zu können, doch wenn sie ihren Bruder retten will, ist er ihre einzige Chance …

»Die wendungsreiche und spannungsgeladene Handlung ist Garant für ein wahres Lesevergnügen!« *LoveLetter*

Band 1 der Serie
416 Seiten, kartoniert mit Klappe
€ 9,99 [D]
ISBN 978-3-8025-9408-3

www.egmont-lyx.de

LYX
EGMONT